인지심리학

HOW TO THINK BY JOHN PAUL MINDA

How to Think

인지심리학

생각하고 기억하고 결정하는, 우리 뇌와 마음의 작동 방식

존 폴 민다 지음

노태복 옮김

웅진 지식하우스

일러두기

1. 이 책에 등장하는 지명, 인명의 외래어 표기는 국립국어원의 표기법을 따랐다. 단, 이미 관습적으로 굳어져서 통용되는 외래어 인명 표기에는 예외를 두었다.
2. 책 제목은 겹낫표(『』), 편명·논문·보고서는 홑낫표(「」), 신문·잡지 등의 간행물은 겹화살괄호(《》), 영화·TV 프로그램·음악·사진 등은 홑화살괄호(〈〉)로 표기했다.

| 추천의 글 |

알파고에 이어 ChatGPT가 등장하면서 AI가 보여준 엄청난 인식과 판단 능력은 인간과 AI의 본격적인 생존 경쟁을 알리는 신호처럼 읽힌다. 그러나 인간이 생각하는 방식을 제대로 알고 있다면 이런 걱정은 기우에 불과하다. 그런 측면에서 『인지심리학』은 지금 꼭 읽어 봐야 하는 책이다.

이 책은 인간이 생각하는 방식의 A to Z를 일반인도 쉽게 이해할 수 있게 설명하고 앞으로 AI가 제공하는 도구를 제대로 이용하는 데 필요한 생각에 관한 통찰을 전한다.

—**김태훈**(경남대학교 심리학과 교수)

ChatGPT, 메타인지 등 우리의 일상에서도 인지심리학에 대한 관심이 높아지기 시작하면서 책을 추천해 달라는 요청을 많이 받았다. 그런데 막상 추천하려고 보면 인지심리학을 소개하는 책으로는 무언가 아쉬웠고, 대학에서 교재로 사용하는 책들은 너무 무거워 외려 관심을 잃을 것 같았다. 따라서 인지심리학 전공서의 순서와 내용을 충실히 따르면서도 다양한 사례를 들어 일반인의 눈높이에 맞춰 설명한 이 책의 출간은 나에게도 희소식이 아닐 수 없다.

—**이윤형**(영남대학교 심리학과 교수)

생각을 자극하는 책이다. 민다는 우리의 마음이 어떻게 작동하는지 손바닥 들여다보듯 훤하게 꿰고 있다. 그는 이 책에서 사고와 행동에 관한 포괄적인 설명을 통해서 인간의 뇌가 얼마나 뛰어난지 보여준다.

—《**리액션**Reaction》

인지심리학을 쉽고 매력적으로 풀어내 독자들의 지적 호기심을 자극한다. 인간의 행동을 이해하고 싶은 사람 모두에게 이 책을 추천한다.

—《**더 사이콜로지스트**The Psychologist》

마음의 작동 방식을
알아야 하는 이유

우리의 마음은, 그리고 뇌는 어떻게 작동할까? 뇌과학자나 심리학자는 마음과 뇌를 어떻게 연구하며, 인간의 사고와 행동에 관한 어떤 새로운 통찰과 발견을 했을까? 이 책의 주요 목표는 이런 질문들에 답하면서, 궁극적으로 우리 인간이 어떻게 생각하고 판단하고 행동하는지를 여러분에게 재미있게 알려주는 것이다.

무언가가 어떻게 작동하는지 알면 대단히 유용하다. '아는 것이 힘이다'라는 말은 상투어지만, 맞는 말이다. 이 개념을 나는 종종 식기세척기에 비유해 설명한다. 많은 사람이 쓰고 있지만, 사실 식기세척기가 어떻게 작동하는지는 수수께끼와도 같다. 겉으로 보이지 않기 때문이다. 그냥 접시를 배열하고 세제를 넣은 다음에 문을 닫으면 기계가 작동한다. 바깥에서는 보이지 않는 일련의 과정이 진행되면, 깨끗한 접시가 나온다. 즉 입력을 하고, 우리가 모르는 어떤 일이 내부에서 진행되면, 출력이 된다. 우리는 그 과정에서 **무엇이** 벌어지는지 알지만, **어떻게** 벌어지는지는 정확히 알지 못한다.

인간의 심리와 인지 과정에 대한 연구도 대체로 마찬가지다. 무엇이 들어가고(지각) 무엇이 나오는지(행동)는 알 수 있다. 하지만 직접 관찰할 수 없기에 내부에서 정확히 무슨 일이 벌어지는지는 잘 모른다. 그걸 알 방법은 없을까? 앞선 식기세척기 비유처럼, 입력과 출력에 관해 관찰한 내용을 바탕으로 추측할 수 있지 않을까? 부품들을 검사하고 접시를 배열하는 법을 바꾸는 등의 실험으로, 그 기능들을 주의 깊고 체계적으로 추측할 수는 있을 것이다. 하지만 제대로 알아내려면 좀 더 과학적 추론이 필요하다.

우리 집에 있는 식기세척기는 2000년대 중반에 출시된 꽤 표준적인 모델이었다. 오랫동안 정말 잘 작동했는데, 어느 날부턴가 접시가 예전처럼 깨끗하게 씻기지 않았다. 딱히 다른 방법을 몰라서 식기세척기를 빈 상태로도 작동시켜보았지만, 소용이 없었다. 물이 맨 위의 받침대까지 닿지 않는 듯했다. 아니나 다를까, 작동하는 도중에 열어보았더니 어떤 상황인지 가늠이 되었다. 맨 위의 스프레이 암 부분에서 물을 거의 뿜어내지 않고 있었던 것이다. 그제야 뭐가 잘못되었는지 이론을 세웠고, 수리 방법에 관한 가설을 검증할 수 있었다. 그 덕분에 식기세척기가 실제로 어떻게 작동하는지 더 잘 이해하게 되었다.

훌륭한 과학자들처럼 나도 여러 참고 자료를 살펴보았다. 유튜브와 DIY 웹사이트를 뒤졌다. 거기서는 여러 요인이 물의 순환 능력에 영향을 끼칠 수 있다고 했다. 물을 기기 안쪽으로 분사시키는 펌프도 그중 하나다. 하지만 펌프가 오작동한다면 물의 유입과 배수가 몽땅 되지 않을 것이기에, 나는 다른 게 문제라고 생각했다. 가장 가능성이 높은 원인은 입자가 펌프나 배수관에 들어가지 않도록 방지하는 필터가 막히는 것이었다. 알고 보니, 한 스프레이 암 밑에 작은 철망이 있었다. 철망엔 음식 입자를 잘게 조각내 끼이지 않게 해주는 역할을 하는 작은 날이 있다. 하지만 기기를 오래 사용하다 보니 작은 입자들이 주위에 들러붙어서 날을 회전하지 못하게 방해했고, 결국에는 물의 흐름을 막았다. 물을 밀어 올릴 압력이 낮아지니 맨 위쪽은 접시를 씻을 물이 부족했고, 이로 인해 식기세척기가 고장이 난 것이다. 이를 확인한 뒤 음식 입자를 자르는 날과 철망을 새것으로 교체했다.

식기세척기의 작동 방식을 안 뒤로는 그 부품을 더 자세히 살폈고 더 자주 청소했다. 덕분에 접시를 더 깨끗하게 씻는 법을 터득했고, 돈도 아낄 수 있었다. 지식이 막강한 위력을 발휘한 것이다.

바로 이것이 식기세척기 비유를 통해 내가 말하려는 요점이다. 식기세척기가 제대로 작동하고 있는지 알려고 모든 작동 방식을 이해할 필요는 없다. 하지만 작동 방식을 이해하면, 갑작스레 접시가 더러워지는 일은 피할 수 있다. 우리의 마음도 마찬가지다.

| 마음을 이해하는 3가지 단계 |

하지만 접시를 씻는 방법도, 식기세척기의 종류도, 접시를 닦는 절차도 여러 가지 아닌가? 이런 의문을 가진 이들을 위해, 접시 씻기의 3가지 수준을 통해 세상만사를 설명해보려 한다. 첫째로 우리가 달성하고자 하는 기본 기능, 즉 접시 씻기 기능이 있다. 이 단계에서는 어떻게 기능이 작동하는지 구체적으로 모른다. 본질적으로 연산적computational으로 작동한다고 할 수 있다. 단순히 특정 입력값(지저분한 접시)을 출력값(깨끗한 접시)으로 변환하는 연산 절차로서의 기능이다.

하지만 이 단계를 넘어 좀 더 구체적으로 기술할 수도 있다. 가령, 식기세척 과정은 먼저 음식 찌꺼기를 씻어내고, 세제를 이용해 기름과 때를 제거한 다음 세제를 씻어내고, 마지막으로 접시를 말리는 일이다. 이것은 앞에서 기술한 연산 과정에 따라 실시되는 특정한 일련의 단계다. 이것이 바로 알고리즘algorithm이다. 요리법과 비슷하다. 이 단계들을 따르면 원하는 결과를 얻는다. 각 단계의 중요성을 이해하고, 단계별로 무슨 일이 벌어지는지 자세히 조사해, 각 단계를 바탕으로 작동 과정에 관한 간단한 모형을 세운 식기세척기 시뮬레이션을 고안할 수 있다. 이러한 알고리즘의 수준만으로도 식기세척 청사진을 만들기에 충분할 것이다.

하지만 정말로 깊이 이해하고 싶다면, 식기세척을 훨씬 더 구체적인 수준에서 연구할 수도 있다. '깨끗한 접시'라는 연산 결과를 얻기 위한 알고리즘은 많다. 내가 위에서 정리한 것과 달리, 다른 식기세척기 모형은 약간 다른 방식으로 각 단계를 실행할 것이다. 동일한 단계가 완전히 다른 시스템으로 실행될 수도 있다. 가령, 내 아이는 접시를 손으로 씻는다. 이 경우, 기능이 동일하고(지저분한 접시 → 깨끗한 접시) 단계도 동일하지만(음식 찌꺼기 씻어내기, 식기세척, 식기의 세제 씻어내기, 건조), 단계가 다른 시스템에 따라 실행된다(하나는 기계적인 방식으로, 하나는 생물학적인 방식으로).

앞에서 우리는 3단계로 식기세척기와 식기세척 시스템을 살펴봤다. 즉 연산적 수준computational level, 알고리즘적 수준algorithmic level 그리고 표현적 수준representational level이다. 나의 식기세척기 비유는 꽤 단순하고 조금은 유치하다. 하지만 심리와 마음을 알고 설명하는 상이한 방법을 더 진지하게 논의한 이론가들이 있다. 우리의 행동은 심리가 겉으로 드러나는 한 측면이다. 식기세척기가 접시를 씻듯이, 우리의 행동이 이런저런 일이 생기도록 한다. 이를 가리켜 기능이라고 부른다. 그리고 식기세척기와 마찬가지로 행동 기능을 실행하는 방법은 여러 가지며, 행동을 실행하는 시스템을 만들 방법도 여러 가지다.

위대한 신경과학자 데이비드 마David Marr는 우리의 행동과 마음, 뇌를 이해할 때 과학자들이 3가지 수준에서 설명과 이론을 설계할 수 있다고 했다. 이를 가리켜 마의 3가지 분석 수준Levels of Analysis이라고 한다(Marr, 1982). 앞서 식기세척기 비유를 통해 언급했던 추상적인 분석 수준인 **연산적 수준**(Computational Level), 과정의 실제 단계들을 찾아내는 **알고리즘적 수준**(Algorithmic Level), 마지막으로 어떻게 그 단계들이 실행되는지 상세히 살피고 통찰을 얻는 **실행 수준**(Implementation Level)이 그것이다.

마음과 뇌가 어떻게 작동하는지, 그리고 어떻게 환경과 상호작용해서 행동을 발생시키는지 알면, 더 나은 결정을 하고 살면서 맞닥뜨리는 수많은 문제를 더 효과적으로 해결할 수 있다. 왜 어떤 일은 기억하기 쉽고 어떤 일은 기억하기 어려운지, 다른 사람들과 우리 자신이 어떤 방식으로 행동하는지 이해할 수 있다. 인지심리학cognitive psychology과 인지과학cognitive science, 인지신경과학cognitive neuroscience의 기본 원리들이 도움을 줄 것이다.

바로 이 책에서 다룰 내용이다.

| 자전거 타는 법으로 살펴보는 인지심리학의 모든 것 |

『찰리와 함께한 여행』에서 존 스타인벡은 이렇게 꼬집었다. "사람들은 작가에 관해 알기 전까지는 책을 대단히 진지하게 여기지는 않는다." 맞는 말이다. 작가에 관한 지식은 맥락을 이해하고 독서 경험을 내면화하는 데 도움이 된다. 이 책이 나 자신에 관한 책은 아니지만, 나는 경험을 통해 형성되고 발전시켜온 특정한 관점에서 글을 쓰고 있다. 나의 배경은, 아무리 평범해 보일지라도, 그러한 관점이 생겨나서 자라온 지적인 토양을 이루고 있다. 그래서 내가 누군지, 왜 인지심리학에 관심이 있는지 조금이나마 알려주고자 한다.

나는 1970~1980년대에 펜실베이니아 남서부에서 자랐다. 고등학교 졸업 후에는 오하이오 북동부의 작은 학교인 하이럼칼리지^{Hiram College}에서 학사 학위를 받았다. 요즘에는 멸종해가는 추세인 작고 오래된 인문대학이다. 그곳에서 심리학을 전공했는데, 일찍부터 임상이나 상담 쪽보다는 인간 행동에 대한 심리학 연구에 관심이 갔다. 졸업 후에는 1년 동안 돈도 좀 벌면서 앞길을 고민했는데, 이내 대학이라는 학문적 분위기가 그리워졌다. 결국 버크넬대학교의 실험심리학 석사과정을 거쳐 버펄로대학교에서 박사과정을 밟았고, 2003년부터는 웨스턴온타리오대학교에서 일하고 있다.

내가 박사과정을 밟은 버펄로대학교는 뉴욕 주립 대학교에 속하는 네 개의 학교 가운데 하나다. 여기엔 미국에서 가장 오래된 학제간 인지과학 프로그램이 있는데, 바로 인지과학 연구실이다. 이 연구실의 집중 연구 분야는 사람들이 어떻게 새로운 개념을 배우는지 이해하는 일이었다. 거기서 나는 꽤 흥미로운 사실을 하나 발견했다. 사람들이 작은 범주의 지식을 배울 때는 대상 각각에 대한 기억에 의존하지만, 더 크고 세세하게 분화된 범주의 지식을 배울 때는 추상적 관념을 형성하는 경향이 있다는 것이었다. 특히, 구체적인 사례들을 통해 어떤 개념을 배울 때, 사람들은 '일반적으로 참인 지식'을 배운 다음에 '개별적이고 구체적인 사례들'을 배운다는 점을 알아냈다. '구체적 사례들'을 통해 '일반적인 지식'이 형성될 거라는 직관과는 반대되는 것처럼 보이는, 무척 흥미로운 결과였다.

이처럼 지난 30년 동안 나의 주된 관심은 늘 심리학, 구체적으로는 인지심리학 분야였다. 사실 누구든 그렇겠지만, 나는 사람들이 어떻게 생각하고 행동하는지가 무척 궁금하다. 너무나 궁금했기에 그것을 직업으로 삼았다. 그러면서 『사고의 심리학The Psychology of Thinking』이라는 책도 출간했는데, 대학 교재로서 학생들에게 인기가 있었다. 하지만 일반인이 읽을 만한 책도 쓰고 싶었고, 그것이 바로 이 책을 집필한 이유다.

이 책은 인지과학 전반에 대해 소개한다. 구체적으로 인지가 무엇인지, 인지가 이루어지기 위해 뇌가 어떻게 작동하는지 살펴보려고 한다. 우리가 어떻게 생각하고 행동하며, 왜 어떤 일은 쉽게 기억나는데 어떤 일은 기억나지 않는지 살펴보는 일은 생각보다 유익하고 흥미진진하다.

더 구체적으로는 우리가 어떻게 읽는 법을 배우는지, 왜 어릴 때 배운 자전거 타는 법을 나이가 들어서도 잊어버리지 않는지, 그리고 왜 멀티태스킹 작업이 늘 어려운지도 살펴본다. 또한 빠르게 좋은 결정을 내리게 해주는 우리 뇌의 전반적인 과정들이 어떻게 실수도 저지르게 하는지 살핀다. 즉, 마음이 어떻게 작동하는지에 관한 전문가들의 통찰을 전한다.

나는 뇌와 마음이 어떻게 작동하는지 연구하는 인지심리학자다. 하지만 위에서 언뜻 비쳤듯이, 심리학 외에 인지과학, 지각perception을 연구하는 과학과 신경과학 분야에도 살펴보아야 할 기본 원리들이 있다. 마음의 과학을 다루는 이런 상이한 접근법이 어떻게 등장하게 되었는지도 알아보자. 그러려면 과학의 한 분야로서 심리학의 역사를 살피고, 심리학과 철학에서 나온 통찰과 개념도 살펴보아야 한다. 그 자체만으로도 흥미로운 심리학의 역사는 우리 마음의 법칙을 이해하는 데, 그리고 요즘의 심리학을 이해하는 데 큰 도움을 줄 것이다.

|차례|

1장

인지심리학의 역사

오늘날 우리가 화제로 삼는 모든 책과 개념, 정치적 의견과 아이디어에는 저마다 배경 이야기가 있다. 새로운 아이디어는 반드시 지난 아이디어들의 맥락 속에서 존재하기에, 배경과 맥락을 조금 알면 그 개념을 더 쉽고 자세히 이해하는 데 도움이 된다. 그래서 이 장에서는 현재의 이론과 개념을 더 잘 이해할 수 있도록 인지심리학의 배경 이야기를 소개하려 한다.

인지심리학의 역사는 뜻밖에도 흥미진진하다. 시기적으로도 계몽시대 이전까지 거슬러 올라가는 이 학문 분야에는 혁명을 비롯해 치열한 의견 불일치가 이어져왔으며, 학계의 거물 또한 여럿 등장했다. 급기야 지금은 신기술의 도입으로 뇌 영상 촬영도 할 수 있게 되었다. 현재 이루어지는 발견들은 장래에 다시 흥미진진한 배경 이야기가 될 것이다.

자, 그러면 지금부터 심리학이 왜 과학으로 분류되며 어떤 질문들에 답하려고 하는지, 어떻게 지금과 같은 위치에 도달했는지 살펴보도록 하자.

| 마음을 연구하는 다양한 연구 분야 |

마음이 어떻게 작동하는지 이해하려는 시도는 많았다. 그중 이 책에서 다루는 내용은 인지심리학으로, 전통적인 학문 분야다. 즉, 중요한 주제들이 무엇인지, 아는 내용과 모르는 내용이 무엇인지, 그리고 무엇을 연구할 수 있는지에 관해 어느 정도의 합의가 이루어져 있다는 뜻이다.

이 학문 분야에는 기억, 주의, 지각, 언어 및 사고라는 연구 주제가 있다. 신경전달물질에 관한 직접적인 연구나 괴롭히는 행동의 심리학적 영향, 우울증의 치료 방법 등은 포함되지 않는다. 이런 주제들은 심리학의 다른 분과에 속한다. 대다수의 대학 웹사이트에 가보면, 심리학과에 '인지심리학'에 관한 교과목이 있거나 그 주제에 관한 전반적인 연구 분야가 있을 것이다. 이런 질서정연한 결과를 대하면, 인지심리학 분야에는 어느 정도 통일성과 내적인 일관성이 있으리라는 인상을 받는다. 우리의 연구 분야에 관한 합의가 이루어져 있을 거라는 희망을 품게 된다. 그렇게 단순하다면 얼마나 좋을까!

사실 이 연구 분야들을 구분하기란 그리 쉽지 않다. 이유를 하나 들자면, 많은 인지심리학자가 다른 분야 및 학문과 영향을 주고받는다. 어떤 심리학자들은 인지와 행동의 생물학적 측면을 연구한다. 어떤 심리학자들은 심리학 연구가 학습 향상에 어떻게 적용될 수 있을지 연구한다. 또 어떤 심리학자들은 행동과 인지를 측정하는 방법에 관심을 기울인다. 비즈니스 분야에서 활동하는 인지심리학자도 있다. 이들은 새로운 상품을 대했을 때 우리가 어떻게 행동하고 반응하는지 이해하려고 한다. 게다가 기술과 아이디어의 변화 및 발전으로 인해 생겨난 새로운 분야들이 기존의 분야와 겹치고 심지어 신생 분야끼리 서로 겹치기도 한다. 이런 분야 중

다수는 다른 분야와도 공통된 요소가 존재한다. 가령, 지각 연구가 전문 분야인 심리학자와 시과학자Vision Scientist 중에는 자신들의 연구가 인지심리학 자체라고 여기지 않는 이들이 있다. 사고, 추론 및 의사결정을 연구하는 심리학자 중에는 행동경제학자라고 해야 더 알맞은 이들이 있다. 동기가 인지 과정에 미치는 효과를 연구하는 심리학자 중에는 자신을 사회심리학자라고 여기는 이들도 많다. 그리고 인지와 관련된다고 볼 수 있는 지능과 IQ를 연구하는 이들은 거의 언제나 인지심리학보다는 계량심리학의 전통에서 나온다.

분야 간 경계를 정하는 건 꽤 단순할 듯하지만, 실제로는 전혀 그렇지 않다. 그러나 책의 목적상 경계선을 그을 수밖에 없기에, 나는 폭넓게 정의된 다음 3분야에 집중하고자 한다. 바로 인지과학, 인지심리학, 인지신경과학이다. 이 3분야의 관심사는 뇌와 마음이 무엇을 하는지, 뇌가 사고와 인지를 어떻게 뒷받침하는지, 아울러 그것이 어떻게 행동에 영향을 주고 특정한 행동을 유발하는지 이해하는 일이다. 또한 이 분야들은 내가 앞에서 설명한 3가지 분석 수준에 얼추 들어맞는다. 인지과학이라는 학제간 분야는 분석의 연산적 수준에 열광하는 편이다. 물론 이것만 추구하진 않지만, 주로 집중한다. 인지과학이 여러 전통적인 학문 분야의 관점에서 인식 현상을 깊이 있게 다루기 때문이다. 인지심리학은 과정과 기능을 연구하는 데 집중하는 편이다. 즉, 분석의 알고리즘적 수준에 집중한다. 그리고 세 번째 분야인 인지신경과학은 인식이 뇌에서 어떻게 실행되는지 이해하고자 한다. 당연히 이 3분야는 겹치기도 하며, 이런 구분만 존재하지는 않는다. 하지만 분명 우리의 논의상 최상의 구분이며, 여러 면에서 심리학의 과학적 연구에 앞섰던 예전 분야들의 후예다.

나는 어디에 속할까? 음, 나는 전문적인 교육을 받은 인지심리학자다.

즉, 내 연구 주제는 이렇다. 기억이 어떻게 일어나는가? 의사결정을 위해 마음이 어떻게 작동하는가? 어떻게 우리는 무언가를 구분하고 범주화하는가? 어떻게 우리는 어떤 일에는 주목하고 다른 일은 무시하는가? 이 연구들을 위해 주로 행동과 실험에 기대며, 때로는 상이한 과정과 알고리즘이 어떻게 작동하는지 설명해주는 연산적 모형으로 보완을 한다. 인지심리학은 인간 마음에 관심을 두지만, '마음'이란 용어를 늘 사용하지는 않는다. 인지심리학자 대다수는 임상에 초점을 맞추지 않기에, 반드시 정신병리학적 행동의 진단과 치료, 정신 건강 내지 정신 질환을 꼭 연구하지는 않는다.

하지만 가끔씩 다른 분야 및 학문과의 연관성을 강조하고 싶을 때면, 나는 내 연구를 인지과학이라고 설명한다. 또 어떨 때는 인지신경과학이라고 칭하는데, 어떤 결과에 대해 뇌를 기반으로 설명하거나 뇌를 기반으로 한 기법을 사용하기 때문이다. 하지만 내 연구를 '신경과학'이라고 칭하지는 않는다. 신경과학은 독자적인 전통과 체계를 갖춘 매우 폭넓은 학문인데, 나와는 거리가 멀다. 또한 '신경심리학neuropsychology'이나 '인지신경심리학cognitive neuropsychology'이라는 용어도 사용하지 않을 작정이다. 이 분야들은 인지심리학과 비슷한 면이 있지만, 뇌 연구를 임상에 적용하는 방법을 다루는 편이기 때문이다. 종종 이 분야의 과학자는 뇌 질환을 앓는 환자를 대상으로 임상 연구를 한다.

이 모든 용어는 과연 무슨 의미일까? 서로 차이가 있을까? 우리는 전부 똑같은 것을 연구하면서 용어만 다르게 쓰고 있지는 않을까? 나를 포함한 많은 사람이 자신들의 연구를 설명하려고 2가지 이상의 용어를 사용하지만, 이 용어들은 결코 똑같지 않다. 위의 질문에 답하려면, 몇 년 전으로 어쩌면 몇 세기 전으로 돌아가야 할 것이다.

| 사고는 선천적인가, 경험의 산물인가 |

인지심리학, 인지과학 및 인지신경과학은 비교적 젊은 학문이다. 그렇다고 해서 이 분야들의 연구 주제(뇌, 마음, 행동)가 이전 과학자들한테 외면당했다는 뜻은 아니다. 예전의 연구 형태는 내성內省, introspection과 직관에 치중했다. 내성이란 '안을 살핀다'는 뜻이다. 사고와 행동을 측정하기 위한 다른 기법이 없다면, 자기성찰은 시작하기에 나쁘지 않은 방법이다. 이 초기의 내성 전통은 흥미로운 통찰과 개념을 내놓았지만, 사실 과학적 엄밀성이 부족했다. 그래도 여전히 이 초기 연구 중 일부는 자세히 살펴볼 가치가 있다. 이후에 나온 연구에 영향을 미친 방식이 좋은 참고가 되기 때문이다. 그리고 마음의 작동을 알기 위해 어떤 질문들을 던져야 하는지 정하는 데도 도움이 된다. 현대 과학 그리고 뇌와 마음에 관한 현시대의 지식에는 이런 초기 연구에서 발견한 내용이 깃들어 있다. 사람들은 생각이란 걸 해온 기간만큼이나 생각하기 자체에 관심을 기울였다. 하지만 인류가 현대적이고 과학적인 방식으로 사고와 인식을 연구할 수 있게 된 기간은 지난 100년이 고작이다.

현대 심리학의 전신은 무엇일까? 뒤로 너무 멀리 가고 싶진 않으니, 유럽 계몽시대 철학자 몇부터 간략히 살펴보겠다. 예를 들어, 17세기 후반에 영국 철학자 존 로크는 중요한 업적을 남겼다. 많은 업적을 통해 당대에 영향을 끼쳤고 정치학과 경제학, 철학에 공헌했다. 또한 마음의 작동에 관한 대단히 현대적인 개념을 내놓은 가장 초기 사상가 중 한 명이다. 로크가 심리학에 이바지한 가장 근본적인 업적은 지식이 선천적이지 않다는 발상이다.

인간은 생각과 사고, 개념을 미리 갖고 태어나지 않는다. 대신에 세상에서 직접적이고 감각적인 경험을 함으로써 지식을 얻는다. 로크의 주장에 따르면, 마음은 태어날 때 '빈 서판'이다. 라틴어 표현으로는 '타불라 라사 tabula rasa'라고 한다. 현대식으로 표현하자면, '빈 웹페이지'나 '빈 시트' 또는 '새 파일'과 같다고 할 수 있다.

로크의 그런 생각을 '경험주의'라고 한다. 우리는 세상을 전혀 모른 채로 태어나지만, 감각 체계를 분명 지니고 있다. 이 감각 체계에는 근본적인 제약이 뒤따르긴 하지만 우리는 경험과 관찰을 통해 세상이 어떻게 돌아가는지 익히고, 말하는 법과 읽는 법, 새 지식을 얻는 법을 배운다. 또한 사물 간의 관련성을 알아차리거나, 사건 사이의 자연스러운 상관관계를 관찰하거나, 원인을 추론하는 방법 등도 배운다.

우리가 어떻게 지식을 얻고 새로운 상황에 적용하기 위해 확장시키는지에 관한 로크의 사상은 데이비드 흄의 연상과 귀납에 관한 연구로 더욱 발전했다. 흄과 귀납에 대해서는 나중에 더 할 말이 많지만, 우선적으로 소개하자면 그의 업적은 빈 서판 개념에 관한 제약 사항을 설명했다는 것이다. 로크가 인간은 선천적으로 사고할 능력이 있다고 주장한 반면에, 흄은 그렇지 않다고 보았다. 그렇다면 모순이 생긴다. 사고하고 일반화할 능력이 없다면 우리는 어떻게 무언가를 배울 수 있을까? 다시 말해, 빈 서판에 무언가를 써야 한다고 애초에 어떻게 알 수 있을까? 흄의 주장에 따르면, 우리는 귀납 과정을 통해 세상에 관한 예측과 추론 및 판단을 하는 방법을 배운다. 귀납 덕분에 과거 경험에 기대어 미래를 예측하는데, 흄에 따르면 우리는 그런 본능이나 습관을 지니고 있다. 달리 말해, 마음은 완전히 빈 서판은 아닌 것이다. 어떤 규칙을 지닌 서판, 기억을 지닌 서판이자 과거의 경험으로부터 무언가를 일반화해낼 수 있는 서판이다.

지금 우리는 뇌의 속성, 유전자의 역할 그리고 인식 체계와 감각 체계의 제약 사항들을 이해하고 있다. 하지만, 마음과 뇌에 관한 우리의 지식은 여전히 기본적으로 경험주의적 관점을 바탕으로 한다.

요즘에는 이 관점을 당연시하지만, 늘 그랬던 건 아니다. 흄과 로크 이전 사람들은 생각과 사고, 관념이 선천적·천부적이라고 가정했다. 사고가 선천적이라는 이런 생각은 우리가 타고난 능력을 부모한테서 물려받는다는 가정을 훌쩍 뛰어넘는다. 생득설^{nativism}의 신봉자가 보기에, 사고와 개념은 표현되기 이전에 이미 내면에 존재한다.

근대 계몽주의의 창시자로 간주되는 프랑스 철학자 르네 데카르트는 사고와 개념이 선천적이어서 태어날 때부터 내재되어 있다고 여겼다. 데카르트의 생각에 따르면, 몸과 어느 정도 별개인 정신은 신으로부터 이상적인 지식을 직접 전달받으며 우리는 시간과 성찰을 통해 이 진리를 드러내는 법을 배울 수 있다. 데카르트의 관점은 본디 이원론적이다. 즉, 그가 보기에 몸과 마음은 연결되긴 했지만 똑같지는 않다. 마음은 물리적 세계에 전적으로 속하지는 않으며 신적인 세계와 연결되어 있다.

학부 과정에서 처음 이 입장을 접했을 때 나는 그 생각을 이해하지 못했다. 어딘가 말이 안 되는 소리 같았다. 하지만 역사적 맥락을 폭넓게 살펴보니 차츰 이해가 되었다. 데카르트는 16세기 막바지에 태어났는데, 그때 유럽인들은 이른바 '신항로 발견'과 종교개혁이라는 변화의 시기를 겪고 있었다. 데카르트가 가톨릭교도였다는 점을 떠올리니, 그가 이원론을 붙들고 고심하는 모습이 쉽게 상상이 갔다. 마음을 근대적으로 이해하면서도, 또 한편으로는 신이 만사에 관여하는 중세식 사고의 틀에도 들어맞는 이론을 내놓아야 했으리라. 데카르트는 경계에 걸터앉은 셈이다. 내가 알아차리기로, 그의 이원론은 그런 경계선에서 자연스레 생겨났다. 한쪽은 과거의 마법적이고 형이상학적이며 신적인 영역에 속하고, 한쪽은 미래의 합리적이고 물리적이며 세속적인 과학에 속했다.

사고가 내부에서 온다는 생각에 직관적으로 끌리긴 하지만, 오늘날 우리는 경험주의의 기본 개념이 당연하다고 여긴다. 그래서 선천적 개념이라는 개념을 이해하기란 쉽지 않다. 하지만 여전히 그러한 관점은 현대 심리학이 인간의 사고 과정을 이해하려는 시도에 영향을 주고 있다. 우리의 생각과 발상은 정말로 우리 내부에서 나오는 것만 같다. 사람들 마음속에서 온갖 생각이 떠오르니 말이다. 게다가 우리가 지각하고 주의를 기울이고 생각하는 방식의 기본적인 신경생물학적 과정은 어느 정도 유전자가 결정하며 진화의 산물인 듯하다. 진화와 자연선택 자체는 외부 환경이 생명체에 압력을 가한 결과로, 유전자는 우리 선조들이 그 압력에 적응해온 방식을 저장하고 있다. 그렇기에 생물학 관점에서 보더라도, 인간의 사고가 데카르트적 의미에서 선천적이라고 할 수는 없다. 하지만 인식과 사고의 일부 측면을 선천적인 과정으로서 연구하는 것은 여전히 타당하다.

그렇기는 해도 우리의 사고와 관념 및 지식이 외부에서 온다는 발상에 끌리는 점은 있다. 어쨌거나 우리는 생겼던 일들에 관한 기억에 기대서 행동을 계획하고 의사결정을 내린다. 우리가 어떤 언어를 쓰는 까닭은 우리를 둘러싼 사람들과 상황 때문이다. 우리는 문화의 눈으로 세상을 본다. 우리가 아는 전부는 세상에서 한 경험에서 나오며, 우리는 이 경험에서 생겨난 개념을 통해서 세상에 관한 새로운 내용을 배운다.

이처럼 우리의 사고가 타고난 선천적 능력의 결과라고 보는 관점과 후천적 습득의 결과라고 보는 관점 사이의 긴장을 가리켜 종종 '본성 대 양육nature vs nurture'의 구분이라고 한다. 이 구분에 따르면, 우리의 심리는 천부적으로 얻은 결과(데카르트적 생득주의의 산물)이거나 아니면 마음이 양육을 받은 결과(경험주의의 산물) 둘 중 하나다.

이처럼 생득주의 대 경험주의 또는 본성 대 양육이라는 구분이 존재하지만, 어느 누구도 이것 아니면 저것의 문제라고 보진 않는다. 둘 다 우리의 정신적 발달, 발상과 개념의 형성, 그리고 심리적 과정에 이바지하기 때문이다. 대체로 인정하듯이, 유전자 및 생물학적 제약에 더 큰 영향을 받는 심리적 과정과 능력이 있는 반면에, 경험에 더 큰 영향을 받는 심리적 과정과 능력도 있다. 이것이 마음에 관한 현대의 지배적인 견해다. 마음은 일종의 신경생물학적인 빈 서판인데, 이는 생물학에서 나온 원리들에 지배를 받으면서 예측 가능한 방식으로 작동한다. 규칙과 제약, 편향, 원리를 지닌 빈 서판인 셈이다. 인지심리학자들은 이 서판의 작동을 관장하는 이러한 규칙과 제약, 편향, 원리를 이해하려고 애쓴다.

수세기에 걸쳐 많은 철학자, 성직자, 의사 및 사상가가 생각이 어디에서 나오는지 이해하려고 시도했다. 이 초기의 연구가 중요하고 여전히 오늘날 우리의 세계관을 형성하고는 있지만, 19세기 말 이후에야 몇몇 과학자가 생각이 어디서 나오는가 하는 질문에 답하려고 과학적 방법을 적용하기 시작했다.

처음으로 이를 진지하게 시도한 사람은 1800년대 후반의 빌헬름 분트 Wilhelm Wundt다. 독일 라이프치히의 의사였던 분트는, 생리학자가 인체의 장기와 계통의 구조를 연구할 때와 똑같은 방식으로 마음의 과정을 이해하고 싶어 했다. 물론 문제는 혈액 흐름과 내장, 뼈와 체액 등은 관찰할 수 있고 관찰 내용을 기록할 수 있으며 이를 바탕으로 이론을 개발할 수 있지만 생각은 그럴 수가 없다는 점이다. 요즘에는 신경이미징 기법으로 비슷한 연구를 하지만, 이는 최근에 발달한 기법이다. 이에 대해서는 2장에서 다시 다루겠다.

아무튼 분트가 알아채기로, 사고를 과학적으로 진지하게 연구하려면 관찰된 내용을 측정하고 기록할 방법이 필요했다. 좋은 측정과 기록은 과학에 필수적이다. 측정과 기록이 없는 과학은 단지 짐작과 허구일 뿐이다. 산업혁명이 현대적인 20세기를 낳았듯이, 과학자들은 마음을 정량화하고 측정할 방법을 찾아 나서기 시작했다. 이처럼 분트의 연구와 함께 심리학은 과학으로 자리 잡게 되었다.

| 실험심리학의 시작 |

'심리학'은 매우 폭넓은 용어다. 일상적으로 볼 때, 여러 의미로 쓰일 수 있다. 가장 흔한 정의는 임상심리학^{clinical psychology}이다. 심리학자라고 하면, 대부분 내담자나 환자를 상대로 정신 건강과 안녕을 돕는 사람을 떠올린다. 이도 분명 심리학자의 중요한 업무이긴 하다.

하지만 다른 종류의 심리학자도 있다. 임상 분야와 달리 이를 가리켜 '실험심리학^{experimental psychology}'이라고 부른다(가끔은 '심리과학^{psychological science}'이라고도 하는데, 여기에는 임상 연구도 포함된다). 실험심리학을 잘 정의하면, 과학적 방법으로 인간 행동을 이해하는 학문이라 할 수 있다. 과학적 방법에서 가장 중요한 요소는 측정이다. 과학자는 무언가를 측정할 수 있기를 원한다. 그것이 원자든, 구멍이든, 체질량이든, 대기압이든, 인간 행동이든 간에 말이다. 그리고 측정에는 어떤 합의된 방식이 존재한다. 또 측정 대상과 방법이 이 세계로부터 수집할 수 있는 데이터의 종류를 정의한다. 다시 이는 연구 대상, 탐구할 질문, 연구에서 얻게 될 결론에 영향을 미친다. 현실적으로 과학은 측정과 기록 기법의 정확성과 한계에 좌우된다.

하지만 실험심리학의 초기 역사에서는 합의된 기준이 존재하지 않았다. 이전에 누구도 그런 기준을 마련한 적이 없었는데, 아무도 과학적 방법을 이용해 행동을 연구하지 않았기 때문이다. 그러나 19세기 후반에 일부 연구자가 의학, 생리학 및 생물학에서 단서를 얻어 행동을 관찰하고 분석하는 방법을 개발하기 시작했다. 분트는 이 집단의 선구자였다. 그는 사람들이 어떻게 지각 경험perceptual experience을 생성하고 이해하는지 파악하는 데 관심을 두었다. 가령, 누군가가 여러분에게 색깔이 다른 카드 네 장 중에서 빨간색 카드 한 장을 고르라고 했다고 하자. 그 결정을 할 때 여러분의 마음에서는 무슨 일이 일어날까? 아주 단순한 일이니, 그냥 빨간색 카드를 뽑으면 그만일 듯하다. 하지만 색깔이 다른 카드 네 장 중에서 빨간색 카드 한 장을 고르는 간단한 일을 수행하려면, 여러분의 언어적 진술에 반응해 눈과 손을 움직여서 아래의 행동을 실행해야 한다. 잠시 살펴보자.

- 지시를 들어야 한다.
- 지시 내용을 이해해야 한다.
- 눈이 카드로 향하도록 해야 한다.
- 주의가 각 카드에 향하도록 해야 한다.
- 서로 다른 색을 알아차려야 하는데, 그러려면 어떤 기억이나 내적 표상(internal representation)을 이용해서 색들을 비교해야 한다.
- 어느 색이 지시 내용에 가장 잘 맞는지 결정해야 한다.
- 결정 기준을 마련해야 한다. (즉, 지시 내용에 얼마만큼 가까워야 잘 맞다고 할 수 있는가?)
- 손이 빨간색 카드에 닿도록 해야 한다.

이 정도로도 전체 목록에는 한참 못 미친다. 첫 번째인 '지시를 들어야 한다'만 해도 청각적 지각과 언어 인식에 관한 추가 정보를 가정하고 있다. 각 단계는 하위 단계와 서브루틴을 포함한다. 말로 하는 요청에 반응해 카드 한 장을 집는 데는 단계들의 긴 목록이 관여한다. 우리 대다수는 이 일들을 별로 어렵지 않게 매우 빠르게 처리할 것이다. 하지만 그 과정을 이론적으로 설명하기는 어렵다. 이론 설명은 고사하고 이 모든 단계를 어떻게 측정한단 말인가?

기존에 측정 기법이 전혀 없었던지라, 분트는 '훈련된 내성trained introspection'이라는 방법을 개발해냈다. 내성은 '안을 들여다본다'는 뜻이다. 분트 실험실의 실험자들은 자신의 생각과 행동을 관찰하는 데 집중했다. 마음에 생기는 일을 어렴풋이 아는 숙달되지 않은 내성과 달리, 훈련된 내성은 집중과 상당한 연습을 해야만 관찰의 내적 일관성을 얻을 수 있다.

그렇기에 색깔이 다른 네 장의 카드 더미에서 빨간색 카드 한 장을 고르라는 말을 들을 때, 여러분은 우선 지시를 듣는 데 집중한 다음 지시 내용 중 한 단어를 통해 색깔 하나를 떠올릴 것이다. 이어서 눈이 자동적으로 여러분 앞에 놓인 네 장의 카드로 향하고, 금세 카드들을 훑어서 빨간색 카드를 찾아낼 것이다. 그런데 어느 것이 빨간색 카드인지 어떻게 알 수 있을까? 지시에 맞는 색깔을 어떻게 인식하는지에 관해 알려면 마음속을 조금 더 들여다보아야 한다. 그러려면 시간과 연습과 노력이 든다.

분트와 더불어, 이후에 그의 제자인 에드워드 티치너Edward Titchener는 이른바 **구조주의**(structuralism)를 개발해냈다. 티치너는 사고의 구조를 밝히는 데 관심이 있었다. 당시에는 모든 생각이 뇌의 상이한 영역에서 일어난다는 데 명확한 의견 일치가 없었는데, 구조주의는 뇌의 구조가 아니라 사고의 구조에 관심을 둔다. 구조주의자들은 내성을 훈련했는데, 마치 생리학자들이 기본적인 해부 과정을 실습하거나 화학자들이 피펫으로 측정하는 법을 배우듯이 했다.

여러분이 명상이나 마음챙김mindfulness에 관해 읽은 적이 있다면, 사람들이 자신의 생각 알아차리기를 처음 배울 때 하는 연습이 떠오를지 모른다. 내성도 마음챙김과 비슷하게, 마음속에서 무슨 일이 벌어지는지 알아차리도록 스스로를 훈련시키는 일이다. 이로써 지각과 기억, 사고의 복잡 미묘한 과정을 들여다보는 대단한 통찰을 얻을 수 있다. 안타깝게도 내성은 아주 과학적이거나 신뢰할 만하지는 않다. 연구자들이 금세 알아차렸듯이, 하나의 기법으로서 내성은 실험실마다 결과가 달라서 신뢰도가 떨어진다. 또한 이 기법은 많은 무의식적인 영향을 무시하는 편이다. 예를 들어, 색깔이 다른 카드 네 장 중에서 빨간색 한 장을 고르라고 했을 때, '빨간색'이라는 단어를 듣자마자 여러분의 손은 빨간색 카드 쪽으로 움직이기 마련이다. 이 행동의 그러한 측면을 내성을 통해 살피기는 매우 어렵다. 시각의 안내를 받는 많은 동작 행동은 저절로 일어난다. 여러분의 눈이 빨간색 카드를 향해 움직이는 과정 또한 저절로 일어나는지라, 내성을 통해 살피기가 어렵다. 그러므로 내성은 인간의 인식과 행동의 여러 기본적 측면을 연구하기에는 부적합하다. 우리가 어떻게 주의를 기울이는지 어떻게 사물을 알아차리는지 그리고 어떻게 기억에서 정보를 꺼내는지 우리는 객관적으로 살펴볼 수 없다. 대체로 우리는 우리 생각의 내용과 기억, 결과물을 알기는 하지만, 그런 결과물을 내놓은 인지적 및 신경학적 과정을 알지는 못한다.

▎행동주의의 탄생 ▎

분트와 티치너의 연구는 중요하긴 했지만 불충분했다. 내성은 마음이 어떻게 작동하는지 이해하는 데 적합한 기법이 아니다. 지나치게 가변적이고 통제하기 어려운 데다 측정 기준이 되기에는 너무 제한적이다. 심리학자들은 힘을 합쳐서 행동을 정확하고 객관적으로 측정할 체계적인 방법을 개발하러 나섰다. 대체로 이 두 번째 단계를 가리켜 **행동주의**(behaviourism)라고 한다. 행동주의 심리학자들은 내적이고 주관적인 정신 상태를 연구하고자 했던 분트(그리고 프로이트와 같은 정신분석학자들)에게 반발했다. 대신에 심리학이 과학으로 진지하게 받아들여지려면 객관적인 관찰 및 측정이 가능한 대상으로만 관심을 국한시켜야 한다고 주장했다. 그 결과, 존 왓슨 John Watson과 벌허스 프레더릭 스키너Burrhus Frederick Skinner 같은 심리학자들이 행동을 자극 입력(생명체가 보거나 들을 수 있는 것)과 행동 출력(생명체가 자극에 반응해 행하는 것)의 함수로서 연구하기 시작했다.

이 시기의 전형적인 실험이 바로 우리 속의 쥐를 대상으로 한 실험이다. 어떤 신호를 가하면 그 반응으로 쥐가 버튼이나 지렛대를 눌러 먹이를 보상으로 받는 식이다. 행동주의자들이 쥐와 비둘기 같은 동물을 주로 연구한 까닭은 쥐와 비둘기가 할 수 있는 일에 관심이 있어서라기보다는 그런 동물이 학습에 관한 일반적인 모형을 세우기에 편했기 때문이다. 기본 가정은 모든 생명체는 동일한 기본 원리를 따르리라는 것이다.

연합학습associative learning의 경우 행동주의자들의 판단이 옳았다. 쥐, 고양이, 원숭이 및 인간은 전부 몇몇 동일한 패턴을 보인다. 가령 내 고양이 펩은 아침에 나를 깨우기 위해 길고 복잡한 일련의 행동을 한다. 야옹 소리를 낸 뒤에 벽장문을 열고 창의 블라인드를 흔들고 침대에 풀썩 드러누우며 때로는 문을 쾅 닫기까지 한다. 이렇게 하는 때는 5시 정각부터 아침 알람이 울리는 시각인 5시 30분까지다. 펩의 뇌는 자기가 하는 행동 사이의 어떤 연관성을 파악했다고 볼 수 있는데, 나의 기상(그리고 먹이 주기)을 내다보고 한 행동이기 때문이다. 펩은 일련의 행동들과 최종 반응 사이의 상관관계를 간파한 셈이다. 작은 동물의 마음인데도 자신의 행동이 내 행동에 영향을 끼친다는 인과적 추론을 했다. 펩은 두 행동이 서로 맞아떨어지는 이유를 모르거나 이해하지 못하고 단지 그렇다는 사실만 안다. 이런 연관성을 펩은 행동주의자들이 **조작적 조건형성**(operant conditioning)이라고 부르는 과정을 통해 배웠다. 긁기, 야옹 하기, 무언가를 집기와 같은 펩의 행동은 전부 고양이가 보통 하는 일의 일부다. 하지만 내가 일어나서 펩에게 먹이를 준다면, 펩은 이런 행동들의 한 가지 이상이 먹이와 연관됨을 배운다. 내가 일어나서 먹이를 주지 않는다면, 행동들을 연관시키지 않을 것이다. 이런 학습은 점진적이지만, 자기도 모르게 하는 일은 아니다. 펩에게는 배우려는 동기가 생긴다. 펩은 간절히 먹이를 얻고 싶어서 나를 간절히 깨우고 싶어 한다.

이처럼 차츰 형성되는 행동은 에드워드 손다이크^{Edward Thorndike}라는 초창기 심리학자가 맨 처음 발견했다. 손다이크는 여러 초창기 심리학자처럼 정신적 현상에 관심이 컸지만 어떻게 연구해야 할지 제대로 몰랐다. 우선 어린아이한테서 텔레파시를 연구하려고 했다. 쉽게 짐작이 가듯이, 그의 시도는 실패했는데, 텔레파시란 애당초 불가능하기 때문이다. 하지만 그는 다음 사실을 알아차렸다. 즉, 자신이 연구했던 어린아이는 아주 미묘한 단서, 가령 실험자가 무심결에 하는 무의식적인 동작을 포착해냈는데, 그게 텔레파시처럼 **보였다**. 예를 들어, 포커 게임 고수는 무심결에 일어나는 안면 움직임과 같은 미묘한 단서나 '실마리'를 읽을 수 있다.

이런 점에 착안해 손다이크는 환경에서의 **강화**^{reinforcement} 과정에 의해 어떻게 행동이 형성될 수 있는지 이해하려고 시도했다. 닭의 지능을 연구하려고 했지만(자신의 아파트에 닭을 두는 것이 허용되지 않았기 때문에) 여의치 않게 되자, 고양이를 연구하기 위해 '수수께끼 상자'라는 장치를 개발했다. 상자 안에는 다양한 지렛대와 손잡이가 들어 있는데, 상자 속에 든 고양이는 빠져나가려고 이를 이용해 온갖 행동을 하게 된다. 손다이크가 설계한 상자에서 고양이는 특정한 순서에 따른 조작을 통해 문을 열고 밖으로 나가 먹이를 먹을 수 있었다. 상자는 고양이한테는 기본적으로 탈출용 방이지 인간이 하듯이 친구들과 재미있게 시간을 보내는 곳이 아니다. 그래서 상자 속 고양이는 아마도 조금 겁을 먹거나 약간 따분한 상태일지 모른다. 일단 순서를 알게 된 고양이는 훈련을 거쳐 다시 검사를 받게 되는데, 손다이크가 알아낸 바에 따르면 고양이의 행동은 최종 보상에 의해 형성된다. 지금 우리가 보기엔 당연한 결과인 듯하지만, 당시에는 혁신적인 발견이었다. 인간이 아니라 고양이도 방금 한 행동을 기억할 수 있고, 그 기억이 '강화될'(손다이크의 용어로 하자면 '새겨질') 수 있음이 증명되었기 때문이다. 진화와 자연선택 과정에서 생명체가 장기적으로 생존하는 데 쓸모 있는 특성을 선택해서 발전시켜나가듯이, 이처럼 형성된 행동 중에서도 생명체가 장기적으로 생존하는 데 쓸모 있는 행동을 선택해 발전시킬 수 있다.

물론 인간도 똑같이 한다. 좋은 예를 나는 대학 캠퍼스에서 주차를 하면서 발견했다. 주차 패스를 구입한 학생과 교수진, 교직원은 자기 차에 주차 태그를 붙이는데, 이것을 무선 센서RFID가 인식해 주차장 문이 열린다. 대학이나 병원 또는 도시의 큰 사무실에서 일하는 사람의 차에는 이 태그가 붙어 있을지 모른다. 하지만 누구도 그게 어떻게 작동하는지는 잘 모른다. 내가 보니 사람들은 운전하면서 차를 올바른 위치에 두어 주차 태그가 올바른 위치에 놓이도록 하려고 한다. 그래서 시행하다 멈췄다 움직였다 멈췄다 한다. 마치 내 고양이가 날 깨우려고 순서대로 하는 행동의 전체 과정처럼, 운전자들은 주차장에 진입하려고 때로는 불필요한 순서의 행동도 한다. 우리는 어떤 행동들이 문을 여는 데 꼭 필요한지 모르지만, 어느 정도쯤 하면 되겠거니 짐작은 한다. 문은 대체로 열리는데, 문 앞에서 무엇을 하든 그 행동은 강화된다. 만약 여러분이 그저 앞뒤로 움직였더니 문이 열렸다면, 그 행동이 강화된다. 비록 과정 전체가 문을 여는 데 꼭 필요하지 않더라도 말이다. 연관 짓기association는 점진적으로 일어난다. 통하는 듯한 일은 강화되며, 통하지 않는 듯한 일은 강화되지 않는다. 종종 부적절한 행동이 강화되기도 하는데, 우연히 결과가 제대로 나왔기 때문이다. 때때로 우리는 이를 가리켜 '미신'이라고 한다.

하지만 가장 큰 차이는 이것이다. 알고자 한다면 우리는 문이 어떻게 작동하는지 이해하려고 시도할 수 있다. 우리는 추론하는 능력을 이용할 수 있다. 언어를 이용해 가설을 내놓고 이 가설을 검증할 수 있다. 온라인 자료를 읽고서 RFID 시스템이 어떻게 작동하는지, 작동 범위가 어떤지를 이해하려 해볼 수 있고, 이에 따라 행동을 조정할 수 있다. 이렇게 하는 데는 계획과 언어 그리고 (다른 사람들도 문의 작동 원리를 알고 우리에게 믿을 만한 정보를 준다고 가정하는) 마음의 이론theory of mind이 필요하다. 이런 과정이 실행되고 나면, 주차장 진입은 이전처럼 점진적이지 않게 된다. 무슨 말이냐면, 여러분이 안내문을 읽고서 이에 따라 행동해 문이 열리게 되면, 이후로는 계속 그 행동을 반복하면 된다는 뜻이다. 즉, 우리에게는 원인과 결과를 이해할 수 있는 특권이 있다. 고양이에게는 그런 특권이 없다. 우리한테 그런 특권이 있는 까닭은 언어 때문이다. 그런데 알고 보니, 심리학의 한 연구 방법으로서 행동주의는 왜 그리고 어떻게 우리가 언어를 사용하는지 설명하는 데는 부적절했다.

| 인지심리학, 본격적으로 마음을 연구하다 |

1957년 행동주의 심리학자 스키너는 『언어 행동Verbal Behavior』이란 책을 출간했다. 당시 이미 스키너는 세계에서 가장 유명한 심리학자가 되어 있었다. 연구 업적이 많았고, 재미있고, 잘 알려져 있었고 또한 약간 구설수에 오르기도 했다. 대학원생일 때는 조작적 조건형성 공간(일명 '스키너 상자')을 발명했다. 여러 가지 단서와 행동 강화 요인을 가할 때 쥐가 하는 행동 반응을 추적하는 도구였다. 심지어 한때는 자기 딸을 그런 상자에 넣어 길렀다는 말이 나돌았다. (당연히 사실이 아니다.) 여러 면에서 그는 1950년대 중반에 심리학의 독보적인 권위자였다.

스키너가 보기에 모든 행동은 강화 학습이라는 근본적인 메커니즘으로 설명할 수 있었다. 『언어 행동』에서는 어떻게 그게 가능한지에 관한 이론을 기술하면서, 우리가 의사소통을 배울 수 있는 까닭은 어떤 말을 하면 강화가 되고 다른 말로는 강화가 되지 않기 때문이라고 주장했다. 즉, 인간은 언어를 이용해서 필요한 것을 얻는다는 주장이다. 어린아이가 장난감이나 음식을 가리키며 무언가를 말하면, 그 장난감이나 음식을 얻는다. 시간이 흐르면서 어린아이의 언어 행동은 이러한 강화 규칙들과 더욱 일반적인 조작적 학습에 따라 형성된다. 만약 행동심리학이 자연과학이 되고자 한다면, 학습의 규칙과 법칙이 언어를 포함한 다양한 인간 행동에 일반화되어야 한다.

하지만 이 책은 언어학 분야 내에서 어느 정도 반박에 부딪혔다. 가령 언어학자인 노엄 촘스키Noam Chomsky가 스키너의 책에 대한 치밀한 비평을 썼다. 촘스키의 비판에 따르면, 언어는 최소한의 사례들로 학습되지 피드백 방식은 큰 영향을 미치지 않는다고 한다(나중에 그는 이 개념을 가리켜 '자극의 빈곤'이라고 불렀다). 어린아이는 들은 적 없는 말을 하기도 하고 틀린 말을 해도 보상을 받을 수 있다. 걸음마를 배우는 시기의 아이가 "주스 주"라고 말해도, 부모는 주스를 준다. 촘스키의 주장으로는, 언어를 배우지 **않으려야** 않을 수 없는 어떤 선천적인 행동들이 반드시 존재한다.

1959년에 나온 촘스키의 비판은 큰 인기를 끌었다. 일반 대중한테가 아니라 많은 심리학자와 언어학자한테 큰 인기를 끌었는데, 이들은 스키너와 같은 행동주의자가 너무 엄격하고 특정 이론에 집착하며 인간의 행동과 마음을 연구하는 다른 접근법을 배척한다고 여겼다. 또 어떤 이들은 촘스키의 비판을 여러분이 좋아하는 (또는 싫어하는) 영화를 좋아하는 (또는 싫어하는) 비평가를 보듯이 대했다. 즉, 행동주의에서 비켜서 있었던 사람들한테 어느 정도 정당성과 더불어 '그래, 고마워!'의 느낌을 주었다. 촘스키의 비평문은 요즈음 이른바 '인지혁명cognitive revolution'의 선구적 문헌 중 하나로 간주된다. 이는 은밀히 계획되었거나 강의실에서 다투어진 일이 아니라, 전반적으로 사고의 급격한 변화를 몰고 왔다. '혁명'이라는 개념이 실험적인 인지심리학의 배경 이야기로 자리 잡은 순간이었다.

인지심리학의 배경 이야기 가운데 조금 꾸며진 버전에 따르면, 1950년대의 실험심리학과들은 거의 전부 행동주의를 가르치는 데 치중했다. 하지만 사람들은 행동을 강화에 수반된 현상으로 보는 한계에서 벗어나고자 했는데, (짐작하기에) 촘스키의 비평이 그런 한계를 숨기는 장막을 걷어냈다. 물론 과장된 측면이 있지만, 그 이야기는 실험심리학 배경의 일부가 되었다. 그리고 정말이지 1960년대는 실험심리학으로서는 굉장한 발견의 시기였다. 사실이든 아니든, 스키너의 책에 대한 촘스키의 비평에 뒤이어 인지심리학이 크게 성장한 덕분에, 그 비평이 이후의 심리학 발전에 자극제 내지 촉매제가 되었다는 인식이 굳어지고 아울러 그 비평과 이후의 심리학 분야 사이의 연관성이 강화되었을지 모른다.

이러한 혁명에는 훨씬 더 현실적이지만 덜 극적인 다른 한 가지 측면이 존재했다. 1950년대 후반과 1960년대 초반에 대다수의 대형 연구대학은 연구용 컴퓨터를 소유하고 운영했다. 컴퓨터가 더 널리 보급될수록 심리학자들이 이용하기 쉬워졌다. 디지털 컴퓨터의 발전 덕분에 사람들에게서 모은 데이터를 측정하고 분석할 수 있게 되었다. 스키너의 조작적 조건형성 공간으로 측정할 수 있는 반응속도를 훨씬 능가하는 수준이었다. 이로써 심리학자들은(사람이 무언가에 얼마나 빠르게 반응하는지를 밀리초 단위로 정확하게 측정한) 반응 시간을 측정할 방법을 비롯해 글과 사진을 실험 대상자에게 매우 정확한 타이밍으로 제시하는 방법을 개발할 수 있었다. 이 시기 전에도 가능한 일이긴 했지만 이러한 기법은 1960년대에 널리 퍼졌다. 이에 힘입어 실험심리학이 급격히 발전했는데, 컴퓨터가 없었더라면 불가능했을지 모른다.

하지만 내가 보기에 더 중요한 점은, 컴퓨터가 마음에 대한 새로운 비유를 가능하게 만들었다는 것이다. 앞서 보았듯이 행동주의자는 제한적인 접근법을 개발했다. 이전의 구조주의자들이 사용하던 덜 과학적인 측정 방식과 거리를 두기 위해서였다. 행동주의자의 마음 모형은 기계적인 기능과 연산적 작동에 집중했기에, 내면의 정신 상태를 관찰하거나 기술하는 것은 허용되지 않았다. 그러다 보니 결과적으로 심리학을 입력과 출력 행동의 연구에 국한시키고 말았다. 컴퓨터에는 입력과 출력뿐만 아니라 명확하고 관찰 가능한 내부 상태가 존재한다. 초기 컴퓨터의 전자회로와 진공관 덕분에 외부 세계(입력)가 회로 연결을 통해 **표현(표상)**될 수 있음을 쉽게 알 수 있었다. 내부 구조가 달라지면 시스템의 성능도 달라질 수 있다. 또한 정보처리 단계의 순서도 중요하다. 이 표상은 시스템의 출력에 영향을 미칠 수 있고, 심지어 연구와 분석의 대상이기도 하다. 사고 과정을 강조한 구조주의 관점 내지는 행동 법칙을 연구한 행동주의 관점과 달리, 디지털 컴퓨터에서와 같이 내적 표상을 연구할 수 있게 되자 이제 심리학도 관찰이 불가능했던 내부 상태를 연구할 방법을 확보했다.

컴퓨터의 발전으로 인해 '마음은 컴퓨터다'라는 비유가 가능해졌다. 이는 우리가 마음과 뇌를 어떻게 여기는지와 어떻게 연구할지에 영향을 미치게 되었다. 이제 인지심리학은 정신적 행동과 정신적 표상을 연구하는 학문이다. 또한 마음을 연구하는 학문이기도 하며, 종종 뇌에서 일어나는 정보처리와 연산을 가리켜 마음의 연구라고 부르기도 한다.

앞에서 보았듯이, 마음에 대한 비유는 시대의 산물이자 과학 연구 방식의 원동력이기도 하다. 르네상스 시대 유럽에서 데카르트는 신과 신성의 영향력을 알았다. 그가 보기에 마음은 몸에 전적으로 속한 것이 아니라 신성의 일부이기도 했다. 따라서 마음이란 신이 설계한 것이라는 비유에서 생득주의가 출현했다. 마음은 계몽시대 동안에는 빈 서판으로, 다윈 시대엔 정신 기능을 맡는 인체 구조로, 산업혁명 기간에는 자극-반응 엔진으로 여겨졌다. 신의 설계, 빈 서판 그리고 기계…… 이런 비유들이 과학 탐구의 방향을 결정지었다. 그런데 이러한 비유의 한계로 인해 과학적 사고의 변화가 촉진되었다. 컴퓨터 비유는 인지심리학을 견인한 비유다. 그리고 신경 수준에 이르기까지 뇌에 관해 더 많이 알게 되자 이 비유가 더욱 들어맞는 듯하다. 어쩌면 이 비유는 훨씬 더 심오한 패러다임 전환일지 모른다.

| 인지과학, 패러다임의 전환 |

과학과 기술의 역사는 종종 **패러다임 전환**으로 설명된다. 이는 우리가 세계를 바라보는 방식 그리고 세계와 맺는 관계의 근본적인 변화다. 그중 큰 변화는 때때로 '무슨 시대' 내지 '혁명'이라고 불린다. 우주 시대가 딱 들어 맞는 예다. 20세기 중반에는 우주와 우주여행에 관한 대중의 관심이 엄청나게 커졌을 뿐만 아니라, 지금 우리로선 당연하게 여기는 산업과 기술의 여러 발전이 우주 시대의 부산물이었다. 우주 탐험 덕분에 우리는 지구를 그리고 지구가 우주에서 차지하는 위치를 이전과 달리 생각할 수 있었다. 인류 역사에서 처음으로 우리 종은 멀리서 보는 시각, 즉 지구 전체를 한 장의 사진 속에서 바라볼 수 있는 시각을 갖게 되었다. 이로써 우리가 전 우주의 중심이 아니라 작은 일부임을 깨달을 수 있었다. 우주 시대에 지구 궤도를 넘어 최종적으로 달에 도착한 유인 우주비행 경쟁이 벌어질 수 있었던 까닭은 화학, 컴퓨터과학, 재료과학 및 통신 기술의 발전 때문이었다. 지금으로선 당연시되는 많은 기술 발전이 우주 프로그램(그리고 더 일반적으로는 군사 활동)을 뒷받침하려고 개발되었다. 우리가 주머니에 넣어두거나 손에 쥐고 다니는 스마트폰은 방산 업체가 개발한 재료들의 소산이다. 또한 우주 탐험과 방위산업을 위해 개발된 통신 프로토콜을 바탕으로 하며 GPS 시스템을 이용하는데, 이 시스템은 1950년대에 맨 처음 발사된 통신위성이 없었다면 세상에 나오지 못했을 것이다. 인터넷도 우주 프로그램의 직접적인 결과는 아니지만 우주 프로그램과 나란히 성장했다. 냉전으로 인해 미국방부가 개발에 나선 컴퓨터 통신 시스템의 하나였기 때문이다. 더 많은 사례가 있지만, 이 정도만 해도 우주 시대, 즉 20세기 중반이 사고의 패러다임 전환 그리고 지구에서 인류의 삶을 크게 바꾼 기술적 전환을 낳았음은 확실하게 설명한 듯하다.

　내가 보기에 오늘날 우리는 새로운 시대, 새롭고 심오한 패러다임 전환의 초입에 있다. 내가 인지과학 시대라고 부르는 세상에 성큼 들어선 듯하다. 다른 이들도 그렇게 부를지는 잘 모르겠지만, 이 용어야말로 현시대를 제대로 정의한다. 컴퓨터 시대라든가 알고리즘 시대라고 할 수 있을지도 모르겠다. 또 어쩌면 데이터 시대라고 불러도 좋을지 모른다. 우리는 컴퓨터와 데이터에 전례 없이 크게 의존하는데, 이런 현상은 대체로 20세기에 인지심리학이 컴퓨터과학과 언어학, 신경과학과 만나고 '인지과학'이라는 용어가 탄생하면서 벌어졌다.

　그리고 인지과학의 이해는 이 세상과 우리의 관계 및 우리들끼리의 관계를 이해하는 데 필수적이다. 21세기에 행동을 이해하려는 컴퓨터 기반의 여러 접근법인 인공지능, 기계학습, 심층학습deep learning 등이 현재 전면적으로 실현되고 있기 때문이다. 매일 컴퓨터 알고리즘들이 문제를 풀고 의사결정을 내리고 미래, 즉 우리의 미래에 관한 정확한 예측을 하고 있다. 알고리즘이 의외로 우리의 행동을 많이 결정한다. 알고리즘은 우리가 소셜 미디어에서 무엇을 읽을지, 어떤 광고에 노출될지 결정한다. 알고리즘이 세밀하게 마련한 이런 '애드버테인먼트advertisement(광고advertising와 오락entertainment의 합성어—옮긴이)'는 도저히 거부할 수 없을 정도로 우리의 관심을 사로잡는다. 그 이유 중 하나는 우리가 미디어와 광고 회사에 제공하는 모든 데이터가 고성능의 복잡한 컴퓨터 알고리즘에 의해 분석되기 때문이다.

　이 책을 쓰면서 지금 나는 스포티파이로 음악을 듣고 있다. 스포티파이는 알고리즘을 이용해서 나의 음악 취향을 분석해 맞춤형 서비스를 제공함으로써, 내가 계속 음악을 듣고 돈을 지불하도록 만든다. 넷플릭스와 아마존 프라임도 동영상으로 똑같이 그렇게 한다. 물론 내가 휴대전화로 온갖 일을 할 수 있는 것도 알고리즘 덕분이다. 휴대전화로 무언가를 할 때마다 나는 기본적인 데이터를 제공하며, 이로 인해 그러한 회사들(구글, 애플, 페이스북 등)의 알고리즘은 더 나아진다. 예를 들어, 구글 맵에서 식당이나 소매점을 검색할 때 유용한 추천 정보를 얻는다. 하지만 검색을 더 많이 할수록 구글에 더 많은 정보를 주며, 구글은 그걸 이용해서 검색 결과를 향상시킬 수 있다. 나는 안드로이드 폰으로 구글 렌즈Google Lens라는 서비스를 이용한다. 구글 렌즈를 켠 다음에, 대체로 새나 식물, 곤충 등 무엇인지 알고 싶은 대상에 카메라를 갖다 댄다. 그러면 구글 렌즈가 이미지의 특징을 분석한 다음, 구글을 통해 대상에 들어맞는 인터넷 자료를 검색한다. 이것은 우리가 어떤 종류의 나비나 식물을 보고서 이름을 알고 싶을 때 유용하다. 하지만 이 정보는 구글에도 매우 유용한데, 자사의 알고리즘이 자연계를 더 많이 배우도록 돕기 때문이다. 우리한테는 검색이지만, 구글로서는 훈련을 위한 입력인 셈이다.

알고리즘은 미디어 회사에서만 활약하지 않는다. 우리가 고대하고 있는 자율주행차는 많은 컴퓨터와 알고리즘의 동시 운용으로 작동할 것이다. 심지어 자율주행이 아닌 차량에도 센서 시스템과 처리 알고리즘이 있다. 나는 2019년에 새 차를 한 대 샀는데, 알고리즘이 지원해주는 운전 성능에 깜짝 놀랐다. 자율주행차가 아닌데도 비슷한 기능을 지원했다. 크루즈 컨트롤cruise control 기능을 켜면, 앞에 가는 차의 속력을 감지해서 이에 맞게 내 차의 속력을 조절할 수 있다. 시야에서 벗어나 있는 측면이나 뒤쪽의 차들에 관한 경고를 줄 수도 있다. (신호 없이 차선을 바꾸는 등) 나의 주의력이 약해진 것 같으면, 나에게 직접 경고를 해주기도 한다. GPS를 장착하거나 스마트폰 연결을 통해, 나의 위치를 언제나 알고 있으며 속력, 제동, 가속 등에 관한 데이터를 항상 추적할 수 있다. 이 데이터는 나에게도 유용하지만 자동차 제조회사가 더 나은 알고리즘을 설계하는 데도 도움을 줄 수 있다. 그렇다 보니 나는 운전 방식이 이전과 달라졌다. 운전을 돕는 기술이 더 이상 새롭지 않으며, 지금은 일상적인 운전의 일부일 뿐이다.

컴퓨터, 기계 및 알고리즘은 (지금도 앞으로도) 우리가 하는 거의 모든 활동에 핵심적인 역할을 한다. 우리가 무언가 도움을 얻으려고, 가령 대상을 확인하거나 위치를 검색하거나 의사결정을 내리려고 컴퓨터 알고리즘을 이용할 때마다, 우리는 중요한 훈련 데이터를 해당 알고리즘에 제공한다. 시리, 구글 또는 알렉사Alexa(아마존에서 제작한 AI 비서—옮긴이)를 통해 음성 명령을 내릴 때마다 우리는 그런 서비스에 더 많은 훈련 데이터를 제공한다. 만약 음성 명령이 성공적으로 실행되면, 알고리즘은 그 명령을 통해 학습을 한다. 설령 성공적으로 실행되지 않더라도 마찬가지로 학습을 한다. 이러한 기계들, AI 시스템들 그리고 봇들이 우리한테 무엇이 필요한지 알도록 그리고 무엇이 필요하게 될지 예측하도록 우리가 훈련을 시키고 있는 셈이다. 이것들이 더 나아질수록 우리는 더 많이 의존하게 된다. 그 과정에서 알고리즘의 성능 향상에 더 기여하고, 그러면 다시 알고리즘에 훨씬 더 의존하게 된다. 이런 강화 고리가 흥미로운가? 아니면 무시무시한가?

정말로 새로운 시대다. 패러다임 전환이 아닐 수 없다. 인지심리학과 컴퓨터과학의 정점일 뿐만 아니라, 정보처리에 널리 관심을 갖는 다른 여러 관련 분야의 정점이기도 하다. 이것은 인지과학이다. 감히 주장하는데, 데이터, 알고리즘 및 정보를 으뜸가는 재료이자 산업으로 여기는 현시대야말로 인지과학 시대라고 불러야 마땅하다. 인지과학자로서, 이 새로운 시대는 우리의 이상이자 현대의 프로메테우스다. 그렇기에 인지과학을 자세히 살펴보고, 이 학문이 다른 여러 분야를 어떻게 한데 모았는지, 어떻게 발전했는지 그리고 왜 중요한지 알아봐야 한다.

인지과학은 1950년대와 1960년대에 (디지털 컴퓨터의 출현과 함께) 처음으로 등장한 학제간 분야다. 이 학문은 인지 현상 내지 정보처리를 엄밀한 인간 내면의 심리적 측면으로서보다는 독자적인 영역으로 삼아서 연구했다. 새로운 분야이다 보니 이 학문은 인지심리학, 철학, 언어학, 경제학, 컴퓨터과학, 신경과학 및 인류학의 성과를 바탕으로 삼았다. 차츰 발전하면서부터는 나름의 명칭과 접근법, 학회를 거느리게 되었다. 그렇기는 해도 대다수 과학자, 심지어 스스로를 '인지과학자'라고 부르는 이들조차 기존 학문 전통에 속해 있다. 일부 과학자들은 심지어 인지과학이 존재하기나 하는지 의문을 품는다(Núñez et al., 2019). 아마도 인지과학이 독자적인 분야라기보다는 학제간 접근법이기 때문인 듯하다. 사람들은 여전히 좀 더 확립된 전통적 분야에서 일하고 교육받는 편이지만, 내가 보기에 학계 전체는 인지과학의 학제간 속성에 큰 은혜를 입고 있다. 그리고 비록 매우 폭넓은 분야이긴 하지만, 내가 보기에 가장 중요한 측면은 생물학, 연산을 비롯해 행동 사이의 관련성이다. 바로 이런 상호작용으로부터 현시대가 자라났다.

생물학의 영향

현대인의 삶을 지배하는 힘은 알고리즘이다. 즉, 정보를 처리하고 예측을 하는 연산 엔진이 우리 삶을 지배한다. 학습 알고리즘은 여러 정보를 받아들여, 연관 짓기를 배우고, 그런 연관 짓기를 통해 예측을 하고, 새로운 상황에 변화하고 적응해나간다. 이를 가리켜 기계학습이라고 하지만, 여기서 핵심은 기계가 하나의 생명체처럼 배운다는 점이다.

가령, 많은 인공신경망의 바탕이 되는 알고리즘(헤비안 학습Hebbian Learning

알고리즘)은 심리학자이자 신경과학자인 맥길대학교의 도널드 헵Donald Hebb이 발견했다. 1949년에 출간된 헵의 저서 『행동의 조직Organization of Behaviour』은 이 분야의 가장 중요한 저작 중 하나로서, 뉴런이 어떻게 연관 짓기를 배우는지 설명했다. 이 개념은 마빈 민스키Marvin Minsky, 데이비드 럼멜하트David Rumelhart, 제임스 매클렐런드James McClelland, 제프리 힌턴Geoffrey Hinton 등 여러 인지과학자에 의해 수학적으로 정교하게 가다듬어졌다. 현재 기계학습과 심층학습에서 우리가 목격하는 발전은 인지과학자의 노력이 가져온 간접적인 결과다. 구체적으로 말해, 그들이 신경생물학에서 이미 나왔던 알고리즘에 들어맞도록 컴퓨터 알고리즘을 수정해가면서 작성하는 방법을 알아낸 덕분이다. 이것이 매우 중요한 점이다. 즉, 컴퓨터가 배울 수 있다는 사실 자체가 아니라, 컴퓨터 시스템의 학습과 적응 능력이 신경과학의 이해에 바탕을 두고 있다는 사실이 중요하다. 이는 학제간 접근법의 이점이기도 하다.

사례를 또 하나 들자면, AI 혁명의 이론적 토대는 앨런 뉴얼Allen Newell(컴퓨터과학자)과 허버트 사이먼Herbert Simon(경제학자)이 마련했다. 인간의 의사 결정과 문제 해결 및 그 과정을 수학적으로 모형화하는 법을 알아내기 위해 둘은 1950~1970년대까지 연구를 수행했다. 덕분에 인간 행동을 이해하는 데 바탕이 된 연산적 접근법이 나왔다. 이 역시 인지과학이 제공한 학제간 접근법의 이점이다.

알고리즘의 영향

인지과학의 영향력을 가장 두드러지게 직접적으로 느껴보고 싶다면 우리가 온라인으로 사용하는 많은 제품을 작동시키는 알고리즘을 통하면 된다. 여러 기능이 있지만 구글의 핵심은 검색 알고리즘이다. 사용자한테 필요한 정보를 찾을 수 있도록 세상의 지식을 정리해주는 것이다. 구글이 지식을 범주화하는 데 바탕이 되는 지식 표현의 기본 개념들은 1970~1980년 대에 엘리노어 로쉬Eleanor Rosch와 존 앤더슨John Anderson 같은 인지과학자들에 의해 일찍이 탐구되었다. (이 연구는 8장에서 다시 다룬다.)

페이스북을 살펴보자. 이 회사는 사용자가 무엇을 가치 있게 여기는지 배우는 정교한 알고리즘을 실행시켜서, 사용자가 관심을 많이 두는 내용을 제시한다. 더 정확히 말해서, 알고리즘이 예상하기로 사용자가 페이스북 네트워크를 확장시키는 데 도움을 줄 내용을 제시한다. 결국, 어떻게 해야 사용자가 페이스북을 더 많이 쓸지 예측하는 셈이다.

구글과 페이스북의 경우 모두 알고리즘은 사용자, 즉 여러분한테서 얻은 정보를 시스템 내의 기존 지식과 연결해 해당 사용자에게 유용하고 적절한 예측을 한다. 그러면 사용자는 더 많은 정보를 시스템에 제공하게 되고, 이를 바탕으로 시스템은 알고리즘을 개선해 더 많은 정보를 획득한다. 점점 커질수록 네트워크는 더 많이 개선되어 더욱 효과적이고 많은 지식을 습득한다. 여러분의 뇌도 바로 그렇게 한다. 뇌는 여러분으로 하여금 정보를 찾는 행동에 나서도록 함으로써, 예측하고 적응하는 자신의 능력을 개선한다. 이러한 네트워크와 알고리즘은 사회적인 마음이라고 할 수 있다. 우리의 뉴런 네트워크가 인체에 하는 것과 똑같은 역할을 사회에 하기 때문이다. 정말이지 이러한 네트워크와 알고리즘은 사회를 변화시킬 수 있다. 어떤 사람들은 바로 이 점을 두려워하기도 한다.

기술회사 CEO들과 정치인들이 AI의 위험을 걱정하곤 하는데, 내가 보기에는 다음과 같은 생각이 그들의 두려움의 중심에 놓여 있다. 즉, 뇌가 우리의 행동을 자신의 마음과 몸에 복종하게끔 변화시키듯이 우리가 점점 더 의사 결정을 맡기는 알고리즘이 우리의 행동을 변화시켜 결국 우리가 알고리즘에 종속될 거라는 생각이다. 이 생각은 많은 이에게 불안감을 일으키지만 멈출 순 없어 보인다. 뿌리가 깊고 피할 수 없는 두려움이긴 하지만, 다른 모든 새로운 시대 내지 패러다임 전환과 마찬가지로 과학적이고 휴머니즘적인 방향에서 이를 접근하고 이해해나가야 한다.

이것이야말로 인지과학이 남겨준 유산이며, 정말로 19세기 이후로 줄곧 진행된 실험심리학의 발전이 남긴 유산이다. 20세기와 21세기에 이룬 성과들은 생물학에서 학습 알고리즘을 탐구해, 고성능의 컴퓨터에서 지속적으로 구현하고, 아울러 그 둘의 관계를 인간의 행동에 적용한 결과다. 컴퓨터와 신경과학 분야의 기술 발전 덕분에 그런 개념들이 현대 세계를 주도하는 힘이 되었다. 인간이 아닌 알고리즘과 인공지능한테 지배를 당할 거라는 두려움이 때때로 필연적으로 뒤따르긴 하지만, 인지과학을 이해하는 일은 생존과 적응에 필수적이다.

이제껏 우리는 실험심리학의 발전을 19세기 초반의 구조주의 시절부터 행동주의와 인지과학에 이르기까지 살펴보았다. 하지만 한 가지가 빠졌다는 것을 여러분도 알아챘을 것이다. 바로 뇌다! 우리가 인지과학 시대에 살고 있긴 하지만, 이 시대의 진정한 다음 영역은 인지신경과학, 즉 뇌와 마음에 관한 연구다. 이 내용을 다루지 않은 까닭은 잊었거나 중요하지 않아서가 아니다. 바로 다음 장에서 더 자세히 다루기 위해서다. 이제 뇌에 대해 이야기해보자.

2장

뇌 이해하기

내가 고등학생일 때 친구 한 명이 끔찍한 자동차 사고를 당했다. 30년 전의 일이라 자세히 기억이 나진 않지만, 이것만큼은 또렷이 기억난다. 자동차를 몰고 학교에 가는 학생은 그 애뿐이었고, 어째선지 학교 가는 길에 차를 잘못 운전해서 나무에 부딪혔다. 충격 때문에 얼굴의 뼈가 부러졌고 뇌 앞쪽의 주요 부위에 손상을 입었다(전전두피질prefrontal cortex, 줄여서 PFC라고도 하는 부위인데, 뇌의 해부학적 구조는 몇 페이지 뒤에 더 자세히 다룬다). 손상은 심각했다. 차량 충돌로 인해 얼굴과 두개골 골절, 뇌의 손상이 있었을 뿐만 아니라, 신경외과의사가 뇌 앞쪽의 작은 부분도 제거해야 했다. 전전두엽 절제술이었다. 그 애는 회복 기간 동안 몇 주나 의식불명 상태였다.

나는 가족과 함께 여러 주에 걸쳐 몇 번 병문안을 갔는데, 차도가 없었다. 그 애는 전혀 반응이 없었다. 사고가 난 지 한두 달 후쯤 깨어났지만 말을 하지 못했고 자기 부모가 누구인지도 가까스로 알아차렸다. 하지만 손상된 뇌라도 스스로를 치유할 수 있는데, 어린아이라면 이 재생 능력을 이용해 일부 기능을 회복할 수 있다.[1] 시간이 흐르자 그 애는 차츰 말하고 듣고 걷고 읽는 능력을 어느 정도 되찾았고, 가족과 친구들과도 대화를 할 수 있게 되었다. 마침내 회복된 듯 보였다.

| 뇌 수술 후 다른 사람이 되다 |

그 애는 그해에 졸업을 못 했고 나는 몇 시간 거리에 있는 대학에 진학했다. 자연스레 그 애와 그 애 가족들과 연락이 끊겼다. 당시에는 스마트폰도 SNS도 없었다. 널리 보급되지 않았던 인터넷은 대학의 연구용이었고, 친구들을 비롯해 가족과 연락할 수 있는 방법은 편지뿐이었다. 편지는 이메일이나 다이렉트 메시지와 비슷했지만, 쓰고 읽기까지 꽤 오랜 시간이 걸린다. 기숙사에 공중전화가 있었지만, 딱 한 대뿐이라 집에 꼭 전화를 걸 용도로만 사용하는 편이었다. 마음껏 이용하긴 어려웠다.

몇 년 후 사고에서 회복된 그 애는 마침내 고등학교를 졸업할 수 있었다. 얼마 후 나도 가족과 함께 졸업 축하 자리에 참석했다. 연락이 끊긴 이후로 나는 그 애가 회복한 줄 모르고 있었다. 그래서 그 애의 상태가 어떤지 무척 알고 싶었다. 우리는 고등학교 시절에 대해, 그 애의 계획과 장래에 대해 그리고 사고에 대해 이야기했다. 그 애는 외모도 이전과 거의 같았고 어투도 똑같았다. 지난번에 마지막으로 보았을 때는 거의 말을 할 수

---

1   신경가소성은 일반적으로 뇌의 발달 유연성을 가리키는 용어로, 종종 특히 어린 시기의 손상과 변화에 적응하는 뇌의 능력을 의미한다.

없었으니, 그만하면 정말 다행이었다.

하지만 뭔가가 이상했다. **그 애는 결코 이전과 똑같은 사람이 아니었다.** 비유적으로 하는 말이 아니다. 정말로 이전과 똑같은 사람으로 보이지 않았다. 다른 사람이 내 친구의 몸 안에 살고 있는 듯했다. 외모는 사고 전의 모습과 가까운 상태로 되돌아갔는데도, 성격이 확연히 달라졌다. 얼굴에 난 상처를 못 알아보기는 쉬워도 생각과 행동, 성격의 변화를 못 알아차리기는 어려웠다. 우리는 사람들이 늘 외모가 바뀐다는 점을 인정한다. 하지만 내면이 바뀐다고는 생각하지 않는다. 이전에 그 애는 아이비리그 대학에 가고 선망받는 직업을 갖는 것이 꿈이었다. 학구적이고, 다정한 성격에 유쾌하고, 배려심도 깊었다. 남들을 많이 보살폈고 친구들과도 아주 친했다. 믿고 지낼 수 있는 사람이었다.

하지만 사고 후에는 종잡을 수 없는 사람이 되고 말았다. 그 애가 말하는 데는 여러 달이 걸렸다. 말을 다시 할 수 있게 된 후로 차츰 원 상태로 회복되었다. 그 애는 종종 이야기를 들려줬는데, 내용이 혼란스럽기도 하고 때로는 재밌기도 했으며 때로는 모순적이었다. 또한 완전히 지어낸 이야기거나 비밀로 해야 할 사건들도 들려주었다. 객관적으로 사실이 아닌 이야기도 꾸며냈다. 가령 그 주의 초반에 보지도 않은 영화를 보았다고 하는 식이었다. 또한 동일한 사건을 두고서 서로 상충되는 이야기들을 여러 사람에게 하기도 했다. 이전과 비교해볼 때 그 애는 자제심이 없어졌다. 종종 부적절한 말을 거리낌 없이 내뱉었다. 사고 이전에는 사려 깊고 총명하고 믿음직하고 야심만만했던 데 반해, 사고 후에는 정신 상태가 혼란스러운 사람이 되고 말았다. 이런 관찰 내용은 그 애가 회복한 지 한두 해 뒤의 결과다. 이후 몇십 년이 지나면서 그 애가 어떻게 되었는지는 나도 모른다. 아마도 완전히 회복해 충만한 삶을 살고 있을 것이다. 정말로 그러기를 바란다.

| 우리가 뇌를 이해해야 하는 이유 |

이 이야기를 먼저 꺼낸 까닭은 이 장에서 다룰 몇 가지 점을 잘 설명해주기 때문이다. 우선 나는 그 일을 통해 처음으로 뇌와 행동의 관련성을 직접 목격했다. 생각과 기억, 행동이 뇌에 바탕을 둔 기능임은 물론 그때도 알고 있었다. 당시 '심리학 입문' 강의를 들었기에, 유명한 사례연구들을 알고 있었다. 그래도 뇌와 마음과 행동 사이의 관련성을 직접 확실하게 본 적은 없었다. 내가 아는 사람이 겉모습이나 어투는 몇 년 전과 똑같으면서도 행동은 딴판이었다. 그사이에 달라진 것이라고는 뇌 손상에 따른 전전두피질 제거뿐이었는데 말이다.

이 사례에서처럼 특정한 행동은 특정한 뇌 영역과 관련된다. 즉, 내 친구의 전전두피질이 성격의 어떤 측면을 조종하는 듯했다. 구체적으로 보자면, 말하거나 행동하고 싶은 바를 결정하는 능력 그리고 부적절한 행동을 억제하는 능력을 관장했다. 인지신경과학자들은 이 개념을 가리켜 **기능의 국소화**(localisation of function)라고 부른다. 복잡한 행동과 사고는 뇌의 여러 영역에 걸쳐 일어나기도 하지만, 특정한 행동은 피질의 특정한 영역에 국소적으로 관련될 수 있다. 이 장의 후반부에 나오듯이, 음성언어를 이해하고 표현하는 데 특화된 뇌 영역도 있고, 얼굴을 인식하고 처리하는 데 특화된 뇌 영역도 있으며, 손과 눈의 움직임을 조정하는 데 특화된 뇌 영역도 있고, 내 친구의 경우처럼 복잡한 행동을 실행하고 억제하는 데 특화된 뇌 영역도 있다.

앞서 내가 든 사례는 또한 인지신경과학 분야가 어떻게 탄생했는지도 조명한다. 뇌와 마음과 행동 사이의 관련성에 대해 우리가 알고 이해하는 지식의 대부분은 처음에 환자들을 대상으로 한 연구에서 발견되었다. 가령, 뇌졸중이나 둔기에 의한 외상 또는 수술 부작용 등으로 뇌 손상을 입은 환자들로부터 나왔다. 이 장의 후반부에 이 사례를 다시 다루면서, 내친구가 입은 손상이 행동에 영향을 미쳤는지에 대해 논의해보겠다.

이 책은 주로 사고와 마음에 관한 내용이다. 하지만 먼저 인지 처리를 담당하는 기관인 뇌를 이해해야 한다. 이 장 후반부에 나는 기본적으로 뇌의 구조와 더불어 인지신경과학에서 사용되고 있는 연구 방법을 소개할 것이다. 이 분야의 흥미롭고 긴 역사를 논의할 텐데, 여기에는 뇌 구조가 어떻게 성격과 인지 기능과 관련되는지를 파악한 초창기의 몇몇 매우 유명하고 흥미진진한 사례연구가 나온다. 인지신경과학 연구는 오늘날 행해지는 가장 영향력 있고 흥미로운 연구다. 전 세계의 대학과 연구소에서 실시하고 있는 대단히 흥미로운 연구를 소개하겠다. 가령, 내가 속한 대학에서 인식의 본질을 파헤치려고 진행 중인 정말로 혁신적인 연구, 그리고 어떻게 뇌가 우리의 정치적 신조와 사회적 행동을 이끄는지 파악하기 위한 사회심리학자의 선구적인 연구를 소개하려 한다.

| 뇌의 구조 |

먼저 뇌를 빠르게 훑어보자. 우리의 목표가 왜 그리고 어떻게 사람들이 저마다의 방식으로 행동하는지 이해하는 일이라면, 먼저 인식과 정보처리에 대해 이해해야 한다. 그러려면 뇌가 어떻게 작동하는지 이해해야 한다.

뇌는 단백질과 지방으로 이루어진 빽빽한 기관이다. 뇌는 외부 세계와 직접 접촉하지 않게 단단한 뼈로 둘러싸여 있다. 뇌는 세계로 연결되며, 눈, 귀, 코, 손가락 및 다른 감각기관들을 통해 여러분의 인식을 확장한다. 이런 입력은 다른 입력과 연결되며, 그러한 연결이 세계에 대한 여러분의 경험을 구성한다. 또한 이미 발생한 일을 기억과 지식의 형태로 표현하기도 한다. 여러분이 생각하고 궁리하고 결정하고 기억하고 의식적으로 경험하는 모든 것이 이 기관에서 일어난다. 간단히 말해서 우리의 뇌가 바로 우리 자신이다.

항간에 떠도는 말을 여러분도 들었을지 모르지만, 보통 사람이 뇌의 10%만 사용한다는 말은 틀렸다. 여러분은 항상 뇌의 전부를 사용한다. 이런 신경신화neuromyth2 가 어디서 유래했는지는 잘 모르겠지만, 슬쩍 봐도 터무니없는 소리다. 이 주장을 자세히 살펴보자. 인간의 대뇌피질은 포유류의 생리학적 관점에서 보았을 때 가장 고도로 진화된 구조에 속한다. 이토록 복잡한 뇌의 90%가 본래부터 작동 불능이라는 생각은 우습기 그지없다. 우리는 '당신은 간의 약 10%만 사용한다'거나 '평균적인 사람은 특정 시간에 피부의 약 15%만 사용한다'고 주장하지 않는다. 그런데 왜 뇌에 관한 그런 주장을 믿을까? 게다가 뇌 부위에 손상을 입은 사람들처럼 정말로 뇌의 100% 미만을 사용하는 사람의 경우에도, 종종 그 효과는 분명하게 알아차릴 수 있다. 그런데도 우리는 무작정 뇌의 10%를 사용한다고 여전히 주장한다.

---

2   신경신화는 뇌에 관한 매우 흔하지만 사실에 비추어 봤을 때 잘못된 믿음을 과학자들이 종종 일컫는 용어다. 흔한 신경신화의 예로, 사람들은 뇌의 10%만 사용한다든가, '우뇌형'인 사람은 예술적이고 '좌뇌형'인 사람은 수학적이라든가, 뇌 기반의 '학습 스타일'이 있다는 등의 주장이 있다(Dekker, Lee, Howard-Jones & Jolles, 2012).

우리가 뇌의 전체 활동의 작은 일부만 의식적으로 안다고 말하는 편이 정확할 것이다. 하지만 이는 인지적 한계일 뿐 생리적 한계는 아니다. 이 한계는 어쩌면 우리에게 적응상의 이로움을 주려고 진화되었다. 발생하는 모든 뇌 과정을 명시적으로 알아차리기란 불가능하기 때문이다. 우리가 이 세상에서 받아들이는 감각 정보는 시시때때로 바뀌지만, 그 자세한 내용 대부분은 우리의 행동이나 생각과 무관하다. 또한 우리는 호흡하기, 서 있기, 지각하기, 일상생활 하기에 필요한 지속적인 뇌 활동을 대체로 알아차리지 못한다. 당연히 우리는 모든 것을 알아차리지는 못한다! 따라서 어디에 주의를 많이 기울이고 적게 기울여야 할지, 그리고 무슨 일을 무의식적이고 자동적으로 행할지 우선순위를 정할 필요가 있다. 이 내용은 4장에서 훨씬 더 자세히 다루겠다. 요점만 말하자면, 우리는 항상 뇌의 전부를 사용하긴 하지만, 인지 체계가 진화해온 방식 때문에 그 활동의 작은 부분만 인식한다. 이 한계 내지 병목이 우리가 사고하는 방식을 지배하는 가장 근본적인 측면 중 하나다.

그런 흔한 신경 신화는 제쳐두고 뇌에 관한 논의로 돌아가자. 여러분 뇌의 크기는 큰 콜리플라워쯤 된다. 더 정확히는 평균적인 사람의 뇌는 1,120에서 1,230세제곱센티미터 사이인데 유전적 성질과 성별, 영양 등의 요인으로 인해 얼마간의 사소한 변이가 존재한다. 뇌는 균일한 덩어리와는 거리가 멀다. 바깥 부분, 즉 뇌 사진이나 실제 뇌를 볼 때 우리 눈에 띄는 부분을 가리켜 피질cortex이라고 한다. 대다수의 인지 행동이 일어나는 곳이며, 내가 가장 자세히 설명할 영역이기도 하다. 피질 바로 아래 영역들은 기억을 만들어내고 감정을 이해하는 데 중요하다. 이 피질 아래subcortical 구조가 우리의 논의에서 중요한 까닭은 우리가 기억하고 생각하고 환경에 반응하는 방식에 영향을 미치기 때문이다. 중뇌와 후뇌 등 다른 여러 구조도 있는데 이는 심장박동, 호흡 및 생명 활동과 같은 기본적인 기능 유지에 도움을 준다. (우리를 살아 있게 하므로) 이 영역들도 중요하긴 하지만 이 책에서는 그다지 자세히 다루진 않는다.

뇌의 피질은 영역마다 내부 구조가 다를 뿐 아니라 사람들 사이에서도 차이가 난다. 어떤 사람은 뇌가 큰 반면에 어떤 사람은 뇌가 조금 작다. 피질의 전체 크기는 일반적으로 뇌 자체의 크기와 상관관계가 있긴 하지만, 뇌의 전체 크기가 꼭 지능이나 행동과 크게 관련이 있지는 않다. 생물학적 성에 따른 차이도 존재한다.[3] 영국 바이오뱅크UK Biobank 프로그램에서 실시한 인간 두뇌에 관한 대규모 연구에서 확인한 결과, 남성의 뇌가 여성의 뇌보다 아주 조금 더 큰 편이다(Ritchie et al., 2018). 어느 정도 차이는 예상되는데, 남성과 여성의 신체 크기가 전반적으로 다르기 때문이다. 과학자들이 알아낸 바에 따르면, 남성 뇌와 여성 뇌는 서로 상당히 비슷하지만, 구조와 기능에서 얼마간의 차이도 존재한다. 가령, 이 표본 중에서 남성 뇌는 여성 뇌보다 평균 부피에서 조금 더 컸지만, 여성 뇌의 표본에 비해서 남성 뇌의 표본 내에서 차이가 더 컸다. 일부 영역들에서 여성 뇌는 연결성이 조금 더 높은 수준이었다. 리치Ritchie와 동료들은 이런 차이가 사소함을 조심스레 지적했다. 설령 있다고 한들, 인지 처리에 미치는 영향은 작을 테며, 사람들이 생계를 위해 무엇을 할 수 있는지, 어떻게 일할지 그리고 어떻게 서로 어울릴지 등에는 영향을 미치긴 어렵다. 남성과 여성은 뇌가 다르긴 하지만, 전체적으로는 대단히 비슷하다.

---

3   이 책에서는 일반적인 관례에 따라 성sex은 유전자에 의해 결정되는 생물학적 속성을 가리키며 젠더 gender는 인간의 성적인 정체성을 가리킨다. 젠더는 유전적인 성과 대체로 상관관계가 강하긴 하지만, 전적으로 그렇지는 않다.

뇌는 사람들마다 크기가 다르며 내적인 구성 면에서도 다르다. 하지만 뇌 크기는 사고와 행동에 대해 그다지 많이 알려주지 않는다. 정작 중요한 점은, 뇌가 무엇으로 이루어져 있는지, 뇌에는 어떤 상이한 영역들이 존재하는지 그리고 이런 상이한 영역들이 어떻게 특화되어 있는지다.

백색 물질과 회색 물질

대략적으로 말해서, 뇌는 백색 물질과 회색 물질로 구성되어 있는데 이 둘은 밀도가 다르다. 둘 다 인지 기능과 행동에 매우 중요하다. 회색 물질은 우리가 뇌를 볼 때 제일 먼저 눈에 띄는 것으로, 뉴런 세포들의 집합이다. 이 연결된 세포들을 가리켜 우리는 종종 '선으로 연결된wired' 것이라고 여긴다. 그래서 '저 행동은 배선되어hardwired' 있다는 비유적 표현을 사용한다. 사고가 전기적 활동이라는 이 비유는 20세기에 나왔으며 당시의 과학기술을 반영한다. 평균인의 피질은 160억 개의 뉴런으로 이루어져 있는데, 각 뉴런은 다른 뉴런과 다중적으로 연결되어 있다. 게다가 뇌의 다른 구조들 그리고 뇌와 척추 및 신체 다른 부위와의 연결에도 수십억 개의 뉴런이 관여한다.

뉴런은 크기와 구조 면에서 굉장히 다양하다. 높은 수준의 사고에 깊이 관여하는 뇌 부위(나중에 더 자세히 다룰 전두피질)는 고작 몇 마이크론 내지 밀리미터 길이의 세포들로 구성되며 다른 뉴런들과 조밀하게 연결되어 있다. 운동 뉴런은 운동을 조정하는 뇌 부위들을 신체 여러 부위의 근육과 연결하는 세포로서, 최대 1미터까지 매우 긴 편이다. 물론 길긴 하지만, 긴 가닥의 형태로 근육에 이어져 있다. 내가 예닐곱 살 때, 무슨 이유에선지 그 사실이 무섭게 느껴졌다. 몸속의 세포 하나가 거의 나만큼 키가 큰 모습을 떠올리면, 거대한 오징어가 내 몸속에 살고 있는 듯 끔찍했다. 잠을 자려고 할 때 떠올리기 좋은 이미지는 아니다.

백색 물질은 지방 조직으로서, 연결 조직 그리고 뉴런의 일부를 감싸고 있는 미엘린myelin이 대부분이다. 뉴런에는 다른 뉴런과 연결되는 부위인 축삭돌기와 가지돌기가 있다. 학습에 중요한 물질인 미엘린은 두 돌기 중에서 축삭돌기를 감싸는 정면체 조직이다. 이 절연체는 연결 속도 향상에 중요하다. 일반적으로 절연이 많이 된 뉴런일수록 전기 자극이 한 뉴런의 말단에서 다른 뉴런의 말단으로 더 빠르게 이동하기에, 인지 처리의 전반적인 속도가 높아진다.

기본 물질인 백색 물질과 회색 물질은 여러분이 뇌를 볼 때 겉으로 보인다. 백색 물질과 회색 물질은 서로 연결된 뉴런의 조밀하고 두꺼운 덩어리에서 생긴다. 이 물질들은 사고에 관해 그다지 많이 알려주지 않는다. 어떻게 뉴런들이 함께 모이고 또한 그처럼 국소적으로 모인 뉴런들이 작동하는가가 조금 더 중요하다. 그런 모임을 가리켜 보통 엽葉, lobe이라고 하는데, 대뇌피질에는 4가지 종류의 엽이 있다.

4가지 엽

여러분의 뇌는 단지 하나의 큰 덩어리가 아니다. 뇌의 생리와 기능은 엽이라고 하는 4가지 영역으로 체계적으로 조직되어 있다. 이 영역들에 관해 이미 어느 정도 아는 독자도 있겠지만, 그 각각을 보다 더 자세히 살펴보자. 뇌의 기본 구조를 어느 정도 알고 나면, 마음과 사고 및 행동의 메커니즘을 이해하는 데 매우 유용하다. 이를 살펴보기 전에 잠시, 우리가 뇌를 논할 때 비유를 들어 설명하는 경향에 대해 이야기해보려 한다.

뇌에 관해 생각할 때 비유를 사용하지 않기란 거의 불가능하다. 가장 흔한 예가 뇌를 컴퓨터에 비유하는 것이다. 이 비유에서 뇌는 하드웨어나

기계로 여겨지며, 인지 기능은 소프트웨어에 가깝게 여겨진다. 우리가 마음이라고 부르는 것은 뇌 속의 이 인지 소프트웨어를 작동시킨 결과다. 그렇다고 해서 기계가 말 그대로 소프트웨어를 작동시킨다는 뜻이 아니라, 뇌 기능과 구조 사이의 관련성을 비유적으로 그렇게 설명할 수 있다는 뜻이다. 뇌를 컴퓨터에 비유하는 것은 1960년대에 처음으로 유행하기 시작해서 지금까지도 쓰이고 있다. 하지만 더 오래된 다른 비유도 있다.

뇌와 마음에 관한 비유로서, 내가 정말로 좋아하는 것은 이른바 수력학적 비유hydraulic metaphor다. 이 비유는 적어도 데카르트까지 거슬러 올라간다. 그가 옹호한 뇌 기능의 모형에서는 기본적인 신경 기능들이 '스피릿spirit', 즉 생명의 액을 흐르게 하는 일련의 관tube에 의해 지배된다고 보았다. 뇌 관brain tube이란 발상이 우습게 들릴지 모르나, 이 개념은 체액이 건강과 질병, 살아 있음의 가장 명백한 신호였던 시대에는 하나의 이론으로서 꽤 타당하게 받아들여졌다. 피, 배설물, 오줌, 고름, 답즙 등의 액체는 전부 무언가가 잘 작동하는지 여부를 알려주는 신호이며 그것이 멈추면 우리 삶도 멈춘다. 그리고 데카르트 시대에는 그런 개념이야말로 인체를 이해하는 으뜸가는 방법이었다. 이렇듯 사고와 인식이 어떻게 일어나는지에 관한 다른 정보가 없었던지라, 뇌 속의 생각이 체액의 작동 결과라고 짐작한 예전의 철학자와 심리학자의 판단은 일견 타당했다.

이런 발상은 사고에 관해 논의할 때 우리가 사용하는 언어나 개념적 은유conceptual metaphor4에도 살아 있다. 개념적인 은유 이론은 언어학자 조지

---

4   개념적 은유는 이 책의 후반부에서 언어와 개념을 논할 때 더 자세히 다룬다. 대다수의 사례는 영어, 특히 미국 영어에서의 은유에 해당한다. 다른 언어들에도 영어의 경우와 겹치거나 겹치지 않는 은유가 있을 것이다.

레이코프^{George Lakoff}에게서 나온 언어와 사고에 관한 폭넓은 이론이다. 한 가지 기본 개념을 소개하자면, 우리는 무언가를 생각해 세계에 대한 개념을 형성하는데, 이 개념은 우리가 그것에 대해 말하는 방식에 대응한다. 언어가 사고를 지시한다기보다는 언어와 사고가 연결되어 있다는 뜻이다. 언어는 우리가 무언가를 어떻게 생각하는지 알려준다. 9장에서는 이 이론을 훨씬 더 자세히 다룬다.

이 책에서는 이 수력학적 비유를 포함해서, 뇌와 마음을 논의할 때 비유를 사용한다. 그 결과, 마치 유체의 흐름을 다룰 때와 똑같이 인지와 사고를 정보의 '흐름'이라 여기고서 논한다. 우리는 흔히 이런 표현을 쓴다. '의식의 흐름', '근심의 물결', '깊은 생각', '얕은 생각', '표면에 떠오르는' 생각, 옛 친구를 만날 때 '밀려오는' 추억 등등. 이런 표현은 전부 사고와 뇌 기능이 뇌 안의 관 속을 흐르는 생명 액에 의해 제어된다는 과거의 발상에 뿌리('뿌리' 또한 다른 종류의 개념적 은유!)를 두고 있다. 그리고 아래에 나오겠지만, 나는 뉴런 활성화를 '정보의 흐름'이라 여기고서 논의할 것이다. 정보가 '아래로 흐른다'거나 뉴런 활동이 '폭포수처럼 쏟아진다'는 표현도 쓸지 모르겠다. 물론 뉴런 활성화와 인식이 물처럼 흐른다는 뜻은 결코 아니다. 다만 우리 언어의 다른 숱한 비유처럼 이런 표현을 사용하지 않고서는 설명이 불가능하기에, 사고가 유동적 과정이라는 흔한 개념적 은유를 사용하겠다는 말이다.

뇌 여행의 첫 장소로서, 외부 세계의 정보가 인지 과정이라는 물줄기로 유입되는 인지의 상류부터 살펴보자. **후두엽**(occipital lobe)은 머리 뒤쪽에 위치하며, 두개골에 바로 맞닿아 있다(그림 2.1 참고). 후두엽의 주된 기능은 시각이다. 인간에게는 시각이 무엇보다도 중요하기에, 후두엽은 정말로 정보 흐름의 발원지가 아닐 수 없다. 이는 언뜻 보기에 직관에 반하는 듯하

뇌의 기본 구조

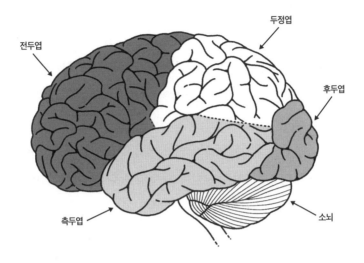

그림 2.1 인간의 대뇌피질의 측면 도해. 전두엽, 측두엽, 두정엽, 후두엽이 보인다. 소뇌와 뇌간은 맨 아래에 보인다.

다. 눈은 머리의 앞에 있는데 시각 정보는 뇌의 뒤에서 처리되기 때문이다. 하지만 3장에서 다시 보겠지만, 눈에서 뇌 뒤쪽으로 이어지는 시각 경로visual pathway야말로 실제로 정보처리에 도움을 준다. 게다가 대단히 큰 도움을 주는지라, 눈에 들어온 시각 정보는 뇌에 도달할 때쯤이면, 사물의 위치, 색깔, 대략적인 윤곽에 관한 기본적인 정보를 담은 덩어리 상태로 부분적으로 처리가 되어 있다.

눈으로 들어온 정보는 시각 경로를 따라 후두엽의 가장 뒤쪽에 도달한 다음, 이어서 뉴런 정보가 다시 뇌의 앞쪽 방향으로 흐른다. 이 과정에서 연쇄적으로 구성된 신경망은 정보를 차근차근 분해해 모서리, 윤곽, 모서리와 윤곽의 공간적 위치, 움직임과 같은 개념적 특징들을 도출해낸다. 후두엽을 따라 계속 흐르면서 정보는 더 많이 처리되어 각도 및 연결 상태와 같은 더 복잡한 상태들을 파악해낸다. 이를 가리켜 시각 원소^{visual primitive}라고 하는데, 이것들은 처리 과정을 거쳐 최종적으로 문자, 수, 형태 등으로 변환될 수 있다.

하지만 어느 시점에서 흐름이 분기된다. 시각 기관에서 들어온 정보가 나뉘어, 한쪽은 뇌의 위쪽인 **두정엽**(parietal lobe)으로 가고 한쪽은 **측두엽**(temporal lobe)으로 간다. 두정엽은 감각 및 공간 통합을 담당하는데, 그런 까닭에 후두엽에서 두정엽으로 이어지는 시각적 정보 흐름을 가리켜 종종 '어디에 시스템^{where system}'이라고 한다. 두정엽은 다른 감각기관에서 온 정보도 처리하는데, 가령 인체의 여러 부위에서 일어난 촉각 정보 처리도 맡는다. 감각 뉴런들이 인체 부분들(입술, 혀, 손가락 끝, 배 등)을 두정엽 내의 영역들로 이어주는데, 당연히 손가락과 입술과 같은 민감한 부위에서 온 촉각 정보 처리에 피질 영역들이 상대적으로 더 많이 관여하며, 등 아랫부분과 같은 부위에서 온 정보 처리에는 덜 관여한다. 촉각의 민감성은 피질이 얼마나 많이 해당 부위의 정보 처리를 담당하는지와 관련이 있다.

후두엽에서 시각 정보에 의해 활성화된 뉴런은 정보를 측두엽으로도 보낸다. 이 흐름을 가리켜 '무엇 시스템^{what system}'이라고도 하는데, 여기서 무언가에 이름을 붙이고 개념을 형성하기 때문이다. 측두엽은 머리 측면, 귀 뒤쪽에 위치한다. 청각 정보가 처리되는 곳이므로, 편리한 위치에 있는 셈이다. 이곳은 또한 기억에도 매우 중요한 역할을 한다. 해마^{hippocampus}라고 불리는 피질 하부 구조가 정보를 다시 활성화시켜 기억할 수 있도록 정보를 처리한다. 측두엽은 시각과 기억에 관여하므로 언어 처리가 많이 이루어지는 곳이기도 하다. 나중에 보겠지만, 이 영역에 손상을 입으면 기억과 음성언어 이해, 사물 인식 능력에 심각한 영향을 받을 수 있다.

뇌 앞쪽에는 눈 뒤에 **전두엽**(frontal lobe)이라는 적절한 이름의 영역이 있다. 뇌의 이 영역은 손, 입술, 머리 움직이기와 같은 운동 활동을 담당한다. 또한 전두엽의 뒤쪽에는, 정수리에서부터 두정엽의 측면까지 띠처럼 이어진 운동신경대motor strip라는 영역이 있다. 이 두 영역은 함께 인체의 모든 부위로 감각-운동 정보를 송수신한다. 또한 전두엽에는 측두엽 바로 옆에 위치한 영역이 있는데, 이곳에서는 음성언어를 만들어낸다. 언어 사용에는 언어의 인지적 측면을 언어의 음성적, 시각적, 청각적 측면과 조화시키는 뇌의 여러 영역이 관여한다.

전두엽의 가장 앞쪽은 내가 앞에서 전전두피질이라고 부른 영역이다. 이 영역은 인간에게 고유하지는 않지만, 다른 종과 비교할 때 전전두피질이 얼마나 크냐는 점에서 보면 고유하다. 뇌의 이 영역은 계획 세우기, 행동 억제하기, 주목할 대상 선택하기를 담당한다. 전전두피질은 또한 뇌의 다른 영역들의 일부 기능을 조정하고 규제하는 일도 담당한다. 그리고 이 장의 서두에서 설명했듯이 이곳은 내 친구의 행동을 변화시킨, 자동차 사고로 손상된 영역이었다. 그 애의 전전두피질 손상은 성격을 바꿀 정도로 심했기에, 그 애는 계획을 세우고 결정하고 행동을 선택하는 방식마저 달라져버렸다. 뇌의 다른 영역들은 괜찮았으므로, 말하고 기억하고 사물을 지각할 수 있었다. 하지만 이 모든 일을 이전과 똑같은 방식으로 통합할 수는 없었다.

피질 하부 구조

피질 아래에 있는 몇 가지 구조도 살펴보자. 뇌에서 겉으로 보이는 부분의 안쪽에 있는 영역이다. 이 장의 후반부에 이 내용을 다시 언급할 테고, 이 책에서 기억을 논하는 대목에서도 다시 다루겠다. 그래도 기본적인 설명은 여기서 해두는 편이 좋을 듯하다.

피질 하부 구조

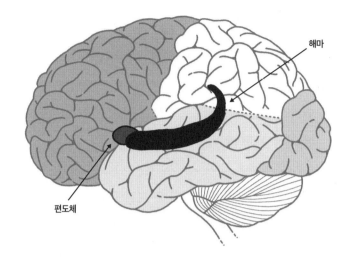

그림 2.2 피질 안쪽에서 해마와 편도체의 위치

이 구조들 가운데 첫 번째는 **해마**에 있는데, 해마는 관자놀이 부근의 표면 아래에 위치해 있다(그림 2.2 참고). 해마는 인간 이외의 다른 많은 종에서도 보이며, 기억을 생성하고 일관성 있게 유지하는 일을 담당한다. 해마의 역할은 몬트리올신경학연구소Montreal Neurological Institute의 캐나다인 신경심리학자 브렌다 밀너Brenda Milner가 발견했다. 1953년 밀너는 헨리 몰래슨Henry Molaison[5]이라는 환자를 연구하기 시작했다. 이 환자는 심각한 간질 발작을 치료하기 위해 측두엽의 일부를 제거했다. 바로 발작이 생기는 부위였다. 신경과 의사인 윌리엄 스코빌William Scoville은 과감하기로 유명했으며,

---

5   이 환자는 2008년 사망 시까지 H. M이라는 두문자로만 알려져 있었다. 크리스토퍼 놀란 감독의 영화 〈메멘토〉에서 배우 가이 피어스가 맡은 배역은 헨리 몰래슨에게서 영감을 받아 창조되었다.

당시에도 이 수술은 조금 급진적이라고 여겨졌다. 어쨌든 측두엽 절제술이라고 알려진 그 수술이 헨리의 간질을 치료했다. 하지만 아무도 그다음에 무슨 일이 벌어질지 예상하지 못했다. 헨리는 무언가를 새로 기억할 수 없게 되었다. 그는 이제껏 연구된 사례 중 가장 심각한 전향성 기억상실증 anterograde amnesia에 걸리고 말았다. 무슨 뜻이냐면, 자기가 누군지 어디에 살았는지와 수술 시점까지 자신이 배웠던 모든 사실은 기억했지만, 수술 후로는 어떤 새로운 것도 기억에 넣을 수가 없었다. 매일이 헨리에게는 본질적으로 똑같은 날이었다.

호기심을 자극하는 이 사례는 뇌를 연구하기에 딱 알맞았다. 헨리는 지능이 평균보다 높았고 언어능력과 이전의 기억도 그대로 유지했다. 중요한 그 한 가지 능력만 부족했다. 수술 후에 헨리는 브렌다 밀너가 이끈 광범위한 여러 인지신경심리학 연구에 피실험자로 참여했다. 주의 깊은 실험을 통해 브렌다 밀너가 밝혀내기로, 해마 덕분에 뇌는 새로운 기억을 만들어낸다. 해마는 연상과 연결을 통해서, 뉴런 활성화의 기존 상태(지금 일어나는 일)를 기록해두었다가 나중에 다시 활성화시킬 수 있다.

또한 밀너는 모든 기억에 이 해마 시스템이 필요하지는 않다는 사실도 알아냈다. 이 내용은 학습과 기억에 관한 장에서 훨씬 더 자세히 논의하겠지만, 새로운 **행동**과 **절차**에 관한 기억에는 이 시스템이 필요하지 않을 수도 있다는 점이었다. 밀너는 운동 기억에 관한 정교한 검사 방법인 거울 그리기 검사를 통해 헨리의 실력이 나아지는지 살폈다. 이 검사에서 피실험자는 종이 위에 그려진 복잡한 모양을 따라가야 하지만, 자기 손을 직접 볼 수는 없다. 대신에 거울을 통해 자기 손을 본다. 쉽지 않은 일이다. 근처에 거울이 있다면 여러분도 직접 해보기 바란다. 거울에 비친 자기 손을 보면서, 어떤 형태의 윤곽을 따라가거나 어떤 말을 그대로 베껴보라. 아마 대부분 불가능할 것이다!

여러분이 이걸 몇 분 동안 했다면, 잠시 쉰 다음에 똑같은 모양에 대해 다시 해보라. 여전히 어렵긴 하지만 이전보다 더 잘할 것이다. 며칠 동안 계속 시도하면 훨씬 더 잘하게 될 것이다. 여러분의 감각 운동 시스템이 새로운 연결과 새로운 연상을 형성하므로 이 감각 운동 기억에 기대어 이전보다 더 잘하게 된다. 밀너가 발견하기로, 헨리는 기억상실증에 걸리지 않았고 해마의 기능이 완전한 사람들과 마찬가지로 그 검사에서 실력이 향상되었다. 헨리는 그런 거울 그리기 과제를 이전에 했던 기억이 전혀 없었고, 다만 그날 일찍 해본 것뿐이었다. 명시적인 기억에 남아 있지 않은 과제였지만, 그는 실력이 나아졌다. 이로써 알 수 있듯이, 지각 및 운동 기억이 존재했고 사용되고 있었다. 해마가 사건과 사실에 대한 새로운 기억을 생성하는 데 매우 중요하긴 하지만, 무언가를 하는 방법에 대한 새로운 기억을 생성하는 데는 그렇지 않은 듯하다. 밀너가 발견한 이 사실과 비슷한 다른 사실들은 오늘날 우리가 기억을 이해하는 방식에 큰 도움을 주었다.

해마의 역할 및 해마가 기억에 하는 역할을 발견한 이야기는 인지심리학의 위대한 업적에 속한다. 하지만 내가 다루고 싶은 다른 피질 하부 구조인 **편도체**(amygdala)에는 그런 이야기가 없다. 해마와 더불어 편도체는 때로는 변연계limbic system라고 알려진, 피질 하부 구조의 한 집합체의 일부다. 변연계에는 척추동물 뇌에 흔하고 많은 포유류에 걸쳐 꽤 비슷한 여러 구조가 포함되어 있다. 구체적으로 변연계에는 해마와 편도체뿐만 아니라 시상thalamus, 시상하부hypothalamus, 유두체mammillary body 등이 들어 있다. 이 계를 구성하는 구조들에 관한 일치된 합의는 없다. 일부 신경과학자들은 이 용어를 사용하길 꺼리기도 한다. 하지만 이 구조들은 전부 협력해 학습, 기억의 목표를 달성하며 편도체의 경우에는 두려움과 감정 조절을 맡는 듯하다.

이제 뇌의 구조, 정보가 어떻게 송신되는지 그리고 뇌의 상이한 영역들이 어떻게 상이한 임무에 특화되어 있는지 조금 알게 되었으니, 이 영역들이 어떻게 함께 작동하는지 이야기해보자. 뇌 시스템이 한 개인에게서 어떻게 함께 작동하는지 알기 위해 사례연구를 살피는 것도 좋은 방법이다.

| 뇌손상 사례들을 통해 살펴보는 뇌의 구조 |

최근에 건물이 철거된 장소 곁을 지나며, 거기에 무엇이 있었는지 기억나지 않은 적이 있는가? 설령 매일 지나가는 장소라 해도, 거기에 뭐가 있었는지 기억하기 어려울 수 있다. 우리는 정상적인 상황이라면 어떤 거리 풍경의 세부 내용을 생각하지 않기 때문이다. 건물이 없어지고 나서야 건물이 있었다는 사실, 그리고 건물이 거리 풍경에서 차지했던 역할을 알아차린다. 우리의 사고와 행동도 마찬가지일 것이다. 만사가 제대로 돌아가면, 우리가 얼마나 많은 정보를 처리하는지, 그리고 우리 뇌가 얼마나 많은 활동을 동시에 수행하는지 우리는 알아차리지 못한다. 원래 그런 줄로만 안다. 하지만 무언가가 손상되거나 상실될 때, 그 부재를 깨닫고 나서야 더 큰 구도와 더 큰 시스템을 알게 된다. 사례연구, 환자 연구 및 비슷한 다른 연구 방식들은 인지 시스템의 특정 조각이 빠지거나 망가질 때 무엇이 잘못되는지 살핌으로써, 인지 현상이 어떻게 작동하는지 알려준다.

자동차 사고를 당했던 내 친구의 경우, 심각한 뇌진탕으로 인해 뇌 전체에 손상을 입었다. 이런 큰 손상 때문에 몸 전체에 장애가 생겨서, 처음에는 혼수상태에 빠져 의식을 완전히 잃었다. 혼수상태에서 빠져나온 후에도 온전한 상태는 아니어서, 일정 기간 동안 언어를 구사하지 못했다. 하지만 언어와 소통 능력은 시간이 흘러 몸이 전반적으로 나아지면서 회복되었다. 그런데 가장 심하게 손상되어 일부가 제거된 뇌 영역은 전전두피질이었다. 더 구체적으로 말해서, 그 애는 왼쪽 눈 위의 피질 부위를 포함해 전두엽의 가장 앞쪽 부위 대부분을 잃었다. 이 영역은 의사결정, 행동 억제 그리고 대인관계에서 어떤 행동이 적절한지 아는 능력을 담당한다고 알려져 있다. 사람이 이 영역에 손상을 입으면, 그런 영역과 관련한 능력이 변하게 된다. 내 친구는 자기통제 행동, 의사결정 및 복잡한 대인관계 활동을 담당하는 뇌 부위를 잃었다. 안와전두피질orbitofrontal cortex이 없어도 그 애는 배우고 기억하며 대화를 나눌 수 있었고 총명한 듯 보였지만, 행동이 달라졌다. 완전히 다른 사람이 된 듯했다.

이와 같은 사례연구가 흥미로운 까닭은 손상으로 인해 갑자기 행동이 이전과 달라지는 현상을 통해 뇌 구조와 기능을 엿볼 수 있기 때문이다. 하지만 더 큰 맥락 속에서 이 효과들을 조심해서 해석해야만 한다. 안와전두엽이 없어 특이한 행동을 한다고 해서, 그것이 성격 발현을 담당하는 뇌 영역이라는 뜻일까? 또는 그 영역이 계획 세우기와 행동 억제, 의사결정을 담당하는 유일한 뇌 부위라는 뜻일까? 꼭 그렇지는 않다. 손상의 패턴 및 그 결과 일어나는 행동 변화를 통해 우리가 알 수 있는 내용은 안와전두엽이 의사결정과 행동 억제 능력에 관여하는 시스템의 일부라는 사실이다. 또한 이를 통해, 어떤 사람의 성격은 그런 능력들을 포함한 여러 복잡한 행동의 조합으로 파악된다고 볼 수 있다. 만약 이 조합이 변하고 조합을 구성하는 요소 간의 균형이 변하면, 우리는 그 사람을 더 이상 동일한 성격이라고 인식하지 못한다. 이로써 뇌와 행동이 얼마나 복잡하게 관련되어 있는지 그리고 성격과 성격에 대한 우리의 인식이 얼마나 미묘한지 알 수 있다.

내 고등학교 친구 사례는 뇌의 한 영역이 어떻게 일군의 행동에 영향을 미치는지 고찰할 좋은 사례다. 이 사례연구에서, 영향을 받은 주된 행동들은 억제와 관련이 있었다. 다른 사람의 경우에도 뇌의 한두 영역에 손상을 입어서 행동이 이전과 매우 달라진 사례가 있다. 가령, 뇌출혈을 일으켜 측두엽의 일부가 손상된 사람은 언어능력이 손상된다. 이런 사람은 말이 아주 느리거나 완전한 문장을 말하기가 어려울 것이다. 후두엽과 측두엽 사이의 경로에 손상을 입은 사람은 자기 눈에 보이는 사물의 이름을 말할 수 없을지 모른다. 즉, 사물을 '볼' 수는 있지만, 제대로 파악할 수 없어서 집거나 쥐고 있더라도 이름을 말할 수 없을 테다. 눈으로 어떤 사물을 보고 있어도 이름을 댈 수 없게 된다. 뇌의 기능은 일반적으로 국소화되어 있기에, 즉 뇌 영역과 경로는 저마다 특별한 임무를 맡고 있기에, 어느 영역에 손상을 입느냐에 따라 행동 변화도 다르게 나타난다. 더 체계적으로 연구하면, 이런 사례연구들은 어떻게 뇌가 작동하는지 그리고 어떻게 뇌 구조가 기능과 연결되어 있는지 알려준다.

피니어스 게이지의 사례

인지신경과학에서 가장 유명한 사례연구는 피니어스 게이지Phineas Gage에 관한 연구일 것이다. 게이지는 1800년대 미국의 한 철도회사 노동자였다. 그의 임무는 철도회사가 철로를 놓기 위해 길을 트도록 장애물을 제거하는 일이었다. 게이지는 폭발물을 다루었다. 바위에 구멍을 뚫고 구멍 속에 폭발물을 넣은 다음, 다짐막대tamping iron라는 무거운 쇠막대를 이용해 구멍 주위에 모래를 다져 넣었다. 다짐막대는 길이가 1미터가 넘었고 지름이 3센티미터에 달했다. 말만 들어도 무서운 물체다. 어느 날 게이지는 버몬트에서 바위를 깨뜨리는 일을 하고 있었다. 폭발물을 바위의 구멍에 다져 넣고 있는데, 그만 화약이 폭발하고 말았다. 폭발의 힘 때문에 다짐 막대가 발사체로 변해, 게이지한테 날아와서 얼굴에 그대로 맞았다.

워낙 세게 날아와 맞는 바람에, 다짐막대는 게이지의 입으로 들어가 위쪽으로 왼쪽 눈 뒤를 지나 정수리로 빠져나갔다. 막대는 게이지의 머리를 관통한 다음에 8미터를 더 날아가서 떨어졌는데, 막대에는 게이지 뇌의 살점이 붙어 있었다. 그때 게이지는 쓰러져서 몸부림을 쳤다. 하지만 놀랍게도 움직이고 말도 할 수 있었으며 의식이 멀쩡한 상태로 병원으로 옮겨졌다. 그가 받은 치료는 현대의학의 치료법과는 매우 달랐을 것이다. 게다가 당시에는 어떻게 뇌가 행동을 제어하도록 작동하는지도 제대로 알려져 있지 않았다. 아무튼 게이지는 머리가 심하게 부었고 뇌진탕으로 인해 거의 죽은 것이나 마찬가지 상태였다. 하지만 몇 주가 지나자 상황이 안정되었고 죽음의 위험이 사라졌다. 시간이 더 지나자 일상생활로 돌아가려고 시도할 수 있는 단계가 되었다. 하지만 여러분도 짐작할 수 있듯 쉬운 일이 아니었다. 자동차 사고를 당한 내 친구처럼 게이지도 변했다.

당시 게이지의 의사인 할로우Harlow 박사는 이렇게 썼다.

말하자면, 그의 지적인 기능과 동물적 성향 사이의 평형 내지 균형이 파괴되었던 듯하다. 그는 변덕스럽고, 불손하고, 때때로 (이전 습성과 달리) 매우 불경스러운 것에 탐닉하고, 노골적이면서 동료들에게 존경심이 별로 없고, 통제를 받거나 조언을 들었을 때 자기 욕구와 맞지 않으면 참지 못한다. 그리고 때로는 대단히 고집을 부리다가도 또 어떨 때는 변덕스레 오락가락하는지라, 앞으로 할 일에 대한 온갖 계획을 세웠다가도 금방 마음을 바꿔 더 그럴듯한 다른 계획을 내놓는다. 지적인 능력과 태도 표명 면에서 어린아이의 상태이며, 힘자랑하는 사람의 동물적 열정을 지니고 있다. 부상당하기 전에는 비록 학교 교육을 받진 못했지만 균형이 잘 잡힌 성품이었다. 그래서 아는 사람들은 그를 민첩하고 똑똑한 사업가이자 매우 열정적이며 자기가 세운 모든 계획을 성실히 잘 실행한다고 높이 샀다. 이런 면에서 그의 성격은 급진적으로 바뀌었는데, 너무나 확연히 바뀐 바람에 친구들과 지인들도 그가 더 이상 게이지가 아니라고 한다.

이 이야기는 19세기 의학이 때때로 그러했듯이, 아마도 진실을 조금 과장한 듯하다. 그리고 할로우 박사가 알고 있는 사고 이전의 게이지의 성격도 그다지 정확하지 않을 수 있다. 누구도 사고 이전에 게이지의 행동을 제대로 관찰해서 자세히 언급하지 않았다. 그는 철도 굴착 노동자였기에, '민첩하고 똑똑한 사업가'와는 거리가 멀다. 그렇기는 해도 가족한테서 나온 여러 정보는 이 사람에 대한 일반적인 평가에 부합했다. 즉, 그는 사고 전에는 보통 사람이었다가 사고 후에는 행동을 아무렇게나 하는 철부지 아이 같은 사람으로 바뀌었다. 이런 전반적인 상황은, 겉으로 봤을 때 앞서 나왔던 내 고등학교 친구한테서 일어난 전반적인 변화, 즉 성격이 변하고 부적절한 언행이 많아졌으며 계획 세우기가 어려워진 현상과 어느 정도 비슷하다. 게다가 억제력의 부족은 오늘날의 전두엽 손상 환자들에게서 관찰되는 내용과 비슷하다. 사후 부검을 통해 알게 된 손상 사례들도 이를 어느 정도 증명해준다. 게이지의 사례로 인해, 뇌와 (전부는 아니지만) 일부 복잡한 행동들 사이의 직접적인 관련성이 드러났다. 폭발물이 우연히 다짐막대를 날려서 머리를 관통당하는 바람에, 게이지는 우연히 인지신경과학 분야를 출범시켰다.

당시 게이지에 대한 신경심리학적 관찰 기록이 부족한 데다 게이지 이야기가 '믿거나 말거나' 식의 측면이 있긴 했지만, 신경심리학과 인지신경과학의 역사에서 중요한 사례임은 분명하다. 이 사례 전에도 일반적으로 뇌가 사고와 언어, 행동 계획을 담당한다고 알려져 있었지만, 대뇌피질의 구성에 관해서는 거의 아무것도 알려져 있지 않았다. 게이지 사례에서 밝혀진 대로, 인지와 행동 기능들은 국소화되어 있다. 또한 게이지 사례는, 비록 조악한 방식으로나마 어떻게 뇌 병변이 기능 해리解離, dissociation를 낳을 수 있는지도 보여주었다.

인지신경과학에서 해리는 뇌의 한 영역이 입은 손상으로 인해 어떤 기능이 상실되었지만 다른 기능은 손상되지 않았을 때 발생한다. 게이지의 사례는 이른바 **단일 해리**(single dissociation)의 경우인데, 이는 한 영역이 손상되어 한 기능 또는 일군의 비슷한 기능이 상실되지만 다른 기능들은 그렇지 않다는 뜻이다. 여기서 알 수 있듯이, 손상과 기능 사이에는 어떤 관계가 있지만, 그렇다고 기능 변화를 초래하는 다른 이유들이 완전히 배제되지는 않는다. 이 단일 해리는 다만 한 영역과 한 기능 사이의 관계만 알려줄 뿐이다.

반면에 **이중 해리**(double dissociation)는 상이한 환자 2명을 비교할 때 드러날 수 있다. 가령 환자 A는 시각피질과 두정엽(그림 2.1 참고)을 잇는 신경 경로에 손상을 입었고, 환자 B는 시각피질과 측두엽(다시 그림 2.1 참고)을 잇는 시각 경로의 또 다른 부분에 손상을 입었다고 하자. 후두엽의 시각피질 그리고 두정엽과 측두엽의 기능에 관해 우리가 이미 알고 있는 내용으로 볼 때, 어떤 행동 패턴이 나타나리라고 예상되는가?

환자 A는 제시된 사물의 이름을 댈 수는 있지만, 움켜잡기는 어려울 것이다. 환자 B는 이름을 댈 수는 없지만, 제대로 움켜잡을 수 있고 심지어 사물을 만질 때 이름을 알아차릴 수 있을 것이다. 이것이 이중 해리의 예로서, 환자 A는 한 행동에 기능 변화가 나타났고 다른 행동은 그렇지 않은데 반해 환자 B는 정반대 패턴을 보인다. 이중 해리는 보통 상당히 강력한 신경심리학적 증거로 여겨지는데, 두 환자 간의 기능 차이에 대한 다른 이유를 배제해, 한 단일 영역이 어떻게 한 과정에 영향을 미치고 다른 과정에는 영향을 미치지 않을 수 있는지 보여주기 때문이다.

카그라스 망상

일부의 경우 이중 해리가 한 환자에게서 관찰될 수도 있다. 인지신경과학에서 이중 해리는 한 영역의 손상이 관찰 가능한 한 과정에 영향을 주지만 또 다른 과정에는 영향을 주지 않는다는 의미다. 동시에, 또 다른 영역의 손상이 관찰 가능한 두 번째 과정에는 영향을 주지만 첫 번째 과정에는 영향을 주지 않는다는 뜻이다. 가장 특이한 신경심리학 사례 중 하나가 카그라스 망상capgras delusion이다. '사기꾼 망상'이라고도 하는 카그라스 망상은 매우 드문 증후군으로서, 이 망상 환자는 배우자나 부모 등의 친한 사람을 알아보긴 하지만 그들이 진짜라고 여기지 않는다. 즉, 환자는 자기가 아는 사람이 똑같은 모습임을 인정하고 어렵지 않게 알아본다. 시각적 장애도 없고 뇌의 시각 영역에 전혀 손상이 없다. 다만 자기 눈을 믿지 못한다. 그 결과 망상에 빠져서는, 자기가 좋아하는 사람을 다른 누군가가 차지해서 그 사람인 척한다고 확신한다.

이와 같은 상황이 두 사람 모두에게 얼마나 무서울지 상상해보라! 여러분이 어떤 이와 살고 있는데, 똑같이 생긴 다른 이가 그 사람으로 위장했다는 생각이 들기 시작한다면 정말로 무서울 것이다. 그리고 망상에 빠진 이를 상대하는 쪽도 마찬가지로 무섭다. 자기를 가짜라고 믿는 사람과 함께 살고 있다는 사실을 알게 되었으니 말이다. 아무리 그렇지 않다고 설득해도 망상 환자는 의심만 더 깊어질 것이다.

오랫동안 이 망상은 본질적으로 정신병리적인 현상이라고 여겨졌다. 즉, 뇌의 어떤 손상과 관련이 있을진 모르지만, 망상의 본질은 심각한 인지 장애 때문이라고 보았다. 또는 누군가와의 관계에서 프로이트적 갈등을 해소하기 위한 일환으로 발생하는 현상일지도 모른다고 여겨졌다. 하지만 오늘날에는 매우 구체적인 손상의 결과로서 발생하는 인지적 및 행동적 갈등의 한 구체적인 집힙이라고 주로 이해된다. 이 발견에는 젊은 환자인 데이비드와 주치의인 신경과의사 빌라야누르 라마찬드란 Vilayanur Ramachandran 박사가 관여한 유명한 사례연구가 한몫했다(Hirstein & Ramachandran, 1997).

데이비드는 캘리포니아에 살며 청년일 때 자동차 사고로 뇌에 손상을 입었다. 내 고등학교 친구의 경우와 달리 손상은 안와전두엽 영역에 국한하지 않고 뇌 전체에 걸쳐 일어났다. 데이비드는 5주 동안 혼수상태였다. 마침내 의식을 되찾았을 땐 다행히 대다수 능력이 되돌아왔다. 지능, 언어 사용, 시각 인식 등은 사고에 영향을 받지 않은 듯 보였다. 회복기 동안 데이비드는 부모와 함께 살았다. 그런데 부모가 데이비드의 특이한 점을 알아차렸다. 데이비드는 자기 부모가 실제로 자기 부모라고 믿지 않았다. 그는 부모더러 자기 부모를 사칭하는 사람들이라고 말하기 시작했다. 가령, 엄마를 '사칭하는 사람'과 함께 저녁 식사를 하면서, 아침 식사를 요리했던 여자가 자기 실제 어머니고 요리를 더 잘한다고 말하곤 했다. 차를 태워주는 자기 아버지한테 "제 아빠보다 운전을 더 잘하시네요"라고 말했다. 이 망상은 부모만을 대상으로 하지 않았다. 그는 자기 집도 가짜 집이라고 여겼다. 어머니가 회상한 내용에 따르면, 데이비드는 '가짜 집'에서 너무 오래 시간을 보내고 있다고 발끈하고서 자기 집에 가고 싶다고도 했다. 그 집이 진짜 집이라고 설득하려 해도 소용이 없자, 어머니는 데이비드를 앞 문으로 데리고 나가서 차에 태워 주위를 돌아다녔다. 둘이 다시 집에 돌아와 뒷문으로 들어가자 데이비드는 "이제야 진짜 집에 돌아와서 좋네요"라고 말했다.

데이비드와 부모는 자동차 사고로 더 광범위한 손상을 입지 않아서 다행이라고 여겼지만, 그런 상황을 어떻게 설명해야 할지 난감해했다. 부모가 알아차리기로, 데이비드는 현재 함께 있는 사람은 가짜라고 여긴 반면에 그날 일찍 보았던 부모가 진짜라고 여겼다. 하지만 자기 부모가 항상 가짜라고 여기지는 않았다. 부모가 여전히 존재한다는 사실은 알았지만 언제 자신이 부모를 대하고 있는지 혼란스러워했다. 그는 부모가 이전과 똑같은 사람임을 믿을 수 없었다. 어느 날 부모는 깜짝 놀랐다. 데이비드가 부모 중 한 명과 전화 통화를 할 때 그런 망상이 전혀 없는 듯 보였기 때문이다.

처음에 부모는 단지 어쩌다 한번 생긴 일일 뿐이라고 여겼지만, 그 일은 계속해서 일어났다. 망상은 데이비드가 부모를 보고 있을 때만 생겼고, 부모와 말만 할 때에는 생기지 않았다. 망상이 작동하려면 데이비드가 부모와 시각적으로 상대해야 했다. 그렇다고 문제가 다 해결되진 않았다. 이미 밝혀졌듯이 데이비드는 시각적 손상을 전혀 입지 않았다. 사진 속의 부모를 알아보았다. 비록 사진 속의 부모가 **진짜**라고 늘 믿지는 않았지만 말이다. 그리고 시각적 대상을 알아보는 데도 어려움이 없었다. 망상은 부모나 자기 집이 진짜 부모와 진짜 집이 아니라고 믿는 데만 국한되어 있었다.

라마찬드란 박사는 데이비드의 뇌에서 어디가 손상을 입었는지 그리고 이 손상이 어떻게 그의 행동에 영향을 미쳐 그런 망상을 일으켰는지에 대한 가설을 세우고, 이를 검증할 창의적인 방법을 내놓았다. 우선 데이비드한테 부모님을 포함해 여러 사람의 사진을 보여주면서, 손가락에 단 측정기로 갈바닉 피부 반응galvanic skin response, GSR을 측정했다. 갈바닉 피부 반응은 정서적 반응에 민감하다. 여러분이 잘 알고 사랑하는 사람의 사진을 볼 때, 피부 온도와 땀의 미세한 변화로 인해 여러분 피부의 화학적 성질이 달라진다. 여러분은 이 현상을 알 수 없지만, 민감한 측정기는 알아챈다. 대다수 사람은 사랑하는 사람의 사진을 볼 때와 낯선 사람의 사진을 볼 때와의 상대적 차이가 GSR을 통해 드러난다. 라마찬드란 박사가 데이비드한테서 알고 싶은 바는 그의 뇌와 몸이(비록 그가 반대 주장을 하긴 하지만) 그가 자기 부모를 부모로 인식하고 **있다**는 증거를 내놓는지 여부였다.

데이비드한테 사진을 보여주었더니, 낯선 사람과 낯익은 사람 간에 GSR이 별로 차이 나지 않았다. 즉, 뇌가 낯익은 얼굴에 대해 적절한 감정 반응을 할 수 있는 것처럼 보이지 않았다. 데이비드의 뇌는 어머니나 어머니 사진을 사실적이고 지적인 수준에서는 진짜 모습이라고 인식할 수 있지만, 적절한 감정 반응을 나타내지는 않는 듯했다. 시각피질에서 얼굴을 인식하는 데 특화된 영역(이른바 방추형얼굴영역fusiform face area, FFA)에서 측두엽까지 이어진 경로가 손상되지는 않았다. 그렇기에 데이비드는 부모를 알아볼 수 있었고, 부모가 누구인지 대체로 알았다. 하지만 얼굴인식 영역을 편도체 내의 감정 중추와 연결해주는 경로(그림 2.2)가 손상되었기에, 감정적 연결이 끊어졌고 낯선 얼굴과 낯익은 얼굴 사이의 감정 반응에 차이가 나지 않았다. 달리 말해서, 그의 뇌는 어머니를 알아차리긴 했지만 그 인식을 올바른 감정과 연결하지 못했다. 다음 말에 드러나듯이, 데이비드는 불편한 현실에 대처해야 했다. "어머니처럼 보이긴 하지만, 내 어머니처럼 느껴지지가 않는다." 그런 끊김 때문에 데이비드의 인지 시스템은 이 갈등을 해소하려고 망상을 만들어냈다. 라마찬드란 박사는 또한 단지 목소리만으로도 검사를 했다. 이번에는 부모의 목소리를 듣자 데이비드의 뇌가 올바르게 반응했기에, 적절한 감정 반응이 나타났다. 여기서 갈등이 없었던 까닭은 청각피질과 연결된 경로가 손상되지 않아서였다.

왜 그가 감정 반응의 이런 변화를 그냥 인정하지 않았는지 여러분은 궁금할 것이다. 왜 자신의 감정 반응이 달라졌다고 순순히 받아들이지 않았을까? 왜 그의 이성적인 마음은 이런 끊김의 속성을 있는 그대로 이해하지 않았을까? 왜 그의 마음은 뇌의 그 갈등을 해소하려고 망상을 만들어내기로 했을까? 알고 보니, 갈등의 해소를 가로막은 또 다른 손상이 있었다. 전전두엽의 일부에 사소한 손상이 있어서 실행 통제 기능에 영향을 주어 의사결정과 계획 세우기를 방해했다. 이렇듯 끊김을 해소할 이성적 능력이 없었기에 그의 마음은 대신에 망상을 만들어냈다.

카그라스 망상은 드물며 지금도 완전히 이해되지는 않았다. 하지만 뇌의 상이한 영역들이 어떻게 우리 대다수가 의식하지도 않은 채 저절로 작동하는지, 그러니까 사랑하는 사람을 알아보는지 이해하는 데 분명 도움을 준다. 손상과 이후의 행동 변화는 망가진 시스템의 결과지만, 우리는 그 패턴을 이용해 사람 인식의 전체 과정에서 우리가 모르는 내용을 알 수 있다. 정보의 흐름에 관한 이전의 논의를 다시 떠올려보면, 시각 기관에서 얻어진 정보가 일차시각피질primary visual cortex로 들어가서 시각 정보가 얼굴의 구성과 일치할 때 FFA가 활성화된다. 하지만 거기에 얼굴이 있다는 사실만 알 수 있을 뿐이다. FFA는 측두엽의 영역을 활성화해 올바른 기억과 이름을 떠올리게 할 수 있으며, 아울러 편도체의 감정 중추를 활성화해 그 사람을 감정의 수준에서 인식할 수 있게 해준다. 전두엽(그림 2.1)의 실행 통제 영역은 이 정보에 대해, 그리고 우리가 방금 인식한 사람에 대해 적절한 반응을 일으키게 돕는다.[6]

---

6   여기서 나는 사람 인식을 매우 단순하게 설명하고 있다.

나는 소리와 냄새에 관한 정보 처리는 아직 전혀 다루지 않았다. 그리고 뇌 영역에 관한 내 설명 중 일부는 단순화되어 있다. 게다가 어느 특정 시간에는 언제나 많은 일이 한꺼번에 벌어진다. 전전두엽 영역이 여러분의 처리 능력 그리고 주의집중을 통해 알아차리는 역할을 담당하는데, 이에 대해서는 다음 장에서 더 자세히 다루겠다. 이 시스템이 성상적으로 작동하고 있을 때 우리는 모든 부분과 조각을 의식하지 못한다. 오히려 위태로워지거나 손상될 때 시스템이 어떻게 작동하는지 더 분명하게 알 수 있다.

| 활동 중인 뇌를 살펴볼 수 있게 되다 |

위에 나온 사례연구들 덕분에 우리는 어떻게 뇌가 작동하는지 그리고 어떻게 뇌의 상이한 영역들이 해리 메커니즘을 통해 행동에 영향을 주는지 이해했다. 환자가 뇌의 한 영역에 지속적인 손상을 입으면, 우리는 어떤 행동이 영향을 받거나 더 이상 나타나지 않는지 또는 달라졌는지 관찰할 수 있다. 또한 어떤 행동이 영향을 받지 않았는지, 여전히 나타나는지 또는 그 손상에도 불구하고 달라지지 않았는지도 관찰할 수 있다. 그리고 여러 사례연구, 환자 연구를 종합적으로 실시함으로써, 어떻게 뇌가 우리의 사고 패턴, 활동 및 행동에 관여하는지 일관성 있게 파악해나갈 수 있다.

하지만 뇌와 마음을 이해할 목적으로, 뇌가 손상을 입으면 어떻게 변하는지 연구하는 일은 전체 모습을 드러내주지는 않으며 여러 가지 단점이 있다. 첫째, 뇌 손상은 둔기로 인한 외상이든 종양이나 뇌졸중이든, 정확한 위치에서 생기지 않는다. 종종 여러 영역이 함께 손상을 입는다. 그리고 어느 순간에 뇌의 한 부분을 파괴할 만큼 큰 충격이 가해지면, 부기와 뇌진탕의 영향으로 전체 영역으로 손상이 확대될 수 있다.

둘째, 위에 소개한 경우들은 특이하고 예외적인 사례다. 데이비드의 카그라스 망상증과 같은 명확한 사례연구는 대단히 많은 내용을 알려주긴 하지만 예외적인 사례인지라, 전체 인구를 대상으로 추론을 이끌어내기는 어려울 수 있다.

마지막으로 많은 경우, 손상을 일으킨 사고 또는 뇌졸중 이전에 환자가 어떤 상태였는지에 관한 정보가 부족하다. 이 점은 피니어스 게이지의 사례에서 아주 분명하게 드러난다. 성격 변화 중 일부가 그의 뇌 손상의 결과임은 알겠지만, 사고 이전에 그가 어떤 상태였는지 우리는 제대로 모른다. 존재하는 소수의 증언은 믿을 만하지 않으며, 1800년대 당시에 사람들은 철도 굴착 노동자의 인지 및 행동 패턴을 대체로 기록해두지 않았다. 지금도 마찬가지지만, 적어도 지금은 학교 기록이라도 남아 있다.

그래서 사례연구가 유용하긴 하지만, 뇌를 이해하려면 다른 방법이 필요하다. 마침 20세기 후반에는 건강한 보통 참가자를 대상으로, 그들이 생각하고 지각하고 반응하고 행동할 때의 뇌 활동을 측정하는 일이 가능해졌다. 이는 인지신경과학 분야, 심리학 분야 전반 그리고 심지어 대중매체에까지 지대한 영향을 끼쳤다. 바야흐로 활동 중인 뇌를 관찰할 수 있는 시대가 열렸다.

뇌를 측정하거나 촬영하는 방법은 많지만 나는 폭넓은 의미로 정의된 두 기법에 집중하고 싶다. 첫 번째 기법은 뇌의 전기 활동을 살펴, 무언가에 대한 반응으로서 매우 빠르고 즉각적인 변화를 감지해낼 수 있다. 두 번째 기법은 뇌의 혈액 흐름을 측정해, 위치를 꽤 정확히 포착해낼 수 있다. 즉, 뇌의 어느 영역이 어떤 인지 과제나 행동 동안에 비교적 더 활성화되는지 또는 덜 활성화되는지 알아낼 수 있다. 각각의 기법을 더 자세히 논의한 다음, 이 기법들이 심리와 행동에 관한 연구를 어떻게 혁신했는지 설명하겠다.

전기 활동 연구

앞서 논의했듯이, 뇌 속의 뉴런들은 전기화학적 에너지에 의해 연결되고 서로 소통한다. 뉴런들 사이의 연결은 신경전달물질에 의해 생기므로 화학적이지만, 뉴런 자체는 전기 펄스를 보내는 방식으로 '발화'한다. 뉴런이 (다른 뉴런 또는 감각세포로부터) 어떤 문턱값threshold을 초과해 입력을 받으면 곧바로 전하가 생긴다. 이 전하는 뉴런의 길이 방향을 따라 이동해 뉴런의 반대편 말단에서 신경전달물질을 방출하는데, 이 물질이 한 뉴런의 활동을 또 다른 뉴런에게로 전파한다. 그렇기에 뇌를 '컴퓨터에 비유'하는 일은 대단히 설득력 있다. 두 경우 모두 작은 단위들이 전기를 매개로 통신하기 때문이다.

이런 전기 활동을 측정하는 기법은 오래전부터 있었다. 게이지가 살던 무렵인 1800년대 후반에 이미 생리학자들은 전극이 이런 전기 활동을 기록할 수 있음을 알아차렸다. 독일의 생리학자 겸 정신과 의사인 한스 베르거Hans Berger가 1924년에 최초로 인간 뇌전도EEG를 측정했지만, 1960년대로 들어서기 전까지 이에 대한 연구나 임상 기록은 많지 않았다. 20세기의 이런 기록은 대체로 전체 뇌 활동에 관한 장기간의 기록에 국한되었으며, 잠자는 동안의 활동, 꿈꾸기REM, 경보 활동 및 동요된 상태를 알게 해주었다. 이는 뇌에 관해 알려주긴 하지만, 뇌가 인지 과제를 실행하기 위해 어떻게 작동하는지는 거의 알려주지 않는다.

그러나 EEG 측정치를 한 자극 사건과 연결시키면, 여러분이 무언가를 듣고 보고 경험할 때 뇌가 어떻게 반응하는지에 관해 더 많은 정보를 얻을 수 있다. 이 측정치를 가리켜 사건관련전위Event-Related Potential, ERP라고 하는데, 여기서 측정된 전위가 특정 사건과 관련되어 있기 때문이다. 이 기법은 20세기 중반 이후부터 알려졌지만, 1980~1990년대로 넘어와서야 더널리 보급되었다. 분석을 실행하는 데 필요한 충분한 컴퓨팅 자원을 그때부터 이용할 수 있게 된 점이 한몫했다. 인지심리학의 다른 여러 발전에서와 마찬가지로 컴퓨터가 큰 역할을 했다.

그 기법의 작동 원리는 이렇다. 피실험자가 머리에 전극들을 부착한 상태로 시각 연구용 컴퓨터 디스플레이의 앞에 앉는다. 전선이 스무 가닥쯤꽂힌 수영 모자를 쓴 모습과 조금 비슷하다. 전선의 한쪽 끝은 두피에 밀착된 전극에 연결되어 있고, 다른 쪽 끝은 전기 활동을 기록하기 위한 컴퓨터 인터페이스에 연결되어 있다. 참가자가 어떤 지각 과제 또는 인지 과제를 실행하면 전극이 뇌 활동을 기록한다. 컴퓨터는 자극의 제공과 기록을 둘 다 수행하기 때문에, 참가자가 어떤 이미지를 보고 반응을 하거나단어를 읽은 직후에 특정 뇌 영역에 대해 일어나는 전기 자극을 기록할 수있다. 이 기록을 통해, 참가자가 의식적으로 알아차리기 이전에도 어떻게뇌가 무언가에 반응하는지 드러난다.

ERP 연구를 통해 확실하게 밝혀진 사실이 많은데, 우리가 문장을 해석할 때 뜻밖의 내용과 마주치면 어떻게 반응하는지도 그중 하나다. 가령,한 피실험자에게 화면상의 단순한 문장 하나를 읽으라고 시킨다. 그 문장은 예상되는 방식으로 끝날 수도 있고 예상 밖의 방식으로 끝날 수도 있다. 예를 들자면, 예상되는 문장은 '고양이가 쥐를 잡았다(The cat caught a mouse)'이고 예상 밖의 문장은 '고양이가 산을 잡았다(The cat caught a mountain)'이다. 둘은 거의 동일하지만, '고양이가 잡았다(The cat caught)'란구절은 뒤에 '쥐'가 나오리라는 기대감을 낳고, 이는 충족되거나 충족되지 않게 된다. 피실험자한테 예상 밖의 문장을 들려주면, 뜻밖의 단어를 듣고 난 후 약 0.5초 후에 음전위의 큰 스파크가 생긴다. 이를 가리켜 'N400' 성분이라고 하는데, 음Negative전위 스파크가 사건 발생으로부터 약 400밀리초msec 후에 생기기 때문이다. 이 현상은 문장에 사용된 단어들과 피실험자의 기억에 저장된 개념 간의 차이 때문인 듯하다. 이 주제는 이 책의 후반부에 더 자세히 논의하겠다.

EEG와 ERP 둘 다 연구 및 임상 활용에 자극을 가했다. 일례로서 많은 부모한테 익숙한 것이 중추청각처리장애Central auditory processing disorder, CAPD다. 이것은 학교 현장에서 듣기와 관련한 증상들을 가리키는 포괄적 용어다. CAPD라고 진단받은 어린아이는 집중해서 어떤 일을 하고 있다가 다른 것을 하라는 말을 들을 때 전환에 어려움을 겪을 것이다. 그 아이가 듣기에 어려움을 겪는 이유는 여러 가지일 수 있기 때문에, 이 장애를 진단하거나 이해하기 어려울 수 있다. 하지만 ERP 기록 덕분에 뇌가 청각 입력에 예상대로 반응하지 않을 수 있다는 점이 드러난다.

최근 EEG의 또 다른 적용례는 사람이 다른 일을 하고 있는 동안 EEG를 측정할 수 있는 착용형 기술의 발전이다. 인터액손InterAxon이라는 캐나다 회사는 '뮤즈'라고 부르는 작은 머리띠를 발명했다. 뮤즈는 작은 헤드셋처럼 보이지만, 이마 전체와 눈 위쪽에서 작동하는 센서가 달려 있다. 뮤즈는 사람들에게 명상법을 가르쳐주기 위한 장치인데, 이를 위해 뇌의 전두 영역에서 나온 EEG를 블루투스를 통해 스마트폰에 전송한다. 명상하는 동안 여러분은 헤드폰을 쓸 수 있는데, 그러면 휴대전화의 뮤즈 앱에서 파도 소리나 강물 소리와 같은 소리가 실행되어 헤드폰으로 들을 수 있다. 뮤즈의 독창적인 기능은 여러분이 명상을 할 때 드러난다. 이 장치는 명상 시작 전에 여러분 뇌 활동의 기준치를 기록해둔다. 여러분이 명상을 할 때, 장치는 여러분 뇌의 전두 영역과 측두 영역의 전기 활동을 모니터링한다. 마음이 어수선해지기 시작하면 뮤즈는 이 변화를 감지해, 여러분이 듣는 소리의 세기를 실시간으로 조정한다. 마음이 깨어 있는 상태라면 음파가 매우 약할지 모르지만, 마음이 어수선해지기 시작하면 음파가 조금 더 커진다. 이 변화를 미묘한 실마리로 삼아서 의식을 다시 호흡(또는 뭐든지 간에 여러분이 집중하는 대상)에 집중하도록 해준다. 뮤즈는 여러분 자신의 뇌 전기 활동을 이용해 즉각적인 피드백을 제공한다. 나도 내 실험실에서 뮤즈를 사용해보았는데, 정말 굉장한 장치이자 기술이었다. 쉽게 짐작할 수 있듯이, 실시간 EEG는 다른 장치(전등, 로봇, 앱 등)을 제어하는 데도 사용될 수 있다.

뇌의 혈액 흐름을 측정하기

연구 방법으로서 EEG/ERP의 단점을 하나 들자면, 위치 면에서 별로 정확하지 않다는 것이다. ERP는 두피상의 영역들에서 측정을 할 수 있지만, 뇌의 구조에 관한 정보나 뇌 속의 활동에 관한 정보를 많이 제공하지는 못한다. EEG/ERP는 시간 해상도temporal resolution는 매우 좋지만 공간 해상도spatial resolution는 보통이다. 하지만 뇌의 혈액 흐름을 측정하는 기법은 훨씬 더 정확할 수 있다. 가장 흔한 방법은 기능적functional 자기공명영상촬영술MRI인 fMRI다.

뉴런은 에너지를 저장해두지 않으므로, 발화할 때 포도당과 산소를 재충전해야 한다. 이를 일정하게 공급하는 일이 순환계의 임무다. 산소가 풍부한 피가 들어오고 산소가 빠진 혈액이 나간다. 1990년대 초 오가와 세이지小川誠二라는 과학자는 산소가 들어간 피와 산소가 빠진 피는 자기적 성질이 조금 다르다는 사실을 발견했다(Ogawa, Lee, Kay&Tank, 1990). 이 차이는 강력한 전자석으로 측정할 수 있다. 이 측정치를 가리켜 BOLD^Blood Oxygen Level Dependent^(혈액산소수준의존) 신호라고 한다. 어떤 과제를 수행하는 동안 비교적 더 활동적이어서 산소가 더 많이 필요한 뇌 영역은 비교적 덜 활동적인 다른 영역과는 BOLD 신호가 다르다. fMRI 연구의 피실험자는 큰 전자석 안에 누워 있으면서, 제시된 영상을 보거나 어떤 과제를 수행한다. 이때 전자석이 여러 영역에서의 BOLD 신호를 측정하고, 나중에 이 신호들을 분석해 뇌의 어느 영역이 해당 과제 수행 동안 가장 크게 활성화되었는지 알아낸다.

앞서 말했듯이 뇌 전체는 언제나 활동하고 있는데, fMRI 연구 동안에도 마찬가지다. 특정한 인지 과제를 수행 중일 때, 여러분은 그 과제를 생각하고 있을 뿐만 아니라 다른 온갖 생각도 함께 하고 있다. '이 체험이 언제 끝나지? 이 자석 아주 크네! 이게 정말로 안전할까? 내 휴대전화 어디 뒀더라? 여기 누워 있으니 등이 아프네' 등등. 이렇게 온갖 활동이 일어나는데, 어떻게 연구자는 해당 과제에 대한 BOLD 신호를 구분해낼까?

가장 흔한 방법은 '빼기 기법'이다. 이때 참가자는 기본적으로 두 번 뇌 영상을 촬영한다. 가령 첫 번째에는 뇌 촬영 도중에 특별히 무언가를 생각하라는 지시를 받지 않지만, 두 번째에는 뇌 촬영 도중에 테니스 라켓을 흔드는 모습을 상상하라는 지시를 받는다. 두 경우 모두 한 가지 조건 외에는 거의 동일하다. 즉, 한 번은 그런 상상을 하고 또 한 번은 상상을 하지 않는다. 테니스 치는 모습을 상상하는 것이 유일한 차이다. 그다음 단계는 고성능의 컴퓨터 알고리즘을 이용해, 테니스 치는 모습을 상상한 결과에서 테니스 치는 모습을 상상하지 않은 결과를 뺀다. 이렇게 해서 나온 영상에는 피실험자가 테니스를 생각하고 있을 때 어느 영역이 비교적 더 활성화되었는지가 드러난다. 그런데 이 영역은 두정엽과 전두엽의 감각 운동 영역 내의 부위로서, 피실험자가 실제로 테니스를 친다면 활성화될 영역과 동일하다.

fMRI를 이용한 연구는 여전히 불완전하지만, 얼굴이나 음악을 처리하거나 운동 행동을 계획하고 복잡한 결정을 할 때 활성화되는 영역에 관한 통찰을 제공한다. 뇌의 기능적 구조(가령, 어느 영역에서 무슨 일이 벌어지는지)에 관해 현재 알려진 많은 지식은 fMRI에 의해 발견되거나 입증되었다.

웨스턴대학교의 뇌와 마음 연구소Brain and Mind Institute에 있는 내 동료 애드리언 오웬Adrian Owen 박사는 fMRI 활용의 선구자다. 박사는 fMRI를 식물인간 상태인 환자의 의식을 측정하는 방법이자 심지어 그런 환자와 의사소통하는 방법으로 삼는다(Owen & Coleman, 2008). 식물인간 상태를 많은 이들이 '뇌사' 상태라고 부르기도 한다. 그런 환자들은 일종의 혼수상태에 빠져 있으며, 주위에 있는 것들을 알아본다는 신호가 전혀 없다. 간혹 깨어 있는 듯 보일 수도 있지만, 목소리라든가 어떤 종류의 청각적 내지 시각적 자극에도 반응하지 않는다. 오랫동안 이 환자들은 인지 기능이나 의식이 전혀 없다고 여겨졌다. 그들의 뇌는 단지 생명 유지에 필요한 낮은 수준에서만 작동한다고 말이다.

하지만 오웬 박사는 혁신적인 기법을 하나 고안해냈다. 현대 뇌 영상 촬영 기술의 도움을 받아 이런 환자 중 일부의 의식 처리 과정을 측정하는 것이다. 우선 박사는 건강한 자원 참가자에게 테니스를 치는 모습을 상상하라고 시킨 다음 뇌를 촬영했는데, 당연히 fMRI를 이용해서 스캔해보았더니 감각 운동 영역에서 활동이 증가했다. 다음에는 참가자에게 어떤 질문에 대한 답이 '예'일 때 테니스를 치는 모습을 상상하라고 시켰다. 그리고는 연구팀은 참가자에게 '당신은 런던에서 자랐습니까?'와 같은 간단한 질문을 했다. 만약 참가자가 그랬다면 테니스 치는 모습을 상상하게 된다.

이런 방식으로 박사는 뇌 활동을 살펴서 '예/아니오' 응답을 알아낼 수 있었다. 이어서 박사는 이 기법을 뇌사 상태에 빠져 의식이 없다고 여겨지는 식물인간 환자들에게 적용했다. 환자 중 전부는 아니지만 일부는 놀랍게도 테니스 치는 모습을 상상할 수 있었다. 즉, 테니스 치는 모습을 상상하는 듯이 그들의 뇌가 반응했다. 이 환자들은 테니스 치는 이미지를 떠올림으로써, 개인적 질문에 그리고 주위 환경에 관한 질문에 '예'라고 응답했다. 이 환자 중 다수는 반응을 보이거나 의사소통을 할 수 없었지만 의식은 깨어 있었던 셈이다. 오웬 박사의 연구는 이런 환자를 돌보는 데 분명 큰 영향을 끼쳤다. 이 기법이 개선되고 휴대성이 커지면서, 그리고 EEG와 같은 다른 측정 기법에도 적용되면서 임상의사와 간병인, 무엇보다 환자의 가족은 사랑하는 이들과 소통할 방법이 생기게 되었다.

| 뇌는 모든 감각이 합쳐지는 곳 |

인간으로서 우리는 더 큰 체계의 일부다. 우리는 무언가를 기억하기 위해 정보를 노트북과 휴대전화, 인터넷에 옮겨놓는다. 또한 다른 사람에게 의존해서 결정을 내리거나 문제를 해결한다. 그리고 우리 행동 중 다수는 외부 세계에 있는 것들과 반응해 일어난다.

하지만 뇌는 이 모든 것이 합쳐지는 곳이다. 여러분 뇌 속의 전기화학적 활동이 여러분의 정체성과 사고를 정의하며 여러분이 행동을 계획하는 데 도움을 준다. 아주 최근까지도 과학자들은 어떻게 뇌가 그런 기능을 수행하는지 거의 몰랐다. 그러나 인지신경과학 분야에서 뇌 속의 활동을 측정할 수 있는 기법이 발전한 덕분에, 우리는 굉장한 통찰을 얻게 되었다.

이 분야는 급속히 발전하고 있는지라, 이 책 출간 후 몇 년 이내에 책 속 정보 가운데 일부는 시대에 뒤떨어질지 모른다. 하지만 상이한 뇌 영역의 기능 특화에 관한 기본 정보는 아마도 그대로일 것이다. 뒤이어 나오는 장들에서는 어떻게 뇌가 더 복잡한 행동을 실행하는지 살펴보도록 하자.

3장

감각은 얼마나 믿을 만한가

우리는 시각, 촉각, 청각 등의 감각계를 통해 세계를 인식한다. 이런 감각들은 세계에 관해 우리가 무엇을 알아야 하는지 그리고 지금 벌어지는 일과 방금 벌어진 일을 어떻게 기록해야 하는지 알려준다. 우리 앞에 무엇이 있는지에 관한 모든 정보도 제공해준다. 그런 감각 덕분에 우리는 읽고 의사소통하고 반응한다. 감각 정보를 처리해 언어, 개념, 사고, 기억 및 사물 인식 등을 실행하는 일은 피질 내에서 정보처리 흐름을 따라 일어나지만, 입력은 곧바로 감각에서 얻어진다. 이 감각계란 무엇인가? 감각계는 몇 가지이며 어떻게 함께 작동하는가? 어떻게 감각계는 기억 및 사고와 같은 내적 표현과 상태를 다룰까? 지금부터 이 질문들에 관한 답을 파헤쳐보자.

나는 초등학교 2학년 때 '오감'을 배운 기억이 있다. 기억에 관해 나중에 설명하겠지만, 이 기억은 기껏해야 부정확하며 어쩌면 완전한 허구일 것이다. 어쨌든 내게는 그런 기억이 있다. 초등학교 때의 그 기억에 따르면, 이 5가지 감각은 시각, 청각, 미각, 후각, 촉각, 즉 보기, 듣기, 맛보기, 냄새 맡기, 피부로 느끼기다. 그게 전부다. 아마도 여러분은 촉각의 여러 뉘앙스라든가 시각이 처리되는 다양한 방식을 배우지 않았을 테다. 우리는 감각 결핍에 관해서 또는 청각이나 시각을 상실한 사람이 어떻게 정보를 처리하는지에 관해서 많이 배우지 않았다. 감각 통합, 가령 시각과 청각이 어떻게 결합되는지에 대해서도 배우지 않았다. 그냥 5가지 감각이 있다고만 배웠다. 물론 초등학교 때였으니, 당시에 배운 내용은 단순했으리라고 예상된다. 그런데 아직도 우리 대다수는 5가지 개별적인 감각계의 관점에서 생각하며, 감각과 지각을 학교에서 배웠던 대로의 수준에서만 생각하는 편이다. 즉, 우리는 정교하지 않으며 대체로 감각에 대한 정교한 이해가 필요하다고 여기지도 않는다. 우리는 감각을 그대로 믿는다.

어렸을 적 기억에는 어느 정도 구체성이 존재한다. 가령, 내 기억에 교실은 건물의 왼쪽에 있었다(분명 시각적 공간 기억과 시각적 지각의 결과다). 초등학교 1학년 때였는데, 다른 학교에서 막 전학을 왔었다. 선생님 이름은 기억나지 않지만, 교실이 어떻게 생겼는지 교실에 있을 때 어떤 느낌이었는지는 조금 기억난다. 이것은 감각기억이다. 지금 말해놓고 보니 이 기억은 비록 구체적이긴 하지만 진짜가 아닐 수 있다. 아마도 1학년 때였고, 맞는 듯하지만, 어쩌면 유치원 때였는지도 모른다. 또 어쩌면 TV 속의 〈세서미 스트리트Sesame Street〉에 나온 모습일 수도 있다. 또는 위에서 말한 모든 내용을 그냥 종합해서, 지금 내가 지닌 특정한 기억으로 삼았을 수도 있다(나중에 살펴보겠지만, 경험을 통합하고 재구성하기야말로 기억이 작동하는 방식이다). 요점을 말하자면, 나는 위에서 말한 내 기억을 진짜로 믿지 않는다. 기억을 통해 그때의 상황을 경험할 수 있지만, 그게 아주 정확하다고 믿지는 않는다. 현재 지니고 있는 회상적 경험을 나 스스로도 믿지 않는 셈이다. 내 기억을 믿지 않을지는 모르나, 내 감각은 믿는다. 아마 여러분도 자신의 감각을 믿을 것이다. 하지만 꼭 그래야 할까?

| 보이는 것은 정말 믿을 만할까 |

감각을 믿어야 한다는 말은 다음 표현들에서처럼 흔한 관용어다. '너의 감각을 믿어야 한다', '너 자신의 눈을 믿어라', '보이는 것을 믿어라', '보는 것이 믿는 것이다', '보면 믿겠다', '사진이 없다면 그 일은 생기지 않은 것이다'. 이처럼 공통적인 의미를 지닌 표현들이 아주 많다는 사실로 볼 때, '지각이 곧 사실이다'라거나 '지각이 곧 믿음'이라고 보는 기본적 발상 내지 개념적 은유가 존재한다고 할 수 있다. 이런 생각이 우리 문화에 널리 퍼져 있기에 언어에도 반영된 셈이다. 사실, 보이는 것을 믿지 말아야 한다거나 믿을 수 없다는 말을 들으면 우리는 으스스해질 수밖에 없다. 조지 오웰은 『1984』에서 이렇게 썼다.

> 당은 당신의 눈과 귀의 증거를 거부하라고 말했다. 그들이 내린 최종적이고 가장 근본적인 명령이었다.

소설 속 문장은 끔찍한 시나리오를 염두에 두었다. 즉, 집권당이 국민에게 자신의 눈으로 본 것을 믿지 말라고 명령하는 상황을 묘사했다. 그 소설이 설정했던 사건들보다 한참 지난 2015년에서 2020년대로 들어오면서, '가짜 뉴스'라는 개념이 널리 전파되었다. 최근의 명백한 예가 바로 미국 45대 대통령 도널드 트럼프의 2017년 취임식 군중의 규모다. 트럼프 대통령은 역사상 가장 참여 군중이 많은 취임식이라고 주장했지만, 워싱턴 기념탑 꼭대기에서 찍은 사진으로 볼 때 군중은 버락 오바마 취임식 때가 훨씬 많았음이 거의 확실하다.[7]

물론 대통령이 서 있던 자리에서 보면 분명 군중이 엄청나게 많아 보였을 것이다. 한편 땅 위에 있던 사람들이 보기에는, (만약 앞에 있었다면) 아주 많아 보였을 수도 있고 (아주 멀리 떨어져 있었다면) 적어 보였을 수도 있다. 이런 불일치로 인해 대통령의 언론 담당 비서는 사진 증거를 무시하고 백악관의 공식 발표 내용을 선호했다. 또한 많은 사람이 어느 버전의 사실을, 백악관 직원의 표현대로 하면 '대안적 사실'을 받아들여야 할지 혼란스러워했다.

조지 오웰이 쓴 허구의 시나리오와 똑같지는 않겠지만, 그 사건으로 인해 확실하고 직접적인 관찰이란 개념은 불확실하게 여겨지게 되었다. 이런 불확실성 때문에 우리는 무엇을 믿어야 하는지 의문이 든다. 자신이 보거나 읽은 내용을 믿을 수 없다는 것은 많은 사람에게 무섭고도 불안한 경험으로 다가온다.

하지만 자신의 감각을 믿어야 하는가? '보는 것이 믿는 것이다'라는 말은 옳은가? 내가 보기에는, 많은 경우에 그 반대 즉 '믿는 것이 보는 것이다'가 실제로 더 정확하다. 이 장의 서두에 나는 여러분이 왜 감각을 믿지 말아야 하는지 보여주는 명백한 사례들, 즉 착시 현상을 소개하고자 한다. 그다음에 어떻게 감각계와 뇌가 작동하는지 설명하고, 이어서 과장된 형

---

7   공식 수치는 없지만, 사진을 이용한 추산치와 지하철 이용자 수로 볼 때 트럼프 취임식 참가자의 수는 대략 50~60만 명이며, 2009년 버락 오바마 대통령 취임식 참가자 수는 대략 180만 명이다. 트럼프 취임식이 오바마 취임식보다 군중의 규모가 더 컸음을 보여주는 믿을 만한 출처는 없다.

태이긴 하지만 이 착시 현상들이 우리가 세계를 지각하고 이해하는 방식의 일례라는 점을 설명하겠다. 우리는 있는 그대로의 세계를 보지 않으며, 우리가 보는 것은 우리 앞에 있는 대상을 우리가 이미 알고 있는 지식과 결합해 재구성한 결과물이다. 감각계가 어떻게 작동하고 왜 그렇게 작동하는지 이해하면, 세상이 겉보기와 똑같지는 않을 가능성을 대면할 때 생기는 불안감을 줄일 수 있다.

| 착각에 관한 연구 |

보이는 대로가 늘 사실은 아님을 알 수 있는 방법 중 하나는 감각적 및 지각적 착각을 살펴보는 것이다. '착각illusion'이란 단어는 라틴어에서 비롯해 중세 영어로 이어졌는데, 그 어원은 '속이다'라는 뜻이다. 우리는 대체로 착각을 속임수나 기만이라고 여긴다. 마술사illusionist는 관중을 속여서 실제로 관중 앞에 있는 것과 다른 무언가를 본다고 여기게끔 만드는 공연자다. 마찬가지로 우리는 종종 감각적 착각이란 감각계가 우리를 속이려는 시도라고 여긴다. 더 적절한 설명을 하자면, 착각이란 감각 입력을 활성화시키는 부분과 뇌의 나머지 부분이 감각 입력을 해석하는 방식 사이의 의사소통 단절 때문에 생기는 속임수 현상이다. 감각과 지식 사이의 충돌을 해소하는 과정에서 지식의 편을 들어서 생기는 현상이다.

따라서 착각은 실제로는 기만이 아니라, 이전의 증거를 선호해서 종종 자기도 모르게 내리는 무의식적인 의사결정의 결과다. 착각을 통해 엿볼 수 있듯이, 우리 뇌와 마음은 우리가 보는 것에 대해 판단을 내리고 예측을 하려고 애쓴다. 대체로 이 예측은 우리 앞에 있는 감각 정보와 일치하

는데, 이때 우리는 그런 과정을 알아차리지 못한다. 하지만 일치하지 않을 때 착각을 경험한다.[8]

착각은 여러 가지 상이한 양상으로 생긴다. 청각적 착각이 있는데, 이 경우에는 실제로 발생하지 않은 무언가를 듣는다고 지각할 수 있다. 가령, 여러분의 뇌는 누락된 말소리를 채워서 완선한 문장을 구성한다. 이는 실제로 없었던 것을 지각한다는 의미에서 착각이긴 하지만, 유용한 예측이기도 해서 실제로는 사람들이 하는 말을 들을 때 잘못 알아듣지 않도록 해준다. 촉각적 착각도 있는데, 이때 여러분은 실제로는 없는 무언가와 닿는다고 지각할 수 있다. 가령, 여러분의 휴대전화에서 '유령 진동'이 발생할지 모르는데, 이는 알림을 받는 상황을 상상할 때 휴대전화에서 진동을 느끼는 현상이다. 이런 것들이 전부 착각의 예지만, 착각의 발생 과정은 저마다 다르다. 어떤 착각은 무시하기 쉬운 반면에 어떤 착각은 무시하기 어렵다. 우선 아주 단순한 시각적 착각(착시)부터 살펴보자. 착시는 분명 여러분이 감각하는 것과 지각하는 것 사이의 충돌 사례로서, 무시하기가 매우 어렵다.

뮐러-라이어 착시

가장 근본적이고 확실한 착시 중 하나는 뮐러-라이어 착시Müller-Lyer illusion다. 여러분도 설령 이름은 모르더라도 뮐러-라이어 착시를 분명 보았을 것이다. 아래 그림(그림 3.1)에 보면 옆으로 나란한 두 선이 있는데, 각

---

8   우리가 보고 듣는 모든 것이 착각이라는 주장도 가능하다. 우리가 보고 듣는 것은 우리가 이미 가정하고 있는 개념을 바탕으로 한 재구성이라는 의미에서다. 하지만 나는 '착각'이라는 용어의 사용을 한정해, 우리한테 보이는 것이 객관적인 감각 입력과 동일하지 않은 경우만을 의미하도록 하겠다.

선의 양 끝에 안쪽 방향과 바깥쪽 방향의 화살표 한 쌍이 붙어 있다. 위에 있는 선은 안쪽 방향의 화살표가 양 끝에 붙어 있고, 아래에 있는 선은 바깥쪽 방향의 화살표가 양 끝에 붙어 있는데, 그로 인해 위의 선이 아래 선보다 길어 보인다. 분명 여러분은 이 그림을 이미 보았을 테고, 또한 두 선이 길이가 똑같다는 사실도 알 것이다. 잘 모르겠다면, 종이 한 장을 집어서 한 선의 길이를 잰 다음 다른 선과 비교해보라. 둘은 길이가 똑같지만, 똑같아 보이지 않는다. 이 현상은 단순한 착시다. 두 선의 길이가 똑같다는 걸 나도 알고 여러분도 알지만, 그래도 똑같아 보이진 않는다. 이런 질문이 든다. 왜 한 선이 다른 선보다 더 길어 보일까?

이 착시가 어떻게 작동하는지 더 자세히 살펴보자. 우선, 정보처리 흐름의 가장 낮은 수준에서 두 선은 똑같을 것이다. 여러분 눈의 망막상에 맺힌 영상은 외부 세계에 있는 대상의 정확한 반영일 테다. 이 장의 후반부에서 망막에 대해 더 자세히 설명하겠지만, 여기서는 여러분 눈 뒤쪽에 있는 망막이 모든 빛과 시각 정보가 처음으로 활성화되는 구조라는 데 동의하고 넘어가자. 두 선은 실제로 똑같기 때문에 망막상에서 **정확히** 똑같은

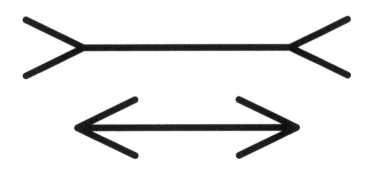

그림 3.1 가로로 본 뮐러-라이어 그림

공간을 차지한다. 그리고 두 선은 일차시각피질을 똑같은 방식으로 활성화시킨다. 달리 말해서, '아래에서 위로 향하는bottom-up 단계'에서 이 둘은 똑같다.

그렇다면 차이는 어디에서 생길까? 차이는 '위에서 아래로 향하는top-down' 지식에서 생긴다. 구체적으로는, 세계기 어떻게 작동하는지 그리고 사물이 삼차원 공간에서 어떻게 존재하는지에 대해 여러분이 이미 지니고 있는 가정으로 인해 생긴다. 위에서 아래로 향하는 이 영향은 눈에서 들어오는 감각 입력을 무시해버릴 뿐만 아니라, 두 선이 똑같다는 여러분의 개인적 지식마저도 무시해버린다. 위에서 아래로 향하는 이 지식은 너무나 깊이 박혀 있다. 어떤 경우에 이 지식은 억겁의 진화 과정 동안 선택되어 내려왔을 정도로 천성적이다. 그래서 시각적 세계에 대한 깊숙이 뿌리박힌 가정을 이루고 있다.

이 깊숙이 뿌리박힌 가정이 하는 역할은 그 이미지를 돌려서 세로로 보면 쉽게 드러날 수 있다(그림 3.2).

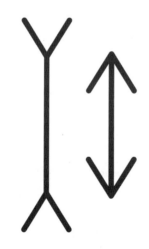

그림 3.2 세로로 보는 뮐러-라이어 그림

그림 3.2에서 왼쪽 그림을 보자. 여러분이 방의 모서리를 바라본다고 상상해보자. 그러면 이 세로선은 두 벽이 만나서 모서리를 이루는 곳이며, 화살표는 벽들과 천장, 또는 바닥이 만나는 곳이라고 할 수 있다. 이것을 여러분도 알아차릴 수 있는가? 이제 오른쪽 그림을 보면서는 건물의 바깥 모서리를 본다고 상상해보자. 그러면 이 세로선 역시 두 벽이 만나서 모서리를 이루는 곳이며, 화살표는 멀리 후퇴하는 사각형 건물의 맨 위와 맨 아래다. 왼쪽 그림의 세로선은 보는 이로부터 가장 먼 쪽일 것이며, 오른쪽 그림의 세로선은 보는 이한테서 사물의 가장 가까운 쪽일 것이다. 이는 내부의 모서리인 왼쪽 세로선이 외부의 모서리인 오른쪽 세로선보다 더 멀리 있을지 모른다는 사실을 암시한다.

원근법과 거리에 관한 이 뿌리 깊은 가정 때문에 한 선이 다른 선보다 더 가까워 보인다. 이 가정은 시각적 세계에 관한 더욱 뿌리 깊은 2가지 가정을 활성화시킨다. 첫째, 더 가까이에 있는 물체가 더 크게 보이며 망막에서 더 큰 공간을 차지한다. 그런 식으로 눈의 물리적 메커니즘이 작동한다. 둘째, 똑같은 물체는 멀고 가깝고에 관계없이 일정한 크기라고 우리는 이해한다. 이를 가리켜 '크기 항상성size constancy'이라고 한다. 여러분이 두 사람을 바라보는데, 한 명은 가까이에 있고 한 명은 멀리 있다고 치자. 가까이에 있는 사람이 망막에서 훨씬 더 큰 공간을 차지한다. 하지만 대체로 여러분은 한 사람이 더 크다고 여기지 않으며, 두 사람을 똑같은 크기로 본다.

이제 이 모든 사실과 가정을 합쳐보자. 망막에서 동일한 공간을 차지하는 두 선이 여러분 눈앞에 있는데, 주변 상황으로 인해 여러분은 한 선이 다른 선보다 더 가깝다고 여긴다. 가까운 물체는 대체로 망막에 더 큰 공간을 차지한다. 하지만 여러분은 가까운 선과 먼 선이 망막에서 똑같은 공간을 차지한다고 여긴다. 이런 일이 생기는 경우는 먼 선이 가까운 선보다 **실제로 더 클** 때뿐이다. 그래서 여러분은 비록 그렇지 않다고 알고 있는데도, 왼쪽 선이 더 크다고 지각한다. 모든 조건을 동시에 만족시킬 수 있는 유일한 방법은 이런 속임수뿐이다. 이것은 실제로 교정에 가깝다. 삼차원 공간의 거리에 관해 깊게 뿌리박힌 암묵적 지식이 망막에서 곧바로 나오는 정보를 무시하고 여러분의 실제 인식도 무시해버린다. 그래서 착시를 느끼게 된다.

어떤 면에서 보자면 이 해법은 실제로 전혀 착시가 아니다. 망막에서 나온 정보와 여러분의 삼차원 세계의 사물에 관한 가정, 암묵적 지식에 따른 정보 해석 방법 사이의 모순적인 상황을 해소하는 방법일 뿐이다. 모순적인 상황이 있을 때, 여러분은 거의 언제나 그런 가정을 선호하는 쪽으로 상황을 해소한다. 그게 지각의 문제점 중 하나다. 입력이 들어올 때, 우리가 이미 알고 있는 내용에 부합하지 않으면 전혀 의미가 통하지 않는다. 게다가 우리의 시각 및 사물 인식 체계는 최대한 빨리 작동하려고 한다. 우리는 모순적인 상황을 원하지 않는다. 우리에게는 그런 상황이 필요하지 않은데, 그랬다가는 시각계의 빠른 효율성이 훼손되기 때문이다. 모순적인 상황을 피하기 위해, 어떤 단절이 생기면 대체로 그런 매우 뿌리 깊은 암묵적 지식을 선호하는 쪽으로 문제를 해소한다. 중요한 점을 하나 말하자면, 이 해결책은 믿음 또는 지식에 의해서 배척당하지 않는다. 개인적 믿음에 의해 쉽사리 배척당할 수 있는 시각계는 결코 우리에게 필요하지 않다.

요약하자면, 이 단순한 착시 현상은 우리에게 시각 세계에 관한 깊게 뿌리박힌 가정이 있음을 증명해준다. 이런 가정은 믿음이나 심지어 낮은 수준의 모순적인 상황에 의해서도 배척당하지 않는다. 이 가정들은 대체로 옳기에, 우리의 내외부에서 들어올지 모르는 모호성과 모순적인 상황을 무마함으로써 우리에게 일관된 경험을 제공하는 데 도움을 준다.

뮐러-라이어 착시는 인위적인 착시다. 모순적인 상황을 조장하려는 과장된 시도이기에, 시각계가 그런 방식으로 작동한다는 사실도 대단히 놀라운 일은 아니다. 이와 달리, 자연계는 대체로 그런 가정들과 어긋나지 않고 그에 부합하는 정보를 우리에게 제공한다. 어쨌거나 그 가정들은 자연계로부터 얻어진 것이다. 하지만 심지어 자연에 본디 존재하는 착시의 사례도 있다.

달 착시

그런 예 가운데 하나가 바로 보름달이 뜬 맑은 날 밤에 경험할 수 있는 '달 착시'라는 현상이다. 처음 듣는 독자에게 간단히 설명하자면, 달 착시는 뜨거나 질 때의 보름달이 머리 위에 높이 뜬 보름달보다 훨씬 더 크게 보이는 지각 경험이다. 그때 달은 지평선 가까이에서 엄청나게 크게 보이지만, 바로 머리 위에 있을 때는 훨씬 작게 보인다(그림 3.3 참고). 해도 마찬가지지만, 머리 위의 해를 곧바로 쳐다보는 건 추천하지 않는다. 반달이나 초승달에서도 똑같은 일이 벌어지지만, 보름달일 때 더 뚜렷이 드러난다. 어째서 이러한 착시가 생길까?

어쨌든 달은 지구에서 아주 멀기 때문에, 지평선에 있든 머리 위에 있든, 밤에 달을 관찰하는 사람으로부터 똑같은 거리에 있다. 이 효과는 거리 때문이 아니며 분명 달은 크기가 변하지 않는다. 무언가 다른 원인이 개입하는데, 여러분의 시각계가 감각하는 것과 여러분의 지식과 개념에 따라 여러분이 해석하는 것 사이의 혼선 때문이다. 이는 여러분의 감각을 믿을 수 없다는 가장 순수한 사례 중 하나다. 달의 크기가 달라질 리 없을

달은 지평선에서
더 크게 보인다.

그림 3.3 달 착시의 한 예

텐데, 분명 달은 지평선상에서 더 크게 보인다. 어떻게 그럴 수 있을까?

달 착시는 오랫동안 많은 사람을 당혹스럽게 했다. 달 착시에 관심이 있었던 그리스·이집트 수학자 프톨레마이오스는 그 현상이 착시임을 알아차렸다. 원인은 지평선에서 대기의 굴절과 머리 위 하늘에서 대기의 굴절의 차이라고 보았다. 또한 프톨레마이오스는 머리를 뒤쪽으로 기울이면 물체가 더 멀어 보인다는 조금 특이한 설명도 내놓았다. 이후의 철학자들과 천문학자들은 다른 설명을 내놓았다. 그리스 천문학자 클레오메데스는 겉보기 크기에 대한 우리의 해석 때문일 수 있다고 제안했다. 19세기 독일 철학자 아르투르 쇼펜하우어도 그런 가설을 내놓았다.

겉보기 크기 가설에 따르면, 달 착시는 삼차원 물체에 관한 우리의 암묵적 지식이 감각계로 입력된 정보와 충돌하기 때문에 생긴다. 이런 암묵적 가정이란 무엇인가? 하나는 지평선의 소실점을 향해서 후퇴하는 물체와 관계가 있다. 우리는 대체로 머리 바로 위에 있는 물체보다 지평선 근처의 하늘에 있는 물체가 더 멀리 있다고 지각하고 인식한다. 지평선은 소실점이기에, 하늘에 있는 물체는 더 멀리 움직일수록 지평선의 이 소실점을 향해 후퇴한다. 가령 새 한 마리가 여러분의 머리 위에서 날다가 계속 지평선 쪽으로 날아가면, 새는 여러분한테서 멀어지면서 지평선에 가까워진다. 이 새는 멀어질수록 더 작아 보인다. 땅에 있는 물체도 마찬가지인데, 다만 위아래가 반대일 뿐이다. 바로 발밑에 있는 물체는 여러분과 가깝지만, 만약 그 물체가 멀어지면 시각 평면상에서 위쪽을 따라 지평선을 향해 후퇴한다. 일반적으로 지평선에 있는 물체는 바로 머리 위에 있거나 바로 발밑에 있는 물체보다 더 멀다.

그런 점이 어떻게 달 착시를 일으킬까? 이 과정을 우리가 뮐러-라이어 착시에서 했던 대로 분해해보자. 아래의 세 가정에서부터 시작하면 된다.

• 물체는 멀든 가깝든 크기가 똑같다.
• 가까운 물체는 먼 물체보다 커 보인다.
• 지평선에 있는 물체는 머리 위나 발밑에 있는 물체보다 멀다.

물론 달은 아주 멀리 있다. 우리는 달이 얼마나 먼지 전혀 지각하지 못한다. 그렇게나 먼 거리에서는 큰 천체들 이외의 것은 관찰할 수 없기 때문이다. 그리고 너무 멀기 때문에 달은 후퇴하는 지평선 가정에 따라 행동하지 않는다. 새나 비행기, 심지어 구름과 달리, 지평선상의 달은 머리 위에 있는 달과 거리가 똑같다. 달은 여러분한테 보이는 다른 거의 모든 것과 달리 지구에 묶여 있지 않다.[9] 따라서 지구에 묶인 지평선 가정이 마땅히 적용되지 않아야 한다. 하지만 우리의 암묵적 지식에 따른 가정은 모든 경우에 적용될 때에라야 심리적으로 유용하다. 그래야 세계를 빠르게 판단할 수 있기 때문이다. 그 가정을 달을 포함해 모든 경우에 적용한다면, 우리는 여전히 지평선의 모든 물체가 대체로 더 멀다고 가정한다. 그렇다면 그 가정을 달이 지평선에서 더 작아 보이지 않는다는 사실과 조화시켜야 한다. 즉, 우리의 암묵적 지식에 따른 가정은 달이 머리 위에 있을 때보다 지평선에 있을 때 더 멀다고 알려주지만, 망막상에서는 여전히 동일한 공간을 차지한다는 사실과 말이다.

이 모순적인 상황을 해소할 방법 한 가지는 지평선의 달이 멀리 있으며, 머리 위의 달보다 크다고 가정하는 것이다. 이 경우 지평선의 달이 머리 위의 달보다 실제로 더 크다면, 두 달이 망막에 동일한 크기의 영상을 맺을 수 있다. 또한 모순적 상황이 해소될 것이다. 우리의 마음은 모순적 상황을 해소하길 선호한다. 그래서 우리는 지평선 달이 더 크다고 지각한다. 더 큰 달이라야 더 멀리 있다. 뮐러-라이어 착시에서와 마찬가지로, 달 착시의 경우 우리 눈은 동일한 두 물체를 보는데도 우리 마음은 이들 물체에 어떤 가정을 부여한다. 즉, 한 물체가 다른 물체보다 더 멀리 있는 게 분명하므로 불가해하지만 더 클 수밖에 없다고 여긴다.

물론 이는 타당하지 않다. 우리는 달이 똑같은 크기임을 안다. 또한 눈이 우리를 속이는 것도 아닌데, 눈은 두 경우에 대해 똑같은 정보를 받아들이기 때문이다. 상황을 혼동하는 주체는 우리 마음이다. 뻔히 아는 일인

---

9   물론 달이 지구의 중력에 묶인 채로 존재한다는 의미에서 보면 말 그대로 지구에 묶여 있기는 하다. 하지만 달은 지구상에 존재하지 않으며 지구의 일부가 아니다.

데도 그 효과는 압도적이다. 다음번에 달이 뜨는 모습을 관찰할 기회가 있다면, 얼마나 크게 보이는지 알아보자. 지평선 위에서 달이 얼마나 거대하게 솟아오르는지 보고, 사진을 찍으면 결코 더 크게 보이지 않는다는 사실을 확인하자. 얼마 후에 밖에 나가서, 머리 위에 있는 달을 다시 바라보면 달이 더 작고 더 밝게 보일 것이다. 우리는 밝은 것을 작은 것(작은 빛의 점)과 연관 짓는 반면에, 어두운 것을 큰 것(크고 어두운 바다)과 연관 짓는다. 또한 작은 것을 위에 있는 것(고음을 내는 작은 악기, 작은 새, 날 수 있는 물체)과 연관 짓고, 큰 것을 아래에 있는 것(저음을 내는 큰 악기, 큰 동물, 날 수 없는 물체)과 연관 짓는다.

이런 착시들로 볼 때, 이 장의 제목 '감각은 얼마나 믿을 만한가'가 제기하는 질문에 답하기는 쉽지 않다. 이런 착시들을 근거로 '아니오'라고 답하고 싶겠지만, 이런 착시가 생기는 까닭은 우리가 감각을 믿기 때문이다. 그건 의문의 여지가 없다. 우리 마음은 이미 결정을 내렸다. 우리 마음은 빛의 속도로 감각 정보를 처리해야 하는데, 그래야만 빠르게 의사결정을 내리고 행동을 선택하고 행위를 실행하며 세계에 관여할 수 있기 때문이다. 그러려면 우리가 감각하는 것에 어떤 가정을 부여해야 한다. 우리는 이렇게 부여된 가정에 일치하는 감각을 신뢰한다. 일치하지 않으면, 혼란스러운 감각 정보가 아니라 마음을 믿는 쪽을 선택한다. 그렇게 선택하는 까닭은 우리 마음이 이미 감각을 믿기 때문이다.

이제 어떻게 감각 정보가 지각으로 변환되는지 더 자세히 살펴보자. 앞서 설명한 착시들을 계속 염두에 두길 바란다. 아울러 우리의 인지 체계는, 가장 잘 작동하기 위해서 가끔씩 기꺼이 오류를 저지르기도 한다는 사실도 기억하자. 그것이야말로 이 책 전체를 관통하면서 곳곳에서 다시 나타나는 주제다.

| 시각계 |

여러분의 시각계visual system는 정말로 놀라운 생체 컴퓨터로, 진화와 자연선택에 의해 만들어졌다. 그리고 다른 여러 종에서 일어난 수많은 진화의 결과이기도 하다. 포유류의 시각계를 처음 배웠을 때 나는 대단히 기계적이라는 사실에 깜짝 놀랐다. 시각계의 각 부분은 작은 연산을 수행하고, 한 조각의 정보를 처리해 그 정보를 계의 다음 부분으로 보낸다. 이는 컴퓨터 시스템이 하는 일과 비슷하다. 마음이 컴퓨터와 비슷하다는 말은 상투적일 수는 있지만, 딱 맞는 표현이다. 앞으로 보겠지만, 정보처리의 상당수는 뇌 바깥에서 일어난다. 여기서 '정보처리'라는 말은 꼭 '사고'를 뜻하기보다는 넓게 '인지'를 가리킨다. 시각의 경우, 두개골 바깥에서 일어나는 인지의 비율이 굉장히 높은데 이는 어느 정도 시각의 진화 과정 때문이다. 분명 대뇌피질 바깥에 있는 시각계의 부분들, 즉 눈과 시신경은 그 자체로서 고도로 진화된 인지 시스템이라고 할 수 있다.

눈에서 뇌까지

여러분이 이 책을 읽는 행위에서 하는 시각의 역할을 정보처리 관점에서 살펴보자. 우선 빛이 페이지에서 어떻게 반사되어 눈에 감각되는지, 그리고 뇌의 시각계에 의해 어떻게 지각되고 처리되는지 논의해보자. 이 사례를 제일 먼저 드는 까닭은 이 책의 대다수 내용이 소비되고 처리되는 방식이 그러하기 때문이다. 아마도 여러분 대다수는 이 책을 활자로 읽거나 아니면 화면상에서 읽을 것이다. 만약 오디오북으로 듣고 있다면, 다른 책을 읽을 때의 경험을 살펴보도록 하자. 나중에 다루게 될 사례에서는 시각에 관여하는 뇌 영역이 비슷한 방식으로 청각 정보를 다루는 과정을 소개하겠지만, 지금 여기서는 일단 시각적으로 책을 읽는다고 가정하겠다.

　페이지상의 단어들이 감각되고 지각되려면 어떤 종류의 빛이 필요하다. 화면상의 단어들도 마찬가지긴 한데, 그 빛은 화면 자체에서 나온다. 시각계는 빛을 처리하도록 진화되었다. 빛이 유일한 입력이다. 많은 동물은 빛을 이용해 먹이를 찾아내는데, 식물과 같이 빛을 이용해 먹이를 만들어낼 수 없기 때문이다.[10] 많은 동물은 햇빛에 민감하도록 진화했고, 우리 인간도 동일한 진화 과정을 통해 빛에 민감해졌다. 빛은 거의 순식간에 이동하므로, 우리 주변에 있는 것에 관한 믿을 만한 정보 출처원이다. 빛 신호에는 본질적으로 시간 손실이 없기 때문이다. 빛은 물체를 만나면 튕겨서 반사하는데, 물체의 화학적 성질에 따라 상이한 양의 빛 에너지가 반사되거나 흡수된다. 반사된 빛은 어디로든 가지만 만약 여러분이 그걸 이용해서 길을 찾거나 행동을 계획하고 싶다면, 빛을 감각하거나 여러분이 처리할 수 있는 정보로 변화시키기 위한 메커니즘이 필요하다. 바로 이 일을 여러분의 눈이 한다. 태양에서 나온 빛은 지구로 날아와서 이 책의 페이지에 닿는데, 그 빛 중 일부는 상이한 여러 방식으로 반사되며(가령, 잉크는 흰 종이에 비해 그다지 많이 반사가 되지 않는다), 마침내 그 반사된 빛은 여러분의 눈에 닿는다. 지금껏 알려진 모든 개념, 소개된 모든 이야기, 결정된 모든 재판 사건이 동일한 과정을 거쳐 누구에게나 경험될 수 있다. 즉, 지면에서 반사되거나 화면에서 나오는 빛에 의해 경험될 수 있다. 1억 킬로미터 넘게 떨어진 태양에서 나오거나 화석연료(역시 오래전의 햇빛의 부산물)를

10　식물이 햇빛을 이용하는 방식과 동물이 먹이를 구하는 방식의 차이에 어쩌면 심오한 의미가 있을 수도 있겠지만, 나로서는 그게 무언지 잘 모르겠다. 게다가 많은 동물은 후각, 촉각, 청각 등 다른 감각을 이용해서도 먹이를 구한다.

태워서 얻은 전기에 의해 생긴 동일한 빛이 오래전 사람들의 발상과 사고를 현시대 우리의 마음으로 전달해준다. 빛 그리고 우리의 눈 덕분에 정보와 사고의 이러한 전송이 가능하다.

잠시 우리의 눈이 얼마나 경이로운지 생각해보자. 물론 인간의 눈이 결코 독보적이지는 않다. 포유류의 눈은 대다수 종에서 진화했으며 우리 눈과 꽤 비슷하다. 우리와 다르게 고도로 발달한 눈을 가진 종들도 있으며, 많은 경우 민감도와 예리함 면에서 인간의 눈보다 훨씬 우수하다. 가령, 대머리독수리와 같은 맹금류는 시력이 대단히 정밀하다. 맹금류는 시각계를 이용해 수 킬로미터 떨어진 곳에 있는 작은 먹이를 찾아낼 수 있다. 두족류(오징어, 갑오징어, 문어 등)는 눈이 크고 민감해서, 빛이 적은 깊은 바다에서도 주변의 세세한 것들을 지각할 수 있다. 많은 곤충은 복합적인 눈을 발전시켰다. '투망거미'와 같은 일부 거미는 작은 쌍안경처럼 보이는 야간 시력을 지닌 눈을 갖고 있다. 이 거미의 눈은 매우 민감하기에, 이론상으로 우리 눈으로는 너무 희미해서 감지할 수 없는 은하까지 볼 수 있다. 물론 약간 상상을 가미해서 한 말이다.

다시 책 이야기로 되돌아가자. 지면에서 반사된 빛이 여러분의 경이로운 눈에 닿으면, 그다음에 일어날 일은 훨씬 더 경이롭다. 제일 바깥의 막과 각막을 통과한 후 빛은 동공을 통해 눈으로 들어간다. 홍채(눈에서 색깔이 있는 부분)가 동공을 감싸고 있는데, 그 움직임에 따라 동공이 열리는 크기(구경)가 변한다. 이로써 빛이 눈에 더 많거나 적게 들어오게 된다. 빛이 밝으면 동공이 수축해서 구경이 작아지고, 빛이 어두우면 넓게 열리면서 더 많은 빛을 받아들인다. 동공을 통과한 빛은 곧이어 수정체를 통과하는데, 수정체는 사진기의 렌즈와 흡사한 기능을 한다. 수정체는 눈의 나머지 부분과 비교하면 딱딱한 조직이지만 유연성이 있다. 주위 근육의 신축 정도에 따라 유입되는 빛에 초점을 맞추는 능력을 변화시킬 수 있다. 수정체는 눈알의 맑은 액체 속으로 들어오는 빛의 초점을 맞추어 눈의 뒤쪽에 영상을 맺히게 한다(자세한 내용은 그림 3.4 참고).

이 영상은 자연적 및 인공적 광원에서 나온 빛 그리고 주로 물체에 반사되어서 나온 빛이 눈의 민감한 부위인 망막상에서 초점이 잡혀 생긴다. 그리고 사진기 렌즈와 마찬가지로 이 영상은 반전되어 있다. 망막에는 약 1억 개의 광수용체가 있어서, 빛을 감지하고 흡수한 뒤 그 빛을 뉴런이 사용하는 전기화학적 에너지로 변환한다. 어떤 이의 눈을 들여다보면 동공이 어둡게 보이는데, 대체로 균일한 검정색이다. 눈으로 들어오는 모든 빛이 망막의 세포들에 흡수되기 때문이다. 여러분이 어떤 이의 눈을 쳐다볼

눈의 구조

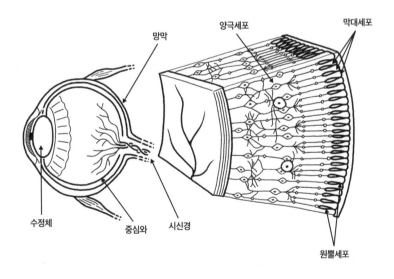

그림 3.4 인간 눈의 단면도. 망막, 막대세포 및 원뿔세포를 자세히 보여준다.

때, 여러분 얼굴의 영상(이른바 '망막 영상')이 망막상에 담기며, 이제 그 영상은 다른 이의 세포 속으로 흡수된다. 여러분 얼굴의 이 영상은 매우 현실적인 의미에서 다른 이의 생체 과정의 떼어낼 수 없는 일부다. 단지 '영혼의 창'을 넘어서서, 어떤 이의 눈은 거기로 들어오는 모든 것의 영상을 흡수한다.

망막 영상으로 되돌아가보자. 이 영상은 눈의 망막상에 초점이 맺히는데, 망막은 본질적으로 눈알 뒤에 있는 휘어진 안쪽 측면이다. 망막은 수많은 광수용체로 덮여 있는데, 각각의 광수용체는 빛을 감지하기 위해 대기 중이다. 인간의 망막에는 두 종류의 광수용체가 있다. 바로 막대세포와 원뿔세포다. 이런 명칭이 붙은 까닭은 두 세포의 모양 때문이다. 막대세포는 막대 모양이며, 원뿔세포는 짐작하다시피 원뿔 모양이다. 나중에 보겠지만, 원뿔세포에도 여러 종류가 있다. 여러분 앞에 있는 시각적 세계의 전체 영상은 망막상에 놓이긴 하지만, 수정체는 그 영상을 여러분 눈 뒤쪽의 중심에 있는 민감도가 높은 한 특수 영역, 즉 중심와中心窩, fovea에 초점이 맺히게 만든다. 달리 말해서 여러분이 보는 물체(얼굴, 단어, 커피잔)은 중심와에 영상이 맺힌다. 물론 여러분의 눈은 여러분이 무엇을 바라보는지 모른다. 눈이 해당 영상에 초점을 맞추는 능력은 세계의 속성과 아울러 세계에 대한 여러분의 지식과 이해에 따라 결정된다. 이 위에서 아래로 향하는 처리 과정에 관해서는 이 장의 후반부 및 책의 다른 부분에서 더 자세히 설명하겠다.

광수용체는 막대세포인지 원뿔세포인지에 따라 하는 일이 다르다. 막대세포는 중심와 바깥에 있는 망막의 영역에서 차지하는 비율이 더 크며, 두 세포 중에서 더 흔하다. 눈 한쪽당 약 9천만 개의 막대세포가 존재한다. 또한 두 세포 중에서 더 민감하다. 즉, 막대세포가 원뿔세포보다 낮은 수준의 빛에 더 민감하게 반응한다. 이 고민감도에는 2가지 이유가 있으며, 이로 인해 한 가지 효과가 생긴다. 첫 번째 이유는 막대세포의 화학적 구조와 관련이 있다. 이 광수용체에는 빛에 반응하는 화학적 광색소가 들어 있다. 막대세포에서 광색소는 단 한 개의 광자에 반응할 정도로 민감하다. 그런 일이 생길 때, 즉 빛파동이 이 화학물질과 마주할 때, 막대세포는 자극을 발화할 수 있다. '빛이 감지되었다'라는 신호를 전송하는 셈이다. 그것이 막대세포가 하는 유일한 일이다. 막대세포가 매우 민감한 두 번째 이유는 시각계의 그다음 단계(망막에 있는 양극세포bipolar cell)와 약 20:1의 비율로 연결되어 있기 때문이다. 즉, 양극세포 하나당 스무 개의 막대세포가 연결된 상태로 빛을 감지한다. 그 결과, 매우 낮은 수준의 빛에도 반응할 수 있는 개개의 광수용체를 지닌 매우 민감한 시스템 그리고 매우 많은 막대세포가 빛을 감지하는 하나의 네트워크가 이루어진다.

하지만 이 민감도에는 필연적으로 어떤 결과가 수반된다. 막대세포는 빛에 민감하기만 할 뿐, 상이한 파장의 빛에 반응하는 능력이 없다. 그래서 색에 대한 정보를 제공하지 못한다. 또 다른 결과도 있다. 막대세포는 그다음 단계와 20:1의 비율로 연결되어 있기 때문에, 네트워크의 다음 단계는 스무 개쯤의 막대세포로 이루어진 시야 내에서 빛이 정확히 어디에서 감지되었는지에 관한 정보가 없다. 이 시야란 매우 좁은 영역이긴 하지만, 막대세포 시스템은 이러한 배치로 인해 민감도 면에서 이득을 얻는 반면 부분적으로 예리함(정확도)을 잃는다. 만약 여러분이 색을 보아서 사물을 더 자세히 알고 싶다면, 다른 종류의 광수용체가 필요하다. 그게 원뿔세포다.

원뿔세포는 막대세포에 비해서 수가 적다. 한쪽 눈당 고작 700만 개가량이 있다. 하지만 동공과 수정체가 영상의 초점을 잡는 눈의 중심 영역인 중심와의 거의 전체에 분포해 있다. 게다가 원뿔세포는 막대세포만큼 민감하지 않다. 원뿔세포는 막대세포보다 더 많은 빛이 있어야 활성화된다. 원뿔세포는 수가 적고 덜 민감하긴 하지만 우리의 시각적 경험에 크게 이바지한다. 우선, 원뿔세포 시스템은 더 정확하다. 세계를 아주 예리하게 감지한다. 정확도가 큰 까닭은 원뿔세포들이 네트워크의 다음 단계인 양극세포에 훨씬 더 낮은 비율로 연결되어 있기 때문이다. 각각의 양극세포는 고작 3개 정도의 원뿔세포와 연결되어 있다. 따라서 민감도가 높은 막대세포와 달리 원뿔세포는 빛을 그다지 많이 포착하지 못하며, 따라서 빛이 적은 상황에 그다지 민감하지 않다. 하지만 이 낮은 비율에는 장점도 있다. 각각의 양극세포는 입력을 제공할 원뿔세포가 고작 몇 개뿐이기에, 어디에서 광원이 망막에 닿는지에 관한 더 많은 정보를 얻는다. 3개의 원뿔세포 가운데서 어느 것이 감지되는지만 파악하면 되기 때문이다. 그 결과 원뿔세포는 막대세포에 비해 정확도가 높다. 이 원뿔세포들은 중심와 전체에 분포해 있기에, 여러분의 눈은 정확도가 높은 세포들상에 외부 영상의 초점을 잡는 셈이다.

하지만 원뿔세포는 고해상도의 영상을 뇌에 제공하는 것 이상의 일을 한다. 원뿔세포에는 사실 3가지 종류가 있으며, 각 종류는 특정 파장의 빛에 최고로 민감하다. 짧은 원뿔세포는(푸른색 빛과 같은) 짧은 파장의 빛에 최고로 민감하고, 중간 크기의 원뿔세포는(녹색 빛과 같은) 조금 긴 파장의 빛에 최고로 민감하며, 긴 원뿔세포는(빨간색 빛과 같은) 훨씬 더 긴 빛에 최고로 민감하다. 3가지 종류의 원뿔세포, 즉 짧은 원뿔세포, 중간 원뿔세포, 긴 원뿔세포는 각각 빛의 짧은 파장, 중간 파장, 긴 파장에 민감하기에 이 파장의 빛을 반사시키는 물체를 감지해낼 수 있다. 달리 말해서 우리는 이 원뿔세포들을 이용해 색깔을 본다.

물론 막대세포는 자신이 한 가지 색만 본다는 사실을 모른다. 짧은 원뿔세포 역시 자신이 푸른색만 본다는 사실을 모른다. 망막의 어느 것도 실제로 그런 사실들을 모른다. 이 세포들은 단지 매우 특수한 방식으로 빛을 감지할 뿐이다. 이것은 전체 시스템이다. 각각의 막대세포와 원뿔세포는 하는 일이 많지 않다. 하지만 이 시스템 전체는 우리의 전체 시각 경험을 구성한다. 작동하는 것은 시각계 전체다. 가령, 원뿔세포들은 비록 덜 민감하고 수도 적지만, 전체 시스템의 한 기능으로서 풍부한 시각 경험을 제공한다. 원뿔세포와 양극세포가 연결되어 이루어진 네트워크는 막대세포와 양극세포가 연결되어 이루어진 네트워크와는 다른 경험을 제공한다. 이 두 시스템은 전체 시각계의 각 부분으로서 상이한 목적을 달성하기 위해 진화되었다. 막대세포는 빛을 더 많이 감지하고 더 민감하기에, 주위 환경에서 벌어지는 미세한 변화를 감지해낸다. 단지 세포 차원이 아니라 시스템 차원에서 이 전체를 이해하면 더 큰 의미에서 뇌와 마음을 이해하는 데 도움이 된다. 관건은 네트워크와 인지구조에 있다. 또한 연산 수준에 있다. 관건은 세포가 아니라 시스템에 있다. 우리가 앞으로 논의할 모든 인지 시스템에 해당하는 말이지만, 특히 시각계에 확실히 맞는 말이다.

막대세포와 원뿔세포는 이 연산 시스템의 첫 번째 단계일 뿐이다. 이 세포들은 외부 세계에서 들어온 입력을 물리적 에너지(빛)의 형태로 받아들여, 뇌를 위한 전기화학적 에너지로 변환시킨다. 그런 뒤 그 신호를 뉴런의 다음 단계로 보내는데, 뉴런은 그 정보를 계속 뉴런의 그다음 단계로 보낸다. 활성화 과정은 망막에서 시신경으로 흐른다. 시신경은 눈에서 일어나는 모든 활동을 연결하는 일종의 커다란 동축 케이블인 셈이다. 눈 뒤쪽에서 피질 뒤로(후두엽 및 머리 뒤쪽으로) 정보를 보내는 시신경들은 도중에 부분적으로 교차한다. 이 부분적 교차는 중요한 기능을 맡는다. 망막 수준에서는 두 눈(왼쪽 눈과 오른쪽 눈) 그리고 두 시야(여러분의 왼편에 있는 물체들 그리고 오른편에 있는 물체들)가 존재한다. 하지만 여러분은 두 시야의 대부분을 각각의 눈으로 본다. 즉, 가령 왼쪽 눈은 왼쪽에 있는 물체들을 보면서 아울러 여러분의 앞 그리고 오른쪽에 있는 물체들도 본다.

이렇게 되려면 각 눈에서 얻어진 시각 정보가 부분적으로 겹쳐져야 한다. 이 교차 영역에서는 각 눈에서 시작된 시신경이 나누어져 각각의(왼쪽 눈과 오른쪽 눈의) 망막에서 나온 왼쪽 시야는 왼쪽 시야끼리 오른쪽 시야는 오른쪽 시야끼리 합쳐진다. 달리 말해서, 시야의 왼쪽 정보는 왼쪽 정보끼리 합쳐지고 시야의 오른쪽 정보는 오른쪽 정보끼리 합쳐진다. 사물 인식이라는 측면에서 볼 때, 사물이 세계의 어느 쪽(왼쪽 아니면 오른쪽)에 나타나는지 아는 것이 사물이 어느 쪽 눈알(왼쪽 눈 아니면 오른쪽 눈)에 사물이 나타나는지 아는 것보다 더 중요하다. 이런 식으로 결국 대다수 물체는 양쪽 눈으로 보게 된다.

수용영역

지금까지 우리는 광자 하나가 여러분 눈의 수용체에 닿는 순간부터 시각 정보가 시신경으로 그리고 시각교차 영역으로 흐르는 과정을 추적했다. 시각교차 영역은 수용영역receptive field들이 교차해서 합쳐지는 곳이다. 이 지점에 이르면, 여러분 눈에서 나온 정보는 이제 뇌에 의해 처리될 준비가 된 상태다. 즉, 뇌가 미가공의 시각 정보를 얻은 상태다. 시각 정보는 이미 낮은 수준의 시각계에 의해 피질 외부에서 꽤 많이 처리되었다. 이렇게 처리된 정보는 먼저 대뇌피질의 후두엽 영역을 활성화시키는데, 2장에서 설명했듯이 후두엽은 뇌 뒤에 있는 일차 시각 영역이다. 일차시각피질에 있는 세포들은 원래부터 이른바 **망막 위상 지도**(retinotopic map)로 조직화되어 있다. 시각피질 내의 세포들은 망막의 수용체 세포들과 직접적인 대응을 이루고 있다는 뜻이다. 그 결과 일차시각피질 내의 뉴런들은 정보가 망막에 나타날 때 곧장 반응할 수 있다. 만약 (인간 이외의 동물을 대상으로 할 때 가능하듯이) 시각 영역 내의 각 개별 뉴런의 활동을 기록할 수 있다면, 이 때 보이는 뉴런 반응의 전체 패턴은 수용체들과, 더 나아가 외부 세계와 동일한 공간적 구성을 가질 것이다. 뇌는 눈을, 그러므로 외부 세계를 반영한다. 가장 낮은 수준에서 보자면, 이 처리된 정보는 외부 세계를 충실하게 표현한다. 그것은 직접적이긴 하지만 정확하지는 않다. 그런데 여러분의 암묵적 가정과 지식이 활약하기 시작하면서 정보는 곧 달라진다. 여러분의 뇌는 감각계에서 유입된 이 정보를, 어떤 구조를 부과하지 않은 채로 그냥 지나가게 놔두지 않는다.

망막과 시신경에서 들어온 정보가 후두엽의 일차시각피질에 도달하게 되면, 그 정보는 위치와 색깔을 담도록 부호화될 수 있다. 눈은 색에 대해 정확히는 모르지만, 빛의 파장에 따라 다르게 반응하는 3가지 종류의 원뿔세포로부터 얻은 색에 관한 기본 정보를 갖고 있다. 여러분의 뇌는 나중에 그 정보를 해독해, 물체와 색에 대해 여러분이 이미 지니고 있는 개념과 연결시킨다. 후두엽은 망막의 공간적 배치를 보존하기 때문에, 외부 세계에서 인접해 있는 것들에 대한 활성화 영역들은 망막에서도 인접해 있으며, 따라서 일차시각피질 내의 인접한 뉴런들에 의해 표현된다. 눈은 물체에 관해서는 전혀 모르지만, 뇌는 망막 세포와 피질 세포와의 대응 관계 덕분에 나중에 가정을 세울 수 있다.

이러한 가정은 어떻게 작동할까? 뇌는 어떻게 눈에서 들어오는 모든 활동을 취합해 특징과 사물을 지각해낼까? 답은 시각 수용영역에서부터 시작된다. 이 수용영역은 피질의 외부에서 활약하기 시작하며 뇌가 특징, 형태, 글자 및 사물을 지각하는 일차적인 수단이다.

대학에서 강의하면서 알게 된 사실인데, 수용영역은 언제나 처음으로 막히는 내용 가운데 하나다. 어떤 이유에선지 수용영역은 조금 더 설명이 필요해지는 첫 번째 주요 주제가 되고 만다. 지금까지 우리는 심리학, 인지심리학 일반, 뇌 등의 역사에 관해 긴단한 사실들만을 논의했다. 그런데 수용영역은 인지 구조의 역할을 깊이 파헤쳐야만 파악할 수 있는 첫 번째 주제다. 또한 연산 및 알고리즘 수준에서 다루어야 하는 첫 번째 주제이기도 하다. 시각과 인지를 이해하려면, 세계로부터 눈까지의 미가공 시각 정보를 얻어서 뇌로 보내는 방법과 더불어 그 정보를 사물로 변환시키는 방법을 이해해야 한다. 즉, 어떻게 시각 정보가 처리되는지 설명해줄 연산 과정과 알고리즘을 이해해야 한다. 어떻게 시각 세포와 뉴런이 구성되고 연결되어 이 문제를 해결하는지 이해해야 한다. 이 문제를 해결할 한 가지 방법이 바로 수용영역이다. 뉴런과 수용영역의 배치가 물체의 특성을 추출해낸다. 심리학의 역사나 뇌의 기본적 해부 구조에 관한 이전의 주제들과 달리, 이 주제는 인지 처리 및 뉴런 연결로 인해 등장하는 연산을 다룬다. 이 연결이 지각과 사물 인식의 인지적 구성 요소를 이룬다.

그렇다면 수용영역이란 정확히 무엇일까? 한마디로 말해서, 시각적 활성화의 어느 한 패턴에는 반응하고 다른 패턴에는 반응하지 않는 세포들을 가리킨다. 시각 세포들은 시각 영역 내에서 선호하는 대상이 따로 있다. 마치 선택적 감지기와 같다. 다음과 같은 간단한 비유를 생각해보자. 내 차에 여러 개의 근접 센서가 있어서, 다른 차가 내 차에 가까이 다가오는 걸 감지한다고 하자. 그중 둘은 측면 근접 감지기여서, 내 차의 양 측면의 맹점에 있는 사물의 존재를 감지한다. 가령 어떤 차가 내 차의 왼쪽에 붙어서 달리고 있다면, 그 센서가 경고를 작동시켜 내게 알려줄 것이다. 이 센서는 한 가지 일을 한다. 즉, 내 차의 옆에 어떤 물체가 있으면 신호를 보낸다. 거기에 아무것도 없으면 작동하지 않는다. 그 영역에 있는 물체만 감지하지 이외의 다른 것은 감지하지 않는다. 한편 옆에 있는 물체가 차든 트럭이든 가축이든 뭐든 간에 활성화된다. 차의 색깔이나 제조사도 신경 쓰지 않는다. 그 센서는 아무것도 모르며 알 필요도 없다. 그 자체로만 보면, 하나의 수용영역을 지닌 이 센서는 대단한 일을 하지는 않는다. 다만 자기 일을 할 뿐이다. 하지만 그 센서를 시스템의 다른 부분들과 연결하면 여러분은 훨씬 더 큰 일을 해낼 수 있다. 어떻게 보자면, 나도 그 시스템의 일부다. 실제로 측면 물체 감지기가 다른 차량을 감지하는 것이 아니다. 바로 내가 그 센서의 출력을 해석해서 측면 물체를 감지한다. 여러분은 주위의 다른 것을 감지하는 다른 센서들을 설치할 수 있고, 그 센서들을 연결해서 2가지 이상의 것이나 사물의 특정한 구성을 감지해낼 수도 있다.

시각계 내의 한 수용영역은 내가 설명한 차량 감지기와 동일한 아이디어를 활용한다. 처리의 각 단계에서, 망막 뒤에 있는 신경절 세포에서부터 여러 중계 뉴런relay neuron을 거쳐 일차시각피질에 이르기까지, 뉴런들은 망막상의 활성화 패턴들에 선택적으로 반응한다. 예를 들어 여러분이 흰 화면상에 나타난 하나의 검은 세로선을 보고 있다면, 여러분이 얻는 주관적 경험은 숫자 1과 비슷한 하나의 검은 세로선을 보는 것이다. 이제 여러분의 뇌의 관점에서 보는 모습은 어떨지 알아보자(매우 단순화된 설명임을 염두에 두자). 망막 수용체 각각은 어둠이 아니라 빛에 반응한다. 수용체는 빛을 감지하면 특정한 방식으로 발화하는데, 충분히 많은 빛을 감지하지 못하면 다른 방식으로 발화하게 된다. 이제 빛을 감지하면 발화할 수 있고 감지하지 못하면 발화하지 않는 각각의 수용체 세포의 전체 집단을 상상해보자. 이 집단의 한 종류를 '가운데 켜짐center on' 집단이라고 부르자. 이 집단은 빛 에너지가 전체 집단의 가장자리 세포들을 활성화시킬 때가 아니라 가운데 세포들을 활성화시킬 때 더 빠르게 발화한다. 즉, 가운데 세포들이 '켜져on' 있고 주변부 세포들이 '꺼져off' 있을 때 전체 집단은 더 빠르게 발화한다. 만약 이 집단이 시각계 내의 단일 신경절 세포와 연결되어 있으면, 그 신경절 세포는 '가운데 켜짐' 세포라고 불린다. 그 세포의 임무가 자기 수용영역의 가운데에 있는 빛을 감지하는 일이기 때문이다(그림 3.5 참고).

정반대로 작동하는 다른 세포들도 있다. 이 세포들은 빛 에너지가 집단

수용영역

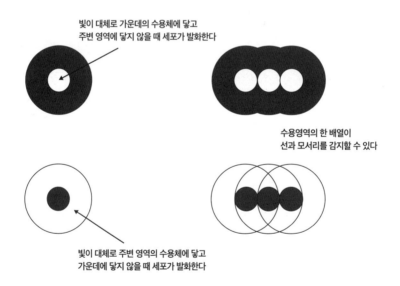

빛이 대체로 가운데의 수용체에 닿고
주변 영역에 닿지 않을 때 세포가 발화한다

수용영역의 한 배열이
선과 모서리를 감지할 수 있다

빛이 대체로 주변 영역의 수용체에 닿고
가운데에 닿지 않을 때 세포가 발화한다

그림 3.5 신경절 세포의 수용영역은 자신의 영역 가운데에 있는 빛 아니면 가장자리에 있는 빛에 민감하게 반응할 수 있다. 이로 인해 세포는 밝거나 어두운 모서리와 선을 감지할 수 있다.

의 가운데가 아니라 가장자리에 더 많이 닿을 때 더 빠르게 발화한다. 이 집단이 한 신경절 세포와 연결되어 있으면, 이를 가리켜 '가운데 꺼짐' 세포라고 한다. 자신의 수용영역 가운데에 빛이 없을 때 발화하기 때문이다. 가운데에 빛이 없고 가장자리에 빛이 많을 때 더 빠르게 발화하는 종류인 이 가운데 꺼짐 세포의 네트워크를 구성해 그 세포들을 한 줄로 늘어놓는다면, 가운데 꺼짐 세포의 이러한 배열은 무엇을 감지할 수 있을까? 아마도 모서리 감지기가 포착해내는 어두운 윤곽선과 비슷한 것일 듯하다. 각각의 가운데 부분은 밝은 픽셀로 둘러싸인 어두운 픽셀 같은 모습이며, 밝은 픽셀로 둘러싸인 어두운 픽셀의 전체 배열이 바로 여러분들이 짐작하는 모습일 것이다. 쉽게 말해서 흰 선으로 둘러싸인 검은 선이다. 가운데 꺼짐 세포들의 이 선형 배열을 단일 뉴런에 연결하면, 단순한 선 감지기가 얻어진다. 이 선 감지기는 세포들의 집단으로부터 만들어지며, 특정한 방식으로 배열된 다른 세포들과 연결되어 있다.

여러분의 눈은 자신이 흰 배경상의 어두운 선을 보고 있는 줄은 모르지만, 흰 공간으로 둘러싸인 곧은 세로선으로 이루어진 어두운 영역을 감지하는 데 특화되어 있는 세포들을 분명 지니고 있다. 그런데 이 구조는 대단히 위력적이다. 시각계는 상이한 수용영역을 가진 세포들로 이루어진 엄청나게 많은 상이한 구성을 이용할 수 있다. 가령, 상이한 방향의 밝은 막대와 어두운 막대에 대응하는 단순한 세포들이 있다. 내가 방금 전에 설명했던 것과 비슷한 세포들로, 모서리와 선에 대응한다. 상이한 길이에다 상이한 방향의 밝은 막대와 어두운 막대에 대응하는 더 복잡한 다른 세포들도 있으며, 시야를 특정 방향으로 가로지르며 움직이는 상이한 방향과 상이한 길이의 밝은 막대와 어두운 막대에 대응하는 다른 복잡한 세포들도 있다. 각각의 단계에서 단순한 입력들은 함께 모여, 더 많은 정보를 추상화시키는 네트워크의 또 다른 층^{layer}으로 유입된다. 망막 내의 조밀하게 모인 막대세포들과 원뿔세포들의 네트워크로부터 여러분은 선, 모서리, 윤곽, 각도 그리고 움직임을 얻는다. 하지만 여기서 무슨 일이 벌어지는지 생각해보자. 여러분은 시각적 세계에 구조를 부여하지만 일부 세부 사항을 잃는다. 각각의 난세는 정보를 조금씩 더 많이 **추상화한다**. 현실을 지각하기 위해 우리는 사물을 추상화한 다음에 재구성해야 한다.

이를 종합적으로 살펴보자. 앞서 우리는 수용영역이 작동하는 방식과 더불어, 어떻게 세포들이 함께 모여서 다른 뉴런과 연결되어 다른 수용영역을 생성하는지 살펴보았다. 또한 어떻게 후두엽의 일차시각피질 내의 세포들이 망막 위상 지도를 이루는지도 살펴보았다. 처리의 다음 단계는 시각피질 내의 더 특수화된 세포들, 즉 모서리와 선, 윤곽 및 다른 시각적 특징에 선택적으로 대응하는 세포들의 활성화 과정이다.

앞서 설명했듯이, 이 세포들은 자신들이 망막에서 조직화되는 방식에 대응해 뇌에서도 조직화된다. 뇌에서의 활성화 과정은 눈에서의 활성화 과정을 근사한다. 여러분이 실제로 무엇을 보고 있는지 알기 훨씬 전에, 여러분의 망막과 시각 경로, 일차시각피질은 여러분 앞에 무엇이 있는지에 관한 정보를 꽤 잘 표현해낸다. 여러분의 눈과 시각피질은 여러분이 보고 있는 밝고 어두운 정보 패턴의 자세한 지도를 갖고 있다. 이것은 비유적 의미에서 정말로 지도와 비슷한데 선, 모서리, 윤곽, 경사 등이 모두 추상이기 때문이다. 이 지도는 여러분 앞에 있는 것의 표현이지만, 완벽하게 동일한 복사본은 아니다. 일부 정보는 빠져 있으며 일부 정보는 정제되고 이상화되어 있다.

정보 흐름의 이 단계에서 여러분은 무엇을 보고 있는지 실제로 모른다. 여러분이 갖고 있는 것이라고는 시각 경로 내의 연결들에 의해 생성된 자세한 지도뿐이다. 그렇기는 해도, 특징들을 뽑아내서 물체를 인식하는 데 필요한 모든 정보를 갖고 있다. 여기서부터 이야기가 정말로 흥미진진해지며 더욱 복잡해진다. 대뇌피질에는 시각 경로가 단 하나가 아니라 2가지이기 때문이다.

사물을 인식하는 2가지 경로

위에서 펼친 단순화된 설명에 따르면, 시각계의 초기 단계는 데이터에 의해 구동되며 연산적이다. 세포의 배열이 시야의 어디에 밝은 것과 어두운 것이 위치하는지에 관한 정보를 뇌에 제공한다. 뇌는 색, 모서리, 결합 및 운동에 관한 정보를 제공받는다. 하지만 여러분은 이것들을 합쳐서 사물을 파악하는 방법은 아직 모른다. 단언컨대 그것이야말로 시각계의 요체다. 처음에 우리는 세계를 특징으로서 지각하지만, 우리는 특징들의 세계에 살지 않는다. 우리는 사물들의 세계에 산다. 우리는 세계의 사물들을 알아볼 수 있어야 한다. 그래야 세계 속을 다니며 사물들을 상대하고 반응할 수 있다.

예를 들어, 여러분이 카페에서 이 책을 읽거나 듣고 있다고 하자. 그러면 아마도 앉은 테이블 위에는 커피 한 잔이 놓여 있을 것이다. 또는 집에서 책을 읽고 있다면, 역시 커피나 물, 차 한 잔이 놓여 있을 것이다. 커피잔이나 찻잔 알아차리기에는 거의 아무런 수고가 들지 않는다. 하지만 사물 인식이 과연 무엇인지 잠시 생각해보길 바란다. 커피잔을 인식하려면 시야에 들어온 모서리들을 다른 모서리들로부터 분리해낸 다음에 합쳐야 한다. 이 과정은 방금 전에 설명했듯이 시각계에서 발생하는, 데이터로 구동되는 아래에서 위로 향하는 특징 탐지 과정이다. 하지만 그 시스템이 제공하는 것은 여기까지뿐이다. 사물 인식에는 커피잔이 무엇인지에 관한 지식이 필요하다. 사물 인식에는 때로 사물에 대한 이름도 필요하다. 커피 잔을 볼 때 여러분은 그것을 커피잔 개념의 한 구성원으로서 인식한다. 이 개념에는 그것의 쓸모가 무엇인지, 이름이 무엇인지, 그리고 무엇으로 만들어져 있는지 등이 포함된다.

여러분이 테이블이나 의자에 앉아 있고 커피 한 잔이나 차 한 잔이 앞에 놓여 있다면 지금 마셔보라. 커피잔이 없고 대신에 물병이 있으면, 물을 마셔보라. 아무것도 없다면 마시기를 상상해보라. 무엇을 선택하든지 간에, 마실 것에 손을 뻗어 잡는 일은 분명 거의 자동으로 일어난다. 손을 뻗기로 한 결정을 내리기 이외의 다른 어떤 의식적 처리 과정도 분명 필요하지 않다. 손을 어느 방향으로 뻗어야 할지 의식적으로 생각할 필요도 없고, 커피잔을 잡기 알맞게끔 손을 벌리는 방법이나 손으로 커피잔 주위를 감싸는 방법을 의식적으로 생각하지 않아도 된다. 그런 운동 행위들은 시각의 안내를 받아 이루어졌다. 하지만 사물 개념과 이름을 꼭 이용하지는 않았다.

아마도 우리는 사물을 2가지 방식으로 인식한다. 첫째로 사물을 이름과 정체성으로 인식한다. 무언가를 볼 때 그것의 이름을 댈 수 있다. 달리 말해서, 그것이 무엇인지 안다. 또한 우리는 사물에 반응함으로써 그리고 그 사물에 맞게 행동함으로써 사물을 인식하기도 한다. 밝혀지기로, 사물을 인식하는 이 2가지 방법에 대응하는 2가지 시각 경로가 존재한다. 이 두 시각 처리 흐름은 일차시각 영역에서 동일한 시각 입력을 수집한 다음에, 나란한 두 방향으로 나누어진다. 한쪽 흐름을 가리켜 등쪽dorsal 흐름 또는 '어떻게 그리고 어디에' 흐름이라고 하며, 이는 시각피질에서 운동피질까지의 영역들을 활성화시키는 경로다. 이 등쪽 흐름 덕분에 여러분은 시각적 환경에 반응해 적절한 운동 행위를 선택할 수 있다. 이것은 매우 빠르게, 또한 무의식적으로 일어날 수 있다. 만약 누군가가 여러분에게 무언가를 던지면, 여러분은 그 사물의 이름을 대지 않고서도 손을 뻗어서 막을 수 있다. 여러분이 커피잔을 잡을 때, 등쪽 흐름이 여러분의 손을 안내해 적절한 방식으로 잡도록 해준다. 마찬가지로 여러분은 무거운 머그잔이나 부서지기 쉬운 페이스트리를 잡는 힘을 조절할 수 있다. 사물이 달라지면, 사물을 쥐는 힘도 달라진다.

다른 시각적 흐름을 가리켜 배쪽ventral 흐름, 또는 '무엇 시스템'이라고 한다. 이 배쪽 흐름은 일차시각피질에서 활성화된 정보를 피질의 측두엽 영역으로 보낸다. 이곳은 언어를 담당하는 영역이다. 여러분이 어떤 단어를 대하면 그것을 개념과 연결시킨다. 이 두 흐름은 대체로 함께 작동한다. 사물 인식은 거의 언제나 시각적 입력을 운동 행위 및 개념적 지식과 조화시키면서 일어난다. 이 두 흐름은 서로 의사소통도 한다. 여러분이 '테니스'라는 단어를 생각할 때, 뇌의 언어 영역에서 일어난 활성화가 등쪽 흐름에까지 퍼져서 일부 운동 영역을 활성화시킬 수 있다. 반대 방향으로도 마찬가지다.

신경과학자들이 입증하기로, 이 두 흐름은 또한 독자적으로 작동할 수 있다. 가령 어떤 이가 뇌졸중으로 인해 등쪽 경로에 손상을 입으면, 어떤 사물의 이름을 댈 수는 있더라도 그걸 적절하게 손에 쥐기는 어려울 것이다. 이 경로는 배쪽 경로와는 분리될 수 있다. 만약 어떤 이가 배쪽 경로를 따라 손상을 입으면, 시각적으로 제시된 사물의 이름을 댈 수는 없어도 대체로 그 사물을 올바르게 쥘 수 있다. 이 상태를 가리켜 시각인식불능visual object agnosia이라고 한다. 어떤 사물을 보고서도 이름을 댈 수 없지만 그 사물에 대해 적절하게 행동할 수 있다는 뜻이다. 그리고 많은 경우에 일단 사물을 만지고 나면 이름을 댈 수 있게 된다. 시각인식불능에 걸린 사람은 커피잔 앞에 앉아 있으면서도 커피잔이라고 이름을 댈 수 없다. 하지만 그 속에 커피가 있다는 사실은 여전히 알고 있으며, 어떻게 손을 뻗을지도 안다. 일단 그걸 잡고 나면, 사물의 감촉으로 인한 피드백의 결과로 커피잔이라는 이름도 댈 수 있게 된다.

이처럼 시각계는 복잡하고 역동적이나. 그것은 우리가 환경과 상호작용을 할 수 있도록 자연선택에 의해 형성되었다. 아주 복잡한 시스템인 까닭에 뇌졸중과 같은 꽤 심각한 충격이 가해져도, 전체 시스템이 붕괴되지 않고 시스템의 일부만 손상된다. 뇌졸중으로 인한 부분적 손상은 위에서 설명한 종류의 일반적인 시각 장애를 일으키지만, 기본 시스템에 대한 다른 종류의 손상과 변화는 훨씬 더 흥미진진한 변화를 일으킨다. 일부 사례들은 매우 구체적인데, 그 각각은 시각계의 전체적인 인지 구조를 이해해야만 설명이 가능하다. 심지어 이 구조는 시각계로부터 유입된 주요 입력 없이도 종종 작동한다.

특이사례1 : 움직이는 물체만 보는 맹시

예를 들어, 내 동료인 조디 컬햄Jody Culham 박사가 연구 중인 구체적인 사례가 있다. 스코틀랜드의 글래스고 출신 여성 밀레나 캐닝Milena Canning은 정지된 장면을 볼 때 완전히 눈이 먼 상태다. 장면 속의 것들을 전혀 파악하지 못하는데, 사물과 사람을 인식하지 못하며 글자나 숫자도 알아보지 못한다. 하지만 움직이는 사물은 알아볼 수 있다. 어떤 뇌 손상 때문이다. 뇌의 시각 흐름에 관해 여러분이 이미 배운 내용에 따르면, 그 손상이 어느 영역 때문인 것 같은가? '후두엽' 피질이라고 짐작했다면, 맞았다. 그녀는 심신을 쇠약하게 하는 여러 번의 뇌졸중을 겪고서 후두엽 피질에 손상을 입은 결과, 보는 능력에 지장이 생겼다. 이 환자의 경우 전체 후두엽 피

128

질이 손상되진 않았지만, 그것만으로도 시력을 훼손하긴 충분했다. 어느 면으로 보나 그녀는 눈이 멀었다.

다만 완전히 멀지는 않았다. 잠시 진행되는 움직임을 볼 수 있는 감각이 남아 있었다. 온전히 보진 못했지만, 그녀는 자신이 거의 볼 수 있음을 '감각'할 수 있다고 말했다. 주치의가 복도에 의자 몇 개를 놓아두자 그녀는 의자에 부딪히지 않고 복도를 지나갔다. 당연히 제대로 의자를 볼 수 없었고, 사전에 의자가 거기 있다고 알려주지 않았는데도 진로를 바꿔서 의자를 피했다. 글래스고에서 밀레나를 담당한 의사들은 그녀가 '맹시盲視, blindsight'라는 매우 특수한 상태에 있다고 여겼다. 맹시는 눈이 멀었는데도 시각적 정보를 감각하거나 시각적 정보에 따라 행동할 수 있는 상태다. 대체로 맹시는 손상을 입지 않은 나머지 피질로 인해 생긴다. 하지만 맹시인 사람은 자신의 능력을 의식적으로 알고 있지는 않다. 한편 밀레나에게는 무언가를 감각하는 의식적 경험이 있었다. 순식간에 경험되는 유령 시각과 비슷했다. 하지만 다른 설명도 가능할까? 어쩌면 그녀는 길을 찾기 위해 소리나 다른 감각을 이용할 뿐 진짜로 시각을 이용하지는 않을 것이다. 실제로 어떤 일이 벌어지는지 알아내기 위해 연구자들은 밀레나의 뇌를 살펴보아야 했다. 스코틀랜드의 담당 의사들은 그녀를 캐나다 웨스턴대학교의 컬햄 박사에게 맡겼다.

컬햄 박사는 시각이 행동을 어떻게 이끄는지 이해하는 분야에서 세계 최고의 전문가다. 박사는 우선 통제된 상황에서 밀레나의 운동지각 능력을 검사하기로 하고, 시각 경로의 손상된 부분과 손상되지 않은 부분을 알아내기 위해 일련의 뇌 영상 촬영 연구를 진행했다. 한 검사에서는 밀레나에게 화면상에 움직이는 사물의 운동 상태를 판단해달라고 했다. 밀레나는 그 형상들에 관해 정확한 판단을 내릴 수 있었지만, 정지한 사물에 대해서는 판단을 내리지 못했다. 과학자들이 애초에 짐작했듯이 그녀의 시각은 운동 지각 면에서는 멀쩡했다. 실제로 그녀는 굉장히 많은 수의 움직이는 사물을 볼 수 있다고 알렸다.

> 움직이는 장기판의 첫 번째 칸에서부터 피실험자의 두 눈에서 눈물이 흐르기 시작했고 뺨이 움찔거렸다. 이 모습은 몸에 부착된 카메라에 담겼다. 스캔의 마지막 즈음에 움직임이 보이냐고 묻자 그녀는 이렇게 말했다. "놀라워요. 수천 개가 보여요. 이렇게 많은 움직임을 봤던 적은 없어요. 믿을 수가 없네요! 눈물이 나면서 또 웃기기도 해요."(Arcareo et al., 2019)

아마도 통제된 상황에서 밀레나는 움직임은 볼 수 있었지만 사물 자체는 보지 못했던 듯하다. 컬햄 박사와 연구팀이 후두엽 피질을 스캔했더니, 전반적인 활동이 매우 적었다. 이는 밀레나가 시각적 활동을 많이 경험하지 못한다는 짐작과 일치했다. 하지만 컬햄 박사의 연구팀은 기능적functional 및 구조적structural MRI를 둘 다 이용해 가운데 측두 운동 구역에서 상당한 기능 활성화가 있음을 관찰했다. 이 영역은 운동지각을 담당하는 시각피질 영역이다. 이 영역은 멀쩡했을 뿐만 아니라, 밀레나한테 시켰던 몇몇 움직임 감지 과제를 수행하는 동안에 지속적으로 활성화되었다. 달리 말해서, 사물의 움직임을 볼 수 있는 (하지만 물체 자체는 볼 수 없는) 그녀의 주관적 경험이 뇌영상 촬영을 통해 뒷받침되었다. 밀레나는 시각 자체를 감지하지는 못했지만 시각계가 사물의 움직임을 감각했고 스스로도 그걸 감각할 수 있었다. 그녀는 눈이 멀었지만 시각은 있었다.

맹시는 드물긴 하지만, 뇌 손상이나 뇌졸중으로 시각 능력을 잃은 사람들한테 전혀 나타나지 않는 현상은 아니다. 이전의 장들에서 보았듯이, 많은 능력에 대해 뇌 기능은 두 영역 이상에 걸쳐 분포되어 있으며, 해당 영역 중 일부에 대한 손상은 해당 능력의 일부에만 손상을 일으킬 때가 종종 있다. 본 사안의 경우 밀레나의 시각피질에 대한 손상은 광범위하긴 하지만 전면적이지는 않았다. 그 결과 밀레나의 기능 상실도 광범위하지만 전면적이지는 않았다.

뇌와 마음은 손상이나 입력 상실로 인해 생기는 문제를 해결할 방법을 갖고 있다. 밀레나의 경우 입력은 여전히 존재했지만 입력을 처리하는 영역이 손상을 입었다. 이제는 시각피질이 제대로 작동하긴 하지만 입력이 없는 사례를 살펴보자. 아니 오히려 입력이 예상대로가 아닌 사례라고 해야겠다.

특이사례2: 소리를 통해 보는 반향정위

지금까지 내가 다룬 많은 사례는 시스템의 일부에 손상을 입어서 어떤 기능이 상실된 경우였다. 하지만 뇌가 얼마나 회복력이 좋은지 그리고 기능이 어떻게 보존될 수 있는지 보여주는 흥미진진한 사례도 있다. 지금 다룰 사안에서는 뇌 손상이 없다. 시각피질도 말짱하다. 하지만 시각피질에 대한 시각 입력이 없다. 바로 시각장애인의 반향정위에 관한 내용이다.

대니얼 키시Daniel Kish는 망막 수준에서 완전한 시각 상실을 초래하는 유전적 결함을 안고 태어났다. 그래서 갓난아이였을 때 이미 완전히 눈이 멀었다. 그의 시각피질은 시신경으로부터 어떠한 정보도 받아들이지 않았다. 시각피질은 아무 문제가 없었지만, 시각 입력이 존재하지 않았다. 따라서 시각피질은 시각적 영상을 구성하거나 시각적 지각의 기본 과정을 실행하는 데 필요한 시각 입력을 받지 못했다. 하지만 사람한테는 놀라운 점이 있는데, 어떤 상황에든 적응할 수 있다는 점이다. 그리고 그건 뇌 역시 마찬가지다.

곧 대니얼은 소리를 이용해 길을 찾아내기 시작했다. 특히 그는 저절로 반향정위를 하기 시작했다. 혀로 날카로운 소리를 반복적으로 내서, 그 소리들이 메아리쳐 되돌아올 때의 미묘한 변화를 귀로 들었다. 이로써 세상에 있는 상이한 사물과 장애물의 상태를 추론할 수 있게 되었다. 이 방법으로 대니얼은 사물들의 상태를 기억할 수 있게 되기까지 했다. 여러분도 직접 시도해볼 수 있다. 아주 잘되지는 않겠지만, 여러분 집에 있는 두 방의 차이를 알아낼 수 있는지 직접 확인해보라. 비어 있는 널찍한 공간, 가령 계단통이나 로비에 가서 두 눈을 감고 딸깍거리는 날카로운 소리를 내어보라. 그러면 분명 웅웅 메아리가 친다. 이제 작은 실내로 가라. 깔개나 카펫 또는 의자들이 있는 실내가 좋다. 거기서는 분명 메아리가 덜 울리고 소리가 약할 것이다. 이제 딸깍거리는 소리를 내면서 벽 쪽으로 걸어가면, 변화를 알아차릴 수 있다. 물론 여러분은 이미 그 공간이 어떤 모습인지 알고 있기에, 시각적 기억으로부터 공간의 자세한 사항들을 읽어낼 수 있다. 하지만 소리의 차이를 들을 수도 있다. 만약 평생 연습한다면, 세부 사항을 알게 해줄 시각적 영상이나 기억이 없더라도, 위에서 설명한 것과 비슷한 방법으로 필시 그리 어렵지 않게 길을 찾을 수 있을 것이다.

대니얼은 인터뷰에서 이렇게 밝혔다. "저는 신호를 보낸 뒤에 되돌려 받아서 주변 상황을 추론합니다." 앞에서 설명했듯이, 대니얼이 말한 내용은 외부 광원에서 나온 빛이 한 사물에 반사된 후에 다시 그 신호가 여러분의 눈으로 들어가서 얻는 시각적 경험과 별로 다르지 않다. 두 사례 모두 신호가 수신되고, 그 신호의 수신자가 주변 상황을 추론한다. 대니얼은 단지 앞의 사례와는 다른 종류의 신호를 수신할 뿐이다. 그는 음성 신호를 수신한다. 이런 종류의 반향정위를 이용해 대니얼은 삶을 영위할 뿐만 아니라 시력이 온전한 사람과 거의 비슷하게 잘 살아간다. 반향정위를 이용해 요리도 하고 산책도 하고 쇼핑도 하며, 심지어 자전거도 탄다. 자전거 타기는 그가 신호를 들을 수만 있다면 아주 힘든 일이 아니다. 반향정위를 이용해서 그는 주변에 무엇이 있는지에 관한 훌륭한 그림을 마음속에서 얻는다. 방금 나는 시각적 비유를 들어, 대니얼이 '마음속의 그림'을 갖고 있다고 했다. 하지만 그것이 정말로 그림일까? 아니면 다른 무엇일까? 한 가지 가능성은 대니얼이 청각을 이용해 길을 찾는다는 점이다. 길 찾기가 순전히 소리에 기반한다는 뜻이다. 하지만 또 다른 더욱 흥미로운 가능성을 들자면, 그는 뇌의 시각 영역들을 이용하고 있다. 즉, 사물을 인식하기 위해 그리고 시각적 길 찾기를 위해 고안된 바로 그 영역이 시각적 입력이 아니라 소리 입력에 따라 작동하고 있다. 그런데 어떻게 이 둘을 구별할 수 있을까?

내가 근무하는 대학교의 몇몇 과학자는 답을 알아내기 위해 흥미롭고 독창적인 실험을 하나 고안해냈다.[11] 대니얼을 포함해서 스티븐 아놋Stephen Arnott, 로어 탈러Lore Thaler, 제니퍼 밀느Jennifer Milne, 멜빈 구달Melvyn Goodale은 반향정위를 이용해 주변 상황을 기억할 수 있는 다른 두 시각장애인 참가자를 모았다(Arnott, Thaler, Milne, Kish & Goodale, 2013). 과학자들이 두 사람의 시각 능력과 반향정위 능력을 집중적으로 검사했더니, 전반적으로 대니얼과 똑같은 수준이었다. 즉 시력이 상실되었고, 피질로 들어가는 시각적 입력이 없었으며, 고도로 발달한 반향정위 능력을 지녔다. 이어서 과학자들은 반향정위 동안에 뇌가 실제로 무슨 일을 하는지 알아낼 연구를 고안했다.

---

11 이 연구를 이끈 과학자인 멜빈 구달은 시각 인지 분야에서 세계 최고의 전문가다. 이런 연구를 할 수 있는 다른 곳은 전 세계에 매우 적다.

앞서 2장에서 보았듯이, 뇌 활동을 측정하기 위한 가장 효과적인 방법 중 하나는 fMRI 스캔이다. fMRI는 인지 과제를 수행하는 동안에 활성화되는 뇌 영역들로의 혈액 흐름을 측정한다. 자석으로 혈액 흐름을 추적하면, 해당 과제를 수행하는 동안 어떤 영역이 영향을 받아서 활성화되는지 알 수 있다. 그런데 문제가 하나 있다. fMRI는 매우 시끄러우며, 피실험자가 거의 움직임 없이 반드시 머리를 관 속에 넣은 채 누워 있어야 한다. 따라서 피실험자가 반향정위를 실행할 수 없는 처지다. 피실험자는 잡음 때문에 제대로 들을 수가 없는지라, 관 내부 바깥에 있는 다른 어떤 것도 반향정위로 찾아낼 수 없다. 그런데 시각적 인지의 경우에는 해법이 매우 단순하다. 화면상에 사물의 그림을 보여주고서, 활성화되는 영역을 기록하면 된다. fMRI는 전혀 방해가 되지 않는다. 하지만 반향정위의 그림 버전을 피실험자에게 어떻게 보여줄 수 있을까?

과학자들은 그렇게 할 독창적인 방법을 하나 고안해냈다. 우선, 두 피실험자에게 통제된 상황에서 인식하기 쉬운 여러 가지 상이한 사물을 반향정위로 인식하도록 했다. 가령 피실험자는 크고 매끄러운 물체 또는 알루미늄 포일로 덮여 있어 불규칙적인 모서리를 지닌 물체를 식별했다. 이 두 물체는 표면이 소리를 서로 다른 방식으로 반사하기 때문에 서로 다른 소리가 난다. 한편 그런 까닭에 두 물체는 생긴 모습도 다르다. 두 물체에 닿는 빛은 서로 다른 방식으로 반사되기 때문이다. 이 사물 인식 과제는 꽤 간단했기에, 피실험자는 반향정위로 거뜬히 두 물체를 식별해낼 수 있었다. 첫 번째 반향정위 과제 후에 피실험자들에게 그 과제를 다시 수행하게 했다. 첫 번째와 똑같이 피실험자는 혀로 날카로운 소리를 내서 어떻게 들리는지 귀를 기울였다. 하지만 이번에는 피실험자가 반향정위를 하고 있는 동안에 과학자들이 각 피실험자의 귀에 아주 작은 마이크를 부착해서 반향정위 신호를 녹음했다. 피실험자가 내는 날카로운 소리는 물체에 반사되어 되돌아왔는데, 이 소리가 피실험자의 귀와 같은 장소에 있는 마이크로 녹음되었다. 달리 말해서, 피실험자가 듣고 있던 것과 똑같은 소리인 반향정위 신호를 마이크가 포착해서 녹음했다. 이런 방식으로 과학자들은 본질적으로 사물의 **청각적 그림**을 얻을 수 있었다. 과학자들이 녹음된 소리를 냈던 피실험자들한테 그 녹음을 재생해서 들려주었더니, 피실험자들은 자신들이 반향정위를 했을 때처럼 사물들을 식별할 수 있었다. 자신들이 그 소리를 냈을 때와 똑같은 상태에서 그 소리를 들었기 때문이다. 이는 여러분의 휴대전화로 여러분의 관점에서 촬영한 사진을 보는 것과 다르지 않다.

이제 과학자들은 사진에 비견되는 사물의 녹음된 청각적 표상을 확보했기에, 이로써 fMRI 뇌 영상 연구를 수행할 수 있었다. 과학자들은 노이즈 캔슬링 헤드폰으로 녹음을 재생하면서 피실험자의 뇌를 fMRI로 스캔했다. 그 결과는 놀라웠다. 피실험자가 녹음된 자신의 반향정위 소리를 들었을 때, 청각피질이 예상했던 대로 활성화되었다. 그런데 시각피질도 활성화되었다! 더군다나 시각 영역들은 사물의 모양에 대응하는 방식으로 망막 위상 지도가 활성화되고 있다는 증거를 보여주었다. 시각 처리의 나중 영역들도 활성화되었다. 사실상 피실험자들은 세계를 보고 있는 셈이었다. 눈에서 입력이 들어오지 않는데도 그들 내부의 주관적 경험은 **시각적**이었다.

이 연구 결과는 피실험자들의 주관적 및 인지적 경험과 시각 일반에 관해 몇 가지 질문을 촉발했다. 이 사람들은 시각적 영상을 경험하는가? 시력이 있는 사람들한테서 시각 및 시각적 영상을 작동시키는 신경 회로가 눈이 먼 이들에게도 똑같은 방식으로 활성화된다면, 이들이 시력이 정상인 사람들과 똑같은 방식으로 사물을 **본다**는 의미인가? 그럴 가능성은 존재하지만, 비교하기는 매우 어렵다. 확실한 건 이 효과는 얼마나 일찍 누군가의 시력이 상실되었느냐에 달린 듯하다. 그렇게 보자면 이 효과가 시각과 완전히 똑같다고 할 수는 없다. 눈이 먼 사람이 인생의 나중 시기에 (그렇다고 해도 아동기에) 반향정위를 배운 경우 그 효과는 덜 두드러졌다. 아마도 시각피질이 시각에 이미 관여해, 청각적 사물 인식으로 전환되는 능력이 약해졌을 것이다.

질문을 또 하나 던지자면, 시각피질과 시각 경로들의 기능은 무엇인가? 이 연구는 시각피질이 범용 사물인식 피질임을 암시한다. 시각피질은 신호로부터 사물 고유의 특징들을 추출해낸다. 시각피질은 외부 세계와의 어떤 대응 관계를 보존하는데, 설령 정보가 더욱 추상적이 되어갈 때도 마찬가지다. 그리고 입력 표상을 활성화의 기존 패턴(즉, 기억)과 일치시키려고 한다. 또한 이 표상에 부합하도록 행동을 일으킨다. 사물 인식이 이름과 개념, 기억으로 향할 수 있게 하기도 한다. 시각피질은 외부 세계와 마음의 일차적 연결고리 중 하나다. 시각피질이 하는 일은 매우 중요하기에, 만약 시각피질이 시각적 입력을 수신하지 못할 경우 다른 정보로 자신의 임무를 수행하는 법을 배울 수 있다. 소리가 다른 정보의 한 예다.

| 우리의 감각을 믿어야 하는 이유 |

지금껏 살펴본 여러 사례에서처럼, 감각 입력은 뇌에 불완전하거나 심지어 부정확한 외부 세계의 요약 정보를 제공한다. 서두에서 논의했던 착시의 경우, 우리는 무언가에 속은 느낌이 들지 모른다. 보이는 것이 거기에 실제로 있지 않다는 걸 알기 때문이다. 맹시나 반향정위처럼 처리할 충분한 시각적 정보가 없다면 뇌는 우회로를 개발한다. 우리 뇌가 실제로 경험하는 일은 추상이고 재현이다. 객관적 경험과 주관적 경험의 혼합이다.

우리는 단지 세계를 있는 그대로 보지 않는다. 실제 모습과 뇌가 보아야 할 모습의 혼합으로서 세계를 본다. 그렇다면 우리는 자신의 감각을 믿어야 할까? 지각을 믿어야 할까? 물론이다. 분명 가끔 지각 및 인식 오류가 생기기는 한다. 하지만 자주 생기지는 않으며, 대체로 치러야 할 대가가 작다. 우리의 뇌가 그런 실수를 하는 까닭은 지각이 가정과 예측, 세계에 대해 교육받은 추측에 의존하기 때문이다. 이 교육받은 추측이야말로 지각 시스템이 고안된 쓸모다. 이 추측 덕분에 우리는 빠르게 생각하고 행동할 수 있으며, 세계를 우리의 필요대로 지각할 수 있다. 지각은 우리의 행동과 목표, 욕구에 이바지한다. 지각은 우리를 계속 살아가게 한다. 그런 까닭에 우리는 지각을 믿는다. 지각이야말로 우리가 가진 모든 것이다.

4장

주의력과 비용

주의가 무엇인지는 누구나 안다. 동시에 가능할 듯한 여러 개의 사물이나 사고의 기차(trains of thought) 중에서 하나를 마음이 명확하고 생생하게 차지한다는 뜻이다. 의식의 초점 맞추기와 집중하기가 그것의 본질이다. 무언가를 효과적으로 다루기 위해 다른 것들에서 벗어난다는 의미이며, 프랑스어에서는 디스트락시옹(distraction)이라고 하고 독일어에서는 체르스트로이트하이트(Zerstreutheit)라고 하는 혼란스럽고 어리둥절하고 산만한 상태와는 정반대 상태다.

— 윌리엄 제임스(William James)

우리가 하는 거의 모든 일과 거의 모든 생각에는 주의를 집중하는 역량과 능력이 관여한다. 우리는 세계의 사물에 주의를 기울이고 또한 자신의 정신 활동에도 주의를 기울인다. 주의는 우리가 정보에 활발히 관여하는 방식이다. 여러분은 아마도 지금 여러 가지에 주의를 기울이고 있을 것이다. 바라건대 그중 하나가 이 책이기를! 그리고 사실 책을 읽을 때도 여러분의 주의는 이리저리 옮겨 다니고 커졌다 작아졌다 한다. 책을 읽으면서도 여러분은 선풍기 소리, 휴대전화 울림 또는 지나가는 그림자를 알아차린다. 내면의 변화도 알아차릴지 모른다. 가령 책의 어떤 내용에서 여러분이 예전에 보았거나 다른 어딘가에서 읽었던 내용을 띠올릴 수 있다.

또한 여러분은 자신의 주의 상태와 흥미로운 관계에 놓여 있음을 알아차릴 수 있다. 비록 여러분은 주의 대상을 바꿀 수 있을 정도로 주의를 통제할 수 있지만, 완전히 통제하지는 못한다. 주의는 때로는 자동적인 것 같고, 여러분을 통제할 수도 있는 듯하다. 여러분은 스스로 의식하지 못한 채로 생각의 흐름을 따라가고 있을지 모른다. 다른 무언가가 방해할 수도 있다. 주변에서 나오는 자극과 신호가 통제를 장악해 여러분의 주의를 다른 데로 돌릴 수 있다. 여러분 자신의 마음에서 나온 생각과 발상도 마찬가지로 그렇게 할 수 있다. 여러분이 여전히 주의를 기울이고 있다 해도, 방향과 위치가 언제나 여러분한테 달려 있지는 않다.

심지어 여러분이 무언가에 주의를 기울이고 있다고 스스로 여길 때조차도, 여전히 다른 데 주의를 기울이고 있기도 하다. 어쩌면 어느 특정 시간에 여러 가지에 주의를 기울이면서도, 딱히 어느 한 가지에도 크게 주의를 기울이지 않으면서 나중에 전적으로 주의를 사로잡을지 모를 무언가를 찾아 세계를 살필 수도 있다. 들어오는 신호들을 짧게 순간적으로 계속 살피는 것이다. 여러분의 뇌는 더 많은 인식이나 생각이 요구되는 중요한 신호나 자극을 꾸준히 기다리고 있다. 그러면 조금 위험할지 모르는데, 실제로 그런 지속적인 살핌과 정보 갱신 탓에 한 가지에 오랫동안 집중을 유지하기가 어렵기 때문이다. 그래도 이는 적응을 잘하는 유연한 시스템이기도 하다.

| 자동 멀티태스킹 기계 |

이런 상황을 가정해보자. 여러분이 퇴근 후나 학교 수업 후에 친구와 커피를 마시러 스타벅스에서 만나기로 약속했다. 여러분은 스타벅스에 도착해서 친구를 찾으려고 가게 안을 살핀다. 아주 붐비고 사람들로 가득 차 있지만, 쳐다보자마자 거의 자동적으로 친구를 찾아낼 수 있다. 이제 친구와 인사를 하고 카운터에서 주문을 한 뒤 테이블에 앉는다. 그곳은 스타벅스이므로 바리스타가 여러분의 주문과 이름을 접수한 후에 이름을 컵에 적는다. 커피를 내린 후에 제공할 준비가 되면 바리스타가 여러분의 이름을 부를 것이다. 그사이에 여러분은 친구와 이야기를 나누는데, 주위에서 오가는 다른 사람들의 대화는 대체로 알아차리지 못할 것이다. 아마도 음악이 나오고 있고 다른 사람들이 말하고 있겠지만, 여러분은 친구가 하는 말에는 쉽게 집중하면서도 다른 이들이 하는 말에는 그러지 않는다. 그리고 여러분과 친구 모두 여러분의 주의와 경쟁하는 스마트폰을 갖고 있다. 이제 바리스타가 이름을 부르고 있는데, 여러분은 기껏해야 불리는 이름들을 절반만 알아차린다. 완전히 알아차리지 못할지도 모르는데, 여러분의 이름이 불리기 전까지는 불리는 어느 이름도 거의 기억할 수 없을 것이기 때문이다.

그러다가 여러분의 이름이 불리면 갑자기 여러분의 주의가 달라진다. 그것도 금세. 심지어 친구와 대화하는 도중에도, 설령 의도적으로 다른 모든 대화 내용에 주의를 기울이지 않고 있더라도, 여러분은 거기서 빠져나와 바리스타에게로 주의를 돌린다. 주의를 기울일 대상이 달라진 후, 여러분은 일어나 커피를 받아 와서 중단했던 대화를 이어간다. 다시 다른 대화 내용들 그리고 다른 이름들이 불리는 것에는 관심을 끈 채로. 이름이 불리기 전의 다른 모든 이름을 기억할 수 없었듯, 여러분은 이후에 불리는 다른 모든 이름도 아마 기억할 수 없을 것이다.

이는 흔하고 매우 낯익은 경험이다. 하지만 이 단순한 일상의 장면 속에서는 많은 일이 벌어지고 있다. 이 장면을 더 자세히 살펴서 뇌와 마음이 정확히 무엇을 하는지 알아보자. 첫째, 친구를 찾으려고 가게를 살피는 과정에서 시각적 주의가 관여한다. 주의를 기울인 덕분에 여러분은 낯선 얼굴들을 걸러내고 낯익은 친구 얼굴을 골라낼 수 있다. 이와 동일한 시각적 주의 덕분에 여러분은 주문하기 전에 메뉴에 집중할 수 있다. 둘째, 청각적 주의도 마찬가지 방식으로 사용해, 여러분은 친구와 대화하는 동안 다른 대화들을 무시할 수 있다. 하지만 동시에 여러분은 자신의 이름이 불릴 것에 대비해서 다른 소리들도 여전히 살피고 있다. 만약 여러분이 대화에 임하는 정도를 측정할 수 있다면, 음료를 가져오기 전에 비해 가져오고 난 후에 주의력이 더 높아졌을 것이다. 더 이상 이름이 불리는 데 주의력을 쏟지 않아도 되기 때문이다. 마지막으로 여러분은 순간순간 친구에게 주의를 기울이고 있다. 대화에 계속 관여하고, 친구가 무슨 말을 하는지 이해하기 위해서 그리고 친구의 말에 반응해 여러분이 말하고 싶은 내용을 찾기 위해서다. 간단한 대화만 하더라도 적어도 두 사람이 하는 말, 즉 여러분이 듣는 내용과 대답하고 싶은 내용 사이에 오고 가는 말의 흐름을 살펴야 한다. 그런데도 이는 우리 대다수에게 자연스럽고 거의 자동적이다. 이 활동의 많은 측면이 자동적이다. 주의 자원이 요구되지 않는다. 의식적으로 알아차리기의 바깥에서 작동하기 때문이다. 하지만 장막 뒤에서는 많은 일이 벌어지고 있다.

이 간단한 사례에서도 과제 수행을 위한 요구 수준이 높은 편이며, 기계나 알고리즘에게는 대단히 벅차다. 컴퓨터에게 문장들을 생성하는 동안에 한 목소리(또는 여러 목소리)를 따라가고 동시에 어떤 이름을 부르는 다른 목소리를 살피도록 프로그래밍한다고 상상해보자. 매우 복잡한 프로그램이 될 것이다. 하지만 우리는 이를 의식하지 않고서 거의 자동적으로 할 수 있다. 멀티태스킹에 관한 한 그 어떤 기계나 프로그램보다 우수한 것이다. 우리는 주의를 기울임으로써 선택하고 집중할 수 있고, 동시에 자동적으로 멀티태스킹을 하며 행동을 유지할 수 있다.

| 주의란 무엇인가 |

주의가 위의 사례들에서 작동하는 방식으로 보건대, 주의는 2가지 이상을 동시에 한다. 또한 주의는 복잡한 개념인지라 복잡하고 다면적인 정의가 필요하다. 일상생활에서 우리가 주의에 관해 이야기하는 방식을 통해 주의의 어떤 심리학적 속성이 드러난다. 1890년에 윌리엄 제임스가 썼듯이, '주의가 무엇인지는 누구나 안다'. 이 장의 서두에 전체 인용문이 실려 있다. 윌리엄 제임스가 쓴 다른 많은 내용처럼 이번에도 그는 제대로 짚었다. 우리 모두는 적어도 일반적인 의미에서 주의가 무엇인지 안다. 정말이지 우리는 윌리엄 제임스가 1890년에 쓴 문장 그대로의 뜻으로 오늘날 주의라는 단어를 사용한다. 사실, 여기서 첫 번째 도전 과제는 주의에 해당하는 모든 내용과 아울러 주의에 해당하지 않는 일부 내용을 설명하는 일이다.

제임스의 말을 조금 풀어 헤쳐서 주의에 관한 주요 주제 몇 가지를 뽑아내보자. 그런 주제들이 이 장에서 다룰 핵심 내용이다. 제임스가 적기로, 주의는 '동시에 가능할 듯한 여러 개의 사물이나 일련의 생각 중에서 하나를' 차지한다는 뜻이다. 여기서 중요한 것은 '여러 개 중에서 하나'다. 주의에 관해 고찰할 방법 중 하나는 여러 개 중에서 하나를 선택하는 우리의 능력을 살펴보는 일이다. 우리는 이를 가리켜 **선택적 주의**(selective attention)이라고 한다. 선택적 주의란 우리의 환경이나 기억에서 우리가 앞으로 처리하거나 생각하고 싶은 무언가를 선택하는 데 필요한 인지 자원으로 정의된다.[12] 선택적 주의는 여러분이 붐비는 스타벅스에서 친구와 대화할 때 생기는 일이다. 다른 많은 장면과 소리가 있기에, 여러분은 그런 것들(다른 사람들의 대화 내용, 다른 소리들, 음료 주문자들의 이름을 부르는 소리)을 대체로 무시해야지만 대화하고 있는 상대에게 선택적으로 주의를 기울일 수 있다. 선택적 주의는 또한 여러분이 이 책을 읽을 때도 생긴다. 여러분이 읽는 내용에 더 주의를 기울여야 하고 주변에서 벌어지는 다른 일에는 주의를 덜 기울여야 한다면 말이다. 여러분은 처리할 필요가 있는 자극을 선택하며, 목적을 달성하는 데 필요한 대상을 선택한다.

제임스는 또한 '사고의 기차들'을 언급하고 있는데, 이 개념적 은유는 한 생각이 다음 생각과 연결되어 있으면서 사고의 전체 집합을 끌어당기고 있는 이미지를 떠올리게 한다. 주의의 이 측면을 가리켜 **지속적 주의**(sustained attention)라고 한다. 이것은 한 순간에서부터 다음 순간까지 동일한 사고나 과제에 계속 관여하는 데 필요한 인지 처리의 결과로 정의된다. 우리는 주의를 계속 고정해두기 위한 방법의 하나로서 주위 환경에 있는 사물의 특징과 측면에 주의를 기울인다. 그러지 않으면, 마음이 흐트러지

---

12   3장에서 보았고 또한 나중에 기억을 논의할 때 보겠지만, 환경에 있는 것과 기억에 있는 것을 어떻게 그리고 어디에서 정의할지가 늘 명확하지는 않다. 우리는 입력 정보를 처리해 그것을 기억과 합쳐야 하기 때문에, '바깥에 있는' 것과 '마음속에 있는' 것 사이의 경계선이 매우 흐릿하다.

기 시작해서 주의를 기울일 다른 대상을 찾기 시작하기 때문이다.

제임스는 또한 의식적 집중에 관여하는 주의에 대해서도 이야기한다. 이를 가리켜 **집중적 주의**(focused attention)라고 한다. 이것은 무언가를 계속 주의하기 위한 의식적 노력에 기대는 과정이라고 정의된다. 집중적 주의는 선택적 주의와 관련이 있기는 하지만, 정확히 똑같지는 않다. 또한 지속적 주의와도 관련이 있지만, 역시 정확히 똑같지는 않다. 마지막으로 제임스는 '의식'에 대해 이야기한다. 이것은 주의의 활동적 속성을 암시하며 주의와 **작업기억**(working memory) 사이의 관계를 넌지시 내비친다. 작업기억이란 단기기억의 일종으로, 우리에게 당면한 문제를 처리하는 데 필요한 기억이다. 작업기억은 5장에서 더 자세히 다루겠지만, 지금으로서는 가장 즉각적인 유형의 기억이라고만 소개하고 넘어가겠다. 제임스의 인용문에는 담기지 않았지만 스타벅스 사례에서 볼 수 있었던 주의의 또 다른 측면이 있다. 바로 추가적인 처리를 위해 여러분의 주의를 끄는 대상을 찾으려고 주변이나 특정 장면을 살피는 여러분의 능력이다. 이 마지막 개념을 가리켜 **주의 포착**(attention capture)이라고 한다.

이 장의 다음 대목에서 나는 어떻게 심리학자들이 주의가 작동하는 방식을 이해하게 되었는지 논하고자 한다. 일단 어떻게 주의가 개념으로서 정립되었는지 이해하고 나서야, 주의에 관한 현대적 이해를 탐구할 수 있다. 그러면 다음 질문들의 답을 얻는 데 도움이 될 것이다. '어떻게 해야 주의 집중 능력을 향상시킬 수 있는가?', '멀티태스킹을 더 잘하는 법을 배울 수 있는가?', '마음이 산만해지지 않게 하려면 어떻게 해야 하는가?'

| 우리의 주의력이 자꾸 흐트러지는 이유 |

주의에 관한 현대적 연구는 심리학의 다른 많은 영역과 마찬가지로 군대의 자금 지원에서부터 시작했다.[13] 19세기 전반에 영국은 독일과 전쟁을 치렀는데, 처음에는 제1차 세계대전을 치렀고 20년 후에는 제2차 세계대전을 치렀다. 바로 이 제2차 세계대전 동안에 두 나라가 군사 전략의 가장 중요한 요소 중 하나로 공군력에 눈을 돌리기 시작했다. 전쟁의 두 진영 모두 공군력 및 조종사의 능력이 향상되길 원했다. 실험심리학은 아직 새로운 과학이었지만, 인간 능력의 한계를 더 잘 이해하게 해줄 방법으로 여겨졌다. 미국의 심리학자들이 평가와 검사 분야에서 군과 함께 일했지만, 어떻게 심리학을 통해서 인간의 능력과 성과를 이해할 수 있는지를 정말로 보여준 쪽은 영국 조종사를 대상으로 한 연구였다. 가령, 기억과 사고에 관한 연구(Bartlett, 1932)로 유명한 프레더릭 바틀릿Frederic Bartlett이 케임브리지대학교에서 최초의 응용심리학 실험실을 설립했다. 그곳은 새로운 심리과학을 이용해 연합군이 전쟁에서 이기도록 돕는 일에 헌신했다. 또한 바로 이 시기에 앨런 튜링이 독일군의 암호를 해독하기 위한 기계를 제작하고 있었다. 비극적인 결말을 지닌 이 놀라운 이야기는 여러 책과 영화에서 다루어졌는데, 가장 최근의 작품이 베네딕트 컴버배치가 튜링 역을 맡은 2014년 영화 〈이미테이션 게임〉이다.

전쟁이 끝나고서도 연구는 끝나지 않았다. 두 심리학자 콜린 체리Colin

---

13 놀랍게도 현대 인지과학의 대단히 많은 성과는 군대의 자금 지원에서 나왔다. IQ 검사, 성격검사, 컴퓨터, 주의에 관한 연구, 팀워크에 관한 연구가 전부 군대에서 시작되었다. 현대의 스마트폰도 브로드밴드, GPS 네트워크, 디지털 컴퓨터 덕분에 가능해졌는데, 이 모두는 군사비 지출의 직접적인 산물이다. 심지어 인터넷 자체도 군사비 지출로부터 혜택을 많이 받았다.

cherry와 도널드 브로드벤트Donald Broadbent가 응용심리학과 비행의 문제들을 계속 연구했다. 전시든 평시든 조종사한테 가장 중요한 과제 중 하나는 여러 상이한 신호에 주의를 기울여야 하는 일이다. 물론 누구에게든 벅찬 일이긴 하지만, 특히 비행기를 조종하고 수십 가지 계기판을 살펴야 할 뿐 아니라 동료 조종사와 지휘 계통 및 지상 요원과도 대화를 해야 하는 조종사들에게 특히 두드러진 문제다. 대다수 조종사가 이 일을 상당히 잘해낼 수 있다. 그리고 체리는 다음과 같은 사실을 발견했다. 심지어 비행과 동료 조종사와의 대화에 집중하고 있을 때에도, 조종사들은 중요한 상황이 오면 지상 요원이나 다른 이들과의 무선 대화로 바꾸는 데 별 어려움이 없었다. 내가 서두에서 꺼낸 사례, 즉 자기 이름을 부르기 전까지는 여러분이 바리스타가 다른 손님들의 이름을 부르는 소리에 거의 신경 쓰지 않는 상황과 마찬가지였다. 체리는 이를 가리켜 **칵테일파티 현상**(cocktail party phenomenon)이라고 불렀다.

비록 칵테일파티에 가지 않더라도 우리는 이 효과에 친숙하다. 여러분이 누군가와 대화에 푹 빠져 있는 상황과 관련이 있기 때문이다. 여기서 핵심어는 **'푹 빠져 있는'**이다. 물론 우리는 어떤 대화에 마음이 절반쯤 가 있으면서 귀 기울이지 않고 제대로 듣지 않을 수도 있다. 우리 모두는 가끔 그러는데, 스마트폰에 마음이 가 있거나 저녁으로 뭘 먹고 싶은지 생각하고 있을 때가 그렇다. 하지만 대화에 푹 빠져 있을 때 여러분은 대화 주제와 대화 상대방에게 집중하는 편이다. 칵테일파티 현상은 다음 경우에 생긴다. 여러분이 대화에 푹 빠져 있는데, 대화에 끼지 않은 누군가가 여러분의 이름을 말하자 주의가 일순간 약해졌다가 이름을 말한 그 사람한테로 바뀔 때다. 여러분이 집중해서 주의를 몽땅 기울여 대화하는 동안에도, 주의 기울이기 시스템의 나머지 부분이 주변의 중요한 정보를 살피고 있다. 그리고 여러분의 이름은 그 정도로 중요하다.

이와 같은 장면들을 계속 소개할 수도 있지만, 심리학적으로 연구하기 위해서는 통제된 실험 하나를 고안할 필요가 있다. 체리가 했던 일이 바로 그런 실험이었다. 그는 **이분청취과제**(dichotic listening task)라는 심리 과제를 고안해냈다. **이분**(dichotic)이라고 하는 까닭은 이 실험이 한쪽 귀에 하나씩 상이한 두 메시지를 듣는 검사이기 때문이다. 헤드폰을 한 벌을 쓰는데, 메시지 하나는 오른쪽 귀에 재생되고 하나는 왼쪽 귀에 재생된다. 이 과제에서 피실험자는 한쪽 귀에만 주의를 기울이도록 되어 있다. 대단히 어렵긴 하지만, 피실험자들이 정말로 주의를 온전히 기울일 수 있도록 하기 위해 한쪽 귀의 메시지를 감싸라고 요구한다. 즉, 피실험자는 한쪽 귀에 들리는 모든 내용을 듣는 즉시 되뇐다. 매우 벅찬 과제다. 여러분이 한쪽 귀에 하나씩 2가지 오디오북을 동시에 들으면서, 그중 한쪽의 내용만 되뇌려 한다고 상상해보자. 아마 다른 쪽 귀로는 전혀 주의를 기울일 수 없을 텐데, 여러분의 주의와 처리 용량이 모조리 한쪽 귀에만 집중되기 때문이다. 그리고 피실험자는 한쪽 귀의 메시지를 감싸기에, 다른 쪽 귀의 메시지는 재생되긴 하지만 기본적으로 무시된다. 모든 주의를 메시지 감싸기에 쏟기 때문이다. 여러분 귀에서 벌어지는 매우 집중적인 칵테일파티 현상인 셈이다.

그다음에 체리가 한 것이야말로 이 과제의 핵심이다. 체리는 가용할 수 있는 거의 모든 인지능력과 주의 능력을 사용해 한쪽 귀에서 재생되는 메시지를 감싸고 있는 동안, 피실험자들이 주의를 기울이지 않는 귀에서 재생되는 메시지는 완전히 무시할 것이라고 여겼다. 하지만 피실험자들이 그 메시지를 무시하면서도 어떤 의미나 의미론적 내용을 조금이라도 수집하는지 여부에 관심이 있었다. 실험이 끝났을 때 피실험자들은 주의를 기울이지 않은 귀의 메시지 내용이 기억나는지 질문을 받았다. 부당하고 부자연스러운 질문으로 들릴지 모른다. 이 장의 처음에 든 사례처럼, 스타벅스에서 친구와 대화를 나누고 있을 때 주변에 있던 사람들이 무슨 말을 했는지 묻거나, 여러분의 이름을 부르기 전에 바리스타가 누구누구의 이름을 불렀는지 아느냐고 묻는다면 어떨까? 무척 어이없을 것이다. 하지만 바로 그것이 이분청취과제의 요점이다. 우리는 주의를 기울이지 않은 출처로부터 무엇이 딸려 오는지 알기를 원한다. 이것은 대단히 중요한데, 우리가 주의 시스템이 어떻게 주변에 있는 어떤 단서는 선택하고 집중하는 반면에 다른 단서는 버리는지 이해하고 싶다면, 시스템이 그런 선택을 위해 무엇을 이용하는지 알아야 하기 때문이다.

초기의 연구에서 발견되기로, 주의 선택은 심리학자들이 **저수준 특징**(low-level feature)이라고 부르는 것에 의해 이루어지는 경향이 있었다. 이 특징은 신호의 물리적 측면에 매우 가까우며, 설령 있다 해도 의미를 거의 전달하지 않는다. 소리를 예로 들면 공간의 위치와 음높이, 크기와 음색을 의미한다. 시각일 경우에는 빛과 움직임, 위치를 의미한다. 체리의 이분청취 연구에서 피실험자들은 한쪽 귀로는 어떤 메시지를 듣고, 한쪽 귀로는 다른 메시지를 흘려들으면서 본질적으로 무시해버렸다. 그들에게는 선택지가 많지 않았는데, 과제가 매우 벅찼기 때문이다. 몇 분 후, 실험을 진행한 과학자들은 피실험자들에게 그들이 주의를 기울이지 않은 메시지에 관해 물었다. 즉, 오른쪽 귀의 메시지를 감쌌다면, 왼쪽 귀로 들었던 메시지가 무엇인지 물었다.

과학자들이 알아내기로, 피실험자들은 주의를 기울이지 않은 귀에서 들린 말은 거의 알지 못했다. 메시지를 되뇌거나 어떤 개별 단어도 떠올리거나 보고하지 못했다. 심지어 한 종류의 언어에서 다른 종류의 언어로 바뀐 사실도 알아차리지 못했고, 단어와 단어 아닌 것을 구별하지도 못했다. 이 실험의 한 고전적인 버전에서, 피실험자들이 알아차리거나 이해한 의미는 거의 없었다. 그래도 메시지의 일부 측면은 건지는 듯하다. 가령, 사람들은 주의를 기울이지 않은 메시지가 사람의 말인지, 사람의 말이 아닌 소리(신호음이나 잡음)인지는 구별할 수 있었다. 또한 주의를 기울이지 않은 귀에서 들린 목소리가 남자 목소리에서 여자 목소리로 바뀌는 것도 정확히 짚어낼 수 있었다. 아마도 음색과 음높이, 크기와 같은 저수준의 지각 정보를 수집할 수 있을 만큼 충분한 입력이 있으면, 주의 여과 메커니즘이 작동하는 듯하다.

여러분이 여러 개의 메시지 가운데 하나를 골라서 따라가고 싶다면 그런 정보들이 필요할 테다. 그런 정보들이 있어야지만, 스타벅스에서 친구에게 주의를 기울이는 동안 주위에서 대화하는 다른 사람들에 의해 산만해지지 않을 것이다. 달리 말해서, 여러분의 뇌는 소리의 물리적 측면들에 약간의 주의를 기울이긴 하지만, 이때는 그저 올바른 메시지를 골라낼 수 있을 만큼만 정보가 필요할 뿐, 주의를 기울이지 않은 귀가 더 광범위한 주의 집중과 인지 처리를 하려고 경쟁에 나설 정도로 많은 정보가 필요하지는 않다.

주의 흐름에서의 병목

이분청취 연구에서 보았듯, 어떤 이가 한 번에 주의를 기울일 수 있는 정도에는 한계가 있다. 분명 여러분의 직감과도 일치하는 연구 결과다. 어쩌면 자명한 내용인 듯하다. 여기서 문제는 그런 한계가 마음이나 뇌에서 어떻게 작동하는지 알려줄 이론이나 모형을 설계하는 일이다. 다른 이론들처럼, 그런 모형에 영감을 줄 비유가 하나 있다. 이 경우에는 병목 비유다. 병목은 병의 가장 좁은 부위로, 병 안에 든 액체의 흐름을 제한해서 소량의 액체만 들어오거나 나가게 한다. 주의 병목 역시 마찬가지로, 뇌로 들어가는 정보 흐름을 제한하는 역할을 한다.[14] 한 가지 가능성은 이 기능적 병목이 입력 흐름의 어디엔가 있다는 점이다. 이 병목은 뇌가 모든 일을 한꺼번에 처리하지 못하게 막는다. 가령 여러분이 듣고 이해할 내용을 제한한다. 간접적으로 이 병목은 내가 3장에서 설명했던 수용영역 및 시각계의 복잡한 세포들과 동일한 역할을 한다. 앞서 보았듯이 시각은 정보를 연산적으로 처리하기 위해 추상화함으로써 세부 사항을 얼마간 잃는 과정이다. 듣기에서의 주의 병목도 비록 방식은 매우 다르지만 똑같은 일을 한다. 자세한 내용을 희생하더라도 필요한 정보를 신속하게 추출해내는 것이 목표다.

만약 정보처리를 위한 기능적 병목이 존재한다면, 어디에 위치할까? 처리 흐름의 초반부에 있을까 아니면 후반부에 있을까? 도널드 브로드벤트는 범용의 초반부 주의 선택 모형을 고안해냈다. 비록 불완전하지만 이후 수십 년 동안 이 분야의 연구 추진에 도움을 준 모형이다. 이 모형에 따르면 청각적 주의는 어떤 정보만을 받아들여서 여러분에게 필요한 것만을 처리하는 정보처리 병목이다. 그런데 시스템의 낮은 수준에서는 무제한적 용량이 있다. 모든 게 처리된다. 맨 처음엔 여러분 귀에 닿는 모든 소리가 들어온다. 3장에서 내가 시각을 설명할 때, 모든 시각적 특징이 망막에 상을 맺듯이 말이다. 그다음에 시스템의 초기 단계에서 병목은 이후의 처리

---

14 다시 우리는 '액체 비유'를 사용하게 되었다. 내가 보기엔, 인지와 사고조차 이 비유에 기대지 않고 논의하기란 무척 어렵다. 그 점을 받아들이자. 뇌는 분명 전기화학적 네트워크긴 하지만, 마음은 여전히 수력학적일 때가 있다.

에 필요한 정보를 받아들인다.

이 모형은 아주 단순하지만, 개념을 잠시 생각해보면 의외로 복잡하다는 걸 알 수 있다. 무엇보다도 무슨 정보가 중요한지 어떻게 알 수 있을까? 어떻게 미리 알기도 전에 중요한 정보를 받아들일 수 있을까? 중요하지 않은 것인지 알기도 전에 어떻게 중요하지 않은 정보를 배제할 수 있을까? 병목의 개념 자체부터가 보기보다 단순하지 않다. 우리한테 필요한 시스템은 너무 많은 정보 받아들이기라는 문제를 해결할 수 있으면서도, 정보가 무슨 내용인지 미리 알기라는 또 다른 문제를 초래하지 않아야 한다. 시각의 경우, 인지 시스템은 이 문제를 시각적 특징의 초기 추상화를 통해 해결한다. 청각적 주의의 경우, 이 이론에 따르면 시각의 경우와 유사한 방식으로 병목이 정보를 다룬다. 병목은 저수준의 물리적 속성들에 의해 **전환**될 수 있다. 병목은 수동적이 아닌 능동적 스위치로서, 어떤 정보를 희생하고서 다른 정보를 한정적으로 선택한다. 청각적 주의 시스템은 이런 특징과 속성에 착안해, 무엇이 중요한지에 관해 **빠른** 결정을 내린다.

어떤 정보는 포함시키고 다른 정보는 배제하려면, 병목 모형은 주의 전환을 일으킬 만한 간단한 특징들을 감지해서 선택할 수 있어야 한다. 여러분의 주의 시스템에는 기본적이고 초보적인 특징들이 필요한데, 이러한 특징들은 그 자체로서는 아무 의미가 없을지 모르지만 어떤 의미나 사물을 짐작하게 해준다. 특징과 사물 간의 관련성은 우리가 3장의 시각 지각에서 보았던 내용과 비슷하다. 선과 모서리는 그 자체로서 의미를 담고 있지 않을지는 모르지만, 의미를 짐작하게 해준다. 선과 모서리가 시각적 흐름 속에 존재하는 까닭은 빛이 구조화되고 신뢰할 만한 방식으로 사물에 의해 굴절되기 때문이다. 다시 말해서, 선과 모서리는 어떤 사물로 인해서 생겼을 가능성이 대단히 높다. 소리의 선택적 주의에 관한 모형도 소리와 사물에 관한 위와 동일한 관련성에 바탕을 두고 있다.

청각계에서 이런 기본적 특징들의 후보로는 무엇이 있을까? 우선, **위치**가 있다. 여러분이 오른쪽 측면에서 큰 소리를 듣는다면, 소리가 있는 곳으로 주의를 금세 돌린다. 인간이 아닌 동물들도 비록 인간과 동일한 수준의 지식이나 언어는 없지만 똑같이 한다. 고양이가 특히 이에 능하다. 고양이는 자고 있는 동안에도 소리 나는 쪽으로 귀를 움직일 수 있다. 위치는 내용과는 무관한 순전히 물리적 특징이다. 그 자체로서 위치는 아무런 뜻이 없기에, 초기의 선택 병목 모형에서 정보를 선택하는 데 이용될 수 있다. 위치는 사물의 존재와도 관련된다. 어떤 새가 어느 한 장소에서 찍찍 소리를 낸다면, 분명 그 새가 거기에 있기 때문이다. 어떤 사람이 어느 한 장소에서 말을 하면 거기에서 소리가 난다. 사물(새나 사람)이 소리를 내면, 본디 저수준의 물리적 특징인 위치를 이용해서 우리는 해당 사물을 확인하기 전에도 그것에 관한 정보를 모을 수 있다.

또한 여러분은 **음높이**나 **음색**의 차이를 감지할 수 있는데, 이는 해당 특징에 아무런 의미를 부여하지 않고서도 일어난다. 고주파는 저주파와 소리가 다른데, 두 음파가 공기를 물리적으로 다르게 밀어내기 때문이다. 고음의 소리는 음파의 주파수가 높은데, 이는 파동의 에너지가 더 조밀하고 빽빽하게 모여 있다는 뜻이다. 저음의 소리는 파동의 주파수가 낮다. 이것은 순전히 물리적 특징이다. 주파수 자체에는 어떤 의미도 관련되어 있지 않다. 하지만 사물은 해당 사물의 특징에 따라 소리를 생성한다. 작은 개는 큰 개보다 짖는 소리의 음높이가 더 높은데, 짖을 때 서로 다른 방식으로 공기를 밀어내기 때문이다. 큰 개는 머리와 입이 크다. 큰 개는 머리와 입이 작은 작은 개보다 더 낮은 주파수로 공기를 밀어낸다. 음높이는 해당 사물의 물리적 특징에 의해 생기고, 듣는 귀의 물리적 특징에 의해 지각된다. 그렇기에 음높이는 저수준 청각계의 이상적인 한 요소다.

소리의 세기 또한 저수준 특징 중 하나로, 음파의 진폭 내지 크기와 관련이 있다. 음원에서 나오는 소리 에너지가 많다는 것은 음파가 크다는 뜻이다. 누군가에게 고함을 친다면, 여러분은 그냥 말할 때보다 더 많은 에너지를 이용해 목소리로 공기를 더 많이 밀어낸다. 그리고 소리 에너지는 시간이 지나면서 공간상에 흩어지므로, 음원에서 가까운 사물은 소리가 더 센 편이다. 더 많은 에너지가 여러분의 귀에 닿기 때문이다. 그리고 음높이와 마찬가지로 우리는 소리의 세기에 관한 정보를 감각 및 지각할 수 있다. 소리의 세기 또한 저수준의 기본적 청각 특징의 한 후보다.

마지막 요소는 소리의 질에 해당하는 **음색**이다. 대다수의 소리는 순수한 소리가 아니다. 대다수 사물은 사인파 형태인 순음을 내지 않는다. 음파는 복잡하고 구불구불한 형태를 지닌 많은 파동의 복잡한 조합이다. 위치와 음높이, 소리의 세기와 마찬가지로 음색(즉 소리의 질)이 생기는 까닭은 해당 소리를 내는 사물의 형태 때문이다. 예를 들어, 첼로와 피아노는 동일한 위치에서 동일한 소리의 세기로 동일한 음높이를 연주할 수 있지만, 그런데도 두 소리가 매우 다르게 들린다. 피아노는 첼로와는 다른 방식으로 소리를 낸다. 공기를 다른 방식으로 밀어내기에, 형태와 복잡도가 상이한 음파를 생성한다. 여러분의 귀와 주의는 그 소리에 붙은 의미와 무관하게 그 특징을 감지할 수 있다.

선택적 주의가 어떻게 작동하는지 기술할 때 가장 벅찬 과제는 어떻게 우리가 주변에 있는 대상이 무엇인지 알기도 전에 그것에 주의를 기울이기로 선택할 수 있는지 이해하는 일이다. 사소한 문제처럼 들릴지 모르지만, 사소해 보이는 대다수의 문제가 그렇듯이 처음에 보이는 모습보다 훨씬 더 복잡하다. 특징들이 사물의 일부긴 하지만, 그 특징들을 사물과 결부시키기 위해서는 먼저 사물이 무엇인지 알아야 한다. 물론 사물이 무엇인지 알려면, 먼저 특징들을 알아야 한다. 이런 발상이 어떻게 될지는 뻔하다. 해결이 불가능한 일종의 순환 논리에 빠지고 만다. 이는 **결합문제**(binding problem)라는 더 큰 심리학·철학 문제의 일부다. 우리가 보고 듣는 것이 세계의 실제 사물을 반영하도록 어떻게 결합하는지 이해하는 문제로서, 여러 상황에서 등장한다. 3장에서 시각적 인식을 논할 때에도 이미 보았고, 지금 다루고 있는 선택적 주의에도 등장한다. 생존하고 번성하려면 우리는 세계 내의 사물에 주의를 기울일 수 있어야 한다. 생존을 위해 필요한 것, 다른 이들과의 의사소통을 위해서 필요한 것, 즐거움을 위해 필요한 것에 주의를 기울일 수 있어야 한다. 내가 지금 설명하고 있는 병목 모형이 그 한 가지 해법이지만, 이 과정을 설명할 유일한 모형은 아니다. 그리고 나중에 보겠지만 완벽한 설명도 아니다.

선택적 주의를 통해 해결해야 할 첫 번째 문제는 맨 처음에 제시된 모든 정보를 어떻게 다루느냐다. 시각의 경우 모든 시각 정보가 망막에 닿듯이, 주위 환경에서 오는 모든 소리가 귀에 닿는다는 사실에 우리는 만족해야 한다. 병목 이론에 따르면 시스템의 낮은 수준에서는 용량이 무제한이다. 여기서 '낮다'는 것은 귀에 가깝다는 뜻이다. 주위에서 나는 모든 소리는 여러분의 귀에 동시에 닿는다. 귀는 음파를 처리해 음높이와 소리의 세기 등의 정보를 지각할 수 있다. 어떻게 귀가 그 일을 해내는지까지 자세히 살펴보기에는 지면이 부족하지만, 본질은 시각에서 보았던 내용과 같다. 음파의 물리적 에너지에 반응하는 수용체들이 음파를 뉴런 정보로 변환한다. 그렇게 처리된 모든 정보는 귀를 떠나서 측두엽에 있는 일차청각피질primary auditory cortex로 보내진다.

이 과정을 이분청취과제에서처럼 주의를 기울일 정보 채널 선택하기의 맥락에서 살펴보자. 여러분은 한쪽 귀로 한 메시지를 듣고 한쪽 귀로는 다른 메시지를 듣고 있다. 앞서 내가 설명했던 한쪽 귀에 들어온 정보를 되뇌는 과제다. 그 채널에만 선택적으로 주의를 기울이고 다른 채널은 무시한다. 그런 다음에 여러분은 무시한 채널에서 무엇에 주의를 기울일 수 있었는지 질문을 받을 수 있다. 금세 우리에겐 풀어야 할 문제가 하나 주어진 셈이다. 또한 그 문제를 어떻게 푸는지에 관한 정보도 우리가 알아내야 할 내용이다. 우리는 한 채널, 즉 한쪽 귀에 주의를 기울여야 한다.

가장 쉬운 방법은 위치 단서를 이용하는 일이다. 우리는 주의 스위치를 한쪽 귀에서의 진짜 처리 과정에서만 작동시킬 수 있다. 쉬운 일이다. 하지만 어떤 정보는 끼어들기 마련이다. 사람들은 주의를 기울이지 않는 귀에 흘러들어오는 목소리가 남자 목소리에서 여자 목소리로 바뀌는 것을 알아차릴 수 있다. 이 경우 음색과 음높이에 관한 정보가 여전히 주의를 기울이지 않는 귀에서 모니터링되고 있으며, 그 정보를 앞으로 처리할 그리고 어쩌면 스위치를 전환할 준비를 하고 있다. 만약 여러분이 오른쪽 귀로 한 남자의 목소리를 계속 듣고 있는데 그 남자의 목소리가 왼쪽 귀로 전환된다면, 주의도 그 저수준 단서를 따라갈 것이다. 목소리의 음색과 음높이가 주의를 사로잡아서, 주의를 기울이고 정보를 처리할 장소를 다른 쪽 귀로 전환할 것이다. 심지어 이제 다른 쪽 귀를 따라가기 시작했는지도 모를 수 있다. 원리적으로 보자면, 여러분은 실수를 했다. 엉뚱한 귀를 따라가기 시작했으며 그 사실을 알아차리지도 못했다. 하지만 실제로 여러분의 주의 시스템은 합리적 추론을 했다. 처음에 남자 목소리에 주의를 기울이고 있었는데, 목소리의 위치가 바뀌자 다른 위치에서 그 목소리를 따라갔기 때문이다. 이는 헌신적 적응이다. 사람들은 환경 속에서 이리저리 옮겨 다니며 위치를 바꾼다. 하지만 한 출처에서 나온 소리는 보통 갑자기 음색이 바뀌지 않는다.

이 사례는 병목과 초기 단계의 선택 시스템이 어떻게 작동하는지 보여준다. 비록 여러분이 한쪽 귀에 주의를 기울이고 한쪽 귀를 닫더라도, 음높이와 음색과 같은 저수준 정보는 여전히 처리되고 있다. 시스템은 여전히 특징 감지 활동을 수행하고 있다. 그런 까닭에 '스위치를 작동시킬' 수 있다. 이 경우 어떤 사람의 목소리에 주의를 기울이고 있을 때, 음높이와 음색과 같은 정보들을 취합하는 일이 더 중요하고 유용하며 적응에 유리할 것이다. 어쨌거나 여러분은 그 목소리가 어디서 들려오는지로 그 사람이 누군지 알아내는 게 아니라 목소리가 어떤지로 알아차린다. 그 정보가 스위치를 작동시킨다.

이 병목 이론은 다음 가정을 바탕으로 한다. 즉 처음에 무제한의 용량이 존재하고, 특징들을 이용해 어떤 메시지에 주의를 기울이고, 추가적인 처리를 할지 스위치를 전환하고 선택할 수 있다. 시각에서와 마찬가지로 이 과정은 여러분이 의미를 이해하기 전에, 무엇을 듣고 있는지 알기 전에 일어난다. 인지 구조 및 시스템 설계 방식의 결과로서 일어난다.

브로드벤트가 고안해낸 병목 모형은 훌륭하다. 이런 종류의 선택적 주의 시스템에서 일어나는 일을 많이 기술해낸다. 그리고 지금껏 관찰된 많은 데이터를 설명해준다. 하지만 두드러진 문제점이 하나 있다. 칵테일파티 현상을 설명하지 못한다. 즉, 내가 처음에 들었던 스타벅스 사례를 설명해내지 못한다. 왜 그럴까? 이 모형에 따르면 주의 시스템의 저수준에서의 용량은 무제한이지만 의미가 처리되기 전에는 용량이 제한된다. 주의를 유지하거나 전환할 유일한 방법은 시스템이 의미와 무관한 저수준의 지각 특징들을 포착해내는 것이다. 하지만 오직 저수준 특징들만이 스위치를 작동시킬 수 있다면, 어떻게 여러분의 이름이 주의를 끄는 일이 일어날 수 있다는 말인가? 병목 모형이 이 문제를 설명할 수 있도록 의미를 처리할 방법은 없는 듯하다. 병목 모형은 틀리지는 않았을지 모르지만, 완벽하지는 않아 보인다.

선택적 주의를 완벽히 설명하고 칵테일파티 현상을 설명하려면, 후반부의 선택 모형을 살펴보아야 한다. 달리 말해서, 주의 병목의 위치를 옮겨야 한다.

초반부의 선택과 후반부의 선택

주의 병목이라는 개념은 직관적으로 타당하다. 우리는 모든 정보를 다 처리할 수 없고, 주의를 기울이고 싶은 무언가를 선택할 방법이 필요하다. 하지만 병목 개념은 모든 것에 잘 통하지는 않는다. 여러분이 무언가에, 가령 어떤 대화를 하거나 비디오게임을 할 때 아무리 집중하더라도, 누군가가 여러분의 이름을 부르면 거의 언제나 그 집중에서 빠져나올 수 있다. 저수준의 지각 특징들이 주의에 한계를 정해 우리가 주의를 기울일 대상을 제한할 수는 있겠지만, 병목의 위치가 처리 흐름에서 그렇게 낮지 않을지 모른다. 어떤 정보, 가령 여러분의 이름과 같은 정보는 분명 더 위로 올라가야 한다.

이게 왜 중요할까? 우리는 항상 복수의 입력을 다루며 때로는 정리가 안 된 정보를 얻는다. 누구나 저지르는 사소한 실수에서 이러한 상황이 나타난다. 읽든 쓰든 또는 그냥 트위터나 인스타그램을 훑든, 여러분은 동시에 주위에서 나오는 다른 중요한 신호들을 살피고 있다. 여러분이 온라인으로 뉴스를 읽는 데 흠뻑 빠져 있는데, 동료가 와서 질문을 하나 한다고 가정해보자. 순간 누가 무슨 말을 하는지 혼란스러울지 모른다. 심지어 동료의 질문 내용보다는 읽고 있는 기사 내용에 따라 엉뚱한 답을 할지도 모른다. 때때로 정보가 뒤섞이는 까닭은 우리가 어느 한 채널을 완전히 무시하고 다른 채널에 온전히 집중할 수는 없기 때문이다. 비록 주의를 기울이지 않은 대다수 정보가 의미 파악을 위해 처리되기도 전에 일찌감치 걸러지더라도, 우리는 대화에 온전히 주의를 기울일 수는 없으며 누군가가 우리 이름을 부름으로써 주의가 흐트러져버릴 것이다. 그래서 스타벅스에서 주문한 커피를 받지 못하고 만다. 비록 초반에 미리 처리되는 지각 특징들이 주의 모형에서 중요하긴 하지만, 우리에게는 더 많은 정보를 받아들일 방법이 필요하다.

그래서 병목 이론의 수정된 버전들이 등장했는데, 그중 가장 대표적인 것이 앤 트레이스먼Anne Treisman의 이론이다. 트레이스먼은 주로 프린스턴에서 연구했던 영국인 심리학자다. 그에 따르면 저수준의 물리적 특징들이 여전히 선택적 주의에서 중요하지만, 선택은 지각의 위치에 있기보다는 주변 환경에 있는 정보에 대한 반응에 바탕을 둔다. 달리 말해서, 여러분은 정보를 걸러내지 않는다. 걸러내지 않은 정보는 시스템 속에 일단 들어오면 그대로 작동한다. 알다시피 주의에 관한 브로드벤트 이론의 가장 큰 문제는 우리가 정보가 들어오도록 선택한다는 가정이다. 정보가 들어오게 하지 않으면, 더 이상 처리를 위해 쓸 수 없다. 하지만 스타벅스 사례에서 간단히 보았듯이, 우리가 주의를 기울이지 않고 있는 정보도 **분명** 우리의 인지 시스템 속으로 들어온다. 스타벅스 사례에서 여러분은 바리스타가 부르는 이름들을 거의 듣지 않는다. 어떤 것도 새겨듣지 않기에, 불리는 이름들을 듣는 일이 여러분이 대화에 집중하는 능력에 방해가 되지 않는다. 물론 여러분의 이름을 듣기 전까지 말이다.

이 후반부 선택 이론은 어떻게 작동할까? 앤 트레이스먼은 선택과 병목은 처리의 훨씬 나중 단계에 있다고 말한다. 우리는 모든 것을 듣고 대다수의 정보가 뇌와 마음으로 들어온 다음에 어느 정보에 반응할지를 선택한다. 이 정보는 여러분이 추가적으로 처리할 때까지 마음속에서 잠시 동안 이용 가능하다. 이 발상은 기본적 특징의 중요성을 강조한다는 면에서 초반부 선택 병목 이론에서도 나오는 내용이다. 그러니까 트레이스먼의 이론은 선택과 걸러내기가 처리의 후반부에 있다면 정보를 더 많이 처리하기 좋다는 개념을 초반부 선택 병목 이론에 결합한 셈이다. 만약 여러분이 어떤 단어나 개념이 특별히 중요하다고 가정한다면, 그런 단어나 개념은 활성화의 문턱값이 낮다고 볼 수 있다. 가령, 여러분의 이름은 중요하다. 누구에게든 거의 틀림없이 가장 중요한 단어다. 따라서 이름은 활성화의 문턱값이 낮고, 여러분은 자기 이름을 쉽게 알아차리고 반응하게 된다. 설령 주위 환경에서 나온 자신의 이름이 나지막하거나 어수선하게 들리거나 주의를 기울이지 않았거나 소리 품질이 나쁘더라도 말이다. 마치 자기 이름을 알아차리는 여러분의 능력이 이름에 대한 조그마한 단서라도 주위에 있는지 늘 살피는 이름 감지 모듈에 의해 작동되고 있는 듯하다. 이 모듈은 항상 최고 경계 상태다. 자기 이름에 관한 아주 사소한 신호라도 감지하는 즉시, 모듈은 경보를 발령한다. 그러면 여러분의 주의는 그 신호가 있는 쪽으로 전환된다.

트레이스먼의 모형은 커피숍 상황을 설명해주는데, 이 모형이 설명하는 다른 상황들도 있다. 고전적인 이분청취 실험에서 피실험자들은 한 채널(즉, 한쪽 귀에 제시된 정보)에 주의를 기울이고 한쪽 귀로는 어떤 정보든 의미를 놓친다. 원래의 실험에서, 주의를 기울이지 않는 귀는 주의를 기울이는 귀와 완전하게 분리되어 있다. 즉, 둘을 결합해야 할 이유가 전혀 없었다. 하지만 어떤 연구에서는 한쪽 귀에 한 이야기를 들려주고 한쪽 귀에는 또 다른 이야기를 들려주는 방식으로 실험이 진행되었다. 만약 이야기가 왼쪽 귀에서 오른쪽 귀로 전환되면 대다수 피실험자는 이에 따라 주의를 전환했다. 만약 여러분이 한 이야기를 왼쪽 귀로 듣고 있는데 내용이 문장 중간에서 오른쪽 귀로 바뀌면, 그 이야기를 이해할 유일한 방법은 오른쪽 귀로 이야기를 따라가는 것뿐이다. 이는 브로드벤트의 초반부 선택 모형에서는 전혀 작동하지 않는데, 그 이론의 가정에 따르면 주의를 기울이지 않는 정보는 들어오는 것 자체가 막히기 때문이다. 트레이스먼 모형의 가정에 따르면, 주의를 기울인 채널에서든 기울이지 않은 채널에서든 정보가 인지 작업 공간으로 들어갈 수 있고 여러분은 적절한 정보를 선택할 수 있다.

가장 효과적인 모형은 여러분이 의미와 무관한 저수준의 특징들을 포착하면서도 여전히 많은 정보를 받아들이는 모형이다. 특징들이 여러분의 청각 수용체를 활성화시키면, 연쇄적으로 이어지는 이 활성화된 신호들은 말의 의미를 처리하는 뇌의 측두엽으로 전송된다. 이 정보는 측두엽의 다른 영역, 전두엽, 심지어 두정엽에까지 퍼지고, 이 영역들에서도 의미가 처리된다. 여러분이 주의를 기울이고 처리하고 다루고 있는 정보는 자기 자신을 활성화시킨다. 무슨 말이냐면, 그 정보는 이미 활성화되어 있는 상태를 활성화시키기에 여러분이 주의를 계속 유지할 수 있다. 주의를 기울이지 않고 있는 정보는 그냥 흘러 나가서 사그라지지만, 여전히 시스템 속에 있다. 만약 여러분이 잠시 필요로 한다면 나타난다. 그 정보들은 여러분의 이름과 같은 중요한 개념들을 활성화시킬 수 있다. 게다가 저수준 특징에 쏟는 주의를 중단시키고, 여러분도 모르는 사이에 집중 대상을 전환시킬 수 있다. 이는 생존에 유익하다. 한편으로는 우리의 집중력이 번번이 흐트러지는 원인이 되기도 한다. 많은 것이 끼어들어 방해하면 주의를 한군데 기울이는 일이 쉽지 않게 된다. 브로드벤트의 이론은 불완전할지 모르지만, 아주 솔직히 말해서 나는 종종 한 채널을 선택할 수 있고 다른 모든 정보는 전혀 처리되지 않도록 막아버릴 수 있으면 좋겠다. 가끔씩 병목이 더 일찍 나타나고 더 좁았으면 하고 바란다.

┃ 주의 용량의 한계 ┃

오래전 내 아이들이 유치원생에서 중학생 사이의 시기일 때 우리는 타운 안에 있는 실내 레크리에이션 센터에 갔다. 우리 가족이 사는 곳은 캐나다 온타리오 남부 지역인데 겨울에는 얼음, 눈, 진창 등으로 끔찍할 때가 많다. 아이들은 나가서 눈 속에서 놀지만 곧 지겨워하고, 네댓 달 동안 이어지는 나쁜 날씨로 인해 생활이 단조롭다. 부모들은 실내에서 할 일을 찾는다. 그런 신체 활동 욕구를 채워주는 워터파크, 트램펄린 파크, 체육관과 볼링장과 같은 실내 레크리에이션 센터들은 어디든 사람들로 붐빈다.

이 특별한 실내 레크리에이션 시설에는 볼링 공간, 암벽 등반용 벽 그리고 '글로우 골프glow golf'라는 실내 미니 골프 코스 등이 있다. 아마 이 비슷한 것을 여러분도 보았을 것이다. 이 실내 미니 골프 퍼팅 게임에서는 공을 장애물에 통과시킨 다음 컵에 넣는다. 게다가 블랙라이트가 군데군데 설치되어 있어서, 공과 골프채와 옷이 번쩍거린다. 블랙라이트가 없는 데는 컴컴해서 어딘가 유령의 집 분위기가 난다. 우리는 그게 재미있었다. 적어도 열 살 아래의 두 아이는 재미있어했다. 아이들은 게임을 신나게 하면서, 서로의 번쩍거리는 옷을 보고 웃었다. 우리 가족은 아이들이 재미있어하는 모습에 즐거워했다. 그리고 이 점이 중요한데, 글로우 골프는 특별히 어려운 게임이 아니어서 주의를 많이 기울이지 않아도 되었다.

처음 10분까지는 재미있었다. 하지만 이 게임은 아주 인기가 있어서 기다리는 다른 가족들과 아이들이 많았다. 우리 애들에게는 아직 꽤 어려운 게임이라, 각 단계를 통과하는 데 시간이 걸렸다. 미니 골프 게임은 장애물을 통과하면서 한다. 즐기면서 한다면, 각 홀당 몇 분씩 걸릴 수도 있다. 하지만 많은 아이가 우리 뒤에 바짝 붙어 있었다. 그 애들은 열두 살에서 열네 살쯤 되어 보였다. 더 빨랐고 게임에 더 능했고 더 시끄러웠고 더 어수선했다. 미니 골프와 같은 게임의 진행 방식 탓에 그 애들은 우리 바로 뒤에 있었다. 우리가 한 홀을 마칠 때마다 많은 아이가 바로 뒤에서 기다리거나 뛰어다니거나 골프채로 서로를 때리는 시늉을 해대는 터라, 스트레스가 이만저만이 아니었다. 먼저 하라고 비켜주기도 했지만, 그 수가 너무나 많았다. 설령 우리 바로 뒤에 있는 아이들을 배려하더라도, 다른 아이들이 여전히 많았고 그 애들은 우리를 지나 앞으로 가고 싶어 하지 않았다. 다음 45분 동안 내 아이들과 게임을 하면서 비슷한 연령대의 다른 아이들을 계속 살펴야 하는 상황인 데다가 20대의 아이들 무리도 내 뒤에서 시끌벅적 떠들어댔다. 그런 것들을 무시하고서 게임에 집중하려면 엄청난 집중력이 필요했다. 글로우 골프 게임이 끝나면 녹초가 된 것만 같았다. 게임 자체는 기진맥진하게 만드는 운동이 아니었지만, 내 뒤의 시끄러운 아이들한테 신경 쓰지 않으려는 인지 제어 노력이 힘들었다. 나의 주의 용량capacity이 한계에 봉착하기 때문이었다.

주의의 한 형태인 인지 제어에는 노력이 든다. 무언가에 주의를 기울이거나 주변에 신경 쓰지 않으려고 하거나 인지 자원을 특정 문제에 할당하기 위한 용량은 제한적인 듯하다. 이를 볼 수 있는 경우는 아주 많다.

시험을 치른 다음에 기진맥진한 적이 있는가? 또는 주의를 잔뜩 기울여야 하는 어려운 과제를 마친 후에 지친 적이 있는가? 여러분의 용량은 아마도 그날이 마무리될 때쯤 상당히 줄어들어 있을 것이다. 어쩌면 최적이 아닌 수준에서 여러분이 과제를 수행하는 단계에 이르렀을 것이다. 너무 지쳐서 판단력에 지장이 초래되었을 수도 있다. 바로 이런 용량 감소 내지 소진 시기에 실수를 저지르게 되며, 종종 울화통이 터진다. 바로 이때 사람들은 중요한 정보를 놓치기도 하고, 화를 내며 자제력을 잃기도 한다. 우리의 주의와 행동을 제어하기가 어려워지는 시점이다.

이런 상황을 어떻게 피할 수 있을까? 한 가지 방법을 들자면, 하던 일을 바꾸고 자신을 풀어주면 된다. 누군가를 가르치는 일에는 지쳤는데, 다른 데서는 영향을 받지 않을 수 있다. 여전히 음악을 들으며 차를 몰아 귀가할 수 있다. 연구 과제를 생각하는 일엔 지쳤을지 모르지만, 저녁 식사를 차리는 능력은 영향을 받지 않을 수 있다. 다른 활동으로 전환할 때 나는 내 용량이 고갈되지 않았다고 느낀다. 이번에도 '액체 비유' 사용을 억누를 수 없는지라, 이렇게 말하고 싶다. 주의 자원 풀pool 하나가 바닥을 드러냈더라도, 다른 하나는 여전히 가득 차 있다고.

심리학자 리 브룩스Lee Brooks는 경력 대부분을 해밀턴 온타리오에 있는 맥매스터대학교에서 보냈다. 브룩스는 인지심리학 분야에서 영향력이 큰 연구자였다. 2010년에 타계한 브룩스는 나한테는 학문적으로나 지적인 면에서나 영웅이었다. 어느 누구보다도 그의 연구야말로 내가 마음이 작동하는 방식을 어떻게 생각하는지에 정말로 영향을 미쳤다. 그의 아주 초기 연구 중 하나가 주의 자원 풀이 어떻게 작동하고 우리가 그런 풀을 어떻게 분리하는지 보여주었다. 그 실험과 과제가 영리하고 창의적이었기에, 몇 문단에 걸쳐 설명하고자 한다. 여러분도 내가 고마워질 것이다.

브룩스의 실험에서 피실험자는 시각적 이미지 과제를 할지 언어적 이미지 과제를 할지 질문을 받는다. 시각적 이미지 과제일 경우, 피실험자한테 어떤 모양을 보여준 다음 나중에 떠올릴 수 있을 만큼 잘 기억해두라고 한다. 그다음에 마음속에서 이미지를 시각화해 요모조모를 살펴보게 시킨다. 한 실험에서는 겹줄 대문자 측면에 별표가 그려진 모양이 제시되었다. 피실험자에게 기억하라고 하고선, 별표가 문자 주위를 돌아다니는 모습을 마음의 눈으로 상상해보라고 했다. 가령 대문자 'F'를 겹줄로 그리는데, 왼쪽 아래에 별표가 있는 모습을 떠올리라는 식이다. 이제 별표가 문자 주위를 돌아다니는 모습을 상상해보자(예로 다음 그림을 보기 바란다). 때때로 별표는 그림의 바깥 모서리에 있기도 하고 안쪽 모서리에 있기도 한다. 각 이음매에서 피실험자는 별표가 안쪽 모서리에 있는지 바깥쪽 모서리에 있는지에 따라 YES나 NO를 가리킨다. 꽤 쉬워 보이지 않는가? 꽤 쉽다. 여러분도 원한다면 직접 해볼 수 있다. 다음 이미지를 보고서 기억에 담은 다음에 상상하기 과제를 해보라. 별표가 바깥의 먼 모서리에 있을 때는 YES를, 안쪽 이음매에 있을 때는 NO를 상상하라. 이 모양의 경우 결과는 이럴 것이다. YES, YES, YES, YES, NO, NO, YES, YES, NO, YES.

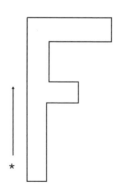

언어적 이미지도 마찬가지로 쉽다. 그림 대신에 피실험자는 문장을 암기하라는 지시를 받는다. 가령, 피실험자는 '손안에 든 새는 덤불 속에 있지 않다(A bird in the hand is not in the bush)'와 같은 문장을 읽고서, 마음속 목소리를 이용해 다시 되뇔 수 있을 정도로 열심히 외운다. 그리고 마음속 목소리로 그 문장을 상상하는 동안, 아울러 각각의 이어지는 단어가 명사인지 아닌지에 따라 'YES'나 'NO'를 상상한다. 이 또한 아주 쉽게 할 수 있다. 위의 문장일 경우 답은 다음과 같다. NO, YES, NO, NO, YES, NO, NO, NO, NO, YES.

이 두 과제는 마음속으로 하기 쉽다. 그래도 시도해보면 문장보다 시각적 이미지에 대해 응답하기가 조금 더 쉽다. 브룩스는 우리가 종종 2가지 주의 풀을 사용한다고 추론했다. 우리는 시각적 주의와 언어적 주의를 사용하는데, 한 과제가 동일한 풀을 이용한다면 과제 수행에 비용이 든다. 만약 과제가 별도의 두 풀을 이용한다면 비용이 아주 적게 들거나 아예 들지 않는다.

브룩스는 자신의 추론을 영리한 방법으로 검사했다. 시각적 또는 언어적 이미지 중 하나를 암기하라고 하고서 아울러 피실험자한테 다음 2가지 방식 중 하나로 반응을 하라고도 했다. 시각적-공간적 반응 또는 언어적 반응. 시각적-공간적 반응은 종이 위에 흩어져 있는 'Y'나 'N'을 가리키면서 반응하는 것인데, 피실험자는 종이 위의 다른 장소에 있는 점을 보고서 가리켜야 한다. 언어적 반응은 피실험자가 실험자에게 그냥 'YES'나 'NO'라고 크게 말하기면 하면 된다.

피실험자는 4가지 조건 중 하나를 택할 것이다. 시각적-시각적 조건일 경우 이미지를 기억한 다음에 점을 가리키고, 시각적-언어적 조건일 경우에는 이미지를 기억한 다음에 말로 대답하고, 언어적-시각적 조건일 경우에는 문장을 기억한 다음에 점을 가리키며, 언어적-언어적 조건일 경우에는 문장을 기억한 다음에 말로 대답한다. 브룩스가 예측하고 실제로 알아낸 바에 따르면, 이미지와 반응이 동일한 주의 풀에서 나올 때 사람들은 상이한 주의 풀에서 나올 때보다 더 느렸고 실수를 더 많이 저질렀다. 시각화와 개념화는 동일한 뉴런 반응을 놓고서 서로 경쟁하는 듯하다. 동일한 풀일 경우 그 풀을 더 빠르게 소모시킬 수 있다.

그런 까닭에 여러분은 걸으면서 말하거나, 대화를 하면서 운전을 하거나, 비디오를 보면서 저녁 식사를 요리할 수 있다. 각 경우에 2가지 행동의 지각적 및 주의적 요구 사항이 서로 매우 다르기 때문이다. 또한 바로 그런 까닭에 여러분은 2가지 대화에 주의를 잘 기울이기 어렵고, 글을 쓰려고 하면서 가사가 있는 음악을 듣는 데 주의를 기울이기 어렵다.

어느 시점까지는 멀티태스킹이 가능하지만, 주의 자원을 공유해야 할수록 멀티태스킹을 하기가 훨씬 더 어려워진다. 멀티태스킹이란 개념에 대해 더 자세히 이야기해보자. 우리 모두는 멀티태스킹을 할 수 있다고 여기는데, 그럴 수 있는 까닭은 우리의 인지 시스템이 진화해온 방식 덕분이다. 하지만 브룩스의 연구에서 드러났듯이, 멀티태스킹에는 비용이 뒤따르며 그 비용은 여러분이 멀티태스킹을 하려는 일들이 서로 비슷할수록 커진다.

| 멀티태스킹은 정말 필요할까 |

선택적 주의와 멀티태스킹의 필요성을 알아보기 위해, 여러분이 이 책을 읽는 동안 주변에서 일어나는 모든 일을 잠시 살펴보도록 하자. 가령, 여러분이 손으로 종이책이나 전자책 리더를 쥐고 있다고 해보자. 책은 얼마간이나마 무게가 나가므로, 주의를 기울일 수 있다. 무게에 명시적으로 주의를 기울이지 않더라도 적어도 여러분의 운동 시스템은 주의를 기울인다. 운동 시스템은 책을 쥐고 지탱하는 힘을 조정해 책을 손에서 놓지 않고 계속 쥘 수 있도록 해준다. **자동적으로** 반응해 책의 무게를 살핌으로써 책이 떨어지지 않게 한다. 또한 지탱하는 힘을 조정해서 책을 너무 많이 위로 당기지 않게 한다. 그 한 가지 일에도 상당한 신경학적 및 인지적 연산 과정이 진행되지만, 아마도 여러분은 시간을 내서 그 한 가지에 집중하기 전까지는 알아차리지 못할 것이다. 움켜잡는 힘과 중력, 책의 질량이 관여하는 이 미묘한 밀고 당기기는 대체로 의식적 주의 바깥에서 벌어지는 행동들의 한 집합이다. 그리고 이는 벌어지는 많은 일 가운데 하나일 뿐이다.

또한 여러분 주위에는 독서에 중요하지 않은 다양한 주변 잡음이 존재할 수 있다. 아마도 선풍기가 돌아가고 고양이가 갸르릉대고 주전자가 끓고 차가 지나갈 것이다. 그런 소리가 약하게 들려도 여러분은 더 이상 주의를 기울이지 않는다. 어쩌면 지각할 수는 있지만 산만하게 하지는 않는 음악을 듣고 있을지도 모른다. 또 여러분이 해변에 있는데 주변 사람들이 떠들거나 아이들이 웃고 있을 수도 있다. 이 또한 지각할 수 있고 의식에 어느 정도 들어와 있지만, 의식의 낮은 수준을 차지하고 있을 뿐이다.

여러분은 독서의 일부인 감각 및 뉴런 활동을 수행하지만, 그건 여러분이 읽고 있는 **내용**의 일부가 아니어서 그런 연산 과정이 벌어진다는 사실을 알아차리지도 못한다. 여러분은 단어들 위로 눈을 움직이고 있다. 단어들의 한 줄에 집중하는 상태를 유지한다. 단어들을 알아차린다. 문장의 정신적 모형을 구성한다. 한 개념에 대해 읽으면서 다른 개념들도 떠올린다. 여러 개념이 떠올라 함께 합쳐질 때 여러분은 그 사실을 알아차리는가? 아니면 그 결과만을 알아차리는가? 이제 페이지를 넘기고, 숨을 고르고 음료를 한 잔 들이켜고 삼킨다. 마음이 다른 데로 간다. 다시 마음이 돌아온다.

이러한 경우 외에, 그런 행위와 행동은 대체로 무심결에 벌어진다. 동시에 여러 가지가 일어나는데도 여러분은 그중 한 가지에만 주의를 기울인다. 달리 말해서 멀티태스킹을 하는 셈이다. 여러분이 하나(독서)에 집중하는 동안에도 다른 많은 일이 자동으로 벌어진다. 하나에 더 집중할수록 다른 일들은 '자동 조종' 상태로 더 많이 넘어간다. 또는 이 장의 서두에 나온 제임스의 말처럼 주의는 '**무언가를 효과적으로 다루기 위해 다른 것들에서 벗어난다는 의미다**'. 책을 읽을 때 우리는 우리가 읽는 내용 속의 개념을 효과적으로 다룰 수 있도록, 대다수의 다른 행위와 행동에 대한 주의 기울이기로부터 벗어난다.

이 시나리오의 핵심적인 한 측면에 주목해보자. 여러분은 동시에 여러 가지를 하지만, 그중 하나만 여러분이 주의를 기울이는 대상으로서 중시된다. 다른 것들은 자동으로 일어난다. 그렇기에 다른 행동이나 과정 중 어떤 것에 주의를 기울이려고 하면, 독서라는 주된 과제에서 물러나야 한다. 책에서 읽는 내용에 집중하는 동시에, 책을 손으로 잡기 및 손에 책을 잡는 느낌이 어떤지에도 집중하려고 해보라. 가능하긴 하겠지만 책의 내용에 집중하는 능력은 분명 감소한다. 멀티태스킹을 한다는 것은 '**무언가를 효과적으로 다루기 위해 다른 것들에서 벗어난다는 의미다**'.

여기서 질문을 하나 해볼 수 있다. 멀티태스킹을 하기 위해 무언가에서 벗어나야 한다면, 멀티태스킹을 왜 할까? 멀티태스킹은 자연스럽고 적응에 이로우며 불가피하다. 우리는 한 번에 2가지 이상을 할 수 있어야 한다.

어떤 길로 걸을지 주의를 기울이면서, 동시에 장애물이나 이런저런 것들 그리고 우리 자신의 생각도 알아차려야 한다. 우리의 인지 시스템은 그렇게 하도록 진화되었다. 신호가 아주 많을 경우 전부 다 피하기는 불가능하다. 하지만 신호 중 대다수는 중요하지 않다. 이 세상에는 말 그대로나 비유적으로나 잡음이 많다. 그걸 전부 처리할 수는 없다. 따라서 우리는 멀티태스킹을 하면서 전환을 하는데, 거기에 비용이 들긴 한다. 하지만 그 비용은 유익하다. 우리가 한 가지에 집중할 수 있고 중요하지 않은 일로부터(어느 정도) 벗어날 수 있다는 뜻이기 때문이다. 이는 적응에 이롭다. 생존에 유리하다. 하지만 생각하기에 늘 좋지만은 않다.

생각하기(그리고 배우고 주의 기울이기)를 방해하는 가장 큰 문제 중 하나는 멀티태스킹이다. 우리는 항상 멀티태스킹을 하고 있으니, 우리의 뇌와 마음이 진화를 통해 여러 가지 정보 흐름을 처리하고 한 흐름에서 다른 흐름으로 신속하게 전환할 수 있다는 것은 여간 다행이 아니다. 그런데 문제는 우리 대다수가 실제 가진 능력보다 멀티태스킹에 훨씬 더 능하다고 생각한다는 점이다.

나는 규모가 큰 대학에서 가르치는데, 내가 맡은 교실에서는 25명에서부터 250명 정도에 이르는 학생들이 수업을 듣는다. 수업에서 학생들을 살펴보고서 알게 된 사실이 하나 있는데, 대다수 학생이 노트북으로 필기를 하거나 서피스 프로Surface Pro나 아이패드 프로처럼 노트북과 비슷한 장치로 필기를 한다는 점이다. 게다가 근처에 스마트폰도 종종 놓아둔다. 가장 흔한 상황은 학생이 노트북으로 필기를 하면서 노트북 바로 왼쪽이나 오른쪽에 놓아둔 스마트폰을 가끔씩 쳐다보는 것이다. 학생에게 수업 참석이란 교수 보기, 프로젝터에서 나온 슬라이드나 흰 보드 보기, 자기 노트북 보기, 노트북으로 타이핑해서 필기하기, 휴대전화 보기, 다시 교수 보기, 자신이 타이핑한 내용 다시 보기 그러고 나서 휴대전화 보기의 조합이다. 각각의 '보기'는 **'무언가를 효과적으로 다루기 위해 다른 것들에서 벗어나기다'.**

저렇게 빈번한 전환이 얼마나 효과적일지 의아해할 수 있다. 학생들을 나무라는 의도는 아니다. 사실 내 생각에 학생들은 대체로 매우 주의를 잘 기울여 수업에 참여한다. 그런 전환이야말로 세상이 돌아가는 방식이다. 물론 학생들만 그러는 게 아니다. 교수들도 마찬가지다. 학과 회의, 교수 회의, 또는 교수들이 많이 참석한 강연장을 둘러보면, 많은 이가 노트북이나 스마트폰을 지니고 있으며, 대개 프레젠테이션을 반쯤만 들으면서 노트북으로 이메일을 처리하거나 스마트폰으로 무언가를 확인하느라 바쁘다. 나는 예외냐고? 물론 나도 마찬가지다. 종종 아이패드 프로로 필기를 하고 이메일을 열었다 닫았다 하고 필기를 하고 가끔씩 트위터도 한다.

이런 일이 학계에서만 일어나진 않는다. 사람들은 TV를 보면서 그렇게 한다. 어떤 인기 방송은 실제로 사람들이 TV 시청을 하면서 동시에 소셜미디어를 한다는 사실에 기댄다. 사람들은 한 손에는 리모컨을 든 채로 〈왕좌의 게임〉을 시청하면서 한 손엔 스마트폰을 쥐고 반응을 포스팅하거나 트윗을 올린다. 사람들은 대통령 후보 토론을 보면서 '실시간 트윗'을 올린다. 내가 오랫동안 딸의 소프트볼팀 코치를 맡으면서 알게 된 사실인데, 부모들은 자녀들의 경기를 보면서도 자주 휴대전화를 만지작거렸다. 자기들은 휴대전화를 쳐다보는 바로 그 부모 중 다수가 벤치의 선수들한테는 '휴대전화 금지' 정책을 시행하라고 나한테 요청했다. 하지만 학생들은 어쨌든 휴대전화를 붙들고 있었다. 코치인 나조차도 휴대전화를 꺼내서 앱에다 점수를 업데이트했다. 앱에 점수를 올려놓으면 부모들도 휴대전화로 게임 점수를 볼 수 있기 때문이었다. 그러다 보니 경기 도중에도 다들 휴대전화에 더 매달리게 되었다.

상황은 도로에서 훨씬 더 심각하다. 다음번에 여러분이 차를 운전하거나 버스를 타고 가다가 신호등이나 교차로 앞에서 멈추게 되면, 옆에 있는 다른 운전자들을 둘러보라. 아마 많은 운전자가 차에 앉아서 휴대전화를 보고 있을 것이다. 운전 중 휴대전화 사용에 많은 벌금이 부과되는데도 종종 그렇다. 몇 년째 내가 사는 온타리오에서는 불법인데도 여전히 그런 모습이 목격된다. 보수적으로 잡아서, 신호등 앞에서 멈춰 있는 모든 운전자 가운데 약 75%가 휴대전화를 쳐다본다고 나는 짐작한다. 안전하지 않은 행동이다. 심지어 운전하면서 휴대전화를 내려다보고 있는 사람들을 본 적도 있다. 위쪽으로 도로를 보았다가 아래로 휴대전화를 보았다가 다시 도로를 올려다보는 식이었다. 위험하다! 그 사실을 우리는 잘 알고 있다. 그렇게 하는 운전자들도 아마 자신이 하는 행동이 안전하지 않음을 알 테다. 그런데도 많은 이가 멀티태스킹을 할 수 있다고 여긴다. 문제는 우리가 멀티태스킹을 할 때 바로 그 때문에 우리가 무엇을 놓치고 있는지를 깨닫지 못한다는 사실이다. 무언가를 다루기 위해 다른 것들에서 벗어나 있는지 우리가 어떻게 알 수 있단 말인가?

디지털 멀티태스킹, 즉 스마트폰이나 컴퓨터 또는 디지털 장치를 이용한 멀티태스킹은 새로운 현상이 아니다. 멀티태스킹의 수단은 새로울지 모르지만 과정은 그렇지 않다. 앞서 논의했듯이 이 과정은 바로 체리와 브로드벤트가 관심을 갖고서 연구하려고 했던 주제 중 하나다. 브룩스가 연구했던 것이기도 하다. 우리는 어떻게 멀티태스킹이 작동하는지 알고, 왜 우리가 멀티태스킹을 하는지도 알며, 그게 대체로 유익하다는 사실도 안다. 하지만 기술의 효과로 인해 멀티태스킹은 일상생활에서 더 곤란한 사안이 되고 있는 듯하다. 디지털 멀티태스킹은 속성상 새로운 문젯거리가 된 듯하다. 하지만 그게 정말로 새로운 문젯거리일까? 더 조심스럽게 살펴보자.

인지심리학과 스마트폰

아이폰은 2007년에 출시되었다. 이 책을 쓰고 있는 2019년에서 보자면, 스마트폰은 등장한 지 이미 12년이 흘렀다. 1970년에 태어났으니 나는 X세대이다. 자랄 때는 스마트폰이 없었지만, 휴대전화 발달의 거의 전범위를 경험했으며, 성인이 되고 나서는 정말로 디지털 통신의 전 범위를 경험했다. 하나의 공동 가입선party line에 전화기 한 대가 연결된 가정에서 자랐지만,[15] 1988년 대학에서 첫 이메일 주소가 생겼다. 이후로도 이메일, FTP, 링크스Lynx, 유스넷Usenet, 넷스케이프, SMS, 페이스북, 모바일 메시지, 슬랙 그리고 다른 많은 통신 유형을 줄곧 사용해오고 있다. 때로 꼭 필요할 때에는 지금도 전화 통화를 하기도 한다.

아이폰이 출시된 지 10년이 되었을 때, 나는 스마트폰 및 모바일 기기와 나의 관계를 생각해보았다. 그걸 관계의 일종이라고 여긴다는 것 자체가 어떤 면에서 우스웠다. 하지만 많은 이에게 그건 분명 관계였다. 우리는 자신의 휴대전화와 관계를 맺고 있다. 우리는 그걸 갖고 다닌다. 그것에 대해 생각한다. 휴대전화가 우리의 정신 속에 거처를 차지하고 있다. 사람과의 관계만큼 잘 발전되어 있지는 않고, 반려동물과의 관계와 더 비슷하지 싶다.

물론 반려동물과의 관계처럼, 내 기억에 남은 휴대전화와의 관계도 많

---

15 전화 회선이 제한적인 시골 지역에서 그리고 1970~1980년대에 '공동 가입선'이란 여러 집에서 함께 쓰는 단일 전화선이다. 집마다 전화번호는 달랐지만, 모두 동일한 전화선을 사용했다. 그래서 전화를 걸고 싶어 전화기를 들었을 때, 여러 집이 공유하는 그 하나의 전화선으로 이미 어느 집에서 통화하고 있는 경우가 있었다. 요즘으로선 거의 이해할 수 없는 상황일 것이다.

다. 마치 진짜 관계인 듯이 떠올려볼 수도 있다. 첫 번째로 기억에 남는 휴대전화는 튼튼하지만 단순해서 전화만 가능했고 카메라도, 문자 보내기 기능도 없었다. 그 후에 특별할 것 없는 플립 휴대전화 한두 대가 있었고, 처음으로 미디어 재생 기능이 탑재된 휴대전화가 있었지만 기대를 만족시키지 못하고 단종되고 말았다. 그런 휴대전화들을 기억하긴 하지만 자세히는 아니다. 그중 어느 것과도 끈끈한 관계는 아니었다.

하지만 아이폰이 나오고서 모든 것이 달라졌다. 정말로 내 휴대전화와 사랑에 빠지고 말았다. 그렇게 된 까닭 중 하나는 아이폰 덕분에 사람들과 연락하기가 더 쉬워졌기 때문이다. 아이폰은 사진을 찍었다. 아이폰 덕분에 플립 폰보다 더 많은 방식으로 친구 및 동료와 연락할 수 있었다. 아이폰과의 관계는 대다수의 진짜 실제 관계의 바탕을 형성했던 것과 동일한 기틀 위에서 세워졌다. 어쩌면 그보다 더 큰 기틀이었는지도 모르는데, 아이폰으로는 모든 사람과 연결되었기 때문이다. 그리고 전화기나 컴퓨터와 달리 아이폰은 어디에나 가지고 다닐 수 있었다. 내 친구들은 물론이고 인터넷망 전체에 언제든 어디에서든, 모든 곳에서 연결할 수 있었다.

그런 까닭에 그리고 멋진 휴대전화를 더 많이 생산해낸 산업 디자인의 발전이 가세하면서, 사람들이 휴대전화를 멀리하기란 더 어려워졌다. 나로서는 아이폰 이전보다 아이폰 이후에 휴대전화를 지니는 게 훨씬 더 큰 습관이 되었다. 맨 처음에 매끈한 검은색 아이폰 3GS를 썼다가 그다음에 흰색 아이폰 4S로 넘어갔다. 나는 아직도 아이폰 4S야말로 아이폰 디자인의 정점이라고 여긴다. 사실은 아직도 그 폰을 예비용으로 갖고 있다. 이후 안드로이드 폰으로 바꿔서 여러 모델을 거쳐 현재의 내 스마트폰에 이르렀다. 그건 하루도 빠짐없이 나와 함께 있고 거의 항상 함께 있다. 너무 심한 걸까? 그럴지도. 나만 이럴까? 그렇지는 않을 거다.

오늘날 스마트폰은 많은 데 쓰인다. 어쩌면 이 책을 스마트폰으로 읽는 사람도 있을 것이다. 우리 대다수는 스마트폰을 갖고 있으며, 아마도 온갖 목적에 사용할 것이다. 통신, SNS, 사진 촬영 및 공유, 음악, 동영상, 내비게이션, 뉴스, 날씨, 계산기, 사실 확인, 자명종. 이 모든 기능의 한 가지 공통점은 스마트폰이 기존의 다른 도구들을 모조리 대체했다는 사실이다. 15년 전 나는 휴대전화, CD 플레이어, 카메라, 계산기, 도로 지도책, 신문, 백과사전, TV를 이용해 위의 일들을 해냈다. 이제는 작은 스마트폰 하나만 있으면 이 모든 일을 더 빠르게 더 잘하고, 심지어 훨씬 더 많은 일을 해낸다. 분명 우리는 집착하고 있다. 스마트폰이 다른 모든 것을 대체했으며 우리의 주의가 작은 것 하나에 집중되어 있다. 한 장치로 많은 일을 해낸다는 건 아이폰의 독창적인 발상이었다. 마치 '절대반지'처럼 스마트폰은 모든 것을 지배하는 하나의 장치가 되었다. 그게 우리도 지배할까?

스마트폰에 따른 심리적 비용

많은 사람에게 그 장치는 언제나 함께 있다. 어느 공공장소에서든 주위를 둘러보라. 휴대전화를 쥐고 있는 사람들로 가득하다. 그렇다 보니 스마트폰은 우리 정체성의 일부가 되기 시작한다. 이런 보편성은 심리적 결과를 초래할 수 있다. 그리고 스마트폰을 소유함으로써 생기는 비용을 조사한 여러 건의 연구도 있다. 내 관심을 사로잡은 두 연구를 소개한다.

몇 년 전, 캐리 스톳하트Cary Stothart가 흥미로운 실험을 하나 실시했다. 피실험자한테 주의 살피기 과제를 주었는데, 휴대전화를 손에 쥔 채로 화면에 번쩍번쩍 나타나는 일련의 숫자를 보는 것이었다(Stothart, Mitchum & Yehnert, 2015). 반응에 대한 주의 지속 과제Sustained Attention Response Task, SART라고 하는 이 과제는 주의 연구에서 흔히 실시된다. SART 과제에서 피실험자는 숫자가 나타날 때마다 최대한 빨리 키보드에서 자판 하나를 눌러야 하는데, 다만 예외는 숫자 '3'이 나타날 때다. '3'이 나타나면 자판을 누르는 행동을 멈춰야 한다. 이 과제를 수행하는 데는 지속적인 주의, 계속 살피기, 억제 조절이 필요하다. 어렵지는 않지만, 술술 할 수 있을 정도로 쉽지는 않다. 가령 여러분이 멀티태스킹을 하고 있다면 이 과제를 잘해내지 못할 수 있다.

피실험자는 과제를 두 번 수행했다. 두 번 모두 피실험자에게 휴대전화를 곁에 두게 했다. 첫 번째 과제는 피실험자가 기준선으로 얼마나 잘하는지 알아보기 위해서였다. 일반적으로 피실험자들은 과제를 잘 수행했다. 이어서 피실험자에게 다시 과제를 수행하게 했다. 적어도 첫 번째만큼은 쉬워야 할 테지만, 피실험자들은 일찍이 실험 참가에 동의한다고 서명했을 때 자신들이 휴대전화를 실험자들에게 제출했다는 사실을 깨닫지 못했다. 그건 과학자들이 실험 도중에 피실험자에게 문자를 보내거나 전화를 걸 수 있다는 뜻이었다. 바로 그런 일이 두 번째 과제 수행 과정에서 벌어졌다.

두 번째로 실시한 과제 수행에서, 참가자들의 3분의 1이 과제를 하는 동안에 무작위 문자 알림을 지속적이지만 가변적인 시간 간격으로 받았다. 시험을 치르거나 공연을 관람하는 중인데 휴대전화가 울리기 시작하는 상황을 상상해보라. 다른 3분의 1은 훨씬 더 스트레스를 많이 받는 무작위 전화 호출을 받았다. 전화 통화는 압박감을 더 많이 주고, 통화 요청 알림은 긴급한 느낌으로 다가온다. 그리고 대다수 사람이 요즘은 문자나 모바일 메시지를 이용하는 까닭에, 전화 통화는 중요한 경우에 종종 이용된다. 나머지 3분의 1은 첫 번째 과제와 똑같이 진행되어, 예상되는 것 이상의 추가적인 방해는 없었다. 대조군의 피실험자들은 첫 번째 과제에서 했던 것과 동일한 수준으로 두 번째 과제를 수행했다. 지금까지는 괜찮다. 하지만 무작위 알림을 받았던 피실험자 집단은 두 번째 과제 동안 실수를 상당히 많이 저질렀다. 그리고 당연히 통화 요청이 문자보다 과제 수행에 더 큰 영향을 미쳤다. 달리 말해서, 알림 받기는 실제로 비용이 뒤따랐다. 통화 요청음이나 문자 알림이 울릴 때마다 피실험자가 아주 조금 산만해 졌는데도, 과제 수행 점수를 낮추기에 충분했다.

이 연구가 실시된 2015년만 해도, 휴대전화를 소리나 진동 모드로 두는 것이 흔했다. 무음 설정은 요즘에서야 흔해졌다. 그렇다면 휴대전화를 '무음'으로 두어야 할까? 군이 그렇게까지는. 우선, 스톳하트의 연구는 문자가 오더라도 휴대전화와 상호작용하지 않은 피실험자들을 분석했을 뿐이다. 즉, 알림이 뜨더라도 피실험자들은 쳐다보지 않도록 되어 있었다. 그렇기에 단지 알림을 생각하는 것만으로도 충분히 산만해졌다. 휴대전화는 그들이 늘 신경 쓰는 물건이었다. 이를 더 자세히 검사할 방법을 들자면, 휴대전화를 피실험자 가까이에 두기만 하고 알림을 보내지 않으면 된다. 휴대전화가 여러분 가까이에 있는가? 여러분은 산만해지는가?

애드리언 워드Adrian Ward와 동료들이 최근에 발표한 논문(Ward, Duke, Gneezy & Bos, 2017)에 보면, 휴대전화를 가까이에 두기만 해도 인지 처리에 방해를 받을 수 있는 듯하다. 이 연구에서 그들은 학부생 지원자 448명에게 실험실로 와서 일련의 심리학 검사에 참여해달라고 부탁했다. 지원자들은 다음 3가지 상태 중 하나를 무작위로 할당받았다. **책상, 주머니/가방** 그리고 **다른 방. 다른 방** 상태의 사람들은 모든 소지품을 로비에 놔두고서 검사실로 들어갔다. **책상** 상태의 사람들은 대다수의 소지품을 로비에 두었지만 휴대전화만은 검사실에 들고 들어가서, 앞면이 책상 위에 오도록 놔두었다. **주머니/가방** 상태의 사람들은 모든 소지품을 검사실로 들고 들어갔고, 휴대전화는 원래 있던 곳(대체로 주머니나 가방)에 그대로 있었다. 휴대전화는 무음 모드를 유지했다.

3가지 상태의 집단 모두 피실험자는 '연산폭operational span, O-span' 과제라는 작업기억 및 실행 기능 검사를 받았다. 연산폭 과제에서 피실험자는 기본적인 수학 검사의 답을 알아내면서 동시에 문자들을 좇아야 한다. 상당한 주의와 인지능력이 요구되는 과제다. 이 과제는 멀티태스킹을 허용하지 않는다. 동일한 범용 풀을 사용하는 다른 무언가를 하려면, 이 과제에서 주의를 거두어야 한다. 과학자들은 또한 피실험자들에게 유동지능[16] 섬사인 레이븐 지능 검사Raven's progressive matrices, RPM도 하게 했다. 결과는 놀라웠다. 두 경우 모두 휴대전화를 가까이에 두면 과제의 점수가 낮아졌다. 휴대전화가 책상 위에 그냥 놓여만 있고 소리가 나지 않더라도, 여전히 조금은 영향을 미쳤다.

두 번째 연구에서 밝혀지기로, 의존성이 강한 사람일수록 휴대전화에 영향을 더 많이 받았다. 나처럼 휴대전화를 늘 가까이에 두어야 하는 사람에게는 좋은 소식이 아니다. 과학자들은 이런 결론을 내렸다. '모바일 기기에 가장 의존하는 사람들이 기기가 곁에 있으면 가장 손해를 입고 기기가 없으면 가장 이득을 본다.'

내 대학원생 제자 중 한 명이 현재 이 연구에 대한 재현 연구를 실시하고 있다. 우리는 어떻게 그리고 왜 스마트폰이 그런 효과를 낳는지 더 자세히 살펴볼 수 있기를 기대한다. 이 연구에서 드러나듯이, 여러분은 휴대전화를 각별히 생각한다기보다 그저 가끔씩 습관적으로 다른 것보다 더

---

16   유동지능은 사실 찾아내기나 지식과 달리 문제 해결과 추론 지능을 가리키는 용어다.

자주 눈길을 주는 것일지 모른다. 하지만 이 습관만으로도 주의 대상을 바꾸며, 주의 전환에는 늘 비용이 든다. 휴대전화를 슬쩍 쳐다보는 것만으로도 마음이 과제에서 벗어난다. 기억해야 할 일련의 문자 중에서 하나를 잊어버린다. 레이븐 지능 검사에서 중요한 정보 하나를 잊게 하거나 지속 주의 검사에서 몇 초를 허비할 수도 있다.

장기적으로 볼 때는 훨씬 더 심각하다. 운전 중에 애써 문자를 보내지 않고 이메일과 SNS 사용을 철저히 피하더라도, 여전히 휴대전화를 계기반 위에 놓아둘 수 있다. 어쩌면 운전 중에 휴대전화를 이용해 스트리밍으로 음악이나 팟캐스트를 들을 수도 있다. 습관적으로 휴대전화를 슬쩍 쳐다보기만 해도 잠시 동안 도로에서 눈길을 거두게 되는데, 이때 마찬가지로 보행자가 휴대전화를 슬쩍 쳐다보느라 교차로에 들어온다면……

이처럼 내재적인 위험이 있는데도, 도대체 스마트폰이 스마트한 발상인지 의문이 든다. 물론 나는 그렇다고 본다. 위 연구의 의미는 단지 휴대전화도 다른 주의 방해물처럼 비용이 든다는 것뿐이다. 이 비용이 생기는 원인은 딱히 휴대전화라기보다, 그저 우리 마음이 작동하는 방식의 결과일 뿐이다. 우리가 논의했던 다른 많은 주제와 마찬가지로 마음은 적응에 능하며, 마음 덕분에 우리는 창조하고 길을 찾고 문제를 해결하며 사고한다. 이런 일을 잘하게 해주는 인지구조가 때로는 우리를 이기고 실수를 저지르게 한다. 그 실수가 바로 인지 활동의 비용인 셈이다. 종종 우리는 특별한 조치를 취하지 않으면 실수를 계속 저지르고 만다. 많은 사람이 휴대전화로 그렇게 하고 있다. 어쨌든 우리는 그런 실수를 멈출 방법을 찾아야 한다.

이 장치의 많은 활용 사례에도 나는 여전히 스마트폰이 정말로 얼마나 유용한지 의문이 든다. 적어도 나는 그렇다. 글을 쓰거나 일을 할 때 종종 와이파이를 _끄거나_ 프리덤Freedom 같은 차단용 앱을 사용해서 디지털 방해를 줄인다. 하지만 여전히 휴대전화를 책상 바로 위에 놓아두고서 틈틈이 쳐다본다. 방금 전에도 이 문장을 쓰면서 그랬다. 분명 비용이 든다. 나는 학생들에게 시험을 치르는 동안 휴대전화를 무음으로 해서 가방에 넣어두게 한다. 그것에도 비용이 든다. 강의 동안에는 휴대전화를 무음 상태로 책상 위에 두라고 한다. 그 역시 비용이 든다. 운전할 때는 휴대전화를 눈에 보이는 데다 놓아두는데, 휴대전화로 음악을 듣고 구글맵스Google Maps로 길을 찾기 때문이다. 또한 운전 보조 앱인 안드로이드 오토Android Auto를 켜서 디스플레이를 가장 크게 하고 알림과 방해거리를 막는다. 하지만 거기에도 비용이 든다.

휴대전화는 많은 사람과 애증의 관계다. 내가 오래전 모델인 아이폰 4S를 아직 갖고 있는 이유를 한두 개 들자면, 느리고 이메일이나 SNS 앱이 깔려 있지 않기 때문이다. 캠핑이나 하이킹을 갈 때 그걸 들고 가는데, 그러면 날씨와 지도, 통화와 문자만 이용하고 다른 건 쓰지 않는다. 주의가 좀 덜 산만해진다. '진짜' 휴대전화 때문에 산만해지지 않도록 두 번째 휴대전화가 필요하다니, 이상하긴 하다. 우리 중 다수는 한 달에 수백 시간을 스마트폰을 통한 데이터 사용에 쓰면서 동시에 그 장치 사용을 피하기 위한 전략도 개발해야 한다. 돈을 들여가며 무언가를 사용하면서 동시에 피하려고 애써야 한다는 사실이야말로 현대 생활의 이상한 역설이 아닐 수 없다.

5장

기억은 왜 불완전한가

3장에서 나는 여러분에게 늘 자신의 감각을 믿어서는 안 된다고 주장했다. 우리는 세상을 있는 그대로 지각하지 못한다. 우리가 보고 듣는다고 여기는 것은 조금 전에 있었던 일의 재구성이며, 직접 지각한다고 여기는 것도 사실은 처리된 정보일 뿐이다. 정보처리에는 시간도 걸리고, 그 과정에서 일부 정보를 잃기도 한다. 우리는 지금 현재에 살고 있다고 여기지만, 사실 이처럼 재구성된 바로 직전의 과거에 살고 있는 셈이다. 우리가 앞에 있는 사물을 인식하고 보이는 것과 들리는 것, 냄새 맡는 것을 알아차릴 즈음, 세계는 이미 달라져 있을 테니까.

4장에서는 우리가 직접적으로 중요하지 않은 대상에서 벗어나 인지 자원을 더 중요한 대상에 바치는 한 방법으로서 멀티태스킹을 알아보았다. 지각에서의 결함처럼 멀티태스킹도 그런 속성상 정보를 얼마간 잃게 된다. 달리 말해서, 우리의 지각 및 주의 시스템은 줄곧 꾸준히 쏟아져 들어오는 세상의 정보를 일부 놓침으로써, 오히려 그것을 효율적이고 유용하게 다루는 전략을 발전시켜왔다.

하지만 이처럼 우리가 정보를 처리하는 방식, 그리고 그 과정에서 정보를 잃는다는 사실에는 장점도 있다. 재구성된 세계에서 삶으로써 우리는 유익한 교환trade-off을 제공받는다. 가령, 어떤 시각적 장면을 볼 때 기존의 지식을 이용해 그 장면의 세부 사항을 채울 수 있다. 기존 지식을 떠올려서 사용할 때, 기본적으로 우리는 예측과 의사결정에 가장 쓸모 있을 정보만을 지각하고 새로 처리한다. 우리가 지각하는 내용과 기존의 기억 사이의 관련성을 강화해 둘 사이의 연결을 굳건하게 만든다. 그러면 정보의 일부를 받아들이지 못해서 어떤 것을 알아차리는 데 실패한다는 뜻일까? 물론 그렇긴 하지만, 그런 일시적 실패는 우리가 진화시킨 효율성의 대가다. 일반적으로 우리는 '보게 되리라고 예상했던 세부 사항의 일부를 놓치기'와 '새롭고 참신하고 가치 있을지 모르는 것들을 처리하고 주의를 기울이기' 사이의 교환을 진화시켰고 이에 적응해왔다.

이 주장에 깃든 역설을 여러분도 알아차렸을 것이다. 우리가 세부 사항을 채우기 위해 지식을 사용한다면, 그 지식과 정보는 어디에서 왔단 말인가? 물론 그건 기억의 일부다. 우리는 기존의 지식과 기억을 이용해, 지각을 통해 얻은(하지만 어떤 장면을 보거나 무슨 소리를 들을 때 완전히 처리하지는 못할 수 있는) 많은 세부 사항을 채운다. 이는 우리 뇌와 마음 그리고 인지 과정 전반에 효과적이고 이롭다. 익숙한 장면 속의 모든 것을 항상 지각하느라 애쓰지 않아도 되기 때문이다. 대단하지 않은가? 즉, 우리는 눈앞에 있는 것과 기억 속에 있는 것이 혼합된 무언가를 보는 셈이다. 여러분은 실제로 존재하지 않는 무언가를 보거나 듣는다고 여길지도 모른다.

그래서 조금 문제가 생긴다. 세부 사항을 채우려고 기억을 이용할 때 여러분은 거기에 있으리라고 **짐작되는** 내용을 추론하는데, 그렇게 채워지는 내용은 대체로 실제 있는 내용이겠지만 꼭 그렇지는 않을 수도 있다. 이는 확률적 과정이다. 여러분의 뇌는 여러분이 무엇을 보고 있는지 추측한다. 대체로 제대로 작동하지만, 추측은 추측일 뿐이다. 때로는 잘못된 추측을 하기도 하는데, 그럴 때 여러분은 오류를 저지르게 된다. 좋은 추측과 나쁜 추측(오류)이 똑같은 장소에서 나온다. 둘 다 기억이 당면 과제에 집중할 수 있도록 세부 사항을 채우려다가 벌어지는 일이다.

| 기억에 오류가 발생하는 이유 |

기억이 하는 이런 추측은 어떻게 작동할까? 간단한 사례를 하나 살펴보자. 여러분 집 앞의 거리 근처에 푸른색 차가 한 대 항상 주차되어 있다고 하자. 여러분이 집 문을 열고 걸어 나가면 그 차는 거기에 있다. 퇴근 후나 방과 후에 귀가할 때 봐도 거기에 있다. 아마도 근처에 사는 누군가의 차일 것이다. 어쩌면 다른 주차할 곳이 없어서 거기 대는 것일 수도 있다. 그 차가 하루 종일 보인다면, 차주가 근처에 하루 종일 있다는 뜻일 수 있다. 이제 더 논의를 진행하기 전에 나는, 우리가 일어나지도 않은 사건에 대한 기억을 끌어와서 세부 사항을 미리 채우고 있음을 지적하고 싶다. 그런 내용들은 상상일 뿐이다. 나는 여러분에게 차를 상상하라고 했다. 그런데도 우리는 버젓이 그 차, 차의 소유자 그리고 소유자의 삶에 대해 가정하고 추론한다. 그런 방식으로 우리의 기억은 작동한다. 기억은 우리가 원하든 원치 않든 배경과 세부 사항을 채운다. 있을 법한 경우들을 예측한다. 기억은 지각 및 주의와 함께 지속적으로 작동해 세계에 질서와 의미를 가져다준다.

다시 우리 사례로 돌아오자. 여러분이 바깥을 재빨리 내다본다면 그 차를 어떤 예측 가능한 시기에 보리라고 기대할 테다. 가령 차가 오후에 늘 거기 있다면, 여러분의 기억은 기억 내용을 통해서 차가 오후에 거기 있으리라는 기대를 만들어낸다. 이 기대가 매우 강한지라, 우연히 차가 거기에 없다 해도 여러분의 기억은 어떻게든 그 세부 사항을 채우려고 할 것이다. 실제로 없었는데도 차를 보았다고 여길지 모른다. 기억이 틀린 내용을 채워 넣는 셈이다. 아니면 여러분은 기억이 올바른 내용을 틀린 시간에 채워 넣는다고 주장할 수도 있다. 심지어 어느 날 차가 거기 없다는 사실을 알아차리지 못할지도 모른다. 또는 그날 나중에 그 장면을 기억하려고 해도 차를 보았는지 안 보았는지 확실히 말할 수 없을지도 모른다. 기억상으로 차가 대체로 거기 있다고 알고 있으니, 차가 거기 있다고 여기는 편이 안전하고 확실하다.

대체로 그런 식의 추측은 좋은 일이다. 차가 매일 거기에 있는지 특별히 주목하지 않아도 되고, 주의력을 다른 일을 생각하는 데 쓸 수 있기 때문이다. 여러분의 뇌가 패턴 맞추기를 통해 효율적이고 좋은 예측을 하는 사례다. 차가 없는데 있다고 생각하더라도 딱히 곤란해질 일은 없다. 기억 오류이긴 하지만, 대체로 무해한 오류다.

기억에 관한 과학과 심리학은 오류에 관한 과학과 심리학이기도 하다. 기억 오류에는 종류가 많다. 누구나 알듯이, 기억이 우리를 실망시킬 때가 있다. 종종 우리는 무언가를 잊는 일과 관련해, 결함 있는 기억에 초점을 맞추는 경향이 있다. 우리는 사람들의 이름을 잊는다. 어디에 스마트폰을 놓아두었는지 잊는다. 치과에 간다는 걸 잊는다. 생일과 기념일을 잊는다. 잊기는 기억 오류의 한 종류지만, 우리가 가장 잘 알아차리는 오류다. 무언가를 잊는다는 것은 그 오류의 결과와 맞닥뜨린다는 뜻이다. 무언가를 잊을 때 우리는 쉽게 알아차린다. 그 사실을 다른 누군가가 일깨워주기 때문이다.

하지만 다른 종류의 기억 오류도 있다. 훨씬 더 알아차리기 어려운 오류다. 기억의 도움으로 행해지는 예측 및 추론과 때때로 밀접한 관련이 있는 오류다. 이런 종류의 틀린 기억은 알아차리기가 더 어렵고 더 해롭다. 그런 오류는 우리의 지식과 기억을 이용해 세부 사항을 채우려는 자연스러운 경향과 맞물려서 작동하기 때문이다. 그리고 틀린 세부 사항을 채우는 잘못된 기억과 세부 사항을 그냥 채울 뿐인 자연스러운 과정 사이의 차이를 분간하기가 어렵다. 게다가 이런 종류의 틀린 기억은 종종 중요하지 않다는 이유로 인식되지 않고 지나간다. 물론 때로는 중요한 기억인데도 말이다.

┃ 당신의 기억은 정말 믿음직한가 ┃

10대 때부터 기억하고 있는 이야기가 있다. 우리 대다수는 개인적인 사건 및 우리에게 일어난 일에 관한 다양한 기억을 지니고 있다. 이런 종류의 기억을 '일화기억episodic memory'이라고 한다. 사람들에게 이런 기억들은 떠올려서 전할 수 있는 이야기의 형태를 띤다. 좋은 이야기는 흥미롭다. 흥미로운 내용과 등장인물, 줄거리가 있다. 정보를 알려주고 설명하고 즐기기 위해, 우리는 이런 이야기를 다른 사람들에게 그리고 자신에게 들려준다. 물론 이야기는 픽션의 형태를 띤다.

내 이야기는 사람들한테 반복해 말했던 많은 이야기 중 하나로, 기억 오류와 관계가 있다. 정확한 날짜는 기억나지 않지만[17] 1986년에서 1988년 사이의 언제쯤이다. 이렇게 말하는 까닭은 날짜에 관한 개인적인 기억 때문이 아니라 '의미기억semantic memory'이라는, 기억의 한 사실적 유형 때문이다. 열여섯 살이 되었던 1986년에 나는 운전을 배웠다. 이후 여러 해가 지나기 전까지 차가 없었고, 대학에 가기 전에 그 사건이 벌어졌다. 따라서 전반적인 사실로 볼 때 그 일은 1986년에서부터 내가 고등학교를 졸업했던 1988년 사이라는 결론이 나온다. 장기기억의 여러 상이한 유형에 대해서는 6장과 7장에서 더 자세히 다루겠다. 지금으로서는 개인적 기억이 일반적인 사실 기억과 늘 똑같지는 않다고만 가정하자.

나는 아빠의 포드 브롱코Ford Bronco를 운전하고 있었다. 1980년대 초반의 포드 브롱코는 픽업트럭처럼 생겼으며, 측면에 트럭처럼 팔의 절반 길이만큼 되는 백미러가 달려 있었다. 백미러는 금속 경첩으로 차량에 달려 있었기에, 앞뒤로 움직여서 조절할 수 있었다. 그리고 친구 한 명이 조수석에 타고 있었다. 운전 중에 분명 도로의 오른쪽으로 조금 미끄러지는 바람에 조수석 백미러가 무언가, 아마도 전봇대나 표지판에 부딪혔다. 그래서 백미러가 안쪽으로 꺾이면서 조수석 창유리를 때렸고, 창이 깨져서 유리 조각이 내 친구에게로 쏟아졌다.

다행히 아무도 안 다쳤지만, 포드 브롱코의 조수석 창을 깼다는 사실은 좋지 않았다. 심각한 충돌 사고는 아니었지만, 분명 골칫거리였다. 수리를 해야 했고, 비용을 치러서 해결해야 했으며, 아빠가 화를 낼 만한 문제

---

17   기억과 관련해 가장 불만스러운 점 하나는 어떤 내용은 하나의 이야기처럼 생생하게 기억이 나는데 다른 내용은 그렇지 않다는 것이다. 흥미롭게도 주관적인 경험은 잘 기억하면서도, 날짜나 심지어 연도와 같은 구체적인 내용은 기억나지 않는다. 내가 어떤 느낌이었는지 또는 어떤 느낌이었다고 여겼는지는 기억나지만, 심지어 내 나이나 연도는 아리송하다

였다. 집에 가자마자 나는 아빠한테 사고 이야기를 했다. 전봇대나 표지판을 조수석 백미러로 살짝 스쳤다고 말했다. 하지만 나는 왜 전봇대에 너무 가깝게 다가갔을까? 확실한 답은 모르겠지만, 필시 다른 차선에서 달리는 차를 피하려고 오른쪽으로 간 듯했다. 사고를 피할 수 없었던 이유가 설명이 되는 것 같았다.

문제는 기억이 진짜인지 내가 전적으로 확신할 수가 없다는 점이다. 그런 설명이 내 행동을 설명해주고 정황에 들어맞긴 했다. 하지만 지금까지도 나는 사고 2~3초 전에 무슨 일이 벌어졌는지 정확히 떠올리지 못한다. 내 이야기의 그 부분이 사실인지, 거짓말인지 잘 모르겠다. 꾸지람을 피하려고 의도적으로 거짓말을 한 것은 아니었고, 그저 기억이 안 날 뿐이었다. 단지 설명이 필요해서 일부 내용을 채워 넣었고, 실제 발생한 사건과 발생했으리라고 생각한 사건을 이용해 일관성 있는 이야기를 만들어낸 셈이다.

그때 나는 모든 내용을 자세히 기억하지는 못했던 것 같다. 지금은 당연히 그 모든 내용을 기억하지 못하지만, 그 이야기를 했던 사실은 기억한다. 사건에 대한 내 기억은 분명 진실이지만, 아빠가 내 설명을 믿을지 잘 모르겠다고 여겼던 기억이 난다. 내 이야기가 사실이었을까? 아니면 뭔가를 잊었을까? 이야기를 꾸며냈거나 거짓말을 한 건 아닐까? 확신할 순 없다. 지금 내가 기억하는 것이라고는 그 이야기에 관한 이야기뿐이다.

누구에게든 이와 같은 기억이 많을 것이다. 한 사건에 관한 기억이 부분적으로만 떠오르는 경우다. 결국 지금 기억하는 것은 사건보다는 사건을 **기억하는 행위 그 자체**다. 사건에 대한 기억은 언제든 바뀔 가능성이 있다. 우리의 뇌는 늘 어떤 새로운 내용을 보고 새로운 해석을 한다. 심지어 과거의 기억을 현재의 어떤 기억과 섞고서는, 그 혼합된 기억을 다시 기억의 일부로서 저장한다. 매번 새로 떠올릴 때마다 변경의 가능성이 뒤따른다. 즉, 기억은 결코 안정되어 있지 않다. 애초부터 불완전하며 끊임없이 변한다. 그런데도 우리는 자신의 기억을 무턱대고 믿는다.

틀린 기억을 더 논의하기 전에 기억과 사고 일반에 대해 논의하자. 이 틀린 기억이 어떻게, 왜 생기는가? 우리는 기억의 유연성과 가변성에도 불구하고 왜 그것을 믿어야 하는가? 이것을 이해하려면 어떻게 기억이 작동하는지, 어떻게 심리학자들이 그 작동 방식을 발견했는지 탐구해야 한다. 또한 어떻게 뇌가 기억이라는 경험을 만들어내도록 작동하는지도 조금 더 파고들어야 한다.

여러분이 사고를 향상시키고 싶다면, 어떻게 기억이 작동하는지부터 이해할 수 있어야 한다. 여러분의 직관이 정확한지 분간해내고 싶다면, 어떻게 기억이 행동에 영향을 주는지부터 이해할 수 있어야 한다. 확신을 갖고서 정확한 판단과 결정을 내리고 싶다면 어떻게 기억이 작동하는지, 언제 기억을 믿어야 할지 그리고 언제 기억을 믿지 말아야 할지 알 수 있어야 한다. 사고의 근간은 기억이다. 좋은 사고는 좋은 기억에 달려 있다.

| 도대체 기억이란 무엇인가 |

우리는 기억이란 과거의 기록이라고, 즉 대체로 과거를 향한 것이라고 여긴다. 하지만 기억의 가장 놀라운 점을 말하자면, 기억은 실제로 과거에 관한 내용이 아니다. 기억은 미래에 관한 것이다. 기억은 현재 우리가 무엇을 하는지, 그리고 미래에 무엇을 할지 알기 위해 우리가 이용하는 과거의 일이다. 기억은 과거의 겉모습을 하고 있을지 모르지만, 미래를 예측하는 기능도 있다. 기능적으로 볼 때, 과거를 있는 그대로 재생시키기만 하는 기억 시스템은 별로 쓸모가 없다. 우리가 과거를 기억하는 까닭은 현재를 이해하고 미래의 결과와 사건을 예측하기 위해서다.

그렇다면 기억이란 무엇일까? 꽤 단순한 질문이다. 물론 답을 하려고 시도하기 전까지만 그렇다. 기억은 과거에 일어났던 일을 담아내기 위한 내부 저장 시스템의 일종일까? 여러분의 마음과 뇌 속에 있는 모든 것의 기록일까? 시간의 앞으로나 뒤로 가게 해주는 과정일까? 의식적인 정신적 과정일까, 아니면 무의식적인 정신적 과정일까? 여러분의 기억은 저장되었다가 꺼내지는 것일까 아니면 경험되었다가 다시 경험되는 것일까? 이런 질문들에 대한 답은 '예'이긴 한데, 어느 정도까지만 그렇다.

기억이란 서류 보관함 내지 컴퓨터 하드 드라이브와 비슷하다. 어떤 경험이 있으면, 그 경험을 나중에 필요할 때 꺼내 쓸 수 있도록 기억에 저장해둔다. 하지만 그건 결코 기억이 작동하는 방식이 아니다. 우리가 경험하는 모든 것은 기억을 통해서 경험된다. 이는 심지어 직접적인 관찰에도 해당된다. 여러분이 무언가를 지각하자마자 여러분 앞에 있는 그 무언가는 이미 달라졌기 때문이다. 빛 에너지가 여러분의 눈에서 일차시각피질을 거쳐 대상을 인식할 수 있는 측두엽까지 전달되는 데는 몇 밀리초가 걸린다. 어느 시점에서 시각적으로 지각하는 것은 여러분 앞에 있는 바로 그 사물이 아니라 몇 밀리초 전에 여러분 앞에 있었던 사물에 대한 재구성된 기억이다. 듣기도 마찬가지다. 소리가 누군가의 입술을 떠나 여러분의 귀에 도달할 때 그 소리는 이미 세상에서 영원히 사라졌다. 남아 있는 것이라고는 소리에 대한 여러분의 기억뿐이다. 그리고 앞서 논의했듯이 여러분이 지각하는 내용은 실제로 세상에 있는 것과 (여러분의 기억과 지식을 바탕으로) 여러분이 존재한다고 생각하는 것의 혼합이다. 지각과 기억의 신경학적 과정들은 겹친다. 기억은 재구성된 지각의 한 형태다. 그리고 지각은 기억에 의해 향상되기 때문에, 지각 또한 재구성된 지각이라고 볼 수 있다.

객관적 현실을 의심하기라는 암초 속으로 너무 깊이 들어가기 전에, 우선 기억을 다음과 같이 정의하자. 기억이란 현재 발생하는 뉴런 활성화 패턴이 이전에 발생했던 패턴과 비슷함을 인식하는 과정이다. 인식이 공연하거나 명시적이지 않아도 되며, 중요한 것은 여러분이 똑같은 방식으로 행동한다는 사실, 그리고 여러분의 뇌가 현재 활성화 패턴과 이전의 활성화 패턴 사이의 대응을 비슷한 현상으로 취급할 수 있다는 사실이다. 그게 바로 기억이다.

| 기억과 사고 |

어느 정도까지는 사고 과정 자체도 기억을 이용하는 과정에 지나지 않는다. 무언가를 배울 때 우리는 과거에 일어났던 상황이나 사건과 현재 일어나고 있는 상황이나 사건 사이의 유사성을 더 잘 인식한다. 배움은 여러분이 아는 것(기억)과 모르는 것 사이의 관련성을 강화하는 과정이다. 우리는 이전의 증거를 이용해 결정을 내리고 문제를 해결하고 세계에 관해 판단한다. 우리는 아는 것과 안다고 여기는 것에 따라 행동한다. 사고는 결정하고 계획하고 판단하기 위해 우리의 기억을 이용하는 일이다.

사고를 위해 우리가 기억을 이용하는 중요한 방법 한 가지는 새로운 상황의 위험성 판단이다. 그런 위험성 판단을 통해서 우리는 행동을 계획한다. 우리는 늘 위험한 상황과 위험하지 않은 상황에 처한다. 하지만 위험성의 본질적 측면 중 하나는 불확실성이다. 만약 우리가 한 상황과 처지에 익숙하다면, 그건 우리가 이전의 비슷한 상황에 대한 기억을 갖고 있다는 뜻이다. 우리는 그 기억과 익숙한 느낌을 이용해 새로운 상황과 관련된 불확실성을 줄일 수 있다. 우리는 어떤 상황을 이전에 겪었기 때문에 그 위험성과 생길 수 있는 결과를 알아차릴 수 있다. 위험성이나 상황 또는 결과를 인식하지 못한다면, 불확실성이 커질 것이다. 만약 여러분이 위험한 상황에 처했는데도 관련된 기억이 전혀 없어서 위험성을 알아차리지 못한다면, 부적절하게 행동하게 될 것이다. 관련된 기억을 떠올리지 못하면 결국 위험에 빠지게 될 수 있다. 설상가상으로 불확실성을 줄이려고 하다가 그릇된 기억을 떠올릴지도 모른다. 가끔 우리는 새로운 상황에 처할 때 과거에 겪었던 비슷한 상황을 기억하지만, 그 기억은 행동의 바탕으로 삼기에 옳지 않은 것일 수 있다. 그럴 경우 행동을 이끌어내기 위해 과거를 이용하려는 시도가 부정적인 결과를 초래할 수 있다.

2020년 초반에 세계 지도자와 의사, 시민이 COVID-19 사태를 촉발했던 새로운 코로나바이러스의 위협에 처음 직면했을 때도 마찬가지였다. 바이러스가 새롭긴 했지만, 바이러스의 일부 측면 및 그것에 대한 반응은 과거에 발생했던 다른 바이러스와 전염병의 대유행 및 위기와 비슷했다. 우리 다수는 이전의 위기 상황에서 했던 대로 대처해 상황의 불확실성을 줄이고자 했다. 하지만 알고 보니 이번에는 그게 실수였다. 이 바이러스는 매우 새로웠고 너무 달랐다. 가장 중요한 실수는 뉴욕시 시장 빌 드 블라시오Bill de Blasio가 2020년 3월 초에 저질렀다. 이전의 지도자들이 911테러 공격 후에 취했던, 사람들한테 집 안에 있지 말고 극장이나 식당에 가라고 권하는 접근법을 기억해서였는지, 드 블라시오 시장은 트위터를 통해 아래와 같은 악명 높은 선언을 했다.

저는 뉴욕 시민들에게 일상을 지속하고 코로나바이러스에도 불구하고 도시를 돌아 다니라고 권하는 터라, 추천을 좀 해드리고 싶다. 우선 3/5 목요일까지 〈트레이터(The Traitor)〉 @FilmLinc를 보시라. 만약 〈와이어(The Wire)〉(미국의 범죄 드라마 TV 시리즈—옮 긴이)가 실화고 이탈리아에서 벌어진 일이라면, 그게 바로 이 영화다'.

Since I'm encouraging New Yorkers to go on with your lives + get out on the town despite Coronavirus, I thought I would offer some suggestions. Here's the first: thru Thurs 3/5 go see "The Traitor" @FilmLinc. If "The Wire" was a true story + set in Italy, it would be this film.

8:16 PM · Mar 2, 2020 · Twitter for iPhone

2.2K Retweets **1.7K** Likes

그림 5.1 뉴욕 시장 빌 드 블라시오의 트윗

한 달이 지나자, 매일 수천 명의 뉴욕 시민이 이 바이러스로 죽었다. 드 블라시오 시장이 실수를 하긴 했지만, 이해할 구석이 있는 실수였다. 그는 911의 교훈을 기억하는 듯이 또는 제2차 세계대전 동안 영국의 '침착하게 평소 하던 대로 하라(Keep Calm and Carry On)' 포스터를 기억하는 듯이 행 동했다.[18] 그는 곤경에 처했다고 해서 사람들의 평소 행동을 금지하지 말 아야 한다는 자기 기억 속의 생각에 기대고 있었다. 우리가 침착하게 평소

---

18 이 포스터 사체가 기억 바꾸기의 한 예다. '침착하게' 포스터는 1930년대 후반에 인쇄되긴 했지만, 공식 적으로 내걸리지는 않았다. 우리가 기억하는 것은 2000년대에 한 서점에서 발견된 포스터를 바탕으로 재창조된 내용이다. 전시의 영국에서 사용되었다고 우리는 당연히 생각하지만, 실제로는 아니다.

하던 대로 해야 한다는 기억에 기대고 있었다. 하지만 2020년의 코로나바이러스 사태는 이런 이전 상황과 같지 않았다. 나중에 드러났듯이 그런 발상은 정말로 나쁜 조언이었다. 수긍할 만하고 거의 불가피하긴 했지만 익숙한 생각에 호소하기는 올바른 결정이 아니었다.

위험한지 판단하기 위해 기억에 기대는 경향은 우리의 행동, 그리고 우리가 세계와 상호작용하는 방식의 꼭 필요한 일부다. 이러한 경향은 삶의 초기에 나타나며, 어린 시절부터 우리는 기억을 이용해 위험성을 판단한다. 간단한 예를 들어보자. 이제 막 아장아장 걷기 시작하는 아이는 주방의 가스레인지가 위험할 수 있다는 사실을 모른다. 어떻게 알 수 있겠는가? 사실 아이는 가스레인지가 근처에 있으면 좋다고 여길지 모른다. 어쨌거나 아이로서는 부모나 아이 돌보미가 아침, 점심, 저녁 식사를 준비할 때 가스레인지에서 일하는 모습을 보았을 테니, 아이의 기억은 자기를 돌보는 이들과 가스레인지와 음식 사이의 관련성을 저장할 것이다. 아마도 좋은 기억일 테다. 게다가 가스레인지는 걷기를 배우는 아이가 관심을 갖기에 딱 알맞은 높이에 있다. 전면에 손잡이들이 있고 문을 아래로 내리면 오븐이 나온다(서양의 가스레인지에는 아래쪽에 오븐이 설치되어 있는 경우가 많다—옮긴이). 아장아장 걷는 아이가 보기에 가스레인지는 많은 좋은 일과 연관되어 있는 흥미로운 물건이다. 그렇기에 자연스럽게 가까이 다가가고 싶다고 여긴다.

하지만 당연히 가스레인지에는 그와 관련한 위험이 도사리고 있다. 아이가 가스레인지에 덴 이전의 기억이나 경험이 없다면, 가스레인지를 위험하고 위태로운 것으로 취급할 이유가 없다. 사실 지금까지의 모든 좋은 기억이 가스레인지에 가까이 가길 원하도록 부추길 수 있다. 감사하게도 대다수 아이에게는 그런 식의 부정적 경험이 없으며, 가스레인지에 덴 적이 없다. 기억에 직접적인 부정적 경험이 없더라도 우리는 여전히 아이들이 가스레인지를 피하도록 만전을 기하고 싶어 한다. 그래서 아이들이 기억하게끔 대체로 가벼운 부정적인 경험을 만들어낸다. 가스레인지가 별로 좋지 않다고 아이들이 기억할 이유를 만들어준다. 그러기 위한 방법으로써 돌보미나 부모는 엄하게 경고를 한다. 아이가 가스레인지에 가까이 갈 때 고함을 지르거나 놀라게 한다. "안 돼! 가스레인지 만지지 마!"라고 말할 것이다. 그렇게 말하고는 아이를 놀라게 한 것 같아 마음이 불편할지 모른다. 하지만 여러분이 하려는 일은 아이가 확실히 알아차릴 만한 기억, 즉 가볍게 불쾌한 사건이 가스레인지와 필시 관련이 있다는 기억을 만들어주자는 것이다. 이 경우 불쾌한 사건은 꾸짖음이지 더 심각한 화상 입기가 아니다. 우리는 아이가 (불에 데기보다는) 꾸짖음당한 사실을 기억하길 바란다. 그래야 다음에 가스레인지에 다가갈 때 위험하다고 예측할 수 있기 때문이다. 우리는 꾸짖음당하기의 기억이 아이가 필요할 때 꺼내 쓸 수 있도록 **이용 가능하기를** 원한다. 우리는 불확실성이 감소하길 원하고 부정적 사건에 대한 기억을 더 많이 이용하길 원한다.

이용할 무언가를 기억에 넣어두고 있으면 빠른 판단을 내릴 수 있다. 아이는 꾸짖음을 들었다는 이용 가능한 기억을 지니고 있다. 이 기억이 이용 가능한 까닭은 마음에 빠르고 쉽게 떠올라서다. 그리고 이제 마음속에서 이용 가능한 상태이므로 아이는 가스레인지를 조심해야 할 대상이라고 빠르고 확실하게 판단할 수 있다. 이런 방식으로 기억의 이용 가능성은 유용한 도움을 주는 휴리스틱heuristic(스스로 발견해나가는 학습 방법—옮긴이)이 된다. 기억이 아이를 도와서 빠른 판단을 내릴 방법을 제공한다. 이 휴리스틱은 매우 현실적인 방법으로 생존을 보장하는 데 도움을 준다. 기억은 행동을 변화시켜서, 호기심 많은 아이가 불에 덴 적이 없는데도 가스레인지 주변에서 적절하게 조심히 행동하도록 한다. 이 모든 일은 알아차릴 수 없을 정도로 순식간에 벌어진다. 이용 가능한 기억은 생명을 살려낼 수 있다.

두 사례 모두, 드 블라시오의 코로나 사태에 대한 실수 그리고 가스레인지를 피하도록 해주는 아이의 이용 가능한 기억은 지각, 주의, 기억, 인지를 한데 아우르는 사건들의 정신적 고리를 보여준다. 즉, 현재는 과거에 의해 채색된다. 그 효과는 자동적이고 불가피하다. 여러분은 현재의 한 상황, 대상 또는 사건이 이전의 비슷한 지식을 떠올리게 할 때 생기는 뉴런 활성화의 연쇄적 과정을 무시할 수 없다. 가스레인지를 보면 과거 사건과의 가볍게 부정적인 연관성이 즉시 떠오르게 된다. 이 자동적인 이용 가능성이야말로 이 경우에 핵심적으로 중요하다. 만약 위험성이 높고 금세 부상을 입을 수 있다면, 우리는 즉시까지는 아니더라도 매우 빠르게 판단을 내리는 게 좋다. 어떤 상황을 빠르게 평가하고 진단하려고 할 때, 맨 처음의 가장 강하고 두드러진 기억에 기대는 것보다 더 나은 방법이 무엇이란 말인가? 강한 기억일수록 분명 사용하기에 올바른 기억이다. 만약 기억이 별 노력 없이 빠르게 떠오르고 마음속에서 이용 가능한 상태라면, 그 기억은 세계에 관해 결정하고 판단하는 데 이용할 수 있는 빠르고 신뢰할 만한 인지적 지름길이라고 여겨진다. 그렇기에 우리는 그런 정보를 이용해 우리의 행동을 판단하고 추론하고 조절한다. 문제가 해결되었다. 그렇지 않은가?

글쎄다. 이 책에서 논의해오고 있는 많은 개념처럼, 세계를 헤쳐 나가고 우리가 적응에 이롭도록 행동하는 데 도움을 주는 인지 과정과 인지 구조는 때때로 우리로 하여금 길을 잃게 만드는 인지 과정과 인지 구조와 똑같다. 빌 드 블라시오에게도 (그리고 코로나바이러스에 일찍부터 너무 태연했던 다른 많은 사람에게도) 그런 일이 벌어졌을 듯하다. 행동을 이끌어내는 이용 가능한 기억이라고 해서 꼭 올바른 결정으로 이끌진 않는다. 도움을 주는 인지적 지름길은 휴리스틱이라고 불린다. 반면에 해를 끼치거나 실수를 불러일으키는 인지적 지름길은 편향이라고 불린다. 이로운 휴리스틱과 해로운 편향은 둘 다 동일한 기본적 정신 과정의 결과다. 그 과정은 우리의 판단과 지각을 뒷받침하기 위해 기억을 사용하는 경향이다. 휴리스틱과 편향을 더 자세히 살펴보자.

가용성 휴리스틱

대니얼 카너먼Daniel Kahneman과 아모스 트버스키Amos Tversky는 여러 해 동안의 연구를 통해, 어떻게 사람들이 기억과 지식을 이용해 의사결정을 내리고 위험을 평가하는지 알아보았다. 둘은 그런 경향을 **가용성 휴리스틱**(availability heuristic)이라고 칭했다. 내가 설명했듯이, 가용성 휴리스틱은 기억에서 가장 이용 가능한 것을 판단의 바탕으로 삼는 경향을 가리킨다. 또는 더 정확하게 말해서, 어떤 기억을 이용할 수 있는 용이성을 바탕으로 판단하는 경향을 가리킨다. 그런 방식으로 기억은 우리를 속일 수 있다. 때로는 틀린 정보가 마음에 떠오르기 때문이다. 때때로 틀린 정보는 놀랍도록 쉽게 마음에 떠오른다. 또 어떤 때에는 우리의 기억이 완전하지 않기 때문에 떠오르기도 한다. 만약 그릇된 정보가 떠오른다면 우리는 실수를 저지를 수 있다. 이 실수가 늘 큰 손해를 끼치진 않을지 모르지만, 틀린 정보가 떠오르는 것은 엄연한 사실이다. 이는 (객관적인) 실제 정보와 우리가 실제라고 여기는 (주관적인) 정보 사이의 긴장을 반영한다. 이 2가지가 긴장을 일으킬 때, 우리가 실제라고 여기는 정보를 선호함으로써 그 긴장을 해소하지 **않기란** 불가능에 가깝다. 우리는 거의 언제나 사건의 주관적인 해석을 선호한다. 그래서 편향이 생긴다. 우리가 편향을 경험하는 까닭은 우리 마음에 쉽게 떠올라서 이용 가능한 정보는 현실을 정확하게 반영하지 않을지 모르기 때문이다. 최근의 사례를 하나 살펴보자. 가용성 편향의 속성을 잘 보여주는 예다.

2014년 다수의 미국 NFL 선수가 고소를 당하거나 체포되거나 세상을 떠들썩하게 만든 가정 폭력 사건에 연루되었다. 워낙 널리 알려진 사건이어서, 평소에는 미식축구에 관심이 없는 사람들한테도 으뜸가는 이야깃거리였다. 많은 사람이 기억하는 구체적인 사건에는 레이 라이스Ray Rice가 나온다. 레이 라이스는 볼티모어 레이븐스Baltimore Ravens 팀에서 러닝백running back을 맡고 있는 선수다. CCTV 동영상에 그가 엘리베이터에서 약혼자(지금은 아내)를 폭행하는 장면이 공개되었다. 동영상은 정말로 끔찍했다. 라이스는 약혼자를 때린 후에 축 늘어진 몸을 엘리베이터 밖으로 질질 끌어냈다. 난폭하기 이를 데 없었다. 대다수 사람은 (그때까지 매우 좋았던) 미식축구계에서의 경력이 아니라 그 장면 때문에 레이 라이스를 기억한다. 실제로 라이스는 그 사건으로 인해 팀에서 맡은 자리를 잃었고 더 이상 미식축구 선수로 활동하지 못한다. 당시 케이블뉴스를 포함해 수많은 언론 보도가 있었고, 사진과 동영상이 널리 퍼졌으며, SNS에서도 많이 다루어졌다. 사람들은 그 이야기를 많이 했고 관련 소식을 많이 읽었으며 동영상도 많이 보았다. 그 무렵, 인기 있는 스포츠 및 통계 웹사이트인 fivethirtyeight.com에서 실시한 여론조사에 따르면, 미국인의 거의 70%가 'NFL에는 가정 폭력이 만연하다'는 주장에 동의했다.

문제는 객관적인 증거가 그런 결론을 정확하게 뒷받침하지 못했다는 점이다. 가정 폭력이나 라이스의 폭력을 경시하자는 뜻이 아니다. 가정 폭력은 분명 문젯거리다. NFL을 비롯해 다른 곳에서도 가정 폭력이 존재한다는 점도 골칫거리다. 하지만 2014년에 특히 NFL에 가정 폭력이 만연했다고 말하는 것은 옳지 않다. 사실 2014년에 NFL 선수들은 가정 폭력을 포함해 거의 모든 범죄에서 전체 인구에 비해 체포율이 현저히 낮았다. fivethirtyeight.com과 일하는 통계학자 벤 모리스Ben Morris가 미국 사법통계국Bureau of Justice Statistics을 통해, 대다수 NFL 선수들의 연령대인 스물다섯에서 스물아홉 살까지 모든 남성에 대한 10만 명당 체포 건수를 계산했다. 계산 결과 체포율은 음주 운전, 가정과 무관한 폭력, 마약 관련 범죄, 풍기문란 행위, 성범죄, 절도, 그리고 물론 가정 폭력에 대해서도 낮았다. 적어도 2014년에 NFL 선수들은 무슨 범죄로든 체포될 가능성이 평균보다 훨씬 낮았다.[19]

그렇다면 왜 사람들은 NFL에 그처럼 가정 폭력이 만연한다고 생각했을까? 앞서 논의했던 가용성 휴리스틱의 관점에서 보면 이유는 뻔하다. 여론조사가 실시된 시기는 가정 폭력 주제, 그리고 특히 레이 라이스가 모든 이의 관심사일 때였다. 사람들은 그 주제에 관해 이야기하고 포스팅하고 글을 쓰고 생각하고 있었다. 가용성이 매우 높은 주제였다. 따라서 NFL에 가정 폭력이 만연하다는 주장에 동의하는지 여부를 묻는 간단한 설문조사를 받았을 무렵, 사람들은 레이 라이스 및 다른 몇몇 사건을 다룬 기사를 읽고 있었으므로 이에 영향을 받지 않을 수 없었다. 마음에 가장 먼저 떠오른 내용은 세간에 떠들썩한 일련의 가정 폭력 사건이었다. 그해에 가정 폭력으로 체포되지 않았던 모든 NFL 선수는 사람들의 마음에 떠오르지 않았다. 사법통계국에서 나온 스물다섯에서 스물아홉 살까지 남성

---

19 아래의 원래 보도를 읽어보면 비록 NFL 선수들이 전체 인구보다 체포율이 낮긴 하지만, 가정 폭력이 여전히 문제이며 NFL 선수들이 체포되는 주요 원인임을 알 수 있다. https://fivethirtyeight.com/features/the-rate-of-domestic- violence-arrests-among-nfl-players/

10만 명당 체포율은 결코 사람들 마음에 떠오르지 않았다. 즉, 우리한테 이용 가능한 기억은 줄기차게 재생되었던 가정 폭력 동영상에 대한 기억이었지 범죄 통계에 대한 기억이 아니었다.

이상의 내용이 가용성 휴리스틱의 실제 사례다. 체포율이나 사건의 기본 발생률과 같은 정확한 정보에 일반적으로 접근하지 못하기 때문에, 우리는 실제로 접근 가능한 정보, 즉 무언가에 대한 우리의 기억에 기대는 경향이 있다. 이 이용 가능한 정보가 대체로 우리에게 있는 전부다. 이러한 정보는 빠르고 대체로 믿을 만하다. 하지만 아이로 하여금 꾸지람 듣기라는 이용 가능한 기억을 통해서 가스레인지를 피하게 만드는 과정이 또한 우리에게 판단 실수를 저지르게도 한다. 우리는 갖고 있는 것을 이용할 뿐이다.

대니얼 카너먼은 저서 『생각에 관한 생각』에서 단순한 사례를 많이 소개한다. 가장 유명한 사례는 대니얼 카너먼과 아모스 트버스키의 초기 연구에 나오는 내용이다. 둘은 한 무리의 피실험자에게 이렇게 물었다. "어떤 영어 문장에서 무작위로 세 글자 이상으로 된 단어 하나를 뽑는다고 가정합시다. 그렇다면 그 단어가 R자로 시작할 가능성과 R이 단어의 세 번째 글자일 가능성 중에 어느 쪽이 높을까요?" 실험 결과, 사람들은 무작위로 뽑은 단어가 글자 R로 시작할 가능성이 더 높다고 여겼다. 정말 그럴까? 실제로는 R이 세 번째 위치에 있는 단어를 무작위로 뽑을 가능성이 훨씬 더 높다.

그렇다면 왜 사람들은 R로 시작하는 단어가 더 많다고 여길까? 왜 그렇게 쉽게 잘못 판단할까? 우리는 왜 틀릴까? 이는 우리의 기억이 작동하는 방식과 관계가 있다. 내가 R이 세 번째 위치에 있는 단어를 생각해보라고 한다면, 여러분은 어떻게 할까? 우선 첫 글자로 단어를 떠올린 다음에

R이 세 번째 위치에 있는지 확인할 것이다. 물론 그런 단어는 많다. 이전의 몇 문장을 다시 살펴보면 'word', 'more' 및 'first'가 전부 R이 세 번째 위치에 있다. 하지만 여러분은 단어를 그런 식으로 기억하지 않기에, 그런 단어를 쉽게 생각해내지 못한다. 그래서 단어를 기억하려고 할 때, 사람들은 먼저 R로 시작하는 단어를 떠올리지 R이 세 번째 위치에 있는 단어를 떠올리지 않는다. 떠올리기의 용이성이 판단에 한몫을 한다. 어느 쪽이 더 가능성이 높은지 물으면, 사람들은 기억에서 이용 가능한 것을 찾아본다. 기억에서 이용 가능한 것은 R이 첫 번째 위치에 있는 많은 단어다.

알다시피, 비록 더 일상적이긴 하지만 NFL 사례도 마찬가지다. 두 경우 모두 어떤 정보가 기억에서 쉽게 이용 가능하다는 사실을 보여준다. 레이 라이스 사례에서는 세간에 떠들썩한 정보가 이용 가능했다. R이 나오는 단어 사례에서는 우리가 단어를 기억하고 꺼내는 방식으로 인해 정보를 얻었다. 하지만 두 경우 모두 정보는 결정을 뒷받침해줄 올바른 정보가 아니었다. 우리에겐 NFL의 가정 폭력을 판단할 올바른 정보가 없는데, 그건 설령 우리가 원하더라도 대체로 접근할 수 있는 정보가 아니기 때문이다. 올바른 정보를 얻는 데는 시간이 걸린다. R이 첫 번째 위치에 있는 단어가 많은지 세 번째 위치에 있는 단어가 많은지 판단하기 위한 올바른 정보가 없는 까닭은 우리가 오직 첫 번째 글자에 따라서만 단어를 떠올릴 수 있기 때문이다. 두 경우 모두 올바른 정보를 얻기에는 시간이 너무 많이 걸린다. 따라서 불완전한 정보가 쉽게 떠오른다. 우리는 그 정보를 사용하고 만다. 이용 가능한 정보가 우리로 하여금 그릇된 결정을 내리게 할 때, 가용성 휴리스틱이 이런 편향을 초래한다.

당연히 이 점을 광고업자와 정치인, 여러분의 행동에 영향을 주려고 하는 개인이나 집단이 이용한다. 오랫동안 미국인들의 테러에 대한 위기감은 부풀려져 있었다. 911 테러가 일어났을 때 그 사건은 테러의 위험과 가능성에 관한 우리의 생각에 영향을 미쳤다. 우리는 그때 인식된 위험에 따라 행동과 정책을 조정했다. 하지만 테러 공격은 일반적으로 미국에서 아주 흔하지는 않다. 테러와 같은 공격은 매우 낮은 비율로 일어난다. 학교 내 총격 사건 그리고 다수의 사망자가 나온 총격 사건도 마찬가지다. 테러는 발생하면 끔찍할 수밖에 없고 심심찮게 발생하긴 하지만, 기본 발생률은 전반적으로 매우 낮다. 낯선 이에 의한 아동 유괴도 또 하나의 사례다. 그런 사건이 일어나고, 일어나면 비극이긴 하지만, 기본 발생률은 전반적으로 낮다. 하지만 그런 사건이 일어날 가능성을 판단하라는 부탁을 받으면, 우리는 위험성을 과대평가하게 된다. 아마도 실제보다 더 자주 일어난다고 판단할 테다. 바로 가용성 휴리스틱 때문이다. 슬프지만 빈번하지 않은 사건인데도 슬픈 일이라는 점 때문에 쉽게 기억한다. 자주 이야기되는 바람에 두드러지게 각인된다. 그리고 이 정보는 올바른 더 정확한 정보에 의해 반박되지 못하는데, 우리가 전반적인 기본 발생률이나 진짜 확률을 모를 때가 많기 때문이다. 우리가 아는 전부는 기억 속에서 이용 가능한 것뿐이다. 우리가 이미 알고 있는 것들이다. 그리고 만약 테러 공격, 학교 내 총격 사건 및 낯선 이에 의한 아동 유괴를 강조하는 출처에서 소식을 듣는다면, 당연히 여러분은 위험성을 과대평가하게 된다.

내가 강조하고 싶은 한 가지는, 여러분이 그런 판단을 내린다고 해서 꼭 실수를 한다고는 볼 수 없다는 점이다. 물론 어떤 사건의 위험성이나 가능성을 과대평가하는 오류를 저지를 순 있지만, 어느 정도까지 여러분은 설계상 마음의 행동 방식에 딱 맞게 행동하고 있다. 예측이나 판단을 할 때 여러분은 자신이 보는 것과 아는 것, 기억하는 것을 이용한다. 대체로 그렇게 하면 올바른 방향으로 간다. 비록 몇 차례 위험해지기도 했지만 우리는 위험한 상황을 피한다. 제한된 정보를 갖고서 마음에 떠오르는 내용을 바탕으로 빠르게 판단하는 것은 진화론적으로 적응에 이롭다. 더 큰 구도에서 바라볼 때에야 그게 실수로 보일 뿐이다.

대표성

때때로 기억은 우리가 사람들을 판단하고 상대하는 방식에 영향을 미친다. 이로써 기존의 개념으로부터 일반화를 통해 고정관념이 생길 수 있다. 가령 미국에서 2010년대 중반[20] 버락 오바마 정권 말기에 경찰이 시위자들한테 공격당하는 사건들이 있었다. 몇몇 시위는 미주리주 퍼거슨에서 비무장 시민이 경찰의 총격을 받은 사건에 대한 반응으로 일어났다. 최초의 사건이 법 집행 공무원에 대한 범죄로 이어지자, 미국의 일부 언론은 그 일을 가리켜 '경찰과의 전쟁'이라고 불렀다. 구도 만들어내기에 주목해보자. 무언가를 '전쟁'이라고 부르면, 그것이 장기간의 집중된 노력을 요한다는 개념이 분명히 떠오른다. 충돌과 폭력이 떠오른다. 그런 개념은 이용 가능한 기억이 된다. 그러한 이용 가능성을 경찰관이 총에 맞았다는 현재의 일부 사건들에 관한 빈번하고 자극적인 언론 보도와 결합해, 여러분은 이용 가능한 기억을 새로 얻는다. 사람들은 '경찰과의 전쟁'이란 문구를 듣고서 그것을 기억하게 된다. 이 문구가 전쟁에 관한 기억과 개념, 생각을 활성화시킨다. 이로 인해 그런 사건들의 보도가 더 활발해지고 많아진다. 그 결과, 놀랍지도 않게 미국인들은 '경찰과의 전쟁'이 벌어지고 있

---

20 2020년 미국에서는 경찰의 잔학 행위에 대한 대중 시위, 특히 흑인들에 대한 경찰의 인종차별에 반대하는 시위들이 거세게 일어났다. 이는 미니애폴리스 경찰이 조지 플로이드를 살해한 사건에서 촉발되어 전국으로 퍼졌다. 하지만 '경찰과의 전쟁' 구도는 별로 강하지 않았는데, 이는 무엇보다도 시위의 규모 그리고 달라진 대중 여론 및 경찰 반응의 규모 등을 통해 알 수 있다.

다는 데 동의하냐는 설문조사를 받으면 '그렇다'고 대답하고 만다. 모든 증거가 이용 가능한 상태로 기억에 담겨 있다. 모든 증거가 여러분 의식의 제일 위쪽에 있다. 하지만 어느 증거도 세계를 올바르게 반영하지 않는다. 어느 증거도 감소하고 있는 전반적인 범죄율을 반영하지 않는다. 어느 증거도 치안 유지 활동이 대체로 안전한 직업이라는 사실을 반영하지 않는다. 증거는 무언가를 듣고서 그걸 나중에 기억한 **여러분의** 경험을 반영할 뿐이다. 이용 가능한 증거가 정말로 틀린 것은 아니다. 그 증거는 여러분이 보고 읽었던 내용을 반영한다. 단지 위의 질문에 답하는 데 올바른 정보가 아닐 뿐이다. 그리고 이용 가능한 정보가 기존의 고정관념 및 편향과 일치하거나 관련이 있으면, 배척하기가 훨씬 더 어렵다.

  카너먼과 트버스키의 연구는 다음과 같은 개념도 알려줄 수 있다. 두 사람은 사람들이 상이한 직업 종사자를 어떻게 여기는지 알아보는 연구를 실시했다. 그래서 알아낸 바에 따르면, 우리 대다수는 사람들에 관한 우리의 지식이 대표성을 띤 정형화된 개념이라고 여기지만, 개인들이나 기본적인 발생률 또는 진짜 확률에 대한 지식에 대해서는 그렇게 여기지 않는다. 두 사람은 이를 가리켜 '대표성 휴리스틱'이라고 불렀다. 우리는 정형화된 개념을 많이 알고 있는데, 그런 개념들이 우리의 기억이 사용하는 것과 똑같은 개념적 틀에 의존하기 때문이다. 우리가 기본 발생률을 잘 모르는 까닭은 단지 그런 정보를 갖는 경험이나 습관이 없어서다. 때때로 우리는 제공받은 기본 발생률 정보조차 무시해버린다. 설령 정보를 받더라도 기본 발생률과 확률로 무엇을 해야 하는지 모르는 듯이 말이다. 대신에 우리는 어떤 개별 사안이 그 사안이 속한 범주를 대표하는 것처럼 취급한다.

  카너먼과 트버스키의 사례 중 한 실험에서 참가자들한테 한 사람에 관해 설명해주고 그 사람에 관해 판단해보라고 했다. 피실험자들은 번번이 정형화된 사례에 대한 기억을 바탕으로 판단 실수를 저질렀다. 카너먼은 '스티브Steve'라는 이름을 사례로 든다. 스티브란 이름이 대표성이 있는 표본에서 무작위로 뽑혔다고 가정하자. 이 경우 대표성이 있는 표본이란 전체 인구의 기본적인 분포를 반영하는 표본이다. 이 스티브라는 개인은 다음과 같이 묘사된다.

> 스티브는 매우 수줍어하고 얌전하다. 언제나 쓸모 있긴 하지만 사람들이나 현실 세계에는 별로 관심이 없다. 온순하고 단정한 성향인 그에게는 질서와 구조, 세밀한 것에 대한 열정이 필요하다.

그다음에 피실험자들에게 스티브가 사서와 농부 중 어느 쪽일 가능성이 높은지 판단해보라고 했다. 연구에 참여한 사람 대다수는 '사서'를 골랐다. 왜 사서일까? 카너먼에 따르면, 스티브의 성격에 관한 설명이 사람들에게 조용한 도서관에서 일할지 모르는 어떤 이를 떠올리게 만들었다.[21] 하지만 사서는 여기서 실제로 올바른 답이 아니다.

도서관 일보다 농업에 종사하는 사람이 더 많기에(또는 카너먼과 트버스키가 그 연구를 실시했을 때는 더 많았기에) 농부인 사람을 무작위로 뽑을 가능성이 더 높다. 그런데도 사람들은 질문에 답할 때 정형화된 개념을 사용하지 인구 전체에 대한 기본 비율을 사용하지 않는다. 사람들은 기억 속에 있는 것을 사용하며, 한 사례(스티브)가 정형화된 개념을 대표한다고 가정한다.

---

21 일부든 전부든 내가 사서에게 이런 고정관념이 어울린다 생각한다고 가정하지는 마시길. 이 묘사는 1970~1980년대에 고안되었다. 카니먼과 트버스키가 고의로 정형화된 어쩌면 조금 극단적인 경우를 고안해냈을 뿐이다. 요점은 사람들이 이런 정형화된 관념을 이용하지 다른 정보는 찾지 않는다는 것이다.

카너먼과 트버스키는 이를 가리켜 **대표성 휴리스틱**(representativeness heuristic)이라고 불렀다. 모든 것이 동일할 경우, 우리는 특정 사례가 대표적이라고, 즉 기억 속에 활성화되는 개념을 대표한다고 여긴다. 만약 스티브에 관한 묘사가 사서의 개념을 활성화시킨다면, 스티브가 실제로 틀림없이 사서이기 때문이라고 여긴다는 말이다.

대표성 휴리스틱도 가용성 휴리스틱처럼 우리의 기억 내용에 바탕을 둔다. 가용성 휴리스틱과 마찬가지로 대표성 휴리스틱도 가끔씩은 옳거나 유익한 기억을 낳을 수 있다. 우리는 사서와 농부를 만난 적이 있어서, 각각이 어떤 모습이라는 생각을 품고 있을 수 있다. 하지만 직업 상태에 관한 기본 비율은 모른다. 왜 알아야 한단 말인가?

카너먼과 트버스키는 대체로 대표성 판단을 오류라고 취급하는데, 위의 사안에서 그런 판단은 기술적인 면에서 틀린 답이기 때문이다. 종종 덜 합리적이라고 여겨지는 까닭은 사람들이 기본적인 발생률 정보를 무시하고 정형화된 지식에 기대서다. 하지만 그게 정말로 오류인가? 정형화된 개념에 기대면 잘못인가? 내가 미국 전체 인구에서 무작위로 한 사람을 고른 뒤에, 그 사람을 이렇게 묘사했다고 가정하자. '**부유한 노인. 키가 크고 약간 과체중이며, 옅은 금발이 보통 사람보다 길고 단정하게 빗질되어 있음. 뽐내고 과장하는 성향임. 이 사람에 대한 호불호가 극명하게 갈리는 편임.**' 여러분이 '도널드 트럼프네'라고 말해도 근거 없는 소리는 아닐 것이다. 이런 판단이 잘못일까? 카너먼과 트버스키에 따르면, 여러분은 그릇되게도 이 구체적인 사람을 무작위로 고를 가능성을 과대평가하고 말 것이다. 하지만 정형화된 개념은 너무 강해서 피하기 어렵다. 더 중요한 점을 말하자면, 위의 묘사가 기억을 검색하는 범위를 좁혀서 그런 속성을 지닌 사람만 떠올리게 한다. 트럼프 대통령과의 유사성이 너무나 명백한지라, 그 점이 판단에 영향을 미치지 않기란 거의 불가능하다.

가용성 휴리스틱처럼 대표성 휴리스틱도 양날의 검이다. 대표성 휴리스틱은 빠르고 유용한 판단을 내리는 데, 그리고 결론에 도달하는 데 도움을 준다. 이런 평가와 판단은 우리의 기억에 바탕을 두고 있는데, 이 기억은 우리 자신의 경험의 한 기능이다. 우리가 모든 정보를 확신하지 못할 때, 기억과 경험에 기대는 것보다 더 나은 판단이나 의사결정 방법이 있을까?

대체로 기억에서 비롯된 이 빠른 판단과 결정은 옳다. 적어도 우리가 살아가기엔 충분히 옳다. 하지만 양날의 검의 반대편 날을 규정할 문제가 최소한 2가지 있다. 첫 번째 문제는, 카너먼과 트버스키의 연구에서 밝혀지기로, 우리는 올바른 확률에 대한 객관적인 정보와 상충할 때조차 자신의 기억에 기댄다. 우리는 사실 대신에 직감을 믿는 편이다. 두 번째 문제는 훨씬 더 골칫거리다. 기억은 종종 틀리고 부정확하고 왜곡되어 있고 불완전하다. 그렇기에 우리는 외부의 객관적인 정보보다 자신의 기억을 믿을 뿐만 아니라, 매우 신뢰하기 어려운 출처를 믿는다.

이 장을 시작하면서 나는 기억에다 '못 미더운 동반자'라는 꼬리표를 붙였다. 하지만 그런 점은 문제의 일부일 뿐이다. 기억이란 못 미더운 것인데도 우리는 기억을 믿고 만다. 기억은 불완전한데도 우리는 기억이 완벽하고 정확하다고 여긴다. 기억은 침범, 왜곡 및 명백한 결함에 책임이 있다.

기억이 우리를 실망시키는 7가지 방식을 살펴보자. 이른바 '기억의 7가지 죄'다.

| 기억의 7가지 죄 |

잘 알다시피 인간의 기억은 늘 인지 과정을 작동시키는 흥미로운 역할을 해왔다. 하지만 언뜻 보기에도 못 미더워 보인다. 그렇다면 도대체 못 미더운 기억이란 무엇일까? 여러분이 무언가를 기억하지 못한다면, 그건 실제로 오류가 아닐 수 있다. 단지 여러분이 무언가에 충분한 주의를 기울이지 않았다는 의미일지 모르기 때문이다. 그걸 정확히 기억의 오류라고 할 수는 없다. 이 경우 기억은 여러분의 주의 기울이기 실패에 대한 꽤 정확한 기록일 수 있다.

기억은 흥미롭다. 무언가를 기억한다는 행위 자체가 고유의 새로운 기억을 만들어내며 과거와 현재, 미래 사이의 경계를 흐릿하게 한다. 우리는 기억을 믿어야 하지만, 기억은 못 미더워 보인다. 기억은 틀린 정보를 줄 때조차도 매우 정확하게 보일 수 있다. 아니면 실제로는 매우 정확한데도 부정확하게 보일 수 있다. 기억은 미래를 대비하기 위해 우리에게 필요한 과거의 기록이다. 또한 현재에 의해 바뀌는 과거의 기록이지만, 대체로 우리는 그 사실을 알아차리지 못한다. 기억은 우리가 안정성을 표현하는 방식이지만, 종종 대단히 불안정할 때가 있다. 기억은 우리가 믿을 수밖에 없는 못 미더운 동반자다.

이 모든 내용은 하버드대학교에서 기억을 연구하는 인지신경과학자 대니얼 샥터Daniel Schacter가《아메리칸 사이콜로지스트American Psychologist》에 발표한 짧은 논문 한 편에 잘 설명되어 있다. 「기억의 7가지 죄The Seven Sins of Memory」(Schacter, 1999)라는 제목의 이 논문에서 샥터는 적응에 이롭게 작동하는 기억의 측면이 우리로 하여금 대체로 실수나 오류를 저지르게 하는 7가지 방식을 설명했다. 이 실수는 예측 가능하다. 샥터는 또한 주장하기를, 이 실수는 무작위적이지 않고 대신에 기억이 진화해온 방식, 그리고 기억의 작동을 뒷받침하는 인지적 및 신경학적 구조의 부산물이다. 샥터에 따르면, '7가지 죄'는 일시성transience, 얼빠짐absent-mindedness, 막힘blocking, 오귀인誤歸因, misattribution, 피암시성suggestibility, 편향bias, 지속성persistence이다. 이 7가지는 어떻게 사고가 기억 실패memory failure에 영향을 받는지, 도움을 얻기도 하지만 심지어 망가질 수 있는지도 엿보게 해준다. 하지만 7가지 모두 조심해서 알아차리면 극복할 수 있다.

처음 나오는 2가지인 일시성과 얼빠짐은 대단히 일상적인 기억 실패다. 정보가 시간이 흐르면서 흐릿해진다. 또한 때로는 여러분이 당면 과제에 집중하지 않는 바람에 정보가 애초에 잘 부호화되지 않는다. 두 경우 모두 결국에는 약하거나 흐릿한 기억 흔적만 남는다. 가령, 여러분은 무언가, 수업 교재나 숙제를 위한 읽을거리나 심지어 이 책을 읽긴 읽지만 멍한 채로 읽어서 방금 읽은 내용을 잊어버린 적이 있었을 것이다. 읽어나가곤 있지만 마음은 딴 데 가 있어서, 방금 읽은 내용을 잊어버리고 어디를 읽고 있는지도 모른다. 제대로 작동하려면 기억에는 어느 정도의 주의 집중이 필요하다.

세 번째 죄인 막힘은 기본적으로 일시적인 기억 꺼내기 실패 또는 접근 실패를 뜻한다. 이는 기억 네트워크에서 정신적 활성화가 퍼져 있기 때문에 생기는 듯하다. 활성화가 많은 기억과 개념에 퍼져 있어, 그 모두가 어느 정도로 활성화된다. 만약 다수의 비슷한 기억과 개념이 활성화되고 활성화의 수준이 여러 상이한 기억에 걸쳐 비슷하다면, 해당 사안에 대해 어느 것이 올바른 기억인지 판단하기 어려울 수 있다. 유명한 배우나 영화의 이름을 떠올리려고 하면, 수많은 비슷한 배우와 영화가 뇌 안에서 활성화되어 전부 여러분의 주의를 끌려고 경쟁하게 된다. 활성화의 수준이 서로 비슷하면, 저마다 맞는 이름처럼 보이기에 각각의 활성화된 기억이 결국 다른 기억들을 억제해 올바른 이름이 떠오르지 못하게 막는다. 이는 이른 바 '혀끝에 맴돌기tip of the tongue' 현상에서 가장 뚜렷이 드러난다. 이 현상은 여러분이 어떤 질문을 받았을 때 답을 아는 듯한데도 끝내 답을 내놓지 못하는 경우다. 많은 경우 여러분은 자신이 답을 말한 듯한 느낌이 들 수 있다. 답을 말하는 데 필요한 정보를 포함해서 어떤 정보가 존재하긴 하지만, 그 정보는 의식적으로 답을 떠올릴 수 있을 만큼 강하게 활성화되지 않는다. 기억이 막혀 있다는 주관적 느낌이 들면서, 무언가 떠올라야 할 기억이 떠오르지 않는 상태다. 드물진 않지만, 그래도 매우 흥미로운 느낌이 아닐 수 없다.

지금까지 다룬 '7가지 죄' 가운데 셋은 기억을 떠올리지 못하는 일반적인 문제다. 따라서 알아차리기가 쉽다. 무언가를 떠올리지 못하는 상황은 알아차리기가 쉬운데, 기억을 떠올리지 못한다는 것은 여러분이 뭔가 잘 못하고 있음을 보여주는 꽤 좋은 단서이기 때문이다. 다음에 다룰 2가지인 오귀인과 피암시성은 이미 기억에 있는 것에 대한 왜곡이자 침입이다. 둘 다 의미망semantic network이 고도로 연관되어 있다는 특성에서 비롯되는 오류다. 따라서 이러한 기억 오류는 무언가를 실제로 기억하는 경험을 낳지만, 그 기억은 틀린 내용이다. 이런 오류는 알아차리기가 더 어려운데, 여러분은 자신의 기억이 옳다고 여기기 때문이다.

오귀인은 어떤 이가 사실을 옳게 기억하긴 하지만, 올바른 출처를 기억할 수 없을 때 생기는 오류다. 가령 누군가가 여러분에게 이야기를 하나 해준다면, 설령 사실이 아니라도 여러분은 나중에 이야기 내용을 쉽게 떠올리고 그게 사실이라고 믿는다. 정치와 언론 보도에서 늘 접하는 사례다. 한 정치 지도자가 인터뷰에서 허위(거짓말)를 말했다고 하자. 걸핏하면 일어나는 일이다. 그러면 언론 매체가 정치 지도자가 거짓말로 한 이야기를 다룬다. 이 이야기는 다시 퍼지고 뉴스에서 수없이 공유된다. 그 결과 거짓말이 반복된다. 반복된 거짓말은 오귀인의 비옥한 토양이다. 왜일까? 어쩌면 반복적으로 노출된 사실은 더 잘 이용된다. 여러분이 거짓말에 관한 어떤 내용을 기억하고 원 출처(가령, 그 내용이 거짓말에 관한 이야기라는 사실)를 기억하지 못하면, 결국에는 거짓말의 내용을 자세히 기억하면서도 출처는 잘못 알게 된다. 그러면 결국 자신의 기억을 신뢰해 거짓말을 사실이라고 믿고 만다.

많은 정치인과 지도자는 거짓말을 내놓고 언론이 다루게 함으로써 이야기를 조작해내고 거짓 정보를 퍼뜨릴 수 있다. 터무니없는 내용일수록 더 좋은데, 많은 언론에서 다룰 가능성이 더 높아지기 때문이다. 전직 트럼프 대통령이 이 분야의 고수다. 그는 오해의 소지가 있거나 틀린 주장을 많이 해서 널리 퍼뜨리게 하는 재주가 있다. 이처럼 광범위한 언론 보도, 심지어 트럼프의 원래 주장이 틀렸음을 밝히고자 했던 보도조차도 종종 역설적으로 거짓말을 더 퍼뜨리고, 처음의 거짓말이 사실이라고 사람들이 잘못 기억할 가능성을 높인다. 이 오류는 사람들이 정보의 내용은 올바르게 떠올리지만 정보의 출처는 잘못 떠올리는 오귀인의 결과다. 엄연히 오류이긴 하지만, 기억이 작동하는 방식에 비추어 보면 상당히 이해가 되는 오류다.

7가지 죄 중에서 그다음 번째인 피암시성은 오귀인과 기억 속의 정보를 떠올리긴 하지만 틀리게 떠올리는 경향과 관련이 있다. 우리의 기억이 피암시성을 갖는다는 말은 과거 사건에 대한 기억을 현재의 설명을 바탕으로 종종 갱신한다는 뜻이다. 여러분이 한 사건을 기억한다고 치자. 가령 앞에서 나왔던 내 이야기, 즉 부모의 차 유리창을 깼던 사건을 기억한다고 해보자. 그런데 여러분이 그 사건을 기억하고 있는 도중에 누군가가 새로운 내용을 암시해준다. 이렇게 암시된 새로운 내용이 이제 기억의 일부가 될 수 있다. 암시는 꼭 남이 해주지 않아도 된다. 여러분이 스스로에게 새로운 해석을 암시해줄 수 있고 그 내용이 또한 기억의 일부가 될 수 있다. 포드 브롱코의 백미러를 부수는 내 이야기가 바로 그렇다. 나는 원래 기억에 부호화된 모든 정보를 갖고 있지 않았다. 너무 빠르게 끝나버린 사건이었기 때문이다. 그 사건을 타당하게 만들려고 시도하면서 나는 몇 가지 있을 법한 해석을 내놓았고, 그 내용이 기억의 일부가 되었다. 기억은 변하기 쉽고 조정되기 쉽고 이리저리 바뀌기 쉽다. 스스로를 속이기는 어렵지 않다.

여러분이 스스로를 속일 수 있다면, 남도 여러분을 속일 수 있다. 남이 여러분을 속여서 기억과 지각을 의심하게 할 수 있다. 이것의 가장 생생한 예가 바로 '가스라이팅gaslighting'이다. 이 용어가 익숙하지 않은 독자를 위해 설명하자면, 가스라이팅은 일종의 심리적 조작으로 유명한 영국 서스펜스 영화 〈가스등〉에서 이름을 따왔다. 영화에서(내용을 누설하지 않을 테니 여러분이 직접 보시길) 남편은 아내가 보고 지각한 내용을 반복적으로 부정함으로써 아내가 미쳐가고 있다고 설득하려 한다. 그래서 아내는 자신의 기억을 의심하기 시작한다. 자기가 보았다고 여기는 내용과 자기가 보았다고 남편이 말해주는 내용 사이의 모순을 해소하려고, 결국 자신이 분명 미쳐가고 있음을 인정한다. 트럼프 대통령이 미국인을 '가스라이팅'한다고 많은 기자와 작가가 비난했다.[22] 비난을 받으면서도 트럼프 행정부는 취임

---

22 여기서 나는 너무 편파적이 되지 않도록 주의하겠다. 이런 식의 영향력 미치기와 대중 인식 유도는 많은 정치 지도자가 써먹는 수법이다. 내가 트럼프 대통령에게 초점을 맞추는 이유는 2가지다. 첫째, 트럼프는 정치적 소통의 이런 양식에 특별히 몰두하는 듯하다. 둘째 그의 소통 행위는 가용성 휴리스틱이다. 이런 내용은 내가 이 책을 쓰고 있을 때 뉴스에 나왔는데, 이것이 아마도 나의 인식과 편향을 만들어냈을 것이다.

식에 참여한 군중의 규모든 코로나 사태에 대한 대통령의 첫 반응이든, 국민들이 목격하고서 기억하는 일이 사실무근이라고 국민들을 설득시키려 했다. 궁극적인 목표는 트럼프 행정부가 제공하는 새 정보가 사람들의 기억에 심기도록 하는 것이었다.

피암시성과 오귀인은 알아차리기가 쉽지 않아 다루기 어려울 수 있다. 한편으로 우리는 기억이 새로운 정보를 고려해서 사건에 대한 이해를 갱신할 수 있기를 원한다. 그것이야말로 학습의 기본적인 토대다. 그리고 기억의 작동 원리상, 사고의 내용은 우리가 지금 보는 것(지각)과 우리가 이전에 보았던 비슷한 것(기억)의 재구성 및 재표현의 혼합이다. 보통 이 과정은 '작업기억'이라는 시스템에서 일어난다. 이 작업기억 시스템이 어떻게 작동하는지는 다음 장에서 설명하겠지만, 요점만 말하자면 우리는 기억 속의 정보를 이용해 세계에 대한 인식을 늘 향상시키고 있다는 뜻이다. 또한 세계에서 얻은 정보를 이용해 우리의 기억을 늘 갱신하고 있기도 하다. 이런 혼합이 우리의 장기적인 기억을 강화한다. 만약 새 정보의 일부가 틀리더라도 여전히 기억 속의 정보와 합쳐져서 새로운 기억을 생성할 수 있다. 이는 종종 불가피한 일이며, 기억이 작동하는 방식의 한 기능이기도 하다. 그리고 7가지 죄의 여섯 번째에서 보겠지만 우리는 상황을 악화시키기만 하는 기억이라도 믿는 경향이 있다.

암시성이 있고 출처들을 뒤섞기 쉽다는 점만으로도 기억은 여간 골칫거리가 아니다. 그런데 설상가상으로 기억의 여섯 번째 죄인 편향이 기다리고 있다. 샥터를 포함한 여러 기억 연구자에 따르면, 우리는 자신이 기억하는 내용이야말로 실제로 발생한 일과 사건을 반영한다고 가정하는 성향이 강하다. 한마디로 우리는 자신의 기억을 믿는 편향이 있다. 그럴 만한 충분한 이유가 있는데, 우리는 기억을 이용해서 무언가를 이해하고 배우며, 심지어 우리 앞에 있는 세계를 인식한다. 우리가 아는 모든 것, 우리가 이름 부르는 모든 것 그리고 우리가 생각하는 모든 것이 우리 기억의 산물이다. 따라서 우리는 기억을 믿어야 하며, 그러지 않았다가는 모든 것이 붕괴된다. 사고와 개념이 서로 긴밀히 관련되어 있는 내용에 대한 기억이라 조밀하게 연결된 뉴런 네트워크를 통해 활성화되는 바람에 틀리거나 오류가 생기더라도, 과거를 반영하지 않는 활성화의 상태에 우리가 반응한다기보다는 실제로 일어났던 일을 기억한다고 가정하는 편이 완벽하게 합리적이다. 즉, 우리가 무언가를 기억한다면 우리는 기억이 있기 때문에 그것을 믿는 경향이 있다. 만약 그 일이 일어나지 않았다면, 아예 기억에 없었으리라고 가정한다. 우리는 기억을 어떤 일이 실제로 일어났다는 증거로 취급한다.

샥터가 언급하는 더 치명적인 죄가 있다. 기억 오류, 망각 및 혼동과 관련이 있는 앞의 여섯 죄와는 조금 다르다. 일곱 번째의 치명적인 죄는 지속성이다. 우리 대다수는 기억이 지속되고 정확하기를 바라는 만큼이나, 기억이 없어지기를 바라기도 한다. 어떤 일을 내 마음대로 잊을 수 있다면 대단히 좋지 않을까? 무언가를 말끔히 치워버리고 어떤 기억은 지워버릴 수만 있다면? 때때로 기억은 우리가 원하지 않을 때 지속되면 불행을 안겨다준다. 트라우마를 초래한 사건들, 불행한 사건들, 그리고 우리가 잊고 싶은 사건들은 종종 잊기 어려운데, 그런 기억은 원래부터 두드러졌거나 감정적인 내용이거나 불현듯 다시 떠오르거나 끊임없이 반추하는 기억이기 때문이다. 그 불행한 사건을 생각할 때마다 우리는 결국 최초의 흔적을 강화하고 만다. 과거의 불행한 사건을 곱씹으면 그 기억 흔적이 훨씬 더 강해질 우려가 크다. 그렇다고 무언가를 생각하지 않으려고 애써도 훨씬 더 많이 생각하게 되고 만다.

이 일곱 죄에 대한 정의는 꽤 넓다. 전부 우리의 기억이 구조화되는 방식 때문에 생기는 기억 오류의 사례다. 전부 기억의 작동 방식으로 인해 생긴다. 기억은 우리를 인도하지만, 때로는 잘못된 길로 인도하기도 한다. 사소한 방해거리일 수 있지만, 어디에서나 등장한다. 여러분 자신의 일상 생활에서 이 죄들을 알아차리려고 해보라. 이 7가지 죄를 피할 수는 없을 테지만, 알아차리는 법을 배울 수는 있다. 일단 알아차릴 수만 있다면 그 죄들이 삶의 방해거리가 되지 못하게 막을 수 있다.

농부의 직거래 장터나 도시의 야외 장터에서 물건을 사본 적이 있는가? 이런 상황을 상상해보자. 여러분이 그런 시장에 가서 한 가판대에 놓인 과일과 채소를 살피다가 다른 가판대로 옮겨간다. 여러분 옆에는 친구 한 명이 있는데, 각자 사고 싶은 것이 몇 가지 있다. 여러분이 시장을 돌아다니며 첫 번째 가판대에서 두 번째 가판대로 옮겨가자, 친구가 첫 번째 가판대에서 레몬을 파는지 묻는다. **거기에 레몬이 있었냐고? 좋은 질문이네…… 실제로 레몬을 본 거니 아니면 그냥 레몬을 봤다고 여기는 거니?**

이런 질문은 답하기가 아주 어려울 때가 종종 있다. 왜냐하면 무언가를 지각할 때 당연히 여러분은 흔한 내용을 기억에 신경 써서 담아 넣지 않아서다. 여러분은 실제 지각 과정 동안에 존재했을 수도 있고 아닐 수도 있는 많은 내용을 기억에 채워 넣는다. 그 결과 방금 여러분이 무얼 보았냐는 질문에 답하기가 분통 터지도록 어려울 수 있다. 가판대에 설령 다른 과일들이 있었더라도 레몬도 있었을지 모른다. 아마 여러분은 거기서 레몬을 실제로 보았는지 100% 확신하지 못할 테다. 단지 과일 가판대 일반에 대한 여러분의 지식을 바탕으로 레몬이 거기 있었는지 추측할 뿐이다. 달리 말해서 과일 가판대에 대한 여러분의 기억 표상에는 레몬 특징이 들어 있을 수 있다. 이 특징은 설령 여러분이 명시적으로 레몬을 보지 않더라도 과일 가판대에 들를 때 활성화될 것이다. 이 경우 여러분의 기억은 기억에 자세한 내용을 채워서 시간과 에너지를 아끼려다가 실수를 저지를 지 모른다.

좋은 쪽으로든 나쁜 쪽으로든 우리는 기억을 이용해 지각하고 행동을 이끌어내고 판단하고 상황을 평가한다. 우리는 과거의 영향을 받지 않고 서 현재를 살아갈 수 없다. 우리가 하는 모든 것에서 기억이 일차적으로 중 요하기에, 이제 기억이 인지심리학의 관점에서 어떻게 작동하는지 더 깊 이 파헤쳐야 할 시간인 듯하다. 다음 장(6장)에서는 기억 시스템이라는 개 념 그리고 우리에게는 상이한 여러 종류의 기억이 있다는 증거를 살펴본 후에, 작업기억이라는 단기기억 이론을 더 자세히 살펴보고자 한다. 그다 음에 7장에서는 우리가 어떻게 장기기억을 조직화해, 사실과 개념에 대한 기억 및 개인적 사건에 대한 기억 속에 포함시키는지 더 자세히 살펴보자.

6장

인간의 사고를 위한 시스템

5장에서는 기억 오류와 휴리스틱, 편향 등 기억이 우리를 헤매게 만드는 온갖 방식을 오랜 시간을 들여 살펴보았다. 기억은 인지 도구함 속에 있는 가장 중요한 도구 중 하나지만, 별로 미덥지 못하다. 하지만 나는 어떻게 심리학자들이 기억을 연구하는지, 어떻게 기억이 작동하는지를 비롯해 우리가 가진 상이한 종류의 기억 시스템에 대해서는 많이 다루지 않았다. 그 내용은 이 장과 다음 장에서 다룬다. 여러분이 좋은 결정과 정확한 판단, 세계에 대한 유용한 예측을 하고 싶다면, 자신의 기억을 효과적으로 사용할 수 있어야 한다. 5장에서 논의한 함정과 오류를 피하고 싶다면, 기억을 적절히 조정해가면서 사용할 수 있어야 한다. 그러려면 기억이 실제로 어떻게 작동하는지 잘 이해해야 한다. 그래서 이 장에서는 기억에 관한 한 가지 흔한 구분에 집중할 것이다. 바로 단기기억과 장기기억의 차이다. 먼저 '작업기억' 모형이라는 단기기억의 한 특정 이론을 기술 및 설명하고자 한다. 이 모형은 어떻게 단기기억이 지각과 긴밀히 연결되어 있는지, 또 어떻게 주의에 의해 조정되는지를 보여준다. 그다음 7장에서는 장기기억을 주로 다루려고 한다.

(우리 대다수를 포함해) 대다수 심리학자는 기억을 상호의존적인 시스템들의 집합이라고 여긴다. 우리는 기억을 컴퓨터에 곧잘 비유하는데, 컴퓨터가 현재 작동하는 기억^{RAM}과 하드 드라이브의 형태로 저장되는 장기기억을 둘 다 갖고 있기 때문이다. 컴퓨터의 이런 구성은 단기기억과 장기기억이라는 직관적 개념과 매우 비슷하다. 컴퓨터에서와 마찬가지로, 전자는 여러분이 현재 작업하고 있는 정보를 저장하고 후자는 여러분한테 나중에 필요할지 모르는 정보를 저장한다. 이 컴퓨터 메모리 및 파일 저장 비유는 넓은 일반화에 관해 생각하기에는 유용하지만, 사실 인간의 기억을 설명하는 올바른 방법은 아니다. 우리로서는 근본적인 수준에서 모든 기억은 그냥 기억일 뿐이기 때문이다. 모든 기억은 이전에 일어났던 사건과 경험의 재구성이다. 하지만 우리는 기억을 여러 상이한 방식으로 사용한다. 여러 상이한 조건에서 기억에 접근한다. 이런 기능적 차이들이 체계적인 차이처럼 보이긴 하므로, 그런 관점에서 우리는 기억을 논의할 수 있다.

종종 우리는 흔한 컴퓨터 비유를 벗어난 다른 비유도 사용하는데, 이 비유들은 우리가 기억을 더 일반적인 의미의 서류 보관함$^{file\ storage}$으로 여긴다고 암시한다. 가령 우리는 '장래에 사용하도록 그걸 철해둔다(file that away for future use)', '이걸 기억에 새겨두다(commit this to memory)' 또는 심지어 '내 기억에 인두로 지진(seared into my memory)'과 같은 말을 하는데, 기억이 지울 수 없는 인장이겠거니 여기는 표현들이다. 하지만 기억은 사실 그렇지 않다. 기억은 하드 드라이브 속의 파일보다 더욱 역동적이고 활동적이며, 인두로 지져진 단일 사건보다도 역동적이다. 5장에서 보았듯이 기억은 끊임없이 변하지만, 그런 꾸준한 변화와 변동적 속성에도 우리는 우리가 하는 모든 일에 기억을 사용한다. 우리에게 시시각각 일어난 사건을 추적하고 세계에 관한 사실을 기억하는 일에서부터 어제 일어났던 일을 기억하고 미래에 대한 계획을 세우는 데까지 말이다. 기억에는 아주 많은 상이한 기능이 존재하기 때문에, 심리학자들은 기억을 온갖 역동적인 방법으로 연구해왔다. 그 결과 기억이 무엇인지에 관한 방대하고 복잡한 과학 문헌이 마련되었다. 우리는 이 복잡한 연구를 여러 가지 방법으로 이해할 수 있다. 그중 하나는 상이한 기억 시스템과 이론에 공통적인 듯 보이는 핵심 기능을 설명하는 일이다. 기억 문헌을 이해하는 또 다른 방법은 이런 차이와 구분 가운데 일부를 개별적으로 살펴보는 일이다. 즉, 기억이 기술되고 구분되고 개념화되고 연구되는 모든 방식을 낱낱이 살펴본다. 기억을 크게 이 두 방법으로 살펴보면, 공통적인 원리(기억이 일반적으로 작동하는 방식)와 구체적인 원리(상이한 기억 시스템들이 존재하는 것처럼 보이는 이유)를 이해하게 된다.

| 기본적인 기억 기능들 |

기억의 기본적 기능은 여러 가지지만, 일차적인 기능은 여러분 바로 앞에 있는 것에 단지 반응하기를 넘어서 행동할 수 있도록 하는 일이다. 기억은 여러분이 무언가를 배우고 과거 경험으로부터 일반화하게 해준다. 하지만 우리의 기억이 얼마나 정확히 그렇게 할까? 기억이 수행하는 3가지 기본 기능인 부호화encoding와 저장storage, 인출retrieval을 정의해보자. 부호화는 무언가를 기억 속에 넣는 과정이다. 부호화는 뇌가 여러분이 지각하는 것의 형태를 변경해서 다른 부호 속에 집어넣는다는 뜻이다. 이 부호화 과정은 지각의 재구성이다. 이 과정의 속성상 기억은 지각과 강한 연관성이 있을 때가 종종 있다. 그래서 무언가를 부호화하는 가장 효과적인 방법은 원래의 지각 경험을 최대한 다시 활성화시키려고 하는 것이다. 어느 정도까지는 그것이야말로 뇌가 하는 일이다. 여러분이 무언가를 지각하면, 그게 여러분의 뇌를 특정한 방식으로 활성화시킨다. 부호화를 통해 여러분은 그 활성화를 나중에 사용하기 위해 저장하고 인출할 수 있을 만큼 오래 유지하려고 한다.

두 번째 기본적인 기능 또는 작용은 저장이다. 우리는 기억을 사용해, 위에서처럼 지각되고 부호화된 정보를 저장한다. 기억은 각각의 기억별로 물리적인 장소가 존재하지 않기에, 기억의 저장 시스템은 옷장이나 컴퓨터의 파일 시스템과는 다르다. 오히려 기억은 뉴런들 사이의 연결 형태로 저장되며 정보는 뇌의 상이한 여러 영역에 걸쳐서 분산된다. 우리는 상이한 시간별로 무언가를 저장해야 한다. 어떤 정보는 몇 초(또는 심지어 그 미만) 동안만 저장되지만, 또 어떤 경우 우리는 동일한 기억을 수년이나 수십 년 동안 저장하고 재활성화시키기도 한다.

세 번째 기능은 인출이다. 인출은 기억을 이용한다. 기억은 명시적인 떠올리기의 형태('나는 이 사실을 기억한다')거나 이전의 경험이 장래의 행동 방식에 영향을 미치는 묵시적 형태로 인출될 수 있다. 인출은 지각하는 장면의 세부 사항을 채우는 형태로 일어날 수 있다(5장에서 논의한 내용). 또는 정신적인 시간 여행의 형태를 띨 수도 있다. 우리는 이전에 일어났던 사건이 생생하게 떠오르는 경험을 하기도 한다. 가령 첫 직장 구하기, 첫 데이트, 자녀의 출생 또는 심지어 지난번에 가게에 갔던 일과 같은 평범한 사건 등이 그런 예다.

이 세 기능인 부호화, 저장, 인출이 기억이 하는 일을 설명해준다. 하지만 이 기능들에 영향을 미치는 상이한 상황이 많다. 그 결과 우리는 상이한 기억 시스템을 갖게 되는 듯한데, 그중 일부는 부호화에 긴밀히 관련되어 있고 또 다른 일부는 기억이 저장되고 인출되는 방식에 더 긴밀히 관련되어 있다. 우리의 모든 기억이 한 장소(뇌) 안에 있긴 하지만, 기억에는 여러 종류가 있고 기억 시스템에도 여러 종류가 있다.

| 기억의 상이한 종류들 |

이 책을 쓸 때 보통 나는 서재 책상에 앉아 있다. 때때로 집에 아무도 없거나 내가 아침 일찍 일어날 때는 주방 탁자에 앉아 있기도 한다. 주방에는 미닫이문과 창이 있는데, 거기로 나가면 데크가 나온다. 데크 옆에는 작은 정원과 연못, 새모이통 몇 개가 있다. 나는 정원 가꾸기 전문가가 아니다. 새 전문가도 아니다. 하지만 여름에 새모이통에서 일어나는 온갖 활동을 보고 싶어 한다. 새모이통을 쳐다보고서 새가 눈에 띄면, 내 기억은 즉시 그리고 자동적으로 새를 살피고 알아차리고 새에 관해 생각하는 과정에 관여한다. 기억이 이 지극히 단순한 활동에 관여하는 모든 방식을 고찰해보자. 그다음에 이와 관련된 기억을 논의해보자.

우선, 새모이통에 무심코 눈길을 주는 기본적인 행동에조차도 어떤 형태의 기억이 관여한다. 이미 나는 어디를 봐야 할지 그리고 내가 무엇을 보고 있는지 안다. 이 행동은 자동적이며 근육의 운동에 따른다. 즉, 거의 생각하지 않고서도 머리가 돌아가며 눈은 모이통이 있으리라고 예상되는 곳을 바라본다. 이렇게 하는 데는 의식이 관여하지 않아도 된다. 몸을 돌려서 바라보는 데 필요한 기억을 알아차릴 필요가 없다. 그것은 **절차기억**(procedural memory)이며, 자전거를 타는 데 필요한 행동을 우리가 기억할 때, 무심히 타이핑을 하거나 커피잔을 드는 법을 기억할 때 우리가 사용하는 기억의 일종이다. 그리고 이 절차기억이 내 눈을 노트북에서 집 뒤쪽에 있는 새모이통으로 향하게 해, 나는 새모이통에 있는 새들에게 집중하게 된다.

나는 큰 새모이통의 못 위에 앉은 작은 새 두 마리를 본다. 많이 생각하지 않고서도 그게 새임을 이미 안다. 지각 입력이 내가 새를 볼 때마다 활성화되는 뉴런 네트워크를 활성화시키기 때문이다. 이 또한 기억의 기능으로서, 이른바 **감각기억**(sensory memory)이라고 한다. 이 감각기억은 나중에 자세히 설명하겠지만, 몇 분의 1초간 지속되는데, 그 시간이면 다른 인지 활동이 생길 때까지 지각 입력을 활성화시키는 데 충분하다. 만약 이 시각 입력으로 다른 무언가를 하고 싶다면, 나는 이 표상을 내가 무엇을 보고 있는지 알아차릴 만큼 오래 활성화되도록 유지시켜야 한다. 내가 보는 새에 관해 생각하고 싶다면 그 감각 입력이 계속 활성화되도록 유지해야 한다. 짧은 감각 입력을 계속 활성화시키는 데는 **작업기억**이라는 활동적 유형의 기억이 관여한다. 작업기억을 가리켜 우리는 보통 단기기억이라고 부른다. 작업기억은 지각을 우리 앞에 있는 것에 대한 능동적 처리active processing와 연결시킨다. 작업기억은 우리가 의식에서 능동적으로 작업하고 있는 것을 붙들어두는 기억이다.

요약해보자. 나는 자동적이고 절차적인 유형의 기억을 사용해 새모이통을 살핀다. 어떤 새들에게 주목하고 감각기억 시스템을 활성화시키며, 인지 처리 자원의 일부를 작업기억에 바침으로써 그런 표상을 계속 활성화시킨다. 지금까지는 좋다. 그리고 지금까지의 과정은 전부 자동으로 일어나지 여기에 의도나 의지가 개입하지 않는다. 의도나 의지는 그다음에 등장한다.

이제 내가 새에 대해 활발하게 생각하고 있다고 가정하자. 그리고 내가 정말로 새 관찰에 푹 빠져 있다고 가정하자(쉬운 일이다…… 새는 관찰하기에 매력적이다). 그러면 몇 가지 일이 뒤따를 수 있다. 첫째, 그 새들에 관해 생각하고 어쩌면 이름을 알아내려고 해 작업기억을 계속 활성화시킬 것이다. 이렇게 하는 데 드는 노력은 내가 새모이통에서 흥미로운 새들을 발견하기 전에 하고 있던 일에서 물러난다는 의미일 수 있다.[23] 심지어 나는 내가 무슨 글을 쓰고 있는지 잊어버리고 사고의 흐름을 잃어버릴 수 있다. 지금 나는 새들을 생각하느라 작업기억을 사용하고 있기 때문이다. 작업기억의 내용은 유지될 수 있지만, 작업기억은 세계와의 활발한 경험이라는 작은 창에 국한된다. 우리는 한 번에 몇 가지만 생각할 수 있다. 내가 주의를 새에 대해 생각하기로 전환하면, 그 결과 나는 작업기억에서 다른 모든 것을 치워낸다. 이제 나는 내가 쓰던 문장을 잊었고 정원에 있는 새모이통의 새에 관해 생각하고 있다.

이 기억 과정의 첫 번째 단계는 새에 집중하기다. 두 번째로는 (시각 입력과 새들의 이미지 그리고 새들이 내는 소리를 포함해) 작업기억 내의 새들에 관한

---

23 '내가 하던 일에서 물러난다'라는 구절은 여러분에게 무엇을 상기시키는가? 4장에서 제임스가 주의에 관해 말한 인용문을 상기시킬지 모른다. 만약 그랬다면, 잠시 짬을 내어 그 상기 과정을 생각해보자. 인용문을 전에 읽었다고 명시적으로 떠올랐는가? 이 책의 앞에서 인용문을 읽었다고 기억하는가, 그리고 어디에서 나온 내용인지 기억하는가? 아니면 기억이 좀 모호한 느낌이어서 여러분이 본 무언가를 조금 떠올려주긴 했지만, 내가 방금 언급하기 전까지는 구체적인 기억이 활성화되지 않고 있었는가? 만약 둘 중 하나가 일어났다면, 명시적 인출과 묵시적 인출의 좋은 예가 된다. 또한 얼마나 기억과 주의가 밀접하게 연결되어 있는지 보여주는 좋은 예이기도 하다. 전환과 물러남에는 늘 대가가 든다. 사실 여러분이 시간을 내서 이 긴 주석을 읽고 제임스의 인용문을 기억하는지 여부를 생각한다면, 여러분은 내가 새를 관찰하는 내용을 쓰고 있었다는 사실과 더불어 내가 새모이통에서 새를 관찰하느라 물러나 있을 때 글쓰기 활동을 얼마나 방해받았는지 잊었을지도 모른다.

표상이 이미 부호화되어 저장되어 있던 기억들과 연결된다. 내가 지각하는 것, 그리고 내가 작업기억 속에서 유지하고 있는 것(새에 관한 표상)이 새에 관한 나의 개념과 연결된다. 이 과정은 사실과 사물에 관한 나의 기억인 **의미기억**을 활성화시킨다. 의미기억은 상호 연결된 생각과 개념의 그물망에서 내가 알고 있는 모든 것을 붙들어둔다. 작업기억에서 활성화된 한 표상은 이전에 활성화되었던 다른 표상들과 아마도 일치할 것이다. 이 표상들은 전부 서로 연결되어 있기에 우리가 현재 겪는 이 고유한 경험(지금 새를 바라보는 경험)은 과거에 얻은 지식의 표상들과 겹칠 테다. 이 활성화된 기억 중 일부는 지각적 및 개념적 유사성 면에서 서로 더 가까울 것이다. 이 활성화된 기억들은 또한 내가 보고 있는 것의 이름('새')과 연결되고 어쩌면 심지어 새의 종류('검은머리박새')와도 연결된다. 일반적 지식과 구체적 지식은 의미기억 시스템이 구성될 수 있는 한 방법이다. 이 일반적 및 구체적 표상들은 **어휘기억**(lexical memory)이라는 기억의 한 형태와 연결된다. 이것은 의미기억의 일부로서, 해당 개념들과 관련된 단어를 저장한다.

의미기억, 어휘기억 및 개념은 전부 **서술기억**(declarative memory)이라고도 하는 더 큰 기억 종류의 일부다. 서술기억은 여러분이 그 존재를 '서술'할 수 있는 기억이다. 인지 과정의 대부분이 의식의 바깥에서 작동하는 절차기억이나 감각기억과 같은 자동적인 기억 유형들과 달리, 서술기억은 여러분이 캐내고 조사할 수 있는 기억이다. 여러분은 그 기억 속의 내용에 대해 생각할 수 있다. 그리고 다음 장에서 보겠지만, 그 기억 속에 든 내용은 사실, 생각, 장소, 사물, 이름, 단어, 이미지, 개념, 소리 및 특징 들이 조밀하게 서로 연결된 네트워크다.

새모이통에서의 새 관찰 사례로 돌아가자. 그 새들이 특별히 흥미진진한 녀석들이라고 가정하자. 내가 한 번도 본 적이 없는 새로운 새라고 가정하자. 아니면 낯익긴 하지만 이름은 모르는 새라고 가정하자. 이런 판단 내리기에는 몇 가지 유형의 기억이 더 관여한다. 첫째, 나는 그 새들이 내가 모르는 새임을 알아차려야 한다. 즉, 지식의 한계를 알아차려야 한다. 이것은 **메타기억**(metamemory)이라는 고차원적인 기억 인식의 한 형태다. 메타기억은 내가 아는 것과 모르는 것에 대한 인식이다. 우리는 메타기억을 이용해 어떤 것을 아는지 모르는지 여부를 판단하고, 새들의 행동을 통해 어떤 새인지를 파악하는 정보처리에 더욱 전념해야 할지 여부를 결정한다.

내가 보고 있는 새를 내가 아는지 여부를 판단하도록 이끄는 메타기억 외에, 사고와 행동을 이끄는 다른 기억도 있을 것이다. 이 시점에서 내가 하던 일을 완전히 내팽개쳤다고 가정하자. 그러니 컴퓨터는 안중에도 없고 새들에 집중하고 있다. 내가 무엇을 쓰고 있었는지도 잊고서 새 관찰에 푹 빠져 있다. 새 이름에 대한 의미기억과 어휘기억을 검색하다 보면, 새들에 대한 이미지나 표상의 기억들을 검색해야 한다. 바로 이때 나의 의미기억 속에 있는 일반적 및 구체적 개념 지식들을 넘어서는 다른 연결을 활성화시킬 가능성이 높다. 아마 내가 전에 그 새들을 보았던 다른 시간과 장소를 떠올릴 것이다. 그러면 지난해에 휴가지나 새모이통에서 비슷한 새를 보았던 구체적인 기억이 정말로 떠오를 수 있다. 이로 인해 **일화기억**이라는 또 다른 유형의 기억이 활성화된다.

일화기억은 아마도 우리와 가장 이상한 관계에 있는 기억 종류다. 넓은 일반화가 허용되며 심지어 유용하기까지 한 의미기억이나 절차기억과 달리, 대체로 우리는 일화기억이 대단히 정확히 작동하기를 바라기 때문이다. 하지만 실제로는 그렇지 않다. 이제 나는 그 새들을 본 게 지난해 휴가지인지, 2년 전인지 또는 전혀 다른 어떤 장소인지 기억하려 애쓸지 모른다. 이 기억들이 정확하기는 할까? 5장의 논의로 보건대, 그런 기억들은 비록 유용할지는 몰라도 늘 정확하지는 않다.

다시 요약해보자. 절차기억과 감각기억, 작업기억이 새모이통에 있는 새들을 보기, 기록하기 및 새 관찰의 지각 경험 유지하기 행동을 뒷받침해준다. 나는 이미지와 사고를 작업기억에 넣어 유지한다. 이 작업기억은 새를 인식하기 위한 의미기억과 연결된다. 그리고 메타기억이 그 새들이 어떤 종류인지를 내가 즉시 알지 못한다는 사실을 알려준다. 내가 의미기억을 검색하면 과거의 일화 떠올리기가 활성화 및 자극되는데, 일부는 정확하지만 일부는 정확하지 않다(다시 메타기억이 나서서 정확한지 판가름해준다). 하지만 이는 발생할지 모를 일의 일부일 뿐이다. 내가 지금까지 한 모든 일은 몇 분쯤 쓰던 글에서 눈길을 거두고 새를 보면서 딴생각에 빠진 것이다. 나는 주의력을 잃은 이 순간에도 내 기억을 더 생산적으로 사용할 수 있다.

아마 나는 장래의 어느 시점에 새모이통에 모이를 채워야겠다고 생각하고 있을 것이다. 내가 새모이를 충분히 갖고 있나? 더 주문을 해야 하나? 나는 기억을 사용해 장래의 행동을 계획하고 준비한다. 이 미래지향적인 기억은 **미래계획기억**(prospective memory)이라는 일화기억의 한 형태다. 이 기억 유형은 과거에 대한 기억이지만 미래를 위한 계획과 예측을 위해 현재 사용되는 기억이다.

이 모든 기억은 정보를 부호화하고 저장하고 인출하고 사용할 수 있는 우리의 정신적 및 신경학적 시스템에 의존한다. 다음으로는 그게 어떻게 작동하는지 더 자세히 살펴보려고 한다. 우선 측두엽에 있는 구조인 해마부터 살펴보자.

| 해마 |

우리는 기억이 뇌에 저장된다는 사실을 안다. 또한 기억은 보관함 속의 서류처럼 저장되지 않으며, '저장'이라는 용어가 비유임을 안다. 기억의 경우, 저장은 뇌 전체에 분산된다. 이 분산된 저장은 지각 과정에서 작동하는 뉴런 네트워크에서 뉴런 사이의 연결 형태를 띤다. 이 연결은 기억 흔적memory trace이 강화될수록 강해지는데, 덕분에 기억이 더 쉽게 재활성화된다. 강한 연결은 빠르게 인출할 수 있고 자주 인출되는 기억에 대응한다. 이 빠른 인출은 여러분이 인출하고 싶은 과거의 일을 기억하는 데도 도움이 된다. 또한 기억이 세부 사항을 채워서 지각 경험을 완벽하게 만드는 역할도 담당한다. 자주 일어난 사건일수록 뉴런 사이의 연결이 강화되어 강하게 부호화된다. 이 강한 연결은 또한 행동에 영향을 미치게끔 이용될 수 있는 기억들을 만들어낸다. 이 기억들은 5장에서 다루었던 가용성 휴리스틱의 바탕이 된다.

뉴런 연결 활성화시키기, 자주 발생하는 연결 강화하기 그리고 나중에 사용하려고 정보 인출하기는 내가 2장에서 논의했던 뇌 구조에 의존한다. 바로 해마다. 해마는 측두엽의 피질 하부 영역에 위치해 있다. 해마는 감각기관에서 오는 지각 입력들을 주의 및 기억과 연결하는 시스템의 일부다. 해마는 새로운 기억을 저장하고 기억을 이용해 세계와 상호작용하도록 돕는다. 그러기 위해 뇌에서 무엇이 처리되고 어느 부위에서 처리되는지에 관한 정보를 취합한다. 그러면 나중에 활성화시킬 수 있게끔 그 정보를 기록할 수 있다.

해마가 정확히 어떻게 그렇게 하는지는 분명 아직도 과학적 논쟁거리지만, 조엘 보스Joel Voss와 닐 코언Neal Cohen이 내놓은 이론에 따르면(Voss,

Bridge, Cohen & Walker, 2017) 해마는 **위치**를 부호화하는 뇌 영역들 및 편도체에 연결되고 아울러 거기서 나오는 뉴런 연결을 받아들인다. 두 사람이 조사해보니, 여러 연구에서 눈 운동과 해마의 활동 사이에는 매우 강한 관련성이 드러났다. 해마는 운동 제어의 수준에서 눈의 움직임을 조정하는 데 직접 관여하진 않지만 대신에 우리가 무엇을, 그리고 어디를 보는지 알기 위해 기억을 사용하는 방식에 관여하는 듯하다. 해마는 지식을 지각과 (그리고 반대 방향으로도) 잇는 뇌 속의 뉴런 연결을 활성화 및 재활성화시킬 수 있는 듯 보인다. 특히 우리가 보는 대상에 맞게 조정된다. 이 연구에 따르면, 우리는 세계를 지각할 때 해마를 통해 지속적으로 기억을 사용하는 듯하다.

보스와 코언은 또한 해마의 이 시각적 '탐구와 주의' 역할을 뒷받침해주는 연구를 논의한다. 가령, fMRI와 같은 뇌 영상 촬영 기법을 이용한 연구에서 해마의 활동과 기억이 시각을 이끄는 실험 과제들(가령, 피실험자가 이전에 보았던 어떤 장소를 보도록 하는 과제) 사이의 상관관계가 그런 예다. 해마는 지각을 이끌어내도록 돕는 데 매우 중요해 보인다. 보스와 코언에 따르면, 그러기 위해 해마는 시각을 이끌어내는 데 쓰이게 될 짧은 간격의 기억 신호를 생성해낸다. 해마가 생성한 '온라인 기억 표상online memory representation' 은 이 장에서 논의해온, 그리고 5장의 초반부에서 지각의 세부 사항을 채우는 기억의 역할을 논의할 때 나왔던 개념들과 대체로 일치한다.

신경과학의 이 연구에서 드러나듯이 해마는 지각과 주의, 기억을 혼합하는 데 대단히 중요한 역할을 한다. 해마가 제대로 작동하지 않으면, 우리는 어디를 보는지 무엇을 보는지 알기 어려워지며, 우리가 보는 대상에 관한 세부 사항을 채우기 위해 기억을 쉽게 이용하지 못할 수 있다. 그게 해마가 하는 일의 전부는 아니지만, 우리가 어떻게 줄곧 변하는 지각 입력으로부터 세계를 안정적으로 이해하고 안정적인 기억 표상을 얻어내는지 그 수수께끼를 풀 중요한 실마리가 바로 해마다.

이 연구는 해마의 기능 중 하나를 엿보게 해준다. 하지만 이 엿보기는 더 많은 질문을 제기한다. 가령, 해마가 생성하는 이 기억 표상의 형태 내지 속성은 무엇인가? 보스와 코언이 내놓은 견해에 따르면, 해마는 짧게 작동하는 온라인[24] 기억 표상을 생성하고 조작한다. 하지만 둘은 또한 이 짧게 작동하는 기억 표상은 지각과 장기기억의 다른 표상과의 대응도 얼마간 공유한다고 가정한다. 해마가 지각과 장기기억 사이에 다리를 놓기 위해 이 표상을 생성한다는 것이다.

해마의 역할은 아직도 연구 중이지만, 지금 우리는 어떻게 기억이 지각을 돕기 위해 작동하는지 그리고 행동을 이끌어내는지 제법 완벽하게 이해하고 있다. 나는 지각 과정에서의 기억과 작업기억, 장기기억이 맡는 역할에 대한 전반적인 체계를 설명했다. 이 3가지 종류의 기억은 기억과 사고에 대한 우리의 일상적 이해에 오랫동안 닻을 내려왔다. 우리는 지각하고 생각하고 기억한다. 우리는 기억을 감각적 현상이자 단기적 현상이자 장기적 현상으로서 이해한다. 하지만 동시에 기억을 그 내용물의 기능으

---

24   여러분도 알아차렸겠지만, 나는 이 책에서 '온라인'이라는 용어를 사용해왔다. '온라인'이라는 용어는 변화하고 역동적이며 지각과 긴밀하게 연결된 표상을 가리키기 위해 종종 사용된다. 인지과학의 다른 많은 측면과 마찬가지로 이 용어는 마음에 대한 컴퓨터 비유에서 나왔다. 온라인 표상이란 역동적이고 필요할 때 생성되며 계속 활성화되는 표상이다. 하드 드라이브상에 있는 정적이고 안정된 파일에 접근하는 대신에 온라인상의 인터넷에 연결하기와 비슷한 표상을 가리킨다. 온라인일 때 여러분은 살아 있다. 온라인일 때 여러분은 인터넷상의 온갖 동적이고 변화하는 정보에 민감하다. 이 용어는 또한 fMRI, 눈움직임 추적과 EEG와 같은 방법론적 기법들을 가리키는 데 사용되는데, 이런 측정은 능동적이고 역동적이며 자기 보고self report의 렌즈를 통해 여과되지 않기 때문이다. 자기 보고 측정 및 이와 비슷한 다른 종류의 행동 반응은 '오프라인'인데, 자극이 가해진 후에 반응이 일어나기 때문이다. 반면에 뇌 영상 촬영은 온라인으로 일어나는 활성화를 포착할 수 있다. 컴퓨터 비유가 인지과학에 스며들어 있는 까닭은 그것이 인지심리학과 인지과학 탄생의 일부였기 때문이다.

로서 고찰해야 한다. 과거의 특정 사건에 대한 기억은 우리가 아이폰을 열기 위해 올바른 동작들을 떠올려서 실행하려고 사용하는 기억과 같은 잘 훈련된 사실에 대한 기억과는 다른 특성을 갖는 듯 보인다.

앞으로는 대체로 그런 차이들에 주목하면서 어떻게 기억 표상이 작동하는지 살펴보려고 한다. 다양한 방법이 있지만, 우선 지속시간(장기, 중기, 장기)과 내용(사건, 사실, 행위)에 의해 기억을 구분하는 편이 제일 나을 듯하다.

❘ 기억의 지속시간 ❘

기본적으로 보자면 짧은 시간, 가령 몇 초 동안만 지속되는 기억이 있고 평생 동안 지속되는 기억도 있다. 여러분은 어린 시절에 살던 집의 전화번호를 기억할 수 있는가? 이런 질문이 사람들에게 더 이상 의미가 없는 때가 올지도 모르지만, 우리 다수에게는 자라던 시절에 집 전화라고 여겼을 '일반전화'가 있었다. 일반전화는 내 정체성의 일부라고도 할 수 있다. 내 이름과 비슷하다. 그 정도까진 아니더라도 거의 그렇다. 내 이름과 달리 꼭 필요한 것이 아닌데도, 여전히 나는 부모님의 전화번호를 떠올릴 수 있다. 더 이상 기억할 필요가 없는데도 말이다. 오랫동안 그 번호로 전화를 걸지 않았다. 솔직히 그 번호가 아직 쓰이는지도 잘 모르겠다. 아빠와 통화할 때 내 휴대전화의 연락처 정보를 찾아서 아빠의 휴대전화에 전화를 걸기 때문이다. 아빠가 휴대전화를 오랫동안 갖고 있었는데도, 나는 매번 그 번호를 찾아야 한다. 달리 말해서, 1970~1980년대부터 있던 오래된 일반전화 번호는 더 이상 필요가 없는데도 기억하는 반면에, 실제로 쓰는 번호인데도 아빠의 휴대전화 번호는 기억하지 못한다.

하지만 그 일반전화 번호를 몰라서 외우려고 했을 때가 나도 분명 있었다. 아마 나도 우리 대다수가 하던 대로 했다. 즉, 기억할 수 있을 때까지 마음속으로 번호를 반복해서 외웠다. 가령 내가 여러분에게 '958-8171'[25]이라는 전화번호를 기억하라고 시키면, 여러분은 어떻게 할까? 그 번호를 스스로에게 말할 것이다. 지금 가능하다면 다른 일은 하지 말고 숫자 열을 외워보라. 외우고, 눈을 감고서 1분 동안 정확하게 기억할 수 있는지 확인해보자.

여러분이 대다수 사람이 하듯이 눈을 감고서 숫자들을 외우면, 계속 외우고 있는 동안에는 숫자 열을 기억할 수 있다. 그런데 누군가가 와서 방해를 한다면 거의 대부분 숫자를 잊을 것이다. 우리 대부분이 경험하는 이 기억이 바로 단기기억이다. 짧으며 용량이 제한적인데, 마음속으로 무언가를 외우려고 할 때면 쉽게 접하게 되는 기억이다.

정보 목록을 기억해보라고 시키면 여러분은 어떻게 하는가? 정보 목록은 일종의 흥미로운 데이터 구조다. 목록은 대체로 순서대로 되어 있는데, 보통 짧으며 매우 구체적인 의도하에 작성되었다. 예를 들면, 쇼핑 목록이 그렇다. 쇼핑 목록이 무엇인지는 누구나 안다. 여러분은 가게에서 사야 할 것들을 적고서, 그 목록을 갖고 다니면서 들르는 가게에서 물건을 확인한다. 설령 적어놓은 목록이 없더라도 그렇게 할 수 있다. 만약 누군가가 여러분에게 우유, 달걀, 빵, 시금치와 파마산 치즈를 사달라고 부탁했다고 하자. 그 목록을 기억하기는 분명 어렵지 않다. 여러분은 어떻게 기억하는가? 아

25　이 번호는 내 부모님의 옛날 일반전화 번호가 아니다. 한편 나는 http://www.random.org/라는 유용하고 멋진 웹사이트에서 이 번호를 골랐다. 이 웹사이트는 대기 잡음을 이용해 진짜 무작위 숫자를 생성한다. 만약 여러분의 휴대전화 번호와 똑같더라도, 순전히 우연의 일치일 뿐이다.

마 전화번호에서처럼 목록을 여러 번 외운 다음에, 가게로 가서 기억으로부터 목록을 꺼내려 할 테다. 이런 기억 인출은 비유다. 목록은 여러분이 가서 기억을 꺼내오는 뇌의 어떤 장소에 실제로 저장되지 않는다. 대신에 여러분은 그 특정한 사건이나 경험을 재창조하고 있다. 여러분은 목록의 항목을 동일한 순서로 기억할 것이다. 실제로 지금 목록을 다시 보지 말고, 순서대로 목록을 기억할 수 있는지 확인해보라. 아마 그럴 것이다.

우리의 기억은 목록을 좋아하고, 또한 질서를 좋아한다. 그래서 우리는 목록을 만든다. 우리는 목록의 구조 자체를 기억 단서로 사용한다. 각 항목은 앞선 항목들 및 뒤에 나올 항목들과 밀접하게 연관되어 있다. 목록의 구성 자체가 기억을 강화시키는 역할을 한다. 어떤 것들의 짧은 목록을 기억하고 싶다면, 목록을 특정한 순서로 작성해보라.

한편 서로 다른 기억들은 어디에 쓰일지에 따라 저마다 지속 기간이 다르다. 여러분 부모의 전화번호는 오랜 세월 기억에 남을 수 있다. 목록은 여러분한테 필요할 때까지(그리고 계속 활성화되어 있을 때까지) 저장된다. 다른 기억들은 훨씬 더 짧겠지만 여러분이 마음속에서 안정적인 지각 경험을 유지하도록 돕는 데 대단히 중요하다. 우리는 이를 감각기억이라고 부른다. 우리는 이 기억을 통해 세계를 만나고, 세계 또한 여러분의 기억과 만난다.

| 감각기억 |

단기기억은 상이한 여러 유형으로 나타나는 듯하다. 가장 낮고 가장 지각적인 수준의 기억을 가리켜 심리학자들은 '감각기억'이라고 부른다. 이 기억은 지각 과정 동안에 작동하는 기억과 가장 밀접하게 관련된 뇌 영역들의 활성화를 반영한다. 감각기억은 20세기 중반에 심리학자 조지 스펄링 George Sperling이 당시로선 대단히 독창적이고 영리한 실험을 통해 발견해냈다. 이 실험은 현대의 인지신경과학 연구보다 수십 년 일찍, 우리가 세계의 세부 사항을 채우고 지각을 이끌어내기 위해 기억을 어떻게 사용하는지에 관한 실증적 증거를 내놓았다. 스펄링의 영리한 실험은 다음과 같이 진행되었다.

피실험자들한테 1초보다 적은 매우 짧은 시간 동안 화면에 글자들의 배열을 보여준다. 가령, 피실험자한테 아래 글자들을 약 50밀리초라는 매우 짧은 시간 동안 보여준다. 글자들이 번쩍했다가 사라진 다음, 그 이미지가 어른거리지 않도록 잠시 시각적 잡음이 나타난다. 이 과정은 순간노출기tachistoscope라는 장치로 정교하게 제어된다. 순간노출기는 슬라이드 프로젝션과 기계적 타이머를 사용해 정확한 시간 동안 이미지를 보여준다. 오늘날에는 똑같은 일이 컴퓨터 모니터에서 이루어질 수 있지만, 스펄링 당대에는 그렇지 않았다.

G	K	Y
W	P	B
R	T	H

글자 노출이 매우 짧을(보통 사용되는 50밀리초 동안일) 때, 피실험자는 모든 글자를 떠올릴 수 없다. 서너 개 글자를 알아보았는데 화면이 사라지고 만다. 하지만 피실험자들은 아주 짧은 시간이나마 모든 글자가 보였지만 알아차리기 전에 기억에서 희미해져갔다는 느낌을 받았다고 밝혔다. 나도

수업 시간에 기억에 관해 가르칠 때 이 실험을 종종 시연한다. 화면에 글자 배열을 몇 분의 1초 동안 보여준 뒤에 다음 슬라이드로 넘어간다. 아무도 세 글자 넘게 기억하지 못한다. 많은 학생이 스펄링의 피실험자들이 했던 경험을 똑같이 했다. 학생들은 글자들이 한꺼번에 전부 나타나서 시각적 정신 이미지 속의 공간을 채우는 모습을 볼 수 있다고 말한다. 이제 글자들을 읽어나가면 기억할 수 있지만, 막상 시각적 정신 이미지로부터 글자들을 읽으려고 하면, 이미지가 희미해져버려서 고작 세 글자만 알아차릴 수 있다.

달리 말해서, 사람들은 모든 글자를 볼 수 있고 가장 이른 지각 수준에서 어떤 방식으로 글자들이 전부 표현되었다는 사실을 인식하지만, 희미해지기 전에 지각 경험을 안정화시킬 수 없는 듯하다. 몇 분의 1초 동안 전체 이미지가 가용한 상태가 되지만, 세부 사항을 채울 시간이 부족하다. 실험에서 피실험자들한테 그런 일이 생긴 듯 보이지만, 여러분은 그렇다고 어떻게 확신할 수 있는가? 이 질문에 대한 스펄링의 답은 매우 영리했으며, 지각과 기억을 연구하는 방법을 다방면으로 변화시켰다. 피실험자 자신의 정신적 상태에 관한 성찰(모든 글자가 보였다가 희미해졌다는 인식)에 의존하기보다 스펄링은 이 현상을 측정할 방법을 고안해냈다. 스펄링이 **전체 보고**(full report)라고 명명한 표준적인 조건에서 피실험자들은 모든 글자를 떠올리려고(그러다가 실패) 한다. 하지만 **부분 보고**(partial report)라고 명명한 실험 조건에서는 모든 글자를 떠올리려고 하지 않아도 된다.

부분 보고에서 피실험자들은 글자 배열을 이전처럼 보았지만, 배열이 사라진 직후에 어떤 소리를 들었다. 이 소리는 음높이가 높거나 중간이거나 낮거나 셋 중 하나였다. 높은음을 들었을 때 피실험자들은 맨 윗줄의 글자들만 보고하면 되었다. 중간 높이의 음을 들었을 때는 가운뎃줄만 보고하면 되었다. 낮은음을 들었을 때는 맨 아랫줄만 보고하면 되었다. 음마다 양식이 다르기에, 시각적 이미지처럼 동일한 뉴런 자원을 놓고 경쟁하지 않는다. 또한 여러분이 어느 줄을 보고할 수 있는 유일한 방법은 그 줄이 사라지고 나서 그리고 음을 듣고 나서뿐이다. 화면에서 글자 배열이 사라지기 전까지는 어느 줄을 보고해야 하는지 모른다. 피실험자가 이 과제를 할 수 있는 유일한 방법을 말하자면, 감각기억에 전체 이미지가 실제로 표현되어야 하고 아울러 해당 음이 가리키는 기억 이미지를 살펴볼 수 있어야 한다.

스펄링의 피실험자들은 음이 가리킨 줄의 모든 글자를 보고할 수 있었다. 그리고 세 종류의 음 모두에 대해, 그리고 모든 줄에 대해 여러 번 시도했을 때에도 전부 성공했기에, 피실험자들이 배열의 모든 글자를 보기엔 길지 않은 매우 짧은 시간 동안에도 글자들 전부를 지각하는 데 필요한 모든 시각적 정보를 정말로 가졌다고 할 수 있다. 내 수업 시간에 이 사례를 실제로 해보아도 똑같은 결과가 나온다. 학생들은 글자 배열 이미지가 음이 들리기 전에 화면에서 사라지더라도, 음이 가리킨 어떤 줄이라도 보고할 수 있다.

이 실험에는 훌륭한 점이 아주 많기에, 이 실험만으로도 수업 내용을 전부 채울 수 있다. 우선, 이 실험은 내가 4장에서 주의에 관해 논의한 내용의 또 다른 사례다. 가장 낮은 수준에서 우리 지각 시스템은 용량이 무제한적인 듯하다. 이 실험은 또한 시각적 주의와 청각적 주의가 동일한 자원을 놓고서 경쟁하지 않음을 보여준다. 이 둘은 어느 면에서 보나 서로 다른 두 흐름이다. 여러분은 이미지를 볼 수도 있고 음을 들을 수도 있는데, 이 두 출처의 정보는 서로 방해하지 않는다. 또한 이 실험은 우리의 지각이 세부 사항을 채우기 위해 기억에 얼마나 많이 의존하는지 잘 보여준다. 이 경우 피실험자는 말 그대로 각 글자에 대한 기억 표현을 활성화시켜서 실제로 그 글자를 자신에게 읽어주기 전까지는 글자들의 배열을 지각할 수 없다. 시스템의 낮은 수준에서 용량은 무제한이긴 하지만, 이 무제한적 용량도 활성화시킬 개념이나 기억이 없다면 그다지 의미가 없다.

이것은 심리학의 가장 난해한 역설 중 하나다. 즉, 우리는 오직 우리가 아는 것을 지각할 수 있으며, 이미 알고 있어야 우리가 지각하는 것을 알 수 있다.

조지 스펄링이 발견한 종류의 감각기억은 단기기억의 한 종류일 뿐이다. 감각기억은 몇 분의 1초 동안만 지속된다. 즉, 그걸로 뭘 할지 결정하지 않으면 그 정보는 몇백 밀리초 이후 금세 희미해진다. 스펄링의 실험으로 확인된 내용이다. 하지만 일단 우리가 글자, 단어, 수 또는 이미지를 읽고 나면, 우리는 그걸 더 오래 기억할 수 있고 의식 속에 넣어 계속 유지할 수 있다. 이것이 우리 대다수에게 익숙한 종류의 단기기억이다. 우리가 생각하고 문제를 해결하고 여러 가지를 말끔하게 처리해야 할 때 곧잘 사용하는 기억이다. 이처럼 우리를 위해 많은 일을 하는 기억을 가리켜 작업기억이라고 한다.

▮ 작업기억 ▮

스펄링의 감각기억은 잠시 번쩍거리는 데 반해, '작업기억'이라는 종류의 단기기억은 작업에 실제로 관여한다. 작업기억은 능동적 기억의 형태로서, 지속 기간이 짧고 용량도 작다. 이 기억은 우리가 능동적으로 다루거나 능동적으로 생각하는 정보를 반영한다. 작업기억은 우리가 의식적으로 인식하는 기억이자 생각이지만, 작업기억 속에 든 모든 내용을 우리가 늘 의식하지는 않는 듯하다.

자세히 살펴보기 전에 예를 들어 설명해보자. 여러분이 팟캐스트나 강의를 듣고 있다고 상상하자. 여러분은 집중해서 이야기를 따라가고 있지만, 그건 여전히 새로운 정보다. 이야기의 요지를 짐작하고 예측할 수 있지만, 정확히 어떤 단어나 문장이 다음에 나올지는 모른다. 하지만 여러분은 각각의 단어를 듣고 이해해야지만 처음의 지각표상이 희미해지기 전에 문장을 이해할 수 있다. 게다가 지각표상은 빠르게 희미해진다. 소리는 잠시 들릴 뿐이다. 듣자마자 사라진다. 지각하자마자 금세 이용이 불가능해진다. 해결하기가 만만찮은 문제다. 듣자마자 단어는 희미해진다. 또한 여러분은 그 단어들을 문장으로 구성해 이야기의 요점을 파악할 시간이 필요하다. 더군다나 이 문제를 매우 빨리 해결해야 하는데, 새로운 단어가 계속 들려온다. 바짝 신경 써서 내용을 따라가야 한다! 이는 스펄링이 연구하던 것과 동일한 문제다. 다만 그는 잠깐의 **시각적** 감각기억이 존재하는지를 연구했다는 점만 다를 뿐이다.

들리는 단어의 지각적 형태가 몇 초 동안이라도 의식에 담겨서 여러분이 단어들로 문장과 구절, 또는 듣고 있는 이야기의 개념을 구성할 수 있게 해주는 단기적으로 '붙들어주는 영역'이 있다면 얼마나 좋겠는가. 그러면 방금 들은 단어를 이해하기도 전에 새 단어가 나와서 앞의 단어를 덮어버릴 위험이 늘 도사리는, 급격하게 희미해지는 신호라는 문제가 해결될 것이다.

물론 여러분한테는 그런 시스템이 있다. 기본적으로 여러분의 작업기억이 하는 일인데, 작업기억은 그렇게 하려고 진화된 듯하다. 작업기억은 지각과 긴밀히 관련된 정보를 단기간 붙들어두는 영역으로서 의식적으로 활동한다. 그리고 지각과 지식 간의 중개 역할을 하기도 한다. 작업기억 덕분에 많은 인지 및 사고 과정이 이루어진다.

작업기억은 모든 종류의 능동적 기억을 다룬다. 몇 가지 예를 더 살펴보자. 이 책의 이 구절을 읽는 데 필요한 정신 활동을 살펴보자. 각 단어와 문구를 읽을 때, 여러분이 읽고 있는 내용의 의미를 추출하고 내용에 대한 일종의 정신적 모형을 세우는 정신적 표상이 활성화된다. 이렇게 하는 데 작업기억이 사용된다. 작업기억은 여러분이 무슨 의미인지 제대로 알기도 전에 먼저 정보를 저장해놓는데, 그래야지 정신적 모형을 세우는 데 필요한 개념들을 재빠르게 활성화시키고 그것들에 접근할 수 있다. 독서는 시각적 과정이므로 듣기에서 발생하는 문제를 겪지 않는다. 듣자마자 사라지는 입말(구어)과 달리 적힌 단어들은 페이지에 그대로 있다. 그런데 독서는 우리 대다수에게 시각적 과정임에도, 여전히 입말에 대해 활성화되는 뇌의 부위들을 활성화시킨다. 여러분이 글을 읽을 때도 여전히 단어들은 작업기억 시스템을 통과한다. 속으로 소리 내어 읽으면, 개념들을 활성화시키기 시작할 수 있을 만큼 신호(시각적 입력 또는 소리)를 충분히 오래 붙들어두는 데 도움이 된다.

작업기억은 단지 언어에만 사용되지 않는다. 동영상이나 사진 또는 여러분 앞에 있는 장면을 볼 때 여러분이 지각하는 이미지들은 다른 개념들과 연결되어 한 개념을 형성하기 전까지 작업기억에서 활발하게 유지될 수 있다. 수학이나 물리와 같은 문제를 풀 때, 여러분은 다음을 알아차릴 수 있다. 즉, 여러 개념을 한꺼번에 불러내고서 그것들을 한데 합쳐야 전체 문제가 풀린다는 사실을 말이다. 여러분은 속으로 말할 수도 있고, 삼차원 물체를 상상할 수도 있고, 그게 어떻게 움직일지 또는 여러 상이한 각도에서 어떻게 보일지 상상할 수도 있다. 상상 속에서 루빅스 큐브^{Rubik's}

cube를 풀 수 있는가? 그게 작업기억이 하는 일이다. 모두를 항상 목록에 적어 기록하지 않고서도 여러 축구선수가 축구장에서 서는 위치를 계속 추적할 수 있는가? 역시 작업기억이 하는 일이다. 서로 다른 장소에 있는 시각적 대상들을 지각하고 식별할 수 있는가? 이 역시 작업기억이 하는 일이다.

분명히 작업기억은 우리가 세계를 이해하는 데, 그리고 우리 주위에서 일어나고 있는 일을 지각하고 이해하기 위해 경험을 재구성하는 데 큰 역할을 한다. 이 모형이 어떻게 작동하는지, 바탕이 되는 이론과 이를 뒷받침하는 증거를 더 자세히 논의해보자.

이전 장에서 우리는 '작업기억'이라는 용어를 사용하지 않고서 이 이론의 일부 측면을 이미 살펴보았다. 가령, 전화번호나 단어 목록을 외우는 암기는 작업기억 시스템의 필수적인 한 요소인 '속으로 내는 목소리inner voice'를 사용한다. 4장의 한 사례에서 나는 리 브룩스가 고안한 실험을 설명했는데, 그 과제를 하려면 2가지 '주의 풀'을 사용해야 한다. 피실험자에게 시각적 이미지를 기억하거나 문장을 반복하라고 한 다음에, 답을 말로 하거나 점을 가리켜서 질문에 답하라고 한다. 브룩스는 반응을 하기 위해 기억이 동일한 '주의 풀'을 사용할 때 서로 방해가 됨을 관찰했다. 브룩스의 연구에서 보여주었듯이, 대다수 사람은 '속으로 내는 목소리'와 '속으로 보는 눈inner eye'을 둘 다 사용해 표상을 유지한다. 브룩스의 연구는 이를 작업기억이라고 칭하지 않았지만, 그의 연구는 이후의 발전과 더 정교해진 이론을 위한 길을 터주었다.

우리가 논의할 작업기억 모형은 단기기억에 관한 매우 구체적인 이론으로서, 1970년대 초 영국에서 앨런 배들리Alan Baddeley와 그레이엄 히치Graham Hitch에 의해 처음 개발되었다(Baddeley & Hitch, 1974). 서로 비슷한 단기기억에 관한 이론이 다수 있긴 하지만, 작업기억 모형이 아마도 가장 훌륭하다. 이 모형에는 몇 가지 핵심 측면이 있다. 배들리의 작업기억 모형은 즉각적인 감각 정보를 처리하는 시스템 내지 신경학적 구조들의 네트워크가 존재한다고 가정한다. 작업기억 시스템은 버퍼 역할을 통해서 정보를 유지, 처리 및 폐기할 수 있다. 배들리의 모형에는 이 이론에 고유한 여러 특징과 가정이 있다. 이 가정들은 다수의 상이한 상황에서 우리의 행동을 설명해준다.

우선 지각과 주의, 기억 사이의 밀접한 관련성에 대해 우리가 논의했던 내용과 일치하는 특징으로, 배들리의 작업기억 모형은 양상 특정적^{modality specific}이다. 여기서 '양상'이란 지각 양상을 가리킨다. 이는 단지 상이한 감각계에 대해 상이한 기억 시스템이 존재한다는 말일 뿐이다. 작업기억 모형은 청각 정보의 처리를 위한 별도의 신경회로와 시공간^{visuospatial} 정보의 처리를 위한 별도의 신경회로가 존재한다고 가정한다. 청각 및 언어 정보는 배들리와 히치가 '음운루프^{phonological loop}'라고 명명한 시스템이 처리한다. 시각 및 공간 정보는 '시공간 잡기장^{visuospatial sketchpad}'이라는 시스템이 처리한다. 둘의 조정 역할은 '중앙집행기^{central executive}'가 맡는다. 중앙집행기는 자원들을 할당하고, 시스템 사이의 전환을 이루며, 한 시스템 내의 표상 사이의 전환을 조정한다. 배들리의 모형이 작업기억에 관한 유일한 모형은 아니지만, 가장 유명한 모형 중 하나다. 그리고 작업기억에 관한 다른 이론들도 몇 가지 (이 모형과) 동일한 가정을 한다.

배들리에 따르면, 음운루프는 청각피질로부터 들어온 입력에 연결된 음운 내지 음향 저장소다. 감각기억에 대한 설명에서 이미 보았듯이, 처음의 기억 흔적은 약 2초 후부터 희미해진다. 하지만 우리는 보통 이렇게 세계를 경험하지 않는다. 우리는 들리는 한 가지에 집중하고 그것에 대해 계속 생각할 수 있다. 우리가 듣는 내용이 희미해지지 않는 까닭은 속으로 소리 내기, 즉 마음속에서 반복하기subvocal rehearsal라는 발성 제어 과정에 따라 그 내용을 유지하거나 강화할 수 있기 때문이다.

속으로 내는 소리는 우리 대다수가 잘 안다. 짧은 정보 한 조각(가령, 전화번호나 짧은 문구)을 자신에게 되뇌면서 여러분이 어떻게 기억할 수 있는지 생각해보라. 예를 들어, 여러분이 웹사이트나 SNS 계정을 위해 이중인증two-factor authentication을 사용한다고 해보자. 그러면 새 기기에 로그인할 때, 웹사이트에서 여러분에게 웹사이트에 입력할 다섯 내지 여덟 자리 숫자를 문자로 보낸다. 그걸 소리 내지 않고 자신에게 되뇌다가 입력 칸에 타이핑하고 나면 여러분은 즉시 잊어버린다. 마음속에서 반복하기 과정은 여러분이 정보를 계속 반복하는 동안에만 정보를 기억에 넣어둔다. 이 반복하기 과정이 끝나고 기억이 희미해지자마자 그 정보는 잊힌다.

속으로 내는 소리도 우리가 입말을 듣고 이해하는 방식의 일부다. 배들리의 모형에 따르면 우리가 듣는 모든 것은 나중에 이해하기 위해 일단 작업기억으로 들어간다. 우리는 보통 이런 맥락에서 작업기억을 알아차리지 못하지만, 때로는 그 영향을 알아차리기도 한다. 혹시 다음과 같은 일이 여러분에게 생긴 적이 있는가? 어떤 이가 여러분에게 질문을 하거나 말을 하는데, 여러분한테는 무슨 말인지 잘 들리지가 않는다. 이런 일이 생길 때 여러분은 질문을 다시 한번 해달라고 부탁할 것이다. "죄송하지만 뭐라고 하셨나요?" 하지만 때때로 그 사람이 질문을 다시 하기도 전에 그 사람이 했던 말을 마음속에서 재생시켜서 질문을 '듣게' 된다. 여러분은 작업기억 시스템의 음향 제어 과정을 사용함으로써 그 사람이 했던 질문을 들을 수 있다. 이 사례에서 여러분은 실제로 무슨 말이 나왔는지 알기 **전에**, 여러분이 들은 내용을 재생하고 있다. 이는 구어 작업기억verbal working memory이 언어(음운) 기반이면서 또한 음향 기반임을 의미한다. 우리는 마음속으로 단어만이 아니라 소리도 재생할 수 있다. 작업기억 덕분에 우리는 들린 내용을 다시 듣기 위해 청각피질을 재활성화시킬 수 있다.

속으로 내는 소리(구어 작업기억)는 사고의 매우 중요한 요소다. 속으로 내는 소리와 구어 작업기억이 있어야지 우리는 가설을 세우고, 어떤 문제에 대한 설명을 독파해내고, 결정을 도출해내고, 대안을 검사하고, 행동의 결과를 고찰한다. 달리 말해서 활발한 사고에는 활발한 작업기억이 필요하다. 활발한 사고는 언어 이해와 더불어 추론과 계획 세우기 및 문제 해결을 위한 작업기억을 요구한다. 사실, 이 모든 활동에서의 성공은 작업기억의 용량값과 매우 상관관계가 높음이 밝혀졌다(Oberauer, 2009). 게다가 많은 심리학자에게 '작업기억 용량'은 지적 능력을 대표하는 척도가 되었다. 나중에 이른바 '집행 기능'을 논할 때 그 이유를 살펴보겠다.

음운 기반의 구어 작업기억이 존재한다는 증거는 광범위하고 다양하지만, 그 시스템 전체가 장기기억과 연계해 작동한다는 가장 두드러진 증거 중 하나는 서열 위치 효과serial position effect다. 서열 위치 효과는 여러분이 이미 알고 있을지 모를, 인지심리학의 근본적인 효과 중 하나다. 이 효과는 20세기 아주 초반에 헤르만 에빙하우스Hermann Ebbinghaus가 발견했다. 확실히 에빙하우스는 관리하기 쉬운 실험실을 갖고 있었다. 대체로 자신을 검사 대상으로 삼아 많은 시간을 들여 상이한 조건하에서 단어들의 목록, 글자들, 글자들의 열을 기억했고, 자신의 알아차리기 및 떠올리기 점수를 꼼꼼하게 기록했다. 그가 발견한 서열 위치 효과는 믿기지 않게 단순하다. 나도 수업 시간에 시연해보았는데, 매번 그 효과가 재현된다. 효과는 다음과 같다. 실험의 참가자는 단어(또는 음절, 숫자, 글자 등)의 목록을 건네받는다. 이 목록은 전부 기억할 수 없을 만큼 길지만, 전부 듣거나 읽는 데 1~2분이 넘게 걸릴 만큼 너무 길지는 않다. 대략 스무 단어가 1초에 하나쯤의 일정한 속도로 제시된다. 이런 실험에 참가한다면 여러분은 최대한 많은 단어를 기억해달라는 부탁을 받을 것이다. 그러면 그 목록을 전화번호, 쇼핑목록 또는 임의의 짧은 목록을 기억하려 할 때와 똑같은 방법으로 기억하려고 할 것이다. 즉, 속으로 내는 소리(음운 작업기억 시스템)를 이용해 단어들을 스스로에게 되뇌어서 기억에 담아두려고 할 테다.

하지만 문제가 하나 있다. 목록이 음운루프의 한 '루프'에 들어가기에는 너무 길다. 되뇌기에는 단어가 너무 많기에 어느 시점에서 여러분이 너무 많은 단어를 루프에 끼워 넣으려고 하면 일부 단어를 잊게 된다. 그리고 문제가 하나 더 있다. 단어들을 스스로에게 되뇌어야 하는데, 목록 속의 추가적인 단어들이 계속 제시되고 있다. 이 단어들은 여러분이 이미 들었거나 본 단어들을 되풀이하고 있는 도중에 계속 여러분에게 제시된다. 여러분은 이미 들은 단어들의 집합을 계속 되뇌일지, 아니면 그 단어들을 기억하기를 멈추고서 새로 제시되고 있는 단어들을 기억하려고 할지 결정해야 한다. 이쪽이든 저쪽이든 여러분의 인지 시스템은 이 정보처리를 전부 동시에 다룰 수는 없다. 모든 단어를 되뇌려고 하면서 모든 단어를 일정한 속도로 처리할 수 없다. 일부 단어는 암기에서 빠지게 된다. 하지만 흥미롭게도, 이러한 단어 전부 암기의 실패는 예측 가능한 방식으로 일어난다. 오류의 패턴은 작업기억 시스템의 작동 방식과 관련이 있다.

위에 나온 단어들의 목록이 제시된다면(청각적 또는 시각적으로 그리고 둘 다도 가능하다), 여러분은 전체 목록을 기억할 수 없을 것이다. 하지만 목록의 처음에 나오는 단어들이나 끝에 나오는 단어들은 훨씬 더 잘 기억할 것이다. 즉, 여러분의 기억은 목록 내 단어의 서열 위치에 민감하다. 순서와 맥락이 중요하다. 에빙하우스가 이 연구를 처음 실시했을 때, 그는 목록의 처음과 끝의 단어들을 중간의 단어들보다 훨씬 더 잘 기억할 수 있었다. 그래서 '서열 위치' 효과라는 이름이 붙었다. 목록 속 단어들에는 서열 위치 효과가 존재한다. 에빙하우스는 그걸 작업기억 시스템의 산물이라고 기술하진 않았지만, 그의 설명과 배들리의 작업기억 모형이 내놓은 더 정교한 설명은 대략 동일하다.

목록의 처음에 있는 단어들을 작업기억에 넣어 자신에게 되뇔 때, 더 강한 기억 흔적이 생긴다. 그럴 때 장기기억에 더 강하게 남는 까닭은 이후의 단어들을 듣고서 되뇌려고 할 때조차도 처음 들은 단어들을 계속 되뇌기 때문이다. 이 되뇌기 덕분에 더 강한 흔적이 남는다. 그 단어들을 계속 되뇔 수 있는 한, 검사 단계의 후반부에도 떠올릴 만큼 오래 작업기억 속에 담아둘 수 있다. 목록 앞에 있는 항목들이 더 잘 기억되는 현상을 가리켜 '초두 효과primacy effect'라고 하는데, 이는 작업기억 되뇌기 그리고 이로 인한 더 강한 기억 흔적 때문이다. 하지만 중간에 나오는 항목들까지 잘 되뇔 수는 없는데, 이유를 하나 들자면 앞의 항목들을 되뇌느라 작업기억이 이미 찼기 때문이다. 그 단어들을 기억할 능력이 손상된 셈이다. 초두 효과는 작업기억의 폭에 의해 제한된다.

에빙하우스가 알아내기로, 그는 또한 목록의 마지막에 나오는 단어들을 기억할 수 있었다. 가장 최근에 들은 단어를 잘 기억하는 이 현상을 가리켜 '최신 효과recency effect'라고 한다. 여러 번 되뇌기의 결과인 초두 효과와 달리, 최신 효과가 생기는 까닭은 그 단어들이 활동 중인 음향 작업기억 저장고에 아직 남아 있기 때문이다. 작업기억 모형은 초두 효과와 최신 효과를 설명하기 위해 다음과 같이 가정한다. 전자는 되뇌기의 결과고 후자는 그 단어들이 감각 저장고에서 여전히 활동 중이다. 중간의 단어들은 되뇌어지지 않는데, 되뇔 추가적인 용량이 음운루프에 없기 때문이다. 그리고 감각 저장고에서도 더 이상 활성화되지 않는데, 이후의 새 단어가 들어올 때마다 밀려나기 때문이다.

이 설명은 표준적인 서열 위치 효과에서 초두 효과와 최신 효과에 잘 통한다. 하지만 이 실험의 다음 두 버전이 훨씬 더 큰 지지를 받는다. 버전 1: 단어들을 더 빠르게, 가령 초당 두 단어의 속도로 제시하면, 초두 효과는 줄어들거나 없어지며, 서열의 중간에 있는 단어들에 대한 성적도 낮아지지만, 최신 효과는 그렇지 않다. 왜 그럴까?

빠른 속도가 음운루프를 일찌감치 압도해버리기 때문이다. 단어들을 되뇔 시간이 적어서다. 음운루프에서 단어들을 되뇌는 데는 시간이 걸리는데, 음운루프는 보통의 말하기 속도에서 작동하는 편이다. 버전 2: 목록을 제시하고 나서, 20초 동안 지연한 다음에 추가 단어들을 제시하면, 선두 효과에는 아무 영향이 없지만 최신 효과는 없어지고 만다. 목록의 끝에 있던 단어들이 추가 단어들에 의해 작업기억에서 밀려나기 때문이다. 추가 단어 없는 20초의 지연은 큰 영향을 끼치지 않는데, 이 경우에는 마지막 단어들 일부를 되뇔 수 있어서다.

이 서열 위치 효과는 인공적이고 인위적으로 제한을 가해 도출된 듯 보일 수 있다. 실험실에서는 생길 수 있겠지만 실험실 밖에서는 일반화할 수는 없는 효과처럼 보일지도 모른다. 하지만 일상에서 겪는 몇 가지 사례를 가만히 살펴보면, 실험실 바깥에서도 타당한 효과임을 알 수 있다. 가령, '이용 약관'이 매우 빠르게 지나가버리는 라디오 광고를 들은 적이 있는가? 광고는 작업기억을 통해 처리하기에 너무 빨리 지나가버려서 들리는 말 전부를 좀체 이해할 수 없다. 목록 제시를 너무 빠르게 하는 경우와 똑같다. 모든 말을 부호화해서 처리할 시간이 부족하기에, 일부는 최초 감각 활성화를 그냥 지나쳐버린다. 광고주가 이렇게 하는 까닭은 이용 약관을 명시해야 한다는 법적인 요건을 충족시키기 위해서다. 하지만 이용 약관 중 일부는 구매 권유에 방해가 되므로, 말하는 속도를 빨리함으로써 법적 요건도 충족하면서 청취자가 들린 말을 기억할 가능성을 줄일 수 있다. 광고주한테는 좋지만 소비자한테는 별로 좋지 않다. 또 다른 예는, 내가 어렸을 때 있었고 또한 내 아이들한테도 있었던 일이다. 나는 무언가, 돈인지 장난감 조각인지 트레이딩 카드(흔히 스포츠 선수나 유명인의 모습이 인쇄되어 있는 카드)인지를 세려고 했다. 나는 속으로 소리를 내거나 심지어는 크게 소리를 내어 세곤 했다. 내 남동생은 다른 소리를 크게 외쳐서 나의 셈하기를 능가하려고 하곤 했다. 내가 '14, 15, 16, 17⋯⋯'을 세고 있을 때 남동생은 '22, 7, 34' 또는 '2, 4, 6'을 외쳐댔다. 그러면 나는 어디를 세는지 잊고 말았다. 내가 음운루프로 처리하려던 정보(셈하기)가 음향 저장고의 정보(내가 듣는 수들)에 의해 밀려나버렸기 때문이다.

내가 논의한 대다수 사례는 구어 처리와 구어 관련 기억에 관한 내용이지만, 작업기억은 단지 구어 현상에만 적용되지는 않는다. 우리는 주로 시각을 통해 세계를 경험한다. 우리는 앞에 놓인 것을 보고, '속으로 보는 눈'을 이용해서 사물을 상상하고 또한 시야에 들어온 사물들을 처리할 때처럼 생생하게 시각적 표상을 계속 붙들어둘 수 있다. 이는 시공간 작업기억인데, 배들리는 이를 가리켜 '시공간 잡기장'이라고 불렀다. 시공간 작업기억은 구어 작업기억과 작동 방식이 비슷하지만, 예외라면 시공간 작업기억 시스템이 주로 공간적 특성을 지닌 표상을 유지하기 위해 피질의 시각 및 운동 영역을 필요로 한다는 점이다. 구어 작업기억과 마찬가지로 이 시공간 작업기억은 또한 사고 능력과도 매우 상관관계가 높은 듯하다.

작업기억 모형이 해결해야 할 문제 중 하나는 이 두 시스템, 구어 작업기억과 시각 작업기억이 지각과 매우 밀접하게 관련되어 있기에, 최종적으로 처리되는 정보가 어떻게 함께 관리되고 합쳐지냐는 것이다. 어떨 때 여러분은 보는 데 더 집중해야 하지만, 또 어떨 때는 듣는 데 더 집중해야 하고, 또 둘 다에 집중해야 할 때도 있다. 달리 말해서, 두 시스템에는 어떤 종류의 제어가 필요하다. 심리학자들은 보통 이를 가리켜 '집행 기능'이라고 한다. 그리고 집행 기능과 같은 시스템 기능은 반드시 작동해야 한다.

배들리의 작업기억에 관한 표준 버전에서는 (배들리의 용어대로) 중앙집행기가 다른 두 하위 시스템 간의 자원들을 조정한다. 하지만 작업기억에 관한 다른 이론들은 집행 기능들의 독립적 작동에 더 중점을 둔다. 이 집행 기능들은 과연 무엇일까? 배들리의 이론이나 다른 이론 모두 전환, 자원 억제 및 선택적 주의와 같은 일반적인 인지 기능들의 집합에 주목한다. 작업기억 내의 중앙집행기는 주의와 관련이 있으며, 이 작업기억 하위 시스템들 내의 활동에 주의를 기울이는 우리의 능력을 반영하는 듯하다.

만약 여러분이 화학 공부나 코딩 배우기, 또는 금융시장 이해와 같이 지적인 과제나 인지 측면에서 벅찬 과제를 잘하고 싶으면, 이 집행 기능이 어떻게 작동하는지 이해하면 정말로 득이 될 수 있다. 이 기능이야말로 여러분의 작업기억이 실제로 작동하도록 만든다. 집행 기능은 우리 대다수가 정신적인 일을 하는 것에 관해 생각할 때 작동하는 기능이다. 우리의 사고와 행동을 제어하는 방식이자 우리의 기억이 작동하게 해주는 방식이다. 정말로 중요한 기능이 아닐 수 없다. 더 자세히 들여다보자.

이 집행 기능 중 하나가 이른바 '과제 전환'이다. 과제 전환은 주의를 한 행동에서 다른 행동으로 바꾸는 행위다. 과제 전환은 여러 상이한 수준의 인지 과정 및 여러 영역에 걸쳐서 작동하는데, 그런 까닭에 인지와 과제 수행의 다른 척도들과 연관성이 있는 듯하다. 어떻게 우리가 멀티태스킹과 선택적 주의를 하는지 논하면서 우리는 과제 전환의 많은 사례를 다루었다. 멀티태스킹의 모든 측면과 마찬가지로 한 과제에서 다른 과제로 전환할 때는 언제나 비용이 든다. 그래서 주의를 일시적으로 잃거나 여러분이 주의를 기울이는 정보를 조금 잃게 될 수 있다. 그게 과제 전환의 대가다. TV에서 채널을 돌리거나 휴대전화에서 이 앱을 쓰다가 다른 앱으로 바꿀 때와 마찬가지로, 한 채널의 마지막에 나오는 정보나 한 앱의 사용 끝 무렵에 나오는 정보, 그리고 바꾼 채널이나 앱의 시작 부분에 나오는 정보를 조금 잃게 될지 모른다.

억제도 집행 기능의 하나이며 과제 전환과 관련이 있다. 억제는 우리가 무언가를 무시하게 해주는 과정이다. 이 과정을 통해 우리는 무언가에 대한 주의를 억제하고 반응이나 행위를 억제한다. 우리가 무언가를 하지 않기 위해 의존하는 일반적인 기능이다. 이 기능은 중요하다. 우리는 부적절한 지각적 특징, 혹은 부적절하거나 불필요한 사고나 감정을 무시할 수 있어야지만, 주의를 적절한 사고나 감정에 온전히 기울일 수 있다. 억제는 또한 추론과 의사결정, 예측과 가설 검증과 같은 고차원 사고를 위해 우리에게 필요한 것이기도 하다. 가령, 여러분이 퍼즐이나 게임, 수학 문제와 같은 문제를 하나 풀려고 한다고 치자. 운이 좋아서 첫 번째 시도에서 풀지 않는 한 여러분은 정답을 찾기 위해 할 수 있는 여러 방법을 시도할 것이다. 문제 풀이를 위해 있을 수 있는 단계들의 집합을 검사할 때마다 여러분은 그게 통하는지 확인해본다. 만약 현재 전략이 통하지 않는다면 처음으로 돌아가서 다시 시작해야 할 테다. 그러려면 어느 정도의 억제가 요구된다. 어째서 그럴까? 제일 먼저 시도했던 단계들에 대한 주의를 억제해야 한다. 동일한 단계들의 집합을 다시 시도하지 **않도록** 다짐해야 한다. 새로운 해법으로 전환하고 이전의 해법은 억제해야 한다.

억제는 이런 복잡한 인지 과제에서 대단히 중요하다. 또한 사회적 상호작용에도 중요한데, 자극에 대한 첫 반응을 억제하고 더욱 공손한 방법으로 반응해야 할지 모르기 때문이다. 어떤 일을 제대로 하려면 2~3분마다 휴대전화를 확인하고 싶은 욕구를 억제해야 한다. 억제는 내가 5장에서 썼던 휴리스틱과 편향에서 비롯되는 일부 실수를 인정하는 법을 배우는 데도 중요하다. 결정을 내리고 예측을 하기 위해 기억의 가용성에 기대는 편이 자연스럽기는 하지만, 그랬다가는 편향과 실수가 생길 수 있음을 알아야 한다. 때로는 기억에서 나오는 첫 번째 직관을 극복하려면, 마음에 맨 처음 떠오르는것을 억제하고, 기억에서 꺼내는 데 시간이 더 많이 걸리는 다른 선택지를 고려할 수 있어야 한다.

전환 및 억제와 같은 집행 기능이 고차원 사고에 큰 역할을 하는 것으로 보여서인지, 많은 연구자가 집행 기능은 작업기억의 으뜸가는 지적 구성 요소라고 제안했다(Kane et al., 2004). 집행 기능은 범용 작업기억 시스템으로서 활약하며 심지어 지능 일반의 으뜸가는 결정 요소인 듯 보인다. 달리 말해서, 음운루프와 시공간 잡기장과 같은 낮은 수준의 구성 요소들은 집행 기능만큼 고차원 사고에 기여하지는 못할 것이다. 집행 기능의 가용성과 용량이 사고 및 추론 능력의 핵심 결정 요소일 수 있기 때문이다. 개인차의 관점에서 볼 때, 뛰어난 집행 기능 가용성을 지닌 사람은 학교 성적과 사고력 검사처럼 지적 능력과 연관된 재능과 검사에서 더 나은 성적을 낼 수도 있다. 일반적으로 뛰어난 집행 기능 능력은 성과 달성과 연관이 있다.

| 결론 |

이 장의 시작에 나오듯이, 기억을 이해하기 위한 좋은 방법은 적어도 다음 2가지다. 바로 지속시간(단기기억, 중기기억, 장기기억)과 내용물(사건, 사실, 운동 행위, 말, 영상)이다. 기억의 짧은 측면인 감각계와 작업기억 시스템은 우리 사고의 내용물을 반영하며 지각과 긴밀히 연결되어 있다. 이 시스템들은 우리가 생각하고 있는 정보를 저장하며, 우리는 그 정보를 되뇌기 및 지각 재활성화를 통해 유지한다. 하지만 이런 표상들은 우리가 이미 알고 있는 내용과 연결되지 못하는 한 우리에게 아무런 의미가 없다. 작업기억 시스템은 바깥에 있는 세계, 감각 및 지각의 세계, 우리 마음속 세계와 장기기억, 개념 및 지식의 세계 사이의 매개자다.

7장

지식이란
알고 설명하려는 욕구다

기억은 열쇠나 휴대전화, 단어 목록을 어디에 두었는지 떠올리기보다 더 많은 일에 사용된다. 단기기억은 무언가에 대해 생각하고 개념을 고찰하며 언어를 이해하도록 해주는 작업기억의 일종이다. 작업기억은 세계에 대한 안정적인 표상을 만드는 데 도움이 된다. 물론 우리는 우리가 보고 있는 것을 어느 정도 알아야지 안정적인 표상을 만들어낼 수 있다. 또한 기억이나 개념 속에 어떤 표상을 갖고 있어야지만 보고 듣는 것을 알 수 있다. 작업기억은 진행 중인 사고를 위한 시스템일지 모르나, 우리가 아는 것과 감각하고 지각하는 것을 합칠 수 있는 능력에 의존한다. 하지만 우리는 어떻게 실제로 무언가를 알까? 어떻게 이미 일어난 일의 기록인 표상을 마음속에서, 그리고 뇌 속에서 만들어낼까? 어떻게 다시 지각할 수 있도록 지각 경험을 **저장**할까?

　5장에서는 우리가 어떻게 사고 일반을 위해 기억을 사용하는지, 어떻게 오류와 휴리스틱이 동일한 장소에서 나오는지를 다루었다. 6장에서는 단기기억과 작업기억을 다루었다. 이 장은 나머지 내용, 즉 나머지 모든 내용이다. 이 장에서는 어떻게 그리고 왜 여러분이 무엇이든 기억할 수 있는지, 어떻게 여러분이 거의 모든 것을 기억할 수 있는지 다룬다. 이 장은 장기기억과 지식에 관한 내용이다.

5장에서 귀띔했듯, 장기기억과 지식에 대해 생각할 방법은 적어도 2가지다. 우리에게는 우리한테 일어났던 일에 대한 기억이 있다. 중요하든 평범하든 상관없으며, 결혼식이나 지난주의 저녁 식사 또는 새 직장의 첫날처럼 어떤 종류의 일이라도 될 수 있다. 과거에 여러분에게 일어났던 일화이자 개인적 사건들이다. 이 사건들이 이른바 일화기억이라는 기억의 한 종류를 구성한다. 하지만 또한 우리는 세계에 관한 일반적 지식이나 사실에 관한 기억도 갖는다. 이를 가리켜 의미기억이라고 한다. 이 두 종류의 기억과 더불어 다른 기억들도 설명하겠다. 일화기억의 기본적인 측면들, 가령 유연성 및 시간에 대한 감각에의 의존성 등을 다루겠다. 또한 의미기억에 관한 이론들도 다루겠다. 기억 활성화의 확산 및 지식 구성의 상이한 개념들이 그런 내용이다. 아울러 이 장에서는 효과적인 기억법과 같은 실용적 정보도 담고자 한다. 더 효과적이고 효율적인 기억의 핵심 중 하나는 새 개념을 기존의 구조 위에 올려두는 법을 익히는 것이다. 지식이 구성되는 방식을 활용함으로써 여러분은 정보를 떠올리는 능력을 대체로 향상시킬 수 있다. 더 잘 생각하고 싶다면 여러분의 기억이 어떻게 작동하는지 아는 것이 중요하다. 그래야 여러분이 기억하고 싶은 내용을 더 잘 기억할 수 있고 오류가 언제 어떻게 생기는지 알아차릴 수 있다.

| 장기기억의 상이한 종류 |

단기기억을 논했을 때 나는 서로 다른 별개의 여러 기억 종류로 나누어 설명했다. 그 구분은 대체로 시간이나 양상에 따른 결과였다. 감각기억 시스템은 매우 짧은데, 지각 과정과 거의 즉시 그리고 밀접하게 연결되어 있다. 작업기억 시스템은 조금 더 오래 유지된다. 이 기억 속의 내용이 되뇌기 과정을 통해 더 오래 지속될 수 있기 때문이다. 이 작업기억 시스템 내에서 우리는 시각 기반 기억과 구어 기반 기억을 다시 구분했다. 내가 다루지 않은 것은 그런 기억들의 실제 **내용**이다. 구체적인 내용은 중요하지 않다고 가정했기 때문이다. 작업기억 버퍼는 책과 베이글, 야구에 관한 기억을 똑같은 방식으로 저장하는 듯하다. 그리고 감각기억에서도, 비록 이 기억이 여러분 앞에 있는 것에 대한 실제 표상을 연산적 과정을 통해 보존하긴 하지만, 위의 과정은 똑같아 보인다. 가령, 자동차^{car}와 홍관조^{cardinal}에 대해 우리는 별도의 감각계를 갖고 있지 않다.

하지만 장기기억에서는 기억의 내용이 더 중요하고 흥미롭다. 우리는 일반적 지식과 구체적 경험에 따라 기억할 내용을 구성하는 듯하다. 그 과정에서 종종 정보를 개념적으로 구성하고 접근한다. 즉, 우리는 똑같은 방식으로 저장될지 모르는, 동일한 것에 대한 많은 기억을 갖는다. 비슷한 발상들은 개념적으로 구성된 한 심리적 공간에 서로 가까이 저장되는 것처럼 보인다. 우리한테 아주 낯익은 것들은 복잡하고 풍부한 사실과 기억의 네트워크에 종종 저장된다. 만약 여러분이 요리하기를 좋아한다면, 요리 기법과 요리 기구, 음식 재료와 레시피에 대한 지식이 많을 것이다. 그리고 여러분이 요리했던 구체적인 음식들에 대한 광범위한 기억을 갖고 있을 테다. 가장 맛있는 빵을 구웠던 때라든가, 소스 만들기가 예상대로 되지 않았던 때 등을 말이다. 당연히 예상할 수 있듯이 여러분의 음식에 대한 지식, 요리 기법에 대한 기억과 구체적인 요리 경험에 대한 기억은 다른 분야의 기억보다 훨씬 더 잘 발달해 있다. 만약 자동차 경주에 대해 관심과 경험이 매우 낮다면, 그 개념은 잘 발달하지 못한다. 많은 심리적 공산을 차지하지 못하기 때문이다. 그리고 기어에 남는 경험도 거의(또는 전혀) 없을 수 있다. 만약 NASCAR 경주에 참여해본 적이 없다면, 그런 일은 여러분의 기억에 남을 여지가 아예 없다.

일찍이 6장에서 새모이통의 새를 알아보는 데 관여하는 기억의 역할을 논하면서 나는 사실 기반으로 구성되는 기억과 사건 기반으로 구성되는 기억을 구분했다. 사실 기반 기억은 대체로 **의미기억**이라고 부르는데, 가장 중요해 보이는 의미적 및 개념적 내용이기 때문이다. 사건 기반 기억은 대체로 **일화기억**이라고 부른다. 이는 구체적인 일화에 대한 기억으로, 여러분에게 일어났거나 앞으로 일어날 구체적인 사건에 대한 내용이다. 두 시스템은 서로 다른 방식으로 작동하는 듯하다. 일반적으로 무언가를 알고 기억하는 능력과 특정한 것을 떠올리고 회상하는 능력에는 기능적 차이가 있어 보인다. 기능적 필요가 다르기에 이 두 시스템은 상이한 목적을 달성하는 데 이바지한다. 하지만 둘이 별개는 아니다. 상호작용하고 겹치며 서로에게 영향을 미친다. 이 점을 사례를 통해 쉽게 알아볼 수 있는데, 이 경우 구체적인 사건이 결국 새로운 개념을 낳을 수 있다.

이야기가 기억을 형성한다

여러 해 전에 내 막내딸이 처음 말을 배울 무렵, 의미기억과 일화기억 간의 상호작용을 잘 보여주는 일이 있었다. 아마 여러분도 살아오면서 비슷한 경험이 많을 것이다. 나로서는 이 일이 각별하다. 아장아장 걷는 단계의 아이가 말을 배우고 무언가를 관찰하고 개념을 세우는 걸 배우는 모습에는 놀라운 점이 있는데, 정말로 흐뭇하기 그지없다.

어느 날 나는 오일 교환을 하려고 막내딸과 함께 자동차 정비소에 가서 차를 맡겼다. 아마 새 차를 처음으로 정기 점검했던 것 같다. 정비소에서 고객은 대기실에 앉아 창문을 통해 자신의 차가 정비를 받는 과정을 지켜볼 수 있다. 우리는 기본적인 오일 교환과 더불어 타이어 교체를 했으므로 차를 리프트에 올려놓고, 기존 오일을 비워내고, 타이어를 회전시켜보아야 했다. 태어난 지 고작 만 1년 6개월 된 딸에게는 새로운 경험이었다. 아장아장 걸을 무렵의 대다수 아이처럼 딸은 무엇에든 무척 관심이 많았다. 큰일이든 사소한 일이든 재미있는 일이든 평범한 일이든 죄다 흥미진진하게 여겼다. 세상에 새로운 일이 넘쳤다. 딸에게 정비소는 새로운 장소였고 새로운 경험이었다. 딸은 뭐든 파악해서 새 기억을 만들 에너지와 욕구가 넘치는 만 1년 6개월 된 아이였다.

딸은 평소처럼 거기 있는 책 몇 권을 뒤적이고 과자를 먹었다. 그러다가 정비 과정을 볼 수 있는 창으로 다가가더니 멈추고서는 입을 벌린 채 바라보았다. 차가 리프트 위에 있는 모습은 **정말로** 새로웠다. 딸은 자기가 본 모습에 완전히 넋이 나간 것 같았다. 차가 리프트 위에 올려지는 모습을 보고서 딸의 눈이 얼마나 커졌는지 나는 여전히 기억한다. 그건 우리 차였다. 우리가 어디든 몰고 다녔던 큼직하고 묵직한 차였다. 그런데 이젠 공중에 있었다. 딸은 이제껏 차를 오직 한 각도에서만 보았다. 그런데 이번에는 다른 각도였다. 딸이 무슨 생각을 하고 있었을지 짐작해보니, 그건 정말로 정신을 쏙 빼놓을 경험일 듯했다.

하지만 나한테는 정신이 쏙 빠질 만한 경험이 아니었다. 흔한 일이자 사소한 일이었다. 하지만 딸의 반응 덕분에 나한테도 특별해져서 지금까지도 그 일을 기억하고 있으리라. 하지만 나는 그 모든 내용을 기억에 담으려고 전혀 주의를 기울이지 않고 있었다(이 사건에 대해 내가 어떻게 그리고 왜 강한 기억을 갖고 있는지는 나중에 설명하겠다).

대체로 나는 대다수 부모처럼 했다. 무슨 일이 일어나고 있는지에 관해 딸과 이야기했다. 가령 "차가 위로 올라가고 있어"라고 말했다. 딸은 "위로"라는 단어를 되뇌었다. 그리고 아마 또 이렇게 말했다. "그래 맞아, 위로 올라가고 있어." 몇 번 더 단어를 되뇐 후에, 그리고 기억을 강화시키는 말을 나한테서 듣고 난 후에 딸은 침착해졌다. 하지만 여전히 리프트 위에 있는 차의 모습에 눈길을 고정하고 있었다. 그리고 차가 내려졌다. 와우. 그게 정말로 딸의 주의를 사로잡았다. 차가 아래로 내려왔다. 딸은 차가 리프트 위에 영원히 있으리라고 예상했을까? 누가 알겠냐만은, 어떤 이유에선지 차가 내려오는 모습에 훨씬 더 흥분했다. 나는 "이제 차가 아래로 내려와"라고 말한 것 같은데, 물론 딸은 "아래로"란 단어를 따라 했다. 이어서 그 단어를 몇 번이나 더 되뇌었다.

그리고 차가 다시 올라갔다. 지금 생각해도, 너무 심한 움직임이었다. 딸은 창문을 뚫고 정비 구역으로 넘어갈 것만 같아 보였다. 아마 딸의 인생에서 그날이 그때까지 가장 흥미로운 날이었을 것이다. 겨우 1년 반을 살았으니, 다른 비교할 게 많지 않아서였다. 하지만 30분 동안에 차가 올라가는 걸 보았다가, 내려가는 걸 보았다가, 다시 올라가는 걸 보았다. 분명 그 시점에 딸은 조그만 의자 모서리에 앉아서 다음에 무슨 일이 일어날지 궁금해했으리라. 짐작대로, 차는 아래로 내려왔다.

그랬다. 딸로서는 그때가 그날 최고의 순간인 듯했다. 딸은 "아래로"라고 외쳤다. 웃으면서. 다른 사람들도 따라 웃었다. 딸은 즐거운 시간을 보냈다. 또한 새로운 것을 배웠다. '위로'와 '아래로'라는 단어를 배웠다. 세계와 세계 속 사건 사이에 관계가 있음을 배웠다. '위로' 사건 다음에 '아래로' 사건이 일어날지 모른다는 점을 배웠다. '아래로' 사건 다음에 '위로' 사건이 일어날 수 있다는 점도 배웠다. 심지어 그 단순하고 평범한 경험에서도 딸은 새로운 개념을 배웠다. '위로'와 '아래로'에 대한 단어와 개념을 함께 배웠다.

이 이야기에 나 자신이 너무 빠지기 전에, 이 사건을 인지심리학적 개념 및 기억들과 연결시키고 싶다. 그리고 내가 너무 똑똑해지기 전에 밝히는데, 사건을 개념과 연결시키기야말로 이 이야기의 핵심이다.

딸은 이전에도 물체가 위로 아래로 움직이는 모습을 분명 본 적이 있다. 그런 단어를 처음 듣지도 않았다. 딸이 아기침대나 의자에 있을 때 '아래로 내려오고 싶은지' 내가 묻곤 했기 때문이다. 딸은 그 단어를 들었다. 그날 딸이 한 일은 그 단어를 차에 방금 일어났던 일에 대응시키고, 그 관련성을 '위로'와 '아래로'를 들었던 다른 때와 연결시킨 것이다. 딸은 (차와 단어 사이의) 새로운 관련성을 익히고 그걸 이전 사례들과 연결시키고 있었다. 이는 새로운 의미기억 형성의 사례인데, 세계와 행위 사이의 관련성은 정의상 의미론적이기 때문이다. '위로'는 무언가가 올라간다는 뜻이다. '아래로'는 무언가가 내려간다는 뜻이다. 위로와 아래로는 종종 서로 연결된다. 둘은 서로 관련되어 있으며 서로 전조가 된다. 이 둘은 세계의 의미 그리고 두 단어에 의해 함께 묶인 사건의 의미에 관한 개념이다.

이것이 의미기억인데, 의미 있는 내용에 관한 기억이기 때문이다. 또한 여기서 중요한 것은 의미 일반이지 구체적 사건이 아니다. 사실 대다수 의미기억이 너무 구체적이면 해롭다. 만약 그 사건이 자동차 정비소에서만 그리고 자동차에만 적용된다고 생각했다면, 위로와 아래로에 관한 딸의 지식에 도움이 되지 않았을 테다. 딸은 위로와 아래로가 모든 종류의 사물과 사건에 적용되는 일반적 개념임을 배워야 한다. 의미기억은 그런 일반적 관련성을 만들어내지, 구체적 사건에 기억의 일부로서 주의를 너무 많이 기울이지는 않는다. 의미기억은 구체성을 잃더라도 일반성을 얻어내려고 시도하는 듯하다. 하지만 때때로 우리는 구체적인 내용도 기억한다. 어째서 그럴까?

기억에 관한 이 이야기의 첫 부분은 의미 있는 사실들의 부호화와 저장에 관한 내용이다. 위로와 아래로를 배우기에 관한 내용이다. 하지만 내 이야기에는 그 이상이 있다. 이야기의 두 번째 부분은 사건 기억하기에 관한 내용이다. 당시 내 딸은 대학과 연계된 시간제 어린이집에 다니고 있었다. 자동차 정비소에서 나온 후, 나는 딸을 어린이집에 차로 데려다준 다음에 내가 근무하는 대학에 갔다. 몇 시간 후에는 딸을 차에 태워서 집으로 향했다. 우리가 그날 일찍이 오일 교환을 했던 정비소를 지나갈 때 내가 그곳을 딸에게 가리켰다. 딸은 눈을 반짝이면서 '위로'와 '아래로'에 관해 말하기 시작했다. 마치 예전부터 그 사건을 기억하는 듯이 위로와 아래로를 말했다. 내가 보기에 딸은 그 일화를 되살리고 있었다. 딸은 그 경험을 낯익은 것으로 인식했다. 그 경험을 실제로 일어난 일로서 인식했다. 새로운 일화기억이 형성된 셈이다. 우리가 차를 타고 지나갈 때 딸은 그 사건을 기억해냈다. 단어들과 연결된 실제 사건이 있었고, 딸은 자신이 그 사건의 일부였음을 알아차렸다. '위로'와 '아래로'의 일반적 개념에 대한 기억인 의미기억과 달리, 이 일화기억은 구체적인 일화의 기록이 주된 관건이다. 일화기억은 개인적 사건에 대한 기억이다. 우리는 구체적인 정보를 저장하고 그 구체적 정보를 거기에 있었던 우리 자신과 연결시키려고 한다. 딸의 경우에는 자신이 거기 있었음을 알아차렸고, 그 사건을 기억함으로써 자신이 그 일화에서 배웠던 개념을 내게 알려주었다.

이 이야기에서 우리는 의미기억(위로와 아래로의 일반적 개념)의 강화와 새 일화기억의 생성(딸이 그날 일찍 그 장소에서 차가 위로 올라가는 모습을 보았다는 인식)을 보았다. 이 둘은 상이한 종류의 기억인데, 비록 동일한 원래의 사건에 관한 것이지만 2가지 종류의 기억이기 때문이다. 2가지 종류의 기억인 까닭은 각각 사건의 다른 측면을 추적해서다. 의미기억은 일반적이다. 그것은 기존에 있던 관념과의 새로운 관련성을 만들어낸다. 하지만 일화기억은 구체적이며, 마음으로 하여금 상이한 정보를 저장하게 만든다.

어렴풋함 그리고 유연성

정비소 곁을 지나면서 딸이 그곳을 알아보았을 때, 딸은 '위로', '차 위로', '차 위로 올라간다'라고 말했을까? 잘 모르겠다. 이 이야기에 대해 많은 걸 기억하고 그 사건 전반에 대한 기억이 있음에도, 구체적인 내용은 많이 기억나지 않는다. 돌이켜 생각해보니, 나는 그 일화에 관해 분명 중요했을 내용을 많이 기억하지 못한다. 딸이 정확히 몇 살이었는지, 날짜가 며칠이었는지 1년 중 어느 때였는지도 기억나지 않는다. 왜일까? 당시에 그런 정보는 전혀 중요하지 않았기에 나는 그걸 기억에 담으려고 애쓰지 않았다. 그런 세부 내용이 기억나지 않는데 어떻게 그 사건을 기억할 수 있으며, 나 자신의 일화기억은 얼마나 정확할까?

사실, 그 사건 직후의 수업 시간에 그 이야기를 했다. 나는 '인지심리학'을 가르치고 있었는데, 그 이야기를 이용해서 의미기억과 일화기억의 차이를 설명했다. 수업 시간에 말한 이야기는 지금 내가 이 책에서 말하고 있는 내용과 거의 같았다. 수업에서 예로 삼기 좋은 이야기다. 내게 일어났던 사건과 일화(정비소에서 딸의 모습을 본 일) 덕분에 나는 딸의 일화기억과 의미기억에 대해 말할 수 있었다. 그걸 지금 기억할 수 있는 까닭은 그

때 기억해서다. 지금 기억나는 까닭은 그 수업에서, 그리고 이후의 수업들에서 이야기를 다듬어내고 학생들에게 말했기 때문이다. 즉, 그 기억을 강화시켰다. 또한 그런 다듬기와 말하기를 통해 한두 내용이 추가되었을지도 모른다. 어쨌든 그런 내용이 내 기억의 일부가 되었다. 기억은 발생한 사건의 정확한 거울상이 아니다. 대신에 그 사건 및 나시 말하기의 반영이다. 내가 그 사건을 처음 보았을 때 세세한 내용 중 어느 것을 직접 경험했는지 그리고 몇 가지나 나중에 조금 추가했는지 알기란 거의 불가능하다.

일화기억의 흥미로운 점 하나는 우리가 그걸 경험하는 방식이다. 이러한 경험은 사실 기반의 의미기억과는 다르다. 사실을 기억할 때 나는 정보를 꽤 추상적인 수준에서 일반화하고 떠올리거나 알아차린다. 여러분은 세부 사항이 어렴풋하리라고 종종 여긴다. 사실, 어렴풋함fuzziness이 도움이 될지도 모른다. 5장에서 내가 이야기했던 '배경 채우기' 과정에 도움을 주는 게 바로 어렴풋함이다. 어렴풋함 덕분에 여러분은 어떤 상황이든 세부 사항을 기억과 지식으로부터 채울 수 있고, 따라서 한 장면 속의 모든 세세한 내용 각각을 계속 지각하고 알아차리려 하지 않아도 된다. 가령 내게 오일 교환과 자동차 정비에 관한 일반적 지식이 있다면, 단지 그 정보에만 기대서 이야기의 세부 사항을 채워도 괜찮을 것이다. 일반적 지식은 어느 정도 유연성이 있기 마련이다. 우리는 어렴풋함을 알아차리지도 못하는데, 그 이유 중 하나는 기억의 그런 점이 매우 유용해서다.

하지만 일화를 떠올릴 때 유연성은 내가 원하는 것과 **정반대**다. 나는 일어난 일에 대해 어렴풋하고 유동적인 기억을 갖고 싶어 하지 않는다. 비록 어렴풋함과 유연성이 의미기억에 도움이 되더라도, 일화기억에는 해를 끼치는 듯하다. 그렇다면 왜 기억은 유동적일까? 솔직히 우리한테는 실제로 선택의 여지가 없어 보인다. 문제는 각각의 떠올리기가 새로운 일화가 된다는 점이다. 사건을 다시 말하고 다시 떠올릴 때마다 그건 새로운 사건이 된다. 그래서 이제 원래 사건에 대한 기억과 더불어 원래 사건을 떠올린 기억이 함께 존재한다. 이런 일화기억들이 떠올라서 작업기억 시스템에 들어간다고 가정하면, 원래 사건에 대한 기억이 작업기억을 활성화시키고, 이어서 그 활성화 자체가 저장될 수 있다. 달리 말해서, 기억하기 행위가 원래 사건 및 이전의 기억하기와 연결된 새로운 사건을 만들어낸다. 만약 내가 조금 다르거나 틀린 것을 기억하더라도 기억의 일부가 되고 만다. 내가 이야기를 꾸며내면 그 꾸며낸 내용이, 인출된 정보가 하는 방식 그대로 작업기억 시스템으로 들어간다. 따라서 그게 기억의 일부가 될 가능성이 농후하다. 피할 수 없는 일이다. 다음번에 내가 그 사건을 기억할 때는 내가 보탠 새로운 내용으로 그 사건을 기억하게 되고, 그게 내가 기억하는 내용이 된다. 또한 그 내용은 강화되고 굳건해진다.

기억이 시간에 따라 어떻게 왜곡될 수 있는지 알기란 어렵지 않다. 이 왜곡은 더 일반적인 지식의 유용한 어렴풋함과 동일한 원천에서 비롯된다. 기억은 우리가 원하든 원치 않든 어렴풋하다. 배경 내용을 채우기처럼 이 어렴풋함이 도움이 될 때 우리는 그걸 알아차리지 못한다. 일어난 일의 정확한 반영이길 기대하고 믿는 일화기억에서 세부 내용을 보태거나 뺄 때처럼 어렴풋함이 해가 될 때에도, 우리는 누군가가 우리의 기억이 정확하지 않다고 알려주기 전까지는 어렴풋함을 알아차리지 못한다.

어떻게 여러분은 때로는 어렴풋함을 유리하게 이용하는 법을 배우고 또 어떨 때는 오류를 피하는 법을 배울 수 있을까? 한 해법으로, 핵심 내용을 보존하고 싶다면 이야기를 다듬지 않도록 해보라. 하지만 이 해법은 그다지 실용적이지 않다. 우리 대다수는 이야기를 할 때 다듬기를 좋아한다. 그래야 이야기가 재미있어지고 더 재미있어진다. 그것이야말로 많은 이야기의 목적이다. 즐겁게 해주기가 목표지, 정확하고 사실적인 기억을 만들어내는데 도움이 되는 것이 목적이 아니다. '다듬지 않도록 해보라'는 말이야 쉽지 실제로 하기는 어렵다. 쉽지 않은 까닭은 어렴풋함과 다듬기가 기억의 작동 방식의 본질적인 측면이기 때문이다. 피하기가 불가능하다. 하지만 알아차리고 그 알아차림을 통해서 실수의 가능성을 줄이는 것은 가능하다. 여러분은 기억의 속성을 알아차리는 법을 배울 수 있다. 여러분이 기억하는 것은 이야기인가 사실인가? 해당 기억의 목적은 무엇인가? 새로운 내용을 보태고 있는가? 이전에 나왔듯이, 심리학자들은 이를 가리켜 메타기억이라고 한다. 메타기억은 자신의 기억에 관한 지식이다. 만약 여러분의 메타기억을 향상시키고 싶다면, 기억이 근본적인 수준에서 어떻게 작동하는지 더 많이 아는 것이 도움이 될 수 있다.

그 목표를 염두에 두고서, 얼마간 시간을 내 기억 시스템, 기억의 작동 방식, 기억이 그런 방식으로 작동하는 이유에 대해 알아보자. 다음으로는 이야기보다는 마음과 뇌를 더 많이 다룬다. 그러기 위해, 장기기억을 저장하고 행동을 이끌어내기 위해 사용하는 3가지 종류의 정보를 논의의 바탕으로 삼는다. 일반적 사실에 대한 기억(가령, 무엇이 신발인가), 개인적 과거에 대한 기억(가령, 언제 신발 한 짝을 마지막으로 샀는지 기억할 수 있는가), 운동 절차에 관한 기억(가령, 신발 끈은 어떻게 묶는가)이 그 셋이다. 심리학자들은 이를 각각 의미기억, 일화기억, 절차기억이라고 부른다. 기억을 구분하고 기술할 유일한 방법은 아니지만 이 구분이야말로 가장 유용하고 널리 지지받는 방법 중 하나다.

| 서술기억과 비서술기억 |

단기기억과 작업기억에 관한 논의에서 우리는 기억을 양상에 따라, 즉 감각과 지각에 따라 나누었다. 작업기억 시스템은 지각 세계 바깥과 정신적 세계 내부 사이에 걸쳐 있는 일종의 버퍼다. 작업기억은 이런 식으로 구성될 수밖에 없는데, 그 시스템이 지각과 긴밀히 연결되어 있기 때문이다.

장기기억도 동일한 방식으로, 즉 지각에 따라 구성되어 있다고 상상하고픈 유혹이 든다. 정말로 우리에겐 장기기억의 일부인 지각 경험이 있기는 하다. 하지만 자동차가 리프트에서 위아래로 움직이는 이야기에서 보았듯이, 많은 장기기억은 주로 내용에 의해 구성된다. 우리가 가진 기억은 주로 사실에 관한 기억과 과거에 벌어진 개인적 사건으로 이루어진 기억, 두 종류다. 하지만 이 두 종류의 기억은 똑같지 않다. 둘이 언제나 겹치지는 않는다.

우리 뇌는 활성화 상태들을 저장하고 이를 통합해, 나중에 행동을 이끌어내려 할 때 꺼내 쓸 수 있도록 기억에 담는다. 이 저장된 활성화의 상태 중 일부는 우리가 확실하고 명시적으로 알고 있는 사실과 사건에 관한 것들이다. 우리 이름에 관한 기억, 새모이통에 앉는 새의 이름에 관한 기억 등이 그런 예다. 심리학자들은 대체로 이를 가리켜 '서술'기억이라고 한다. 서술기억은 어떤 것이 '무엇인지를 알기knowing what' 시스템으로 이루어지는데, 이는 그걸 이용하는 '방법을 알기knowing how' 시스템과 대비된다. 여러분의 어머니 이름이든, 사는 곳의 거리 이름이든, 좋아하는 음식 이름이든, 첫 데이트 날짜든, 마지막으로 휴가를 갔던 때든 간에 어떤 것의 존재를 서술할 수 있는 기억이다. 여러분은 기억을 살펴서, 이 정보가 여러분 기억이나 지식의 일부임을 떠올리거나 알아차릴 수 있다. 물론 여러분의 서술기억 시스템에 무엇이 있는지 늘 명시적으로 알진 않아도 된다. 하지만 필요할 때 꺼낼 수 있어야 한다. 그리고 이것이 가장 중요한 점일 수 있는데, 서술기억은 언어를 이용해 말할 수 있는 기억이다.

하지만 여러분의 기억은 여러분이 토론하고 기술하고 서술할 수 있는 것들의 저장고보다 훨씬 더 크다. 여러분한테는 비서술기억도 있다. 비서술기억은 '방법을 알기' 시스템으로 이루어지며 커피잔을 잡는 법, 이름을 쓰는 법, 신발끈을 묶는 법, 모국어의 문법 규칙 등이 비서술기억의 예다. 이 경우 대체로 여러분은 자신이 그런 것들을 알고 있음을 안다. 하지만 조사해볼 수는 없다. 언어를 이용해 내용이나 의미를 전혀 기술할 수가 없다. 시도해볼 수는 있지만, 그래서 나온 결과는 이 기억들이 작동하는 방식을 잘 표현해내지 못한다.

이 두 시스템, 서술기억과 비서술기억은 장기기억의 가장 넓은 2가지 구분이다. 심리학의 다른 많은 개념처럼, 이 구분에 대해 논의할 다른 방법도 있다. 이 두 시스템은 때로는 '무엇what' 시스템과 '어떻게how' 시스템이라고도 하는데, 어떤 것이 무엇인지를 기억하는 한 종류의 기억과 어떤 것을 어떻게 하는지를 기억하는 또 다른 종류의 기억이 있는 것처럼 보이기 때문이다. 이 두 시스템을 가리켜 명시적 시스템과 암묵적 시스템이라고도 하는데, 우리는 어떤 것은 공공연하고 명시적으로 기억할 수 있는 데 반해 또 어떤 것은 알아차리지도 못한다. 또한 언어적verbal 시스템과 비언어적non-verbal 시스템이라고도 부르는데, 어떤 정보는 언어, 즉 속으로 내는 목소리를 통해 저장하고 접근하는 반면에 또 어떤 정보는 비언어적 행위와 행동을 통해 저장하고 접근하기 때문이다.

그리고 각각의 시스템 내에서도 훨씬 더 많은 구분이 존재할 수 있다. 기억 시스템의 세분화와 확산은 오랫동안 일부 심리학자의 관심사였다.

한편 우리에게 있는 기억의 구현 수단은 분명 하나다. 즉, 뉴런 시스템(신경계)이다. 모든 기억은 뇌 안에 활성화의 상태로서 그리고 뉴런 다발 간의 연결 상태로서 저장된다. 이것은 단일한 생체 시스템이다. 한편, 상이한 종류의 기억은 한 인지적 수준에서 상이한 방식으로 작동한다. 또한 상이한 신경학적 수준에서 작동하는 듯한데, 어떤 기억은 뇌의 (측두엽에 있는) 언어 영역에 의존하고 또 어떤 기억은 두정엽에 있는 운동 영역에 의존하니 말이다. 그렇다면 기억 시스템은 하나일까 여럿일까? 만약 여러 시스템이 존재한다면, 몇 개일까? 선을 어디에 그어야 할지는 수십 년간 기억 연구의 핵심 주제 중 하나였다. 나는 기억을 서술기억과 비서술기억으로 나눠서 생각하기를 좋아한다. 직관적인 데다 수십 년 동안의 연구로 뒷받침되었기 때문이다.

그러니 이 기억 시스템들을 더 자세히 살펴보자. 서술기억부터 시작해 보려고 한다. 자동차와 '위로' 및 '아래로' 배우기에 관한 이야기가 그런 서술 시스템 내 기억의 두 종류를 잘 설명해주기 때문이다. 이후에 비서술 시스템을 다룰 것이다.

사실에 대한 서술기억과 사건에 대한 서술기억

서술기억은 명시적이고 언어적이며, 여러분이 기술하고 서술할 수 있는 모든 내용을 포함한다. 서술기억은 다시 일반적 사실에 대한 기억과 과거의 개인적 사건에 관한 기억으로 나눌 수 있다. 일반적 사실 및 지식에 관한 기억과 개인적 사건에 관한 기억의 차이는 토론토대학교의 캐나다인 심리학자 엔델 툴빙Endel Tulving이 자세히 탐구했다. 툴빙은 인지심리학과 인지신경과학의 개척자 중 한 명이다. 1950년대에 토론토대학교에서 가르치기 시작해서 2019년에 은퇴할 때까지 줄곧 거기서 연구했다. 학자 경력 대부분을 기억에 대한 이론적 모형을 개발하고 탐구하는 데 바쳤다.[26] 1972년에 발표한 기억 시스템에 관한 독창적인 논문(Tulving, 1972)에서 툴빙은 기억의 상이한 '범주들'을 구분했다. 1960년대 후반 내내 연구했던 결과였는데, 이 구분에 따르면 기억의 범주에는 능동적 기억, 청각 기억, 단기기억, 작업기억 및 상기기억이 있다. 20세기 초반에 에빙하우스가 기술한 것과 엇비슷한 구분이자, 백 년 후에 내가 이 책에서 논의한 것과 엇비슷한 구분이다. 툴빙은 또한 당시 새로 기술된 지식 구성 시스템인 의미기억도 언급하고 있다. 툴빙 이전에 대다수 이론은 단기기억(우리가 논의한 작업기억)과 그 밖의 모든 것인 장기기억을 단순하게 구분했다. 이런 구분의 밑바탕이 되는 가정은 몇 초 이상 기억하고 싶은 정보는 무엇이든지 단기기억에서 되뇌임을 통해 장기기억에 저장될 수 있다는 것이었다. 하지만 1960년대 후반에 일부 연구자는 지식 저장에 관한 컴퓨터 모형을 연구하면서 장기기억의 내용 다수가 의미적 맥락에서 구성됨을 깨달았다. 달리 말해서, 장기기억이라고 해서 전부 똑같지는 않다. 사실에 대한 기억, 의미적이고 **의미 기반의** 내용을 지닌 기억은 실제 내용을 반영하는 방식으로 구성되었다. (툴빙의 서술기억 개념에 포함된) 이 의미기억 시스템은 사실에 대한 기억 시스템이다. 우리가 아는 사실에 대한 기억으로 장소, 이름, 개념, 색깔, 도시, 동물, 식물, 음식 등에 대한 기억이다. 의미기억은 의미를 지니고 있다. 꼬리표와 이름도 갖고 있다. 의미기억은 여러분 마음속의 긴밀히 연결된 네트워크를 형성하는데, 많은 경우 의미는 언어 및 흔한 지

---

26   이론적 공헌 외에도 툴빙은 대학원생 지도교수를 맡았다. 제자 중에 영향력 있는 학자들도 많이 나왔다. 5장에서 내가 연구 업적을 논의했던 대니얼 샥터와 이 장의 후반부에 연구 업적을 논의할 헨리 뢰디거Henry Roediger가 툴빙의 제자다.

식에 의해 다른 사람들과 공유된다. 곧 살펴보겠지만, 이것은 대단히 언어 기반적인 시스템으로서, 내가 위에서 논의했던 절차기억 시스템과는 정반대다.

의미기억

의미기억은 보통 개념적으로 구성된다고 여겨진다. 위로와 아래로에 대한 내 딸의 개념은 그런 개념들에 대한 딸의 의미기억이 시작되었음을 알려준다. 딸은 나중에 위로와 아래로에 관한 그 사례를 다른 사례들, 즉 장난감, 음식, 고양이, 심지어 딸 자신과 연결시킬 수 있게 되었다. 상당히 일반화된 개념을 갖게 되었다. 바로 이것이 의미기억의 중요한 점이다. 이러한 구성이 의미기억의 핵심이며, 사고에 영향을 미친다.

의미기억 구성에 관한 이론 대다수는 기억 속에서 사고와 개념의 구성이 세계 속에서 사물의 구성을 반영한다고 가정한다. 만약 2가지 사물이 외부 세계(여러분이 지각하고 있는 세계)에서 서로 비슷하면, 지각되고 기억되는 세계에서도 분명 비슷하다는 가정이다. 이 경우 비슷하다는 것은 둘이 가까워 보이게 되는 방식으로 기억에 저장된다는 뜻이다. 가령, 여러분이 '빵'과 같은 하나의 사물을 생각하면, 자연스럽고 손쉽게 '버터'처럼 빵과 관련된 다른 사물이 생각난다. 이를 가리켜 의미적 거리라고 한다. 비슷한 것끼리는 심리적 공간에서 서로 가까워 의미적 거리가 가깝다. 비슷하지 않은 것들, 즉 서로 연관이 없는 것들은 심리적 공간에서 멀리 떨어져 있다고 할 수 있다. 따라서 의미적 거리가 멀다.

이는 단순한 비유에 그치지 않는다. 이 비유는 예측 능력이 있으며, 의미적 공간이라는 개념은 많은 심리학 이론과 모형에서 중요한 가정이다. 간단한 예를 들어 설명해보자. 식료품점에서는 다양한 종류의 사과가 매장의 동일 구역에서 팔린다. 만약 내가 부사 코너 앞에 있다가 홍옥을 사기로 결정한다면, 결정을 바꾸는 데 단 몇 초밖에 걸리지 않는다. 둘은 서로 가까이 있기 때문이다. 한편 세제는 다른 구역에 있다. 부사에서 세제로 바꾸는 데는 부사에서 홍옥으로 바꾸는 것보다 시간이 더 걸린다. 거리는 걸리는 시간의 양을 예측하게 해준다. 우리의 기억도 종종 똑같은 방식으로 인출된다. 이론가들과 심리학자들은 왜 그런지 그리고 얼마만큼 그런지 이해하려고 나섰다.

의미기억 구성의 원조는 앨런 콜린스Alan Collins와 로스 퀼리언Ross Quillian이 처음으로 내놓은 위계 이론이다(Collins & Quillian, 1969). 이 이론이 개발된 1960년대에는 컴퓨터과학이 막 등장하고 있었다. 컴퓨터 메모리와 저장 용량은 현대의 기준으로 보면 대단히 제한적이었다. 당시 컴퓨터과학자들이 당면한 과제 중 하나는 정보 저장에 필요한 물리적 공간을 최소화하면서도 최대한 많은 정보를 저장하도록 정보를 구성하는 방법이었다. 퀼리언은 너무 많은 공간을 차지하지 않으면서 정보를 저장할 수 있는 위계적 데이터 구조를 개발했다. 이 위계적 구조를 지식 표상에 적용하는 것은 효율적이다. 지식은 활성화 확산 시스템 내의 한 위계로서 이 시스템에서 구성된다. 활성화 확산spreading activation은 실제 뉴런 구조에서 영감을 얻은 발상이다. 의미 네트워크의 한 영역이 (지각 또는 사고에 의해) 활성화될 때, 활성화는 다른 영역으로도 확산되어 그 영역까지 활성화시킨다. 두 발상이나 개념이 더 가깝게 관련될수록 활성화는 더 빠르게 확산한다.

콜린스와 퀼리언의 기억 모형에서 개별 노드는 개념과 사실을 나타낸다. 이는 의미기억에 저장된 정보 조각들에 대응한다. 한 노드는 여러분 기억 속의 개념과 사실이 서로 연결되어 있는 방식으로 다른 노드에 연결되어 있다. 노드 간 연결은 개념 간의 상이한 관계를 표현한다. 그림 7.1은 개념들과 사실들이 구조화된 위계적 방식으로 서로 어떻게 연결되어 있는지 보여준다. 여기서 가장 중요한 것 중 하나로서 콜린스와 퀼리언 접근법의 핵심 통찰은 이렇다. 즉, 이 위계 내에서 높은 자리 노드(가령, 동물)의 속성들은 뭐든지 낮은 자리 노드(새, 물고기 등)에도 해당한다. 하위 노드의 사실과 개념은 상위 노드의 속성을 물려받는다.

의미기억 위계

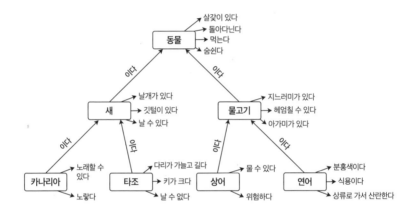

그림 7.1 의미 위계의 한 예. 각 노드는 그 위에 있는 노드의 속성을 물려받는다. 카나리아는 새이므로 새의 특징(아울러 동물의 특징)을 갖고 있다.

만약 이 시스템이 카나리아에 관한 사실(가령, '카나리아는 노래하는 노란 새다')을 저장하려면, 카나리아 노드에서 카나리아의 고유한 사실들만 저장한 다음에 다른 수준들을 가리키는 화살표를 표시한다. 이 화살표('카나리아는 새다')로 시스템은 새의 특징들(가령, '깃털')과 더불어 다른 화살표('새는 동물이다')에 접근한다. 다른 사실들(가령, '타조는 날지 못하는 새다')도 새 노드로 향하는 화살표를 이용해 동일한 정보에 접근한다. 이런 식으로 새에 관한 사실들은 한번 저장되기만 하면 여러 번 재사용 및 재순환될 수 있다. 이 시스템은 암묵적으로 카나리아와 타조에 관한 복잡한 사실들을 분산된 위계 네트워크의 형태로 저장한다. 활성화는 이 네트워크에서 한 노드로부터 의미적으로 먼 개념보다 의미적으로 가까운 개념으로 더 빠르게 확산한다. 이 두 가정, 즉 위계석 구성과 활성화 확산으로 인해 이 모형은 사고 패턴과 행동에 관한 구체적이고 검증 가능한 예측을 할 수 있다. 마음에 관한 이 모형에 따르면, 여러분이 카나리아를 생각할 때 분명 '노란색'이 빠르고 쉽게 떠오른다. 하지만 다른 수준들과 연결된 특징들(가령, '살갗이 있다'는 특징)은 그다지 빨리 떠오르지 않는다. 심리적 공간의 그 영역에까지 활성화가 확산하는 데 시간이 더 걸리기 때문이다. 이 모형은 컴퓨터 메모리 저장을 위해서 고안되었지만, 인간 행동도 예측해낸다.

콜린스와 퀼리언은 이 모형이 효율적임을 알아차렸다. 이것이 인간의 마음이 구성되는 개연성 있는 방법이자 우리가 정보를 저장하는 방식에 대한 좋은 모형일 수 있을 것이라 여겼다. 그래서 둘은 이 발상을 검증할 실험을 하나 마련했다. 둘은 피실험자들에게 문장 검증 과제를 완성해달라고 부탁했다. 문장 검증 과제에서 피실험자는 한 문장을 받고서 그 내용이 참인지 거짓인지 검사하는데, 가급적 빠르게 문장을 확인해야 한다. 이 과제에서 중요한 종속변수는 예나 아니오를 말하는 반응시간이다. 즉, 얼마나 빨리 반응하느냐 여부다. 문장 자체는 과제의 피실험자가 올바르게 예나 아니오를 대답할 수 있을 만큼 단순하다. 가령, '카나리아는 노란색이다'라는 문장을 받으면 피실험자는 매우 빠르게 예라고 답할 수 있다. 하지만, '카나리아는 살갗이 있다'라는 문장을 받으면 피실험자는 예라고 답할 수는 있지만 이 모형에 따르면 시간이 더 걸린다. 그런 속성을 검증할 수 있도록 활성화가 새와 동물 수준에까지 더 멀리 확산해야 하기 때문이다. '카나리아'와 '노래'와 '살갗' 사이의 의미적 거리는 응답하는 반응시간의 차이에 분명히 반영될 것이다. 둘의 연구로 이 예측이 옳음이 밝혀졌다. 참인 문장을 확인하는 데 드는 시간이 위계적 의미 네트워크의 노드들 사이의 거리에 의해 예측되었다. 우리는 의미적으로 먼 속성들보다 의미적으로 가까운 속성들에 더 빠르게 접근한다. 의미기억 표상의 구조는 세계의 많은 자연적 개념의 구성을 반영한다. 그 결과 이 위계 구조는 행동에 영향을 미친다. 우리가 개념에 대해 생각하는 방식, 개념의 속성에 대해 생각하는 방식과 질문에 답하는 방식에 영향을 미친다.

이 의미 네트워크는 위력적인 접근법이다. 콜린스와 퀼리언이 실시한 것과 같은 세밀하게 통제된 여러 실험에서 의미에 따른 구성과 위계 구조를 지지하는 증거가 나온다. 하지만 의미에 따른 구성과 위계 구조에 대한 증거는 인간이 만들어낸 환경에서 사물들을 구성하는 방식에서도 나온다. 가령, 상점이 구성되는 방식에서 그런 증거가 나온다. 비슷한 제품들이 모여 품목을 구성하고 그런 품목들이 모여 상위 품목을 이룬다. 그리고 비슷한 상점들끼리는 서로 가까이에 위치할 수도 있다. 인터넷이 구성되는 방식에도 의미에 따른 구성과 위계 구조가 나타난다. 가장 초창기의 인터넷 검색 회사 중 하나인 야후Yahoo는 원래 초기 웹에 위계적인 방식의 안내자 역할을 제공하기 위해 고안되었다. 이 회사의 이름은 '또 한 명의 위계적으로 참견하길 좋아하는 사람(Yet Another Hierarchically Officious Oracle)'이라는 말의 두문자다. 심지어 우리는 서재도 이런 식으로 구성하는지라, 개념적으로 비슷한 책들을 서가의 동일한 영역에 꽂아둔다. 이런 사물들과 장소들은 의미에 따라 개념적으로 구성되며, 종종 위계 구조를 띤다. 이는 정보를 구성하는 자연스러운 방법이다. 우리는 이 방법을 자연스럽다고 여기며, 또한 사물들이 이런 방식으로 구성된다는 듯이 행동한다.

하지만 기본적인 위계 모형은 완벽하지 않다. 엄격한 위계는 전형성을 잘 다루지 못한다. 사람들에게 '울새가 새의' 속성을 갖는지를 물어보면 '펭귄이 새의' 속성을 갖는지를 물었을 때보다 더 빠르게 대답한다. 울새가 더 전형적인 새이기 때문이다. 울새는 펭귄과 비교해서 다른 새들과 더 많은 연관성을 갖고 더 많은 새의 특징을 공유한다. 펭귄은 그 자체의 범주에 속한 듯 보인다. 비록 우리는 펭귄도 새이며 이 동일한 위계에 속해 있음을 알기는 하지만 말이다. 위계적 설명이 이런 전형성 효과를 수용하려면, 노드 사이 연결의 세기에 대한 추가적인 가정을 포함해야 한다. 연결이 강할수록 반응이 빠르다.

이런 개념들, 즉 활성화 확산과 의미 네트워크는 대다수 지식의 바탕을 이룬다. 그런 개념들이 어떻게 작동하는지 알면 소중한 자산을 얻는 셈이다. 여러분 자신의 기억을 향상시킬 수 있고, 또한 5장에서 설명했던 종류의 기억 오류가 가끔씩 왜 생기는지 이해하는 데 도움이 된다. 향상된 기억과 다수의 흔한 실수는 동일한 과정, 즉 의미 네트워크와 활성화 확산의 결과다. 각각의 사례를 살펴보자.

툴빙이 서술기억의 본질에 대한 이론을 개발하고 있을 무렵이자, 콜린스와 퀄리언이 의미기억에 관한 연구를 발표한 지 얼마 지나지 않았을 즈음에 퍼거스 크레이크^{Fergus Craik}와 엔델 툴빙은 기억에 대한 부호화의 역할을 살피기 시작했다(Craik & Tulving, 1975). 연구의 초점은 학습 동안에 정보가 부호화되는 방식에 있었지만, 연구 결과는 활성화 확산과 기억의 구성에 대한 개념들에 의해 잘 설명되었다. 비록 크레이크와 툴빙이 자신들의 연구를 기술한 방식은 아니었지만 말이다. 크레이크와 툴빙에 따르면, 정보를 지각해 기억에 저장하려고 할 때 정보처리의 상이한 수준들이 이용된다고 한다. 두 사람의 이론에 따르면, 유입되는 자극들(즉, 처리되고 학습되는 것들)에 대해 상이한 종류(수준)의 부호화 과정들이 관여한다. 얕은 처리shallow processing는 감각 및 표면 수준에서의 정보, 즉 시각적 특징과 소리, 지각과 더 가깝게 연결된 다른 특징의 처리를 가리킨다. 깊은 처리deep processing는 의미 면에서의 정보처리를 가리킨다. 두 사람은 전반적으로 깊은 처리가 이후의 검사들에서 정보를 더 잘 떠올리게 했다고 주장한다.

　일련의 독창적인 연구에서 두 사람은 처리 깊이가 낮은 것에서부터 시작해 차츰 높아지는 여러 가지 부호화 조건에서 피실험자들에게 단어 목록을 외우라고 시켰다. 부호화 조건들은 구조 조건structural condition, 음소 조건phonemic condition, 범주 조건category condition, 문장 조건sentence condition이었다. 구조 조건에서 피실험자들은 한 단어를 대하고서, '단어가 대문자입니까?'라는 질문에 '예' 또는 '아니오'로 답해야 한다. 단어들의 절반은 대문자(가령 TABLE)로 제시되고 나머지 절반은 소문자(chair)로 제시되기에, 답은 언제나 예 아니면 아니오였다. 보다시피 이 질문을 받고 피실험자는 단어에 관해 생각하거나 그 의미에 대해 생각하느라 애쓸 필요가 없다. 사실 여러분도 설령 모르는 단어라든가 단어가 아닌 글자들로도, 또 눈의 초점을 굳이 맞추지 않고서도 이 과제를 쉽게 수행할 수 있다. 단어를 제대로 읽을 수 없어도 질문에 올바르게 답할 수 있는데, 단지 대문자와 소문자의 존재를 알아차리기만 하며 된다. 그다음 조건인 음소 조건에서 피실험자들은 배울 단어가 또 다른 단어와 운이 맞느냐는 질문에 답을 해야 한다. 가령, 피실험자들한테 한 단어('crate')를 보여준 다음에, '이 단어는 WEIGHT와 운이 맞습니까?'라고 묻는다. 이 경우 피실험자들은 정답을 내놓으려면 단어를 읽고서 소리가 어떻게 나는지 생각해보아야 한다. 이것이 깊은 처리다. 세 번째로 범주 조건에서 피실험자들은 단어가 어느 범주의 구성원인가라는 질문을 받는다. 가령 '이 단어는 물고기의 한 유형인가?'라는 질문을 받고 여러분이 '책상'이라는 단어를 보았다면, 정답은 '아니오'다. '상어'라는 단어를 보았다면 정답은 '예'다. 구조 조건 및 음소 조건과 달리 이 질문에 답하려면 여러분은 단어를 알아야 한다. 이 과제는 의미 네트워크를 활성화시킨다. 활성화는 여러분이 질문에 답하는 법을 생각할 때 확산한다. 이것은 훨씬 더 깊은 처리다. 마지막으로 문장 조건에서는 피실험사한테 단어가 문장에 적합한가라는 질문에 답해달라고 한다. 가령 '그는 거리에서 __를 만났다'와 같은 문장이 제시되었을 때, '친구'라는 단어에 대해서는 답이 '예'고 '구름'에 대해서는 '아니오'다. 범주 조건에서의 질문처럼 이 질문을 받은 피실험자도 의미에 대해 생각해보아야 한다. 단어가 문장에 맞는지 알려면 상상력까지 요구될 수 있다. 이 또한 깊은 처리다. 구조 조건과 달리 피실험자는 단어를 모르면 이 질문에 답할 수 없을 것이다.

피실험자들한테 나중에 기억 검사를 했더니, 범주 조건의 질문이나 문장 조건의 질문에 나왔던 단어들은 구조 조건이나 음소 조건의 질문에 나온 단어들보다 더 잘 기억되었다. 크레이크와 툴빙이 예측했듯이, 깊은 처리가 기억을 향상시켰다. 아마도 단어의 의미에 주목하면 깊은 처리가 촉진되어 표상이 더 강해져서 기억 검사 성적이 더 낮게 나왔으리라. 피실험자가 정답을 내놓으려고 노력하는 과정에서 의미 네트워크가 활성화되었고, 이 활성화는 다른 영역과 수준들에까지 확산했다. 이것은 탄탄한 결과다. 다수의 다른 연구 및 실험에서도 재현되고 확장되었다. 심지어 피실험자들에게 기억 검사라는 사실을 알려주지 않았을 때에도, 의미 조건(범주 조건과 문장 조건을 가리키는 듯하다—옮긴이)에서 요구되는 깊은 처리에 관여하면 기억 떠올리기 과제에서 꽤 좋은 성적이 나왔다. 다른 실험들에서는 피실험자가 첫 단어를 처리하는 데 들이는 시간을 통제했다. 이 경우 얕은 조건(구조 조건과 음소 조건을 가리키는 듯하다—옮긴이)일 때 단어를 처리할 시간을 더 많이 주어도, 깊은 조건일 때 피실험자가 거둔 성적이 여전히 더 높았다. 여기서 핵심 결론은 정보에 대한 기억은 정보에 대해 살피고 노력을 기울일 때 강화될 수 있다는 것이다.

이 결론은 여러분의 기억에서 어떤 의미를 지닐까? 무언가를 정말로 잘 기억하고 싶다면, 여러분이 이미 아는 내용과 관련시켜야 한다는 말이다. 기억을 다듬어보라. 여러분이 배우고 있는 새것을 기존의 강한 의미 네트워크에 연결시켜보라. 다듬기를 통해 새 정보는 여러분이 이미 아는 내용과 공통점이 있는 연결을 많이 갖게 되고, 이로써 배우고 기억하기 더 쉬워진다. 기억은 다른 것과 연결될 때 향상된다. 기억 다듬기는 유용하다.

그런데 도움이 되지 않는 예외가 있다. 언제나 함정은 있는 법이다.

함정은 틀린 기억을 만들어내도록 고안된 매우 영리한 패러다임의 형태로 나타난다. 잊기가 아니라, 실제로 생기지 않은 일을 겪었다고 여기는 틀린 기억이 바로 함정이다. 틀린 기억이 얼마나 쉽게 생기는지 증명하려고 헨리 뢰디거는 흥미로운 패러다임을 하나 탐구했는데, 오늘날 디즈-뢰디거-맥더멋^{Deese-Roediger-McDermott} 과제, 줄여서 DRM 과제라고 알려진 패러다임이다(Roediger & McDermott, 1995). 이 과제의 최초 버전에서 피실험자들은 여러 단어 목록을 받고서 기억하라는 지시를 받았다. 피실험자들은 다음과 같은 단어를 받았을지 모른다. bed(침대), awake(깨어 있는), tired(피곤한), dream(꿈), wake(깨다), snooze(잠깐 눈 붙이다), blanket(담요), doze(졸다), slumber(수면을 취하다), snore(코골다), nap(낮잠), peace(평온), yawn(하품), drowsy(나른한). 이 목록에 'sleep(잠)'이라는 단어는 없지만, 위의 단어들은 전부 잠이라는 개념과 연결되어 있다. DRM 과제에서 피실험자들은 이와 같은 단어 목록을 여러 개 받고서 각 목록의 단어들을 최대한 많이 떠올리라는 지시를 받았다. 다섯 목록을 본 후에 피실험자들은 알아차리기 과제를 받았다. 이 과제에는 목록에 있던 단어, 새 단어, 매우 연관되어 있지만 목록에는 없는 목표 단어(가령, sleep)가 포함되었다. 그들이 알아내기로, 사람들은 sleep과 같은 목표 단어target word를 틀리게 알아차리곤 했다. 피실험자들은 목표 단어를 제시받았다고 확신했다. 피실험자들에게 목록에서 보고 기억하는지 아니면 처음 보는지 분명히 밝히라고 지시한 실험 과제에서 대다수 피실험자는 명시적으로 그 단어를 목록에서 보았다고 밝혔다.

대학의 인지심리학 수업에서 기억을 가르칠 때 나도 매년 DRM 과제를 시연한다. 때로는 화면에 단어들을 보여주면서 학생들에게 기억해보라고 한다. 그런 다음에 검사 단어들을 화면에 한 번에 하나씩 보여주면서 방금 전에 보았던 단어면 손을 들라고 시킨다. sleep이 화면에 뜨면 많은 학생이 손을 든다. 학생들 거의 전부가 노트북이나 모바일 기기를 갖고 있는지라, 나는 구글 양식을 만들어서 그 단어들을 한 번에 하나씩 보여준다. 잠시 멈춘 후에 학생들은 모든 검사 단어(조금 전에 보여준 목록에 나온 단어들, 새로 넣은 단어들 및 새로 넣은 목표 단어들)가 담긴 목록을 보고, 그 단어들 각각을 보았음을 명시적으로 기억하면 '예'를 클릭한다. 이번에도 많은 학생이 목표 단어들을 잘못 알아차린다. 때때로 학생들은 단어 sleep이 목록에 있지 않았다는 내 말을 믿지 않는다. 그래서 단어가 목록에 없음을 입증하려고 목록을 다시 살펴보게 된다. 드물지 않게 그 단어가 실제로 목록에 없다는 사실에 깜짝 놀란다. 학생들한테는 아주 강렬한 감각이다.

이는 확실히 기억 오류다. 그 단어는 매우 연관성이 높았지만 목록에 존재하지 않았다. 그 단어를 기억한다고 밝힌 사람들은 오귀인의 산증인이다. 관련 있는 모든 단어 간의 활성화 확산이 목표 단어를 크게 활성화시키는데, 이 활성화는 틀린 기억을 만들어낼 정도로 강하다. 달리 말해서, 사람들이 'sleep'이라는 단어를 보았다고 기억하는 이유 중 하나는 그 단어를 실제로 경험해서다. 목록에서 읽어서 그 단어가 존재함을 경험하지는 않았다. 하지만 활성화 확산의 결과로 인해 그 단어를 마음속으로는 분명 경험했다. 마음의 눈으로 본 셈인데, 물론 사람들은 다른 단어도 전부 그런 방식으로 보았다. bed, rest(휴식), awake 등의 단어들도 지각되고 나면 장기기억 속에 활성화된다. 이 단어들은 잠과 관련한 다른 단어들과 연결된다. 심지어 여러분은 그게 '잠 관련 단어'임을 의식적으로 알아차릴 수 있다. 그래서 속으로 자신에게 이렇게 말할 것이다. '음, 전부 잠 관련 단어네.' sleep이란 단어를 강하게 활성화시키지 않기란, 그리고 그 단어를 보았다는 주관적 경험을 갖지 않기란 거의 불가능하다.

활성화 확산과 의미 네트워크는 뇌와 마음이 정보를 구성하는 방식의 설계 특성이다. 불가피한 현상이면서 대체로 유익하다. 하지만 (크레이크와 툴빙이 설명한 처리 과정의 수준들에서처럼) 기억 향상에 쓰일 수 있는 바로 이 특성이 뢰디거가 설명한 대로 틀린 기억을 만들어낼 수 있다. 의미기억은 우리가 아는 내용을 저장하고 생각을 다듬고 한 개념을 다른 개념과 연결하는 데 뛰어나다. 하지만 과거의 정확한 복사본을 유지하는 데는 별로 좋지 않다. 의미기억은 그런 목적으로 설계되지 않았다.

하지만 때때로 우리는 과거를 재경험한다. 때로는 재미를 위해 과거를 다시 살기도 한다. 사건을 되살려내고, 사람과 장소, 사물을 기억해낸다. 이 책을 쓰면서 나도 이런저런 일과 사건을 떠올려 책의 내용으로 삼았다. 자동차 사고가 날 뻔했던 일, 친구의 실제 자동차 사고, 교실에서의 경험, 딸의 학습 순간에 대한 회상 등이 그것이다. 때때로 영화를 보듯이 생생한 경험도 있다. 방금 생긴 일인 듯이 (더 정확히 말하자면, 방금 일어났다고 내가 생각하듯이) 사건이 펼쳐지는 걸 볼 수도 있다. 하지만 또 어떨 때는 이런 회상은 단순한 검증 행위일 뿐이다. 내가 가게에서 커피를 샀나, 아니면 커피 사기를 잊었나? 아침으로 뭘 먹었지? 식당에서 내 주문을 받은 사람 이름이 뭐였더라? 이것들은 과거의 사적인 사건들이고 의미기억을 구성하는 일반적 지식 체계와 다를까? 아니면 구조와 기능이 엇비슷하고 다만 내용 면에서만 개인적 사건 대 일반적 사실로 다를 뿐일까?

일화기억

1972년으로 가서, 기억 이해의 초석이 되는 엔델 툴빙의 연구를 살펴보자. 서술기억에 대해 처음으로 기술하면서, 툴빙은 더욱 개인적인 형태의 기억도 함께 기술했다. 그는 이 기억을 일화기억이라고 불렀다. 일화기억은 과거에 일어났거나 심지어 미래에 일어날 개인적인 사건에 관한 기억이다. 일화기억 덕분에 여러분은 과거에 일어났던 일을 떠올릴 수 있고, 미래에 일어나리라고 예상되는 일을 마음속으로 대비할 수 있다. 툴빙이 제안했듯이 일화기억은 일종의 정신적인 시간 여행이다. 일화기억은 의미기억과 동일한 기본적인 뉴런 메커니즘에 따라 작동하지만, 내용이나 용례 면에서 차이가 있다. 우리가 경험하는 세계에 관한 정보를 저장하고 인출하는 일반적 지식과 달리, 일화기억은 의도적이다. 그래서 우리가 어디에 있는지 무엇을 하는지 무엇을 했는지 그리고 앞으로 무엇을 할지에 대한 우리의 의식적인 경험을 저장하는 데 종종 사용된다.

일화기억의 사례는 도처에 있다. 일단 찾아보기 시작하면, 그것이 일반적 지식과 얼마나 다른지 알 수 있다(그래도 의미기억과 겹치긴 하는데, 뭐든 의미기억과는 겹치기 때문이다). 여러분이 오늘 아침 처음 했던 일은 무엇인가? 잠시 정신적 시간 여행을 떠나지 않고서 그 질문에 답할 수 있는가? 아마 그럴 수도 있겠지만, 필시 여러분이 오늘 아침에 처음 한 일을 떠올려보는 데는 몇 분쯤 걸릴 것이다. 모든 사례가 과거를 상상하도록 요구하지는 않는다. 여러분은 현재 벌어지는 일을 쫓아가는 데도 일화기억을 이용한다. 몇 분 전에 여러분을 추월한 차의 색깔은 무엇이었나? 지난주 회의에서 논의된 내용은 무엇이었나? 일화기억은 아직 일어나지 않은 일을 계획하고 상상하는 데도 사용된다. 다음 이발은 언제 하지? 다음 수업은 어디에서 열리지? 원래는 자가운전으로 토론토에 출근하려면 아침 7시 반에 집에서 나가야 한다. 그런데 코로나 상황에 완전히 익숙해진 이후인 내년에는 어떻게 될까?[27]

툴빙이 제안하기로, 정신적 시간 여행을 하는 능력인 일화기억은 인간에게 고유하다. 그것은 마음속으로 말하면서 사물을 기술하는 능력 그리고 자신을 끊임없는 정보의 흐름 속에 두는 발달된 자아의식을 바탕으로 작동한다. 또한 이 기억은 의미기억에 의존하면서도 그것과는 차이가 있다. 그는 2002년에 이렇게 적었다(Tulving, 2002).

일화기억은 최근에 진화되어 늦게 개발되었고 일찍 악화되는 과거지향 기억 시스템으로서, 다른 기억 시스템들보다 신경의 기능장애에 취약하며 아마도 인간에게 고유하다. 이것은 주관적인 시간을 통해 현재에서 과거로의 정신적 시간 여행을 가능하게 하기에, 우리로 하여금 자기인식 의식(autonoetic awareness)을 통해 자신의 이전 경험을 재경험할 수 있게 해준다. 이 기억의 작동에는 의미기억 시스템을 필요로 하지만 그것과 별도로 작용한다.

---

27 내가 볼 때, 코로나 사태 및 코로나바이러스에 대처하기 가장 어려운 이유 중 하나는 우리가 일화기억을 이용해 앞날을 계획할 수 없다는 점이다. 2020년 3월 코로나 사태가 캐나다를 강타했을 때 나는 2주 동안 재택근무를 계획했다. 그게 두 달이 되었다가 다시 네 달이 되었다가, 다시 더 늘어났다. 대체로 나는 가을 학기가 와서 캠퍼스에 나가길 고대하지만, 지금은 그럴 수가 없다. 미래로 시간 여행을 해서 가을 학기를 상상하는 나의 메커니즘은 작동하지 않는다. 가을 학기가 예전처럼 진행되지 않을 것을 알기 때문이다. 미래가 과거처럼 진행될 것이라는 이 생각은 이 책에서 귀납을 다룰 때 다시 나온다.

이 장의 서두에서 내 딸이 '위로'와 '아래로'의 개념을 배우는 이야기를 꺼낸 후에, 나는 그것이야말로 딸한테는 그 사건에서 배운 중요한 정보일 것이라고 말했다. 하지만 딸은 정비소 곁을 지날 때 그 사건에 대한 일화기억 비슷한 무언가를 갖고 있는 듯 보였다. 딸은 그곳을 알아보았다. 하지만 나는 그 사건을 기억하기 위해 요섬을 정리했다. 그것에 대해 생각했고 다듬어 일화기억으로 만든 다음에 수업 시간에 활용했다. 하지만 앞에서 그 이야기를 꺼낼 때도 짚었듯이, 일화기억은 다듬기 효과에 민감하다. 일화기억은 동일한 의미 네트워크에 연결되어 있다. 활성화 확산이 일화기억에서도 작동한다. 그리고 물론 이로 인해 오류가 생긴다.

몇 페이지 전에 나온 DRM 패러다임을 기억하는가? 앞서 보았듯이, 활성화 확산이 sleep이라는 단어를 활성화시켜 잘못 떠오르게 했는데, 제시된 다른 단어들과 개념들로부터 활성화가 그 단어에까지 확산했기 때문이다. 활성화는 의미기억의 결과다. 하지만 실제 과제에서의 질문은 다음과 같이 일화기억에 관한 내용이다. **'목록에서 sleep이라는 단어를 보았던 것을 기억하는가?'** 사람들이 그런 실수를 하는 이유는, 아마도 약하게 부호화되어 있어서 다른 일화(즉, 자신이 보았던 다른 모든 단어)와 구별하기 어려운 한 특정 일화에 관한 질문에 답해야 할 때, 의미 활성화에 의존해서다.

따라서 일화기억은 완벽하지 않다. 전혀 완벽하지 않다. 하지만 우리한테 유용한 기억이며, 그것 없이 살기란 상상할 수조차 없다. 일화기억은 인간의 일부다. 툴빙은 일화기억이 인간한테 고유하다고 보았지만, 꼭 그렇지는 않을지 모른다. 일화기억의 일부 측면들은 다른 동물에서도 보인다. 가령, 어치의 일종인 스크럽제이scrub jay는 먹이를 얼마나 오래전에 잡았는지 기억한다. 잡은 지 시간이 너무 오래 지나면 먹이(이 경우, 벌레)를 쳐다보지 않는데, 더 이상 신선하지 않기 때문이다. 이는 생일파티를 떠올리기나 자명종 설정을 기억하기와 똑같지 않을지는 모르지만, 어쨌든 시간에 의존하는 기억의 한 형태다.

비서술기억과 절차기억

하지만 우리 기억에는 단지 사실과 사건 및 이와 비슷한 다른 모든 것보다 더 많은 것이 들어 있다. 또한 툴빙에 따르면, 우리는 '비서술'기억 시스템도 갖고 있는데 여기에는 쉽게 설명하거나 서술할 수 없는 것들이 담겨 있다. 가령, 여러분은 타이핑하는 법을 안다. 자판이 어디에 있는지 어떻게 누르는지 어떻게 그걸로 단어를 적는지 안다. 여러분이 타이핑할 때 단어들은 여러분의 서술기억 시스템 속에 있는 것을 반영하지만, 여러분이 타이핑하기 위해 선택하는 움직임은 이러한 비서술적 시스템의 일부다. 심리학자들은 이를 절차기억이라고도 부른다. 이 기억 또한 장기기억의 일부지만, 명시적으로 서술하기는 쉽지 않다. 설명하기도 쉽지 않다. 이 기억의 인출과 사용은 종종 자동적이며 의식 바깥에서 이루어진다. 또한 다양하며 생존에 중요하다. 우리는 자신도 모른 채 지속적으로 이 기억을 사용하고 갱신한다.

가령, 자동차 운전이라는 기본적 행위에는 비서술기억이 여러 가지 방식으로 관여한다. 일례로 여러분은 방향을 조종하고 길을 찾고 가속하고 제동하는 데 필요한 행위와 행동에 대한 기억을 갖고 있다. 만약 여러분이 운전을 하지 않거나 한 적이 없다면, 동일한 원리들이 자전거 타기(또는 스키 타기, 스케이트보드 타기, 휠체어 이용하거나 헤엄치기)에도 적용된다. 기억의 이러한 사용을 가리켜 때로는 운동기억motor memory이라고 하는데, 기억이 조종하는 데 필요한 운동 행위 및 감각-운동 조절에 쓰이기 때문이다. 이 운동기억은 습득하는 데 시간이 걸리며, 아마도 많은 연습이 필요하다. 하지만 일단 배우고 나면 꺼내 쓰기 쉬워진다. 이제는 거의 자동적이다. 사실상 거의 의식할 필요가 없다.

비서술기억이 꼭 엄격하게 운동기억이지는 않지만, 대체로 움직임 및 운동과 얼마간 관련이 있다. 계속 운전 사례를 살펴보자. 여러분은 차를 조종하는 법을 알아야 할 뿐만 아니라 운전 규칙을 배워야 한다. 속도 제한, 신호등의 의미, 길의 권리가 누구에게 있는지, 응급차가 뒤에 올 때 어떻게 해야 하는지 등을 알아야 한다. 아마 여러분은 학습과 연습의 조합을 통해 그런 규칙을 습득했을 테다. 그리고 차를 조종하는 데 필요한 운동 행위처럼 그런 규칙을 전혀 의식하지 않고서 사용한다. 그래서 자신에게나 남에게 그걸 큰 소리로 설명하려면 애를 먹는다.

자동차 운전은 복잡하고 위험하다. 매우 복잡하고 위험하기에, 누구든 운전을 하기 전에 엄격한 면허시험과 검사 과정을 거친다. 하지만 앞서 설명했듯이 차를 운전하는 데 필요한 기억과 능력의 다수는 의식적이고 언어적으로 기술하는 것이 거의 불가능하다. 이것은 여러분한테 문젯거리로 비칠 수 있다. 운전처럼 복잡하고 위험한 행위에 필요한 기억에 쉽고 명시적으로 접근할 수 없으니 말이다. 하지만 실제로는 전혀 문젯거리가 아니다. 실제로는 혜택이다. 이러한 절차기억은, 의식을 통해 걸러낼 필요가 없고 주의를 기울일 필요도, 명시적으로 떠올릴 필요도 없으므로 빠르고 효율적이며 자동적이다. 분명 혜택이다. 손해라면 여러분이 하는 일을 다른 누군가에게 설명하기 쉽지 않다는 것뿐이다. 여러분이 운전을 한다면, 처음 배울 때 어땠는지 기억해보라. 또는 비슷한 복잡한 행동을 배울 때 어땠는지 기억해보라. 또는 누군가에게 운전을 가르치는 일이 어땠는지 기억해보라. (한편, 이런 일을 기억하는 데는 서술기억과 일화기억이 함께 관여한다. 이번에도 여러 종류의 기억이 얼마나 상호관련되어 있는지 잘 알 수 있다.)

자동차 운전은 숙련자로선 애쓰지 않아도 될 것이다. 1985~1986년에 나는 몇 종류의 승용차와 트럭으로 운전하는 법을 배웠다. 하지만 내가 처음에 배운 운전법은 이른바 '표준 변속'으로 차량을 운전하는 방법이었다. 요즘엔 전혀 표준적이지 않은 이 방법에서는 기어를 수동으로 바꾸어야 한다. 운전자는 기어 조작을 해야 하는데, 기어는 엔진에서 나온 힘을 바퀴에 전달하는 장치다. 낮은 기어는 저속에서 힘을 극대화하고, 높은 기어는 속력을 극대화한다. 높은 기어로 바꾸려면 충분한 속력으로 운행하고 있어야 한다. 자전거도 똑같은 방식으로 작동한다. 기어를 바꿀 때는 클러치라고 하는 페달을 밟아야 한다. 클러치를 누르면 기어가 풀려서 바퀴로 힘이 전달되지 않으므로 이때 안전하게 기어를 바꿀 수 있다. 클러치에서 발을 떼면 기어가 들어간다. 만약 여러분이 기어를 넣으려고 할 때 엔진이 너무 빠르게 돌고 있으면, 엔진이 떨리거나 기어가 갈릴 수 있다. 엔진이 너무 느리게 돌고 있으면, 털털거리거나 멈추게 된다.

　처음 운전을 배웠을 때, 나도 모든 이들처럼 수동 변속 클러치 때문에 애를 먹었다. 덜커덩거리며 출발하거나 시동을 꺼뜨렸다. 기어를 갈기도 했다. 하지만 클러치를 제대로 조작하는 법을 배우면서 절차기억이 강화되었다. 연습을 많이 할수록 기억도 더 강화되어서 마침내 나는 수동 변속으로 자동차를 운전할 수 있게 되었다. 포스트닥 과정을 밟을 때 일리노이에서 운전했던 오래된 포드 F-150 픽업트럭을 마지막으로 2003년 이후에는 수동 변속으로 차를 운전하지 않았다. 하지만 다시 수동 변속 차량을 운전해야 한다면, 비록 18년이 지났지만 거의 아무런 어려움도 없으리란 걸 안다. 절차기억이 여전히 남아 있기 때문이다. 클러치를 누르고, 액셀에서 발을 떼고, 기어를 바꾸고 다시 액셀을 밟으면서 클러치에서 발을 떼는 데 필요한 움직임들을 지금도 거의 **느낄** 수 있다. 비록 그런 단계들을 두

루뭉술하게 설명할 수는 있지만 아주 자세히 설명하긴 어렵다. 이 기억은 언어적이지 않기 때문이다. 분명 내 기억의 일부긴 하지만 아주 자세히 설명해낼 수는 없다.

비서술기억 시스템은 이러한 종류의 기억에 잘 들어맞는다. 언어가 필요하지 않고 전혀 끼어들지 않기 때문이다. 이 기억 시스템은 실행되는 행동에 직접 연결된 뇌의 영역들이 맡는다. 많은 경우 언어는 기억의 최초 부호화에 관여하지 않는다. 그리고 언어를 이용해서 무언가를 떠올리거나 설명하려고 했다가는 떠올리기가 훨씬 어려워질 수 있다. 평소 익숙하던 간단한 일을 하면서, 그걸 어떻게 하는지 자신에게 설명하려고 해보라. 그렇게 하기는 쉽지 않다.

| 마지막 생각 |

인간의 기억은 놀라울 만큼 훌륭하다. 뇌의 뉴런들 사이의 수천조 가지 조밀한 연결로 인해 가능한 연산 능력 덕분에 우리는 친구를 알아보고, 문장에 맞는 단어들을 선택하고, 차를 운전하고, 고등학교 시절을 추억하고, 미래를 위한 계획을 세운다. 구조화된 기억 구성과 활성화 확산 덕분에 기억을 다듬고 연상할 수 있지만, 한편 틀린 기억을 만들어내기도 한다. 여러분의 기억이 어떻게 작동하는지 알면 기억을 향상시킬 수 있다. 기억 다듬기를 통해 기억을 강화시킬 때가 언제인지 알기 바란다. 그리고 다듬기로 인해 실수와 오류가 생기는 때가 언제인지도 알기 바란다.

기억과 지식은 우리가 생각하는 모든 것의 바탕을 이룬다. 사고는 현재에 영향을 미치고 미래를 계획하기 위해 기억을 사용하고 과거를 사용하는 일이다. 다음 두 장은 우리가 사고를 위해 어떻게 정보를 구성하는지와 더불어 그런 구조화된 표상을 조작하기 위해 어떻게 언어를 이용하는지 다룬다. 기본적으로 다음 두 장에서는 2장에서 논의했던 '정보의 흐름' 비유를 완성시킬 것이다. 그 비유를 통해 나는 어떻게 정보가 감각수용체에 의해 외부 세계에서 뇌와 마음으로 흐르는지, 그리고 어떻게 활성화되고 개념을 갱신하는지 기술했다. 효과적으로 생각하기 위해 우리는 때때로 정보를 농축시켜 구조화된 표상, 즉 개념으로 변환시킨다. 우리는 언어로 다른 이들(그리고 우리 자신)과 의사소통을 하는데, 이 언어가 정보를 농축시켜 깔끔하고 정연한 꾸러미, 즉 개념과 단어를 만들어내기 때문이다.

8장

개념과 범주

우리는 경험한 모든 것을 범주와 개념으로 구성해낸다. 모든 것은 범주화될 수 있다. 우리는 개념을 통해서 이 범주들을 표현한다. 개념이 없다면 모든 경험은 저마다 고유할 것이다. 개념이 없다면 우리는 무언가를 알아차릴 수 없을 것이다. 개념은 우리가 경험의 기록을 구성해내는 방식이다. 이런 예를 들어보자. 여러분이 잡화점이나 식료품점에 간다면, 들어가기도 전에 제품 구성이 어떻게 되어 있을지 예측할 수 있다. 여러분은 어린이 옷 코너, 철물 코너, 장난감 코너, 식료품 코너가 있겠거니 예측한다. 각각의 코너에서는 또 다른 하위 수준의 구성도 예측할 수 있다. 가령, 식료품 코너에서는 제품들이 빵 종류, 신선 제품, 육류, 말린 제품 등으로 구성된다. 때로는 각 제품 종류에서 다시 브랜드, 기능 및 재료에 의해 더 하위 구성도 가능하다. 여러분은 냉동 피자들이 함께 모여 있으리라고(분류에 따른 모음) 예상하며, 또한 파스타 소스와 파스타가 서로 가까이에 있는 모습을 볼 수도 있다(기능에 따른 모음). 나는 7장에서도 비슷한 예를 설명했다. 어째서 부사와 홍옥 사이의 물리적 거리가 부사와 세제 사이의 거리보다 짧은지가 한 예다. 내가 앞서 제시했듯이, 우리는 동일한 방식으로 정신적 경험도 구성한다. 다만 여기서는 물리적 거리가 의미적 거리로 대체될 뿐이다. 안정적인 개념 덕분에 우리는 무언가가 어디에 있을지 예상할 수 있다. 우리는 모든 상점이 동일한 방식으로 제품을 배치하리라고 예상할 수 있다. 그런 예상은 개념적 구조를 반영한다.

이러한 구분이 예측 가능한 까닭은 대다수 상점에서 제품 분류가 비슷하기 때문이다. 이런 구분 덕분에 구매자는 무엇을 예상할지, 그리고 제품을 어디에서 찾을지 안다. 만약 여러분이 냉동 당근을 찾는다면, 냉동 완두콩 근처에서 찾으리라고 예상할 것이다. 한 번도 사본 적 없는 재료인 절인 아티초크를 찾는다면, 절인 음식 코너를 찾아가볼지 모른다. 그 코너에 없다면 아티초크가 있을 만한 장소와 없을 법한 장소를 짐작해볼 수 있다. 상점은 개념적으로 구성되어 있다. 개념에 따른 분류는 판매되는 제품의 종류와 제품이 사용되는 방식에 따라 이루어져 있다. 그런 분류는 우리에게 합리적이며, 덕분에 우리는 필요한 제품을 쉽게 찾는다.

여러분의 마음도 똑같은 방식으로 작동한다. 여러분의 사고와 기억은 비록 뉴런들의 분산된 연결에 따라 뉴런 수준에서 표현되긴 하지만, 개념적으로 구성된다. 이 개념들은 세계의 구성(개와 고양이는 자연계의 상이한 구성요소다)과 더불어 기능적 관계(빵과 버터는 함께 취급된다)도 반영한다. 이런 내용의 일부는 이미 7장의 의미기억 부분에서 다루었다. 하지만 개념과 범주에 대한 연구는 어떻게 기억이 사고와 행위에 의해 그리고 이 둘을 위해 구성되는지에 초점을 맞춘다.

우리는 기억을 저장하고 꺼낸다. 하지만 우리는 개념을 통해 사고한다.

| 개념과 범주란 무엇인가 |

개념은 우리의 기억과 사고를 구성하는 한 방법이다. 개념은 정신적 세계에 구조를 부여한다. 우리는 개념에 근거해서 예측을 하고, 특징과 속성을 추론하고, 물리적 세계와 사물 및 사건을 이해한다. 개념과 범주, 사고의 연구는 어떻게 범주가 만들어지고 학습되는지, 어떻게 개념이 마음에 표현되는지, 어떻게 그런 개념을 이용해서 결정을 내리고 문제를 풀고 추론 과정을 이끄는지에 초점을 맞춘다. 개념은 인간의 정신적 생활의 중심인데, 개념 덕분에 우리는 많은 경험을 통합해 단일한 표상을 얻을 수 있기 때문이다.

어떻게 개념이 경험을 통합하는지 알려면 도표가 도움이 될 듯하다. 그림 8.1은 저수준 지각 반응(지각, 주의, 작업기억), 구조화된 표상(의미기억의 개념들, 일화기억과의 연결) 그리고 고수준 사고 과정(행위, 행동, 결정, 계획) 간의 가상적 관계도. 이것은 내가 2장에서 논의했던 더 자세한 '정보 흐름'을 추상화시킨 도표다. 낮은 수준에서는 정보가 처리되지 않은 채, 기본적으로 미가공의 초보적 형태를 띤다. 초보적 표상들이 우리가 지각하는 특징들이다. 모서리, 색깔, 음소 등과 같은 이런 특징들은 감각기관(망막, 달팽이관 등)으로부터 입력을 받아들이고, 내가 6장에서 논의했던 감각기억 시스템에 저장된다. 하지만 우리가 계획을 세우고 결정을 내릴 수 있으려면 이 초보적 표상들이 특정한 방식으로 처리되고 구성되어야 한다. 이전 두 장에서 나는 단기기억인 작업기억과 장기기억인 서술기억에 대해 논의했다. 하지만 개념은 더 많은 추상화를 제공한다. 개념은 상당한 정도의 구조를 지닌 정신적 표상이다. 개념은 서로 비슷하고 활성화를 공유하며 뉴런 수준에서 겹치는 사고와 발상을 포함한다. 개념은 예측과 추론, 쓰임새에 영향을 미치는 충분한 구조와 일관성을 갖는다.

개념과 범주

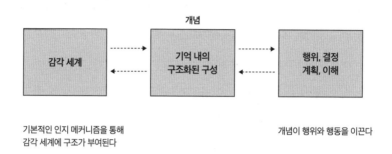

그림 8.1 개념이 다른 사고와 행동에 미치는 역할을 보여주는 가상적인 도표. 외부의 감각 세계는 특징, 유사성 및 규칙에 따라 구성된다. 우리는 이 개념적 정보를 이용해 결정을 내리고 반응하며 문제를 해결한다.

나는 개념과 범주를 서로 맞바꿀 수 있는 용어를 사용하고 있다. 이 두 용어는 종종 함께 등장하며, 비슷하지만 똑같지는 않다. 유의어도 아니다. 내가 사용하는 용례에 따르면, **범주**라는 용어는 묶음으로 구성되는 외부 세계의 사물이나 물체, 사건을 가리킨다. **개념**이라는 용어는 한 범주를 가리키는 정신적 표상을 가리킨다. 범주는 마음의 바깥에 존재하는, 자연 또는 인공의 대상들의 묶음이다. 범주는 함께 속하는 것들이다. 한편 개념은 표상이며 추상이다. 개념은 마음속에 존재하며 우리가 범주에 따른 묶음을 표현하는 방식이다. 때때로 개념은 범주를 꽤 잘 반영하지만, 항상 그렇지는 않다.

여러분 근처에 컴퓨터나 스마트폰이 있다면, '커피 머그잔'이나 '커피잔'으로 이미지 검색을 해보기 바란다. 온갖 색상과 디자인과 모양의 커피 머그잔 이미지가 줄줄이 나온다. 표준적인 머그잔, 높은 머그잔 그리고 여행용 머그잔도 나올 것이다. 하지만 그 모두는 커피 머그잔으로 즉시 쉽게 식별 가능하다. 어떤 잔은 다른 잔보다 더 명백하다. 더 표준적인 특징을 지녔거나 슬로건이나 로고나 특이한 손잡이 등의 새로운 특징을 지녔을 수 있다. 하지만 여전히 여러분은 그것들이 일관된 범주에 속한다는 것을 알아차린다(그리고 구글 이미지 검색도 여러분과 동일하게 가정한다).

그런 사물을 분류해서 커피 머그잔 범주의 구성원임을 알아차릴 때, 우리는 특이하고 고유한 특징들은 무시하고 가장 전형적이고 대표적인 특징들만 참고한다. 꽤 간단한 말 같지만, 이 과정은 보기보다 단순하지 않다. 원기둥 모양과 같은 가장 흔한 여러 특징은 다른 범주(가령 술잔, 보관통, 보관용 병 등)의 구성원에서도 보인다. 그리고 손잡이처럼 머그잔과 강하게 연관되어 있는 특징들조차도 이 범주의 구성원이 되는 데 꼭 필요하지는 않다. 그리고 심지어 일부 표준적인 머그잔들은 진짜로 손잡이가 없다. 커피 머그잔은 단순하고 쉬운 범주긴 하지만, 여기에도 여전히 상당한 복잡성과 가변성이 존재한다. 그렇기는 해도 우리 대다수는 커피 머그잔이 무엇인지에 대한 믿을 만한 개념을 갖추고 있으며, 분류 결정을 빠르고 쉽게 하는 데 별로 어려움을 겪지 않는다.

커피 머그잔처럼 단순하고 쉬운 범주라면, 가끔씩 나타나는 모호성은 크게 문제될 게 없을 듯하다. 그 안에 커피를 따를 수만 있다면, 그 범주의 구성원으로 인정받는다.[28] 하지만 범주 내의 모호성은 실제로 심각한 결과

---

28   커피를 담아두는 기능이 커피 머그잔임을 완벽하게 보증해주진 않는다. 많은 사람이 커피 머그잔을 책상에 두고서 펜과 연필을 꽂기 위해 사용한다. 이것은 커피를 담고 있지 않은 커피 머그잔이다. 대다수의 사람이 그렇듯 내 두 딸도 일상적으로 아이스커피를 유리 용기로 마신다. 유리 용기는 커피 머그잔 범주의 구성원이 아니지만, 커피를 담는 기능을 한다.

를 초래할 수 있다. 만약 여러분이 틀린 범주나 틀린 개념을 선택한다면, 잘못된 행동을 선택하거나 잘못된 결정을 할 위험성이 있다.

한 예로 아세트아미노펜acetaminophen을 살펴보자. 이것은 타이레놀 등 처방전이 필요 없는 두통/감기약에 흔히 포함된 진통 성분이다. 여전히 컴퓨터나 스마트폰이 근처에 있다면, 아세트아미노펜에 대해 구글 이미지 검색을 해보기 바란다. 무엇이 나오는가? 타이레놀이나 비슷한 약들의 이미지가 줄줄이 나온다. 아세트아미노펜이 어느 범주에 속하는 것 같냐는 질문을 받았다면, '약'이나 그 비슷한 무엇이라고 여러분은 대답할 것이다. 거기에서 여러분은 약에 관한 일반적인 개념을 활성화시켜 그것이 유용하고 이롭다고 추론한다. 그것은 두통을 줄이고 진통 효과를 가져다준다. 관련된 다른 개념도 많이 떠오를 것이다.

아마 여러분은 '독약'이라고는 대답하지 않을 것이며 독성 물질이라는 개념을 활성화시키지도 않을 것이다. 하지만 아세트아미노펜의 독성은 매우 심각하다. 해마다 많은 사람이 아세트아미노펜 과다복용으로 죽는다. 사실 아세트아미노펜 중독은 미국에서 급성 간부전acute liver failure의 가장 흔한 이유 중 하나다. 이로 인해 매년 수백 명이 사망하고 수천 명 이상이 응급실 신세를 진다. 아세트아미노펜은 오랫동안 안전한 약으로 홍보되었다. 그게 안전하다고 가정하면 우리는 큰 걱정 없이 복용할 수 있다고 여긴다. 어쨌거나 몸에 이롭다는 사물의 범주에 속하니 말이다. 하지만 알고 보니, 아세트아미노펜은 치료 범위가 매우 좁았다. 권장 복용량 내에서는 안전하고 이롭지만, 복용량을 초과하면 심지어 적은 양으로도 중독과 입원, 사망까지 초래할 수 있었다. 종종 사람들은 필요한 양보다 조금 더 복용해도 괜찮겠거니 잘못 짐작한다. 또는 열이 내려가지 않으면, 약효가 생기게끔 아이에게 한두 알을 더 먹일지도 모른다. 게다가 아세트아미노펜은 (감기약 및 독감약과 같은) 처방전이 불필요한 많은 약에 속해 있어서 더더욱 상황이 악화된다. 그래서 복용량을 초과했는지 알기가 쉽지 않다.

아세트아미노펜이 약으로 분류되어 있는 건 사실이지만, 그런 분류가 실제보다 그 약이 안전할지 모른다는 그릇된 가정을 부추긴다. 범주화 덕분에 예측과 가정이 가능해진다. 하지만 이 경우 아세트아미노펜을 처방전이 불필요한 안전하고 순한 약이라고 범주화하면 심각한 오류가 벌어질 수 있다. 그렇다고 아세트아미노펜이 일반적으로 위험하다는 뜻은 아니다. 또한 여러분이 타이레놀을 먹지 말아야 한다고 제안하려는 것도 아니다. 타이레놀은 지시한 대로만 복용하면 매우 안전하고 약효가 좋은 약이다. 그런 까닭에 널리 복용된다. 하지만 그렇다고 해서 **언제나 안전한** 약이라고 범주화하면 잘못이다.

개념은 정신적 및 지각적 경험의 추상화인데, 정보를 이런 방식으로 표현하는 데는 비용과 편익이 함께 따른다. 개념은 한 범주 내 사물들의 집합에 관해 중요한 대다수 내용을 표현하는 효과적인 방법이다. 하지만 추상화된 결과인지라, 해당 범주의 일부 뉘앙스와 개별성이 사라진다. 개념과 같은 추상화 덕분에 사람들은 빠르고 대체로 옳은 판단을 내릴 수 있지만(가령, 커피잔인지 여부), 가끔씩은 잘못 분류한 대가를 치르고 만다(가령, 안전한 약인 줄 알았는데 독성이 있는 약인 경우).

| 왜 우리는 범주화하고 분류하는가 |

사람들이 사물을 범주화하는 이유 중 하나는 모든 동물과 생명체에는 이전의 경험으로부터 일반화를 하는 타고난 경향이 있기 때문이다. 자극 일반화stimulus generalization라고 알려진 이 경향은 모든 종에서 보인다. 자극 일반화 덕분에 한 생명체는 학습된 하나의 행동 반응을 비슷한 것들의 전체 부류로 확장시킬 수 있다. 갖가지 커피 머그잔을 동일한 방식으로 다룰 때, 여러분은 바로 그렇게 한다. 나도 푸드 트럭에서 샌드위치를 하나 사면서 지난주에 샀던 그 샌드위치와 같은 맛이리라고 기대힐 때, 바로 그렇게 한다. 여러분의 고양이나 개도 사료 캔 여는 소리에 반응할 때, 바로 그렇게 한다. 이런 종류의 행동은 심지어 생물학적으로 가장 원시적인 생명체에서도 보인다. 19세기에 심리학의 기틀을 마련한 이론가 중 한 명인 윌리엄 제임스는 이렇게 언급했다.

……지적 수준이 지극히 낮은 생물체라도 개념화가 가능할지 모른다. 필요한 것이라고는 동일한 경험을 다시 알아차리는 것뿐이다. 바다에 사는 작은 폴립(polyp)도 만약 '어이! 뭔가가 다시 나왔네!'라는 느낌이 마음을 지나가기만 한다면, 개념을 갖춘 사상가인 셈이다.

제임스의 '깜찍한' 표현은 제쳐두고라도, 이 인용문은 개념적으로 행동한다는 게 무슨 뜻인지 명확하게 기술해준다. 제임스가 '폴립'이라고 말할 때, 그는 산호를 구성하는 촉수가 있는 아주 작은 수중 생명체들을 가리킨다. 이는 (벌레, 개미, 달팽이 등의) 다른 사례에도 해당된다. 그리고 제임스가 말하고 있는 '개념화conception'는 개념을 형성하는 능력을 뜻하지, 또 다른 폴립을 잉태하는conceive 능력을 뜻하지는 않는다. 물론 위에 나온 폴립이 사고할 수 있는 마음을 갖고 있진 않지만, 어떤 것들에 대해서는 분명 동일한 방식으로 행동한다. 폴립은 반응을 내놓기 위해 이전 경험과의 연상으로부터 일반화한다. 여기서 짐작되듯이, 일반화 그리고 이를 통해 기억과 경험을 묶어서 집단으로 분류하는 경향은 기능적 인지 구조의 내재적 측면이다. 이런 일반화는 유사성이 이끌어낸다. 새로운 자극에 대한 행동의 반응속도는 새로운 자극이 기존에 겪었던 자극과 얼마나 유사한지에 따라 결정된다. 반복된 연상을 통해 폴립(또는 벌레, 개미, 달팽이)은 마침내 동일한 종류의 자극에 대해 동일한 방식으로 행동하는 법을 배운다.

인간을 포함해 생명체들은 행동을 이끌기 위한 인지적 효율을 높이기 위해 사물들을 범주화한다. 사물들의 집단에 대한 개념을 형성한다는 것은 해당 집단의 모든 구성원에 관해 알고 있어야 할 정보의 양을 줄인다는 뜻이다. 개념은 많은 경험을 농축시켜 하나의 추상된 표상을 뽑아낸다. 이런 추상화는 행동적 동치류equivalence class(수학 용어로서, 어떤 집합의 특정한 원소와 동치同値 관계에 있는 원소의 집합—옮긴이)라고 볼 수 있다. 무슨 뜻이냐면, 비록 한 집단 또는 부류의 구성원들이 제각각 다르고 수가 많더라도(가령, 갖가지 커피 머그잔), 우리는 그것들 전부에 대해 동일한 방식으로 행동한다(갖가지 커피 머그잔으로 커피를 마신다).

예를 들어, 내 고양이 페퍼민트는 많은 고양이와 비슷하다. 즉, 기회주의자다. 페퍼민트는 무진장 게으르지만 자기 먹이만큼은 귀신같이 알아본다. 사료 캔 뚜껑이 열리는 소리를 안다. 평소처럼 이층에서 침대나 내 책상 의자에서 자고 있다가도 누군가가 주방에서 사료 캔을 열면, 페퍼민트는 침대에서 뛰어내려 계단을 후다닥 뛰어 내려와 주방으로 종종종 걸어간다. 캔에는 많은 종류가 있고 아마도 일부 캔은 뚜껑을 열 때 나는 소리가 다를 텐데도 페퍼민트는 각각의 소리에 대해 똑같이 행동한다. 각각의 캔 소리의 개별적이고 고유한 특성은 중요하지 않을 수 있다. 페퍼민트는 사료 캔 여는 소리들의 전체 **우주**를 단일한 행동 반응으로 효과적으로 표현한다. 우리도 똑같은 일을 우리 자신의 개념으로 해낸다. 우리는 많은 유사한 것을 하나의 핵심 표상으로 표현해낼 수 있다. 이것은 인지적 효율성이다. 개념적 표상에 관한 여러 이론은 이 장의 조금 나중에 논의할 내용인데, 그 이론들이 가정하기에 우리가 얼마나 많은 정보를 개념적 표상 내에 저장하는지, 그리고 얼마나 많은 정보가 사라지는지의 측면에서 보면 차이가 난다. 개념적 표상에 관한 대다수 이론에 따르면 개념이 일반적 정보를 저장하는데, 그러는 편이 고유한 개별적 표상들을 일일이 저장하는 것보다 인지적 효율성이 더 크다고 가정한다.

개념 형성을 통해 얻는 인지적 효율성은 세계의 자연적 구조에 영향을 받는다. 사람들이 사물들을 특정한 방식으로 범주화하는 까닭은 사물들의 세계가 어느 정도 자체 범주화하고 있기 때문일 수 있다. 세계에는 물리적 및 기능적인 두 면에서 규칙성이 존재하며, 이 세계의 거주민으로서 우리의 일은 이 규칙성 배우기다. 개념은 이런 규칙성을 추적하고 표현한다. 사물에 자연적 구조가 존재한다는 발상은 적어도 고대그리스 철학자 플라톤까지 거슬러 올라간다.[29] 플라톤에 따르면, 자연계를 표현할 때 우리는 '자연을 접합 부위에서 자른다(carve nature at its joints)'. 어떻게 사냥꾼이나 푸주한이 고기를 먹으려고 준비하는지 플라톤이 언급한 내용이다. 동물을 아무렇게나 자르기보다 접합 부위가 있는 데서 자르면 더 쉽다. 그런 까닭에 우리는 절반으로 잘린 날개보다는 닭가슴살, 날개, 다리 부위를 즐긴다. 동물을 자르는 자연스러운 방법이 있다는 말이다. 비록 여러분이 고기를 먹지 않거나 동물을 먹기 좋은 부분으로 자르기에 대해 생각해본 적이 없

---

29   이 발상은 아마 훨씬 더 이전에 나왔고 플라톤만의 생각도 아니었을 테다. 이 철학적 전통은 세계를 설명하고 우리가 특정한 방식으로 행동하는 이유를 설명하기 위한 많은 철학적 전통 가운데 하나다. 여기서 이 전통을 언급하는 까닭은 내게 익숙해서고 더 중요하게는 현대 심리학의 전조들과 관련되어서다.

더라도, 이 비유는 유효하다. 오렌지를 껍질 벗기고 조각내는 데도 자연스러운 방법이 있다. 완두콩을 먹거나 호두 껍질을 까는 자연스럽고 확실한 방법이 있다. 그런 자연스러운 방법은 인간이 결정하든 말든 존재한다. 접합 부위들이 존재한다. 인간이 만드는 범주는 이미 존재하는 자연적 경계를 바탕으로 삼는다는 이론을 우리는 내놓을 수 있다. 우리가 과일과 닭, 커피 머그잔에 대한 개념을 갖는 까닭은 그런 것들이 이 세계에서 자기들끼리 서로 비슷하기 때문이다. 이 경우 비슷하다는 것은 비슷한 재료와 비슷한 형태 및 비슷한 크기로 이루어져 있다는 뜻이다. 이런 속성들과 특징들은 인간이 그런 유사성을 식별하기로 결정하든 말든 서로 겹치고 한데 묶인다. 각각의 집단을 식별하기로 우리가 결정하든 말든 나뉘고 분할된다. 자연계에 관여할 때 우리는 그런 노선을 따라 범주화하고 개념화할 수밖에 없다.

만약 이 모든 것, 즉 일반화하는 경향, 효율적인 중심적 표현의 가능성 그리고 자연계에 존재하는 자연스러운 분류를 고려한다면, 범주화는 사실상 불가피한 듯하다. 범주가 인지 구조의 불가피한 일부라고 한다면, 어떻게 범주는 우리의 사고와 행동에 영향을 미칠까?

| 개념의 기능 |

근본적으로 개념은 한 사람이 어떻게 반응하는지에 영향을 미치는 인지적 표상이다. 그런 까닭에 개념은 행동적 동치류라고 기술될 수 있다. 캔에 든 먹이에 대한 행동적 동치류를 형성했던 내 고양이 페퍼민트의 경우에서처럼, 개념은 경험을 요약하고 행동을 이끈다. 일단 한 대상이 한 범주의 구성원으로 분류되고 나면, 우리는 그것에 대해 해당 범주의 구성원으로서 행동할 수 있다. 이런 현상은 신제품 범주에서 많이 볼 수 있다. 가령 스마트폰은 우리 다수가 자랄 때부터 사용했던 전화기와는 전혀 다르다. 전선도 발신음도 '교환수'도 없다. 1990년대에 전화 통화(전화로 할 수 있는 유일한 기능)를 하고자 할 때 여러분은 수회기(말하고 듣는 부분)를 들면 발신음을 들을 수 있다. 발신음이 들리면 전화선이 연결되어 있다는 뜻이다. 전화기phone가 무선전화cordless phone와 휴대전화cell phone, 스마트폰smartphone으로 바뀌면서도, 손에 들고 다니는 컴퓨터라고 불리기보다는 '폰'이라는 단어가 그대로 쓰였다. 이로 인해 우리가 아는 것과의 연속성이 생기므로 우리는 그 사물을 분류하고, 우리가 아는 개념과 연결시키고 또한 어떻게 다루어야 할지 예측할 수 있다. 그리고 심지어 스마트폰과 같은 새로운 개념도 자신의 개념을 활성화시킨다. 예를 들어, 신형 아이폰이나 신형 삼성 스마트폰을 집어들면 여러분은 대다수 기능의 조작법을 이미 알고 있다. 기존의 개념을 알고 있기 때문이다. 오래된 플립 휴대전화를 집어 들면 여러분은 다른 개념을 활성화시키고 그 휴대전화를 다른 방식으로 다룰 것이다. 일단 무언가가 어느 범주에 속하는지 알면 여러분은 기존의 개념 지식을 이용해 그 방식을 추론할 수 있다. 다른 사례들도 많다. 클래식 음악으로 분류된 콘서트에서는 대중음악으로 분류된 공연과는 다른 매너나 복장 양식이 권장된다. 디저트 와인으로 분류된 와인은 특정한 방식으로 소비해야 하며 아마도 스테이크와 함께 마시지는 말라고 권장될 것이다. 야외용 운동화로 분류된 신발은 실내용 운동화로 분류된 신발과는 다른 개념을 활성화시킨다.

범주가 여러분이 행동하고 반응하는 법을 아는 데 유용하다는 이런 생각은 사고 과정에 곤란한 결과를 초래할지도 모른다. 이 경향은 인종이나 직업과 관련된 많은 부정적인 고정관념의 뿌리에 자리하고 있다. 우리 마음은 우리가 지닌 그리고 형성해온 모든 개념으로부터 일반화하는 경향이 있지만, 그런 일반화가 유용할 때도 유용하지 않을 때도 있다. 우리는 우리와 같은 인종의 사람에게 말할 때에는 다른 인종의 사람에게 말할 때와 상반되게(심지어 무심결에) 우리 행동을 조정할 것이다. 동일한 건물에 있는 사람을 만나더라도 의사를 만날 때에는 안내원을 만날 때와 매너가 달라진다. 우리는 어떤 인종에 대해서 다른 인종과 태도를 달리한다. 고정관념과 인종적 편견에 관한 다수의 연구와 문헌은 사회심리학의 고전적 주제들의 내용과 부합하는데, 여기서 드러나듯이 그런 범주들은 미묘하고 암묵적인 방식으로 태도와 지각에 편향을 가할 수 있다.

수십 년 동안 특히 미국은 경찰과 흑인 공동체, 그리고 때로는 시위대 사이의 폭력이라는 지속적인 문제를 겪어왔다. 이 충돌은 때때로 크게 불거졌다. 가령 1960년대의 시민권 운동 시기에, 1970년대의 '마약과의 전쟁' 동안에, 뉴욕 경찰대LAPD 소속 경찰관들이 로드니 킹을 폭행한 이후에 (1991), 그리고 더욱 최근에는 미주리주 퍼거슨에서의 시위(2014) 및 조지 플로이드 살해 사건(2020) 이후에 그랬다. 이런 충돌이 벌어지면 뉴스와 분석 기사, 사진, 동영상이 쏟아진다. 또한 경찰의 역할과 용의자, 피해자, 시위자의 역할에 대한 의견 불일치가 생긴다. 이 전부는 사람들에 관한 어떤 의미와 일관성과 관련된 개념이지만, 그런 개념들의 경계와 특징은 사람마다 다르다. '경찰관'의 개념도 사람마다 다른 의미를 갖는다. 게다가 한 사람이 지닌 개념은 그 사람의 경험에 따라 달라진다. 어쨌거나 개념은 사적인 기억, 지각 및 경험의 요약된 표현이니 말이다. 경찰관에 대한 사람들의 경험은 과연 어떨까?

그걸 떠올려보는 방법 한 가지는 이 장에서 여러 번 했던 대로 구글 이미지 검색을 다시 해보는 것이다. '경찰관'을 검색하면 꽤 많은 이미지가 나올 텐데, 다수는 임무 수행 중인 경찰의 모습 및 인물 사진이다. 여러분의 첫인상은 어떤가? 그런 이미지들이 여러분 자신의 경찰관에 대한 개념과 들어맞는가? 몇 가지 버전으로 이미지 검색을 해보기 바란다. 무슨 이유인지 몰라도 '뉴질랜드 경찰'을 검색해보면, 대체로 친근하게 보이는 이미지들이 나온다. '미국 경찰'을 검색해보면, 대체로 덜 친근한 이미지들이 나온다. 또한 중무장한 경찰 집단이 많이 나온다. '폭동진압 경찰riot police'을 검색하면, 친근한 얼굴은 아예 나오지 않는다. 사실 얼굴이 많이 보이지가 않는데, 다들 헬멧과 바이저로 가리고 있기 때문이다. 경찰관들의 세계는 여전히 접합 부위에서 잘리고 있는 중이지만, 상이한 접합 부위와 상이한 초점이 존재한다.

경찰을 상대했던 몇 가지 경험, 그리고 대체로 친근한 편이며 여러분의 가족이나 친구와 얼굴이 비슷한, 가벼운 무장을 한 사람들을 바탕으로 경찰관의 개념을 형성했다고 상상해보자. 여러분의 개념, 즉 추상화된 경찰관 개념에는 경찰관 범주 일반의 중요한 특징들(체포하기, 수갑을 차고 다니기)과 더불어 여러분의 구체적인 경험에서 알게 된 특징들(도움을 주고 시민들을 보호하는 역할, 내가 아는 사람들처럼 생긴 모습)이 포함될 것이다. 이제 여러분의 경험이 주로 전투용 차량, 중화기, 헬멧, 안면 보호구와 함께 경찰을 보아온 데서 생겼다고 상상하자. 그리고 경찰이 총격 사건, 폭동 및 충돌과 같이 폭력이 난무하는 상황에서 등장한다고 가정하자. 그러면 여러분한테는 분명 경찰에 대한 아주 다른 개념이 생길 수 있다. 이 개념에는 이전과 동일한 일반적 특징(체포하기, 수갑 채우기)도 들어 있겠지만, 여러분의 경험에 바탕을 둔 특정한 행위의 다른 목록(위협하기, 난폭하게 대하기, 물리력의 사용)도 들어 있을 수 있다. '경찰'이라는 동일한 꼬리표를 달고 있긴 하지만, 이것들은 동일한 개념이 아니다. 앞서 나온 것처럼 경찰에 대해 친근한 개념을 지닌 사람들은 그런 친근한 개념과 부합하는 특징들을 예상하고 추정한다. 반대로 방금처럼 난폭한 개념을 지닌 사람들은 난폭한 개념에 부합하는 특징들을 추정한다. 두 추정 모두 개인의 마음속에 있는 개념의 결과다. 개념은 개인의 많은 경험을 추상화하고 압축해, 사용 가능하고 구조화된 정신적 구조를 마련해준다.

경찰에 대해 우리는 늘 개념과 범주를 이용해서 예상을 한다. 이 예측덕분에 특징을 추측하고 행동을 이끈다. 한 사물이나 항목이 특정한 범주에 속한다고 분류되어 있다고 하자. 그러면 우리는 그 범주에 대해 아는 바를 이용해, 직접적으로 드러나 있진 않지만 (우리가 알기에) 해당 범주와 연관되어 있는 다른 속성들에 대해서 예상을 한다. 몇 페이지 전에 나온 온갖 종류와 형태의 스마트폰을 기억하는가? 브랜드도 가지각색이고 제조사도 모델도 가지각색이다. 여러분이 낯선 새 폰(또는 구형 모델)을 집어 들었다고 하자. 익숙한 폰과 다른 모습일 수는 있지만 스마트폰이나 휴대전화 사용법을 안다면, 뭐든 합리적인 예상을 할 수 있다. 벨소리 바꾸는 방법, 통화하는 방법 또는 사진 찍는 방법이 있음을 여러분은 안다. 아마도 여러분의 일반적인 범주 관련 지식을 통해서 스마트폰이 어떻게 작동하는지 어느 정도 추정하기도 할 테다. 만약 그것의 범주(스마트폰)에 대한 정보를 충분히 알고 있다면, 상당한 정도의 확신을 갖고서 예상을 할 수 있다. 그리고 우리는 많은 개념에 이름과 명칭을 부여하므로, 핵심적인 경험을 다른 이들과 의사소통을 통해 나눌 수 있다. 범주의 명칭도 개념의 일부이기에, 그것은 추상적 정보를 다른 이에게 전달하는 효과적인 방법이다. 새 폰 켜기, 전화하기 및 사진 찍기 방법을 다른 이들에게 설명하는 대신에, 그냥 "이건 구형 아이폰이야"라고 말하기만 하면 된다. 다른 이에게 장치가 속한 범주만 알려주면, 그 범주 수준의 모든 정보에 접근할 수 있다. 매우 효과적이고 효율적이다.

개념과 범주는 문제 해결도 담당한다. 사람들이 이용하는 문제 해결 전략과 휴리스틱은 기억에서 올바른 해법 찾기부터 시작될 때가 종종 있다. 문제를 능숙하게 해결하는 이들은 해법을 스스로 알아내서 문제를 해결하기보다, 기억에서 올바른 해법 개념을 찾을지 모른다. 가령, 노련한 체스 선수는 저장된 표상들을 검색해, 두는 수의 범주를 찾는다. 노련한 의사는 어떤 환자를 진찰할 때 이전에 보았던 환자들과의 유사성에 기댄다. 노련한 의사들끼리는 자신들이 어떻게 환자 진찰에 관한 개념을 형성했는지에 대한 의견이 대체로 일치하는 듯하다. 실제로 몇 년 전에 나는 동료들(두 의사)과 함께 노련한 의사들에게 직접 물었다. 즉, 그들이 진료실에서 환자를 처음 만날 때 활성화시키고 고려하는 개념의 종류가 무엇인지 물었다 (Goldszmidt, Minda & Bordage, 2013). 의사들의 답변에 따르면, 그들은 환자와의 첫 대면에서 해당 환자한테 직접적으로 필요한 치료나 사안 또는 다른 의사의 소견에 대한 개념들을 활성화했다. 또한 이전의 질병에 대한 개념, 즉 그런 환자를 다루는 방법에 관한 개념을 활성화했다. 또한 이 환자를 처음 대할 때, 그 만남은 이전에 본 비슷한 환자들에 대한 기억과 개념을 활성화시킨다. 그런 기억 속에 담긴 표상들이 환자와의 상호작용을 이끈다.

지금까지 나는 예상과 추정, 의사소통 및 문제 해결과 같은 다양한 기능과 더불어 어떻게 그 기능들이 개념에 의해 이끌어지고 작동하는지 논의해왔다. 개념은 우리의 경험을 요약하고, 우리가 행동하고 인간답게 생각하도록 도와준다. 이 복잡한 정신적 기능들은 인간 사고의 아주 큰 부분을 차지하지만, 인간에게만 고유하지는 않다. 앞서 보았듯이 제임스는 가장 '원시적인' 생명체에게조차도 개념이 있다고 했다. 개념, 즉 아주 간단히 말해서 행동적 동치류는 인간과 동물 모두에게 중요하다. 하지만 개념과 범주는 기계에도 중요하다. 가령 우리 대다수가 알고 있듯이, 인터넷회사들은 사용자에 대한 데이터를 모으고 트렌드를 만들어내고 사물들을분류하느라 여념이 없다. 사람들이 원하는 바를 알아내서 그 정보를 바탕으로 예측을 하기 위해서다. 그렇기에 나는 구글 이미지 검색을 여러분에게 제안하면서 여러분이 아마도 무엇을 보게 될지 알 수 있다. 아마존은여러분의 이전 구매 이력과 검색 이력을 바탕으로 구매할 새 상품, 읽을새 책, 스트리밍할 새 영화를 추천한다. 넷플릭스, 스포티파이 및 애플뮤직같은 회사들도 정교한 알고리즘을 이용해 시청할 새 작품이나 청취할 새음악을 추천한다.

비록 이런 회사들의 알고리즘은 사유재산이어서 대중에게 공개되지는않지만, 우리가 개념을 형성할 때와 동일한 정보를 사용한다. 우리는 사물에 관해 예측을 할 수 있도록 집단 간의 유사성에 주목해서 개념을 형성한다. 쇼핑과 스트리밍 알고리즘도 똑같이 한다. 그래서 여러분의 이전 경험및 해당 웹사이트와의 상호작용과 비슷한 새로운 것들을 추천할 수 있다.개념 덕분에 인터넷 회사들은 예측을 할 수 있다.

이런 패턴은 우리 자신의 행동에 통찰을 전해주며, 심지어 어떻게 우리의 행동이 그런 회사들의 운영 방식에 영향을 미치는지도 알려준다. 유니버시티칼리지런던University College London의 심리학자 애덤 혼스비Adam Hornsby의 연구 사례가 대표적이다(Hornsby, Evans, Riefer, Prior & Love, 2019). 구매자와 상점 둘 다 범주에 의존한다는 사실을 알아차리고서, 혼스비와 동료들은 사람들의 구매 행동이 식료품점의 물품 구성 방식에 따라 정해짐을(또는 식료품점의 물품 구성 방식에 일조함을) 밝혀냈다. 연구 방법이 매우 독창적이었다. 그들은 한 식료품점에서 고객들의 구매 영수증을 엄청나게 많이 모았다. 그런 다음에 컴퓨터 모형을 적용해 목록 내의 제품들에 대한 패턴을 찾았다. 즉, 영수증에 제품이 동시에 나타나는 경향을 분석했다. 우유와 시리얼. 콩과 쌀. 베이컨과 달걀. 파스타와 토마토 소스와 우유. 이로부터 고차원적인 개념들을 추출해냈다. 이 개념들은 구체적인 식사(가령, '볶음 요리'와 '여름철 샐러드')에서부터 일반적인 주제(가령, '여러 재료로 정성껏 준비하는 요리'에서부터 '즉석식품')에 이르기까지 구매자의 목적과 패턴에 따라 구성되는 편이었다. 이 연구자들이 밝혀내기로, 사람들은 주제에 따라 쇼핑을 하고 상점도 그런 주제에 따라 물품을 배치하는데, 그러면 다시 이런 배치가 구매자의 주제 기반 쇼핑 행동을 강화한다.

쇼핑할 때 우리는 회사에 정보를 제공한다. 덕분에 회사는 자기 상점을 우리가 쇼핑하기 쉽도록 구성한다. 바로 이 점을 여러분이 쇼핑을 할 때 유념하기 바란다. 여러분이 비건 음식을 사면서 특정 브랜드의 비누도 함께 산다면, 여러분에 관한 어떤 정보를 상점에 알려주는 셈이다. 그 정보는 상점들의 판매 계획의 일부가 되고, 그 계획은 다시 여러분의 쇼핑 계획에 영향을 미친다. 우리와 상점은 서로를 관찰하면서 개념을 형성하고 수정하며 행동을 조정하는데, 이를 통해 앞으로의 일을 예측한다.

우리가 왜 개념을 형성하는지, 개념은 어떻게 작동하는지 그리고 우리가 생각하기 위해 개념을 어떻게 사용하는지에 대해 꽤 많이 다룬 듯하다. 이제 개념이 마음에서 어떻게 표현되는지에 관한 기본적인 이론 몇 가지를 더 심도 있게 살펴보자. 개념은 추상이다. 개념이 범주 구성원 각각의 모든 가능한 특징과 세부 사항을 전부 표현하지는 못하기에, 정보가 얼마나 많이 추상화되어 저장되는지 그리고 얼마나 많이 버려지는지에 관해 상이한 이론마다 상이한 가정을 내놓는다.

| 개념적 표상에 관한 이론들 |

왜 사람들은 생각하기 위해 정신적 범주에 기대는가? 그리고 왜 우리 인간은 개념과 범주를 가지는가? 한 가지 가능성은 인간은 세계의 자연적 구조를 반영하는 개념들을 범주화하고 분류하고 형성하도록 적절히 반응한다는 점이다. 또는 플라톤의 말대로 '접합 부위에서 자연을 자른다'. 이런 설명에 따르면, 마음에 구조가 존재하는 까닭은 세계에 구조가 존재하기 때문이라고 할 수 있다. 나한테 개와 고양이에 관한 꽤 훌륭한 개념이 있는 까닭은 두 집단 간에 자연적인 구분이 존재해서다. 고양이와 개는 둘 다 더 큰 '반려동물' 범주의 구성원이며 심지어 함께 살지도 모르지만, 둘이 똑같지는 않다. 고양이와 개는 우리가 그들에 대한 이름 붙일 수 있는 개념(가령, 고양이와 개라는 단어)을 갖고 있든 없든, 상이한 범주에 속한다. 동물, 산, 강, 식물, 돌, 비는 모두 자연적 환경에 따라 구성된다. 자연에는 우리가 포착하는 경계들이 존재하기에, 우리는 계속 그런 경계를 포착하고 학습하고 이름을 붙인다.

하지만 그것이 개념의 유일한 종류는 아니다. 또한 범주와 부류를 배울 유일한 방법도 아니다. 또 하나의 가능성은, 쇼핑 행동에 관한 연구에서 짐작되듯이, 인간은 목적 달성을 위해 개념을 형성한다는 것이다. 또한 우리는 문제 해결을 위해 사물을 함께 무리 짓고 개념을 형성한다. 이런 종류의 범주들은 어떤 특정한 자연적 구조를 반영하지는 않을 수 있다. 이 경우 어떤 사물들이 범주가 되는 까닭은 우리가 그것들에 대해, 비록 동일하게 보이진 않더라도 동일한 방식으로 행동하기 때문이다. 우리에게는 상이한 종류의 범주가 있고 세계에는 상이한 종류의 범주가 존재하기 때문에, 심리학자들은 개념적 표상을 상이한 방식으로 탐구해왔다.

단기기억, 의미기억, 일화기억, 절차기억 등을 포함한 기억에 관한 연구에서와 마찬가지로, 개념적 공간을 구분하는 방법도 여러 가지가 있다. 나는 4가지 방법에 초점을 맞추겠지만, 이 4가지는 상호배타적이지 않은 이론이어서 인지과학에 함께 영향을 미친다. 이 이론 중 딱 하나만 '옳지는' 않으며, 어떤 면에서는 서로 겹친다. 가가익 이론은 일부 개념적 경험을 꽤 잘 기술하지만, 저마다 한계가 있다. 이 점은 마음에 관한 모든 과학적 이론의 속성이다. 우리는 어떤 것은 올바르게 이해하지만 어떤 것은 놓치고 만다.

네 이론 중 첫 번째 이론은 때때로 개념의 '고전적 관점classical view'이라고 부른다. 철학과 밀접한 관련이 있는 접근법이다. 이 관점은 범주를 설명해주는 특징적 규칙들에 집중해, 그런 규칙들에 따라 정해지는 집단 구성원 자격class membership이 범주라고 정의한다. 두 번째 이론은 범주들 내부 및 범주 사이의 유사성과 의미기억 내에서 개념의 구성에 집중한다. 나는 이를 '위계적 관점hierarchial view'이라고 부를 텐데, 이 이론은 앞서 기억에 관한 장에서 논했던 이론들, 가령 콜린스와 퀼리언의 위계적 모형을 포함한다. 세 번째 이론은 고전적 접근법의 대안으로서 1970년대에 개발되었으며 때로는 '확률적 관점probabilistic view'이라고 부른다. 위계적 관점에서처럼 이 이론은 범주들 내부 및 범주 사이의 유사성이 지닌 중요성에 집중하면서도, 고전적 관점에서와 같은 엄격한 정의를 고수하지는 않는다. 이 접근법에서 정신적 표상은 해당 범주의 모든 구성원의 전형적 특징을 요약하는 추상이다. 마지막으로 일부 심리학자는 위의 세 이론 중 어느 것으로도 설명할 수 없는 세계에 관한 지식과 선천적 이론의 역할을 옹호했다. 이 이론은 때때로 개념에 관한 '이론 관점theory view'이라고 부른다.

이 접근법들은 여러 다양한 방식으로 설명되어왔다. 그리고 각각의 이론은 한 개별 사물에 대한 고유한 정보가 개념적 표상 내에 얼마나 많이 보존되는지, 그리고 추상화된 범주 수준의 정보를 형성하는 과정에서 얼마나 많이 버려지는지에 관해 핵심적인 주장들을 여럿 내놓고 있다.

고전적 관점

고전적 관점이 '고전적'이라고 불리는 까닭은 이 이론의 신봉자들이 고전적인 서양철학 전통에서 개념적 표상을 이해하기 때문이다. 게다가 범주란 엄격하게 구분된 집단임을 강조하는 관점이라고 할 수 있다. 이 이론의 가장 엄격하게 정의된 버전에는 2가지 핵심 가정이 있다. 첫째, 이 이론의 핵심은 범주 구성원 자격을 위한 필요충분 조건이라는 발상이다. 둘째는 범주화는 절대적이며, 한 집단의 모든 구성원은 지위가 동등하다는 주장이다. 이 관점은 사실이라기엔 너무 엄격해 보이지만, 심리학의 초기 시절 대부분 동안 개념과 범주에 관한 연구를 이끈 기본적인 이론 체계로 활약했다. 그리고 여러 면에서 지금도 우리가 사물과 발상, 심지어 사람을 정의하는 방식에 관여한다.

정사각형을 예로 들어보자. 정사각형은 네 변의 길이가 같고 네 각이 직각인 형태로 정의된다. 내가 내놓을 수 있는 최상의 정의다. 어떤 형태가 이런 특징을 갖기만 하면, 우리는 그것을 정사각형으로 분류한다. 그리고 정말이지 이 속성들은 보통 그 형태를 정사각형이라고 부르기에 충분하다. 그런 특징들을 지닌 대상은 무엇이든 해당 집단의 구성원이다. 그게 전부다. 색깔과 크기, 질감, 재료는 이 분류에 전혀 중요하지 않다. 오로지 기하학적으로 정의된 핵심 속성들만이 중요하다. 즉, 이 속성 각각이 필요하며, 그런 속성이 모두 갖춰지면 범주 구성원 자격에 충분하다. 정사각형의 정의는 이처럼 다 함께 모인 필요충분조건들로 구성된다고 할 수 있다.

게다가 일단 한 형태가 그런 특징들을 지니고 정사각형 범주의 구성원으로 여겨질 수 있다면, 다른 어떤 것이 이 구분의 타당성을 높이거나 낮춘다고 상상하긴 어렵다. 즉, 네 변이 동일하고 네 각이 직각이면 정사각형이 되기에 충분하므로, 정사각형의 구성원이 되면 동등성이 보장된다. 모든 정사각형은 정사각형 범주의 동등하게 훌륭한 구성원이다. 좋은 정사각형이나 나쁜 정사각형은 존재하지 않는다. 그냥 정사각형일 뿐이다.

이런 엄격한 정의 구조를 지닌 범주들의 다른 예를 상상해보자. 짝수라는 범주에는 2로 나누어떨어지는 모든 수가 포함되고, 미국 25센트 동전 quarter는 미국 정부가 생산한 특정한 크기와 형태의 25센트짜리 동전이 전부 포함된다. 안타깝게도 이 엄격한 정의는 이런 기본적인 예를 벗어나면 무너지기 시작한다. 가령, 여러분이 지금 종이 위에 정사각형을 빨리 그리려 한다면, 정사각형처럼 보이는 무언가를 그릴 것이다. 여러분은 흡족하게 그걸 정사각형이라고 부를 테다. 이 그림을 다른 사람한테 보여주고서 "이게 뭔가요?"라고 묻는다면, 정사각형이라고 답할 것이다. 하지만 과연 그럴까? 자를 가져와서 각 변을 재보면, **정확하게** 네 변이 똑같지 않을 수 있다. 가깝긴 하겠지만 정확히 똑같지는 않다. 따라서 정의상 정사각형 범주에 포함되지 않아야 마땅하다. 그런데도 여러분은 여전히 정사각형이라고 부를 것이다. 비록 우리가 정사각형이라는 개념에 대한 명확한 정의가 존재한다는 데 동의하더라도, 여러분이 서툴게 그린 정사각형을 기꺼이 정사각형이라고 부른다면 구분을 하기 위해 그 정의를 진짜로 사용하지는 않는다는 뜻이다. 옳은 정의긴 하지만 사용하기에는 너무 추상적이다.

또 다른 문젯거리를 하나 들자면, 비록 우리 모두가 한 정의에 동의하더라도 그 정의에 따른 어떤 사례들은 다른 사례들보다 더 나은 범주 구성원으로 보일 수 있다. 사람들이 어떤 범주 사례들이 다른 사례들보다 더 낮거나 전형적인 범주 구성원이라고 평가하는 전형성 효과가 생기기 때문이다. 간단한 사례로 개 범주를 살펴보자. 래브라도, 리트리버, 독일 셰퍼드와 같은 중간 크기의 흔한 개들은 개 범주의 더 전형적이고 나은 사례로여겨질 것이다. 더 작고 털이 없거나 매우 큰 개는 래브라도만큼이나 모든면에서 개라고 하기에 충분한데도, 덜 전형적이라고 여겨질지 모른다. 흔한 범주의 전형적인 사례들은 쉽게 상상해볼 수 있다. 홍옥, 4도어 세단, 손잡이가 달린 적당한 무게의 커피 머그잔, 아이폰 등이 그런 예다. 한 개념의 구성원들을 말해보라고 하면 전형적인 예들은 거의 자동적으로 떠오른다. 전형성 효과는 심지어 엄밀한 정의를 지닌 범주들에서도 관찰된다. 짝수는 정의에 의해 정해지므로(2로 나누어떨어지는 수), 모든 짝수는 마땅히동등하다. 하지만 짝수/홀수 범주의 좋은 사례인지를 묻는 질문을 받을때, 사람들은 '2'와 '4'가 '34'와 '106'보다 짝수의 더 나은 사례라고 평가한다. 이는 개념을 엄밀히 정의하는 관점에서 보자면 곤혹스럽다. 한 범주의모든 구성원이 분명 동등한 구성원인데도 사람들은 여전히 전형성 효과를보이기 때문이다.

전형성 효과는 1970년대에 엘리노어 로쉬가 체계적으로 연구했다. 로쉬의 연구는 심리학자들이 범주와 개념에 대해 생각하는 방식을 바꾸었다(Rosch & Mervis, 1975). 로쉬의 연구 이전까지만 해도 고전적/정의에 입각한 관점이, 그것이 초래할 수 있는 온갖 문제점에도 불구하고 이용 가능한 최상의 이론이었다. 왜 로쉬의 연구는 그토록 영향력이 컸을까? 한 가지 이유를 대자면, 로쉬가 사람들에게 개념에 대해 물었기 때문일 것이다. 어떤 개념을 정의하라고 묻는 대신에, 로쉬는 한 범주에 무엇이 속하는지를 물었다. 가령, 한 연구에서 로쉬는 피실험자들에게 흔한 범주들(가령 도구, 가구, 차량 등)의 모든 특징을 나열해달라고 했다. 그랬더니, 일부 항목들은 해당 범주의 다른 구성원들과 공통점이 많은 반면에(전형적인 항목), 다른 항목들은 공통점이 적었고 더욱 독특한 특징이 있었다(비전형적인 항목). 범주 구성원을 나열하라고 부탁받았을 때 피실험자들은 이러한 매우 전형적인 사례들을 우선적으로 떠올렸다. 이 사례들은 전형성이 높다고 여겨졌다. 달리 말해서 특권적인 시위가 있는 듯했다. 이는 개념에 대한 고진적/정의에 입각한 관점의 문제점인데, 엄밀하게 정의된 관점에서는 이런 전형적인 사례들이 행동과 관련된 특권을 결코 누리지 않아야 마땅하기 때문이다. 하지만 로쉬가 보여주었듯이, 매우 전형적인 사례들은 더 빠르게 분류되고 거론되었다. 사람들이 전형적인 사례들에 관한 선호를 보인다면, 정의라든가 필요충분조건들의 집합에 기대지 않을 것이다.

로쉬는 대신에 우리가 범주를 배울 때 가족 유사성family resemblance에 의존한다고 제안한다. 가족 유사성이 존재할 경우, 한 범주의 구성원들은 서로 닮긴 하지만, 어떤 단일한 결정적인 특성을 공유하지는 않는다. 주말에 대가족이 모이는 상황을 상상해보자. 분명 가족 구성원 중 다수가 비슷해 보인다. 어쩌면 많은 구성원이 특정한 머리카락 색깔이나 동일한 종류의 눈을 지니고 있다. 하지만 가족 구성원들을 완벽하게 한 가족이라고 식별할 수 있는 하나의 특성이 있다고 보긴 어렵다. 우리는 이와 비슷한 범주를 많이 상상할 수 있다. 가령, 고양이와 당근, 캔디, 캐딜락 등이 그것이다. 각각의 구성원은 다른 많은 구성원과 유사하겠지만, 모든 구성원과 유사하지는 않을 수 있다. 정의 대신에, 로쉬의 연구가 시사하듯이, 우리는 일군의 특징들을 중심적 개념이라고 파악한다. 한 사례가 일군의 특징들과 공통되는 특징이 많을수록 가족 유사성은 강해진다.

기본 수준 개념들

로쉬가 제시했듯이, 우리는 가족 유사성 구조에 따른 위계적 개념들을 형성하는 편이다. 이런 개념들은 어떤 수준에서 가족 유사성과 전형성을 극대화하는 듯 보인다. 그림 8.2의 예를 볼 때, 마음에 떠오르는 첫 생각이나 단어는 무엇인가? 아마도 '개'일 것이다. 하지만 처음부터 '포유류'나 '동물' 또는 독일 셰퍼드라고 생각하진 않을 것이다. 이른바 상위 수준 superordinate level이라는 더욱 추상적 수준에서 보자면, 개념들과 범주 구성원들은 특징과 속성 면에서 많이 겹치지 않는다. 범주 간의 유사성이 비교적 낮다. 동물은 다른 고수준 개념들(가령, 식물)과 대체로 모습이나 행동이 비슷하지 않다. 하지만 동시에, 범주 내의 유사성도 꽤 낮다. 동물에는 폭넓은 종류가 존재하는데, 전부 다 모습이나 행동이 비슷하지는 않다. 개, 노래기, 대머리독수리는 전혀 딴판이지만 모두 동물 범주의 구성원이다. 유사성과 특징 겹치기는 어디에서든 낮기 때문에, 유사성은 범주 구성원 예측하기 관점에서 딱히 유용한 단서가 아니다. 하위 수준 subordinate level이라고 알려진 맨 아래의 가장 구체적인 수준에서는 높은 범주 내 유사성이 있으며(독일 셰퍼드들끼리는 다들 엇비슷하다), 범주 간 유사성도 꽤 높다(독일 셰퍼드는 래브라도와 꽤 닮았다). 이번에도 특징의 유사성이 꽤 높기 때문에 그것이 범주 구성원 판단의 믿을 만한 요소라고 하기는 어렵다. 유사성이라는 것은 가장 구체적인 수준에선 너무 높아서 유용하지가 않고 더욱 일반적 수준에선 유용할 만큼 충분히 높지 않기 때문에, 우리는 사물을 그 중간 어디쯤에서 분류하는 편이다. 로쉬는 이 중간 수준, 즉 우리가 사물을 식별하고 생각할 때 가장 자주 이용하는 수준을 가리켜 기본 수준 basic level이라고 일컫는다.

그림 8.2 이 사진을 볼 때 처음 떠오르는 생각이나 단어는 무엇인가?

　기본 수준은 특별한 경우다. 범주 내 유사성은 높은 데 반해, 범주 간 유사성은 낮다. 개 범주의 구성원은 다른 개들과는 많이 닮은 편이지만, 다른 동물 범주, 가령 고양이 및 도마뱀의 구성원과는 겹치는 특징이 많지 않다. 기본 수준 범주는 범주 내 유사성을 극대화하면서 동시에 범주 간 유사성을 최소화하는 범주 추상화의 수준이다. 이 덕분에 유사성이나 특징이 범주 구성원 자격에 믿을 만한 단서가 된다. 개는 개 모양이고 일반적으로 다른 개들과 비슷하지만, 다른 범주의 동물들과는 유사성이 많지 않다. 이는 나무와 자동차, 탁자, 망치, 머그잔 등도 마찬가지다. 기본 수준 범주들은 다른 방식에서도 특별하다. 엘리노어 로쉬와 동료들에 따르면, 기본 수준 범주는 한 범주의 사물들이 동일한 형태와 동일한 움직임을 갖고 아울러 부분들을 공유하는 가장 추상적인 수준이다. (기본 수준 범주에) 대조되는 범주들은 쉽게 비교가 가능하고 (기본 수준 범주와의) 유사성은 예측의 단서이므로, 기본 수준 범주들은 또한 위의 개 사진에서 보았듯이 이름 부르기의 이점도 있다. 기본 수준 범주들은 어린아이들이 일찍감치 배우며, 피실험자들이 상위 수준 범주의 구성원을 나열하라고 할 때 제일 먼저 나열된다. 일반적으로 로쉬와 다른 많은 연구자의 연구에서 밝혀진 바에 따르면, 사물들이 많은 상이한 수준에서 분류될 수는 있지만 사람들은 기본 수준에서 사물들을 다루고 생각하는 듯하다.

물론 모든 것이 늘 기본 수준에서 분류되지는 않는다. 경험이 많은 사람들은 때때로 본능적으로 사물들을 하위 수준에서 분류한다. 예를 들어, 여러분이 개 사육자 내지 품평회용 개 관리사라고 가정하자. 이전의 사례처럼 여러분한테 독일 셰퍼드 사진이 제시된다. 그러면 그냥 '개'라고 대답할 초심자와 달리, 전문가는 본능적으로 '독일 셰퍼드'라고 대답할지 모른다. 여러분이 세밀한 차이와 매우 구체적인 분류를 오랫동안 다루고 생각해왔다면, 그런 전문지식을 늘 갖추고 있다. 그리하여 하위 수준 분류가 그냥 습관이 된다.

확률적 관점

앞서 보았듯이, 고전적 관점은 오랜 역사를 지닌 데다 엄격한 정의에 직관적인 호소력이 있긴 하지만 여러 면에서 부족한 점이 많다. 그렇다면 우리는 가족 유사성을 마음속의 한 개념으로 표현할까? 로쉬의 연구에서 직접 나오는 한 가능성에 따르면, 범주 구성원은 확률적이며 분류는 사물들을 전형적인 특징들의 모음과 비교해 이루어진다. 즉, 필요충분한 조건들의 집합을 바탕으로 엄격한 위계 내에 머물지 않고서, 개념이란 공유된 특징들과 겹치는 유사성을 통해 한데 모이는 사물들의 범주를 표현한다. 확률적 관점이라는 이 설명에서 범주 구성원 자격은 확정적이지 않으며,

정의가 내려져 있지 않다.

가령 개, 고양이, 커피 머그잔, 과일 등 우리가 논의해온 흔한 종류의 범주를 살펴보자. 각각에 대한 정의 대신에 특유의 특징들을 살피자. 이 범주의 구성원이 대체로 지닌 특징을 생각해보자. 개의 몇 가지 특징을 들자면 **대체로** 꼬리가 하나 있고, 대체로 짖고, 네 다리가 있으며, 대체로 털이 있다. 어떤 개들은 특유의 특징 대다수를 갖고 있다. 체구가 중간쯤이고 다리가 넷이고 꼬리가 하나이며 짖는다. 만약 이런 특징들 가운데 하나가 없다면, 그 개의 시각적 전형성은 줄어들지 모르나 개 범주의 구성원 자격을 박탈당하지는 않는다. 다리 하나가 없는 개를 여러분도 보았을 것이다. 비록 '네 다리'라는 특유의 특징이 없더라도 우리는 그 개가 개가 되기에 부족하다고는 전혀 여기지 않는다. 확률적 관점에서 볼 때, 전형적 사례들이 더 빠르게 인식되는 까닭은 다른 범주 구성원들과 더 많은 특징을 공유해서다. 어떤 면에서 볼 때, 전형적인 범주 구성원은 해당 범주의 중심에 더 가깝다. 그리고 이와 비슷한 효과가 예외적인 범주 구성원한테서도 관찰될 수 있다. 한 범주의 매우 비전형적인 구성원(가령, 비전형적인 포유류로서의 박쥐 또는 '새'에 관한 여러분의 범주가 관찰 가능한 특징을 바탕으로 삼는다고 할 때 비전형적인 새로서의 박쥐)은 외부자^{outlier}다. 정말이지 박쥐는 포유류 범주의 괴상한 구성원이다. 새처럼 보이고 새처럼 행동하며 앞을 잘 보지 못한다. 확률적 범주화 체계는 박쥐가 때때로 잘못 분류되어 사람들을 곤란하게 만든다고 가정한다. 사실, 박쥐를 쉽게 분류하지 못하는 무능함 때문에 우리는 종종 박쥐를 두려워한다. 많은 사람이 박쥐를 두려워하는 이유 중 하나는 박쥐가 단순한 기본 범주에 쏙 들어가지 않는 것이다.

하지만 범주의 본질적 속성인, 이러한 정도 차이가 있는 전형성 구조는 어떻게 마음속에서 개념으로 표현될까? 이에는 원형 이론$^{prototype\ theory}$

과 본보기 이론exemplar theory이라는 상반된 두 이론이 있다. 원형 이론은 사물들의 한 범주는 마음속에서 원형으로 표현되며, 이 원형은 해당 범주의 요약된 표상이라고 가정한다. 이것은 지금까지 경험한 모든 범주 구성원의 평균일 수도, 자주 등장하는 특징의 목록일 수도, 심지어 하나의 이상일 수도 있다. 이 이론에 따르면, 사물들은 원형과의 비교를 통해 분류된다. 이런 종류의 표상에는 한 가지 이점이 있다. 그 표상은 추상이다. 특징들의 모음이며, 개념적으로 사고하고 행동하기에 최적화되어 있다. 원형적 경찰관의 한 특정 사례가 존재하지 않을지라도, 그 추상에는 경찰관들한테서 가장 흔히 보이는 모든 특징이 포함될 수 있다. 그런 특징들을 많이 지닌 경찰관은 원형에 가까우니, 빠르고 쉽게 경찰관으로 분류된다. 우리의 기억 일반과 마찬가지로, 원형은 유용한 추상이긴 하지만 완벽한 표상은 아니다.

원형 이론의 대안이 본보기 이론이다. 본보기 이론에서 범주는 본보기라고 불리는 저장된 여러 기억 흔적에 의해 표현된다고 가정한다. 본보기 이론에서는 원형 이론에서와 같은 높은 수준의 추상화는 존재하지 않는다. 대신에 개별 사물들에 대한 기억 흔적 간의 유사성 덕분에 우리는 사물들을 동일한 범주의 구성원으로 취급할 수 있다. 우리는 한 동물을 어떤 추상화된 원형과의 유사성 때문에 '개'라고 분류하기보다, 우리가 이미 개라고 분류했던 많은 것과 비슷하기 때문에 개라고 분류한다. 이 접근법은 매우 설득력이 있는데, 범주를 파악할 때 추상화 과정이 필요하지 않기 때문이다. 결정이 기억에 저장된 개별 항목들과의 유사성을 바탕으로 내려지기에, 본보기 이론으로 하는 예측은 원형 이론으로 하는 예측과 크게 다르지 않다. 두 이론을 딱 갈라놓기는 가능하지만 (그리고 중요하지만) 심약한 사람에게는 적절하지 않다. 나도 지난 20년 동안 연구실에서 어느 정도 그렇게 했다. 지금도 나는 어느 이론이 인간의 사고를 설명하는 데 나은지 잘 모르겠다.

이론 관점

고전적 관점과 확률적 관점은 어떻게 새로운 개념이 학습되고 표현되는지에 주로 관심을 갖는다. 하지만 흔히 제기되는 비판은 이 두 이론을 뒷받침한 많은 연구가 실험실 환경에서 정의된 인위적 개념과 범주에 의존했다는 점이다. 사실이다. 나도 이런 연구들을 수행한 적이 있다. 사람들에게 복잡한 규칙이나 관계를 지닌 형태들을 분류하도록 하면 개념의 지각적 측면은 이해된다. 하지만 이런 종류의 인지심리학 연구는 세계의 복잡성과 우리가 세계를 이해하는 방식에서 많은 점을 놓친다. 개는 개 특징들의 모음 이상이다. 개는 사람의 집에서 나름의 역할을 맡으며 특정한 방식으로 행동하고 특정한 문화적 맥락을 갖는다. 이제껏 내가 기술한 어떤 이론도 이 점에 대해서는 별로 말하지 않았다. 그래서 규칙과 특징 이론의 한 대안으로서 이론 관점이 등장했다. '이론의 이론'이라고도 부르지만, 그건 조금 과한 평가다.

이 관점에 따르면 개념과 범주는 기존의 지식과 세계에 대한 우리 자신의 이론의 맥락에서 학습된다. 여러분이 새로운 게임, 새로운 음식, 새로운 장치와 같이 새것에 대해 배울 때, 여러분은 그런 새로운 대상들을 그냥 분류하지 않는다. 이전의 지식을 활성화시키고, 그 이전의 지식 덕분에 분류하는 것들을 이해할 수 있다. 기존 지식은 특징들을 활성화시키고 우선순위를 매긴다. 최근에 전기자전거가 크게 유행했다. 이 자전거는 스쿠터나 오토바이와는 관련이 없고 보조용으로 전기 모터가 장착된 자전거지만, 모터가 페달로 밟는 힘을 대신하지는 않는다. 이것을 자전거로 분류한다는 것은 여러분이 그게 사용되고 어떻게 작동하는지에 관한 이론을 이미 알고 있다는 뜻이다. 브레이크가 어디에 있는지 페달이 어떻게 작동할지, 그리고 어디서 탈 수 있는지도 알고 있다는 뜻이다. 기존 지식 덕분에 여러분은 그걸 이해하는 데 어떤 특징들이 중요한지 어떤 특징들이 중요하지 않은지 안다. 이런 면에서 이론 관점은 개념적 행동을 이해하기 위해 주로 유사성에 의존하는 다른 이론들보다 훨씬 앞서 있다.

이 관점은 또한 특징들이 서로 관계되어 있을지 모른다고 여긴다. 가령, 새의 범주와 관련해 '날개를 지닌다'와 '난다'와 같은 많은 흔한 특징이 매우 자주 함께 나타난다. 우리는 이런 상관성을 유의미한 것으로 이해한다. 우리는 왜 특징들이 상관되어 있는지 이해한다. 날개를 지닌다는 것은 단지 하나의 특징 이상이다. 날개를 지니기에 새는 날 수 있다. 게다가 이론 관점은 단지 유사성보다는 사물과 개념에 대한 우리의 기존 지식에 의존하기 때문에, 유사성 판단으로는 종종 놓치게 되는 몇몇 흥미로운 사실을 설명해낼 수 있다. 내가 가장 좋아하는 사례 하나는 랜스 립스Lance Rips가 행한 연구에 나온다(Rips, 1989). 립스는 피실험자들에게 지름 7.6센티미터의 둥근 물체를 보여주고서, 25센트 동전과 피자라는 두 비교 범주와 관련해 살펴보라고 했다. 피실험자들의 한 집단에게는 지름 7.6센티미터의 둥근 물체와 25센트 동전 또는 피자와의 유사성을 평가해보라고 했다. 그러자 당연히 피실험자들은 지름 7.6센티미터 물체가 25센트 동전과 더 비슷하다고 평가했다. 크기 면에서 25센트 동전과 더 가깝기 때문이다. 하지만 지름 7.6센티미터의 둥근 물체가 어느 범주에 속한다고 보느냐고 묻자 압도적으로 많은 피실험자가 피자를 선택했다. 2가지 이유 때문이다. 첫째, 피자는 25센트 동전보다 가변성이 훨씬 크다. 비록 7.6센티미터는 아주 작은 피자이긴 하지만, 그런 피자도 충분히 해당 범주의 구성원이 될 수 있다. 25센트 동전 범주는 가변성이 매우 작은 데다 아주 구체적인 특성을 갖고 있다. 25센트 동전은 반드시 전용 재료로 만들어져야 하며 적절한 정부 기관에 의해 주조되어야만 한다. 그리고 윗면과 아랫면이 있다. 요약하자면 비록 지름 7.6센티미터의 둥근 물체와 크기 면에서 더 비슷할지는 몰라도, 사람들은 지름 7.6센티미터의 둥근 물체를 25센트 동전 범주의 구성원으로 분류할 수 없다. 25센트 동전이 어떤 의미인지 알기 때문이다. 25센트 동전만이 25센트 동전일 수 있는데, 그런 지식이 있는 피실험자들만 그런 판단을 내릴 수 있을 것이다. 이런 상관된 속성들의 사례일 경우, 유사성을 강조하는 원형 이론이나 본보기 이론은 이 결과를 쉽게 다루지 못한다. 필수적인 배경지식이 없는 기계 분류기도 마찬가지로 이 결과를 다룰 수 없을 것이다. 하지만 이론 관점은 거뜬히 해낸다.

도식 이론

기억과 지식 구조, 개념에 관한 모든 논의에서 나는 어떻게 지식이 저장되고 표현되는지 강조했다. 개념은 요약된 표상이다. 하지만 우리는 개념을 이용해 생각하고 행동한다. 그래서 어떻게 개념이 사고 과정에 관여하는지에 관심이 있다. 어떻게 우리는 개념을 이용해 문제 해결과 가설 검증과 같은 사고 행위를 실행할까? 이런 상호작용을 다루는 한 이론이 도식 이론schema theory이다. 도식schema이란 범용 지식 구조 내지 개념으로서, 흔한 사건과 상황에 관한 정보를 부호화하고 저장한다. 이 표상은 사건과 상황을 이해하는 데 쓰인다. 도식은 사고 과정에서 활약하는 개념이다.

여러분이 시장(농산물 직거래 장터 또는 도시의 시장)에 갈 때 무슨 일이 생기는지 생각해보자. 구매자로서 농산물 직거래 장터나 도시의 시장에 간 적이 있다면, 여러분은 각각의 사건에 관한 정보를 부호화해서 일화기억 및 의미기억에 저장해놓았다가, 다음번에 시장에 갈 때 꺼내서 사용했을 것이다. 도식은 이런 기억 표상들을 이용해 상황을 예상하도록 해주는 개념적 틀이다. 시장에 도착하면 여러분은 여러 판매자를 보리라고 예상한다. 가령, 어떤 이가 싱싱한 꽃을 팔 것이라고 예상한다. 그리고 대다수의 거래가 신용카드보다 현금으로 이루어질 것이라고 예상한다. 심지어 꽃 판매자를 꼭 보지 않아도 된다. 거기에 있으리라고 예상했다가, 나중에 누가 물으면, 설령 여러분이 실제로 꽃 판매자를 보지 않았더라도 긍정적인 답변을 할지 모른다. 도식이란 우리로 하여금 배경을 채우도록 돕는 개념인 셈이다.

하지만 때로는 활성화된 도식으로 인해 해당 도식과 일관되지 않는 특징들을 놓치고 만다. 5장과 7장에서 다루었던 틀린 기억의 경우와 비슷하다. 이 일반적 발상은 오래전에 브랜스포드Bransford와 존슨Johnson의 선구적인 연구에서 입증되었다(1973). 한 연구에서 둘이 밝혀내기로, 사람들은 종종 한 텍스트의 핵심 특징들을, 그 특징이 제시된 도식과 일치하지 않으면, 놓치고 만다. 이 연구에서는 피실험자들한테 다음 문단을 읽게 하면서 문단의 제목을 다음과 같이 제시했다. '40층에서 평화행진을 지켜보기'.

그야말로 장관이었다. 창을 통해 아래쪽의 군중을 볼 수 있었다. 그 높이에서는 모든 것이 지극히 작아 보였지만, 다채로운 복장들은 여전히 눈에 들어왔다. 모두가 질서정연하게 한 방향으로 움직이는 듯했는데, 어른과 더불어 어린아이들도 있는 듯했다. 착륙은 부드러웠고, 다행히 날씨가 그만이어서 특별한 복장을 입을 필요가 없었다. 처음에는 대단히 부산한 모습이었다. 나중에 연설이 시작되자 군중은 조용해졌다. TV 카메라를 든 사람이 무대 시설과 군중을 많이 촬영했다. 모두 아주 상냥했고 음악이 시작되자 다들 기뻐하는 듯했다.

단순한 문단이다. 시위나 퍼레이드 또는 시민 활동을 구경하는 내용이니 도시 생활에 대한 우리의 도식에 아마도 들어맞는다. 뉴스, SNS, TV에서 늘 보는 내용이다. 그렇기에 우리는 위의 텍스트에 실제로 들어 있을 법한 세부 사항을 상상하거나 채워 넣을 수 있다. 그런데 '평화행진'이라는 개념을 이용해 세부 사항을 채우면, 도식 개념과 일관되지 않은 일부 실제 세부 사항을 놓칠 수 있다. 필시 다음 문장을 놓칠지 모른다. **착륙은 부드러웠고, 다행히 날씨가 그만이어서 특별한 복장을 입을 필요가 없었다.** 이 문장은 평화행진 구경하기와는 아무 관련이 없다. 도시 환경이나 시위에 대한 활성화된 도식에 따르지 않는다. 그 결과, 피실험자들한테 읽은 문단에 관한 질문에 답하라고 했을 때 그들은 종종 이 문장을 기억하지 못했다. 우리는 도식에 들어맞지 않는 세부 사항과 특징을 무시한다.

하지만 다른 연구에서 드러나기로, 도식과 일치하지 않는 세부 사항도 여전히 부호화되긴 하지만, 새로운 도식이 도입되지 않으면 주요한 표상의 일부가 되지 못할 수 있다. 세부 사항은 속해 있어야 할 개념을 찾아야 한다. 앤더슨과 피커트의 고전적인 연구를 살펴보자(Anderson & Pichert, 1978). 피실험자에게 두 사내아이가 집 안에서 걷는 내용이 나오는 구절을 읽으라고 했다. 게다가 피실험자들은 그 구절을 읽기 전에 배경 상황을 들었다. 한 피실험자 집단은 두 사내아이가 도둑이라고 상상하라는 말을 들었다(도둑 도식). 또 다른 피실험자 집단은 두 사내아이가 잠재적인 주택 매수자라는 관점에서 구절을 살펴보라는 말을 들었다(부동산 도식). 이 도식들은 다른 방식으로 주의를 향하게 하는데, 만약 피실험자들이 한 도식을 이용해 배경을 채운다면, 그 도식에 맞지 않는 세부 사항은 놓칠 수 있다.

그런 다음에 피실험자들에게 다음 구절에 관한 세부 사항을 기억해보라고 했다.

두 사내아이는 달리다가 자동차 진입로에 이르렀다. "봐, 오늘 학교 땡땡이치기 좋은 날이라고 내가 그랬잖아." 마크가 말했다. "엄마는 목요일엔 집에 안 계셔." 마크가 덧붙였다. 키 큰 생울타리에 가려서 도로에서는 집이 보이지 않았기에, 둘은 경치가 멋진 마당을 천천히 걸어갔다. "네 집이 이렇게 큰 줄은 몰랐어." 피터가 말했다. "응, 하지만 지금은 평소보다 더 좋아. 아빠가 집의 벽을 벽돌로 새로 두르고 벽난로도 새로 놓았거든."

앞문과 뒷문이 있었고, 차고로 향하는 옆문도 하나 있었다. 차고에는 10단 기어짜리 자전거 세 대만 세워져 있지 나머지 공간은 비어 있었다. 둘은 옆문으로 갔다. 마크는 그 문이 자기 여동생이 엄마보다 집에 일찍 올 때를 대비해 언제나 열려 있다고 설명했다.

피터가 집 안을 보고 싶어 했기에, 마크는 거실부터 보여주기 시작했다. 거실은 1층의 나머지 장소와 마찬가지로 새로 페인트칠이 되어 있었다. 마크가 스테레오를 켜자, 피터는 시끄러운 소리가 신경이 쓰였다. "걱정 마, 가장 가까운 집이 몇백 미터 떨어져 있어." 마크가 외쳤다. 피터는 큰 마당 너머로 어느 방향으로 보아도 다른 집이 없다는 걸 알고선 마음이 놓였다.

다이닝룸은 도자기와 은식기류 그리고 무늬가 새겨진 유리잔으로 가득해서 놀기에 마땅치가 않았다. 그래서 둘은 주방으로 가서 샌드위치를 만들었다. 마크는 지하에는 가지 않을 거라고 말했다. 새 배관을 설치한 후로는 축축하고 퀴퀴한 냄새가 나기 때문이라면서.

"여기는 아빠가 유명한 그림과 동전 수집품을 모아놓는 곳이야." 둘이 밀실 안을 들여다볼 때 마크가 한 말이다. 마크는 언제든 쓸 돈을 구할 수 있다며 으스댔다. 자기 아빠가 책상 서랍에 많은 돈을 넣어둔 사실을 알고부터라고 했다.

2층에는 침실이 3개 있었다. 마크가 엄마의 옷장을 피터에게 보여주었는데, 거기에는 모피 옷이 가득했고 잠긴 보석함도 있었다. 여동생의 방은 컬러TV 말고는 흥미로운 점이 없었는데, 마크는 컬러TV를 자기 방에 가져갔다. 마크는 복도의 화장실은 자기 것이라고 자랑했다. 여동생들의 방에 전용 화장실이 하나 생기고부터라고 했다. 하지만 마크방에서 가장 눈에 띄는 부분은 오래된 지붕이 마침내 썩는 바람에 생긴 천장의 갈라진 틈이었다.

놀랄 것도 없이 사람들은 자기들이 들은 도식의 맥락과 일치하는 정보를 더 많이 떠올렸다. 도둑의 맥락을 염두에 두고서 문단을 읽은 사람들은 유명한 그림과 동전 수집품, 모피 옷이 가득한 옷장, 그리고 늘 열려 있는 옆문을 기억했다. 잠재적인 주택 구매자의 맥락에서 문단을 읽은 사람들은 화장실 추가, 천장의 갈라진 틈과 1층의 새 페인트칠에 대해 생각했다. 도식과 일치하는 세부 사항들이다. 하지만 그다음에 연구자들은 피실험자들에게 이미 읽은 문단을 다른 맥락의 관점에서 살펴보라고 했다. 도둑(주택 구매자)의 관점에서 읽은 사람들한테 주택 구매자(도둑)의 관점으로 문단을 다시 살펴보라고(하지만 다시 읽지는 말라고) 부탁했다. 다른 맥락에서 기억을 재검사해보라고 하자 사람들은 추가적인 세부 사항을 떠올려냈다. 이로써 짐작할 수 있듯이, 정보가 부호화되고 처리되긴 했지만 처음 도식에 맞지 않았기 때문에 떠오르지 않았다. 맥락을 다시 구성하고 틀을 다시 구성하자, 새로운 세부 사항이 떠올랐다. 우리 기억과 개념은 꽤 유동적이다.

|요약|

사고하기 즉, 문제 해결하기, 결론 내리기 및 결정하기는 잘 구성된 정신적 표상을 이용해 진행된다. 이러한 정신적 표상, 즉 개념 덕분에 우리는 예측하고, 빠진 특징을 추정하고 결론을 내린다. 우리가 기존의 개념이나 범주에 들어맞는 무언가를 지각하면, 우리는 개념 덕분에 그 사물들에 대해 아는 중요한 대부분의 정보에 접근한다. 일단 사물이 한 범주의 구성원으로 분류되고 나면, 그 사물은 동일한 범주 내의 다른 많은 사물과 연관되어 있는 속성들을 물려받거나 지닐 수 있게 된다. 개념은 잘 구성된 기억의 결과이기에, 개념 덕분에 기억은 행동을 이끌어내는 데 효과적으로 사용될 수 있다. 개념에 대한 연구는 어떻게 지식과 기억이 적응적 사고에 최적화되는지 이해하는 방법을 알려준다. 개념 덕분에 기억과 지식은 다른 종류의 사고를 수행하는 데 효과적으로, 그리고 효율적으로 사용될 수 있다.

9장

언어와 사고

사고는 주위 환경을 상대하거나 세상사에 따라 행동하기 위해 정신적 표상을 이용하는 과정이다. 하지만 사고는 단지 행동 이상이다. 계획하기이자 결정하기이기도 하다. 시간을 들여서 여러 대안을 살피는 일이다. 우리가 아는 것 그리고 보고 들었던 것을 택해서 행동하는 일이다. 우리는 이런 목적에 도움을 줄 신경인지 시스템을 진화시켰다. 우리는 지각 시스템과 주의에 의존해 외부 세계에서 정보를 받아들인다. 또한 기억과 개념에 의존해 우리가 보고 듣는 것 그리고 보고 들었던 것을 표현한다. 하지만 우리는 기억 속에 있는 내용을 평가할 필요가 있다. 지각과 기억의 내용물을 조사하고 조작할 필요가 있다. 이를 위해 언어 체계를 진화시켰다. 표상의 조작이야말로 우리 언어의 기능이다. 자연어^{natural language}(프로그래밍 언어처럼 인위적으로 만들어진 언어가 아니라 사람들이 일상생활에서 사용하는 언어—옮긴이)는 우리에게 사물에 이름을 붙이고, 사고와 기억을 가리키고, 그런 사고를 다른 사람들 및 다른 마음들과 의사소통할 힘을 준다. 인간의 언어는 사고의 엔진이다.

분명 우리는 언어 없이도 배울 수는 있다. 언어를 이용하지 않고도 행동을 선택하고 자극에 반응할 수 있다. 하지만 언어 없이 생각하기란 거의 불가능하다. 흔한 무언가 또는 최근에 일어난 어떤 일을 생각해보자. 가령 지난 목요일 저녁 식사로 먹은 것을 기억해보자. 이것을 기억하려고 할 때 정확히 **어떻게** 기억하려고 하는지 알아차려보라. 기억하는 동안에 여러분의 마음에 무슨 일이 벌어지는지에 주의를 기울여보라. 마음을 다른 데 두지 말고, 지금 당장 그렇게 해본 다음에 다시 이 장을 읽으러 돌아오기 바란다.

무엇을 알아차렸는가? 첫째, 여러분이 먹은 것을 실제로 기억했는가? 기억했다면, 어떻게 그렇게 했는가? 아니면 기억해내지 못했는가? 기억의 실제 형태는 무엇이었는가? 어떻게 정보에 대한 기억을 계속 뒤졌는가? 아마 여러분은 이런 식으로 생각했을 것이다. '자, 내가 목요일에 뭘 먹었지? 사흘 전이군. 쌀이랑 그 전날 남았던 매운 채소 스튜를 조금 먹었던 것 같네.' 어쩌면 이랬을지 모른다. '그날 밤늦게까지 일했고 내가 저녁을 먹었는지도 잘 모르겠네.' 무슨 생각을 했든, 무엇을 기억했든 그 과정에는 어떤 종류의 내적 독백이나 서술이 관여했을 테다. 아마 (작업기억 시스템의 일부인) 속으로 내는 소리를 통해 자신에게 질문을 했을 것이다. 질문에 대한 답도 언어를 이용해서 하려고 했을지 모른다. 비록 자신과 집중적인 대화를 하지는 않았더라도, 상이한 기억을 살피면서 여러분이 했던 것을 생각하고 떠올리는 일에는 언어가 관여했다.

달리 말해서, 기억 인출은 언어가 이끈다. 그리고 기억 자체도 마음속에서 하는 대화가 이끈다. 여러분이 기억을 살필 때마다 언어를 통해 그 기억의 정확성을 판단할지 모른다. 이 기억 검색의 결과를 다른 누군가에게 알려야 할 때에도 분명 언어를 이용해야 할 것이다. 언어를 전혀 사용하지 않고서 무언가를 생각하려고 해보라. 가능하긴 하지만 쉽지 않다. 언어와 사고는 긴밀히 얽혀 있다. 둘 사이에 경계를 긋는 게 가능한지도 나로선 잘 모르겠다. 우리는 생각하려면 언어가 필요하다.

| 언어와 의사소통 |

언어가 사고에서 어떻게 사용되는지 이해하고 싶다면, 우선 언어가 무엇인지부터 이해해야 한다. 언어의 연구, 즉 언어학이라는 분야는 광범위하며 사람들이 어떻게 언어를 이용해서 의사소통하는지에서부터 언어 자체의 형식적 구조까지 모든 것을 다룬다. 심리언어학psycholinguistics이라는 좁은 분야는 언어 습득과 사용의 인지심리학적 메커니즘에 관심을 둔다. 여기서 나는 두 분야(언어학과 심리언어학)의 연구 내용을 다루겠지만, 더 넓게는 인지과학의 연구 내용도 다루고자 한다. 우선 언어가 무엇인지, 어떻게 사고에서 이용되는지, 그리고 어떻게 우리의 사고 과정에 영향을 미치는지부터 살펴보자.

의사소통 수단으로서 언어의 심리학은 논의를 시작하기에 좋은 출발점인데, 언어는 인간 고유의 행동처럼 보이기 때문이다. 사고에 언어를 사용하기는 우리가 언어를 의사소통 수단으로서, 그리고 다른 인간 및 주위 환경과의 상호작용을 계획할 방법으로서 오래전 원시적으로 사용할 때부터 시작되었다. 언어가 인간에게 고유할지 모르지만, 대다수 (또는 모든) 다른 동물도 서로 의사소통을 한다. 심지어 식물들도 서로 의사소통을 한다. 가령 꿀벌은 8자춤wiggle dance을 통해 꽃꿀의 위치를 군집 내 다른 꿀벌들에게 알린다. 유튜브에 보면 관련 영상들이 있다. 꿀벌은 꽃에서 꽃꿀을 모은다. 여러분이 꿀벌로서 꽃꿀이 많이 있는 새로운 출처를 만난다면, 군집에 있는 다른 꿀벌들한테 알려야 한다. 군집을 위해 꿀을 생산하려면 꽃꿀이 필요하기 때문이다. 하지만 전혀 말을 할 수 없다면 다른 모든 꿀벌에게 어떻게 알릴 수 있을까? 꽃꿀 출처에서 떠난 꿀벌은 군집에 돌아와서 춤을 추는데, 이 춤은 자신이 날아간 방향 그리고 날아간 거리에 정확히 대응한다. 그 춤에는 비행시간에 대응하는 떨기 동작과 비행 각도에 대응하면서 그 춤의 전체 형태를 이등분하는 각도가 포함되어 있다. 이 두 좌표, 즉 정보 조각들이야말로 다른 꿀벌들한테 필요한 전부다. 태양을 특정한 각도로 둔 채 그 방향으로 날면, 가령 90초 만에 꽃꿀이 있는 곳에 도착한다. 꿀벌은 집단적 생존에 필요한 정보를 다른 꿀벌들에게 알리는 의사소통을 하는 셈이다. 하지만 꿀벌은 생각하고 있지는 않다. 꿀벌에게는 그 춤을 출지 말지에 관해 선택권이 거의 없다. 무언가를 결정하는 게 아니라, 선천적으로 하는 일을 할 뿐이다. 꿀벌은 설령 다른 꿀벌들이 보고 있지 않더라도 그 춤을 실행하곤 한다. 꿀벌은 의사소통과 행동 실행은 하지만, 사고나 언어 사용은 하지 않는 듯하다.

다른 동물들도 다른 방식의 의사소통을 한다. 명금songbird이라는 새에게는 확실히 잘 발달되고 고도로 진화된 짝짓기 울음과 경고 울음 시스템이 있다. 이러한 새 울음은 종마다 고유하며, 같은 종의 새들끼리 울음을 들어야 습득된다. 개는 의사소통을 위해 짖거나 으르렁대거나 악을 써대거나 특정한 자세를 취하거나 꼬리를 흔든다. 그리고 개를 키우는 사람이라면 누구나 알듯이, 인간의 언어 및 비언어적 단서에 반응한다. 심지어 내 고양이 페퍼민트도 어떤 언어적 및 비언어적 단서에 **나름의** 반응을 한다.

전부 동물이 의사소통을 위해 사용하는 정교한 방법들이다. 하지만 우리는 그걸 '언어' **그 자체라고** 여기진 않는다. 인간의 언어와 달리 동물 종들의 의사소통은 제한적이고 직접적이다. 꿀벌의 춤은 기능이 한 가지뿐이다. 먹이의 위치 알리기가 그것이다. 새 울음은 짝짓기와 관련된 고정된 기능을 갖는다. 새는 자기 종의 노래만 배울 수 있다. 회색앵무[African Gray Parrot]처럼 지능이 매우 높은 새는 인간의 언어를 흉내낼 수 있지만, 그렇다고 인간의 언어를 이용해 일상 대화를 하거나 의제를 내놓진 않는다. 심지어 매우 복잡한 행동을 할 수 있는 개조차도 의사소통 능력을 이용해 새로운 발상을 고찰하거나 복잡한 문제를 풀거나 이야기를 풀어놓지는 않는다. 물론 개도 문제를 해결하긴 하지만, 언어를 사용해서 그러진 않는다.

유인원, 특히 보노보[bonobo]와 오랑우탄은 복잡한 상징체계를 배울 수 있다고 알려져 있다. 가장 유명한 사례가 수컷 보노보인 칸지[Kanzi]와 암컷 서부저지고릴라[western lowland gorilla]인 코코[Koko]다. 칸지는 어미가 그림판 의사소통 체계[symbolic keyboard communication system]를 훈련받는 모습을 관찰해, 의사소통하는 법을 배웠다. 2018년에 죽은 코코도 인간과 의사소통하는 법을 배웠다. 칸지가 이용하는 그림판과 달리 고릴라 코코는 일종의 수화를 통해서 의사소통했다. 이 유인원들은 분명 정교한 인지능력을 보여주긴 했지만, 대다수의 의사소통은 자유자재로 생산적으로 이루어진다기보다, 직접적인 요구와 반응으로 구성된다. 달리 말해서 인간과 달리 유인원은 많은 시간을 들여 잡담을 나누는 것 같지는 않다. 유인원은 인간이 하는 방식으로 자기들의 행동 및 다른 유인원의 행동을 지시하려고 언어를 사용하지는 않는다. 말을 하려고 둘러앉아서 서로 대화를 나누진 않는 듯하다. 달리 말해서 동물의 의사소통과 '언어 유사 행동'은 주로 직접적인 의사소통에 관여하려고 또는 외부 자극에 반응하려고 이용된다. 동물의 언어 유사 행동은 인간의 언어처럼 사고와 연결되어 있지 않다. 이렇게 볼 때 인간의 언어는 놀랍고도 독특하다.

정말로 놀랍고 독특하다. 하지만 과연 언어란 무엇인가? 무엇이 언어를 독특하게 만드는가? 정보처리와 의사소통의 이 특별한 메커니즘은 어떻게 사녀에게 가르침을 주고 기억을 문자로 저장하고 이야기를 전달하고 거짓말을 하게 만드는가? 정말 놀라운 시스템이 아닐 수 없다.

인지심리학의 여명기에 언어학자 찰스 호켓Charles Hockett은 인간 언어의 13가지(나중에는 16가지) 특성을 기술했다(Hockett, 1960). 이 구성 특징design feature 목록은 언어를 살펴볼 합리적인 출발점이다. 전체 목록이 아래 도표에 나와 있다.

호켓이 제시한 언어의 구성 특징

특징	설명
구어/청각 채널	의사소통은 구어적 및 청각적 장치 사이의 전달이 관여한다. 이후 갱신을 통해 신호하기를 언어적으로 및 심리적으로 등가인 것으로 인식하기가 포함된다.
광역 송신/지향적 수신	언어 신호는 여러 방향으로 보내지지만 한 방향으로 지각된다.
급격한 사라짐	구어적(또는 수화의 경우 시각적) 신호는 빠르게 사라진다.
상호교환성	한 언어의 화자는 자신이 이해할 수 있는 메시지를 뭐든 재생할 수 있다.
총체적 피드백	화자는 자신이 하는 모든 말을 듣는다.
특화	말하기에 사용되는 구어적 장치는 말하기에 특화되어 있다.

의미성	언어는 의미 및 의미론적 내용을 갖고 있다.
임의성	언어 신호는 자신이 기술하는 것의 물리적 특성을 가리키지 않아도 된다.
분리성(descreteness)	언어는 단위들의 분리되고 유한한 집합으로 구성된다.
전위성(displacement)	언어는 직접적으로 존재하지 않는 것을 가리킬 수 있다.
생산성	단위들의 유한집합이 사고의 무한집합을 내놓을 수 있다.
전통적 전달	언어는 전통적인 가르침, 학습 및 관찰에 의해 전달된다.
패턴의 이원 체계 (Duality of patterning)	소수의 무의미한 단위들이 결합되어 의미가 생긴다.
얼버무리기	거짓말하거나 속이기 위해 언어가 사용될 수 있다.
재귀(reflexiveness)	언어를 이용해 언어에 관해 이야기하기. 메타인식의 한 유형.
학습성	언어는 가르칠 수 있고 배울 수 있다. 우리는 다른 언어를 배울 수 있다.

이 모든 특징으로 볼 때, 인간 언어는 다른 사람들과의 의사소통 및 자신과의 의사소통(가령, 사고하기)을 위해 고안된 매우 진화되고 고유한 체계라고 할 수 있다. 인간 이외의 종의 의사소통 체계에는 이 가운데 일부가 포함되지만 전부가 포함되지는 않는다.

이 특징 가운데 몇 가지를 더 자세히 살펴보자. 우선, 언어는 총체적 피드백이 있는 행동이다. 여러분이 무슨 말을 하든 소리를 내든, 여러분도 들을 수 있다. 여러분이 말하고자 했던 내용과 직접 관련된 피드백을 여러분이 받는다. 호켓에 따르면, 이 특징은 인간의 사고에 꼭 필요하다. 어떻게 이 직접적 피드백이 진화해 말하기의 내면화, 즉 다수의 복잡한 사고 행동에 필요한 기능이 이루어졌는지 고찰하는 데는 대단한 상상력이 요구되지 않는다. 언어는 또한 생산적이다. 인간의 언어로 우리는 무한한 개수의 사물과 생각을 표현할 수 있다. 우리가 말할 수 있는 것, 표현할 수 있는 것에는 한계가 없으며, 그렇기에 우리가 생각할 수 있는 것에도 한계가 없다. 우리는 이전에 말로 표현된 적이 없는 사물이라도 말할 수 있다. 가령 고작 26개의 문자인 영어로 말이다. 영어에는 24개의 자음 음소가 있으며, 방언과 억양을 전부 고려할 때 모음 음소는 대략 20가지다. 상이한 화자와 억양의 온갖 가변성을 감안하더라도, 단위들의 제한된 집합이 아닐 수 없다. 하지만 이 단위들의 조합 덕분에 거의 모든 것을 표현할 수 있다. 언어 문법의 규칙에 따라 음소들이 결합해 단어와 구문, 문장을 내놓으면서 엄청나게 생산적인 체계를 만들어낸다. 이를 인간 이외의 동물이 하는 유형의 의사소통과 비교해보라. 새와 꿀벌, 보노보는 의사소통을 잘하긴 하지만, 내용의 범위는 본능과 의도에 따라 크게 제한된다.

인간 언어의 또 하나의 구성 특징은 임의성이다. 한 단어의 소리와 그것이 표현하는 뜻 사이에는 필연적인 관련성이 없다. 영어(그리고 다른 언어들)에는 보통 소수의 예외가 존재하긴 한다. 'smack(탁 소리 나게 때리다)'이나 'burp(트림하다)' 같은 단어들은 이 단어들로 기술하는 대상과 비슷한 느낌의 소리가 나긴 하지만, 이는 제한적인 소수의 사례일 뿐이다. 구어나 수화는 세계와 직접적인 관련성을 갖지 않아도 된다. 모든 의사소통 체계가 그렇지는 않다. 가령 내가 앞서 설명했던 꿀벌의 춤은 비임의적 의사소통의 사례다. 춤의 방향은 벌집을 기준으로 꽃꿀 출처의 방향을 가리키며 춤의 지속시간은 거리를 나타낸다. 이런 속성들은 환경과 직접적으로 관련되어 있으며 환경에 의해 제약을 받는다. 이것은 정교한 의사소통이긴 하지만, 호켓이 기술하는 대로의 언어는 아니다. 대체로 우리가 어떤 뜻을 표현하기 위해 사용하는 소리는 그 뜻의 구체적인 측면과는 아무 관계가 없다. 사실 그런 소리는 지각 입력과 개념을 결합시킬 수 있는 정신적 기호다. 인간의 언어는 기호들의 분리되고 임의적이며 생산적인 체계로서, 생각을 표현하고 의사소통을 하고 복잡한 사고와 행위에 관여하는 데 이용된다.

| 언어와 사고 |

언어는 행동의 복잡한 집합으로서, 우리가 훨씬 더 복잡한 행동들을 수행하도록 돕는다. 의사소통 언어는 본질적으로 '사고 전달 체계thought transmission system'다. 한 사람은 언어를 이용해 다른 사람에게 생각을 전달한다. 내적인 언어는 우리 자신의 사고들로 하는 의사소통의 한 형태다. 언어는 생각을 전달해 의사소통이 가능하도록 만든다.

생각과 그것이 표현되는 방식 사이의 언어적 이원성linguistic duality은 종종 의사소통의 표면 구조와 심층 구조 사이의 관계로 기술된다. 표면 구조는 사용되는 단어, 말해지는 소리, 구문과 어순, 문법, 쓰인 글자 등을 가리킨다. 표면 구조는 우리가 말할 때 나오는 것과 들을 때 지각하는 것이다. 한편 심층 구조는 한 언어적 실체의 기본적 의미를 가리킨다. 이것이 표면 구조를 통해 여러분이 전달하고자 하는 생각이나 관념이다. 또한 이러한 표면 구조를 통해 여러분이 지각하려고 하는 생각이나 관념이기도 하다.

표면 구조와 심층 구조 사이의 관계를 이해하려고 할 때 우리는 한 가지 문제와 맞닥뜨린다. 직접적인 대응을 찾기 어렵다는 것이다. 가령, 때때로 표면 구조의 상이한 종류가 동일한 심층 구조를 발생시킨다. '나는 이 책을 재미있게 읽고 있다' 또는 '이 책은 재미있다'라는 2가지로 여러분은 말할 수 있는데, 2가지가 지닌 표면 구조의 가벼운 차이에도 불구하고 기본적인 심층 구조는 대략 동일하다(정확히 같지는 않지만). 인간의 언어는 매우 유연하기에, 똑같은 것을 여러 방법으로 표현할 수 있다. 그런데 동일한 표면 구조가 상이한 심층 구조를 가리킬 때 문제가 불거진다. 가령, 여러분은 'Visiting professors can be interesting'이라고 말할 수 있다. 이 경우, 이 말로부터 도출되는 심층 구조는 이렇다. 방문자, 즉 객원교수가 수업을 하면, 객원교수가 재미있는 사람이어서(visiting professors can be interesting) 수업이 확실히 재미있다. 똑같은 말에서 다음과 같이 또 다른 심층 구조가 나온다. 연구실 또는 가정에서 교수를 찾아가 만나면 재미있을 수 있다(visiting a professor at their office or home can be interesting). 따라서 위의 말과는 다른 뜻이 된다(visiting professor는 객원교수라는 뜻도 되고 교수를 방문하기라는 뜻도 된다는 말이다―옮긴이). 주변 맥락이 있으면 대화에서 뜻이 명확해지긴 하겠지만, 우리가 표면 구조를 심층 구조에 대응시키려고 할 때, 이처럼 문젯거리가 생길 수 있다. 이는 어떻게 모호성을 해소할지가 관건이다.

모호성

언어는 모호성으로 가득하다. 따라서 우리의 인지 시스템이 그런 모호성을 어떻게 해결하는지 이해하기란 굉장히 어려운 문제다. 연합뉴스의 한 기사 제목을 본 적이 있다. 감자 농사를 짓는 농부에 관한 이야기가 나오는 제목이었다. '맥도날드가 감자 농부를 위한 성배를 튀긴다'. 재미있는 제목이지만, 우리 대다수는 여기서 심층 구조를 재빨리 이해할 수 있다. 맥

350

도날드는 '성배'를 튀기지 않는다. 이 제목은 타내기 어려운 상에 대한 비유로서 '성배'라는 단어를 사용하고 있다. 이 문장을 이해하려면, 읽고서 해석을 구성해내고 그 해석이 옳은지 결정하고, 문장의 비유적 사용에 대한 지식을 활성화하고, 마지막으로 이 문장에 대한 새로운 해석을 구성해내야 한다. 그렇게 하려면 보통 몇 초가 걸리는데, 이는 우리가 구어를 다룰 때 거의 순식간에 일어난다. 놀라운 인지능력의 성취가 아닐 수 없다.

종종 표면 구조로 인해 틀린 심층 구조가 생기는 문장을 가리켜 '정원길 문장garden path sentence'이라고 한다. 정원길 비유 자체는 막다른 길 또는 끝에 뜻밖의 혹은 놀라운 것이 있는 길을 따라 정원을 산책하기라는 개념에서 나왔다. 정원길 문장의 작동 방식과 어느 정도 맞는 비유다. 아마도 가장 유명한 사례는 'The horse raced past the barn fell'일 것이다(Bever, 1970). 대다수 사람이 이 문장을 읽으면 도대체 뜻이 통하지 않는다고 여긴다. 하지만 'barn'이라는 단어까지는 뜻이 통한다(여기까지만 읽으면 '말이 달려서 헛간을 지나갔다'라는 뜻―옮긴이). 하지만 'fell'이라는 단어가 나오자마자 아리송한 문장이 되고 만다. 우리는 한 문장을 들을 때 해당 내용의 정신적 모형을 지어야 하기 때문이다. 만약 그 문장의 모형이 우리가 들은 바와 일치하지 않으면 잠시 멈춰서 새 모형을 지어야 한다. 문장의 이 정신적 표상은 우리가 듣는 대로 지어진다. 청자로서 여러분은 'The horse raced'를 듣자마자, 달리는 말의 정신적 모형을 짓는다. 또한 그다음에 무엇이 올지 예상 내지 추정을 한다. 'past'를 들을 때 여러분은 말이 무언가를 지나서 달렸다고 예상하는데, 알고 보니 그 무언가는 'the barn'이다. 이것은 완벽한 내용이어서 누구에게나 뜻이 통한다. 그런데 'fell'이라는 단어를 들으면, 이 단어는 여러분이 생성해낸 의미 내지 통사 구조syntactic structure에 들어맞지 않는다.

하지만 이 문장은 문법적으로 옳으며, 적절히 해석될 수 있다. 다만 특정한 문맥 내에서 뜻이 통한다. 여러분이 어떤 말을 평가한다고 가정하자. 마구간지기에게 말을 달리게 해서 얼마나 잘 달리는지 본다. 집을 지날 때까진 말이 잘 달렸지만, 헛간을 지나자 그만 넘어졌다(the horse raced past the barn fell). 이 문맥으로 보면 정원길 문장은 뜻이 통한다. 여전히 잘못 구상된 문장이긴 하지만, 이 경우 뜻을 해석할 수는 있다.

언어적 추론

모호성에 대처하고 언어의 심층 구조를 이해하려면 우리는 추론과 맥락, 우리 자신이 지닌 개념에 의존해야 할 때가 많다. 겉으로는 모호하지 않은 문장 이면의 더 깊은 의미를 해석할 때도 동일한 추론 과정이 활약한다. 우리는 이해에 도움을 얻고자 추론을 내놓는데, 이 추론 또한 우리의 사고를 지시할 수 있다. 가령, 미국에서 매우 유명한 언론사로 폭스뉴스 네트워크가 있다. 이 네트워크가 2000년대 초반에 출범했을 때, 첫 슬로건은 '**공정하고 균형 잡힌 뉴스**'였다. 공정하고 균형 잡힌 언론이 되고자 하는 데는 아무 잘못이 없다. 우리가 대다수의 언론사에 기대하는 바이기도 하다. 하지만 이 슬로건에 대해 생각해보자. 슬로건을 접하고서 여러분은 무엇을 추론하게 되는가? 한 가지 추론을 들자면, 폭스뉴스가 '공정하고 균형 잡힌' 언론이라면 경쟁 언론사들은 불공정하고 편파적이다는 뜻일 수 있다. 폭스뉴스는 그렇게 말하고 있지 않지만, 여러분은 나름대로 그렇게 추론할 것이다. 많은 슬로건과 마찬가지로 이 슬로건은 표면상으론 단순하지만 추론을 북돋우게 하려는 의도를 품고 있다.

이 슬로건을 보니 또 다른 추론이 떠오르는데, 이것은 한 일화기억의 단서이기도 하다. 2000년대 초반에 나는 일리노이대학교에서 포스닥 과정을 밟았고, 미국과 캐나다의 교수직을 얻고자 면접을 보러 다녔다. 앞서 말했듯이 나는 미국에서 자랐고 미국에서 학창 시절을 보냈다. 그리고 나의 모든 전망은 거의 전부가 미국 기반이었다. 그런데 웨스턴온타리오대학교(지금 내가 일하는 곳)에서 2003년 3월에 면접을 보았다. 2003년 3월은 미국이 이라크에서 '충격과 공포Shock and Awe' 작전을 시작한 달이었다. 이라크의 사담 후세인 정부에 대한 미국 주도의 군사 행동을 알리는 기습 공격이었다. 이 작전은 내가 미국을 떠나 면접을 보러 캐나다로 날아가던 **바로 그날** 시작되었다. 전쟁이 시작되었을 때 나는 캐나다로 날아가는 비행기 안에 있었다. 내 나라의 정부가 여전히 논란의 여지가 많은 공격을 시작했을 때, 나는 외국에 나가 있고 한 캐나다 연구소에서 면접을 보는지라 마음이 불편했다. 더군다나 장 크레티앵Jean Chrétien 총리가 이끄는 캐나다 정부는 미국을 지지하지 않았다. 하지만 이 사건 덕분에 나는 미국 이외의 나라의 관점에서 언론이 어떻게 이 사건을 다루는지 살펴볼 기회를 얻었다. 2003년에는 인터넷 뉴스와 SNS가 드물었다(지금으로서는 믿기 힘들겠지만). 그래서 나는 호텔 방에서 TV을 보았다. 캐나다의 앵커가 사용하는 언어에 나는 충격을 받았다. 미국 언론은 이 전쟁을 '이라크에서의 전쟁'이라고 불렀다. 캐나다 앵커는 '이라크에 대한 전쟁'이라고 불렀다. '에서의'라는 말은 미국이 이라크에 있는 적을 상대로 전쟁을 치르고 있다고 추론하게 한다. 즉, '테러리스트'를 상태로 한 전쟁이라는 뉘앙스를 풍긴다. 이는 더 큰 '테러와의 전쟁'의 일부라고 선전하는 미국의 태도에 들어맞는다. 캐나다의 언론 보도에서 종종 나오는 '이라크에 대한 전쟁'이라는 표현은 미국이 다른 주권국가에 대해 전쟁을 선포했다는 뉘앙스다. 아마도 둘 중 어느 것도 정확하진 않겠지만, 전쟁이 언론에서 어떻게 논의되는지는 전쟁에 대한 사람들의 인식을 변화시킨다. 우리가 무언가를 어떻게 기술하는지, 그리고 어떻게 이야기하는지는 다른 사람들이 그것에 대해 어떻게 생각하는지에 영향을 미칠 수 있다.

비유 및 자구외적인 언어

만약 언어가 추론을 촉진한다면 그리고 호켓이 시사하듯이 속이기 위해 사용될 수 있다면, 언어에는 표면에 명백한 것 이상의 무언가가 늘 존재한다는 뜻이다. 우리는 언어를 이용해 유사점을 찾고 비유를 뽑아낸다. 이 유사와 비유는 자구외적인non-literal 언어의 두 사례인데, 우리는 이 둘에 의존해 이해에 도움을 얻는다. 비유에서는 관련된 개념의 활성화가 종종 일어난다. 가장 단순한 형태로 보자면, 만약 여러분이 어떤 것(A)이 특정한 성질을 지니고 있다는 사실을 아는데 다른 무언가(B)가 A와 유사하다는 말을 들었다고 하자. 그러면 그 유사성을 이용해 여러분은 B에 관한 성질을 추론한다.

우리는 그런 사례를 항상 만난다. 내가 수업 시간에 무언가를 설명할 때도 유사성을 이용한다. 가령, '이건 여러분이 ……할 때와 비슷한데'라고 말하고서 강의 주제와 살짝 다른 이야기를 한다. 나는 글을 쓸 때에도 유사성과 비유를 사용한다. 이 책에서 나는 마음에 대한 '컴퓨터 비유' 또는 '수력학적 비유'를 논의했다. 사고의 '엔진'이라는 개념을 언급했으며, 또한 '정보의 흐름'도 논의했다. 이런 비유가 내겐 습관이 되었다.

아마 여러분도 사람들에게 무언가를 설명할 때 유사성을 이용할 것이다. 많은 사례가 있다. 대다수 사람은 영화 〈슈렉〉을 2000년대 초반에 보았을 텐데, 영화 전체를 봤거나 영화의 일부인 비디오 클립 또는 관련 밈

meme을 보았을 것이다.[30] 슈렉이 비유로 활용될 수 있는 까닭은 친숙하고 잘 알려져 있기 때문이다. 영화 속의 한 장면에서 슈렉은 동키Donkey에게 왜 오거ogre가 이해하기 복잡하고 어려운지 설명한다. 그러면서 "오거는 양파와 같아"라고 말한다. 이는 직유 형태의 비유다(A는 B와 같다). 조금 후에 이런 이유를 댄다. '오거와 양파는 둘 다 층layer이 있지.' 나는 농담을 설명하길 무척 싫어하지만 어쨌든 설명해보겠다(그리고 이 장면을 본 적이 없는 독자에게 말씀드리자면, 유튜브에 있을지 모른다). 슈렉이 '오거는 양파와 같다'고 말할 때 동키는 잘못 이해해서, 표면 유사성 및 양파의 지각적 속성에 초점을 맞춘다. 동키는 냄새가 심하기 때문에 오거가 양파와 같으냐고 큰 소리로 묻는다. 아니면 사람들을 울린다는 점에서 오거가 양파와 비슷하냐고 묻는다. 틀린 속성을 슈렉에게 전하긴 하지만, 재미있게 들린다. 그것 또한 오거의 속성이기 때문이다. 나중에야 동키는 슈렉이 든 비유를 이해한다. 즉, 오거와 양파는 둘 다 여러 층이 있으며 외부가 내부와 다를 수 있다는 점을 이해한다. 이 농담이 재미있는 이유는 슈렉은 심층적 유사성에 주목한 반면에 동키는 조금 더 웃긴 표면적 유사성에 주목하기 때문이다.

자구외적 언어는 무언가에 대해 개별적으로 생각하는 법과 더불어 하나의 문화로서 생각하는 법을 이해하는 데 중요하다. 언어학자 조지 라코프George Lakoff가 제안하기로, 개념적 은유는 한 사회가 그 자신을 어떻게 생각하는지에 큰 역할을 한다(Lakoff & Johnson, 2008). 이는 다시 우리가 말하는 것, 파는 것, 뉴스를 내놓는 방식, 그리고 정치를 논의하는 방식에 영

---

30 밈은 재미있다. 무언가에 대해 보편적이거나 거의 보편적인 반응을 종종 활용하기 때문이다. 리얼리티 쇼에 나오는 반응 gif와 밈은 자구외적인 의미 전달 전통의 일부지만 온라인 시대에 맞게끔 조정되었다.

향을 줄 수 있다. 앞서 나는 '이라크에서의 전쟁' 대 '이라크에 대한 전쟁'
이라는 사례를 들었다. 두 표현은 서로 다른 은유를 만들어낸다. 한 표현
은 한 나라에 대한 공격 행위다. 다른 표현은 한 나라 안에서 발생하는 공
격 행위다. 라코프의 주장에 따르면, 이 개념적 은유들은 사고 과정에 제
약을 가하고 영향을 미친다. 그는 '논쟁' 사례를 제시한다. 논쟁이란 전쟁
과 같다고 하는 개념적 은유가 있다. 만약 논쟁을 그런 식으로 여긴다면,
'나는 그가 논쟁에서 내놓은 주장을 사살했다'거나 '그는 상대방이 논쟁에
서 내놓은 주장을 철저히 파괴했다'는 말도 나올 만하다. 이런 말들은 전
쟁에 대한 일종의 비유로서 논쟁에 대한 개념적 은유가 사용될 때 나올 가
능성이 크다. '___는 전쟁이다'는 식의 비유는 특히 미국에서 횡행하는 듯
하다. 사실 많은 미국 정치인은 드러내놓고 그런다. '마약에 대한 전쟁',
'빈곤에 대한 전쟁', '테러에 대한 전쟁' 등은 전부 공식적으로 정의된 입장
이다. 우리는 질병에 대한 전쟁을 치른다. 2019~2020년 신종 코로나바이
러스는 '보이지 않는 적'이었다. 사람들은 '경계태세'를 취해야 했다. 우리
는 '암과의 싸움에서 이긴' 사람들에 대해 이야기한다. 이런 표현법은 공
공의료에 관해 생각하는 방법일 뿐만 아니라 '발상idea의 경기장에서 승리
하는' 방법이기도 한 듯하다. 다른 사례들도 있다. 우리는 일반적으로 돈
을 제한적인 자원이자 가치 있는 물건으로 여긴다. 이것에서 유추해 똑같
은 방식으로 돈에 대해 종종 생각한다. 그래서 우리가 돈을 놓고서 하는
말들에는 그런 관계가 많이 깃들어 있다. 가령 이렇게 말한다. "너는 시간
을 낭비하고 있어"라든가 "시간을 더 잘 짜야 해" 또는 "이 장치로 시간이
크게 절약돼". 라코프에 따르면 우리가 이렇게 말하는 까닭은 우리가 그러
한 기본적인 개념적 은유를 지니고 있으며, 이런 은유들이 우리 문화의 일
부이기 때문이다. 라코프는 이를 가리켜 **프레이밍**이라고 불렀다. 이런 은

유들이 이해의 틀을 마련하고 추론을 촉진한다. '프레이밍'이라는 용어 자체도 은유로서, 주변 맥락을 기술하는 방법을 떠올리게 한다.

이런 개념적 은유는 애초에 어디서 나오는가? 일부는 문화에서 나온다. 또 다른 일부는 물리적 사물과 심리적 개념 사이의 개념적 유사성을 반영한다. 가령, 행복의 개념을 '위^{up}'와 관련시키는 개념적 은유가 많다. 사람이 즐거운^{upbeat} 상태라거나, 만약 행복하지 않으면 침울하다^{feeling down}라고 한다. 음악도 업템포^{up tempo}('빠른'이라는 뜻)일 수 있고, 미소는 분위기를 띄우고(up) 찡그림은 가라앉는다(down). 이런 관용어와 말은 전부 행복을 '위'와 관련시키는 은유에서 나온다. 의식이 '위^{up}('작동하는'이라는 뜻)'라는 발상을 드러내주는 사례들도 있다. 가령 여러분은 깨어나거나(wake up) 낮잠에 빠진다(go down for nap). 또 하나의 흔한 은유는 통제를 무언가의 위에 있음이라고 여기는 발상이다. 가령 여러분은 '상황의 위에 있거나(on top of the situation)', '여러분 밑에서 일하는(work under you)' 사람들을 담당한다. 롤링스톤스는 '언더 마이 썸^{Under My Thumb}'이라는 인기곡을 녹음했다(under my thumb은 남성이 여성을 지배한다는 의미다―옮긴이). 이런 은유는 영어에서뿐만 아니라 다른 여러 언어에서도 흔하다. 여기서 알 수 있듯이, 이런 은유들에는 보편성이 존재하며, 언어와 사고의 관련성은 어느 문화에서나 공통적이다.

라코프의 이론은 1980년대에 도입된 이래로 줄곧 유력한 견해였다. 하지만 2016년 대통령 선거에서 도널드 트럼프가 당선된 이후로, 그리고 다른 여러 나라에서 포퓰리즘이 득세하면서 이론의 타당성이 새롭게 주목받았다. 라코프는 언어에 관해, 그리고 언어가 어떻게 행동에 영향을 미치는지에 관해 수십 년 동안 계속 생각하고 저술해왔다. 그리고 가장 최근의 연구는 대중매체, 언론매체와 정치인들이 하는 말이 어떻게 우리의 사고 방식을 형성할 수 있는지 논의한다. 이런 사안들을 알아차리는 것이 중요한 까닭은 우리가 그릇된 판단을 하거나 속임을 당하고 싶어 하지 않기 때문이다. 하지만 우리의 마음은 때때로 쉽게 그렇게 되고 만다. 트럼프 대통령에 관한 몇 가지 사례를 통해서 라코프는 어떻게 우리가 자신도 모른 채 속을 수 있는지 보여준다. 비록 트럼프 대통령을 으뜸가는 사례로 이용하긴 하지만, 이런 일은 다른 많은 정치인한테서도 볼 수 있다. 하지만 트럼프는 그런 전략을 정부 운영과 선거운동의 핵심으로 삼았다.

명백한 예 하나가 단순한 반복이다. 트럼프 대통령은 문구와 슬로건을 반복해, 우리 마음속 개념의 일부가 되도록 했다. 그는 아래와 같이 말하거나 트윗 올리기로 유명했다.

우리는 이길 것입니다. 우리는 아주 크게 이길 것입니다. 우리는 거래에서 이길 것이고, 국경에서도 이길 것입니다. 우리는 아주 크게 이길 테니까, 여러분은 이기기에 질리고 지쳐서는 내게 와서 이렇게 말할 겁니다. '이제 그만요, 이제 그만요, 우리는 더 이상 이길 거리가 없습니다.'

이 연설에는 '이기다'라는 말이 일곱 번 반복되는데, 그는 이후로도 헤아릴 수 없이 여러 차례 이런 식의 말들을 반복했다. 또한 '가짜뉴스'라든가 '공모 없었음'과 같은 말들도 반복했다(트럼프 대통령은 대선과 관련해 러시아와 공모했다는 의혹을 받았다—옮긴이). 라코프의 주장에 따르면 단순한 반복이 목표의 전부다. 비록 여러분이 트럼프 대통령을 믿지 않더라도 여전히 이런 말과 개념은 받아들인다. 게다가 그것들은 사람들이 언급하고 리트윗하는 바람에 종종 증폭된다. 활성화가 확산된다. 생각들이 연결된다.

트럼프 대통령은 사람과 생각을 틀에 가둠으로써 대화를 자기 뜻대로 끌고 가는 데 능수능란하다. 트럼프는 적어도 2가지 방법으로 그렇게 한다. 하나는 별명 사용하기다. 가령 이전 대선의 후보인 힐러리 클린턴을 가리켜 '구부러진 힐러리'라고 부른다. 한편 '구부러진'은 부정직함을 뜻하는 은유로 쓰인다. 우리는 '진실은 곧다'고 생각하기 때문이다. 힐러리를 '구부러진'이라고 계속 불러대는 것은 유치한 짓처럼 보일지 모르지만, 힐러리가 진실하지 않거나 믿음직하지 않다는 개념을 강화시키는 트럼프가 원하던 효과를 가져다준다. 심지어 '미국을 다시 위대하게(Make America Great Again)'이라는 트럼프의 슬로건에도 속뜻이 숨어 있다. 즉, 과거에 위대했는데 지금 그렇지 않으니 대통령의 활약이 미국을 이전처럼 다시 위대하게 만들 것이라는 뜻을 넌지시 품고 있다.

라코프의 제안대로 우리는 어떻게 이런 것들이 우리의 사고에 영향을 미치는지 알아야 한다. 우리는 트럼프 대통령한테 동의하지 않을지 모르나, 라코프에 따르면 이런 반복과 프레이밍 및 은유의 사용은 어쨌든 연관 짓기association를 이끌어낸다. 더 자주 들을수록 기억이 강해진다. 이는 단지 트럼프 대통령만의 이야기가 아니다. 라코프의 메시지는 다른 지도자, 정치인, 매체에도 해당한다. 만약 여러분이 영국이나 네덜란드, 인도, 남아프리카공화국, 브라질에서 이 책을 읽고 있다면, 이런 사례들이 확장될 수 있고 그런 사례들도 마찬가지로 해당할 것이다. 트럼프 대통령은 극단적인 사례일지 모르지만, 프레이밍과 은유는 정치와 광고, 다른 사람의 생각과 행동에 영향을 미치려는 온갖 시도에 관여한다.

좋은 쪽으로든 나쁜 쪽으로든 언어는 우리가 생각하는 방식에 영향을 미친다. 언어로 인해 우리는 어떤 표상들을 강화시키고 새로운 기억을 만들어낸다. 언어는 도식과 개념을 활성화시킨다. 또한 추론을 이끌어내고 결론을 도출한다. 그리고 언어 덕분에 우리는 강요당하고 속임수에 빠질 수 있다. 속임수에 빠지지 않는 최선의 방법은 그렇게 되는 이유와 그걸 알아차리는 방법을 아는 것이다.

| 언어는 어떻게 생각에 영향을 미치는가 |

위의 논의는 언어가 어떻게 우리가 무언가를 기억하는 방식과 생각하는 방식에 영향을 미치는지 잘 보여준다. 언어와 언어적 맥락은 사고에 영향을 미친다. 또는 서두에서 내가 제시했듯이 언어는 우리가 생각하고 행동하는 방식이다. 이런 발상에 대해 언어학자들이 이론을 내놓았는데, 언어상대성linguistic relativity이라는 이 이론은 우리의 모국어가 우리의 생각과 행동 방식에 영향을 준다고 본다. 이 이론의 가정과 예상에 따르면, 모국어의 기능에 따라 사람들의 집단 간에는 차이가 있다. 즉, 사고가 언어에 대해 상대적relative이다. 이런 주장의 가장 강한 형태를 가리켜 종종 언어결정론linguistic determinism 또는 '사피어 워프 가설Sapir-Whorf hypothesis'이라고 한다. 에드워드 사피어Edward Sapir와 제자 벤저민 워프Benjamin Whorf의 이름을 딴 명칭이다. 이 가설의 강한 버전에 따르면, 언어가 사고를 결정하며 한 사람이 지각할 수 있는 내용에 한계를 정할 수도 있다. 즉, 만약 여러분한테 무언가를 나타낼 단어가 없다면, 그것에 대한 개념도 없다는 뜻이다. 그리고 무언가에 대한 개념이 없다면 여러분은 그것에 대해 생각할 수 없거나, 단어가 있는 사람이 하는 방식대로 지각할 수 없다.

일반적으로 이 이론의 강한 버전과 약한 버전 모두 워프가 내놓은 것인데(1956), 그럼에도 그는 자신의 이론을 언어상대성이라고 칭했다. 언어학 연구를 시작하기 전에 워프는 화학공학 기술자였고 화재 방지 기술자로 일했다. 언어 연구와는 동떨어진 것처럼 보이지만, 둘 사이에는 어느 정도 관련이 있기는 하다. 출처가 불분명한 어느 이야기에 따르면, 언어학에 대한 그의 발상과 관심은 워프가 화재 방지 기술자 겸 검사원으로 일하는 동안 생겼다. 이 이야기에 따르면, 워프는 직원들이 휘발유통 근처에서 담배를 피우는 모습을 목격했다. 비록 직원들 말로는 통에 비어 있다는 표시가 적혀 있긴 했지만 말이다. 만약 비어 있다면 그 주변에서 담배를 피워도 안전하지 않은가? 아니다. 빈 휘발유통은 증기 때문에 매우 위험할 수 있다. 증기에 불이 붙을 수 있기 때문이다. 하지만 일꾼들은 빈 통이 진짜로는 비어 있지 않다는 걸 알아차리지 못했다. 통을 비어 있는 용기라고 꼬리표를 붙이고 개념화했기 때문이다. 언어적으로는 빈 통이지만 **실제로는** 비어 있지 않았다. **물리적으로는** 비어 있지 않았다. 워프는 모국어가 한 사람이 무엇을 생각할지 그리고 심지어 무언가를 지각할지까지도 결정한다고 여기기 시작했다. 이 이야기는 사실일 수도 있고 아닐 수도 있지만, 사람이 어떻게 무언가를 언어적으로 기술하는지와 그것이 실제로 무엇인지 사이의 차이를 흥미롭게 짚고 있다. 달리 말해서, '비어 있는'이 실제로는 비어 있지 않을 수 있다는 말이다.

워프가 쓴 유명한 인용문 하나를 보자.

우리는 모국어에 의해 규정된 선들을 따라 자연을 분할한다. 우리가 현상의 세계로부터 고립시키는 범주들과 유형들을 우리는 거기에서 찾지 못한다. 그것들은 모든 관찰자의 얼굴을 일일이 쳐다보기 때문이다. 대신에 세계는 우리 마음에 의해 구성되기 마련인 인상들의 만화경적 흐름(대체로 우리 마음의 언어적 체계를 의미하는)으로 제시된다. 우리는 자연을 잘라내고 그걸 개념으로 구성해내고 지금 우리가 하는 대로 의미를 부여하는데, 대체로 그 이유는 우리가 자연을 그런 방식으로 구성하자는 합의에 동의하는 집단이기 때문이다. 이 합의는 우리의 언어 공동체 전체에서 유지되고 우리 언어의 패턴들 속에 성문화되어 있는데…… 모든 관찰자가 우주의 동일한 모습에 대한 동일한 물리적 증거에 의해 이끌리지는 않는데, 만약 그들의 언어적 배경이 유사하거나 어떤 식으로든 유사하도록 조정될 수 있는 경우라면 예외다.(Whorf, 1956: 213-214; My emphasis)

워프는 자연을 접합 부위에서 자른다는 플라톤의 개념(8장에서 우리가 논의한 내용)에 도전을 가하고 있다. 플라톤이 세계를 개념들로 분할하는 선천적인 방법이 있다고 말한 반면에, 워프는 개념들과 범주들은 우리의 모국어에 의해 결정된다고 주장한다. 이 견해는 종종 언어결정론의 가장 강한 형태로 여겨진다. 한 사람의 모국어가 그의 사고와 인지, 지각을 필연적으로 결정한다고 보는 이론이니 말이다.

'에스키모 언어에는 눈을 가리키는 단어가 수백 개나 된다'는 주장을 들은 적이 있는가? 이 주장 뒤에는 때때로 다음 주장이 따라온다. 그러므로 에스키모 언어의 화자는 영어 화자에 비해 눈의 유형을 더 많이 구분할 수 있다. 이 주장의 이면에 깃든 생각은 만약 여러분이 무언가에 대해 더 많은 용어나 꼬리표를 갖고 있다면 더 많은 범주를 지각할 수 있다는 것이다. 워프도 이에 관한 추정을 내놓았는데, 이것이 나중에 방송과 신문에서 근거 있는 주장이라고 다루어졌다. 그래서 매번 소개될 때마다 '눈'을 가리키는 가설상의 이누이트어 단어의 수가 늘어났다. 두말할 것도 없이 이 특정한 주장은 사실도 아니고 적절하지도 않다. 워프 자신도 그 주장을 검증하거나 조사한 적이 없는데, 이 주장을 다룬 대다수의 보도는 북쪽 원주민들이 사용하는 온갖 방언을 구별하지 않았다. 세상에 단 하나의 '에스키모 언어'는 존재하지 않는다. 북쪽 원주민들이 쓰는 언어는 여러 가지다. 캐나다와 그린란드에 사는 이누이트는 이누크티투어Inuktitut를 쓰고, 알래

스카 토박이들은 유픽어Yupik를 쓴다. 이누크티트어와 유픽어와 마찬가지로 영어에도 눈을 여러 가지 방식으로 표현하게 해주는 수식어들이 있다. 그런데도 위의 주장은 굳건한 신화로 자리 잡았고, 많은 사람에게 널리 알려져 있다.

하지만 언어가 지각과 인지를 제약하거나 결정한다는 이 주장은 대담하기 그지없었고 20세기 중반에 매우 도발적으로 여겨졌다. 인류학자와 심리학자, 언어학자는 이 발상을 검증할 방법을 찾고 조사하기 시작했다. 가장 중요한 도전은 엘리노어 로쉬의 연구에서 나왔다. 앞 장에서 나왔듯이 엘리노어 로쉬는 개념 및 가족 유사성에 대한 연구 업적을 남긴 사람이다. 로쉬는 인류학의 광범위한 연구 자료를 통해 색깔을 기술하는 데 쓰인 언어의 규칙적 패턴을 찾아냈다. 가령, 기본적인 색깔 용어들을 살펴볼 때 모든 언어에는 어두움과 밝음에 대한 용어가 들어 있는 듯하다. 경계가 늘 똑같지는 않을지 모르나, 따뜻하고 밝은 색조에 대한 용어 하나와 어두운 색조에 대한 용어 하나만 있는 몇몇 언어도 존재한다. 또한 빨강은 꽤 흔하며, 3가지 용어만 있는 언어들에도 언제나 검정과 하양, 빨강에 대한 단어는 들어 있다. 빨강은 인간에게는 매우 두드러진 색깔인데, 뜨거운 사물과 피의 색이기 때문이다. 언어들이 변화하고 진화하면서 일부 언어들은 더 많은 용어를 도입했다.

만약 워프의 주장이 옳다면, 특히 '눈을 가리키는 단어' 사례와 같은 가장 강한 버전이 옳다면, 색깔을 나타내는 단어가 2개뿐인 언어는 그 두 색깔에 따라서 세상을 보게 된다. 다른 색깔도 볼 수 있을지 모르나, 이름이 동일한 색깔들을 구별해서 알아보기는 필시 어려울 것이다. 비합리적인 주장은 아니다. 우리가 알듯이, 지각은 어느 정도 여러분이 지각하고 있는 대상에 관한 지식에 따라 달라진다. 앞서 우리는 어떻게 지각이 개념을 활성화하고 개념이 우리가 보고 생각하는 것에 영향을 미칠 수 있는지 살펴보았다. 그리고 기본적인 말 지각에서 우리는 말소리를 범주적으로 지각하는 경향이 있다. 여러분은 모국어가 아닌 말소리들을 구분해서 듣기 어려울 것이다. 따라서 워프의 주장에서 예상하는 내용도 일리가 없진 않다.

로쉬(Heider, 1972)는 이 이론에 대해 파푸아뉴기니의 한 원주민 부족을 대상으로 검증에 나섰다. 다니[Dani]족은 색깔을 가리키는 단어가 둘뿐이기에, 다니족의 언어에서는 색이 2가지 범주로 정의된다. 한 범주는 밀리[mili]라고 부르는데, 시원하고 어두운 색조를 가리킨다. 영어에서 색깔을 나타내는 blue(푸른색), green(녹색), black(검은색) 등이 이에 해당한다. 두 번째 범주는 몰라[mola]로서, 밝거나 따뜻한 색깔들을 가리킨다. 영어에서 red(빨간색), yellow(노란색), white(흰색) 등이 해당한다. 여러 실험에서 로쉬는 피실험자들에게 색 카드를 통해 색깔 배우기와 기억 과제에 참여해달라고 부탁했다. '색깔 칩[colour chip]'이라고 하는 이 카드들은 먼셀 색체계[Munsell color system]에서 가져왔다. 이 체계는 색상[hue], 명도[value](밝기), 채도[chroma](순도)라는 3요소에 따라 색깔을 기술하는 방식이다. 먼셀 체계는 1930년대 이후로 과학자와 디자이너, 화가에게 표준적인 색 언어로 사용되어왔다. 색깔 칩은 한쪽 면에 균일한 색깔이 칠해진 작은 카드로, 보통 무광택 마감이 되어 있다. 페인트 가게에 가면 흡사한 카드를 볼 수 있다.

로쉬가 실시한 과제 중 하나는 쌍연상학습[paired associate learning] 과제였다. 참가자들은 항목들로 이루어진 목록을 배우게 되는데, 각 항목은 참가자들이 이미 아는 것, 즉 기억 단서 역할을 하는 단어와 쌍을 맺고 있다. 로쉬의 과제에서 배울 것은 먼셀 색깔 칩이었는데, 각각의 색깔 칩은 단어와 쌍을 맺고 있다. 이런 색깔 칩 중 일부는 초점색[focal color]이라고 한다. 달리 말해서 이 색깔 칩은 해당 범주의 지각 중심에 위치한다. 이 색들은 영어 화자를 대상으로 한 이전의 연구에서 색깔 범주 최상의 예로서 선택되었다. 로쉬가 피실험자들에게 '최상의 예'를 고르라고 했더니, 순도가 제일 높은 색들에 대한 광범위한 합의가 존재함이 드러났고 영어 화자들은 그런 중심 색들을 더 잘 기억할 수 있었다. 빨강에 대한 초점색은 대다수 영어 화자들이 빨강에 대한 최상의 예라고 여길 단일 칩이었다. 다른 칩들도 빨강이라고 불릴지 모르지만 해당 범주의 중심 내지는 최상의 예로 여겨지진 않았다. 그리고 좀 더 애매한 다른 칩들도 있었다. 이 칩들은 때로는 빨강이라고 불릴지 모르지만, 또 어떨 때는 다른 색인 듯 보였다. 여러분이 직접 초점색을 고르는 상황을 살펴보자. 워드프로세서 프로그램에서 글자색을 고른다고 할 때, 여러분은 색깔들의 넓은 배열에서 하나를 고른다. 하지만 아마도 빨강에 대한 최상의 예, 파랑에 대한 최상의 예, 초록에 대한 최상의 예 등으로 하나가 두드러져 보일 것이다. 달리 말해서 우리 모두는 아마도 어느 색조가 초록의 최상의 예인지에 대해 의견일치를 보일 것이다. 바로 이 색이 초록에 대한 초점색이다.

로쉬의 실험에서는 피실험자들한테 한 칩을 보여주고서 새로운 이름을 하나 가르쳤다. 16가지의 색과 단어 쌍에 대해 그렇게 했다. 로쉬는 영어 화자라면 초점색에 대한 쌍연상학습에 어려움이 없으리라고 추론했다. 초점색은 기존 색 범주에 대한 원형을 활성화할 것이기 때문이다. 그리고 비초점색에 대한 쌍연상학습에서는 성적이 덜 좋을 것이다. 그런 색에 붙일 언어적 꼬리표를 갖고 있지 않으니 말이다. 즉, 초점색 '빨강'을 기억하기 쉬운 까닭은 빨강이라면 이래야 한다는 여러분의 이미지와 그 색이 맞아떨어지기 때문이다. 빨강과 보라 사이에 있는 듯한 색을 기억하기 어려운 까닭은 그 색에는 이름이 없어서일 수 있다. 한편 다니족 언어의 화자들은 대다수의 초점색에 유리한 점이 없어야 마땅하다. 만약 언어결정론이 작동하고 있다면, 다니족 언어의 화자들은 초점색 범주가 없으니 초점색이 전혀 특별하지 않을 것이기 때문이다. 언어결정론으로 보자면, 그들은 영어 화자와 동일한 초점색을 가질 수가 없다. 다니족은 모국어로 인해 영어 화자와는 다른 색 범주를 지니기 때문이다. 빨강에 대한 초점색을 보여주어도 나니족 언어 화자들에게는 기존의 언어적 범주를 활성화시키지 않을 테니, 초점색에 대한 쌍연상학습과 비초점색에 대한 쌍연상학습 성적에 차이가 거의 없어야 마땅하다.

하지만 로쉬의 연구 결과는 다르게 나왔다. 나니족 인어의 화자들은 영어 화자들과 마찬가지로 비초점색보다 초점색에 대한 쌍연상학습 성적이 높았다. 여기서 드러나듯이, 비록 그들의 언어에 색 범주를 나타낼 단어가 2개뿐이지만, 영어 화자들과 마찬가지로 색깔의 차이를 지각할 수 있다. 그러므로 이 결과는 언어결정론의 강한 버전을 반박하는 증거인 듯하다. 다니족 언어는 화자의 지각을 제약하지 않았다. 여러 면에서 이는 놀라운 일이 아니었는데, 색 시각은 생물학적 수준에서 연산적으로 실시되기 때문이다. 언어학적으로 정의된 범주에도, 우리 모두는 상이한 파장에 따라 다르게 반응하는 광수용체들로 채워진 망막을 지닌 동일한 시각계를 갖고 있다.

더욱 최근의 연구도 언어결정론 이론에 계속 의심의 눈길을 던졌다. 바바라 몰트Barbara Malt의 연구는 인공물과 제조된 물품을 대상으로 삼아 영어와 스페인어 사이의 언어적 차이를 연구했다(Malt, Sloman, Gennari, Shi & Wang, 1999). 이 실험에서는 참가자들에게 bottle, container, jug, jar와 같은 흔한 물체를 여러 개 보여주었다. 북미 영어 화자에게 'jug(주전자)'는 보통 액체를 담는 데 쓰이며 부피가 약 4리터이고 손잡이가 달려 있다. 'bottle(병)'은 보통 작으며 목이 길고 손잡이가 없다. 'jar(보관용기)'는 대체로 유리로 되어 있고 입구가 넓다. 'container(용기)'는 대체로 유리가 아니라 플라스틱으로 되어 있다. 용기는 둥근 모양과 사각형 모양이고, 보통 액체 이외의 제품을 담는 데 사용한다. 영어 화자들은 정확한 범주 경계에 관해서는 입장이 조금씩 다르겠지만, 대다수는 무엇을 병으로 부를지 주전자나 그 밖의 명칭으로 부를지에 동의할 것이다.

북미 영어 화자들이 jug를 jar와 별도로 지칭하는 데 반해 스페인어 화자들은 보통 이 2가지를 단일 용어로 부른다. 달리 말해서 유리 bottle, jug 및 jar는 전부 'frasco'라고 부른다. 만약 언어결정론이 제조된 물품에도 참이라면, 스페인어 화자들은 표면적인 유사성에 따라 그것들을 상이한 범주로 구분하는 능력이 부족해야 마땅하다. 달리 말해서 여러분의 모국어에 이 모든 대상을 가리키는 단어가 하나뿐이라면 여러분은 개개의 특징에 주의를 잘 기울이지 못하고, 그것들을 전부 동일한 집단의 구성원으로 구분할 것이다. 하지만 몰트의 연구 결과는 이런 예상을 뒷받침하지 않았다. 영어 화자와 스페인어 화자 피실험자들은 각종 보관용 물품을 전반적인 유사성을 통해 구분할 때 서로 별반 다르지 않았다. 즉, 상이한 물품 전부에 대해 동일한 명칭을 갖고 있지만 스페인어 화자들은 유사성에 따라 집단별로 분류하라는 부탁을 받았을 때 영어 화자 피실험자들과 대략 동일한 방식으로 분류했다. 언어적 명칭이 표면적 특징을 지각하고 처리하는 능력을 방해하지 않았다. 요약하자면, 이 결과로 볼 때 언어결정론의 강한 버전은 타당하지 않다.

어떻게 언어가 사고 과정에 영향을 미치는지에 관한 최종적인 사례는 리라 보로디츠키Lera Boroditsky의 연구에서 증명되었다(Boroditsky, Fuhrman & McCormick, 2011). 보로디츠키에 따르면 사람들은 상이한 언어별, 문화별로 시간에 대해 말할 때 사용하는 은유에 차이가 있다. 이는 (앞서 논의했던) 개념적 은유에 관한 라코프의 사상과 관련이 있다. 영어 화자들은 종종 수평적이라는 듯이 시간에 대해 말한다. 즉, 수평적 은유로 인해 '마감을 뒤로 밀다(pushing back the deadline)'라거나 '회의를 앞으로 옮기다(moving a meeting forward)'와 같은 표현이 나온다. 한편 표준중국어^{mandarin} 화자들은 종종 수직적이라는 듯이 시간에 대해 말한다. 즉, 사건의 시간적 순서를 가리키기 위해 위와 아래에 해당하는 단어를 사용한다.

그렇기는 해도 분명 영어에서도 그런 식의 표현이 아주 드물지는 않다. 특히 시간을 수직 방향의 달력에서 살펴볼 때 그렇다. 사실 내가 스마트폰으로 구글 캘린더^{Google Calendar}를 보면, 날짜가 수직 축으로 배열되어 있다. 날의 시작이 맨 위에 오고 날의 끝이 맨 아래에 오도록 구성되어 있다. 나도 여전히 '이 프로젝트가 뒤로 처지네(I've been falling behind on this project)'와 같은 표현을 사용하긴 하지만, 시간을 수직 차원에서 생각하는 데 꽤 익숙한 편이다. 영어에도 수직적인 시간 은유가 있는데, 가령 어떤 것을 '하루의 맨 위에서(at the top of the day)' 한다는 표현이 그런 예다. 예외도 있긴 하지만 이런 은유는 관용어와 문구에 언어적으로, 문화적으로 깊게 침투해 있는 듯 보인다. 중요한 점을 말하자면, 이런 차이는 문자언어가 생산되고 읽히는 방식과 긴밀히 연결되어 있는 듯하다. 영어는 (수평선을 따라) 왼쪽에서 오른쪽으로 읽는 반면에, 중국어는 (수직선을 따라) 위에서 아래로 읽는다.

개념적 은유와 언어가 피실험자의 장면 이해 능력에 영향을 주는지 검증하기 위해, 피실험자들한테 우선 수직이나 수평 차원을 향하도록 하는 시각적 점화 표시^{prime}을 보여주었다. 이어서 시간 기반 진술(가령, '3월은 4월 이전에 온다')이 맞는지 틀린지 확인해달라고 했다. 이 경우 점화 표시란 수직 또는 수평 차원을 강조하는 단순한 도해다. 가령, 검은 공 옆에 흰 공이 놓인 사진과 함께 '검은 공이 흰 공 앞에 있다'라는 문장이 적혀 있는 것은 수평적 점화 표시다. 검은 공이 흰 공 위에 놓인 사진과 함께 '검은 공이 흰 공 위에 있다'라는 문장이 적힌 것은 수직적 점화 표시다. 보로디 츠키의 추론에서는, 만약 한 점화 표시가 수직적 은유를 활성화시키고 여러분이 수직 차원에서 시간을 생각하도록 권장하는 언어를 쓴다면, 언어 처리가 촉진된다. 즉, 시간에 관련된 진술을 빠르게 판단한다. 반면에 점화 표시가 수직적 은유를 활성화시키지만 여러분이 수평 차원에서 시간에 관해 생각하도록 권장하는 언어를 쓴다면, 지장이 생겨서 시간에 관련된 진술을 느리게 판단하게 될 것이다.

다른 여러 연구에서도 보로디츠키는 똑같은 결과를 얻었다. 표준중국어 화자들은 수평 방향의 점화 표시를 보았을 때에 비해 수직 방향의 점화 표시를 보았을 때 시간에 관련된 진술이 맞고 틀린지 더 빨리 판단했다. 영어 화자의 경우에는 정반대였다. 여기서 짐작되듯이, 언어 차이는 화자가 시간 관련 추론을 어떻게 하는지 예측하게 한다. 하지만 후속 연구들에서 밝혀지기로 이 기본 방향성은 무효가 될 수 있다. 가령, 보로디츠키는 영어 화자인 피실험자들에게 수직적 은유의 사례들을 보여주어 시간을 수직적으로 생각하도록 훈련시켰다. 이 경우, 훈련을 마친 후 영어 화자들은 이전의 수평적 점화 효과 대신에 수직적 점화 효과를 보였다. 이 연구는 언어가 사고에 미치는 효과를 분명히 보여주긴 했지만, 언어결정론을 지지하는 강력한 증거는 아니다. 모국어 자체는 언어가 지각되는 방식을 결정하지 않는 것처럼 보이기 때문이다. 대신에 언어적 맥락의 국소적 효과들이 대체로 이 사안에 관여하는 듯하다.

| 언어는 우리가 사고하는 방식이다 |

동물의 경우에도 서로 의사소통을 하는 종이 많긴 하지만, 오직 인간만이 광범위하고 생산적이며 유연한 자연어를 발달시켰다. 그리고 언어는 우리 자신의 사고에 접근하는 일차적인 수단이기 때문에, 언어와 사고는 서로 완전히 얽혀 있다. 우리는 언어를 사용해 우리 자신의 기억을 살피고 설명한다. 언어는 유연하며 가변적이다. 이 유연성 때문에 기억이 늘 정확하지는 않다. 기억은 부호화 과정과 인출 과정 동안에 사용된 언어적 처리의 직접적 반영이다. 또한 우리는 언어를 이용해 세상 만물에 이름을 붙이고 지각 대상을 개념과 관련 짓는다. 언어적 명칭은 사고로 이어지는 접근 지점 역할을 한다.

하지만 언어가 없는 동물에게도 기억과 개념이 있기는 하다. 언어가 없는 동물이라도 지적으로 행동한다. 하지만 인간의 언어는 현재를 넘어서 생각하는 방법을 제공한다. 인간의 언어는 세계에 관해, 그리고 우리 자신과 우리의 행동에 관해 생각할 방법을 제공한다. 우리가 시간을 들여 세심하게 생각하고 추론할 때, 보통은 본능이나 직감보다는 언어를 통해서 그렇게 한다. 우리는 자신에게 말을 걸어 나쁜 결정을 못 하게 한다. 우리는 자신에게 말을 걸어 무언가에 대한 찬반을 숙고해본다. 연역적인 추론에서, 타당한 주장과 타당하지 않은 주장을 구별해내려면 언어 사용이 정확해야 한다. 언어 사용은 맥락이나 틀을 제공함으로써, 결정이 내려지는 방식에 영향을 미칠 수 있다. 똑같은 결정이라도 (언어 사용에 따라) 유익한 선택이라고도 잠재적 손해라고도 규정될 수 있다. 언어적 내용과 의미는 결정의 행동 결과behavioural outcome에 큰 영향을 끼칠 수 있다.

이 장과 더불어 개념에 관한 앞의 장은 한결같이 이 책의 중심 주제, 즉

'우리는 어떻게 생각하는가?'를 다루고 있다. 우리는 개념을 이용해 사고한다. 그리고 많은 사고는 자연어를 사용해 이루어진다.

10장

인지 편향에 대한 고찰

여러분은 기분이 생각에 영향을 미치는가? 상황과 맥락이 사고하고 결정하는 능력에 영향을 미치는가? 내 경우에는 그렇다. 아마 여러분도 그렇다고 여길 것이다. 가끔씩 뭐든 잘되고 일이 술술 풀리고 흐름을 타고 가는 느낌이 들 때가 있을 것이다. 이런 기분은 주로 정신적으로 상쾌한 이른 아침이나 정말 좋아하는 일을 하고 있을 때 든다. 어쩌면 바로 지금 이 책을 읽으면서 드는 느낌일 수도 있다. 이 모든 경우에 여러분은 일하는 데 피곤이 덜한 느낌이고, 문제도 더 쉽게 풀리는 듯하다. 하지만 도무지 집중이 안 되는 느낌이 들 때도 있다. 또는 마음속으로 뭔가 제대로 안 된다고 느껴질 때가 있다. 여러분이 피곤하거나, 이런저런 소식에 대해 생각하고 있거나, 아니면 스마트폰 때문에 마음이 딴 데 가 있을 때 아마도 그럴 것이다. 연구자들은 코로나 사태와 같은 위기로 인해 사고가 영향을 받는다고 추정한다. 왜 그럴까? 많은 사람에게 너무나 힘 빠지고 스트레스를 주는 사건이기 때문이다. 바이러스로 인해 직접적인 영향을 받지 않는 사람들조차도 부정적인 심리적 효과를 경험하고, 바이러스 걱정하느라 일자리 걱정하느라 그리고 불확실한 미래를 고민하느라 사고력과 집중력이 나빠졌을지 모른다(Holmes et al., 2020).

대다수 심리학 연구에 따르면, 이 모든 일은 사고력에 영향을 미친다. 사고에 관한 심리학의 가장 재미있는 연구 분야 중 하나는 상황적 맥락, 동기적 요인, 기분 상태가 사람의 사고에 미치는 영향에 관한 연구다. 그런 영향이 잘 보이는 예가 광고, 마케팅, 정치 및 대중 여론이다. 또한 스트레스를 받거나 피곤할 때, 기분이 좋거나 나쁠 때 우리의 판단력과 결정력이 영향을 받는 것도 좋은 예다. 때로는 한꺼번에 여러 가지가 관여하기도 한다.

나는 캘리포니아주 남부 온타리오에 산다. 오대호의 두 호수(남쪽으로 이리호Lake Irie와 서쪽으로 휴런호Lake Huron) 사이에 있는 지역이다. 예전에 뉴욕주의 버팔로에서 살았던 적이 있는데, 거기는 이리호의 동쪽 연안에 접해 있다. 이 두 지역 모두 겨울 날씨가 상당히 고약할 수 있는데, 심심찮게 일종의 '호수 효과lake effect' 눈[31]이 쏟아진다. 아주 차가운 공기가 오대호 위를 휩쓸고 지나가면서 수분을 흡수해 무지막지한 '화이트아웃whiteout(주위가 온통 하얗게 되어 방향 감각을 상실하는 상태 — 옮긴이)' 눈보라가 불어닥친다. 꽤 좁은 지역에 느닷없이 매우 강렬하게 국지적으로 일어날 수 있다. 이때는 운전하기가 어렵거나 불가능하다. 내가 화이트아웃에 걸릴 때면, 앞을 보기도 운전하기도 어렵다. 출근한 후나 귀가 후면 나는 심신이 녹초가 되고 만

---

31   워프는 오대호에 사는 사람들에게는 눈과 악천후에 대한 특별한 단어가 분명 많으리라고 주장할지 모른다.

다. 복잡한 사고를 요하는 과제를 시도하기엔 좋은 때가 아니다. 내 마음은 화이트아웃 속에서 운전하려고 애쓰다 보니 피로함을 느낀다. 오랫동안 스트레스 속에서 운전하다가 중요한 회의나 강의에 곧장 들어갈 수 있을지 정말이지 자신이 없다.

어디에 살든 어떻게 직장이나 학교에 가든, 우리 대다수는 아침에 짜증이 나거나 힘겨운 출근(등교)길을 경험하거나 아주 바쁜 아침 일정에 시달릴 때가 있다. 그런 사건이 어떻게 여러분의 문제 해결 능력이나 앞으로의 중요한 결정을 내리는 능력에 영향을 미칠 수 있는지 생각해보자. 만약 스트레스를 받는 통근길에 갑자기 중요한 결정을 내려야 할 상황에 직면한다면, 당연히 그런 결정을 내리는 능력이 약해질 수 있다. 사실, 한 연구에 따르면 인지 피로를 경험하고 나서 빠르게 의사결정을 내리는 휴리스틱을 사용할 가능성이 높아진다고 한다. 게다가 그런 휴리스틱을 현명하지 못하게 사용해 의사결정 편향에 빠지게 될 가능성이 높아진다.

이 인지 피로는 상황이 초래한 효과다. 스트레스 속에서 무언가에 집중해야 하는 상황이 생기면, 여러분은 생각할 인지 자원이 비교적 적어진다. 이런 종류의 상황 효과는 다른 방식으로도 발생한다. 여러분이 일하려고 노트북 앞에 앉자마자 친한 친구한테서 아주 좋은 메시지가 왔다고 하자. 그러면 여러분은 기분이 아주 좋아진다. 이 좋은 기분 덕에 활력이 생긴 나머지, 한동안 골칫거리였던 업무 관련 문제를 공략할 수 있게 된다. 좋은 기분이 문제에 계속 도전할 활력을 주는 바람에 여러분은 문제를 해결해낸다. 하지만 이러한 상호작용이 전부 다 좋은 기분을 불러일으키진 않는다. 만약 내가 연구 지원금 신청서에 대한 결정을 기다리고 있고 결과 발표가 특정한 주에 있겠거니 기대하고 있다면, 다른 일에는 집중할 수가 없다. 기다리고, 이메일을 확인하고, 브라우저를 새로고침한다. 초조하기

이를 데 없지만 발표가 날 때까지 내가 할 수 있는 일은 별로 없는 듯하다. 그리고 마음이 너무 산만해서 복잡한 문제에 매달리기 좋은 때가 아니다.

몇 년 전에 내가 한 대학에서 강의를 하고 있을 때였다. 마침 심각한 감염증으로 병원에 입원해 있던 남동생한테서 올 소식을 기다리고 있었다. 그날 일찍 응급실에 갔다는 사실을 알고부터 줄곧 동생 걱정을 하고 있었다. 치명적인 결과를 초래할 수 있는 어떤 감염 때문이었다. 강의 내내 마음속에 동생 걱정이 떠나지 않았다. 동생을 걱정하느라 주머니 속의 휴대전화도 진동 모드를 켜두었다. 휴대전화가 떨리기 시작하자, 병원에서 온 통화 요청이 아닐까 두려웠다. 휴대전화가 떨리고 있을 때 나는 생각하거나 말할 수가 없었고, 설령 말을 하더라도 내가 하는 말에 집중할 수가 없었다. 보통의 경우에는 통화 요청을 무시하는 데 특별히 어려움을 겪지 않지만 이번에는 그렇지 않았다. 무시할 수가 없어서 결국에는 강의를 잠시 멈추고 전화를 받았다.

텔레마케터였다. 병원이 아니었다.

동생한테서는 여전히 새로운 소식이 없었다(한참 나중에 들었지만, 동생은 괜찮았다). 그날 내 강의는 아주 엉망이었는데, 마음을 집중할 수 없었기 때문이다. 하지만 수업에서 그 사건을 예로 들어 주의 집중과 주의 산만, 인지 피로에 대해 설명했다. 요즘 내가 하던 그대로 말이다.

앞의 사례들처럼, 문제 해결이나 의사결정이나 생각하기를 둘러싼 맥락이 최선으로 행동할 우리의 능력에 영향을 미칠 수 있다. 이는 우리가 꼭 짚어보아야 할 사안이다. 만약 우리가 생각하는 힘을 향상시키고 싶다면, 어떻게 그리고 왜 맥락이 인지에 영향을 미치는지 이해해야 한다. 이미 다루었던 주제이기도 하다. 앞서 우리는 도식의 활성화에서 맥락이 맡는 역할을 논의했다. 언어가 지닌 프레이밍 능력도 살펴보았다. 하지만 이

번 장에서는 어떻게 심리적, 맥락적, 사회적 요소들이 이미 다루었던 다수의 핵심적인 사고 과정들에 영향을 미치는지 논의할 것이다. 우선 사고에는 2가지 모드가 있다고 보는 심심찮게 논쟁적인 이론부터 살펴보자. 대니얼 카너먼의 『생각에 관한 생각』이 바로 이 두 모드에 관한 내용이다. 생각에는 빠른 모드와 느린 모드가 있다. 직관적 모드와 숙고하는 모드다. 이 중 하나인 느린 모드는 인지적 노력을 더 많이 사용하고, 맥락상 자원을 많이 사용하기 어려울 경우 우리는 빠른 모드에 의존한다.

| 이중처리 이론 |

오랜 역사에 걸쳐 심리학은 행동의 처리 과정 내지 메커니즘을 상보적인 2가지 관점으로 제시해왔다. 이 책에서 이미 살펴본 단기기억과 장기기억, 그리고 명시적 기억과 암묵적 기억이 그런 예다. 의식적 처리 vs 무의식적 처리, 통제된 반응 vs 자동적 반응, 인지 반응 vs 감정 반응 등에 관한 이론들도 그런 예다. 이중처리 이론Dual Process Theory은 이런 여러 발상을 함께 묶는 메타이론적 접근법이다. 이 이론이 매우 영향력이 큰 이유 중 하나는 인간의 사고력에 대한 구성 원리, 즉 언어가 이끄는 복잡한 사고를 동물한테도 있는 빠른 직관과 차별화하는 요소를 알려주기 때문이다. 이 이론은 인간 사고의 대다수 측면을 다룬다. 거대한 이론인 셈이다. 그리고 낯익은 이론이다. 그래선지 조금 논란의 여지가 있다. 또한 너무 모든 것을 아우르는 듯 보일 수 있다. 너무 광범위한 주제를 설명하다 보니, 반박하기가 어려울 수 있다. 하지만 이런 단점에도 불구하고 유용한 이론이다.

우선 혼란스러운 점부터 걷어내고 시작하자. 이중처리 이론은 때로는

'이중 시스템dual system' 설명이라고도 부른다. 이중처리가 더 흔한 용어다. 하지만 이중처리 설명의 두 성분은 대체로 '시스템'이라고 부르는 바람에 혼란이 따를 수 있다. 아무튼 이중처리 설명은 두 시스템으로 구성되어 있다. 보통 이 둘을 가리켜 시스템 1(빠른 시스템)과 시스템 2(느린 시스템)라고 한다. 여기서 '시스템'이란 인지 처리 작업, 뉴런 구조 및 출력의 집단이라고 여기면 된다. 물론 이 중 일부는 중복된다. 두 시스템은 기억에 의존한다. 두 시스템 모두 실수를 하기 쉽다. 하지만 정보를 처리하는 방식이 서로 다르다.

두 시스템의 차이를 기억하려고 나는 이렇게 즐겨 떠올린다. '1'은 달리기 시합에서 1등으로 출발하고 가장 빠른 주자가 되는 셈이니 빠른 시스템이라고 말이다. 이중처리 설명은 지난 20세기에 사고 과정에 관한 매우 유력한 이론 중 하나였다(Sloman, 1996). 기분이 어떻게 사고에 영향을 미치는지, 또는 인지 피로가 어떻게 사고에 영향을 미치는지에 관한 많은 연구는 이 이중처리 설명의 틀 안에서 이해할 수 있다. 각 시스템을 자세히 살펴서 어떻게 작동하는지, 그리고 각각의 시스템이 어떤 종류의 사고에 영향을 주는지 알아보자.

시스템 1

시스템 1은 진화상으로 원시적인 인지 형태라고 할 수 있다. 즉, 시스템 1과 관련된 뇌 구조와 인지 처리는 많은 동물 종한테도 가능할 것이다. 가장 낮은 수준에서 볼 때 모든 동물 종은 위협적인 자극에 빠른 반응을 보일 수 있다. 모든 동물은 위협적인 자극과 유사한 자극들에 대한 반응을 일반화할 수 있다. 기본적인 욕구를 충족시켜주는 자극들도 마찬가지다. 한 동물은 잠재적인 먹이 출처나 잠재적인 짝짓기 대상 등에 빠르게 반응할 수 있다. 우리는 인지 면에서 원시적인 종의 이런 유형의 행동을 가리켜 사고라고 여기지 않는다. 먹이 출처로 다가가거나 포식자한테 노출될 수 있는 트인 공간에서 벗어나는 쥐는 자신의 행동에 대해 생각하고 있지 않다. 대신에 그냥 행동하고 있을 뿐이다. 이 행동은 선천적인 반응과 본능 및 학습된 연상의 조합이다. 그 쥐를 살펴보면서 덮치기에 이상적인 시간을 기다리고 있는 듯 보이는 상대적으로 큰 고양이도 자신의 행동에 대해 생각하고 있지 않다. 고양이도 본능과 학습된 연상에 따라 행동하고 있다. 고양이도 쥐도 언어가 없다. 고양이도 쥐도 우리 인간한테 있는 식의 개념을 갖고 있지 않다. 고양이도 쥐도 우리가 사고라고 간주할 일을 수행할 만큼 뇌가 충분히 크지 않다. 이 동물들은 다양한 결과를 심사숙고할 수 없다. 언제 달아나고 언제 덮칠지에 관한 찬반양론을 숙고할 수 없다. 고양이와 쥐는 생각하지 않는다. 그냥 행동할 뿐이다.

쥐와 고양이가 빠른 결정을 내리게 해주는 바로 그 메커니즘이 유인원 및 인간과 같은 인지적으로 더 정교한 동물들의 빠른 의사결정에도 영향을 미친다. 인간에게는 다른 동물들이 지닌 것과 동일한 종류의 본능이 많다. 우리는 생각하지 않고서도 고통스러운 자극으로부터 손을 거둔다. 이 본능을 이끄는 뉴런 구조는 고수준의 인지 처리에 관여하지 않아도 된다. 편도체와 변연계와 같은 피질 하부 구조들은 자극에 대한 감정 반응을 조절한다. 그래서 우리는 굶주림에 반응할 수 있고, 잠재적인 위기 상황을 감지할 때 조심해서 처신할 수 있다. 그리고 불확실한 상황에서 불안감을 경험할 수 있다. 이것이 시스템 1이다.

시스템 1은 단일 시스템이 아니라, 어느 정도 자율성을 갖고서 개별적으로 작동하는 인지적 및 행동적 하위시스템의 집단이다. 가령, 모든 동물에 존재하는 본능적 행동이 이 시스템의 일부다. 조작적 조건 형성 및 고전적 조건 형성과 같은 일반적인 연상 학습 시스템도 이 시스템의 일부다. 이 시스템에는 도파민으로 활성화되는 보상 시스템이 포함된다. 여기서는 긍정적인 결과는 뉴런 반응 사이의 연결을 강화하고 비긍정적인 결과는 연결을 강화하지 않는다. 대다수의 이중처리 이론들은 가정하기로, 시스템 1을 구성하는 인지 처리의 모음에 의해 수행되는 정보처리는 대체로 자동적이고, 의식적 접근 외부에서 발생하며, 인지 과정이라고 평가받을 만한 수준이 아니다. 오직 이 과정들의 최종 출력만이 의식에서 이용될 수 있다. 시스템 1 인지는 또한 일반적으로 나란히 실시된다. 즉, 다수의 하위 과정이 무난히 동시에 작동할 수 있다.

시스템 1은 우리가 아는 것을 바탕으로 빠른 해결과 결정을 제공한다. 그렇게 하기 위해 이 시스템은 비교적 빠르고 쉽고 인지 자원을 덜 이용하는 정보에 의존한다. 쉽고 빠르게 인출할 수 있는 정보에 의존한 결과로, 이 시스템을 통한 사고에는 도식화된 패턴이 보인다. 이를 가리켜 종종 휴리스틱 내지 인지 편향이라고도 한다. 이미 앞서 여러 가지(가용성, 대표성 등)를 논의했지만, 몇 가지를 더 논의해보자. 완전한 목록은 아니지만 시스템 1이 인지 과정에 맡는 역할을 강조하고 싶다. 더 잘 보이도록 용어를 **굵은 고딕체**로 표시했다. 널리 알려지기로, 시스템 1은 기억 속에 있는 것, 익숙한 것 그리고 여러분이 믿는 것을 바탕으로 빠른 답을 제공한다. 이런 답은 정답이나 타당한 판단일 때가 많다. 하지만 늘 그렇지는 않다.

영어 알파벳순으로 시작하자면(알파벳순으로 정리하기 자체가 일종의 휴리스틱이다), **닻내림 효과**(anchoring)가 있다. 흔한 참조 사항이나 매우 두드러진 사례를 바탕으로 판단을 내리는 일반적인 휴리스틱 내지 편향이다. 가령, 기부하기의 선택 방법이 있다고 하면, 1달러부터 시작하기보다 20달러부터 시작하는 경우에 여러분은 기부할 의사가 더 커질지 모른다. 시스템 1은

닻(표준이나 기준)에 더 가까운 선택 방법을 고려함으로써 빠른 반응을 제공한다. 생각하기 더 쉽고 노력이 덜 들기 때문이다. 목록의 그다음에 **가용성**(availability)이 있다. 기억에서 가장 이용하기 좋거나 가장 쉽게 접근할 수 있는 정보를 바탕으로 판단을 내리는 경향이다. 시스템 1은 인출하기 가장 쉽고 판단을 위한 인지적 노력이 적게 드는 정보를 바탕으로 삼는다. 그리고 어떤 논리에 대해, **신념 편향**(belief bias)은 어떤 주장이 단지 참인 듯 보여서나 믿을 수 있을 것 같아서 타당하다고 받아들이는 경향이다. 언어와 풍부한 인지 자원을 동원한 연역적 논리가 아니라 기억과 익숙함을 바탕으로 추론할 때 생기는 편향이다.

또 하나의 흔한 편향으로서 가장 유명한 것은 **확증 편향**(confirmation bias)일 것이다. 우리가 믿는 바를 확인시켜주거나 기존의 결정이나 판단을 확인시켜주는 정보만을 찾는 경향이다. 이 편향은 우리의 거의 모든 일에 영향을 미친다. 우리는 이미 우리와 견해가 일치하는 뉴스 웹사이트를 읽는다. 그러면 고려해야 할 선택 사항의 수가 줄어들므로 과제에 필요한 인지 처리의 수고가 줄어든다. 하지만 우리가 믿는 것에 반하는 증거를 고려하지조차 않게 만드는 부작용이 있다. 추론에 관해 다룰 때 이 편향을 더 자세히 이야기하겠다.

몇 가지를 더 나열해보자. 먼저 **프레이밍** 효과가 있다. 이것은 어떤 판단이나 결정을 둘러싼 맥락이 그 결정이 내려지는 방식에 영향을 미칠 때 생긴다. 시스템 1은 인출하기 쉬운 정보를 바탕으로 빠른 판단을 내리게 해주는데, 그런 정보는 프레임과 관련되어 있기 때문이다. 9장에서 보았듯이 프레임은 종종 언어 기반이며 마음을 어느 특정 방향으로 조종한다. **최신** 효과는 기억에서 더 최근의 사례를 바탕으로 판단이나 결정을 내리는 경향이다. 이는 가용성과 관련이 있으며, 우리가 최근의 사례에 더 많은 비중을 두고 더 잘 기억한다고 가정한다. 시스템 1은 최근의 정보를 바탕으로 결정을 내림으로써 오래된 사례와 기억을 떠올리는 수고를 줄인다. 마지막으로 이런 주제라면 늘 등장하는 **대표성**은 한 사례를 해당 범주의 대표자로 취급하는 경향이다. 이는 의사결정에 드는 인지적 수고를 줄여준다. 익숙한 개념들과 일반화하길 좋아하는 우리의 선천적인 성향을 활용하기 때문이다.

이는 편향들의 일부 목록일 뿐이다. 하지만 이런 편향들에는 공통점이 하나 있다. 우리가 부분적 정보만으로 결정이나 판단을 내려야 할 때 이런 편향들을 인지적 지름길로 삼는 경향이 있다는 것이다. 시스템 1은 이러한 빠른 결정을 담당한다. 대체로 이런 휴리스틱과 편향은 올바른 답(또는 충분히 괜찮은 답)을 내놓지만, 우리는 그것들이 편향인지 전혀 알아차리지 못한다. 하지만 그것들이 틀린 답을 내놓을 때 우리는 실수를 저지르고 만다. 이런 편향을 극복하고 실수할 가능성을 줄이는 한 가지 방법은 결정과 판단을 내릴 때 서두르지 말고 심사숙고하는 것이다. 느리고 사려 깊은 사고는 시스템 2의 영역이다.

시스템 2

스티븐 슬로먼Steven Sloman, 조너선 St. B.T. 에반스Jonathan St. B.T. Evans, 키스 스타노비치Keith Stanovich와 같은 연구자에 따르면(Evans, 2003), 시스템 2는 시스템 1보다 인간에게서 훨씬 늦게 진화했다고 일반적으로 이해된다. 대다수 이론가는 시스템 2는 인간에게 고유하다고 가정한다. 시스템 2 사고는 시스템 1보다 더 느리고 신중하다. 시스템 2는 또한 언어적 처리가 중개한다고 여겨진다. 달리 말해서 우리 사고의 내용이 언어를 통해 기술될 수 있다는 뜻이다. 우리는 언어를 생산적이고 효과적으로 사용해 시스템 2

를 통한 의사결정에 도달한다. 시스템 2 사고는 시스템 1에서처럼 병렬식이라기보다는 순차적인 직렬식으로 실행된다. 그러다 보니 작동에 시간이 더 걸린다. 시스템 2 사고는 작업기억과 주의 시스템에 의존한다. 달리 말해서 시스템 1과 비교해 시스템 2에서는 인지와 정보처리가 느리며 더 신중하고 용량이 제한적이다. 하지만 이런 한계에도 시스템 2에서는 시스템 1에서 불가능한 추상적 사고가 가능하다. 한 가지 예를 들어, 간단한 결정을 내리는 가장 흔한 2가지 방법을 살펴보자. 물건을 구매할 기회가 왔을 때, 여러분은 무엇이 '올바른 느낌인지'에 따라 충동적인 결정을 내릴 수도 있고, 그 물품을 구매하기와 구매하지 않기 사이의 비용편익을 신중히 고려할 수도 있다. 충동적 결정은 시스템 1의 처리가 주도할 가능성이 높은 반면에, 신중한 결정은 작업기억에 2가지 대안을 동시에 올려놓고서 속성을 평가하고 비용편익을 철저히 따져보는 능력이 있어야 가능하다. 그러려면 시간이 걸린다. 또한 인지적 노력이 든다. 그렇기에 빠르고 직관적이며 연상에 의존하는 시스템 1에서는 실행될 수 없다. 이런 종류의 사고는 느리고 신중한 시스템 2에서만 실행될 수 있다.

우리는 두 시스템을 모두 사용하지만, 시스템 1의 출력에 기댈 때가 종종 있다. 빠르고 대체로 적응에 능한 시스템이기 때문이다. 하지만 늘 그렇지는 않은데, 영리한 연구를 통해 그 편향성이 드러난다. 2가지 상이한 시스템이 사고 능력에서 하는 역할을 보여줄 가장 강력한 방법 중 하나가 신념 편향 과제다. 신념 편향은 앞서 내가 설명했듯이 확증 편향과 관련이 있는 인지 편향으로서, 타당한 추론이 아닌데도 어떤 논리적 전제를 믿을 수 있는 결론이라고 받아들이는 경향이다. 조너선 에반스(Evans, 2003)가 실시한 여러 실험에서, 피실험자들은 논리적 진술들을 제시받았다. 시스템 1의 출력과 시스템 2의 출력 사이의 충돌을 일으키도록 고안된 진술들이었다. 이 경우 시스템 1의 출력은 기억 인출과 믿음의 결과인 데 반해, 시스템 2의 출력은 논리적 추론의 결과다. 기억 인출은 빠르고 자동적이며, 휴리스틱에 따른 빠른 반응을 내놓는다. 시스템 2는 대체로 논리적 추론을 다룬다.

신념 편향 과세에서 피실험자들은 (논리적 주장의 일종으로서) 상이한 종류의 삼단논법을 제시받는데, 이들은 두 시스템의 출력 사이의 상이한 정도의 충돌을 나타낸다. 첫 번째 종류의 삼단논법은 충돌이 없는 것으로서, 주장이 타당하기도 하고 믿을 수 있다. 가령 다음과 같은 예다.

- **전제**: 어떤 경찰견도 사납지 않다.
- **전제**: 일부 고도로 훈련받은 개는 사납다.
- **결론**: 그러므로 일부 고도로 훈련받은 개는 경찰견이 아니다.

이 결론은 두 전제에서 이끌어낼 수 있는 유일한 결론이다. 게다가 경찰견이 아닌 일부 고도로 훈련받은 개가 사납다는 것은 믿을 만하다. 그렇기에 사람들의 기억과 믿음, 논리적 과제를 이해하는 능력 사이에 충돌을 겪지 않는다.

다른 진술들은 여전히 타당하지만, 결론이 그다지 믿을 만하지 않다.

- **전제**: 어떤 영양제도 저렴하지 않다.
- **전제**: 일부 비타민제는 저렴하다.
- **결론**: 그러므로 일부 비타민제는 영양제가 아니다.

이 경우 구조가 논리적으로 타당하기에 상기한 두 전제에서 결론이 명확히 도출될 수 있다. 하지만 대다수 사람은 비타민이 영양 면에서 좋다고 여긴다. 여기에 도출된 일부 비타민이 영양제가 아니라는 결론은 별로 믿을 만하지 않다. 충돌이 생긴다. 또한 주장이 타당하지 않은데도 결론이 여전히 믿을 만한 경우에도 충돌이 생긴다. 가령, 다음과 같다.

- **전제**: 어떤 중독성 제품도 저렴하지 않다.
- **전제**: 일부 담배는 저렴하다.
- **결론**: 그러므로 일부 중독성 제품은 담배가 아니다.

이것은 곤혹스러운 삼단논법이다. 결론이 가능한 유일한 것이 아니므로 논리적으로 타당하지 않지만, 일부 중독성 제품이 담배가 아니라는 결론은 믿을 만하기 때문에 합리적으로 보인다. 이 삼단논법은 신뢰성과 타당성 사이의 충돌을 보여준다. 마지막으로, 타당하지도 않고 믿을 만하지도 않기에 충돌이 없는 삼단논법이 피실험자들에게 제시되었다. 가령, 다음과 같다.

- **전제**: 어떤 백만장자도 열심히 일하는 노동자가 아니다.
- **전제**: 일부 부자는 열심히 일하는 노동자다.
- **결론**: 그러므로 일부 백만장자는 부자가 아니다.

여기에선 충돌이 없다. 신뢰성과 기억을 통해서 풀려고 하든 논리적 추론을 통해서 풀려고 하든 이 삼단논법은 틀렸기 때문이다.

이 실험에서 피실험자는 논리 추론 과제를 푸는데 논리적으로 타당한 유일한 삼단논법을 받아들이라고 명시적으로 들었다. 그렇기에 논리적으로 타당한, 위에 제시된 첫 사례와 둘째 사례를 받아들여야 한다. 믿을 만한지 여부는 중요하지 않다. 하지만 에반스 실험의 참가자들은 신뢰성에 영향을 받았다. 즉, 충돌이 없는 경우에는 타당한 주장이 더 자주 받아들여졌고 충돌이 있는 경우에는 타당하지 않은 주장이 덜 받아들여졌다. 충돌이 있는 경우에는 명확한 이해가 훨씬 어려웠다. 이중처리 설명에 따르면, 이 참가자들은 시스템 1이 제공하는 기억 기반 해법과 시스템 2가 제공하는 논리적 해법 사이의 충돌을 중재할 수 없었다. 충돌이 없는 경우에는 두 시스템이 동일한 답을 내놓으며 그 판단이 옳다. 충돌이 있는 경우에는 판단이 틀리다. 그리고 충돌은 어디에나 있는 편이다.

보상 추구에서의 충동성의 사례를 살펴보자. 빠른 시스템 1은 빠르고 확실한 보상을 찾는다. 느린 시스템 2는 기다리고 찬반과 비용편익을 고려한다. 때로는 빠르게 행동하는 편이 좋다. 때로는 그게 최적의 접근법이 아니다. 때로는 기다리고 욕구충족을 미루는 편이 낫다. 우리는 흔히 이를 가리켜 '마시멜로 검사marshmallow test'라고 한다.

마시멜로 검사는 1970년대에 월터 미셸Walter Mischel과 동료 연구자들이 처음 발견한 효과를 가리키는 친숙한 이름이지만(Mischel, Ebbesen & Zeiss, 1972), 이 용어는 대중의 어휘 목록에 편입되어 욕구충족의 지연을 가리키는 대명사로 사용되고 있다. 조금 과장된 사례를 보고 싶다면, 유튜브에서 'marshmallow test'를 검색하면 많은 영상이 뜰 것이다. 물론 어느 것도 표준화되어 있진 않지만, 그 효과를 보여주도록 알맞게 제작되어 있다. 원래 연구는 아이들한테서 욕구충족 지연 현상을 조사하도록 고안되었다. 네 살에서 여섯 살까지의 아이들이 식탁에 앉으면 구미가 당기는 음식이 앞에 놓인다(마시멜로일 때도 종종 있지만, 과자 같은 것일 수도 있다). 아이들에게 이렇게 말해준다. 음식을 바로 먹을 수도 있고 바로 먹지 않고 15분을 기다린다면 음식을 하나 더 먹을 수 있다고. 그다음에 연구자들이 방에서 나간다. 대체로 나이가 어린 아이일수록 15분을 기다릴 수가 없었다. 그래서 먹고 말았다. 다른 아이들은 15분 동안 버티기 위해서 눈을 가리거나 등을 돌렸다. 어떤 경우에는 아이들이 동요해서 기다리는 동안 앉아 있을 수가 없었다. 일반적으로, 많은 아이가 기다릴 수 있었지만 기다릴 수 없는 아이들도 있다는 결과가 나왔다. 나이가 일차적인 예측 인자였다. 하지만 연구자들은 성격이나 기질이 영향을 미칠 수 있다고 추측했다. 이후의 연구에서 발견되기로, 즉각적인 만족의 유혹을 가장 잘 견뎌낼 수 있었던 아이들은 커서 표준화된 검사(가령, 미국의 SAT)에서 높은 점수를 받을 가능성이 높았다.

원래 연구에 참여했던 아이들을 10년 후에 추적조사했다. 욕구충족을 미룰 수 있었던 아이 중 다수는 동료들한테서 실력이 있다고 인정받을 가능성이 높았다. 이후의 연구에서 밝혀지기로, 욕구충족을 미룰 수 있었던 피실험자들은 전전두피질의 밀도가 높은 편인데 반해 덜 미루었던, 즉 지연 시간이 짧았던 피실험자들은 배쪽줄무늬체^{ventral striatum}의 활성화가 크게 나타났다. 이 영역은 중독 행동과 관련되어 있다. 여기서 짐작되듯이, '마시멜로 검사'는 한 개인의 자율적 특성이나 자원을 검사해 나중의 인생에서 다른 성공의 척도를 믿을 만하게 예측한다.

이런 결과가 나오게 된 한 가지 가능성을 들자면, 마시멜로를 즉시나 조금 후에 먹기 vs 더 큰 보상을 위해 미루기 사이의 갈등이 시스템 1 사고와 시스템 2 사고 간의 충돌을 나타낸 것이다. 시스템 2 사고는 욕구충족을 오래 미룰 수 있었던 참가자들한테서 크게 활성화된 전전두피질 영역과 밀접하게 관련되어 있다. 그렇기에 이 참가자들은 시스템 2를 구성하는 하위구조들에 더 일찍 접근했을 것이다. 이 아이들은 비용편익을 심사숙고할 수 있었다. 이 아이들은 추론할 수 있었기 때문에 욕구충족을 미룰 수 있었던 반면에, 다른 참가자들은 욕구충족을 미룰 수 없었다. 억제 과정이 비교적 덜 발달되었다는 것은 빠른 시스템 1이 행동을 촉발시켜 실행했고 시스템 2가 이를 중단시킬 수 없었다는 뜻이다.

마시멜로 검사는 일반적으로 이중처리 이론의 맥락 내에서 해석되지는 않지만, 본능적 반응과 신중한 반응 사이의 충돌이라는 개념은 엄연히 존재한다.

| 정치 토론에서의 편향 |

대학에서 사고에 관한 강의를 할 때, 나는 해당 수업의 맥락에서 현재 사건을 학생들과 종종 논의한다. 다들 신문을 보거나 SNS를 하는지라, 우리는 동일한 사안들을 접할 가능성이 높다. 현재 사건들과 관련된 많은 주제가 자연스레 토론으로 이어지기 마련이다. 미국의 총기 난사 사건이 발생한 후에 열린 한 수업에서 나는 다음 질문을 던졌다.

여러분 중 몇 명이 미국이 방문하기 위험한 곳이라고 여기는가?

약 80%의 학생이 손을 들었다. 놀라운가? 나로선 그렇다. 대다수 학생은 근거로서 학교에서의 총격 사건을 포함한 총기 사건과 미국 경찰의 문제점을 언급했다.[32] 중요한 점을 말하자면, **학생들 중 누구도 미국에서 실제로 총기 사건을 직접 겪진 않았다.** 뉴스에 나온 소식을 듣고서 내린 판단이었다. 학생들은 폭력의 가능성에 관한 이용 가능한 증거를 바탕으로 판단을 내린 셈이다. 두말할 것도 없이 가용성 휴리스틱의 한 예다(Tversky & Kahneman, 1974). 기억에 관한 장에서 이미 설명했듯이, 사람들은 인출하기에 가장 적절한 기억 그리고 평가나 판단을 내릴 시점에 이용 가능한 기억을 바탕으로 판단과 결정을 내린다. 대체로 이 휴리스틱은 유용하고 올바른 증거를 내놓는다. 하지만 어떨 때는 이용 가능한 증거가 이 세상의 실제 증거에 정확히 대응하지 않을지 모른다. 가령, 보통 우리는 상어 공격, 비행기 사고, 복권 당첨 및 총기 사건의 가능성을 과대평가한다.

사람들의 반응에 영향을 미치는 듯한 또 하나의 인지 편향은 대표성 휴리스틱이다. 이것은 개인을 전체 범주나 개념의 대표자로 취급하는 일반적 경향으로서, 앞에서도 이미 다루었다. 어떤 이가 언론에서 읽고 본 정보를 바탕으로 미국인 총기 소유자에 대한 고정관념을 형성했다고 가정하자. 이런 관념을 지닌 사람들은 각각의 개별 미국인이 폭력적인 총기 소유자라고 추론할 수 있다. 미국인이 사람들을 대하는 방식을 편향적으로 볼 수 있게 하는 고정관념이다. 가용성에서와 마찬가지로 대표성 휴리스틱은 정보를 일반화하는 인간의 선천적 경향에서 생긴다. 대체로 이 휴리스틱은 유용하고 올바른 증거를 내놓는다. 하지만 때로 대표성 휴리스틱에 의한 증거는 개별적인 실제 증거와 정확히 대응하지 않는다.

이런 내용이 총과 무슨 관계가 있을까? 내가 보기에 이런 편향들은 사

---

32   내가 수업에서 이 사안을 의제에 올린 때는 2020년 코로나 사태 이전이었다. 이후였다면 답이 상당히 달랐을 것이다.

람들이 논쟁적인 사안들에 결코 합의점을 찾을 수 없도록 만드는 이유다. 널리 알려지기로 미국은 세계에서 사적 총기 소유 비율이 가장 높은 축에 속하며(Lopez, 2019), 다른 나라에 비해 총기 사고 비율도 높다. 누구나 알 듯이 **상관관계가 인과관계와 동일한 뜻은 아니지만**, 많은 강한 상관관계는 종 종 인과직 관련성에서 나오거나 인과적 관련성을 암시한다. 그리고 많은 사람이 해야 할 가장 합리적인 조치는 우선 총기에 대한 접근을 제한하는 규제 실시라고 여긴다. 하지만 그런 조치는 취해지지 않았기에, 사람들은 총기를 규제할 필요성에 대해 매우 열성적이다. 미국인들은 왜 계속 이 문제로 다투고 있는가? 많은 사람이 총기나 폭력 문제에 제한된 경험을 갖고 있으며, 기억과 외부의 출처로부터 아는 바에 의존할 수밖에 없다. 그 결과 우리는 인지 편향에 빠지기 쉽다.

총기 소유자의 관점에서 이 사안을 보자. 대다수 총기 소유자는 책임감 있고 사리 분별에 밝고 조심성이 많다. 총기 소유의 목적도 스포츠나 신변 보호다. 이들의 관점에서 보면, 가장 큰 문젯거리는 총 자체가 아니라 남을 해치려고 총을 사용하는 잠재적 범죄자다. 어쨌거나 여러분이 총기 소유자로 총을 지님으로써 안전하고 대다수의 친구와 가족이 안전하다면, 그리고 법을 준수하는 총기 소유자라면, 그런 예들이 여러분이 결정을 내릴 때 가장 이용 가능한 증거가 된다. 이러한 이용 가능한 증거를 바탕으로 여러분은 총기 소유자와 총기 사건에 관해 판단을 내리고 총기 소유자는 위험하지 않다고 본다. 그 결과 여러분은 총기 사건이 총기 및 총기 소유자의 문제가 아니라 분명 나쁜 의도를 지닌 범죄자의 문제라고 결론 내린다. 이러한 일반화가 가용성 휴리스틱의 한 예다. 완전히 틀린 판단은 아닐지라도 인지 편향의 결과다.

하지만 많은 사람은 총기 소유자가 아니다. 그렇더라도 이들은 집에서 안전하다고 느끼며, 총으로 막을 수 있는 사적 범죄의 희생자가 될 가능성이 매우 작다고 여긴다. 만약 여러분이 총을 갖고 있지 않다면, 사적 자유가 총기 규제로 인해 침해되리라고 여기지 않을 것이다.

총기를 소유하지 않은 사람이 자신의 경험으로부터 일반화할 때, 사람들은 애초에 왜 총기가 필요한지 이해하기 어려울지 모른다. 이들의 관점에서 보면 총의 수를 줄이는 데 초점을 맞추는 것이 더 합리적일 수 있다. 게다가 총을 소유하지도 소유할 필요가 있다고 믿지도 않는 이들은 심지어 다음과 같이 일반화할 것이다. 즉, 총기 소유자는 죄다 용의자거나 비합리적으로 두려움이 많은 사람이라고 말이다. 이런 일반화는 대표성 휴리스틱의 한 예다. 완전히 틀린 판단은 아닐지라도 인지 편향의 결과다.

각각의 경우, 사람들은 인지 편향에 기대서 다른 사람들 및 총기에 관해 추론하는 경향이 있다. 이런 추론들이 토론을 엉망으로 만들 수 있다.

편향은 극복하기가 쉽지 않다. 이 인지 휴리스틱은 깊게 새겨져 있는데다가 마음이 작동하는 방식의 필연적 결과로서 생기기 때문이다. 어느 정도 적응에 이롭고 유용하기도 하다. 하지만 때로 우리는 편향을 버리고 시스템 2에 기대야 한다.

나는 '양쪽 측면' 주장에 기대기가 늘 마뜩잖다. 그 자체가 인지 편향이다. 하지만 대다수의 총기 소유자와 총기 비소유자에게 일차적인 정보원은 자신의 경험에서 나온다. 우리의 판단은 **의도적인**(by design) 인지 편향에 빠지기 쉽다. 토론에서 총기 규제 쪽에 선 이들은 거의 모든 총기 옹호자가 안전하고 자신의 총에 책임감이 있는 준법 시민이라는 점을 보려고 애써야 한다. 이런 총기 소유자들이 보기에 문제는 무책임한 소수의 총기 소유자에게 있다. 게다가 합법적으로 소유된 총기에 대해 제제를 가하려는 욕구는 **소유효과**(endowment effect)라는 또 하나의 인지 편향을 활성화시킨다. 사람들이 자신이 이미 소유하고 있는 것에 더 높은 가치를 부여하며, 장래에 대한 불안감을 가중시키기에 그것을 잃게 되는 상황을 극도로 피하려고 하는 인지 편향이다.

총기 소유 쪽에 선 이들은 총기 비소유자의 관점에서 토론을 살펴서, 총기를 규제하자는 제안이 총을 몰수하거나 금지하려는 시도가 아니라 이 사안의 한 측면, 즉 불법적인 목적에 사용될 수 있는 미국의 전체 총기 개수를 다루려는 시도임을 이해해야 한다. 가장 진지한 제안이라도 총기를 금지하자는 게 아니라 규제하고 사용의 책임감을 높이자는 데 그 목적이 있다.

미국은 분명 총기 사고를 문젯거리로 안고 있다. 다른 어느 나라보다 총기 사고 비율이 높기 때문이다. 이 문제의 해결책은 총기 수가 많다는 현실, 총기 비소유자의 관점 및 총기 소유자의 관점을 함께 아는 데 있다. 그러기 위해 우리는 우선 인지 편향에 대해 알아야 하며, 그다음에 합의점을 찾는 방식을 통해 그런 편향을 극복해야 한다. 이를 깨달음으로써, 그리고 조금 뒤로 물러남으로써 우리는 더욱 생산적인 대화를 시작할 수 있다.

| 생각하기에 알맞은 분위기 |

앞에서 나온 총에 관한 부분이 여러분의 기분을 바꾸었는가? 편향에 빠지기 쉽다는 말을 듣고 기분이 나빠졌는가? 뉴스가 여러분의 기분에도 영향을 미치는가? 어떤 노래를 듣고 나서는 기분이 나아지고 생각하기도 더 쉽다고 느껴지는가? 만약 그렇다면 여러분은 혼자가 아니다. 알려지기로, 기분 상태는 사고와 인지에도 영향을 미친다. 감정과 기분은 심리적 상태들과 핵심적인 관련을 맺고 있다. 그리고 기분은 복잡하다. 긍정적인 기분이 있고 부정적인 기분이 있으며 가벼운 동요와 격분, 기쁨, 우쭐거림, 만족, 실망이 있다. 이와 함께 나타나는 얼굴 표정도 존재한다. 현재의 목적에서 나는 일반적으로 긍정적 기분과 부정적 기분을 구분할 것이다. 긍정적 기분의 종류(가령 기쁨, 흥분 등)와 부정적 기분의 종류(가령 화남, 낙담 등)에 대해 더 세밀한 구분이 가능하다. 이는 세기 vs 양상의 구분이다.

부정적 기분의 효과

부정적 기분은 한동안 주의 집중을 좁히고 인지 유연성을 감소시킨다고 알려졌다. 여기서 확실히 짚고 넘어가자면, 지금 나는 현재의 기분 상태를 가리키지 사고에도 영향을 미치는 우울증과 같은 기분 장애를 가리키는 게 아니다. 내가 여기서 가리키는 바는 그냥 부정적이고 우울한 기분 상태다. 일시적인 상태 말이다. 부정적인 기분 상태에 있으면 세부 사항(아마도 기분이 나빠지게 만드는 세부 사항)에 마음을 쏟게 되는 편이다. 이는 여러분이 무관한 자극에 덜 산만해진다는 뜻이다. 이는 지각에서도 볼 수 있다. 개스퍼Gasper와 클로어Clore가 실시한 연구(Gasper & Clore, 2002)에서 피실험자들은 세 벌의 단순한 형태로 만들어지는 그림들에 관해 판단을 내려달라는 과제를 받았다. 세 그림 중 하나가 목표인데, 다른 두 그림 중 어느 것이 목표물과 가장 잘 맞는지 선택해달라고 했다. 이른바 '강제선택 세 벌forced-choice triad' 과제다. 피실험자는 세 그림 중 어느 둘이 짝을 이룰지 선택해야만 한다.[33] 가령 목표 형태가 작은 삼각형들로 이루어진 큰 삼

---

[33]   개념에 관한 장에서 립스의 연구를 다룰 때, 이미 이런 예를 만난 적이 있다. 7.6센티미터 지름의 둥근 물체가 25센트 동전과 피자 중 어느 쪽과 비슷한지 묻는 사례였다.

각형이라면, **국소적(local)** 특징이 일치하는 그림(가령, 작은 삼각형들로 이루어진 사각형 구성)과 짝을 짓거나, 아니면 **광역적(global)** 특성이 일치하는 그림(가령, 작은 사각형들로 이루어진 삼각형 구성)과 짝을 지을 것이다. 그림 10.1이 그런 예다. 만약 부정적 감정이 주의 초점을 좁힌다면, 부정적 기분에 빠져 있는 피실험자는 국소적 특징 짝짓기를 선택해 작은 삼각형들로 이루어진 사각형을 고를 가능성이 더 높다. 숲 대신에 나무를 보는 셈이다.

기본적으로 개스퍼와 클로어의 연구에서 나온 결과다. 이 실험에서는 피실험자에게 기쁜 이야기나 슬픈 이야기 중 하나를 글로 쓰라고 함으로써 그들을 기쁘게 아니면 슬프게 했다. 슬픈 기분인 피실험자들은 국소적 특징에 따라 일치를 선택할 가능성이 더 컸다. 다른 연구에서도 비슷한 패턴이 드러났다. 하지만 부정적 기분을 대상으로 한 모든 연구에서 그 기분이 주의를 좁힌다는 결과가 나오지는 않았다. 구체적 효과는 부정적 기분

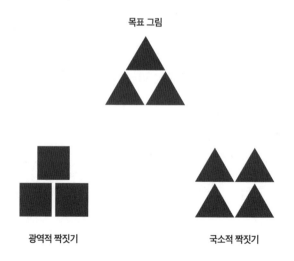

광역적 특징과 국소적 특징

목표 그림

광역적 짝짓기   국소적 짝짓기

그림 10.1 개스퍼와 클로어의 연구에 나오는 국소적 특징 짝짓기와 광역적 특징 짝짓기의 사례

의 실제 강도에 따라 달라질 것이다. 달리 말해, 화가 나면 주의가 좁혀질 수도 있지만, 슬프거나 우울한 기분이 실제로 주의를 넓힐수도 있다. 직관에 부합하는 결과인 듯하다. 사람들은 아주 슬플 때 어떤 한 가지 일에 집중하기가 어렵고 일반적으로 어수선한 느낌이 든다. 분명 나도 그렇게 느낀다.

심리학 연구도 이 직관을 뒷받침하는 편이다. 게이블Gable과 하먼-존스 Harmon-Jones가 실시한 인지 실험(Gable & Harmon-Jones, 2010)은 구체적으로 피실험자의 슬픔 감각을 조작해, 광역적-국소적 반응시간 과제(위에서 기술한 과제와 비슷하지만 똑같지는 않은 과제)에서 그런 기분이 중립적인 기분 상태에 비해서 주의를 넓힌다는 사실을 발견했다. 여기서 암시하듯이, 부정적이고 우울한 기분은 인지 유연성에 좌우되는 일에 어느 정도 영향을 미친다. 정말이지 위스콘신 카드 분류 과제Wisconsin card sorting task와 같은 인지 검사에서 그런 점이 드러나는 듯하다(Merriam, Thase, Haas, Keshavan & Sweeney, 1999). 위스콘신 카드 분류 과제는 사람들이 한 규칙을 배운 뒤에 그 규칙을 버리고, 그것과 관련된 특징들에 대한 주의를 억제하며, 이어서 다른 규칙으로 전환하도록 요구하는 표준화된 평가다. 전전두피질에 손상을 입은 환자는 이 과제에 어려움을 겪는다. 때때로 아이들도 이 과제를 힘들어한다. 그리고 우울증 증상이 있는 사람도 이 과제를 힘들어하는데, 어느 정도의 유연성과 인지 억제를 요하는 과제이기 때문이다.

부정적 기분이 2가지 이상의 것을 생각하기에 영향을 미칠 수 있는데, 다른 여러 사안과 마찬가지로 실제로 무슨 일이 벌어지는지 명확히 밝혀 내려면 더 많은 연구가 필요하다. 일반적인 부정적 기분이나 화난 부정적 기분은 주의 초점을 좁힐 수 있다. 왜 그런지 진화상의 이유를 상상해보고 싶은 유혹이 든다. 만약 어떤 사람이 화난 기분이면, 그런 불쾌한 상태를 초래하고 있는 일에 집중하고 싶어 한다. 하지만 우울하고 부정적 기분 상태일 경우에는 연구 결과가 다르게 나왔다. 우울한 기분은 주의 초점을 넓히고, 단일 자극에 선택적으로 주의를 기울이는 능력을 방해하며, 경쟁하는 자극들에 대한 주의를 억제하는 듯하다. 이 또한 일반적인 우울한 생각들과 직관적으로 연관된다. 한 가능성을 들자면, 우울증을 앓는 사람은 부정적 인식을 억제하기 어렵다. 이는 전반적인 인지 양식일 수 있다.

긍정적 기분

하지만 긍정적 기분은 어떤가? 긍정의 힘은 어떤가? 나는 즐거운 노래를 들으면 긍정적인 느낌이 드는 것 같다. 비틀스의 〈히어 컴즈 더 선Here Comes the Sun〉이 훌륭한 예다. 이 노래를 들을 때면 겨울이 끝나고 해가 나온다는 것이 어떤 느낌인지 생각하게 된다. 이럴 때 우리는 기분이 좋아지고 그 기분을 퍼뜨리고 싶어진다. 사람들이 긍정적이거나 행복한 기분일 때는 세상만사가 달라 보인다. 보통의 상황에서 벅차게 보일지 모르는 과제도 여러분의 기분이 좋을 때는 꽤 쉽게 보인다. 흔한 상투어이긴 하지만, '즐거울 때는 시간이 쏜살같이 지나간다.' 비유적으로 이 말은 우리가 행복한 기분일 때 하고 있는 일에 몰두할 수 있다는 인식과 관련이 있다. 그럴 때 우리는 산만하게 시계를 쳐다보지 않는다. 긍정적 기분에 관한 이러한 일상적이고 대중적으로 이로운 점을 볼 때, 긍정적인 기분과 사고에 관한 연구를 조사할 가치는 충분하다.

긍정적 기분은 창조적인 문제 해결, 정보 떠올리기, 언어적 유창성 및 과제 전환 등 일군의 인지능력 향상과 연관되어 있다. 긍정적 기분은 또한 인지 유연성과도 연관된다. 몇 년 전에 나는 대학원생 제자 몇 명과 함께 범주 학습 과제에 기분이 미치는 영향을 조사했다(Nadler, Rabi & Minda,

2010). 실험에서 참가자들한테 2가지 상이한 분류 문제 중 하나를 배우게 했다. 그중 하나는 어느 정도의 유연성을 발휘하면 유리했고(규칙을 찾기 위한 가설을 검증하는 과제), 다른 하나는 찾을 규칙이 없었기에 유리할 게 없었다. 피실험자들은 자극-반응 연합stimulus-response association을 배워야 했다. 이 실험을 또 다른 방식으로 기술하자면, 어떤 피실험자들은 시스템 2가 필요한 문제(유연성 과제)를 배웠고 다른 피실험자들은 시스템 1이 필요한 과제(연합 과제)를 배웠다.

하지만 피실험자들이 문제를 푸는 법을 배우기 전에 우리는 피실험자들의 기분을 조작했다. 피실험자들에게 긍정적 기분, 중립적 기분 또는 부정적 기분이 생기게 한 다음에 규칙이 정해진 범주 문제나 규칙이 정해지지 않은 범주 문제 중 하나를 배우도록 했다. 피실험자를 긍정적 기분 상태로 만들기 위해 우리는 즐거운 음악(이 경우, 모차르트 음악)을 듣게 했고 아주 행복하게 웃는 아기의 동영상(유튜브에 찾으면 나오는 동영상)을 보게 했다. 부정적 기분과 중립적 기분에 대해서도 유사한 기법을 사용했고, 예외라면 기분에 대응하는 음악과 동영상을 이용하지 않은 것뿐이다. 그 결과, 긍정적 기분 상태인 피실험자들은 유연성이 필요한 과제를 훨씬 더 잘했다. 하지만 긍정적 기분은 연합 과제에서의 성적에는 효과가 있는 것 같지 않았다. 유연성이 있어야 유리한 문제가 아닐 경우에는 좋은 기분이어도 아무 이득이 없었다. 달리 말해서, 좋은 기분은 피실험자들의 인지 유연성을 향상시키고 시스템 2 사고를 향상시켜 성적을 높이긴 했지만, 유연성을 요구하는 과제일 때에만 그랬다.

| 인지 자원 |

이 장을 시작할 때 나는 어려운 상황에서 운전을 마친 다음에 정교한 사고를 실시하기라는 예를 제시했다. 그렇게 하기 어려운 까닭은 힘겨운 운전 후에는 아마도 인지 자원이 줄거나 고갈되어서일 거라고 넌지시 내비쳤다. 달리 말해서 여러분의 마음이 지치고 인지 자원이 고갈되었을 때는, 과제에 대한 성과를 내기 어려울지 모른다.

인지 자원이 제한되어 있다는 이 발상은 요즘 논란이 되고 있는 이른바 '자아 고갈ego depletion'이라는 개념을 낳았다. 자아 고갈의 개념은 로이 바우마이스터Roy Baumeister와 동료 연구자들한테서 나왔다(Baumeister, Bratslavsky, Muraven & Tice, 1998). 이 이론에 따르면 자기조절self-regulation은 한정적 자원이다. 물리적 자원을 다 써버리듯이 다 써버릴 수 있다. 바우마이스터의 주장에 따르면, 인지 자원과 자기조절은 신체적 체력에 비견된다. 힘든 운동을 하거나 오래 걷고 난 후에 여러분의 근육은 지친다. 자아 고갈 이론에 따르면, 여러분의 자기조절 자원들도 똑같은 방식으로 작동한다. 즉, 이런 자원들은 고갈된다. 그리고 이 자원들이 고갈되면 여러분의 자기조절 과정이 힘겨워진다.

어려운 인지 과제를 잘하려고 하다가는 자원이 고갈될 수 있는데, 이 고갈된 자원들은 그 자원에 의존하는 후속 과제들에 위험한 결과를 초래한다고 알려져 있다. 바우마이스터와 동료들은 원래 '자아 고갈'이라는 용어를 프로이트에게 경의를 바치기 위해 사용했다(Baumeister, 2014)고 한다. 프로이트 이론에서 자기조절 자원이라는 개념이 강조되었기 때문이다. 하지만 그들은 자신들의 이론이 프로이트의 이론들과 이론적 유사성을 지니진 않는다고 역설한다.

자아 고갈에 관한 초기 연구에서 바우마이스터가 알아내기로, 피실험자에게 어려운 자기조절 과제를 하도록 시키면 후속 집행기능executive function 과제 수행에 영향을 미칠 수 있다. 여기서 짐작할 수 있듯, 두 유형의 과제가 자원을 공유한다. 가령, 피실험자한테 초콜릿 대신에 무를 먹으라고 강요하면, 먹기에 대한 자기통제를 행하지 않았던 피실험자에 비해서 후속 퍼즐 풀기 과제에 대한 지속력이 줄어들었다. 다른 과제들에서는 피실험자들에게 일반적으로 강한 감정 반응을 유발하는 영화를 보게 했다. 자아 고갈 조작을 통해 이 피실험자들은 감정 반응이나 괴로움을 억압당했다. 이들은 철자 바꾸기anagram 과제를 푸는 능력이 저하되었다.

더욱 최근의 연구에 따르면, 인지 조절 자원을 고갈시키는(가령, 감정을 조절하고 주의를 통제하거나 작업기억 검사를 수행하는) 과제에 참여한 피실험자들은 작업기억 지속 기간과 억제 조절에 관한 후속 검사에서 성적이 나쁘게 나왔다. 이는 자아 고갈과 시스템 2 사고와의 대응성을 암시하는데, 이 두 집행기능 모두 시스템 2 주제에 속하기 때문이다. 사실, 자아 고갈은 의사결정 능력에도 영향을 미친다. 자아가 고갈된 피실험자들은 의사결정을 잘 내리지 못하고, 결정 대안들을 고려하지 못할 뿐 아니라 사람들을 잘 다루지 못한다. 자아가 고갈된 사람들은 휴리스틱에 더 과하게 의존하는 편이며, 종종 모든 대안을 주의 깊게 저울질하지 못한다.

짚고 넘어가야 할 점으로, 자아 고갈 현상은 일반적인 피로와는 다르다. 달리 말해서, 자아 고갈은 자신의 자기조절 자원이 고갈 상태에 있는 상황에 해당한다. 이것은 인지 통제에 국한된 피로다. 일반적인 지침 내지 피로와 동일하지 않다. 이 구분은 자아 고갈과 비교 수단으로서 수면 박탈을 이용하는 어느 영리한 과제에서 드러났다. 만약 자아 고갈이 일반적인 피로와 동일하다면, 자아 고갈 피실험자는 수면 박탈 피실험자와 동일한 과제 수행 성과를 보여야 마땅하다(Vohs, Glass, Maddox & Markman, 2011). 하지만 연구 결과는 이 결론을 지지하지 않는다. 수면 박탈 피실험자들은 피로 때문에 고생했지만 자아 고갈 효과를 보이지 않았다. 위 실험의 연구자들의 주장에 따르면, 일반적인 피로와 달리 자아 고갈은 '원치 않는 반응을 조질하는 내부 에너지의 소진' 현상이다.

| 조심할 사항과 우려 |

자아 고갈의 초기 개념은 매우 영향력이 큰 이론이었다. 직관에 부합하기도 한다. 우리는 시험을 치르거나 세금신고와 같이 집중을 요하는 일을 한 다음에 정신적으로 지친다. 하지만 자아 고갈에 관한 일부 연구는 미심쩍다. 많은 심리학자가 주장하기로, 그것은 제한된 용례를 지닌 불안정한 효과일 수 있다. 사실 어쩌면 전혀 대단한 효과가 아닐지도 모른다. 핵심 효과 중 다수가 재현되지 않았기 때문이다. 즉, 어떤 실험실에서는 자아 고갈을 뒷받침할 증거를 찾을 수가 없었고, 다른 실험실에서도 동일한 기법과 동일한 방법론을 이용해 그 이론에서 제시한 효과들을 반복해내지 못했다. 이 개념, 즉 재현 가능성과 반복 가능성은 과학에 필수적이다. 우리가 결론과 해석을 신뢰할 수 있는 근거 중 하나는 효과가 요행이 아니라는 확신에 있다. 그래서 재현이 되어야만 해당 실험이 원래 연구자들이 주장한 대로 결과가 나온다고 검증할 수 있다. 요리법에서처럼 알려진 방법에

따르면 거의 매번 비슷한 결과가 나올 수 있어야 한다.[34]

　일부 연구자가 시도했던 일이지만, 결과는 결코 명확하지 않다. 가령, 여러 실험실이 참여한 한 대규모의 연구에서 자아 고갈의 특정 효과를 재현하려고 시도했다. 한 문장에서 글자들에 줄을 그어 지우기에 집중하기가 인지 억제를 요하는 후속 과제를 방해하는지 알아보는 연구였다. 전 세계의 여러 심리학 실험실이 모두 동일한 과제와 동일한 재료를 사용했으며, 동일한 결과를 얻고자 했다. 원래의 논문에서는 자아 고갈의 예상 효과가 나왔지만(Sripada, Kessler & Jonides, 2014), 재현을 시도한 실험의 분석 결과는 그렇지 않았다(Hagger et al., 2016). 자아 고갈의 효과가 전반적으로 없었다. 그렇다면 자아 고갈 효과는 사실이 아닐까? 명확하지는 않지만, 더 엄밀하게 통제되고 더 큰 표본 크기를 대상으로 한 훨씬 더 최근의 연구는 자아 고갈이 굳건한 효과임을 입증하고서 이전의 재현 시도들이 방법론적으로 타당하지 않다고 비판했다(Garrison, Finley & Schmeichel, 2018).

　자아 고갈에 관해 더 확정적으로 쓰고 싶지만, 내가 보기에 이 사안은 확립되어 있지가 않다. 이는 심리학이 과학이라는 좋은 예다. 데이터가 더 많이 확보되면 우리는 이론과 모형을 수정해야 한다. 자아 고갈은 추가적인 제약사항과 더불어 든든한 이론이라고 증명되거나 현상에 대한 더 나은 설명에 도달할 수 있다.

　이 장의 주제들은 상이한 맥락에서의 사고를 다루었지만, 이면에서 보자면 이런 맥락들은 인간 사고를 담당하는 2가지 상이한 시스템의 가능성을 드러낸다. 시스템 1은 빠르고 본능적이며 직관적인 결정에 관여한다.

34　하지만 매번은 아니다. 거짓 양성이 있듯이 가끔씩은 거짓 음성도 나오기 마련이다.

한편 시스템 2는 느리고 사려 깊은 결정에 관여한다. 때때로 맥락적 내지 인지적 요소가 두 시스템 중 어느 한 시스템을 방해할 수 있는데, 이로써 인지 과정에 이로운 효과도 해로운 효과도 일어날 수 있다.

이 사안에서 꼭 유념해야 할 점으로, 이 연구 분야에서 이런 발견 내용 중 일부의 타당성을 둘러싸고 요즈음 상당한 의문이 제기되고 있다. 자아 고갈에 대한 다수의 극적인 방식의 증명 시도들, 그리고 사회적 점화social priming에 관한 방대한 문헌 내용도 만족스럽게 재현되지 못했다. 자아 고갈 이론이 더 이상 타당하지 않다는 뜻일까? 어쩌면 그럴지도 모른다. 하지만 맥락과 동기, 기분이 사고에 미치는 효과에 대한 우리의 이해가 여전히 발전도상에 있다는 뜻일 수도 있다. 안정적인 구성을 지닌 탄탄한 근거 없이 효과를 설명하려고 시도하는 이론들은 새로운 효과를 설명하기 위해 업데이트나 수정이 될 때 어려움에 봉착할 수 있다. 하지만 새로운 데이터와 더 엄밀한 방법론이 나온다면 인간 행동은 더 잘 이해될 것이다.

11장

미래를 예측하기

지금껏 나는 인지심리학과 인지과학, 신경과학에 대해 많이 다루었다. 이 분야들이 어떻게 발전했고 왜 중요한지 여러분이 충분히 이해했기를 바란다. 어떻게 여러분의 시각계가 외부 세계로부터 정보를 받아들이는지, 어떻게 뇌가 그 정보를 처리하는지, 어떻게 한 대상으로부터 다른 대상으로 주의를 전환할 수 있는지, 어떻게 기억을 이용해 세계에 구조를 부여하는지, 어떻게 그 구조를 언어 및 개념과 조화시키는지 지금쯤 여러분은 상당히 많이 알게 되었을 것이다. 이 모든 과정은 훌륭한 시스템이다. 정보가 외부 세계에서 여러분의 감각기관과 운동기관 속으로 흘러들지만, 그런 정보는 여러분의 기억 내용과 합쳐질 때에만 여러분에게 의미를 갖는다. 여러분은 이미 개념을 갖고 있는 것만 지각한다.

이 시스템이 훌륭한 까닭은 대체로 연산적이기 때문이다. 내가 논의했던 많은 과정이 뉴런들의 연결된 네트워크에 의해 수행된다. 또 다른 이유를 들자면, 우리는 이 시스템과 똑같은 많은 과정을 똑같은 방식으로 수행하는 컴퓨터 제작을 상상해볼 수 있다. 진화를 통해 우리에게 목표를 달성하도록 해준다는 점에서도 훌륭하다. 그리고 많은 기본적 원리가 다른 종에게서도 보인다. 쥐는 우리와 동일한 기본적인 방식으로 연상 학습을 한다. 새도 우리와 동일한 기본적인 방식으로 먹이를 저장해둔 곳을 기억한다. 훌륭한 시스템이다. 하지만 그것은 주로 **정보처리**일 뿐이다.

나는 사고를 뒷받침할 수 있는 시스템과 구조를 설명하긴 했지만, 정작 사고 자체는 설명하지 않았다. 이 책이 '생각하는 법'에 관한 내용인지라 여러분이 안타깝게 여길지 모른다. 정말이지 지금까지 나는 사고가 무엇인지, 그리고 어떻게 사고하는지에 관해 겉핥기만 했을 뿐이다. 하지만 어쩔 수 없는 일이었다. 사고를 더 잘하려면 여러분은 사람들이 어떻게 사고하는지 알아야 한다. 사람들이 어떻게 사고하는지 알려면 마음이 어떻게 정보를 처리하는지 알아야 한다. 마음이 어떻게 정보를 처리하는지 알려면, 인지 구조와 인지심리학 및 신경과학을 알아야 한다. 지금껏 우리는 이런 기본 과정들을 다루었다. 이제 사고에 관해 이야기해보자.

여기서도 내가 늘 하던 대로 시작하겠다. 즉, 이야기로 시작한다. 여기서 나올 이야기들은 실제 경험인 경우도 있고, 많은 경험을 묶어서 한 사건의 단일 발상으로 엮어낸 혼합 내지 추상의 결과물인 경우도 있다. 세부 내용은 사실이지만, 여러 사건에서 벌어진 내용일 수도 있다. 5장과 7장에서 논했듯이 이런 점은 기억이 어떻게 구성되고 우리가 어떻게 기억에 접근하는지에 관한 피할 수 없는 속성이다.

농산물 시장에서 물건을 사본 적이 있는가? 농산물 시장이 아니더라도, 식품 가게, 식료품점, 청과 노점이나 가판대에서 물건을 사는 모습을 상상해보자. 캐나다와 미국에서는 대다수 음식을 식료품점에서 사는데, 많은 식료품이 세계의 다른 부분에서 온다. 레몬과 라임은 멕시코에서, 오이는 미국에서, 토마토는 온타리오주의 온실에서 온다. 하지만 많은 지역에서 늦여름과 초가을에는 해당 지역에서 기른 농산물도 많이 나온다.

앞서 말했듯이 나는 북반구의 남부 온타리오에 살고 있다. 이곳은 캐나다 기준으로 보자면 작물 재배 철이 길지만 세계 표준에서 보자면 짧다. 여름 기온은 섭씨 30°에 이를 수 있고 겨울 기온은 섭씨 -20°에 이를 수 있다. 하지만 늦여름과 겨울, 즉 8월에서 10월에는 대체로 지역의 전통 농산물이 크게 주목을 받는다. 사탕옥수수, 베리, 배와 같은 농산물은 7월에 인기가 있고, 그다음에 사과와 겨울호박 그리고 늦여름에 나오는 토마토와 같은 농산물은 초가을과 늦가을에 많이 보인다. 추수감사절은 수확이 가장 절정인 10월의 첫째 월요일인데, 이때 우리는 다들 늙은호박과 겨울호박을 사러 간다.

몇 년 전에 나는 한 지역 시장에서 겨울호박의 갖가지 생김새와 다양성에 흠뻑 매료되었다. 몇 가지만 들어봐도, 땅콩단호박, 도토리호박, 늙은호박, 단호박 등이 있다. 그리고 이런 농산물들은 식용이 아니라 장식용인 박과 함께 팔리는데, 사람들은 박을 생김새 때문에 산다. 나는 파이를 구우려고 땅콩단호박과 늙은호박을 산 적이 있는데, 그때 내 눈은 일찍이 본 적이 없던 가장 크고 가장 못생긴 호박에 꽂혔다. 축구공보다 컸는데, 큼직한 럭비공에 가까운 생김새였다.[35] 게다가 색깔이 흉측했다. 다른 어떤

---

35 한편 나는 여러분이 관련된 개념(축구공이나 럭비공)에 대해 생각해보고 여러분의 기억을 이용해서 세부 내용을 채우기를 부탁드린다. 지금쯤이면 여러분에게 분명 익숙한 기법이 되었을 테고, 9장에서 논의했던 것과 같은 비유이기도 하다. 내가 설명하고 있는 호박을 여러분은 본 적이 없겠지만 아마도 축구공은 보았을 것이다. 따라서 여러분은 이미 알고 있는 것을 이용해 이전에 본 적이 없는 무언가를 상상해볼 수 있다.

농산물보다도 더 흉측했다. 딱 검은색이라고 하긴 어렵고, 파리하고 푸르죽죽한 편이었다. 그리고 혹이 잔뜩 나 있었다. 못생긴 호박이 왜 거기에 있는지 이해가 되지 않았다. 식욕을 돋우는 모양새도 아닌 데다가, 너무 커서 오븐에 넣어 굽기에도 적절하지 않아 보였고, 너무 못생겨서 장식용 호박으로 쓸 수도 없을 듯했다. 알록달록 예쁜 늙은호박들과 박들 사이에 끼어 있는 모습이 안쓰러워 보였다. 도대체 누가 저걸 산담?

"이건 어떤 종류의 호박인가요?" 내가 물었다. 내가 볼 수 있는 특징과 주변 상황을 바탕으로 무슨 호박인지 적잖이 추론을 한 후에 던진 질문이었다. 겨울호박 옆에 놓여 있으니, 물론 호박일 테다. 달리 뭐란 말인가?

"허바드호박Hubbard squash이에요." 판매자가 대답했다.

"허바드호박이 뭐죠?" 내가 되물었다. "뭐에 쓰는 건가요? 식용인가요? 아니면 그냥 장식용인가요?"

"글쎄요, 솔직히 말해서, 이걸 사는 사람이 많지는 않아요. 우리도 많이 기르진 않고요." 판매자가 대답했다. "하지만 정말로 좋은 호박이에요. 늙은호박으로 하듯이 허바드호박으로 파이를 만들 수 있어요."

그러자 나는 한편으로 이렇게 생각했다. 왜 이걸 사야 하지? 늙은호박이랑 별다르지 않다면 왜 굳이? 그냥 늙은호박을 사면 되는데. 하지만 다른 한편으로는 이렇게 생각했다. 아주 특이하게 생긴 호박이라고.

결국 나는 그 호박을 샀다. 특별한 계획이 있지는 않았고, 다만 그게 무언지(겨울호박의 일종) 그리고 무엇과 비슷한지(늙은호박과 비슷했다)에 대한 일반적인 지식을 갖추었기 때문이었다. 8장에서 설명했듯이 내 개념들 속에 저장된 이 일반적 지식으로 나는 예측을 해보기로 작정했다. 미래를 예측할 참이었다. 그렇다고 흥미진진한 미래 예측은 아니었다. 가령 선거 결과를 예측하거나 전염병 확산의 과정을 예측하거나 내가 내기를 건 스포츠 행사의 결과를 예측하는 일은 아니었다. 내가 하려던 일은 단순한 예측인데, 곧 알게 될 테지만 위의 예측들과 동일한 과정이다.

내 예측은 단순했다. 처음 본 이 호박을 자를 때 노란색/주황색 속살, 가느다란 섬유질, 씨를 보리라고 예측했다. 게다가 씨를 빼내고 나면 이 못생긴 허바드호박 조각을 구울 수 있고 그 맛은 늙은호박이나 도토리호박과 비슷할 것이었다. 그리고 구운 호박으로 장래에 파이를 만든다면, 전반적으로 늙은호박파이 맛이 날 것이라고 예측했다. 놀랄 것도 없이 이런 예측들은 사실로 드러났다. 자신이 속한 범주의 특성대로 허바드호박에는 노랗고 가느다란 섬유질이 있었다. 자신이 속한 범주의 특성대로 다른 겨울호박들과 맛도 엇비슷했다. 자신이 속한 범주의 특성대로 허바드호박은 정말로 좋은 파이를 만들어냈다. 내 예측을 검증할 수 있어서 아주 좋은 기회였지만, 어쨌거나 내가 그런 예측을 할 수 있었다는 것 자체가 중요하다.

지금 여러분은 이것을 '미래 예측'이라고까지 할 수 있냐며 의아해할지 모른다. 하지만 바로 이게 미래 예측이다. 나는 지금껏 논의해온 모든 인지 과정, 즉 지각, 기억, 활성화 확산, 개념, 언어를 이용해 내 행동의 결과에 대한 분명하고 직접적인 예측을 했다. 나는 이런 인지 과정들을 이용해 의사결정을 계획하고 물건을 구입하기 전에 무슨 행동을 취할지 결정한다. 빠르게 벌어지는 일이다. 또한 자동적으로 진행된다. 나는 시스템 1이나 시스템 2에서 나오는 출력에 의존하는데, 바로 그게 우리가 세상에서 살아남을 수 있는 방식이다. 미래를 예측할 수 있다는 것은 여러분이 새로운 대상과 새로운 아이디어를 (단지 그것들을 생각함으로써) 발견해낼 수 있다는 뜻이다. 매우 위력적인 일이 아닐 수 없다.

심리학자들은 보통 이를 가리켜 추론이라고 칭한다. 추론을 할 때에는 개념과 기억이 활성화됨과 동시에 속성들이, 활발하게 드러나든 아니든

간에, 또한 활성화된다. 드러나는 속성들은 옳다는 점이 확인되는 반면에 드러나지 않는 속성들은 추론된다. 이는 꽤 수동적이며 연상적인 과정일 수 있다. 인간 이외의 동물과 기계도 늘 예측과 추론을 한다. 이는 우리가 1장에서 행동주의를 논의했을 때, 이후 7장에서 기억에 관해, 8장에서 개념에 관해 논의했을 때도 다루었다. 자극 일빈화는 우리의 뇌가 진화하면서 하게 된 일 중 하나다. 인간은 개념을 형성하는 능력과 언어능력을 통해서 우리의 행동을 계획하기 위한 추론을 할 수 있고 그 추론을 평가할 수도 있다. 우리는 이를 가리켜 귀납적 추론이라고 부르는데, 이는 사고의 근본적인 종류의 하나다. 우리 생존을 위한 기반이기도 하다.

나는 귀납에 관한 몇 가지 기본적인 사상과 귀납이 인지과학에서 차지하는 위치를 다룰 것이다. 그다음에 어떻게 귀납이 개념과 범주에 의해 유도되는지에 초점을 맞춘 몇 가지 구체적인 이론을 논의하고자 한다.

| 관찰에 바탕을 둔 결론 |

귀납, 즉 귀납적 추론은 인간 및 인간 이외의 동물이 생존을 위해 의존하는 근본적인 인지 과정 중 하나다. 다음에 무슨 일이 벌어질지 아는 것은 매우 중요하다. 가장 중요한 점을 말하자면, 우리는 귀납 과정을 이용해 추론을 한다. 추론은 이용 가능하거나 관찰 가능한 증거, 알다시피 편향에 취약한 증거를 바탕으로 내놓는 예측과 결론이다. 이 결론은 구체적인 한 사건에 관해, 또는 갖가지 것의 어떤 넓은 범주에 관해 예측을 내놓는 데 사용될 수 있다. 예를 들어, 여러 해 동안 나는 오후 4시부터 7시 사이에 텔레마케터한테서 전화를 많이 받곤 했다. 하지만 요즘에는 더 이상 이런 전화가 많이 오지 않는데, 주된 이유는 나한테 더 이상 구식 '일반' 전화기가 없기 때문이다. 지금도 그런 전화가 오기는 하지만, 쉽게 무시하거나 차단할 수 있다. 이런 전화들은 어떨 때는 실제 사람이 걸었고 어떨 때는 녹음된 소리였다. 주로 무언가를 팔려고 하거나 내가 추가 서비스를 구매하도록 설득하려는 전화였다.

그런데 왜 텔레마케터는 그 시간에 전화를 걸었을까? 간단한 이유다. 오후 4시부터 7시 사이는 (전부는 아니더라도) 많은 사람이 퇴근이나 하교 후에 집에서 저녁 식사를 차리거나 먹는, 늦은 오후와 저녁 사이의 시간이기 때문이다. 그 시간에 전화가 울리면 나는 대체로 전화 건 사람이 무언가를 팔려고 한다는 추론이나 예측을 했다. 그래서 좀체 전화를 받지 않았다. 이 예측은 과거에 일어난 일들에 대한 기억을 바탕으로 이루어졌다. 과거에 그런 일이 여러 번 일어났기 때문에 나는 충분한 관찰을 바탕으로 발신자에 관한 합리적인 결론을 이끌어냈다. 과거를 이용해 미래를 예측함으로써 수화기를 들어 전화를 받지 않겠다는 결정을 내릴 수 있었다. 그리고 그런 추론을 한 사람은 나만이 아니었다. 한편으로, 텔레마케팅 회사는 자기들이 가진 증거를 바탕으로 사람들이 오후 4시에서 7시 사이에 집에 머문다는 귀납적 추론을 한다. 회사 쪽이든 고객 쪽이든 둘 다 귀납적 추론을 한다. 즉, 우리는 과거에 행한 관찰에 의존해 구체적인 예측을 한다.

하지만 우리는 구체적인 예측 이상의 일을 한다. 귀납을 통해 일반화를 이끌어내기도 한다. 일반화도 귀납적 결론이지만, 앞의 사례에서처럼 구체적인 예측 하나를 설명하기보다는 전체 부류 또는 한 집단에 관한 광범위한 결론이다. 이런 일반화는 우리가 내리는 결론에 정보를 제공해주며, 이런 결론은 우리 행동에 영향을 미친다. 만약 여러분이 특정한 한 카페에서 여러 번 연속으로 정말로 훌륭한 에스프레소를 맛본다면, 그 카페에 대한 일반화가 형성되기 시작될 테고 이 일반화는 여러분의 기대에 영향을 미친다. 단지 다음에 맛볼 에스프레소가 훌륭하리라는 예측(구체적 추론)만이 아니라, 여러분은 그 카페에 관한 일반적인 결론을 이끌어낸다. 훌륭한 에스프레소를 뽑아내는 카페라고 말이다. 한편 여러분이 어느 식당에 갔는데 식사가 형편없었다면, 나쁜 식당이라는 일반적인 인상을 얻었을 수 있다. 이는 향후의 음식에 관한 예측에 영향을 미치고 그곳에서 다시 식사를 할 가능성을 줄인다. 이렇듯 과거의 경험을 이용해서 여러분은 정신적 표상을 생성한다. 즉, 일반화를 형성한다. 그리고 이 일반화는 행동을 이끌어내는 데 이용된다.

또한 우리는 한두 명 이상의 개인과의 경험을 바탕으로 사람들에 대한 일반화를 형성한다. 8장에서 기억과 개념을 논의하면서 나는 사람들이 자신들의 직간접적 경험을 바탕으로 경찰관에 대한 인상과 개념을 형성할 가능성을 살펴보았다. 상호작용, 이미지, 뉴스와 이야기 모두 이런 개념에 이바지한다. 만약 여러분이 친근하고 유익한 경찰관을 만났다면, 이 경험에 따라 경찰관에 관한 개념이 정해진다. 그리고 이 개념 덕분에 여러분은 예측하고 일반화할 수 있다. 만약 특징과 속성이 서로 관련되고 함께 나타난다면, 여러분은 그것들이 존재하는지 알려고 항상 살펴보지 않아도 된다. 가령, 여러분의 개념이 이미 일반화를 형성했다면 경찰이 여러분에게 유익하도록 행동하는지에 관한 증거를 살펴볼 필요가 없다. 개념이 그런 속성을 자동적으로 활성화시키고 여러분은 그런 속성이 존재하리라고 기대한다. 그리고 물론 여러분의 개념이 부정적이고 폭력적이거나 공격적인 경찰 이미지를 바탕으로 형성되어 있더라도 (방향만 반대지) 똑같은 일이 벌어진다. 개념은 이런 추론을 뒷받침하려고 고안된 추상이다.

우리는 경험으로부터 추상화시켜서 얻은 개념이 기술하고 지시하는 방식에 따라 사람들을 대하고 **예단**한다. 이것이 늘 좋다고는 할 수 없다. 종종 우리에게나 타인에게나 그리고 일반 대중에게까지 해로울 수 있다. 이런 태도는 고정관념, 선입견, 고집불통 및 인종차별주의의 바탕이다. 벗어나기 쉽지 않은 태도다. 우리 뇌는 관찰하고 지각하고 추상화하고 짝을 맺고 예측하도록 고안되어 있다. 추론과 일반화는 마음이 구성되는 방식의 자연스러운 결과다. 물론 우리가 이런 경향을 지녔다는 것이 불만스러울 수 있다. 하지만 기억에 관한 이전의 논의, 그리고 어떻게 기억 오류가 기억 성공과 동일한 메커니즘에서 생기는지에 관한 논의에서 보았듯이, 추론을 하는 이런 경향은 거의 언제나 우리에게 유용하다. 마음(또는 마음 일반)이 진화해온 방식이기도 하며, 생존에 꼭 필요하기도 하다. 대다수의 추론은 이롭지만, 한편 대체로 우리가 알아차리지 못한 채로 일어난다.

우리가 추론을 알아차리지 못하는 까닭은 우리가 늘 이런 종류의 추론을 하고 있기 때문이다. 여러분이 식당에 전화를 걸어 배달이나 테이크아웃으로 주문을 한다면, 주문한 음식을 가져갈 준비가 될지에 관해 기본적인 추론을 한다. 그리고 운전할 때 여러분 앞의 차가 방향 전환 신호를 켜면 여러분은 그 차가 왼쪽이나 오른쪽으로 회전할 것이라고 추론한다. 우리는 귀납을 통해서 사람들이 우리가 하는 말에 어떻게 행동하고 반응할지 추론하거나, 음식을 요리할 때 새로운 재료를 사용하는 법에 대해 추론한다. 어린아이들도 귀납을 통해 한 물체를 집어 들 때 크기를 통해 무게를 예측하는 법을 배운다. 부모도 귀납을 통해 아이들이 짧은 낮잠이나 긴 낮잠 후에 어떻게 행동할지 배운다.

이런 목록은 무한정 길다. 귀납은 사고의 심리학에 대단히 중요한 측면이기 때문이다. 요약하자면, 우리는 귀납적 추론을 통해 예측하고 일반화하고 불확실성을 줄이며 사고에 의해 새로운 것을 발견한다.

| 귀납은 어떻게 작동하는가 |

귀납은 사고에 중심적 역할을 한다. 그렇기에 철학자들과 학자들은 오랫동안 귀납에 대해 생각하고 연구해왔다. 연구의 한 분야로서 귀납의 역사를 아주 간략히 실펴보자. 이 역사는 흥미진진한데, 온갖 역설과 난관이 가득하며 귀납에 관한 사상 중 다수가 오늘날에도 타당하기 때문이다.

17~18세기 스코틀랜드에서 지적인 활동이 왕성했던 시기인 스코틀랜드 계몽시대에 철학자 데이비드 흄은 귀납이야말로 철학사들이 풀어야 가장 큰 문제 중 하나라고 여겼다. 연역적 논리(다음 장에서 논의할 내용으로 많은 철학자는 연역적 논리를 형식적이고 수학적인 연산으로 설명할 수 있다고 여긴다)와 달리, 귀납은 흄이 보기에 논리적 설명을 거부하는 듯했다. 이미 기술했듯이 귀납은 본질적으로 과거 경험에 의존해 미래에 관한 추론과 예측, 결론을 내리는 행위다. 매우 기본적이고 기초적인 말처럼 들리지만 우리가 학습하는 방식이기도 하다. 누구나 알듯이 우리는 추론을 한다. 누구나 알듯이 동물도 그렇게 한다. 흄도 그걸 알았다. 그렇다면 도대체 뭐가 문제란 말인가? 귀납을 설명하려고 했다가는 결국 순환논증에 빠진다고 흄은 우려했다. 순환논증은 여러분이 어떤 한 개념을 설명하려고 하면서, 설명하려고 하는 바로 그 개념에 의존하는 논증을 말한다. 흄이 맞닥뜨린 문제는 다음과 같았다. 귀납이 통하는 까닭은 미래가 어떤 식으로든 과거를 닮을 것이라고 가정해서다. 어제 동쪽에서 해가 떴고 그저께도 그랬으니 내일도 그러리라고 가정한다. 귀납이 우리에게 유용하려면 우리는 미래에 대한 판단에 확신을 가져야만 한다. 흄이 주장하기로, 귀납이 통하는 까닭은 오로지 **과거에** 미래가 늘 과거를 닮아서다. 과거에 미래가 늘 과거와 닮았다는 말은 여러분에게 당연한 소리처럼 들릴지도, 혼란스러울지도 모른

418

다. 하지만 이것이 뜻하는 바는 여러분의 귀납과 결론은 아마도 과거에 옳았다는 것이다. 여러분은 어제, 2주 전에 또는 두 달 전에 했던 귀납과 결론이 사실로 드러난 경우를 떠올릴 수 있을 것이다. 구체적인 예를 들자면, 어제 농산물 시장에 가서 허바드호박의 속이 어떤 모습일지에 대해 추론을 했는데 조금 후에 그 추론이 옳다고 확인되었다면, 여러분은 **어제 미래가 과거와 닮았다**고 말할 수 있다. 그렇기에 미래가 과거와 닮는 경향이 있다는 것은 과거의 관찰을 바탕으로 한 우리의 경험을 말한다.

여기서 문제는, 흄에 따르면 우리가 이 과거의 귀납 성공을 이용해서 미래의 귀납 성공을 예측할 수 없다는 점이다. 지금으로서는 미래가 과거와 닮을지 알 수 없다. 여러분이 행한 귀납이 과거에 통했듯이 미래에도 통할지 알기란, 귀납을 이용한 순환논증에 기대지 않고서는 불가능하다. 귀납 추론이 어제, 2주 전에, 두 달 전에 통했다고 해서 지금, 내일 또는 2주 후에도 통한다고 장담할 수는 없다. 귀납은 미래가 과거와 닮으리라는 이해에 바탕을 두지만, 우리는 그 귀납이 과거에 얼마나 잘 통했는지에 관한 정보만 갖고 있다. 이런 가정을 하려면 순환논증을 받아들여야 한다. 본질적으로 우리는 귀납을 설명하려고 귀납에 의존하고 있다. 흄이 보기에 좋은 방법은 아니었다. 전혀 좋지 않았다.

지금쯤 여러분은 과거의 미래, 과거의 과거, 한때 과거의 미래였던 지금 현재, 그리고 미래의 과거 등등을 생각하느라 골머리를 앓을 수 있다. 그렇다. 혼란스럽기 그지없다. 흄이 결론 내리기를, 엄밀히 형식적 관점에서 볼 때 귀납은 통할 수 없다. 달리 말해서 귀납은 논리적으로 기술될 수 없다. 그런데도 귀납은 **통한다.** 인간은 분명 귀납에 의지해 산다. 바로 이런 까닭으로 흄은 귀납이 문젯거리라고 여겼다. 논리적으로 보자면 통할 리가 없는데, 우리는 늘 귀납을 한다. 귀납을 하는 까닭은 우리에게 필요해서다. 흄의 견해에 따르면, 우리가 귀납에 의존하는 이유는 우리한테는 미래가 과거를 닮으리라고 가정하는 '습관'이 있기 때문이다. 현대적 맥락에서 볼 때 우리는 '습관'이라는 단어를 사용하지 않을 수 있다. 대신에 우리의 인지 체계가 세계의 규칙성을 좇도록 고안되어 있기에 우리는 그런 규칙성을 바탕으로 예측과 결론을 내린다고 주장할 수 있다. 귀납이 통하도록 해주는 근본적인 메커니즘을 살펴보자. 이것이 콕 집어서 흄의 문제를 해결하진 못한다. 하지만 귀납의 인지과학적 기반들을 이해해야 할 필요성이라는 우리의 문제는 해결해준다.

기본적인 학습 메커니즘

모든 인지 시스템, 지적인 시스템 그리고 인간 이외의 동물은 연상 학습이라는 기본 과정에 의존한다. 이 주장에는 논란의 여지가 없다. 고전적 조건형성의 기본 과정들(1장에서 행동주의 심리학을 논할 때 등장했던 내용)이 귀납의 작동 방식에 관한 단순한 메커니즘을 제공한다. 고전적 조건형성에서 유기체는 빈번히 함께 발생하는 두 자극 사이의 연관 짓기를 배운다. 8장에서 개념에 관해 논의할 때 나는 내 고양이 페퍼민트를 소개했다. 그러면서 페퍼민트가 어떻게 사료 캔 뚜껑 따는 소리와 이후에 생길 맛있는 먹이 등장 사이의 연관 짓기를 배우는지도 설명했다. 페퍼민트는 캔 뚜껑 따는 소리가 먹이 주기 직전에 들린다는 것을 배웠다. 또한 각종 사료 캔 뚜껑 따는 소리들을 표현하는 개념을 익혔다. 행동주의자들은 그걸 가리켜 조건화된 반응이라고 부르지만, 단순한 귀납적 추론이라고 설명해도 무방하다. 페퍼민트는 미래가 과거와 닮는다는 판단이 합리적인지 아닌지 따지지 않아도 된다. 그냥 조건화된 반응에 따라 추론을 하고 행동하면 그만이다. 달리 말해서, 페퍼민트는 예측을 하고 기대를 생성한다. 이것이 흄이 말하는 '습관'의 바탕이다.

귀납을 습관으로 이해하기와 더불어, 귀납을 기본적인 학습 이론과 결부시키기의 또 다른 이점은 유사성과 자극 일반화의 역할을 논의할 수 있다는 것이다. (역시 1장에서 나왔던) 조작적 조건형성의 단순한 사례를 하나 살펴보자. 조작적 조건형성은 고전적 조건형성과는 어느 정도 다른데, 유기체가 자극과 반응 사이의 연결을 학습한다는 특징이 있다. 스키너상자, 즉 색깔 있는 전등의 빛에 반응해 손잡이를 누르는 법을 배우는 조작실 내의 쥐[36]를 상상해보자. 빨간 등과 파란 등이 있다고 가정하자. 빨간 등이 켜질 때 쥐가 손잡이를 누르면 먹이를 보상으로 받는다고 가정하자. 하지만 파란 등이 켜질 때 손잡이를 누르면 보상을 받지 못한다. 당연히 쥐는 빨간 등이 켜질 때에만 손잡이를 당겨야 한다는 것을 금세 배운다. 쥐가 먹이를 가져다주는 다양한 전등 빛의 표상에 관해 귀납적 추론을 배웠다고 볼 수 있다.

하지만 쥐는 단순한 추론 이상을 할 수 있다. 쥐한테는 일반화도 가능하다. 훈련받은 원래의 빨간 빛과 조금 다른 빨간 빛을 보여주더라도 아마 쥐는 손잡이를 누를 것이다. 하지만 누르는 비율은 감소할 수 있다. 누르기 비율은 현재 빛과 원래 빛과의 유사성의 함수로서 감소할 것이다. 새로운 빛이 훈련받던 빛과 더 비슷할수록 손잡이 누르기의 비율은 높아질 것이다. 반응 경사response gradient라는 함수가 있는데, 여기서 반응(손잡이 누르기)은 지수함수 곡선의 형태로 유사성과 관련되어 있다. 매우 비슷한 빛은 많은 누르기를 얻지만, 유사성이 감소할수록 누르기 비율은 급격하게 떨

---

36 여기서 쥐 사례를 드는 까닭은 행동주의자들이 흔히 드는 사례인 데다가 내 고양이가 조작실에 들어 있는 모습은 생각하기조차 싫기 때문이다.

어진다. 이 감소를 가리켜 일반화 경사$^{generalisation\ gradient}$라고 한다. 일반화 경사는 매우 흔히 나타나기에 선구적인 심리학자 로저 셰퍼드$^{Roger\ Shepard}$는 그걸 가리켜 '자극 일반화의 보편적 법칙'이라고 불렀다(Shepard, 1987). 셰퍼드는 이 효과가 인간과 동물한테서 거의 모든 자극에 대해 일어남을 관찰했다. 그는 이렇게 적고 있다.

> 잠정적으로 제안하자면, 이런 규칙성들이 자연적 유형의, 그리고 확률기하학의 보편 원리를 반영하므로, 자연선택은 어디에서 진화하든 간에 지각이 있는 유기체한테서 이런 원리들이 자꾸만 더 가깝게 근사되는 쪽을 선호할지 모른다.

이렇듯, 새로운 자극에 대한 일반화가 기존에 경험한 자극과 얼마나 유사한지의 함수로서 일어나는 현상은 근본적이고 보편적이라고 할 수 있다. 이는 귀납을 이해하는 데도 몇 가지 의미를 갖는다. 첫째, 흄의 생각이 옳았음을 강하게 시사한다. 우리는 미래가 과거와 늘 닮으리라고 여기고서 행동하는 습관이 있으며 이런 경향은 많은 유기체에게서 보인다. 둘째, 과거 사건과의 유사성을 바탕으로 미래를 예측하는 우리의 경향은 자극 일반화라는 이 보편적 법칙을 분명 따른다. 셰퍼드는 일반화하는 습관에 대해 설명함으로써 흄이 제기한 귀납의 문제를 사실상 해결했다. 만약 어떤 이의 과거 경험이 현재 상황과 매우 유사하면, 추론이 올바를 가능성이 매우 높아진다. 현재 상황과 과거 경험 사이의 유사성이 감소하면 우리는 이런 예측이 옳을 확률이 낮아지리라고 예상할 수 있다.

굿맨의 '귀납의 새로운 수수께끼'

자극 연관과 일반화가 가장 기본적인 수준에서 귀납의 작동 방식을 설명해주는 듯하지만, 귀납에는 어떤 개념적인 문제점이 여전히 남아 있다. 흄(그리고 간접적으로 셰퍼드)에 따르면, 귀납은 습관일 수 있다. 하지만 어떤 종류의 순환논증에 기대지 않고서 귀납을 논리적으로 설명하기란 여전히 어렵다. 흄의 우려는 귀납의 작동 방식에 있다기보다는 귀납이 철학적으로 기술하기 어렵다는 데 있었다. 20세기 철학자 넬슨 굿맨Nelson Goodman이 아주 비슷한 우려를 제기했지만, 그의 사례는 더욱 설득력 있으며 아마도 더 풀기 어려울 수 있다(Goodman, 1983).

굿맨이 귀납의 '새로운 수수께끼New Riddle'이라고 부른 사례는 다음과 같다. 여러분이 에메랄드 감정사라고 가정하자. 여러분은 온종일 에메랄드를 감정한다. 지금껏 여러분이 봐온 모든 에메랄드는 녹색이었다. 그래서 과거 지식을 이용해 미래를 예측하며, 여러분은 '모든 에메랄드는 녹색이다'라고 말할 수 있다. 에메랄드에게 **녹색**(green)의 속성을 부여함으로써, 우리는 사실 다음과 같이 말하는 셈이다. '과거에 보았던 모든 에메랄드는 녹색이었고 아직 보지 않은 모든 에메랄드 또한 녹색이다'라고 말이다. 그러므로 '에메랄드는 녹색이다'는 말은 여러분이 바로 다음에 집어 들 에메랄드가 녹색이리라는 예측이다. 이 귀납적 추론은 확신을 갖고서 이루어진다. 우리가 그게 참이라는 일관된 증거를 보아왔기 때문이다. 이는 너무나 명백해서 그게 무슨 수수께끼가 되는지 의문일 정도이다.

하지만 분명 문제점이 존재한다. 한 대안적 속성, 즉 굿맨이 **그루**(grue)라고 부른 속성을 살펴보자. 만약 여러분이 '모든 에메랄드는 그루'라고 말한다면, 이 말은 다음의 의미다. 즉, 지금껏 보았던 모든 에메랄드는 **녹색**(green)이고 아직 보지 못한 모든 에메랄드는 **파란색**(blue)이다. 과거에는 녹색 에메랄드지만, 이 순간부터 앞으로는 파란색 에메랄드라는 뜻이다. 터무니없는 소리처럼 들린다. 하지만 굿맨의 요지는 임의의 특정 순간에 그루라는 이 속성은 참이라는 것이다. 사실, 녹색 에메랄드의 증거에 의하더라도 두 속성은 모두 참이다. 둘 중 어느 것에 대해서도 여러분의 과거 경험(에메랄드는 녹색이다)은 매한가지다. 굿맨의 수수께끼는 녹색과 그루라는 두 속성 모두, 이용 가능한 증거에 의하더라도, 동시에 참일 수 있다는 것이다. 모든 에메랄드가 **녹색**인 것도 가능하며, 또한 모든 에메랄드가 **그루**여서 여러분이 녹색인 에메랄드는 보았지만 푸른색인 에메랄드는 아직 보지 않은 것도 가능하다. 하지만 이 속성들은 또한 여러분이 다음에 집어들 에메랄드가 무슨 색인지에 관해 상반된 예측을 내놓는다. 만약 **녹색** 속성이 참이라면 다음 에메랄드는 녹색일 것이다. 만약 **그루** 속성이 참이라면 다음 에메랄드는 그루일 것이다. 그런데 둘 다 참이므로 확실한 예측을 내놓을 수가 없다. 그런데도 물론 우리 모두는 다음 에메랄드가 녹색이라고 예측한다. 왜일까? 이것이 바로 귀납의 문제점이다. 이런 식으로 볼 때 귀납이 문제인 까닭은 이용 가능한 증거가 상충되는 여러 상이한 결론을 지지할 수 있기 때문이다.

흄이 정의한 귀납의 예전 문제에서는 해법이 단순했다. 흄은 우리한테 귀납하는 습관이 있다고 말했다. 그리고 학습 이론에 관해 오늘날의 지식으로 보아도, 우리한테는 일반화하는 타고난 습성이 있다고 할 수 있다. 굿맨이 제기한 귀납의 문제는 우리에게 정말로 그런 습관이 있다고 가정하므로 더 미묘하다. 우리한테 귀납하는 습관이 있다면, 에메랄드 사례에서 내놓을 수 있는 2가지 귀납 중에서 어느 하나를 어떻게 선택할까? 가능한 한 가지 해법은 어떤 발상, 기술어記述語 및 개념은 우리 언어와 개념 속에 확립되어entrenched 있기에 귀납의 원천이 될 가능성이 더 높다는 것이다. 확립entrenchment이란 어떤 용어나 속성이 한 문화나 언어 내에서 사용된 역사가 있다는 뜻이다. 그리고 9장에서 이미 논의했듯이, 언어가 사고에 영향을 미치고 사고를 이끌 수 있다는 상당한 증거가 있다. 에메랄드 사례에서, 녹색은 확립된 용어다. 녹색은 우리가 많은 대상을 설명하기 위해 사용할 수 있는 용어다. 영어에서 기본적인 색 용어이기도 하다. 또한 영어 내에서 사물들의 많은 상이한 범주를 기술하기 위해 사용되어온 오랜 역사를 지니고 있다. 따라서 녹색은 이것을 바탕으로 삼거나 이것에 관해 예측을 내릴 유용한 속성이다. 사물(에메랄드)들의 한 모음이 녹색이라고 말함으로써 우리는 모든 것을 기술할 수 있다. 한편 그루는 확립되어 있지 않다. 사용된 역사가 없는 데다, 어제는 그루였고 내일은 파랑인 에메랄드 이외에는 그루라는 일반적인 속성이 없다. 녹색과 달리 그루는 기본적인 색 용어가 아니며 전체 범주에 적용되지 않는다. 굿맨은 주장하기로 우리는 오직 확립된 용어로부터, 일관된 범주로부터 그리고 자연종natural kind 으로부터라야 신뢰할 만한 귀납을 할 수 있다.

'자연종'이라는 용어는 철학에서, 특히 윌러드 밴 오먼 콰인Willard Van Orman Quine의 연구에서 나온다(Quine, 1969). 콰인이 주장하기로, 자연종은 비슷한 속성을 소유한 실체들의 자연적 부류로서, 우리가 앞서 가족 유사성 개념이라고 칭했던 것과 흡사하다. 콰인에 따르면, 사물들이 '종kind'을 형성할 수 있을 때는 오직 다른 구성원들에게 투사될 수 있는 속성을 가질 때뿐이라고 한다. 가령, **사과**는 자연종이다. 이는 자연적 부류이며, 우리가 어느 사과에 대해 아는 바는 다른 사과에 투사될 수 있다. '사과 아님'은 자연종이 아닌데, 그 범주가 너무 넓어서 투사할 수가 없기 때문이다. 이 부류는 사과가 아닌, 우주의 모든 것으로 구성된다. 콰인은 모든 인간은 자연종을 이용한다고 주장했다. 우리의 개념들은 자연종을 중심으로 형성된다. 우리의 발상은 자연종을 반영한다. 그리고 신뢰할 만한 귀납도 자연종에서 나온다.

부사와 홍옥은 서로 꽤 비슷하며 동일한 자연종 개념에 속한다. 여러분이 부사에 대해 아는 것의 상당수가 꽤 확실하게 홍옥에 투사될 수 있고, 그 반대도 가능하다. 하지만 홍옥과 빨간 공 사이는 그렇지 않다. 정말이지 둘은 표면적으로 서로 비슷할지 모르나 자연종을 이루지는 않는다. 여러분이 홍옥에 대해 알고 있는 어떤 것도 빨간 공에 확실히 투사될 수 없다. 이는 이 장의 서두에 나온 사례, 즉 내가 허바드호박과 럭비공을 비교한 내용과도 관련이 있다. 둘은 크기와 모양이 엇비슷할지 모르나, 그걸로 끝이다. 허바드호박과 늙은호박은 자연종이다. 우리는 이것을 알기에 그 지식을 이용해 믿을 만한 훌륭한 추론을 한다. 하지만 허바드호박과 럭비공은 자연종이 아니다. 우리는 표면적 수준의 유사성을 볼 수 있을 뿐 다른 어떤 속성들도 둘 사이에 투사할 수 없다.

　자연종에 관한 콰인의 생각은 넬슨 굿맨의 귀납 문제에 해법을 암시해준다. 사실, 그게 바로 콰인 논문의 요점이었다. 콰인이 지적하기로, 녹색은 자연적 속성이며 녹색 에메랄드는 자연종이다. 그렇기 때문에 녹색이라는 속성은 있을 수 있는 모든 에메랄드에 투사될 수 있다. 한편 그루는 임의적이고 불안정한 개념이기에 자연종이 아니며 있을 수 있는 모든 에메랄드에게로 확장될 수 없다. 달리 말해서 녹색 에메랄드는 유사성을 통해 종을 형성하지만, 그루 에메랄드는 그렇지 않다. 녹색 에메랄드는 일관성 있는 하나의 범주인 데 반해, 그루 에메랄드는 그렇지 않다. 녹색과 그루는 기술적으로 보자면 둘 다 참일지 모르나, 둘 중 하나만이 일관성 있는 범주이자 자연종이며 일관된 지각적 특성을 지닌 집단이다. 따라서 우리는 녹색 에메랄드에 관한 추론을 할 수 있으며 그루 에메랄드에 관한 추론은 고려하지 않는다.

| 범주적 귀납 |

위에 나온 연구 내용과 철학을 통해 우리는 다음과 같이 결론 내릴 수 있다. 첫째, 대다수 (아마도 모든) 유기체는 자극 일반화를 보이는 경향이 있다. 이는 기본적인 조건형성이나 사람들의 한 집단에 관한 일반화처럼 단순할 수 있다. 둘째, 기본적인 자극 일반화는 보편적이며 현재 자극과 이전에 경험된 자극의 정신적 표상 사이의 유사성에 민감하다. 셋째, 7장과 8장에서 논의했던 연구 내용에서 우리가 알고 있듯이, 개념과 범주는 종종 구성원들 사이의 유사성에 의해 정해진다. 그 결과, 귀납적 추론을 조사하는 생산적인 방법은 귀납이 개념과 범주에 종종 바탕을 두는지 살피는 것이다. 이를 가리켜 문헌에서는 범주적 귀납categorical induction이라고 한다. 여기서는 귀납이 범주적이라고 가정한다. 즉, 과거가 미래 행동에 영향을 주는 체계적인 방법이 존재한다고 가정한다. 과거는 현재에 영향을 줄 뿐 아니라, 우리의 개념적 구조의 함수로서 미래에 대한 판단에도 영향을 준다. 이렇듯 개념에는 특이한 예측 능력이 있다!

　범주적 귀납을 다음과 같이 정의해보자. 사람들이 하나 이상의 전제 범주premise category가 어떤 특징이나 속성을 지닌다는 말을 듣고 나서, 한 결론 범주conclusion category가 그 특징이나 속성을 지니는지 여부에 대한 결론이나 확신에 도달하는 과정. 이는 겨울호박에 관한 우리의 이전 사례와 흡사하다. 한 겨울호박이 속에 섬유질과 큰 씨앗을 갖고 있다는 사실을 알았는데 이후에 허바드호박도 겨울호박임을 알게 되었다면, 여러분은 겨울호박이라는 범주에 관한 그리고 해당 범주의 전형적인 특징들에 관한 지식을 이용해 귀납적 추론을 한 것이다. 이런 식으로 과거 지식의 개념적 구조가 허바드호박도 씨가 있으리라는 예측에 영향을 미친다.

아래에서 내가 논의할 여러 사례에서는 귀납이 논증^{argument} 형태로 이루어진다. 여기서의 논증은 사람들이 서로 다투는 주장이나 의견들 사이의 논쟁이 아니다(영어 원서에서 보면 이 문장에도 argue, argument가 쓰인다. 영어 단어 argument에는 주장, 논증, 논쟁이란 뜻이 함께 있다—옮긴이). 대신에 한 결론(즉, 귀납적 추론)을 뒷받침하는 하나 이상의 전제 진술들을 지닌 진술 형태의 주장이다. 전제는 무엇, 누구 또는 전체 부류에 관한 사실의 진술이다. 전제에는 술부가 들어 있는데, 이것은 사물일 수도 있고 속성일 수도 있다. 대다수 사례에서 술부는 범주 구성원에 공통적인 속성이나 특징이다. 귀납 논증에는 또한 결론 진술이 들어 있다. 결론은 실제 귀납적 추론이며, 보통 한 속성을 어떤 결론 대상이나 범주에 투사한다. 귀납 논증에서 참가자들은 결론에 동의하는지 여부를 결정해달라는 요청을 받게 된다. 어쩌면 두 논증을 고찰해서 어느 것이 더 강한지 결정해달라는 요청을 받을지도 모른다. 가령, 아래의 귀납 논증을 살펴보자. 슬로먼^{Sloman}과 라그나도^{Lagnado}가 처음 내놓은 논증이다(Sloman & Lagnado, 2005).

- **전제**: 소년들은 GABA를 신경전달물질로 사용한다.
- **결론**: 그러므로 소녀들은 GABA를 신경전달물질로 사용한다.

GABA를 신경전달물질로 사용하는 소년들에 관한 첫째 진술은 전제다. 소년들은 한 범주이며 'GABA를 신경전달물질로 사용한다'는 문구는 소년들에 관한 속성 또는 사실이다. 여러분은 이 결론이 얼마나 강하다고 여기는가? 강한 정도에 관한 평가의 일부는 여러분이 소녀들도 충분히 소년들과 비슷하다고 생각하는지 여부와 관련이 있다. 이 사안에서, 여러분은 아마도 소년과 소녀는 신경생물학 측면에서 꽤 비슷하다는 데 동의할 테며, 따라서 결론을 인정할 것이다.

이 질문에 답할 때 여러분은 GABA가 신경전달물질의 일종이라는 것 말고 도대체 무엇인지 궁금할지 모른다. 실제로 여러분은 그게 무언지 모를 수 있고 또한 소년과 소녀에게 존재하는지 여부도 모를 수 있다. 이 결론에 대한 답은 처음에는 알려져 있지 않다. 진술은 추론을 위해 이런 방식으로 고안되었다. 범주적 귀납 진술이 통하는 까닭은 의미기억에서 속성을 인출하기보다는 범주 유사성을 바탕으로 속성을 추론하도록 요구하기 때문이다. 위의 예에서 GABA는 비어 있는 술어predicate다. GABA는 우리가 투사하고 싶은 속성이므로 술어다. 하지만 우리는 답을 안다고 가정하지 않는다는 면에서 비어 있다고 볼 수 있다. 개연성이 있긴 하지만, 곧바로 알 수는 없다. 그리고 여러분은 신경전달물질로서 GABA에 관한 사실적 지식에 의존할 수 없기 때문에, 범주(이 경우에는 소년과 소녀)에 관한 지식을 바탕으로 귀납적 추론을 해야만 한다. 이러한 논증 구성으로 인해 어쩔 수 없이 참가자들은 의미기억으로부터 사실을 인출하기보다 오로지 범주적 지식과 귀납에 의존해야 한다.

이런 기본적 패러다임을 예로 들어, 우리는 범주적 귀납에 관한 일반적 현상들을 탐구할 수 있다. 몇 가지를 살펴보자. 이 현상들이 어떻게 귀납이 작동하는지 그리고 어떻게 이를 확장시켜 개념과 범주, 유사성이 사고와 행동에 영향을 미치는지 우리에게 알려주는지 깊이 헤아려보자.

유사성 효과

가령, 전제와 결론에 있는 사실과 특징이 서로 비슷하고 비슷한 범주나 동일 범주에 속한다면, 귀납 추론은 확실하게 이루어질 수 있다. 이를 가리켜 전제-결론 유사성이라고 한다. '유사성-범위 이론similarity-coverage theory'이라는 귀납 이론을 정의한 대니얼 오셔슨^{Daniel Osherson}과 동료 연구자들에 따르면, 논증은 전제에 들어 있는 범주가 결론에 들어 있는 범주와 비슷한 정도로 강하다고 한다(Osherson, Smith, Wilkie, López & Shafir, 1990). 우리는 비슷한 전제 범주와 결론 범주 간에 귀납 추론을 할 가능성이 더 크다. 이것은 근본적인 성향으로서 셰퍼드, 흄, 굿맨 그리고 다른 모든 학자의 견해와 일치한다. 가령 다음 두 논증을 살펴보자.

논증 1

- **전제**: 울새(robin)는 뼈의 칼륨 농도가 높다.
- **결론**: 참새는 뼈의 칼륨 농도가 높다.

논증 2

- **전제**: 타조는 뼈의 칼륨 농도가 높다.
- **결론**: 참새는 뼈의 칼륨 농도가 높다.

여기서 '**뼈의 칼륨 농도가 높음**'은 일종의 비어 있는 술어다. 어느 논증이 더 나아 보이는가? 어느 논증이 결론이 더 강해 보이는가? '올바른' 답은 없지만, 논증 2가 더 강해 보인다. 그리고 오셔슨의 실증적 연구에서도 피실험자들은 논증 2가 더 강하다고 보았다. 울새와 참새는 서로 비슷하고 타조와 참새는 서로 비슷하지 않다. 타조와 참새 사이에는 낮은 유사성이 표면상으로 명백하고, 반면에 울새와 참새 사이에는 높은 유사성이 명백하다. 여기서 만약 울새와 참새가 관찰 가능한 특징을 공유한다면 뼈의 칼륨 농도와 같은 관찰 불가능한 특징도 공유할 수 있다고 우리는 가정한다. 타조와 참새가 동일 범주에 속함을 안다 하더라도, 우리는 울새와 참새가

동일한 자연종의 일부라는 데 주목할 가능성이 더 크다.[37]

전형성

위의 사례는 전제와 결론 사이의 유사성의 역할을 강조했지만, 강한 유사성의 경우에서 여러분은 울새가 매우 전형적인 범주 구성원임도 알아차렸을지 모른다. 울새는 모든 새 중에서 가장 전형적인 편이다. 그리고 앞서 말했듯이, 본보기에 해당하는 구성원은 다른 범주 구성원들과 많은 특징을 공유한다. 전형적 범주 구성원은 다른 범주 구성원들과 강한 가족 유사성을 지닌다. 그리고 이 구성원들은 범주 공간의 넓은 범위를 차지한다고 말할 수 있다. 울새한테 참인 것은 새 범주에 속하는 많은 다른 구성원에게도 참이다.

전제 전형성은 전체 범주에 대한 귀납에도 영향을 미칠 수 있다. 가령 다음 두 논증을 살펴보자.

논증 1

- **전제**: 울새(robin)는 뼈의 칼륨 농도가 높다.
- **결론**: 모든 새는 뼈의 칼륨 농도가 높다.

논증 2

- **전제**: 펭귄은 뼈의 칼륨 농도가 높다.

---

37   분명 이는 8장에서 설명했던 개념에 대한 고전적 견해를 부정하는 말인 듯하다. 울새와 참새, 타조는 모두 동일 범주의 일부지만, 특징 겹침 및 울새-참새 논증의 더 강한 가족 유사성으로 인해 사람들은 이 논증이 더 나은 논증이라고 여기게 된다.

- **결론**: 모든 새는 뼈의 칼륨 농도가 높다.

이 경우 여러분은 첫 번째 논증이 더 강해 보인다는 데 동의할 것이다. **울새**처럼 전형적인 새, 즉 새 범주의 넓은 영역을 차지하는 구성원으로부터 추론하기가 이 범주의 넓은 범위를 차지하지 않는 **펭귄**과 같은 비전형적인 새로부터 추론하기보다 **모든 새**에 관한 결론을 얻기가 더 쉽다. 만약 펭귄이 매우 전형적이지 않음을, 즉 고유한 특징을 많이 지니며 새 범주의 넓은 범위를 차지하지 않음을 안다면 우리는 추가적인 펭귄 특징들을 범주의 나머지 구성원들에게 투사하지 않을 가능성이 높다. 우리가 알고 있듯이, 많은 펭귄 특징은 범주의 나머지 구성원들에게 해당하지 않는다.

다양성

앞의 사례는 전형성의 강한 역할을 보여주는데, 전형적인 구성원은 범주 구성원들의 넓은 범위를 차지하기 때문이다. 하지만 범위에 영향을 줄수 있는 다른 요인도 있다. 가령, 여러 전제가 서로 유사하지 않을 때는 다양성 효과가 나타난다. 물론 완전히 무관하지는 않지만 유사하지 않은 구성원들도 여전히 동일 범주에 속한다. 동일 범주에서 유사하지 않은 두 전제가 제시되면, 해당 범주 내의 범위가 향상될 수 있다. 예를 들어 아래 두 논증을 살펴보자(역시 오셔슨이 내놓은 논증이다).

논증 1
- **전제**: 사자와 햄스터는 뼈의 칼륨 농도가 높다.
- **결론**: 그러므로 모든 포유류는 뼈의 칼륨 농도가 높다.

논증 2

- **전제**: 사자와 호랑이는 뼈의 칼륨 농도가 높다.

- **결론**: 그러므로 모든 포유류는 뼈의 칼륨 농도가 높다.

이 두 논증을 살펴보면, 분명 논증 1이 더 강해 보인다. 정말이지 피실험자들은 논증 1과 같은 논증을 더 강한 쪽이라고 선택하는 경향이 있다. 이유는 사자와 햄스터가 서로 매우 다른데도 여전히 둘 다 포유류라는 동일한 상위 범주의 구성원이기 때문이다. 사자와 햄스터와 같이 서로 다르고 뚜렷하게 구별되는 두 종이 공통점이 있다면, 포유류라는 상위 범주의 모든 구성원이 동일한 속성을 지닌다고 추론할 가능성이 크다. 한편, 사자와 호랑이는 꽤 비슷하다. 둘 다 큰 고양이라고 할 수 있고, 둘 다 비슷한 환경의 동물원에서 등장하고 둘 다 사람들의 대화나 인쇄 매체에서 매우 자주 함께 나온다. 즉, 둘은 서로 매우 다르다고 할 수 없다. 그러므로 (논증 2의 경우에) 우리는 뼈의 칼륨 속성을 모든 포유류에 투사하지 않고 그런 속성은 큰 고양이, 즉 고양이 일반의 속성이지 모든 포유류의 속성은 아니라고 여길 가능성이 크다. 다양성 효과가 생기는 까닭은 다양성이 있는 전제가 상위 범주의 상당한 범위를 차지하기 때문이다.

포함 오류

때로는 귀납을 할 때 유사성에 의존하는 경향이 그릇된 결론을 내놓는다. 한 사례로 포함 오류inclusion fallacy를 들 수 있다(Shafir, Smith & Osherson, 1990). 일반적으로 우리는 전제 범주와 결론 범주 사이에 강한 유사성이 있는 결론을 선호하는 경향이 있다. 전제와 결론 사이에 강한 유사성이 없는 결론은 얕잡아보는 편이다. 보통 이런 경향은 올바른 귀납을 내놓지만,

가끔씩은 그릇된 결론으로 이어질 수 있다. 아래 두 논증을 살펴보고서 어느 쪽이 더 강한 논증처럼 보이는지 생각해보자.

논증 1

- **전제**: 울새는 종자골(種子骨)이 있다.
- **결론**: 그러므로 모든 새는 종자골이 있다.

논증 2

- **전제**: 울새는 종자골(種子骨)이 있다.
- **결론**: 그러므로 타조는 종자골이 있다.

어느 논증이 더 강한 것 같은가? 분명 논증 1이 더 강해 보인다. 울새는 새 범주의 매우 전형적인 구성원이며, 우리는 울새가 새 범주의 다른 구성원들과 많은 속성을 공유한다는 사실을 안다. 울새가 종자골이 있다면 다른 모든 새도 그렇다고 추론하는 편이 합리적인 듯하다. 대다수 사람은 두 번째 논증이 설득력이 약하다고 보았다. 울새는 전형적이지만 타조는 그렇지 않다. 누구나 알듯이 울새와 타조는 여러 면에서 다르기에, 우리는 종자골의 속성을 울새로부터 타조에게로 기꺼이 투사하려 하지 않는다. 그렇게 하는 편이 우리에게는 합리적이고 타당하게 여겨진다. 당연히 그런 판단이 오류로 여겨지지 않는다. 하지만 그건 오류다. 이는 우리의 직관이 명백해 보이지만 올바르지 않은 추론을 이끌어내는 또 하나의 사례다.

이것이 오류인 까닭은 모든 타조는 '모든 새' 진술에 포함되기 때문이다. 달리 말해서, 울새에 존재하는 한 속성이 모든 새에게도 존재한다는 논증 1을 기꺼이 인정한다면, 그 추론에는 타조가 이미 포함되어 있다. '모든 새' 범주의 한 단일 구성원에 대한 진술이 모든 새에 대한 진술보다 설득력이 약할 수는 없다. 우리가 그 속성을 전체 범주에 기꺼이 투사하려는 마당에, 그 전체 범주 속의 특정한 구성원이 그 속성을 갖지 않는다고 가정하는 것은 옳지 않다. 그러려면 애초에 논증 1을 받아들이지 않아야 마땅하다.

하지만 대다수 사람은 울새와 다른 새들과의 강한 유사성에 착안해 논증 1이 더 설득력 있다고 여긴다. 울새는 다른 많은 새와 공통되는 특징들을 갖고 있다. 우리는 그런 유사성을 인식하고서, 이에 따라 모든 새에 대한 추론을 판단한다. 타조는 비전형성이 논증을 약화시킨다. 사람들은 이런 유형의 논증을 할 때 범주 포함 여부보다 유사성 관계를 이용할 가능성이 크다. 유사성이 추론을 위한 더 강한 속성인 듯하다. 범주 구성원 자격이 중요하긴 하지만, 특징 겹침이 훨씬 더 중요한 것이다. 이전 사례들과 마찬가지로 이번 사례도 개념에 대한 고전적 관점을 약화시키며, 대신에 확률론적인 가족 유사성 관점을 지지한다.

범주 응집성

귀납은 전제와 결론 사이의 유사성을 바탕으로 개념과 범주로부터 이루어질 수 있지만, 개념의 특성도 나름의 역할을 한다. 이를 볼 수 있는 한 방법이 범주 응집성category coherence 고찰하기다. 범주 응집성은 범주 내의 실체들이 서로 얼마나 잘 어우러지는지와 관련이 있다. 가령, 소방관은 응집성이 있는 범주인 듯하다. 우리는 소방 분야에 종사하는 사람 간에는 높은 정도의 유사성이 존재하리라고 예상하며, 그들이 특징과 자질, 행동을 공유하리라고 예상할 수 있다. 어떤 사람이 소방관이라는 말을 듣자마자 그가 어떻게 행동하고 처신하는지 확신에 차서 예상할지 모른다.

하지만 모든 범주가 그만큼이나 응집성이 있지는 않다. 가령 식당 종업원은 응집성이 훨씬 낮을 수 있다. 소방관에 비해서 이 범주에는 다양성이 더 크며 사람들이 그 직업을 갖는 이유도 더 많다. 외모와 행동에도 가변성이 큰 편이라, 우리는 식당 종업원이 그에 맞게 어떻게 행동하고 처신할지에 대한 확신이 덜할 것이다. 달리 말해서, 범주적 귀납에는 응집성 효과가 존재해, 우리는 가장 응집성이 큰 범주로부터 추론하길 선호한다.

이 현상을 직접 연구한 사람이 안드레아 파탈라노[Andrea Patalano]와 동료 연구자들이다(Patalano, Chin-Parker & Ross, 2006). 이 연구에서 그들은 응집성이 높거나 낮은 사회적/직업적 범주들을 고찰했다. 이 결정을 내리기 위해 우선 실험 참가자 집단에게 실체성[entitativity]이라는 개념 면에서 범주를 평가해달라고 요청했다. 실체성이란 한 범주의 구성원이 얼마나 비슷하리라고 예상되는지, 무언가가 한 범주의 구성원이라는 지식이 얼마나 유용한지, 그리고 한 범주의 구성원이 응집된 하나의 본질을 지니고 있는지 여부를 판단하는 척도다. 실체성이 높은 범주는 매우 응집되어 있다고 여겨진다.

파탈라노 등이 알아내기로 군인, 페미니스트, 지지자, 목사와 같은 범주는 매우 응집되어 있는 반면에 성냥첩 수집가, 시골 점원, 리무진 운전자는 응집성이 낮다. 이어서 연구자들은 한 귀납 과제를 실시했다. 2가지 이상 범주의 구성원인 사람들에 관해 피실험자들이 예측을 하는 과제였다. 가령, 다음 정보가 참이라고 상상해보자.

- **전제**: 페미니스트 지지자들의 80%가 펩시보다 코카콜라를 더 좋아한다.
- **전제**: 웨이터의 80%가 코카콜라보다 펩시를 더 좋아한다.
- **전제**: 크리스는 페미니스트 지지자이자 웨이터다.

• **결론**: 크리스는 코카콜라와 펩시 중에서 어느 음료를 더 좋아하는가?

피실험자들은 귀납적 결정을 내린 다음에 그 결정에 어느 정도 확신하는지도 밝혔다. 실험 결과에 따르면, 피실험자들은 더 응집성이 큰 범주에 관한 추론을 하길 선호했다. 즉, 위의 사례에서 사람들은 크리스가 코카콜라를 더 좋아할 가능성이 높다고 말했다. **페미니스트 지지자**가 더 응집성이 큰 범주라고 여겼기 때문에 피실험자들은 그 범주를 바탕으로 귀납하기를 선호했다.

귀납은 매우 중요하고 결정적인 인지 행위다. 귀납이 없다면 우리는 낯선 대상과 낯선 속성의 바다에서 길을 잃은 채, 과거를 이용할 수 없고 기억에 의존할 수도 없다. 처음부터 내가 주장했듯, 비록 귀납은 시스템 1의 출력일 수도 시스템 2의 출력일 수도 있지만, 기본적으로 자동적이고 불가피할 때가 더 많다. 그래서 시스템 1의 연관 짓기와 활성화 확산에 의해 작동될 때가 종종 있다. 본 적 없는 속성과 모르는 특징을 예측하는 데 여러분이 아는 지식을 사용하지 않기란 불가능하다. 불확실성 제거하기는 우리의 생존에 중요하다. 우연을 능가하는 확실성을 갖고서 다음에 무엇이 생길지 예측함으로써 조그마한 이득이라도 얻을 수 있는 모든 종種은 그 능력에 의존할 것이고 덕분에 번성할 것이다. 바로 그런 까닭에 (다른 모든 지각적 존재들 및 준지각적 존재들과 마찬가지로) 우리 인간도 귀납하고 예측한다. 귀납은 우리의 생존에 필수적이다.

귀납하는 본능에는 몇 가지 단점도 존재한다. 이 단점들은 서로 연관되어 있다. 첫째, 우리는 때때로 실수를 저지른다. 때때로 우리가 추론한 내용은 틀린 것으로 드러나거나 추론한 속성이 실제로 존재하지 않는다고 판명되기도 한다. 귀납은 본디 확률적이다. 대다수 사과는 달지만, 때로는 신 사과도 있다. 본디 우리의 귀납은 확실하지 않다. 그런데도 우리는 확실하다는 듯이 귀납을 다룬다. 그런 면에서 귀납은 위험이자 도박이다. 가끔씩 틀리더라도 이득이 될 때가 있는데, 우리가 더 빠르게 결정할 수 있게 해주기 때문이다. 두 번째 단점도 존재한다. 귀납은 때때로 틀리기 때문에 우리는 귀납이 우리의 상호작용과 계획, 행동을 방해하지 않도록 만전을 기해야 한다. 우리의 성향은 본디 일반화와 귀납을 하고, 고정관념을 가지며 선입견을 지니기 쉽다. 하지만 우리는 고집불통, 인종차별주의, 증오심에 빠지지 않도록 주의해야 한다. 환경에 따라 우리는 그런 충동을 극복해야 할 뿐 아니라 편향을 인식하고 고치며 시스템 1을 극복하기 위해 시스템 2를 더 많이 익혀야 한다. 이 또한 우리의 생존에 필수적이다.

확실성을 키우는 여러 방법 중 하나는 필요할 경우 더 주의 깊게 구성된 논증에 의존하는 것이다. 우리는 그러기 위한 시스템을 갖고 있다. 바로 연역이다. 연역을 적절하게 실행하면, 옳고 타당한 결론에 도달할 수 있는 방식으로 생각할 수 있다. 귀납 덕분에 빠르고 확률적으로 미래를 예측할 수 있는 반면에, 연역 덕분에 참인 것을 찾아낼 수 있다.

이 문단이 어떻게 마무리되고 있는지를 바탕으로 여러분도 예측할 수 있듯이, 다음 장에서 나는 연역을 논의하려 한다.

12장

참을 구하는 법

내 아이들은 어렸을 때, 가끔씩 중요한 것을 잃어버리거나 외투나 책 또는 전화기 같은 것을 엉뚱한 곳에 놓아두곤 했다. 학교에서 돌아와서는 "외투를 못 찾겠어요"라고 말하곤 했다. 나는 투덜대며 이렇게 말했다. "마지막으로 보았을 때 어디에 있었니?" 이어서 우리는 과정을 되짚으며 외투가 마지막으로 보았을 때 어디에 있었는지 기억하려고 애썼다. 나는 이렇게 말했을 것이다. "음, 가방 속에 없다면, 분명 학교에 있을걸." 표준적인 부모의 대화법이긴 하지만, 이 말은 본질적으로 내가 그 상황을 연역적 논리의 시각에서 접근한다는 뜻이다. 나는 그것이 한 장소나 또 다른 장소에 있다는 전제에서 출발해서 결론을 검증하려고 시도한다. 그것은 오직 한 장소에만 있을 수 있기에, 우리는 선택 사항들을 제거해서 찾는 범위를 좁힐 수 있다. 만약 집의 모든 곳을 살피고서도 잃어버린 물건을 찾지 못한다면, 틀림없이 학교에 있다고 결론 내린다. 비록 실제로 보지 않았더라도 그런 결론을 내릴 수 있다. 다음 날 우리는 그 결론을 검증할 수 있다. 내 아이들은 알아차리지 못했을지 모르지만, 기본적인 연역 문제를 풀고 있었던 셈이다. 때때로 이 연역적 과정은 잃어버린 물건을 찾게 해준다.

| 연역 vs 귀납 |

귀납적 추론은 관찰을 통해서 예측하는 추론 행위다. 우리는 이를 '상향식 bottom up' 양식의 추론이라고 부르는데, 귀납은 구체적인 것(관찰)로부터 일반적인 것(증거에 기반을 둔 결론)으로 이동하기 때문이다. 귀납에 의존할 때 우리는 참일 가능성이 높은, 아마도 참인, 또는 우리가 어느 정도 확신하는 결론을 내린다. 달리 말해서, 결과는 확률적이다. 귀납과 연역은 둘 다 주어진 증거를 넘어서서 사고를 통해 새로운 무언가를 발견해낸다. 하지만 연역일 경우에 우리는 구체적인 결론을 내린 다음에 그 결론이 타당한지 결정하려고 한다. 연역은 보통 일반적 진술의 형태로 시작한다('내 외투는 가방 속에 있거나 아니면 학교에 있다'). 그다음에 처음 진술에 새로운 정보를 추가하거나, 지지하거나 지지하지 않는 더 구체적인 진술로 나아간다('가방 속에 없다'). 그리고 마지막으로 결론에 이른다('외투는 틀림없이 학교에 있다').

추론의 이 두 종류는 서로 연관되어 있다. 우리는 일상생활의 사고에서 귀납과 연역을 둘 다 사용한다. 둘 다를 너무 자주 사용하는지라, 귀납 추론을 사용하는지 연역 추론을 사용하는지 분간하기 어려울 정도다. 예를 들어, 내가 스타벅스 커피점에서 커피를 사서 한 모금 마신 뒤에 매우 뜨겁다는 사실을 알았다고 치자. **스타벅스 커피가 매우 뜨겁다**고 나는 결론 내린다. 이는 관찰이자 일반화다. 귀납을 이용해 나는 다른 스타벅스 가게도 매우 뜨거운 커피를 판다고 추론할 수 있다. 심지어 범주적 귀납을 통해서, '뜨거운' 속성을 다른 비슷한 식당과 가게에까지 투사 및 확장할 수도 있다. 두 경우 모두 관찰과 경험, 귀납적 추론에 기대어 미래에 대해 예측한다.

그렇다면 연역적 논리는 위의 과정과 어떻게 다른가? 연역적 논리는 결론의 속성, 그리고 전제와 결론 사이의 관련성의 속성과 관계가 있다. 이를 형식적 진술을 통해서 살펴보자. 내가 지난 모든 경험을 통해서 스타벅스 커피에 관한 일반적인 믿음을 형성했다고 가정하자. 그 일반적 믿음을 아래와 같이 형식적으로 진술될 수 있는 전제라고 부르자.

- **전제**: 모든 스타벅스 커피는 매우 뜨겁다.

이 전제는 내가 알거나 배웠거나 검증할 수 있는, 무언가에 관한 사실의 진술이다. 이것은 어느 시점에 귀납적 추론으로부터 도출되었을지 몰라도 결론은 아니다. 전제는 귀납적 추론이 지닌 것과 동일한 뉘앙스를 갖지는 않는다. 그냥 하나의 진술일 뿐이다. 이 경우엔 스타벅스 커피에 관한 한 사실이다. 이와 같은 전제는 다른 전제와 결합되어 정확한 결론을 이끌어낼 수 있다. 전제들의 결합과 여기서 도출된 한 결론을 함께 가리켜 '삼단논법'이라고 한다. 예를 들어보자면 이렇다.

- **전제**: 모든 스타벅스 커피는 매우 뜨겁다.
- **전제**: 이 커피는 스타벅스의 것이다.
- **결론**: 그러므로 이 커피는 매우 뜨겁다.

이러한 삼단논법에서 우리는 전제들이 참이라고 가정하거나 참일 것으로 믿는다. 위의 사례에서 결론은 타당하다. 전제들로부터 도출할 수 있는 유일한 결론이기 때문이다. 이것이 바로 타당한 연역의 정의다. 타당한 결론은 전제들로부터 필연적으로 나오는 결론으로서, 다른 결론이 있을 수 없는 결론이다. 만약 참인 전제들이 대안적인 결론을 허용한다면, 그 연역은 타당하지 않을 것이다. 전제들이 이와 같은 단일 결론에 이를 때, 이는 체스에서의 체크메이트(외통 장군) 내지 퍼즐에서 마지막 조각 끼우기와 비슷하다. 모든 것이 들어맞는다. 모든 것이 통하며, 여러분은 결론을 확신할 수 있다. 연역 덕분에 여러분은 사고를 통해서 새로운 것을 발견해냈다!

하지만 전제 중 하나 이상이 참이 아니라면 어떻게 될까? 이는 모래 위에 집짓기와 마찬가지다. 논리가 타당한 결론에 이르렀을지 모르지만, 결국에는 세계의 다른 사실들과 충돌할 수 있다. 타당성과 더불어 우리는 삼단논법의 건전성soundness에도 유의해야 한다. 우리는 연역 논증의 건전성을 살펴야 한다. **건전한 논증**(sound argument)이란 (전제들로부터 오직 한 결론만 도출될 수 있기에) 타당한 데다 전제들이 참이라고 알려진 논증이다. 이 두 요소, 즉 타당성과 건전성은 연역적 결론을 내리는 데 중요하다. 건전하지 않은 타당한 결론을 내리는 것도 가능하다. 위의 사례에서, 논증은 우리가 '모든 스타벅스 커피는 뜨겁다'가 참임을 알 때에만 건전하다. 만약 반대 증거가 있다면, 논증은 구성 면에서 여전히 타당하면서도 건전한 연역이 아니기에, 우리는 결론을 신뢰할 수 없을 가능성이 있다.

이제 연역 논리가 무엇인지, 귀납 추론과 어떻게 다른지, 그리고 타당성과 건전성의 요건이 무엇인지 알았으니 논리의 구조를 더 자세히 살펴보자. 논리 구조는 연역 추론에서 중요한데, 과제의 구조가 타당성을 결정하기 때문이다. 그다음에 나는 연역이 흔한 몇 가지 맥락에서 어떻게 사용되는지 논의하고서, 몇몇 복잡한 예를 다룰 것이다. 이어서 어떻게 그리고 왜 사람들이 논리적으로 추론하는 데 실패하는지 논의할 것이다. 논리는 중요하고 강력하고 가능하다. 하지만 종종 우리는 논증의 건전성과 타당성을 검증하는 작업을 따라가는 데 실패하고, 대신에 상황을 둘러싼 일반적 지식과 친숙성에 기대고 만다. 달리 말해서 우리는 휴리스틱, 편향 그리고 우리의 사고방식의 상당 부분을 차지하는 빠른 '시스템 1' 사고에 의지하고 만다.

| 논리 과제의 구조 |

이미 보았듯이, 연역 논리를 사용해 한 범주의 구성원에 관한 결론(스타벅스에서 파는 뜨거운 커피)에 다다를 수 있다. 만약 그것이 건전한 논증이라면, 여러분은 확신할 만한 결론에 다다를 것이다. 우리는 또한 연역 추론을 사용해 모든 종류의 선택 사항과 결과를 예측할 수도 있다. 가령 여러분이 친구와 쇼핑센터에 갈 계획이라고 가정해보자. 친구가 문자를 통해서 여러분과 스타벅스나 아이스크림 가게에서 만나자고 전한다. 둘 중 한쪽에서 보자는 말이다. 여러분에게는 2가지 선택지가 있는데, 둘 다 동시에 참일 수는 없다. 마찬가지로 둘 다 거짓일 수도 없다. 친구에 따르면 여러분을 한 장소나 다른 장소에서 만날 것이라고 한다. 하나는 참이고 다른 하나는 거짓이다. 달리 말해, 친구는 한 장소에는 있을 테지만 다른 장소에는 없을 것이다. 이 경우 어떻게 논리를 사용해 친구가 어디에 있을지 예측할 수 있는가? 우선, 삼단논법을 세우자.

- **전제**: 친구는 스타벅스에서 기다리거나 또는(OR) 아이스크림 가게에서 기다리고 있다.
- **전제**: 친구는 스타벅스에 있지 않다(NOT).
- **결론**: 그러므로 친구는 아이스크림 가게에 있다.

이 연역 논증에는 여러 구성 요소가 있다. 이전 사례처럼 이 논증에는 전제와 결론이 들어 있다. 전제는 다른 전제에 의해 옳다고(또는 틀리다고) 확인될 수 있는 기본적인 사실들을 알려준다. 다르게 들은 말이 없다면, 우리는 전제가 참이라고 가정한다. 이는 연역 논리의 중대한 측면인데, 대체로 연역 논리의 어려움은 과제의 타당성 구조를 평가하는 데 있기 때문이다.

그렇다면 여러분은 전제를 어떻게 만드는가? 전제는 사실^{fact}과 연산자^{operator}로 만들어진다. 사실은 참이거나 거짓인 진술이다. 사실은 한 대상의 속성에 관한 기술이거나 진술이다. 연산자는 사실과 다른 사실과의 관계를 알려준다. 이 연산자는 연역 과제에서 매우 중요한데, 바로 이 연산자야말로 연역 추론을 귀납 추론과 구별 짓는 요소다. 위의 사례에서 연산자 'OR'는 진술에 한 겹의 의미를 추가한다. 이것 덕분에 여러분은 두 대안에 관해 **조건적으로**(conditionally) 생각할 수 있다. 친구는 여기에 있거나 또는(OR) 저기에 있다. 연산자 덕분에 우리는 갖고 있는 정보에 대해 작업을 할 수 있다. 그래서 체계적으로 생각할 수 있다. 위의 전제에서 하나는 반드시 참이지만, 둘 다 동시에 참일 수는 없다. 둘 중 하나가 거짓이라는 정보를 얻는다면(스타벅스에 있지 않다), 여러분은 다른 하나가 반드시 참이라고 결론 내릴 수 있다(아이스크림 가게에 있다). 두 번째 전제에서는 'NOT'이 연산자로서, 첫 번째 전제의 절반이 참이 아님을 알려준다.

물론 연역 문제에는 결론이 존재한다. 바로 그게 우리가 연역을 하는 주된 이유다. 이 결론은 '그러므로' 내지 '그렇다면'과 같은 표현과 함께 기술될 수 있다. 전제가 참이라고 가정할 때 결론은 타당하거나 타당하지 않거나 둘 중 하나다. 결론이 타당하려면 전제들이 참일 때 나올 수 있는 유일한 결론이어야 한다. 전제들의 동일한 집합이 하나 이상의 결론을 내놓을 수 있는 경우에는 결론이 타당하지 않다. 타당한 연역 논증은 정말로 강력하다. 이런 방식의 사고는 확실하고 확신할 수 있는 결론을 낼 수 있게 해준다.

연역 추론과 연역 논리는 위력적이다. 이를 통해, 올바른 상황이 주어졌을 때 우리는 논리적으로 생각할 수 있다. 하지만 종종 논리적으로 사고하는 데 실패하기도 한다. 대신에 우리는 기억과 휴리스틱을 사용하는 경향이 있다. 이 책에서 나는 줄곧 그 점을 지적했다. 우리가 휴리스틱을 사용하는 까닭은 그게 더 빠르고 대체로 옳기 때문이다. 우리는 더 쉽기 때문에 시스템 1에 의존한다. 이는 효과적이며 그때그때 상황에 맞출 수 있다. 하지만 많은 편향과 마찬가지로 휴리스틱과 시스템 1의 작동 방식을 조금 더 이해한다면, 그것들을 알아차릴 수 있고 우리로 하여금 틀린 추론이나 결정 내지 결론을 내놓게 할 때 피할 수 있게 된다.

우리는 논리와 추론을 사용할 수 있다. 진리를 연역해낼 수 있다. 하지만 늘 적절하게 연역해내지는 못하는데, 시간이 드는 데다 인지 자원이 많이 쓰일 수 있기 때문이다. 그러므로 연역이 어떻게 작동하고 우리가 어떻게 올바르게 추론하는지 더 깊이 살펴보자. 그다음에 몇 가지 추론 편향과 이를 피하는 법을 살펴보자.

| 범주적 추론 |

이 장의 서두에 나온 사례에서 우리는 스타벅스 커피가 매우 뜨거운지 판단하는 법을 살펴보았다. 우리는 그 정보를 이용해 스타벅스 커피의 특정한 커피 한 잔에 관한 내용을 연역할 수 있다. 비록 이 사례의 결론은 한 잔의 커피에 관한 것이지만, 그 논증이 통한 까닭은 우리가 스타벅스에서 파는 모든 커피에 관해 가정하고 있어서다. 우리는 '모든 스타벅스 커피가 매우 뜨겁다'라는 가정에서 시작했다. 이것이 중요한 까닭은 그런 진술을 할 때 해당 범주의 모든 구성원 각각이 그 속성을 지닌다고 가정하기 때문이다. 이것은 범주적 추론이며, 내가 앞서 논의했던 범주화와 지식을 기반으로 이루어진다.

범주적 추론은 우리가 범주 구성원 자격에 의존하는 결론을 내놓을 때 발생하는 논리 연역의 한 형태다. 범주적 추론은 때로는 '부류적 추론classical reasoning'이라고도 부르는데, 사물들의 한 부류class에 관한 추론이기 때문이다. 두 용어는 서로 바꾸어 사용할 수 있다. 사실 우리는 이를 전제로 삼아 다음과 같이 표현할 수 있다. '모든 부류적 추론은 범주적이다.' 만약 어떤 것이 한 부류나 범주에 속한다면, 우리는 그것에 관한 범주적 진술을 할 수 있다. 한편 내가 방금 한 진술은 '만약/그렇다면(if/then)' 진술인데, 이 또한 내가 몇 페이지 뒤에 하려고 하는 논리적 진술의 한 종류다. 우리는 사물에 대해 모든 종류의 전제 진술을 할 수 있다. 모든 커피는 뜨겁다, 모든 커피는 액체다, 이 커피는 뜨겁다, 어떤 커피는 나쁘다 등등. 전제는 진술하기가 꽤 단순하다. 범주적 추론의 더 어려운 부분은 상이한 전제를 결합시켜서 타당한 결론에 이르는 방법을 찾는 일이다.

귀납 추론에 관한 이전 장에서도 나는 범주의 중요성을 강조했다. 그 경우 강조점은 전제와 결론 사이의 유사성에 놓였다. 전제 사이의 유사성이 강할수록 귀납은 더 강하다. 연역의 경우에는 강조점이 유사성보다는 실제 범주 구성원 자격에 놓인다. 또 하나의 예를 살펴보자. '뜨거운 스타벅스 커피' 사례와 동일한 형식의 예다.

- **첫째 전제**: 모든 인간은 죽는다.
- **둘째 전제**: 소크라테스는 인간이다.
- **결론**: 그러므로 소크라테스는 죽는다.

이 고전적인 삼단논법에서 첫째 전제는 일반적 진술이다. 이것은 범주에 관한 진술이다. 이 경우 우리는 범주(인간)가 또 하나의 범주(죽는 것)에 포함되거나 등가라고 제시한다. 인간의 범주와 죽는 것의 범주 사이에는 겹침이 존재한다. 첫째 전제는 두 범주 사이의 관계를 알려주기에, 우리는 한 범주의 속성을 다른 범주에 이전할 수 있다. 둘째 전제에서의 진술은 범주의 구성원에 관한 구체적인 정보를 제공한다. 모든 사람이 죽으며 우리는 소크라테스가 인간 범주의 구성원임을 알기에, 첫째 범주에서 서술된 두 범주 사이의 관계로 인해 또한 그가 죽는 것 범주의 구성원이라고 결론 내릴 수 있다. 여기서 드러나듯이, 이 진술들에서 유사성이나 특정 겹침은 별로 역할이 없다. 소크라테스가 인간 범주에 얼마나 유사한지(또는 유사하지 않은지)는 중요하지 않다. 논증에서 중요한 바는 오로지 그가 인간임을 우리가 아느냐는 것이다.

이는 단순한 사례로, 두 범주 사이의 관계에 대한 보편적인 진술을 한다. 하지만 두 범주 사이의 관계의 본질은 명확히 드러나지 않았다. '인간'이 '죽는 것'의 부분집합인지, 또는 두 범주가 완전히 동일한지 우리는 모른다. 그게 중요할까? 어떤 경우에는 중요하다. 이를 더 잘 이해하기 위해 범주 사이의 관계를 표현하는 4가지 방법을 살펴보자.

전칭 긍정^{universal affirmative}은 모든 구성원에 보편적인 두 범주 사이의 긍정 관계에 관한 진술이다. '모든 고양이는 포유류다'라는 식의 말이 전칭 긍정의 형태다. 이는 고양이에게 보편적인(모든 고양이에 관한) 진술이다. 그리고 고양이를 포유류라고 긍정하는 진술이다(고양이는 포유류다). 이런 사례를 우리는 이미 몇 번 보았다. '모든 스타벅스 커피는 뜨겁다', '모든 인간은 죽는다' 등등. 개념을 변수로 교체하면 이런 진술 형태를 논의하기 쉬워진다. 가령 '모든 A는 B이다'가 그런 예다. 전칭 긍정 진술은 사례들의 모든 경우를 기술한다. A 범주 내의 모든 것이 또한 B 범주에 포함되어 있다.

이 전칭 긍정 진술의 한 가지 흥미로운 점은 재귀적^{reflexive}이지 않다는 것이다. 전칭 긍정 진술은 2가지 해석이 가능하다. 한 가지 해석으로서, 모든 A는 B이고 모든 B 또한 A이다. 이런 예가 몇 가지 있긴 하지만, 제시하기가 쉽지 않고 다음과 같이 보통 동의어가 포함된다. '모든 사람은 인간이다'라거나 '모든 차는 자동차'라거나 '모든 고양이는 고양잇과 동물이다'는 식이다. 하지만 이런 진술들은 딱히 유익하지 않은데, 이런 동의어적인 사례들 말고는 다른 사례를 생각하기 어렵다. 여러분은 좋은 예를 생각해낼 수 있는가? 나는 아니다.

또 다른 해석으로서, 범주 A의 모든 구성원은 범주 B의 구성원이긴 하지만 범주 B의 하나의 부분집합인 경우다. 이 경우 범주 B는 상위 범주일 수 있다. '모든 고양이는 동물이다'라거나 '모든 차는 탈것이다'라는 진술이 이런 예다. 이는 첫째 개념과 둘째 개념에 대해 많은 정보를 알려주며, 여전히 첫째 개념에 대해 보편적이며 긍정적이다. 또한 범주 A에 속하는 모든 것이 또한 범주 B의 일부라는 점, 그러므로 범주 B의 일부 속성들을 물려받는다는 점을 알려준다. 하지만 이와 같은 전제는 둘째 범주의 모든 구성원에 대해서는 알려주지 않는다. 범주 A와 겹치지 않는, 범주 B의 다른 구성원들도 존재할 수 있다. 달리 말해서, 모든 고양이가 동물이라는 데 우리는 동의할 수 있다. 하지만 모든 동물이 고양이는 아니다.

더 복잡한 전제를 논의하기 전에 잠시 멈추고 도해를 하나 살펴보자. 논리적 연역에 관해 생각할 때마다 나는 개념과 범주를 원 다이어그램으로 상상하길 좋아한다. 그림 12.1에서 나는 전칭 긍정에 대한 가능한 2가지 다른 배치를 그렸다. 보통 이것을 '원 다이어그램'이라고 부르지만, 더 적절한 용어는 '오일러 다이어그램'이다. '벤 다이어그램'이라고도 부르는 경우도 있지만, 그건 옳지 않다. 벤 다이어그램은 겹침의 세기를 표현하기 위해 색깔이나 음영을 사용하기도 한다. 그냥 '원 다이어그램'이라고 하자. 그러면 다루기가 더 단순하기 때문이다.

왼쪽에 그린 그림에서는 모든 A가 B에 부분집합으로서 속한다. 즉, '모든 A는 또한 B이다.' 이때 모든 A가 B지만, 모든 B가 A는 아니다. 원들이 여러분이 아는 우주에 있는 모든 가능한 경우를 포함한다고 가정해보자. 범주 A의 모든 구성원이 더 큰 범주 B 내부에 담긴다는 뜻이다. 이는 B가 더 큰 범주이며 A는 하위 범주라는 위계적 관계를 나타낸다. 이 경우, 모든 A는 B라고 말하면 참이지만 그 역은 참이 아니다. 모든 B가 A라고 말하면 참이 아닌 것이다. 오른쪽 그림은 '모든 A가 B이다'의 다른 형태다. 이 경우에는 재귀적 관계가 존재하며, 범주 A의 모든 것은 범주 B의 모든 구성원과 동일하다.

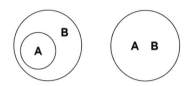

모든 A는 B이다

어떤 A는 B이다

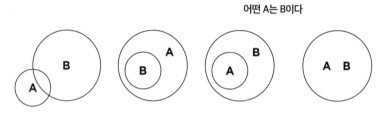

그림 12.1 전칭 긍정을 설명해주는 2가지 가능한 원 다이어그램과 특칭 긍정을 설명해주는 4가지 가능한 원 다이어그램

특칭 긍정

만약 내가 '어떤 고양이는 다정하다'라고 말하면, 특칭 긍정particular affirmative이라는 표현을 사용하는 셈이다. 고양이 범주의 어떤 구성원이 다정한 것 범주의 구성원이기도 하다는 뜻이다. 특칭 긍정은 한 범주의 어떤 구성원이 다른 범주의 구성원일 수도 있음을 시사한다. 그림 12.1에 나오 듯이, 이 진술에는 4가지 버전이 가능하다. '어떤 A는 B이다'라는 추상적 버전을 살펴보면, 제일 왼쪽의 다이어그램은 A와 B가 부분적으로 겹치는 경우다. '어떤 A가 B이다'는 겹침 영역에서 참이다. 4가지 중 두 번째는 상위 범주 A와 하위 범주 B가 있는 경우인데, 여기서 모든 B가 A이므로 '어떤 A는 B이다'가 참이지만, 모든 A가 B이지는 않다. 그 진술은 이 우주에

서 여전히 참이다.

그다음 두 다이어그램은 개념적으로 더 어렵다. 우리가 '어떤 A는 B이다'라는 말을 들을 때, '어떤'이라는 단어는 **적어도 하나 그리고 최대일 경우 모두**라는 뜻임을 아는 게 중요하다. 범주 A의 한 구성원이 범주 B의 구성원이기만 하다면, 진술이 참이기 때문이다. 비록 모든 A가 범주 B의 구성원이더라도 '어떤 A는 B이다'는 여전히 참이다. 또는 이렇게 생각해보자. 알고 보니 모든 고양이가 다정한데, 내가 여러분에게 '어떤 고양이는 다정하다'라고 말한다면, 거짓이 아니라 참인 문장이다. '어떤'은 '모든'을 배제하지 않는다.

세 번째와 네 번째 다이어그램은 A의 모든 구성원이 B의 구성원이 되는 2가지 방법을 보여준다. 이 두 경우 모두 진술 '어떤 A는 B이다'는 여전히 참이다. 이는 A에 대한 전칭 긍정의 사례이기는 하지만, 또한 특칭 긍정의 사례일 수도 있다. 솔직히 불완전한 진술이지만, 범주 A의 모든 구성원이 범주 B의 모든 구성원과 등가인 우주에서도 '어떤 A는 B이다'라는 진술이 거짓이라는 뜻은 아니다.

여기서 짐작할 수 있듯이, 특칭 긍정은 평가하기가 더 어려운 진술이다. 이 진술은 범주 A의 적어도 하나 그리고 최대일 경우 모든 구성원의 상태에 대한 믿을 만한 정보를 알려준다. 하지만 범주 B의 상태에 대해서는 거의 알려주지 않으며, 범주 A와 범주 B 사이의 전체 관계에 대해서도 거의 알려주지 않는다. 일부가 특칭 긍정인 일련의 진술을 평가할 때에는, 타당하지 않은 결론을 피하기 위해 각별한 주의가 요구된다.

전칭 부정

'어떤 고양이도 개가 아니다'라고 말하면, 우리는 전칭 부정^{universal negative}

이라는 진술을 사용하는 셈이다. 전칭 부정은 절대로 겹치지 않는 두 개념(A와 B) 사이의 관계를 나타낸다. 전칭 긍정 및 특칭 긍정과 대조적으로, 전칭 부정은 오직 하나의 표현만이 가능하다. 이 진술은 또한 재귀적이다. 한편 범주 A와 범주 B와 관련한 다른 관계는 많이 알려주지 않으며, 오로지 두 범주가 결코 겹치지 않는다는 점만 알려줄 뿐이다(그림 12.2 참고).

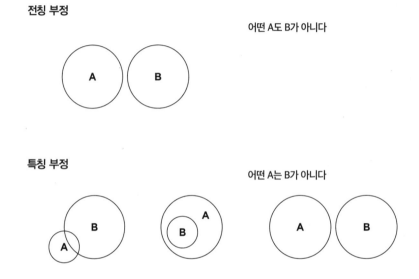

그림 12.2 전칭 부정을 설명하는, 있을 수 있는 하나의 다이어그램과 특칭 부정을 설명해 주는, 있을 수 있는 3가지 다이어그램

특칭 부정

만약 내가 '어떤 고양이는 다정하지 않다'라고 말하면, 특칭 부정을 사용하고 있는 셈이다. 이 경우 나는 한 범주의 어떤 구성원이 다른 범주의 구성원이 아님을 알려주길 원한다. 다른 많은 사례와 마찬가지로, 이 진술이 참인 여러 방법이 존재한다. 그림 12.2에서는 '어떤 A가 B가 아니다'라

는 진술이 참일 수 있는 3가지 상이한 방법이 보인다. 맨 아래 왼쪽의 경우는 A와 B가 부분적으로 겹친다. 이렇게 되면 진술이 참일 수 있는데, 범주 A의 구성원 중에 범주 B에 들어 있지 않는 구성원이 존재하기 때문이다. 맨 아래의 중간 다이어그램에서는 B가 A에 들어 있는 하위 집단이다. 그러면 진술은 참이 되는데, 범주 A의 많은 구성원이 하위 범주 B 내에 들어 있지 않기 때문이다. 맨 아래 오른쪽 다이어그램은 두 범주가 전혀 겹치지 않는 경우다. 이 다이어그램은 전칭 부정 관계를 표현하긴 하지만, '어떤 A는 B가 아니다' 진술은 이 경우에도 기술적으로 보자면 여전히 참이다. 만약 어디에도 다정한 고양이가 없는 경우인데도(사실은 내 고양이 페퍼민트에 의해 쉽게 반박되는 내용이지만) 내가 '어떤 고양이는 다정하지 않다'고 말한다면 이 진술은 다정한-고양이-없음 우주에서 여전히 참일 것이다.

범주적 추론에서의 오류

범주와 개념에 관한 추론은 꽤 흔한 행위지만, 이런 부류적 관계에서 가끔씩 보이는 모호성과 복잡성 때문에 사람들은 종종 오류를 저지른다. 게다가 우리가 저지르는 많은 오류는 개인적 믿음과 지식을 논리적 타당성의 개념과 뒤섞은 결과다. 이런 오류를 피하는 한 방법은 그림 13.1과 13.2에 나오는 단순한 원 다이어그램을 이용해 결론이 타당한지 여부를 결정하는 것이다. 만약 전제들이 참일 수 있게 해주는 구성이 2가지 이상이고 각각의 구성에 따라 서로 상이한 결론이 나온다면, 타당한 연역이 아니다. 다음 삼단논법을 살펴보자.

- **전제**: 모든 의사는 전문가다.
- **전제**: 어떤 전문가는 부자다.

- **결론**: 그러므로 어떤 의사는 부자다.

첫째 전제는 의사 범주와 전문가 범주 사이의 관계에 관한 내용이다. 의사인 사람은 모두 전문가 범주에 속한다는 점을 알려준다. 이 진술은 두 범주가 완전히 겹치거나 교사, 기술자, 변호사 등을 포함하는 더 큰 전문가 범주가 존재할 가능성은 열어두고 있다. 두 번째 전제는 어떤 전문가에 대한 진술이다. 어떤(적어도 한 명이고 최대의 경우 모두인) 전문가가 부자라는 내용이다. 두 전제 모두 사실을 표현하며, 두 경우 모두 그 사실은 우리의 믿음과 일치한다. 우리는 의사가 전문가임을 알고, 또한 전문가 범주의 적어도 어떤 사람들이 부자일 수 있음을 안다.

우리한테 받아들이라고 하는 결론은 어떤 의사들이 부자라는 것이다. 이 연역의 문제점은 결론이 우리의 믿음에 부합하지만 그 믿음이 우리가 논리적으로 추론할 능력을 방해할 수 있다는 것이다. 만약 결론이 익숙한 믿음에 부합한다면, 우리는 시스템 2와 논리 대신에 시스템 1과 기존 지식에 의존하기 쉽다. 우리는 부자인 의사와 아는 사이일 수 있고 부자인 의사를 친구나 가족으로 두고 있을 수 있다. 그건 믿기에 비합리적이지 않은데, 비록 모든 의사가 부자는 아니지만 분명 어떤 의사들은 부자일 수 있음을 우리 모두 알기 때문이다. 우리는 개인적 경험을 통해 이것이 참임을 알지만, 그 지식이 타당한 연역을 보장해주지는 않는다. 결론이 타당하려면 그것이 진술된 전제들로부터 나올 수 있는 유일한 결론이어야만 한다. 이 사례는 내가 앞서 논의했던 믿음 편향의 한 예다. 즉, 사람들이 믿을 만한 진술을 타당하다고 판단하는 반면 믿을 만하지 않은 진술은 타당하지 않다고 판단하기 더 쉬운 경향의 한 예다. 이 경우 결론은 타당하지 않으며, 믿을 만한 것일 뿐이다.

믿음 편향

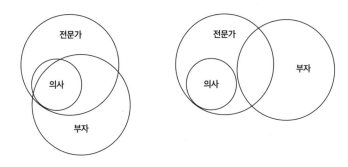

그림 12.3 타당하지 않은 범주적 진술과 믿음 편향 효과의 한 사례다. 두 원 다이어그램 모두 전제가 참이 되도록 하지만 서로 상충하는 결론을 뒷받침한다.

그림 12.3은 있을 수 있는 여러 가지 범주의 배치 가운데 2가지를 보여준다. 각각의 배치는 전제들이 참일 수 있게 해주지만, 결국에는 서로 다른 결론에 이른다. 왼쪽에 있는 다이어그램은 의사를 전문가의 하위 범주로서 보여주며, 아울러 부자의 범주가 전문가와 겹치면서 의사를 포함하는 경우를 보여준다. 이 우주에서 첫째 가정은 참인데, 모든 의사는 전문가이기 때문이다. 부자의 범주는 전문가의 범주와 부분적으로 겹치는데, 이로 인해 둘째 전제도 참이 된다. 마지막으로 부자의 범주는 전문가의 범주와 부분적으로 겹치며 의사를 포함하므로, 이로써 결론도 참이 된다. 이런 상태는 의사들이 대체로 경제적인 형편이 좋다는 우리의 인식에 부합한다.

여기서 문제는 이것이 전제들이 참일 수 있게 해주는, 있을 수 있는 많은 범주 배치 가운데 하나일 뿐이라는 점이다. 오른쪽에 또 다른 대안적인 배치가 나와 있다. 이 경우 의사 범주는 전문가 범주 내에 완전히 포함되어 있기에, 첫 번째 전제가 참이 된다. 또한 부자의 범주가 전문가 범주와 부분적으로 겹치므로, 두 번째 전제도 참이 된다. 하지만 부자와 전문가 사이의 겹침 영역은 모든 의사를 배제한다. 이 배치에서 두 전제는 여전히 참이지만 '그러므로 어떤 의사는 부자다'라는 결론은 참이 아니다. 이 배치에서는 모든 의사가 부자가 아니다. 전제들이 참이 되도록 해주지만 결론에 관해 서로 상이한 예측을 내놓는 2가지 배치가 존재한다는 것은 이 논증이 타당한 삼단논법이 아님을 가리킨다.

물론 여러분은 모든 의사가 부자가 아니란 것은 아마도 참이 아닐 테니까, 이 논증이 타당하지 않다는 결론에 반대할지 모른다. 분명 여러분은 한두 명의 부자 의사를 알고 있고 적어도 한두 명의 부자 의사가 있다는 말을 듣기도 했을 테다. 결론에 반대함으로써 여러분은 믿음 편향을 보이게 된다. 이것은 연역 논리의 어려움 중 하나다. 타당한 논증이 아닌데도, 결론이 여전히 참일 수가 있다. 논리적 연역에서 종종 진리를 타당성과 구별하기 어려울 때가 있다.

우리는 어떤 결론이 우리가 이미 믿는 내용과 일치하면 타당하다고 가정하고, 일치하지 않으면 타당하지 않다고 가정하는 경향 내지 편향을 가지고 있다. 비록 우리는 꾸준히 추론하고 결론을 도출하고 무언가에 대해 예측을 하고 있지만, 연역 논리는 종종 우리가 참이라고 믿는 바와 일치하지 않으면 반직관적인 것처럼 보인다. 우리는 실제로는 아닌데도 한 결론에 종종 동의하고 그것이 타당하다고 여긴다. 대신에 타당한 결론을 거부할 수 있다. 이는 편향인데, 타당성은 논리적 과제의 구조에 의해 결정되지 믿을 만한지에 의해 결정되지 않는다. 하지만 수긍할 만은 한데, 우리에게는 결론을 내리기 위해 개념과 기억에 의존하는 경향이 있기 때문이다. 즉, 우리는 10장에서 논의했던 빠른 시스템인 시스템 1을 바탕으로 결정하는 경향이 있다. 이 빠른 시스템은 결정과 연역을 빠르게 수행하므로 유용하지만, 또한 이와 같은 편향을 부추기는 경향이 있다.

| 조건적 추론 |

앞에서는 사물의 부류에 관한 추론을 고찰했지만, 사람들은 조건성과 인과성에 관해서도 추론한다. 이런 종류의 연역은 보통 만약/그렇다면(if/then) 진술의 형태를 띤다. 가령, '만약 네가 시험에 대비해 공부를 한다면, 좋은 성적을 낼 것이다'라는 진술이 있다고 하자. 이 진술은 행동(공부)과 결과(좋은 성적) 사이의 관계를 반영한다. 그런데 오직 한 방향만을 반영하기에, 좋은 성적에 영향을 미치는 다른 것들이 있을지 모른다. 그리고 범주적 추론과 마찬가지로, 조건적 추론에도 여러 형태가 있다. 이런 형태들의 결합 덕분에 다양한 타당한 진술과 타당하지 않은 진술이 표현되고 평가될 수 있다.

조건적 추론의 상이한 버전을 기술하기 전에 우선 조건적 추론 진술의 구성 요소부터 살펴보자.

- **전제**: A이면 B이다.
- **전제**: A이면 참이다.
- **결론**: 그러므로 B는 참이다.

첫 번째 전제에서 'A'를 가리켜 전건前件, antecedent이라고 한다. 전건은 먼저 등장하는 사물이나 사실이다. 그리고 'B'를 가리켜 후건後件, consequent이라고 한다. 후건은 A가 참인 결과로서 나타나는 것이다. 이는 인과적인 것처럼 보일지 모르나, 꼭 인과적이어야 할 필요는 없다. 즉, A가 B의 원인이 된다고 가정하지 않아도 되고, 다만 A가 참이면 B도 참이라는 뜻이다. 두 번째 전제는 첫 번째 전제에 나오는 후건에 관한 정보를 알려준다. 이 사례에서는 후건이 참임에 관한 정보를 알려준다.

전건 긍정

흔한 조건 논증의 하나는 전건과 후건 사이의 관계를 표현한 다음에 전건이 참이라는 정보를 알려주는 것이다. 아래 사례를 살펴보자.

- **전제**: 내 고양이는 배가 고프면, 먹이를 먹는다.
- **전제**: 내 고양이는 배가 고프다.
- **결론**: 그러므로 내 고양이는 먹이를 먹는다.

이 경우, 우리는 고양이가 배가 고프면(전건) 먹이를 먹는다(후건)는 것을 알게 된다. 두 번째 전제는 고양이가 배가 고프다고 하므로 전건을 긍정한다. 그러므로 고양이는 먹이를 먹으리라고 결론 내릴 수 있다. 만약 여러분이 이 두 전제를 받아들이면, 고양이가 배가 고프면 먹이를 먹는다는 것을 알게 된다. 이것은 모두스 포넨스modus ponens라고 불리는 단순한 관계다. 이 라틴어 표현은 '어떤 것이 참임을 긍정하는 방법'이라는 뜻이다. 이 연역은 타당하다. 또한 우리 대다수가 이해하기 쉬운데, 확증적 증거를 찾으려는 우리의 편향과 일치하기 때문이다. 또한 판단하기도 쉬운데, 원인과 결과의 방향으로 상황을 표현하기 때문이다. 비록 조건 논증이 인과적일 필요는 없지만, 우리는 여전히 인과관계 측면에서 생각하는 경향이 있다. 이 장의 나중에 가서 우리는 확증 편향에 대해 논의할 것이다.

후건 부정

이전 사례에서 진술은 전건을 긍정함으로써 타당한 연역이 이루어지게 했다. 하지만, 첫 번째 전제는 동일하지만 두 번째 전제가 후건을 부정하는 경우를 상상해보자.

- **전제**: 내 고양이는 배가 고프면, 먹이를 먹는다.
- **전제**: 내 고양이는 먹이를 먹지 않는다.
- **결론**: 그러므로 내 고양이는 배가 고프지 않다.

이 사례에서 후건은 '고양이가 먹이를 먹는다'이다. 만약 '고양이가 먹이를 먹지 않는다'고 말함으로써 후건이 부정되면, 여러분은 전건이 발생하지 않았다고 연역할 수 있다. 첫 번째 전제는 전건과 후건 사이의 관계를 알려준다. 만약 전건이 발생하면 후건은 **반드시** 발생한다. 만약 후건이 발생하지 않았다면, 전건도 발생하지 않았다고 연역함이 타당하다. 이 관계는 대다수 사람이 파악하기에 더 어렵다. 이는 비록 타당하지만 확증적 증거를 찾으려는 편향에 반한다. 이 형태는 또한 라틴어 명칭으로 모두스 톨렌스^{modus tollens}라고 하는데, '부정의 방법'이라는 뜻이다.

전건 부정

전건을 긍정하거나 후건을 부정할 때, 여러분은 논리적으로 타당한 유형의 조건 논증을 실행한다. 이 두 행위 모두 고유한 결론이 전제들로부터 도출된다. 하지만 다른 전제들은 타당하지 않은 결론을 내놓는다. 예를 들어, 전건을 부정하는 아래의 논증을 살펴보자.

- **전제**: 내 고양이는 배가 고프면, 먹이를 먹는다.
- **전제**: 내 고양이는 배가 고프지 않다.

- **결론**: 그러므로 내 고양이는 먹이를 먹지 않는다.

이 사례에서, 첫 번째 전제는 이전 경우와 동일하지만 두 번째 전제는 고양이가 배가 고프지 않다고 말함으로써 전건을 부정한다. 이 정보로 인해 여러분은 후건이 역시 발생하지 않았다고 가정하고픈 유혹이 들 수 있다. 어쨌거나 여러분은 고양이가 배가 고프면 먹이를 먹는다는 말을 들었다. 그런데 이제 고양이가 배가 고프지 않다는 것을 알았으니 그 결과 먹이를 먹지 않으리라고 가정하는 편이 자연스럽다. 하지만 그런 결론을 내려서는 안 된다. 첫 번째 가정은 전건과 후건이 참일 때 무슨 일이 생기는지에 관한 정보를 알려주기 때문이다. 전건이 참이 아닐 때 무슨 일이 생기는지에 관한 정보는 알려주지 않는다. 달리 말해서, 고양이가 다른 이유로 먹이를 먹을 가능성을 배제하지 않는다. 고양이는 배가 고프지 않아도 먹을 수 있다. 고양이는 배고픔과 무관하게 날마다 항상 먹을 수 있으며 그래도 첫 번째 전제는 참이다. 배고프지 않더라도 먹이를 먹는다고 해서 첫 번째 전제가 틀린 것이 되지는 않는다. 그렇기에 고양이가 배가 고프지 않다는 사실을 알았다고 해서 먹이를 먹지 않으리라고 결론 내릴 수는 없다. 여러분이 고양이가 먹이를 먹지 않겠거니 하고 생각할 수는 있다. 그렇게 될 수 있다고 추론할 수는 있다. 하지만 배타적으로 그 결론에 이를 수는 없다.

후건 긍정

마지막 사례는 후건이 참이라는 정보를 여러분이 받는 경우다. 앞의 사례와 마찬가지로 이것은 직관적으로 보일지 모르지만 논리적으로는 타당하지 않다. 아래 사례를 보자.

- **전제**: 내 고양이는 배가 고프면, 먹이를 먹는다.

- **전제**: 내 고양이는 먹이를 먹는다.

- **결론**: 그러므로 내 고양이는 배가 고프다.

첫 번째 진술은 앞에서의 사례들과 동일하며 고양이가 배가 고픔과 고양이가 먹이를 먹음 사이의 관계를 표현한다. 두 번째 전제는 후건을 긍정한다. 즉, 고양이가 실제로 먹이를 먹는다는 것을 알려준다. 여러분은 고양이가 틀림없이 배가 고프다고 미루어 추론하고픈 유혹을 느낄 것이다. 하지만 바로 앞의 사례와 마찬가지로, 첫 번째 전제는 고양이가 배가 고픔과 고양이가 먹이를 먹음 사이의 방향성 있는 관계만 알려줄 뿐, 고양이가 먹이를 먹게 되는 후건에서 있을 수 있는 다른 모든 가능성에 대해서는 전혀 알려주지 않는다. 따라서 고양이가 먹이를 먹는다는 걸 안다고 해서(후건 긍정), 고양이가 배가 고픔(전건)이 참이라는 배타적 결론을 내릴 수는 없다. 이 또한 타당하지 않은 연역이다.

| 확증 편향 |

이제껏 논의한 모든 편향 가운데서 가장 곤혹스러운 것은 확증 편향이다. 여러분도 이 편향과 필시 마주친 적이 있을 것이다. 이 편향은 우리가 동의하지 않는 증거를 평가절하할 때면 어김없이 나타난다. 이 편향은 우리가 이미 믿고 있는 내용과 일치하는 증거를 찾으려고 할 때 나타난다. 이 편향은 언제 어디에나 만연해 있다. 앞서 나는 어떤 의사들이 부자인지에 관한 타당하지 않은 범주적 삼단논법에 대해 논의했다. 의사가 부자라고 이미 믿고 있는 상황에서 여러분이 의사가 부자인 증거만을 찾는다면 확증 편향을 보일 수 있다. 또한 확증 편향은 자신의 믿음과 일치하지 않는 정보, 즉 여러분의 믿음에 반하는 정보를 얕보거나 평가절하하는 경향이 있을 때 나타난다. 달리 말해서 설령 부자가 아닌 의사를 만나더라도 여러분은 그 증거를 특이한 경우라거나 아직 부자가 되지 않은 의사의 경우라고 평가절하할 수 있다.

우리는 대중매체에서 확증 편향을 자주 목격한다. 1990년대의 식단 권고에 따르면, 건강하게 먹고 체중을 줄이는 최상의 방법은 음식 중 지방의 양을 줄이는 것이었다. 저지방 음식이 대단히 강조되었다. 한편으로 고탄수화물 음식 섭취도 강조되었다. 담백하게 요리한 파스타는 좋은 음식이었고, 버터와 기름은 나쁜 음식이었다. 지금 우리는 그 권고안이 그다지 타당하지 않다는 걸 알지만, 그럼에도 그것은 개인 건강에 오랫동안 영향을 미쳤다. 그 이유 중 하나는 사람들이 지방을 피할 때 사실은 고칼로리 음식과 영양 과다 음식을 피했기 때문이다. 식이 문제를 일으키는 요인이 지방이라는 인상이 생겼는데, 사실 지방은 전체 섭취량의 한 가지 단순한 요인이었을지 모른다. 사람들은 비건이나 케토제닉ketogenic(일명 저탄고지) 식단 또는 이른바 팔레오paleo(구석기인) 식단처럼, 어떤 종류든 간에 제한된 식사로 바꿀 때 긍정적 결과를 많이 경험한다. 이런 식단으로 바꿀 때 여러분은 체중 감소를 경험하고서, 그 원인을 음식을 제한하는 일반적 경향보다는 특정한 식단으로 돌리는 경향이 있다. 이것이 바로 확증 편향이다. 여러분은 고단백 식사가 체중 감소를 가져온다고 믿는데, 이때 다른 종류의 어떠한 제한된 식단이라도 체중 감소를 일으킬 수 있다는 대안적 설명을 간과할 수 있다. 1990년대의 저지방 식단 열풍은 음식 속의 지방과 체지방 간의 등가성에 관한 강하지만 그릇된 믿음 탓에 훨씬 더 악화되었다.

아마도 지방의 두 종류 사이의 표면적 등가성으로 인해 사람들은 둘 사이에 존재하지도 않는 일치 관계가 있다고 믿은 듯하다.

확증 편향은 '카드 선택 과제'라는 심리 검사를 통해 종종 연구되어왔다. 이 과제에서는 피실험자들한테 보통 한 가지 이상의 평가 규칙이 주어진다. 이 규칙은 양면 카드에 표시된 기호와 문자, 숫자, 사실 사이의 관계를 알려준다. 규칙이 타당한지 알아내려면 피실험자는 어느 카드(들)를 조사해야 하는지 말해야 한다. 이런 식으로 카드 선택 과제는 연역이 실제로 우리의 일상 사고에서 어떻게 이용되는지에 관해 어느 정도 타당하게 알려줄지 모른다. 카드 선택 과제는 다음과 같은 질문에 답을 내놓으려고 시도한다. 일련의 사실들이 제시되었을 때, 여러분은 그 사실들이 참인지 여부를 어떻게 검증하는가?

카드 선택 과제의 가장 유명한 사례는 1960년대에 피터 캐스카트 와슨 Peter Cathcart Wason이 개발한 과제다(Wason, 1960). 이 과제에서 피실험자는 책상 위에 네 장의 카드를 받는다. 카드에는 각 면에 하나의 숫자나 글자가 적혀 있다. 그리고 피실험자에게 평가할 규칙 내지 전제를 알려준 다음에, 그 규칙이 참인지 여부를 검증하려면 최소한 몇 장의 카드를 뒤집어야 하는지를 답하라고 한다. 예를 들어, 네 장의 카드가 [A], [7], [4], [D]이고 규칙은 아래와 같다.

- **전제**: 만약 한 카드의 한쪽 면에 모음이 있다면, 그 카드의 다른 쪽 면에는 짝수가 있다.

[A], [7], [4], [D]를 보고서, 이 규칙이 옳은지 판단하려면 어느 카드를 뒤집어야 하는가? 대다수가 제일 먼저 뒤집어야 할 카드는 [A] 카드라는 데 동의한다. 만약 이 카드를 뒤집어서 다른 쪽 면에 짝수가 없다면, 규칙

은 거짓이다. 이는 전건 긍정 사례이므로 단순하다. 이 경우 전건은 '한 카드가 한쪽 면에 모음이 있다'이므로, 여러분은 A 카드로 전건이 참인지 알아볼 수 있다. 그걸 뒤집어보면 규칙이 준수되는지가 밝혀진다. 원래 연구에서 와슨이 알아내기로, 사람들은 거의 언제나 [A] 카드와 더불어 [4] 카드를 뒤집고자 했다. [4] 카드를 뒤집음으로써 피실험자들은 대체로 다른 쪽 면에 모음이 있는지 알아보려고 했다.

거기서 모음을 찾으려 하는 것은 진술을 확인시켜주는 증거를 찾으려는 확증 편향의 한 예다. 이는 또한 후건 긍정의 사례이기도 한데, 이는 앞서 보았듯이 조건 추론의 타당하지 않은 유형이다. 규칙은 짝수 카드에 관해 경우의 수의 모든 범위를 특정하지 않는다. 짝수는 규칙이 가리키는 대로 모음 카드의 다른 쪽 면에서 나올 수 있지만, 규칙은 짝수가 (모음이 적히지 않은) 다른 카드의 뒷면에서 나올 가능성을 배제하지 않는다. 사실, 규칙은 비록 짝수가 모든 카드의 뒷면에서 나오더라도 참이다. 만약 이 배열에 나오는 모든 카드 각각이 다른 쪽 면에 짝수가 있더라도, 규칙은 참이다.

와슨이 주장하기로, 이 문제의 정답은 [A]와 더불어 [7] 카드를 뒤집는 것이다. [7] 카드는 규칙이 틀렸는지 알아볼 수 있다. 이는 후건 부정의 사례다. [7] 카드의 다른 쪽 면에 모음이 있다면, 규칙은 거짓이다.

어떻게 이런 편향이 생기는가? 한 가지 가능성은 주의 및 작업기억의 한계와 시스템 1에 의존하는 경향 때문이다. 제시된 진술로 볼 때, 진술된 가설과 가장 가깝게 일치하는 두 카드를 고르는 편이 덜 어려워 보일 수 있다. 후건 부정을 검사하는 카드를 뒤집으려고 선택하려면, 명시적으로 진술되어 있지 않은 전제를 고려해야 한다. 이 묵시적으로 진술된 전제를 생각해내려면, 피실험자는 진술된 전제와 더불어 진술되지 않은 전제까지 마음속에 떠올리기 위한 충분한 작업기억 자원을 반드시 갖고 있어야 한다. 그렇게 하는 것이 불가능하진 않지만, 용이하지도 않을 것이다. 그 결과 사람들은 확증적 증거를 선택하는 경향이 있다.

어떤 면에서 확증 편향의 만연은 내가 11장에서 논의한 확립의 개념과 관련이 있다. **무엇인**(that is) 어떤 것을 설명한다는 관점에서 생각하기는 문화적으로나 언어적으로 확립되어 있다. 그래서 사람은 가설을 확인할 때, 어떤 것이 참인 증거를 찾는다. 이 경우의 검색 공간은 작고 제한적이며, 가설과 증거 사이에 직접적인 대응성이 존재한다. 한편 어떤 가설을 반박하는 증거를 찾을 때는 검색 공간이 훨씬 큰데, 이 경우에는 **무엇이 아닌** (that is not) 어떤 것을 찾기 때문이다. 굿맨(Goodman, 1983) 등의 연구자들이 주장하기로, '무엇이 아닌 것'은 투사 가능한 술어가 아니다. 범주에 관해 생각할 때, 무엇인 것에 관해 생각하는 편이 합리적인 반면에 무엇이 아닌 것에 관해 생각하는 것은 별로 합리적이지 않다. 한 마리의 개는 개 범주의 구성원으로 기술될 수 있지만, 그 개를 **포크 아닌 것** 범주나 **음료 아닌 것** 범주의 구성원으로 기술하는 것은 딱히 유용한 정보를 알려주지 않는다. 동물이 구성원이 아닌 범주의 목록은 본질적으로 무한하다. 따라서 범주 구성원 자격과 추론에 관해, 사람들이 확증 편향을 보이는 성향은 이해할 만하다. 확증적 증거라야 다룰 수 있으며, 불확증적 증거는 다루기 어려울 것이다.

과제를 다른 방식으로 구성하면 다른 결과가 나오고, 확증 편향을 제거할 수 있다. 와슨의 카드 선택 과제에서 보이는 표준적인 확증 편향이 언제나 통하지는 않는다. 카드 선택 과제의 대안적 버전을 구성해볼 수도 있는데, 이때 표면적으로는 형식상 이전과 동일하지만 피실험자에게 다른 관점을 채택하도록 요청한다. 가령, 만약/그렇다면 진술 대신에 카드상에 무엇이 허용되는지 판단하도록 한다. 여러 경우에 허용 도식이 피실험자로서는 살펴보기에 더 쉽다. 허용에 관해 생각할 때 흔히 여러분은 무엇을 할 수 있고 무엇을 할 수 없는지를 생각한다. 허용은 여러분이 해도 된다고 허락된 것이지만, 우리는 종종 허용을 제약으로부터의 자유라고 여긴다. 속력 제한은 우리가 얼마나 빠르게 이동하도록 허용되어 있는지 알려주지만, 우리는 속력 제한 초과의 파급 효과를 살펴보려는 경향이 있다. 교차로에서의 녹색 신호등은 여러분이 차를 운행하도록 허용하지만, 더 큰 문제는 적색 신호등이 켜져 여러분이 멈춰야 할 때 무슨 일이 생기느냐다.

와슨의 카드 선택 과제는 허용을 요구하는 형태로 재구성될 수 있다. 이를 가리켜 의무적^{deontic} 선택 과제라고 한다. 이 사례에서는 카드의 각 면에 나이와 음료가 적혀 있다.

[21], [맥주], [콜라], [17]이 적힌 네 장의 카드를 상상하자.

표준 버전에서와 마찬가지로, 피실험자들은 평가할 규칙을 제시받은 다음에 그 규칙을 검증하려면 최소 몇 장의 카드를 뒤집어야 하는지 답해야 한다. 이 경우 규칙은 예를 들어 아래와 같다.

- **전제**: 만약 사람이 술을 마시고 있으면, 틀림없이 18세를 넘는다.

각국마다 최소 음주 연령이 다르므로, 이 사례를 살펴볼 때 '18세'를 여러분이 사는 곳의 최소 음주 연령으로 바꾸면 된다. 사람들은 이 과제에 좀체 실패하지 않는다. 맥주 마시는 사람의 나이를 확인해야 한다고 깨닫기는 쉬우며, 그건 맥주 마시는 사람을 확인해보면 된다. 비록 어떤 업소나 클럽이 법을 준수하는지 확인해야 할 상황에 처해본 적이 없더라도, 대다수 사람은 술을 구입하도록 법적으로 허용되어 있음이 무슨 뜻인지 안다. 여기서 확증 편향을 보이는 피실험자는 거의 없다.

그 이유는 이 과제가 허용 도식에 호소해서다. 허용 도식은 본질적으로 살펴야 할 가설의 수를 제한한다. 이 과제가 논리적 행동을 이끌어내는 데 성공하는 것은 논리적으로 더 탄탄하다거나 더 진짜 같아서가 아니라, 허용 도식이 선택 사항의 수를 줄여서 무엇이 규칙에 위배되는지 살피기가 더 쉽기 때문이다.

연역 추론은 여러 면에서 기술하기가 무척 단순하다. 연역 과제는 일반적으로 엄밀한 논리 형태를 따른다. 타당한 연역과 타당하지 않은 연역에 대해 명확한 경우들이 따로 존재한다. 그리고 건전한 연역과 건전하지 않은 연역에 대한 꽤 단순한 정의가 존재한다. 그런데도 대다수 사람은 연역 추론을 어려워한다. 연역 추론은 많은 사람의 능력 밖인 것처럼 보인다. 그리고 이 장에서 논의했듯이 많은 사람은 논리적 연역에 따른 방법으로 추론하고 결정하고 문제를 해결하면서도, 목표를 달성하도록 허용해주는 문제라야 성공적으로 추론해낸다. 이는 사고의 심리학 내에서 연역 논리의 역할에 관해 중요한 의문을 불러일으킨다.

책의 다음 장에서는 의사결정과 확률 평가의 심리학을 논의한다. 연역 추론을 약화시키는 많은 인지 편향은 또한 건전한 의사결정도 약화시킨다. 하지만 연역 추론에서와 마찬가지로 증거에 따르면 많은 사람은 이런 편향에도 상황에 맞는 똑똑한 결정을 내린다.

13장

우리는 어떻게 결정하는가

2020년 초반에 학교와 회사, 정부 및 개인은 코로나바이러스에 관해 결정할 사안이 있었다. 바이러스가 중국과 이탈리아에서의 초기 발생 양상을 넘어서 확대되자, 스스로 잦아들지 않을 것이 확실해졌다. 대다수 지도자와 공공의료 관리는 바이러스 확산을 늦추어 의료 시스템이 압도당하지 않도록 하려면 더 극적인 조치가 필요하다는 데 합의했다. 의료 시스템이 압도당하면 문제가 되는데, 코로나 환자뿐만 아니라 다른 환자들이 필요한 도움을 받지 못하게 되기 때문이다. 대다수 장소에서 고려되어 시행된 전략 중 하나는 폐쇄나 봉쇄였다. 지역마다 세부 사항은 달랐겠지만 한 도시나 국가가 봉쇄 기간에 들어가면, 대다수 가게가 문을 닫고 쇼핑몰과 극장도 문을 닫으며, 콘서트와 스포츠 행사도 중단되고, 학교도 문을 닫거나 온라인 교육으로 전환한다. 대다수의 필수적이지 않은 사업장이 폐쇄되면 사람들이 집에 머물고 실내 활동을 하므로 다른 사람들과 접촉하지 않을 것이라는 발상이다. 그렇게 되면 바이러스 확산을 늦출 수 있다. 그럴지도 모른다. 이게 대단히 중요한 점이다. 코로나 사태는 이전에 벌어진 어떤 것과도 달라서 불확실한 점이 아주 많았다.

전 세계의 많은 지역이 동일한 큰 위기를 동시에 맞닥뜨린 적은 이번이 처음이 아니었다. 20세기에도 세계대전들과 전염병이 있긴 했지만, 코로나 사태는 우리 대다수의 삶에서 너무나 거대한 무언가가 한꺼번에 벌어졌던 최초의 시기였다. 정보와 뉴스가 바이러스 자체보다 훨씬 더 빠르고 공격적으로 전달되는 시기에 전 지구적인 전염병이 확산한 최초의 때였다. 그리고 이 바이러스는 신종이었기에 위협이 크나큰 불확실성과 함께 찾아왔다. 코로나 사태의 초기 단계를 회상해보면, 이전에 결코 겪어보지 못한 사건이었다. 대다수 독자에게도 마찬가지였을 테다.

각국 정부, 의료 분야의 관리 및 전문가가 경제와 일상생활 봉쇄의 찬성과 반대를 저울질하는 모습을 나는 지켜보았다. 각각의 경우, 정부(지방, 주 또는 전국 단위)는 알려진 사실, 알려지지 않은 사실, 위험성, 확률 및 결과 등 여러 변수를 고려해야 했다. 해당 지역에 확진자가 몇 명이었는가? 감염률은 얼마였는가? 입원할 위험성은 얼마였는가? 확진되었을 경우 사망할 위험성은 얼마였는가? 이것들은 복잡한 방정식의 첫 번째 부분이었을 뿐이다. 더 어려운 다른 요인들도 있었다. 해당 지역을 얼마나 오래 봉쇄할 수 있는가? 사업 폐쇄의 단기 비용은 얼마였는가? 전체 산업의 장기 비용은 얼마였는가? 사람들이 지침과 규칙을 따를 확률은 얼마였는가? 고려해야 할 요인이 너무나 많았다. 사람들은 확실성과 보장받기를 원하지만, 코로나 사태는 둘 중 어느 것도 별로 제공해주지 않는 듯했다. 시간의 압박도 상당했기에, 선택 사안들을 고려할 시간이 부족했고 이 또한 결과가 달라지게 할 수 있었다.

어떤 나라 정부들은 일찌감치 봉쇄와 폐쇄를 하기로 결정했다. 중국, 이탈리아, 캐나다, 독일, 뉴질랜드를 비롯한 많은 나라가 바이러스 확산을 지연시키기 위해 경제의 광범위한 봉쇄를 결정했다. 다른 나라들은 행동에 나서기 전에 우선 기다리면서 어떻게 상황이 번지는지 지켜보기로 했다. 영국은 처음에 바이러스가 퍼져서 인구 중 일정 비율이 면역에 도달할 때까지 허용하는 전략을 추구하기로 결정했다. 스웨덴은 최대한 많은 선택사안을 열어두었다. 대한민국과 같은 다른 나라들은 봉쇄를 하지도 엄격하게 폐쇄를 단행하지도 않고, 확진자들을 격리하고 이들과 접촉한 사람들을 추적하는 데 노력을 집중했다. 마지막으로 미국과 브라질 같은 일부 국가들은 땜질식 접근법을 도입했는데, 이는 때때로 바이러스 확산을 통제하는 노력에 찬물을 끼얹는 듯 보였다.

여전히 신종 코로나바이러스에 대해서는 알려지지 않은 것이 아주 많다. 이런 많은 결정의 결과는 여러 달 내지 여러 해 동안 드러나지 않을지 모른다. 하지만 한 가지 확실하게 말하자면, 많은 정부와 개인은 기존의 정보가 거의 없이 그토록 중요한 사안에 대해 그렇게나 많은 결정을 해야 했던 적이 없었다. 우리가 내리는 많은 결정은 과거에 내린 결정들의 결과를 바탕으로 한다. 우리는 이전의 성공과 실패를 참고해 현재의 결정을 내린다. 또한 시간이 중요한 사안일 때는 빠르고 단순한 휴리스틱에 의존하려고 하며(시스템 1), 시간이 넉넉하고 비용이 많이 들지 모를 때는 느리고 더 사려 깊은 반응에 의존한다(시스템 2). 코로나 사태는 기존의 도식에 깔끔하게 들어맞지 않았고, 5장에서 논의했듯이 지도자들이 기억 기반 휴리스틱들(특히 사람들이 외출해서 즐거운 시간을 보내도록 한 초기의 결정)에 의존함으로써 초래한 충격적이고 재앙에 가까운 결과들이 나타났다. 나중에 미국의 주 정부들이 내린 너무 일찍 다시 문을 열기로 한 추후의 결정 또한 그

룻된 결정이었을 수 있다. 통상적인 여름휴가 활동을 연기하거나 연기하지 않기로 한 사람들의 개인적 결정도 의도하지 않은 결과를 초래했을지 모른다. 이 모든 결정의 결과와 이 결정들로 인한 반응은 여러 해 동안 계속 파급 효과를 미칠 것이다. 불확실성의 상태에서 내린 결정은 크든 작든 간에 예기치 못한 결과를 초래할 수 있다. 이 결과로 인해 우리는 두고두고 불안해할 수 있다.

의사결정은 불확실성 줄이기, 위험 최소화하기, 이익 극대화하기의 문제다. 나는 코로나 사태에 관한 결정부터 다루기 시작했지만, 그건 특이한 경우다. 우리가 내리는 많은 결정은 사소하며, 거의 알아차릴 수 없을 정도다. 아침 식사로 토스트를 먹을지 베이글을 먹을지 결정하기도 여전히 의사결정이지만, 불확실성이 아예 또는 거의 없으며, 어느 쪽으로 결정되든 위험성이 거의 없고 이익이 고만고만하다. 하지만 훨씬 더 심각한 결정들도 있다. 대학 전공이나 연구 계획을 결정할 때는 결과와 관련된 불확실성이 존재한다. 공학이냐 전염병학이냐를 두고 선택할 때는 많은 미지의 요소가 뒤따른다. 앞으로 5년 후에 취업 시장이 공학자와 전염병학자에게 어떻게 될 것인가? 각각의 분야에 어떤 위험성이 따르는가? 각 교과 과정은 얼마나 어려운가? 각 학과에 입학한 학생들이 학업을 마치는 비율은 얼마나 되는가? 학급의 최상위권 근처 성적으로 졸업할 확률 대 중위권 성적으로 졸업할 확률은 얼마나 되는가? 그게 중요한가?

우리는 불확실성을 좋아하지 않는다. 동물도 불확실성을 좋아하지 않는다. 불확실성은 때때로 미지의 개수의 결과 시나리오를 만들어냄으로써 의사결정을 어렵게 만들고 인지 시스템을 약화시킨다. 불확실성은 불안의 상태도 초래할 수 있다. 이런 이유들 때문에 대다수 유기체는 불확실성을 감소시키고 현 상태를 유지하는 방식으로 행동한다. 어쨌거나 다음에 무슨 일이 생길지 확실히 아는 최상의 방법은 똑같은 것을 계속하고 현상태를 최대한 오래 유지하는 것이다. 비록 현 상태가 그리 좋지 않더라도 말이다. 심지어 나쁘지만 익숙한 상황이 알 수 없고 불확실한 미래보다 더 좋아 보일지 모른다.

불확실성 감소, 위험 회피 및 현 상태 유지라는 개념은 인간의 의사결정 방식을 이해하는 데 핵심적이다. 만약 그것이 여러분으로 하여금 이 장을 계속 읽도록 결정하는 데 도움을 준다면, 나도 거드는 의미에서 다음에 나올 내용의 불확실성을 줄이겠다. 우선 의사결정의 단계들과 과정들을 논의하겠다. 그다음에 확률을 논의할 텐데, 확률은 의사결정 방식을 이해하는 데 대단히 중요하다. 그다음에는 인간의 의사결정을 불확실성 감소 및 결과 극대화의 관점에서 설명하는 여러 이론을 소개할 것이다. 논의의 마지막 내용으로는, 불확실한 상황을 가장 잘 이용하는 법, 좋은 선택에 도움이 되는 접근법을 살펴보는 법, 이미 내린 결정에 만족하는 법을 다룬다.

| 결정하기 |

우리는 매일 많은 결정을 한다. 아침으로 무엇을 먹을지 어느 길로 출근할지 결정한다. 시간과 돈, 자원을 어떻게 분배할지도 결정한다. 낭만적인 짝과 계속 사귈지 떠날지도 결정할 수도 있다. 짜증 나는 직장에 계속 들러붙어 있기로 결정하기도 하고, 그런 직장을 떠나 다른 직장에 가기로 결정하기도 한다. 이런 결정은 사소할 수도 있고 인생을 바꿀 수도 있다. 빠르게 내려질 수도 굉장한 심사숙고를 거쳐 내려질 수도 있다. 결정은 옳을 수도 있고 그를 수도 있으며 둘 다 아닐 수도 있다. 우리는 불확실성을 줄이고 싶어 하지만 불확실성은 우리가 하는 모든 일에 영향을 미친다.

결정의 세 단계

웬만큼 똑똑히 의식하면서 내리는 결정에는 종종 여러 단계가 관여한다. 하지만 여러분은 각각의 단계를 알아차리지는 못할 가능성이 크며, 모든 결정에 각각의 단계가 일일이 관여하지는 않는다. 첫 번째는 확인 단계로서, 결정을 내릴 필요성을 확인하는 단계다. 간단한 예를 들자면, 식당에서 음식 주문하기나 테슬라 주식에 얼마간의 돈을 투자하기로 결정하기처럼 더 복잡한 행위와 같은 공공연한 결정 기회에 맞닥뜨리는 상황이다. 이전의 시기에는 결정할 필요가 없었지만, 이 확인 국면에서는 결정할 필요가 분명해진다. 더 중요한 점을 말하자면, 이 단계에서는 결정에 관한 틀이 씌워진다. 결정에 관한 틀 씌우기는 알려진 비용과 편익, 또는 인식된 이익과 손해의 관점에서 결정을 서술하기가 관여한다. 결정에 틀이 씌워지는 방식은 결정이 실제로 내려지는 방식을 바꿀 수 있다. 가령, 여러분이 대학이나 직장 내의 훈련 과정에서 어떤 과정을 밟기로 결정하는 중이라면, 여러분이 그 과정을 요건이라고 틀을 짓는지 아니면 선택 사안이라고 틀을 짓는지에 따라 결정이 달라질 수 있다. 각각의 틀에서, 하나는 여러분이 해야 하는 것이 되고 다른 하나는 여러분이 하고 싶은 것이 된다.

두 번째 단계는 결정할 선택 사안 내놓기다. 가령 결정이 낭만적인 짝과 어디에서 데이트를 하는지에 관한 것이라면, 여러분은 영화관, 클럽, 저녁 식사 자리, 골프장, 해변 등의 선택 사안들을 생각하기 시작할 수 있다. 인식 단계에서처럼 이 단계도 여러 요인에 영향을 받는다. 사적인 지식과 경험 등의 개인적 요인들이 영향을 미쳐서, 고려할 선택 사안이 줄거나 늘 수 있다. 작업기억 용량과 같은 인지 요인들의 영향으로 인해, 고려할 선택 사안의 개수가 줄어들 수 있다. 가용한 시간의 양과 같은 상황적 요인들도 고려할 선택 사안의 개수에 영향을 미칠 수 있다. 가령, 시간 압박은 선택 사안의 개수를 줄인다. 빠른 결정 내리기는 종종 휴리스틱과 시스템 1의 도움을 받지만, 앞서 코로나 사태에서 논의했듯이, 2020년 초기의 코로나 사태의 급속한 확산은 의사결정자에게 추가적인 압박 요인으로 작용했다.

선택 사안들은 판단 단계에서 평가된다. 판단은 확률, 비용, 편익 및 선택 사안의 가치를 고려해 이루어진다. 실제의 또는 인식된 위험성에 대한 판단도 이루어진다. 많은 경우에 판단은 10장을 포함해 이 책의 여러 대목에서 논의된 많은 편향에 영향을 받기 쉽다. 가용성과 대표성도 어떻게 선택 사안들이 평가되고 판단되는지에 영향을 미칠 수 있다. 가령, 매우 빠르게 마음에 떠오르는 선택 사안은 우호적이라고 판단될 수 있지만, 이는 가용성 휴리스틱의 직접적 결과일 뿐이다. 일부 경우, 매우 두드러지기에 기억에서 이용 가능한 선택 사안은 마음에 빨리 떠오를 가능성이 높다. 이는 만약 선택 사안이 최선이 아니라면 편향을 낳을 수 있으며, 때로 오류를 저지르게 한다. 하지만 이런 지름길과 휴리스틱 중 일부는 유용하다.

선택 사안이 너무 많으면 어떻게 되는가?

일반적으로 우리는 좋은 결정을 내리는 편이다. 물론 전부는 아니더라도 많은 결정에는 위험이나 불확실성이 별로 크지 않다. 하지만 때때로 갈등이 존재하기도 한다. 때로는 선택할 거리가 너무 많다. 그리고 선택 사안이 너무 많으면 그것들을 생각해내고 판단할 때 인지 자원에 부담을 주어 결정이 어려워질 수 있다. 10대였을 때 나는 대다수 10대들이 하던 대로 했다. 가령 어떤 음악을 구매해야 하는지 생각했다. 1980년대에는 카세트로 음악을 구매하다가 나중에는 CD를 구매했다. 한 장 한 장의 음반이 전부 소중했기에 레코드 가게에서 각각의 앨범을 살피느라 시간을 들였다. 음반 평도 읽어보고 친구한테 물어보기도 했다. 결정하는 과정이 즐거웠다. 음악 듣기도 즐거웠다. 그리고 구입한 앨범들을 집에서 대학교와 대학원까지 가져왔다. 2000년대 디지털 음악의 출현도 큰 변화를 가져오진 않은 듯했다. 나는 그냥 음악 파일을 구매해서 다운로드했다. 하지만 이제 결정은, 비록 온라인이기에 더 쉬운 듯 보이지만 사실은 더 어려워졌다. 선택할 것이 더 많았고 동시에 전부 똑같이 보였기 때문이다. 급기야 음악 구매는 통제 불능의 상태가 되었는데, 바로 스트리밍이 음악 소비 방식의 주류로 자리 잡으면서다. 갑자기 선택할 음악이 너무 많아졌다. 앨범을 직접 고르는 방식의 음악 구매가 습관이 된 사람한테 스트리밍은 더 이상 말이 되지 않았다. 스포티파이 같은 회사들이 이전의 앨범들을 전부 제공해주었는데, 아울러 리마스터링 버전, 스페셜 에디션 및 싱글single도 내놓았다. 그게 나에게는 음악의 즐거움을 많이 빼앗아갔다. 지금 나는 스포티파이 알고리즘과 추천 시스템이 대신 결정을 내려주는 데 많이 의존한다. 결정할 거리와 선택 사안이 너무 많아지는 바람에 다른 누군가가 대신 결정해주는 게 더 쉽다. 예전에 우리는 그걸 라디오라고 불렀고, 공짜였다. 이제는 추천해주는 플레이리스트에 비용을 지불한다. 또한 여러분이 선택해야 할 동영상 서비스 업체가 몇 개인지 생각해보라. 한때 사람들은 선택할 TV 채널이 10개 미만이었고 우리는 그런 작은 집합에서 시청할 방송을 선택하곤 했다. 2020년대 초반에는 스트리밍 서비스 업체가 너무 많아서(넷플릭스, 훌루, 디즈니플러스, 아마존 프라임 비디오 등), 마치 무한 개의 선택 사안이 있는 것만 같다. 선택 사안이 너무 많아지는 바람에, 선택 사안을 제한할 모종의 전략이나 휴리스틱에 의존하지 않고서는 선택하기가 어려울 수 있다.

배리 슈워츠Barry Schwartz라는 스워스모어칼리지Swarthmore College의 심리학자는 이 문제를 『선택의 역설The Paradox of Choice』(Schwartz, 2004)이라는 저서에서 다루었다. 그가 지적하기로, 너무 많은 선택 사안은 우리의 인지 시스템에 부담을 지워서 좋은 결정을 내리는 능력과 행복감을 약화시킬 수 있다. 게다가 선택 사안이 많아질수록 그릇된 결정이 나올 확률이 높아진다. 또는 여러분이 그릇된 선택을 하지 않을까 우려하는 성향을 키우고 **그것 자체가** 짜증스러울 수 있다. 여러 장에 걸쳐 온갖 선택거리가 잔뜩 적힌 식당 메뉴판을 생각해보자. 메뉴 고르기가 어려울 것 같지 않은가? 나는 그렇다. 내 딸이 어렸을 때, 아마 일고여덟 살쯤이었을 때, 딸은 외식하러 나가면 메뉴판에 있는 수많은 선택 사안 때문에 짜증을 내곤 했다. 문제는 딸은 뭐든 좋아하는 편이었다는 것이다. 그렇다 보니 가장 먹고 싶은 것을 무엇으로 정해야 할지 알 수가 없었다. 어느 시점에 딸은 짜증을 줄일 좋은 방안을 하나 떠올렸다. 일종의 휴리스틱에 기댔는데, 결정할 수가 없을 것 같으면 표준 메뉴로 정하는 방법이었다. 가령, 치킨-시저 랩chicken-Caesar wrap은 캐나다의 패밀리 레스토랑과 퍼브pub에서 꽤 표준적인 메뉴다. 나도 메뉴판이 긴 레스토랑에서 종종 딸과 똑같이 한다. 좋아 보이는 메뉴를 찾아서, 그냥 그걸로 주문한다. 슈워츠가 만족하기satisficing 전략이라고 부른 방법이다. 어느 정도 괜찮고 만족스러운 범주에 들 만한 것을 고른다는 뜻이다. 최상의 결정은 아닐지 모르지만, 어쨌든 좋은 결정이다. 또한 이와 같은 전략은 여러분한테 충분히 좋은 것을 선택함으로써 불확실성을 줄인다.

만족하기는 인지과학과 인생 문제 해결에 관한 허버트 사이먼Herbert Simon의 선구적인 연구에 기원을 두고 있다(Newell, Simon & Others, 1972). 사이먼이 정의하기로, 만족하기는 한 범주 내지 갈망 수준을 설정한 다음에 그 범주에 따라 만족스러운 첫 번째 대안을 검색하는 일이다. 만족하기는 때때로 '충분히 좋은' 접근법이라고도 불린다. 여러 면에서 이 전략은 충분히 좋지만 아마도 최상이진 않은 대안을 찾도록 맞추어졌기 때문이다. 드러내놓고 차선을 지향하는 전략인 셈이다.

우리는 최선인 것이 최선이라고 가정하는 경향이 있다. 무슨 말이냐면, 최선의 것으로 결정하기가 심리와 행동 면에서 우위에 놓인다. 이는 직관적으로 타당해 보이는데, 우리가 최선을 '최상의 결과 보장하기'라고 정의한다면 최선이야말로 우리가 선호하는 상태라는 견해에 반박하기가 어렵기 때문이다. 하지만 최선을 선호하기에 단점은 없을까? 다음과 같은 상황을 상상해보자. 여러분이 공항에 있는데 아직 식사를 못 했다. 비행기를 타면 세 시간을 날아가야 하는데, 그 전에 30분 안에 먹을 것을 찾아야 한다. 수백 가지 선택 사안이 있을 텐데, 품질과 가치 면에서 가능한 최상의 식사를 원한다. 식사가 빨리 나와야 하고, 너무 맵지 않아야 하고, 그러면서 맛도 좋고 건강에도 좋아야 한다. 일일이 식당과 간이음식점 앞에 서서 무슨 메뉴가 있는지 찾아보고 그걸 SNS와 리뷰 사이트의 평가와 비교할 수도 있다. 이런 종합적인 노력을 통해 비행 전 최선의 식사를 찾아낼 수도 있겠지만, 이런 철저한 검색과 평가 절차에는 처한 상황에 비해 너무 긴 시간이 들 것이다.

대신에 여러분은 쉽게 찾을 수 있는 두어 가지 선택 사안을 살펴서 기준을 만족시키는 데서 가까운 한 식당을 선택할 수 있다. 최상의 해법은 유연하면서도 적당한 문턱값을 설정한 다음에 이 기본적인 범주에 속하는 첫 번째 선택 사안을 고르는 것이다. 모든 선택 사안을 평가해서 최선의 식사를 고르는 비용은 굉장히 큰 반면에 편익은 그다지 크지 않다. 게다가 이 상황에서 완벽한 것 아래의 식사에는 비용이 크게 들지 않는다. 공항

음식 사례의 경우, 15달러 아래에서 결정할 맵지 않은 음식이 여럿 있다. 처음 눈에 들어오는 샌드위치, 햄버거 또는 스시 접시가 이런 기준에 맞을 수 있다.

| 확률 이해하기 |

의사결정 과정을 이해하려 할 때, 어떻게 확률이 작동하고 사람들은 대체로 어떻게 확률을 판단하는지 알면 유용하다. 많은 결정은 결과의 확률을 고려해야 하는 상황에서, 또는 불확실성에 직면해서 내려진다. 그런 정보가 없다면 우리는 매우 일반적인 휴리스틱에 의존할 수밖에 없어서 실수를 저지를 위험에 처한다. 인간에게는 (그리고 어느 정도까지 인간 이외의 동물도) 확률을 추적하고 해석하는 여러 가지 방법이 있다. 펜실베이니아대학교의 심리학자인 조너선 배런Jonathan Baron은 사람들이 확률을 이해하는 3가지 주요 방법을 기술하고 있다(Baron, 2008). 그 3가지란 빈도 추적, 확률 논리에 관한 지식, 개인적 이론이다.

빈도 추적은 인간이 이전의 빈도 사건에 대한 지식을 바탕으로 확률 판단을 내리는 성향에 착안한다. 가령, 여러분이 인플루엔자(계절성 독감)에 걸릴 가능성을 생각한다면, 아마도 과거에 독감에 걸렸던 빈도에 대한 지식을 바탕으로 확률을 판단할 것이다. 독감에 걸린 적이 없다면 여러분은 확률을 과소평가하기 쉽다. 작년에 독감에 걸렸다면 확률을 과대평가할 수 있다. 진짜 확률은 이 두 극단 사이의 어딘가에 있을 테다. 빈도 이론에서 중요한 점을 말하자면, 판단을 내리기 위해 사건과 기억을 부호화하는 데는 주의가 요구된다는 것이다. 앞서 5장에서 논의했듯이, 기억은 편향에 꽤 취약하다. 우리는 매우 두드러진 사건을 기억하는 편이어서 그런 기억을 바탕으로 판단하는데, 이는 가용성 휴리스틱을 만들어낸다. 가용성은, 저빈도 정보가 현저성이나 최신성 때문에 강한 기억 표상을 갖는다면, 편향과 결정 오류로 이어질 수 있다.

사람들은 논리적 확률에 대한 이해를 의사결정에 이용할 수도 있다. 여기에는 한 주어진 사건의 실제 확률과 기준 발생률base rate에 관한 지식이 요구된다. 실제로 이렇게 하기는 어려울 수 있는데, 많은 요인이 확률에 영향을 미치기 때문이다. 하지만 사람들은 교환가능 사건exchangeable event이라는 것에 대한 논리적 이론을 사용할 수 있다. 교환가능 사건이란 확률이 알려져 있으며 다른 형태, 다른 날짜 및 다른 표면적 특징들에 영향을 받지 않는 사건이다. 표준적인 포커 카드가 교환가능한 사건의 한 예다. 표준적인 카드 한 벌에서 클로버 에이스 한 장을 뽑을 확률은 모든 표준적인 카드들에서 똑같다. 모든 사람에 대해서도 똑같으며, 오늘이든 내일이든 똑같다. 이 카드에 대한 확률이 교환가능한 이유는 환경적 요인들에 영향을 받지 않기 때문이다. 게다가 빈도와 가용성에도 영향을 받지 않는다. 표준 카드 한 벌에서 에이스 한 장을 뽑을 확률은 여러분이 과거의 카드놀이에서 에이스를 뽑았는지 여부와 무관하게 똑같다. 비록 카드 한 벌에서 클로버 에이스를 뽑은 적이 없다 하더라도 확률은 빈도에 대한 여러분의 개인적 기억에 따라 달라지지 않는다.

배런의 지적에 따르면, 순전히 교환가능한 사건은 찾기가 거의 불가능할 정도로 존재하기 어렵다. 그리고 정말로 교환가능한 사건이 고려되는 경우에조차 그런 사건은 개인적인 인지 편향에 여전히 영향을 받을 수 있다. 가령, 만약 여러분이 연속으로 에이스를 여러 번 뽑았다면(또는 에이스를 한 장도 뽑지 못했다면), 여러분의 논리적 확률 지식과 빈도 이론에서 모은 지식 사이의 충돌로 말미암아 기대치의 변화를 경험하게 될 것이다. 이를 가리켜 도박사의 오류gambler's fallacy라고 하는데, 나중에 이 사안을 더 자세히 다루겠다.

배런은 또한 주장하기로, 사람들은 개인적 이론도 이용한다고 한다. 개인적 이론은 사건 빈도에 대한 정보와 논리적 확률에 관한 정보를 담고 있을 수 있고 아울러 추가적인 정보도 담을 수 있다. 구체적으로 말해, 개인적 이론은 맥락, 전문적 지식, 무엇이 일어날지 그리고 무엇이 일어나길 여러분이 원하는지에 관한 정보를 담고 있다. 개인적 견해는 매우 유연한데, 의사결정자에 대한 개인적 믿음과 이해를 고려하기 때문이다. 이 믿음은 개인적 지식에 따라 사람들마다 다를 수 있기에, 두 사람은 확률 판단이 응당 다를 수 있다. 전문가와 초심자도 다르게 판단할 것으로 예상된다. 가령, 의학 관련 웹사이트에서 상담을 통해 이루어진 초보적인 진단은 숙련된 의사가 내린 진단과 다를 수 있다. 의사는 특별한 지식과 진단 경험을 지니고 있기 때문이다. 한편, 개인적 견해의 단점 하나는 사람들이 특이하고 비합리적인 정보도 사용한다고 가정한다는 것이다. 운, 운명, 마법 및 신적인 개입에 관한 믿음이 우리의 확률에 관한 개인적인 이론에 영향을 미칠 수 있다. 이는 객관적으로 평가하기 어려울 수 있지만, 여전히 사람들의 결정에 영향을 미친다.

확률을 계산하는 방법

가장 기본적으로 보자면, 확률은 어떤 사건이 장기적으로 발생할 가능성이다. 사건이 결코 일어날 수 없다면 확률은 0.0이다. 반드시 생기는 사건이라면 발생 확률은 1.0이다. 그러므로 대다수 확률은 0.0에서 1.0 사이에 놓인다. 구체적으로 0.25의 발생 확률을 지닌 사건이라면, 그 사건이 발생할 모든 경우의 수 중에서 25%는 발생하고 75%는 발생하지 않는다는 뜻이다. 확률은 또한 4 대 1과 같은 승산으로도 설명할 수 있는데, 그건 앞서와 똑같은 뜻이다. 하지만 그런 방식으로 접근하면 작은 수의 편향을 낳을 수 있다. 만약 내 승산이 4대 1이라면, 나는 네 번마다 한 번씩 이기리라고 기대하기 쉽다. 살펴보겠지만 그렇지 않을 수 있다.

가장 단순한 논리 이론에 따라 발생 확률을 계산하려면, 원하는 결과들의 수를 가능한 모든 결과의 수로 나누면 된다. 간단한 동전 던지기라면, 가능한 모든 결과의 수는 둘이다. 윗면과 아랫면. 동전을 하나 던져서 윗면이 나올 확률은 1을 2로 나눈 값, 즉 0.5다. 이는 공정한 동전이라면 던질 때마다 윗면이 나올 확률이 0.5이고 아랫면이 나올 확률이 0.5라는 우리의 직관과 일치한다. 사실 여러분은 그 동전을 여러 번 연속으로 던진다면, 몇 번은 윗면이 몇 번은 아랫면이 나오리라고 예상하는 편이다. 윗면과 아랫면이 꼭 동등한 분포를 보이리라고는 예상하지 않으며, 다만 많이 던지다 보면(또는 무한히 던지다 보면) 윗면과 아랫면의 빈도가 균형을 맞출 것이라고 본다. 또한 우리는 이 확률들이 장기적으로 유지되지만 소수의 표본에서는 변동이 허용된다고 가정한다.

확률을 결합하기

복수의 사건들의 확률을 계산할 때는 개개의 확률을 결합해야 한다. 즉, 개개의 확률을 곱하거나 더해야 하는데, 바로 여기서부터 문젯거리가 드러난다. 가장 쉽게 설명하자면, 확률이 '그리고and'와 함께 결합될 때는 곱해야 하며, '또는or'과 함께 결합될 때는 더해야 한다는 것이다.

예를 들어보자. 동전 하나를 던질 때 연속으로 두 번 윗면(윗면 그리고 윗면)이 나올 확률을 계산하려면, 윗면이 한 번 나올 확률(0.5)을 또 하나의 윗면이 한 번 나올 확률(0.5)에 곱한다. 그래서 두 번 연속 윗면이 나올 확률은 0.25이며, 세 번 연속 윗면이 나올 확률은 0.125…… 이런 식이 된다. 이는 연속으로 여러 번 윗면이 나올 확률이 곱하기로 인해 낮아진다는 뜻이다. 윗면이 두 번 나오거나 아랫면이 두 번 나올 확률을 계산하려면(윗면/윗면 또는 아랫면/아랫면), 개별 확률을 더한다. 그래서 윗면이 두 번 나올 확률이 0.25이고 아랫면이 두 번 나올 확률이 0.25이므로 구하고자 하는 확률은 0.5이다. 가능한 4가지 조합 전부(윗면/윗면 또는 아랫면/아랫면 또는 윗면/아랫면 또는 아랫면/윗면)를 다 합치면 1.0이 된다. 이 4가지는 동전 하나를 두 번 던질 때 나올 수 있는 모든 경우의 수이기 때문이다. 이 규칙은 두 상황 모두 독립성을 가정한다. 즉, 첫 번째 동전 던지기의 결과가 두 번째 동전 던지기의 결과에 영향을 미치지 않는다는 뜻이다. 비록 윗면이 연속 두 번 나올 확률이 0.25더라도 윗면이 나올 각각의 확률은 여전히 0.5다. 비록 여러분이 동전 하나를 스무 번 던졌더니 윗면이 연속으로 스무 번 나왔더라도 스물한 번째 동전 던지기에서 윗면이 나올 확률은 여전히 0.5라는 것이다. 이 사건들은 완전히 독립적이다.

도박사의 오류

무작위성을 대표한다고 우리가 믿는 속성인 독립성을 혼동한 사례로 도박사의 오류를 들 수 있다. 이것은 여러분의 개인적 이론과 믿음이 논리적 이론을 방해할 때 생긴다. 때때로 도박사의 오류는 대표성 휴리스틱 탓에 생기기도 한다. 여러분이 동전 하나를 10번 던지는데 매번 윗면인지 아랫면인지 기록한다고 하자. 이제 동전 10번 던지기에서 나올 수 있는 윗면(H)과 아랫면(T)의 다음 3가지 열을 살펴보자. 위에서 설명한 확률 곱하기에 따르면 이 3가지는 확률이 동등하다.

- **사례 1**: H-T-T-H-T-H-H-T-H-T
- **사례 2**: H-T-H-T-H-T-H-T-H-T
- **사례 3**: H-H-H-H-H-H-H-H-H-H

셋 다 똑같아 보이는가? 비록 각 열은 발생 확률이 모두 0.000976이긴 하지만, 사례 1이 무작위성의 가장 대표적인 사례처럼 보이고 사례 3은 모두 윗면인지라 무작위성의 대표적인 사례와는 거리가 멀어 보인다. 여러분한테 그다음 동전 던지기의 결과에 베팅하라고 한다면 어떻게 될까? 즉, 11번째 동전을 던지면 어떤 결과가 나오리라고 여러분은 예상하는가? 여러분이 대다수 사람과 비슷하다면, 사례 1의 경우에는 그다음에 딱히 선호하는 결과가 없을 것이며(윗면/아랫면 50/50), 사례 2의 경우에도 그다지 강한 느낌이 없을지 모른다. 하지만 사례 3의 경우에 그다음 동전 던지기 결과에 베팅을 하라고 하면, 아랫면(T)이 나오리라고 강하게 예상할 수 있다. 앞에서 10번 윗면이 나왔으니 이제 뒷면이 나올 차례인 것처럼 보인다.

이것이 바로 도박사의 오류다. 연속으로 10번 윗면이 나온 후 11번째 동전 던지기에서 아랫면이 나올 확률에 대한 의도적인 과대평가다. 동전 던지기는 윗면이 나올 확률이 0.5이고 아랫면이 나올 확률도 0.5임이 알려져 있기에, 10번 연속 윗면은 부자연스럽고 무작위적이지 않아 보인다. 비록 실제로는 무작위적인 발생인데도 말이다. 만약 11번째 던지기에서 아랫면이 나올 확률이 0.5보다 크리라고 판단한다면, 이들은 도박사의 오류에 빠지고 만다. 이는 벗어나기 어려운 오류다. 비록 동전 던지기는 독립적이며 윗면이 나올 확률은 언제나 0.5이고 아랫면이 나올 확률도 언제나 0.5임을 알고 있는데도 우리 대다수는 10번 연속 윗면이 나온 후에 다음번에는 아랫면이 나올 차례라고 강하게 여기게 된다.

어떻게 독립성과 곱하기 규칙이 동전 던지기와 같은 단순한 사건에서 통하는지 보기는 쉽지만, 이런 효과들은 더 복잡하고 의미적으로 풍부한 사례들에서 더욱 강해진다. 우리의 지식이 확률을 무시해버릴 수 있기 때문이다. 때때로 우리는 주어져 있는데도 확률을 무시하기도 한다. 빈번하게 인용되는 사례 하나로 카너먼과 트버스키가 내놓은 것이 있다(Tversky & Kahneman, 1983). 두 사람은 피실험자들에게 한 사람을 묘사한 내용을 보여준 다음에 그 사람이 하나 이상의 집단에 속할 확률을 말해달라고 했다. 가장 유명한 사례는 '린다'의 사례다.

린다는 서른한 살이고, 외향적이며 밝은 성격이다. 철학을 전공했으며, 학생일 때 사회 정의와 차별 문제에 관심이 많았다. 또한 시위에도 많이 참가했다.

이 묘사를 읽은 후에 피실험자들은 린다가 아래 여러 집단의 구성원일 가능성을 판단해달라는 부탁을 받았다.

- 린다는 초등학교 교사다.
- 린다는 서점에서 일하며 요가 수업을 듣는다.
- 린다는 페미니즘 운동을 한다.
- 린다는 정신질환자를 위한 사회복지사다.
- 린다는 여성유권자연맹(League of Women Voters)의 회원이다.
- 린다는 은행 창구 직원이다.
- 린다는 보험 판매원이다.
- 린다는 은행 창구 직원이면서 페미니즘 운동을 한다.

실험 결과, 사람들은 그녀가 페미니스트일 가능성이 높다고 판단했는데, 묘사 내용이 페미니스트에 대한 고정관념과 범주에 들어맞았기 때문이다.[38] 한편 피실험자들은 그녀가 은행 창구 직원일 가능성은 비교적 낮다고 판단했다. 린다가 은행 창구 직원이 못 될 이유는 없지만, 묘사에는 은행 창구 직원을 강하게 가리키는 내용이 전혀 없었다. 게다가 은행 창구 직원은 속성이 덜 명확한 넓은 범주다. 그런데 중요한 결과는 피실험자들이 그녀가 은행 창구 직원이고 페미니스트일 가능성이 그냥 은행 창구 직원이기만 할 가능성보다 높다고 판단했다는 것이다. 논리적으로 보자면, 두 범주의 결합의 가능성이 어느 하나의 단일 범주에 속할 가능성보다 높을 이유가 없다. 이 경우, 묘사 내용과 페미니즘 운동에 관한 고정관념 사이의 강한 의미적 연결로 인해 그런 오류가 생겼다. 피실험자들은 결합의 가능성 여부에 주의를 기울이지 않고서 단지 린다가 페미니스트를 대표한다는 사실에만 초점을 맞추었다. 달리 말해서 대표성 휴리스틱이 논리적 확률에 대한 우리의 인식보다 강했다.

---

38 몇 가지 언급할 말이 있다. 이 연구는 1980년대에 실시되었지만, 우리 대다수는 여전히 피실험자들이 가졌던 것과 가까운 린다에 대한 고정관념을 활성화할지 모른다. 우리는 페미니스트를 1980년대 사람들과는 다르게 여길지 모르지만, 사회정의에 관여하는 사람의 많은 특징이 페미니스트에 비견될 것이다. 둘째, '은행 창구 직원'의 사례는 연구가 처음에 실시되었을 때만큼 오늘날에도 타당하지는 않을지 모른다. 비록 대다수 사람이 은행의 현금지급기에서 현금을 인출할 수 있긴 하지만(또는 직불카드나 심지어 스마트폰으로도 인출하기도 하지만), 예전에는 현금을 얻는 주된 방법이 은행을 통해서였다. 은행의 앞 열에서 일하던 은행 직원을 '창구 직원'이라고 했고, 그들은 기본적인 거래를 다룰 수 있었다. 창구 직원으로 일하는 사람에 대한 구체적인 유형은 존재하지 않는다. 그들은 지금도 있지만, 대다수 사람은 이제 일상 은행 거래를 온라인이나 스마트폰으로, 또는 ATM으로 한다. 셋째, 여성유권자연맹은 별로 익숙지 않은 단체인데, 원래는 여성만을 위한 비당파적 미국 단체였다. 여성들이 처음으로 투표권을 얻은 후에 결성되었다.

누적 위험

사람들은 더하기 규칙을 누적 위험에 적용하는 방식에서도 실수를 저지른다. 예를 들어, 자동차로 출근하는 동안 사고를 당할 가능성을 생각해보자. 임의의 날에 이 확률은 낮다. 하지만 여러 해 동안 매일 운전을 하다 보면 누적 위험이 증가한다. 이 경우 누적 위험은 더하기로 계산되기 때문이다. 즉, 10년 동안이라고 하면, 첫날에 또는 둘째 날에 또는 셋째 날에 등등의 사고 확률이 더해진다. 여러 해 운전한다고 할 때 (미래의) 어느 특정한 날까지 사고가 날 누적 확률을 계산하려면 오늘 사고 날 확률을 내일 사고 날 확률에 그리고 그다음날에 사고 날 확률에 이런 식으로 계속 더한다. 그리고 확률은 변동한다. 어느 특정한 날의 매우 작은 사고 위험도 더해지면 장기적으로는 큰 누적 위험이 된다.

예를 하나 더 들어, 많은 사람이 운전하면서 스마트폰으로 문자를 송수신하기 위해 내리는 결정을 살펴보자. 운전 중 휴대전화 사용에는 벌금이 따른다. 대다수 사람은 그게 주의를 산만하게 한다는 사실을 안다. 위험이 알려져 있고 벌금이 높은데도 사람들이 여전히 운전 중에 스마트폰을 사용한다는 것은 충격적이고 절망적이기도 하다. 한 가지 이유는 사람들이 누적 위험을 진정으로 이해하지 못하기 때문이다. 특히 운전자가 빈도 이론에 따라 결정을 내릴 경우 더 그렇다. 만약 사고를 낸 적도 벌금도 문 적도 없다면 여러분의 확률에 관한 관점과 해석은 매번 스마트폰을 사용해도 사고가 나지 않는다는 것이다. 여러 해 동안 운전 중 스마트폰을 사용한 운전자라도 사고를 내지 않았을 수 있다. 그렇다고 해서 스마트폰이 방해거리가 아니라는 뜻은 아니다. 다만 방해가 사고를 아직 초래하지 않았을 뿐이다. 그렇기에 스마트폰 사용과 관련된 위험의 빈도 지식에 바탕을 둔 단기적 결정으로 인해 운전자가 스마트폰이 위험 요소가 아니라고 믿는 경향도 어느 정도 수긍할 만하다. 비록 그런 믿음이 운전자가 실제 위험에 대해 아는 바와 상충하지만 말이다. 스마트폰 사용과 사고와의 관련성을 이전에 직접 체험한 적이 없는지라, 대다수 사람은 위험을 얕잡아본다. 단기적으로는 그런 판단이 타당할 수 있겠지만, 장기적으로는 분명 위험하다.

장기적인 확률 계산하기는, 표준적인 값이든 누적 위험이든 간에 사람들한테 어려울 때가 종종 있다. 여러 면에서 볼 때, 장기적으로 생기는 일에 대해 판단하기는 직관에 반한다. 장기적으로 동전 하나는 윗면이 나올 확률이 0.5일 수 있다. 하지만 이는 동전 던지기를 무한히 많이 했을 때를 가정한 결과다. 동전 던지기를 많이 하면 균형이 맞춰지는 경향이 있겠지만, 작은 횟수로는 그러지 않을 것이다. 문제는 우리가 장기적 확률보다는 단기적 이익을 극대화하기 위한 결정을 내릴 때 생긴다. 진화적인 관점에서 볼 때 그런 결정은 타당하다. 단기적 확률은 나름의 장점이 있다. 유기체는 오늘 먹어야 한다. 앞으로 두 달 후에, 2년 후에 또는 20년 후에 무슨 일이 생길지를 고려할 수 없을지도 모르기 때문이다.

기준 발생률

한 사건에 대한 발생 비율(즉, 장기적 확률)을 기준 발생률이라고 한다. 카드와 같은 교환 가능한 많은 사건의 경우 기준 발생률이 알려져 있다. 하지만 대다수 사건은 기준 발생률이 명시적으로 알려져 있지 않거나 발생 빈도에 관한 지식을 통해서 추산될 수 있다. 예를 들어, 버스가 제시간에 도착하지 않을 가능성에 대한 기준 발생률을 알기란 거의 불가능하다. 자동차 사고의 기준 발생률도 마찬가지다. 게다가 설령 여러분에게 기준 발생률에 대한 얼마간의 지식이 있더라도(가령, 여러분이 출근용으로 타는 버스가 고장 날 확률), 매우 낮은 확률일 것이다. 매우 낮은 기준 발생률은 그 사건이 매우 자주 생기지 않기에 여러분이 무시하기 쉽다. 자연스러운 일이다.

기준 발생률을 이해하고 사용하기는 어려우므로 사람들이 그것이 알려져 있고 사용하면 유용한데도 종종 무시하는 경향이 있다는 점도 놀라운 일은 아니다. 이를 가리켜 기준 발생률 무시라고 한다. 두드러진 사례 하나가 의료 검사와 진단에서 보인다. 게르트 기거렌처^{Gerd Gigerenzer}가 실시한 일련의 연구는 의사와 간호사, 심지어 비의료인인 피실험자들이 의료 검사의 효험에 대한 의사결정을 어떻게 내리는지 조사했다(Gigerenzer, Gaissmaier, Kurz-Milcke, Schwartz & Woloshin, 2007). 대다수의 실험에서는 피실험자에게 특정한 질병이 어떤 확립된 기준 발생률을 갖는 상황을 제시했다. 즉, 총인구에서의 알려진 발생 비율을 알려주었다. 그다음에 검사에 관한 정보를 알려주었다.

가령, 조기에 발견하면 치료 효과가 매우 좋은 심각한 병 하나를 살펴보자. 이 병의 기준 발생률은 1%다. 즉, 1만 명당 100명이 결국에는 이 병에 걸린다는 뜻이다. 조기에 발견하려면 진단 검사를 받아야 한다. 검사는 적중률이 매우 높다. 만약 질병이 존재한다면, 검사 시행의 98%가 양성 결과를 내놓는다. 만약 병이 없다면, 오직 1%가 양성 결과를 내놓는다. 달리 말해서, 이 검사는 적중률이 높으며 거짓 양성 비율이 매우 낮다. 표면적으로 볼 때, 매우 좋은 검사여서 병에 걸린 사람과 걸리지 않은 사람을 믿을 만하게 구별할 수 있어 보인다. 이 정보 및 양성 검사 결과가 제시된 상황에서, 여러분은 어떻게 환자가 실제로 병에 걸렸을 확률을 판단할 것인가?

우리가 결정에 이르는 방법을 이해하기 위해서는 우선 이 확률을 계산하는 방법부터 설명해야 한다. 나는 4개의 확률 칸이 있는 도표를 마련했고 인구는 1만 명을 사용했다(이 수치는 늘리거나 줄일 수 있다). 앞서 말했듯이 1% 기준 발생률은 1만 명당 100명이 이 병에 걸린다고 가정한다. 병이 있는 열에서, 병에 걸린 100명 가운데 98명이 양성의 검사 결과를 보일 것이다. 그 100명 가운데 2명이 실제로는 병에 걸렸는데도 음성의 검사 결과를 보인다. 놓친 사람이 2명뿐이니, 지금까진 꽤 좋다.

하지만 문제는 병에 걸리지 않은 사람에게서 등장한다. 병에 걸리지 않은 사람은 9,900명이고 이들을 전부 검사한다. 병이 없는 열에서 1%의 거짓 양성 비율은 병에 걸리지 않은 9,900명 중에서 99명이 여전히 양성 검사 결과가 나오고, 9,801명은 병이 없을 때 음성 검사 결과가 나온다는 뜻이다. 따라서 좋은 검사이긴 하지만, 병에 걸리지 않은 사람이 매우 많기 때문에 1만 명 중에서 99명을 오진하게 된다는 뜻이다. 아직도 좋은 검사라고 여기는가? 이쯤 되면 아리송해진다.

여기서 우리는 양성 검사 결과가 진짜로 무슨 의미인지 알아보아야 한다. 어쨌거나 우리는 누가 병에 걸렸는지 실제로 모른다. 그렇기에 검사를 하는 것이다. 한 사람이 양성 검사 결과를 받았을 때 실제로 병에 걸렸을 확률 P(병|양성 검사)를 계산하려면, 양성 검사 결과를 받았고 실제로도 병에 걸린 사람들의 수를 양성 검사 결과를 받은 사람들의 총수로 나누면 된다. 이것은 'P(윗면) = 윗면의 수/윗면의 수 + 아랫면의 수'의 규모가 커진 버전이라고 보면 된다. 이는 (베이의 정리에서 단순화된) 다음 공식으로 계산된다.

$$P(병 \mid 양성 결과) = \frac{양성\ 검사\ 결과를\ 받았고\ 실제로도\ 병에\ 걸린\ 사람들}{양성\ 검사\ 결과를\ 받은\ 사람들}$$

아래 도표에 있는 값들을 이용하면 다음 결과가 나온다.

$$P(\text{병} \mid \text{양성 결과}) = \frac{98}{198} = 0.497$$

1%의 기준 발생률, 즉 1만 명당 100명이 병에 걸릴 확률을 가정할 때, 한 사람이 양성 검사 결과이면서 실제로 병에 걸릴 확률은 0.497이다. 처음에는 아주 좋아 보였던 검사였는데, 이제 보니 동전 던지기보다 낫지 않다. 매우 좋은 진단 검사더라도 기준 발생률이 낮으면 낮은 조건부 확률을 낼 수 있다.

한 가상의 병과 진단 검사에 대한 확률들

검사 결과	병		
	병이 있음	병이 없음	총계
양성 검사 결과	98	99	197
음성 검사 결과	2	9,801	9,803
총계	100	9,900	10,000

종종 무시되는 중요한 정보는 거짓 양성인 사람의 수다. 비록 거짓 양성 비율이 낮긴 하지만, 기준 발생률 또한 낮다. 그러므로 대다수 사람은 실제로 이 병에 걸리지 않는다. 만약 병이 걸리지 않은 사람 중에서 적은 비율이라도 거짓 양성을 보인다면, 거짓 양성 사례의 **절대 수**는 바람직한 정도보다 높다. 달리 말해서, 적중률이 매우 높고 거짓 검사 비율이 매우

낮은 검사라 하더라도, 낮은 기준 발생률은 양성의 검사 결과를 지닌 사람이 실제로 병에 걸릴 확률을 낮게 만든다. 기거렌처가 실시한 다수의 연구에서는, 심지어 숙련된 의사조차도 양성 검사 결과가 실제 병이 걸렸음을 나타낼 확률을 과대평가했다.

여기서 흥미로운 질문이 하나 떠오른다. 만약 의사들조차도 이런 실수를 한다면, 어떻게 그들은 이런 실수가 실제의 임상 상황에서 내릴 결정에 영향을 주지 않게 할 수 있을까? 한 방법은 단계적으로 기준 발생률을 증가시켜 한 검사에 대한 양성 결과가 더 올바른 진단이 되도록 하는 것이다. 이렇게 하려면 질병에 걸렸을 가능성이 더 높은 사람들한테만 검사를 실시하면 된다. 달리 말해서, 모든 이에 대해 암 검사를 실시하지 말고, 관련 증상과 기존의 위험 요인을 지닌 사람들만 검사하는 것이다. 이는 해당 병에 걸렸을 가능성이 높은 사람에게 검사를 적용함으로써 기준 발생률을 효과적으로 높여준다. 모두를 검사하게 되면, 설령 적중률이 높고 거짓양성 비율이 낮더라도 질병 발생률이 낮을 때 좋은 전략이 아니다. 하지만 병에 걸렸을 가능성이 이미 높은 사람을 검사하면, 확실히 검사 결과는 더 유용하고 유익해진다.

| 합리적인 의사결정과 그다지 합리적이지 않은 의사결정 |

의사결정에는 결과와 비용, 편익, 확률에 관한 지식의 조합이 관여한다. 앞에서는 확률 이해하기 그리고 생길 수 있는 오류에 대해 다루었다. 이번에는 사람들이 어떻게 결정을 내리는지 이해하고 설명해줄 여러 가지 이론적 접근법을 다루려고 한다.

의사결정에 대한 합리적 접근법은, 표준이 될 만한 하나의 기준을 정하고서 우리가 그 기준에서 얼마나 벗어나는지 살핀다. 무슨 말이냐면, 이 모형의 많은 특성과 측면은 경제 이론에 뿌리를 두고 있으며, 의사결정의 배후에 있는 인지 과정뿐만 아니라 우리가 취하는 다른 이론적 접근법 일부를 기술하지 못할 수 있다는 뜻이다. 한편, 이 합리적 접근법은 어떻게 최선의 결정에 도달할 수 있는지 기술해준다. 사람들이 이 최선의 결정에서 벗어나는 정도는 다른 이론적 접근법들, 기억과 지식 및 인지 제약의 맥락에서 이해할 수 있다.

합리적 접근법의 한 근본적인 측면은 사람들이 최선의 결정을 내릴 수 있다고 가정한다는 것이다. 최선의 결정을 내리기 위해서 사람들이 다음과 같이 행동한다고 가정해보자. 즉, 사람들은 여러 대안을 저울질하며 기댓값을 설정하거나 모든 대안에 대한 기대 효용을 결정하고, 그런 다음에 장기적으로 가장 소중한 대안을 선택한다고 말이다. 즉, 최선의 결정은 기댓값/기대 효용을 극대화하는 결정이다.

기댓값^{expected value}은 하나의 주어진 결과에 붙는 가치로서, 물리적인 값이거나 금전적인 값이거나 심리적인 값일 수 있다. 기댓값은 비용편익에 대해 알려진 바를 원하는 결과를 얻을 확률과 결합해 계산한다. 아래 공식은 기댓값을 계산하는 단순한 방법을 보여준다.

EV =(이득값 * P(원하는 결과)) – (손실값 * P(원하지 않는 결과))

이 공식에서 기댓값(EV)은 이득 곱하기 이득을 얻을 확률에서 비용 곱하기 그 비용이 발생할 확률을 뺀 값이다. 가령, 금전상의 선택을 내리는 매우 단순한 2가지 상황을 살펴보자. 선택 사안 1에서는 여러분이 40달러의 이득을 0.2의 확률로 얻고 그 이외에는 아무 일도 생기지 않는다. 선택 사안 2에서는 35달러의 이득을 0.25의 확률로 얻고 그 이외에는 아무 일도 생기지 않는다. 둘 중 어느 것이 장기적으로 최상의 선택인지 결정하려면, 기댓값 공식에 값들을 아래와 같이 대입하면 된다.

- **선택 사안 1**: EV =($40 * 0.20) - (0 * 0.80) = $8.00
- **선택 사안 2**: EV =($35 * 0.25) - (0 * 0.75) = $8.75

이득이 크긴 하지만 선택 사안 1은 실제로는 장기적으로 기댓값이 낮다. 이는 이득과 확률이 결합하는 방식 때문이다. 이는 또한 상이한 요인이 장기적인 기댓값에 영향을 미칠 수 있음을 의미한다. 결과가 실제 가치를 넘어선 어떤 추가적 효용을 갖는 경우, 그것을 얻는 가치가 증가하거나 잃는 비용을 감소시켜서 선택에 영향을 미칠 수 있다. 가령, 많은 사람이 도박에 뛰어들고 복권 구매에 나서지만, 그 사건들은 음(-)의 기댓값을 갖는다. 대다수 사람은 카지노 게임을 통해 얻는 추가적인 심리적 효용이 있다는 데 동의한다. 카지노에서의 도박은 재미있거나 즐거운 사교 활동 내지는 휴가의 일환일 것이다. 이는 본질적으로 손실의 충격을 최소화한다.

프레이밍과 손실 회피

앞서 논의했듯이, 합리적 접근법은 최선의 의사결정 패턴을 기술하는 데 매우 효과적이지만, 어떻게 사람들이 실제로 결정을 내리는지 기술하는 데 자주 실패한다. 사람들은 종종 기댓값과 최선에 반대되는 결정을 내린다. 앞서 나온 단순한 도박 선택 사안과 동일한 일반적 체계를 사용하는 꽤 단순한 사례로 확실성 효과certainty effect라는 것이 있다. 모든 상황이 동일할 경우 인간은 물론이고 인간 이외의 동물도 불확실성에 저항한다. 불확실성은 어느 생명체한테나 불만족스러운 상태를 초래한다. 하지만 때때로 어떤 결정 주위의 맥락이 '프레임'이라고 하는 기억을 활성화시켜, 어떤 선택 사안을 실제보다 더 확실하게 보이게끔 만든다. 원래 트버스키와 카너먼에 의해 기술된(Tversky & Kahneman, 1981) 프레이밍 효과는 어떻게 한 결정의 맥락과 관련 의미들이 어느 선택 사안이 더 낫게 보이도록 영향을 미칠 수 있는지 잘 알려준다. 가장 유명한 사례는 한 시나리오에 대한 짧은 설명과 2가지 선택 사안으로 이루어진다. 다음 진술들을 살펴보자.

- **전제**: 미국이 한 특이한 질병의 발발에 대비하고 있다고 상상하자. 이 병은 600명을 죽일 것으로 예상된다. 이 병을 퇴치하기 위한 2가지 상이한 프로그램이 제안되었다. 두 프로그램의 결과에 대한 정확한 과학적 판단은 아래와 같다.

- **프로그램 A**: 프로그램 A가 채택되면, 200명의 생명을 구할 것이다.
- **프로그램 B**: 프로그램 B가 채택되면, 600명의 생명을 구할 확률이 1/3이고 누구의 생명도 구하지 못할 확률이 2/3이다.

이 시나리오에서 대다수 참가자(72%)는 프로그램 A를 선택했다. 비록 이 진술에서는 200명이 살고 따라서 400명은 그렇지 않음이 암시되어 있지만, 프레임은 **구하는 생명**의 관점에 맞춰져 있다. 두 프로그램 모두 구하는 생명에 관해 말한다. 구하기 또는 이득에 프레임이 맞춰져 있을 때 사람들은 일반적으로 위험 회피 행동을 보이며 특정한 결과를 선호한다.

하지만, 똑같은 시나리오지만 죽게 되는 사람들의 수에 프레임이 맞춰진 경우를 상상해보자.

- **프로그램 C**: 프로그램 C가 채택되면, 400명이 죽을 것이다.
- **프로그램 D**: 프로그램 D가 채택되면, 아무도 죽지 않을 확률은 1/3이고 600명이 죽을 확률이 2/3이다.

이 시나리오에서 대다수 참가자(78%)는 선택 사안 D를 선택했다. 사실, 두 시나리오 모두 그리고 프로그램 A, B, C, D 모두 숫자는 등가다. 두 번째 시나리오는 손실(즉, 사람들이 죽음)에 프레임이 맞춰져 있다. 결정이 손실에 프레임이 맞춰져 있을 때 사람들은 일반적으로 손실 회피를 드러내며 더 위험한 선택 사안을 기꺼이 선택한다. 이러한 프레이밍 사례가 흥미로운 까닭은 손실 회피를 위험 회피와 대조시키기 때문이다. 비록 사람들은 일반적으로 위험과 손실을 둘 다 피하려고 하지만, 손실 회피가 훨씬 더 중요하다. 손실 회피는 인간 행동에서 크게 두드러진다. 흥미롭게도 둘 다 불확실성을 피하려는 욕구에서 나온다. 사람들은 불확실성을 줄이는 한 방법으로 위험을 피하는 경향이 있지만, 또한 불확실성을 피하기 위한 방법으로 손실을 피해 현재 상황을 지키려는 경향도 있다.

넛지 효과

많은 소매점이 우리의 확실성 선호, 손실 회피 및 위험 회피 성향을 광고 전략에 이용한다. 가령, 나는 아이들과 함께 매년 여름에는 새로운 야구 용품을 그리고 겨울에는 빙상 용품을 사러 간다. 어느 해 우리는 판매 중인 모든 제품에 대해 최고 50%까지 할인을 해준다는 광고판이 붙은 지역 스포츠 용품점에 갔다. 당시 열 살쯤이었던 큰딸이 이렇게 말했다. "오늘 오길 잘했어요. 할인을 많이 해주는데요." 잘 짚었다. 정말 기가 막힌 타이밍에 온 것 같았다. 기대를 깨뜨리긴 싫었지만, 그래도 나는 상점에는 늘 그런 광고판이 붙어 있다고 큰딸에게 일러주었다. '할인가'라고 올려놓은 가격은 그냥 실제 가격일 뿐이다. 이는 결코 그 가격에 팔리지 않는 '권장 가격'을 가격표에 붙여두는 다른 소매점들에서도 보인다. 이런 가격 정하기 전략은 광고된 가격이 할인인 것처럼 보이게 하는 프레이밍 효과를 노린다.

리처드 세일러Richard Thaler의 연구(Thaler, 1985)는 이런 발상을 더 체계적으로 조사했다. 가령, 서로 다른 가격 전략을 취하는 두 주유소에 대한 아래의 설명을 살펴보자. 세일러가 실시한 한 연구에서 참가자들은 다음 시나리오를 제시받았다.

> 도로에서 운전 중인데, 여러분은 휘발유가 떨어지고 있음을 알았다. 마침 주유소가 두 군데인데, 둘 다 휘발유를 광고하고 있다. A 주유소의 가격은 리터당 1달러이고 B 주유소의 가격은 리터당 95센트다. A 주유소의 광고판에는 또한 이렇게 적혀 있다. '현금 결제일 경우 리터당 5센트를 할인해드립니다!' B 주유소의 광고판에는 또한 이렇게 적혀 있다. '신용카드 결제일 경우, 리터당 5센트의 추가 요금이 붙습니다.' 다른 모든 요소가 동등할 때(가령, 주유소의 청결 상태, 여러분이 좋아하는 브랜드의 휘발유인지 여부, 각 주유소에서 대기하는 자동차의 수 등), 어느 주유소를 선택할 것인가?

추가적인 상황이 없을 때 피실험자들 중 다수는 주유소 A를 선호한다고 밝혔다. 비용은 피실험자들이 현금으로 결제하든 신용카드로 결제하든 동일했다. 하지만 A 주유소의 정책은 현금 결제에 대한 할인 혜택으로 이루어져 있다. 이것이 더 나은 가격 전략으로 해석되기에 A 주유소가 선호되었다.

세일러의 연구는 결국에는 2017년 노벨경제학상 수상으로 대미를 장식하게 되는데, 그 연구 내용이 세일러의 최근 저서 『넛지』에 요약되어 있다. 이 책에서 세일러와 공저자인 캐스 선스타인^{Cass Sunstein}이 주장하기로, 정부와 기업들이 의사결정을 향상시키는 데 도움을 줄 수 있고, 궁극적으로는 사람들을 최선의 방향으로 넛지^{nudge}시킬 정책을 도입해 사회를 향상시킬 수 있다고 한다. 둘은 넛지를 이렇게 정의하고 있다.

> 넛지는, 이 책에서의 용례대로, 어떤 선택 사안을 금지한다든지 경제적 동기를 중대하게 변화시킨다든지 하지 않고서 사람들의 행동을 예측 가능한 방식으로 변화시키는 선택 양식이다. 단지 넛지로 여겨지려면 개입은 반드시 쉽고 간단히 피할 수 있어야 한다. 과일을 눈높이에 두는 것은 넛지다. 하지만 정크푸드를 금지시키는 것은 넛지가 아니다.

넛지 이론의 기본 발상은, 우리는 편향을 이롭고 더 나은 결정을 하도록 이용할 수 있다는 것이다.

손실 회피

앞에 나온 사례 중 여럿은 손실 회피 현상을 다루었다. 손실 회피가 생기는 까닭은 무언가를 포기하거나 잃기에 관련되는 심리적 가치가 동일 대상을 얻기와 관련되는 심리적 가치보다 더 크기 때문이다. 우리는 현재 상황을 선호하는 경향이 있다. 많은 사람이 좋아하는 펜을 계속 쓰거나, 좋아하는 오래된 책을 계속 지니거나, 좋아하는 잔을 계속 사용한다. 더욱 중요한 점으로, 많은 사람이 가진 것을 잃을까 두려운 나머지 이상적이지 않은 관계를 유지한다. 인간으로서 우리의 결정은 종종 손실 회피에 의해 좌우된다. 손실로 이어질지 모르는 상황을 피하려는 경향은 현 상태가 유지되는 상황을 선호하는 현상유지 편향으로 이어질 수 있다. 이 현상유지 편향은 여러 놀라운 방식으로 현실의 결정에 영향을 미친다.

손실 회피와 현상유지 편향은 여러 형태로 나타날 수 있다. 프레이밍에 관한 이전의 사례들에서 손실 회피는 피실험자들이 질병 시나리오에서 생명의 손실에 직면하기보다는 위험성이 더 높은 다른 대안을 선호할 때 생겼다. 더 개인적인 수준에서 보자면, 작은 대상과 관련된 손실 회피는 종종 소유효과로 불린다. 대니얼 카너먼의 한 연구는(Kahneman, Knetsch & Thaler, 1991) 이 효과를 학부생들을 대상으로 조사했다. 참가자들은 몇 집단으로 나뉘었다. 한 집단은 판매자들Sellers로서, 대학 서점의 커피잔을 받은 다음에 0.25달러에서 9.25달러까지 일련의 여러 가격 각각에 머그잔을 팔지 여부를 질문받았다. 다른 집단인 구매자들Buyers은 그 가격에 잔을 살지 여부를 질문받았다. 선택자들Choosers은 잔을 받지 않고, 대신에 각 가격에 대해 잔을 받을지 아니면 그 금액의 돈을 받을지 선택해야 했다. 달리 말해서 선택자들은 잔을 갖지 않았고 그들의 결정은 얼마만큼 지불할지에 관한 것이었다. 중요한 점을 언급하자면, 모두 이 연구를 동일한 금액으로 끝냈다. 하지만 흥미롭게도, 판매자들은 선택자들보다 거의 두 배 금액으로 가격을 매겼다. 잔을 소유하고 있다는 행위만으로 더 큰 가치를 부여한 셈이다.

현상유지는 매몰비용 편향sunk cost bias에서도 나타나는데, 이를 가리켜 덫에 빠짐entrapment 효과라고 한다. 이것은 판매 전략에서 매우 효과적으로 사용되는 기법일 수 있다. 기본적으로 사람들은 이미 시간이나 돈을 투자했다는 이유로, 바람직하지 않은 현 상태에서 벗어나려고 하지 않는다. 일례로 여러분이 친구와 영화를 보러 간다고 하자. 내가 사는 캐나다에서 평균적인 영화 가격은 12달러에서 15달러 사이다. 일단 여러분이 12달러를 지불했다면 영화가 재미있겠거니 기대한다. 하지만 영화가 정말로 끔찍하다면 어떻게 할 것인가? 계속 끝까지 영화를 볼 것인가, 아니면 일어나서 나갈 것인가? 수업 시간에 이 질문을 하면 대다수 학생은 그냥 보겠다고 한다. 가장 흔하게 내놓는 이유는 이미 영화비를 지불해서다. 즉, 이미 돈(매몰비용)을 냈고 영화는 이미 나쁜데, 영화관을 나온다고 해서 상황이 더 나아지지는 않는다는 것이다. 그리고 비록 희박하긴 하지만 영화가 더 나아질지 모를 가능성이 늘 있다. 떠나면 그 가능성을 놓치게 된다. 요약하자면, 일단 무언가에 매몰비용이 들어갔다면 여러분은 매몰비용이 실현되기를 원한다.

이 효과는 다른 시나리오들에서도 나타난다. 만약 여러분이 전기나 통신 서비스 회사에 전화를 걸어 기술이나 요금 관련 문제로 고객지원을 기다린 적이 있다면, 종종 다음과 같은 안내 멘트를 들은 경험이 있을 것이다. '고객님의 전화는 저희 회사에 중요합니다. 전화가 걸려온 순서에 따라 응답해드리고 있사오니, 부디 끊지 마시고 기다려주시기 바랍니다.' 이만저만 짜증 나는 상황이 아니다. 얼마나 빨리 답변을 듣게 될지가 불확실하다. 이런 상황에 처할 때면 종종 나는 더 오래 기다릴수록 전화 끊기에 더 저항한다. 나는 매몰시간을 포기하지 않으려 한다. 포기하는 행동은 최선의 모형에서 벗어나는 것이고, 비용은 이미 지불되었기 때문이다.

| 전망 이론 |

위에서 논의한 편향들로 알 수 있듯이, 사람들은 합리성에서 벗어나는 결정을 종종 내린다. 그렇다고 해서 그 결정들이 꼭 나쁜 것은 아니다. 사람들이 결정을 잘못 내린다는 뜻도 아니다. 다만 차선의 의사결정의 이면에는 심리적 이유가 존재한다는 뜻이다. 카너먼과 트버스키는 표준적인 경제/합리성 모형의 한 대안을 제시했는데, 이를 가리켜 전망 이론prospect theory이라고 한다(Kahneman & Tversky, 1979). 전망 이론은 사람들이 심리적 전망에 따라 결정을 내린다고 본다. 게다가 이 이론은 대다수 사람이 확률과 가능성을 올바르게 판단하기 어렵다는 사실을 고려한다. 전망 이론은 객관적 확률이 심리적 확률 내지 믿음으로 대체될 수 있다고 가정한다. 전망 이론의 핵심은 손실 회피와 위험 회피가 일차적인 동기 요인이라는 점이다. 손실 회피는 이 이론적 접근법에서 특히 중요하게 취급된다.

전망 이론

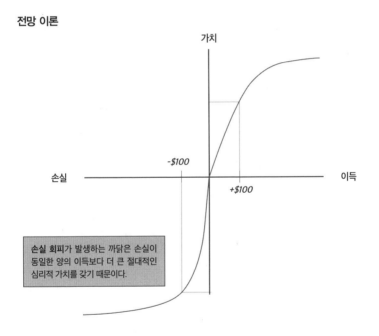

그림 13.1 이 그래프는 전망 이론에 대한 가치 함수를 보여준다. y축은 손실과 이득과 관련된 심리적 가치를 나타내고, 실제 손실 및 이득은 x축이 나타낸다. 전망 이론에서 손실 곡선은 이득 곡선보다 더 가파르다.

전망 이론을 가장 잘 요약해주는 것이 그림 13.1에 나오는 그래프다. 이 그래프는 전망 이론의 가치 함수를 보여준다. x축은 손실과 이득을 실제 가치의 관점에서 나타낸다. y축은 그런 손실과 이득의 심리적 영향을 나타낸다. 이 가치 함수에는 언급할 내용이 여럿 있다. 첫째, 손실 곡선과 이득 곡선 모두 오목하다. 즉, 실제 이득과 그 이득의 심리적 영향 사이에는 선형적 관계가 존재하지 않는다. 그래프에 나오듯이 100달러 이득에 어떤 심리적 가치가 놓일지 모르지만, 200달러 이득(실제 달러로 두 배의 가치)이 심리적으로 두 배 더 바람직하지 않을 수도 있다. 이 이론에 따르면, 여러분이 이득에 부여하는 가치는 결국에는 점근선, 즉 가치의 증가분이 0에 접근하지만 결코 닿지는 않는 지점에 다다른다. 이를 가리켜 종종 '수확체감diminishing return'이라고도 한다.

전망 이론의 가치 함수에 대해 언급할 두 번째 내용은 곡선이 비대칭이라는 사실이다. 손실 곡선이 이득 곡선보다 더 가파르다. 이는 손실 회피 성향을 반영하며, 때때로 사람들은 이득에 대한 전망보다 현 상태를 더 가치 있게 여긴다는 사실을 보여준다. **절대적인 가치** 면에서 볼 때, 100달러의 이득은 100달러의 손실과 동일한 가치가 아니다. 우리는 가외로 얻는 100달러를 의미 있게 여기는 것만큼, 100달러의 손실을 회피하려고 조치를 취할 가능성이 높다. **전망 이론에 따르면 손실은 이득보다 더 크게 다가온다.**

이 일반적인 접근법은 사람들이 최선의 상태에서 벗어난 결정을 내리는 많은 상황을 설명해준다. 카너먼과 트버스키가 주장하기로, 전망 이론은 인간의 의사결정 이면의 심리적 과정을 더 정확하게 기술해준다고 한다. 우리가 차선으로 행동하는 까닭은 현 상태를 가치 있게 여기고, 손실을 회피 및 최소화하려고 하고, 불확실성을 줄이려고 하기 때문이다. 이런 심리적 욕구들은 최선의 상태와는 상충될 수 있다.

| 지식은 결정 방식에 영향을 미친다 |

합리적 접근법은 개인의 개념적 지식이나 의미기억에 의존하지 않으며, 대신에 의사결정이 각 결과의 확률 및 비용편익을 이해하고서 계산한 기댓값에 따라 이루어진다고 가정한다. 전망 이론은 개인적 및 인지적 편향을 고려해, 위험 회피 및 손실 회피의 역할을 인정한다. 하지만 사람들의 의사결정 능력에 영향을 미치는 때때로 더욱 특이한 다른 요인들도 존재한다.

많은 경우, 의사결정에 영향을 주는 요인 중 하나는 결정에 이유를 제공하는 능력이다. 여러 선택 사안이 있을 때, 가장 매력적인 결정은 이유가 가장 타당한 선택 사안이다. 비록 그것이 더 나은 결과가 아닐 수 있더라도 말이다. 예를 들어, 여러분이 좋아하는 것(해산물)에 대한 믿음과 일치하는 메뉴를 식당에서 고를 때 여러분은 다음과 같은 이유를 댈 수 있다. '새우를 좋아해서 새우 리소토를 주문했어.' 이는 그 음식을 주문한 훌륭한 이유이긴 하지만, 꼭 합리적 분석을 반영하지는 않는다. 만약 그 사람이 다른 음식과 관련된 위험을 피하길 원한다면, 전망 이론에 의한 분석이 이 선택을 어느 정도 설명해줄 수 있다. 하지만 그 사람이 리소토를 먹어본 적이 없다면, 이 결정은 위험(리소토)이 그 음식을 주문할 좋은 이유(나는 새우를 좋아해)로 인해 완화됨을 보여준다.

종종 사람들은 바람직한 결과를 가져오지 않는 결정에 대해 후회하지 않으려고 결정을 내리곤 한다. 이는 손실 회피의 한 형태다. 이 주제를 가르칠 때 나는 종종 다음 사례를 학생들에게 제시한다. 교실에 있는 모든 이가 100달러어치의 제비뽑기 표를 한 장 받는다고 상상하자(이것은 사고실험이며, 실제 제비뽑기는 아니다). 비용은 들지 않고 표는 공짜다. 제비뽑기이므로 모든 표는 당첨 확률이 똑같다. 제비뽑기가 실시되기 전까지는 어느 표도 당첨표로 간주될 수 없다. 그렇기에 여러분이 표를 받을 때 그 표는 당첨 확률이 교실 내의 다른 모든 표와 똑같다. 나는 학생들에게 그 표를 옆의 학생의 표와 바꾸겠냐고 묻는다. 대다수 학생은 이 시나리오에서 표를 바꾸지 않겠다고 밝혔다. 모든 표가 당첨 확률이 똑같은지라, 다른 이와 표를 바꾸어도 아무 이득이 없기 때문이다. 하지만 표를 바꾼 학생도 많은데 옆의 학생의 것이 당첨된다면 바꾼 것을 후회하게 될 것이라고 했다. 달리 말해서 사람들은 후회의 느낌을 피하려고 바꾸기를 피한다. 어느 표도 제비뽑기가 실시되기 전에는 당첨표가 아니지만, 후회의 느낌을 피하기란 그리고 바꾸는 바람에 당첨표를 잃었다는 느낌을 피하기란 어려울 것이다.

| 요약 |

의사결정은 인지의 여러 중요한 결과의 바탕이 된다. 이전 장들에서, 유사성과 개념, 귀납 등은 내적 상태와 행동을 반영했다. 의사결정의 경우, 이런 내적 상태는 외적 결과와 상호작용한다. 이전 장들에서 논의된 사고들의 여러 유형과 달리, 좋은 결정과 나쁜 결정 내리기에는 실제적인 결과가 뒤따른다.

9장에서 우리는 언어와 사고의 상호작용을 논의했다. 내가 짚고자 했던 한 가지는 여러분이 무언가를 언어적으로 기술하는 방식이 그것에 대해 생각하는 방식에 영향을 미칠 수 있다는 점이다. 현재의 장에서는 그 점이 프레이밍 효과에서 명확히 드러났다. 손실로 프레임이 맞춰진 결정은 이

510

득으로 프레임이 맞춰진 결정에 비해서 상이한 기대와 결과를 낳는다. 가장 두드러진 사례에서 보았듯이, 조건과 결과가 동일한데도, 언어적 및 의미적 내용상의 차이만으로 인해 사람들은 다르게 판단했다.

사람들이 내리는 대다수의 결정, 그리고 여러분이 내렸던 대다수의 결정은 단순했고 옳았겠지만(또는 정답에 충분히 가까웠겠지만), 나쁜 결정이 내려지는 경우도 많다. 실수를 저지르는 때도 있다. 그릇된 행동 방침을 선택할 때도 있다. 또는 불확실한 여러 결과 중 하나를 골랐는데 상황이 계획대로 진행되지 않을 때도 있다. 이 장에서 논의한 연구와 발상에서 분명히 엿볼 수 있듯이, 의사결정은 힘들 것 없는 빠른 과정이기도 하면서 또한 잠재적 오류와 편향투성이인 과정이기도 하다. 이런 편향들은 우리에게 도움을 주려고 고안된 휴리스틱의 결과다. 인지적 편향과 휴리스틱은 갖가지 시나리오에서 여러 방식으로 활약하는데, 늘 오류의 원천이 된다고 할 수는 없으며 오히려 빠르고 효율적인 의사결정의 원천이 될 수 있다.

생각하는 법

2020년에 많은 사람이 재택근무하는 법을 배웠거나 다시 배웠다. 코로나 사태를 일으킨 신종 코로나바이러스는 이들이 일하는 방식까지 바꾸었다. 전 세계적으로 교사와 기술자, 지식 노동자, 금융계 종사자, 회사 직원은 재택근무를 하기 시작했고 줌이나 스카이프, 또는 마이크로소프트 팀스 Teams와 같은 화상회의 플랫폼에서 회의를 했다. 우리 중 다수에게 이런 새로운 범주의 일은 노동 방식의 큰 변화였다. 비록 일의 내용은 대체로 이전과 동일했지만 말이다. 교수이자 연구자로서 나도 이런 사람들에 속했다.

화상회의는 학계에서 사용되어오긴 했지만, 거의 전적으로 의존하는 일은 전례가 없었다. 기억과 귀납에 관한 장에서도 논의했듯이, 과거의 지식은 새로운 상황에서 우리의 행동을 이끈다. 하지만 이번의 상황에서는 나를 이끌어줄 이용 가능한 사전 기억이 별로 없었다. 내가 지침으로 삼아야 했던 것은 학생들과의 주간 연구실 회의 및 주간 지도교수 회의와 같은 통상적인 루틴이었다. 그런 방식으로 나는 온라인 수업을 구성하기 시작했다. 코로나 사태 이전의 근무일과 비슷했지만, 면대면 회의 대신에 화상 회의를 이용하는 방식이었다. 나는 학생들과의 회의를 위해 줌을 이용한 온라인 강의를 시작했고 동영상 강의를 녹화하기 시작했다. 대학원생들과도 매주 줌으로 온라인에서 만났다. 연구실 회의도 줌으로 했으며 학과 회의도 줌으로 했다. 줌으로 치른 박사학위 시험도 있었다. 공식적인 줌 대화도 있었고 느슨한 줌 커피 휴식도 있었다. 어떤 연구 그룹은 줌 친목회도 열었다. 심지어 오랫동안 여러 지역의 교수, 연구자, 학생, 과학자가 함께 모이는 방법이었던 학술회의조차도 온라인 방식으로 전환되었다. 곧 나는 모든 일, 즉 강의와 연구, 위원회 업무 및 기타 모든 일을 똑같은 방에서 똑같은 화면과 똑같은 컴퓨터로 하고 있었다.

나의 일 가운데 다수는 집에서 온라인으로 쉽게 할 수 있긴 하지만, 일하는 능력이 조금 달라진 걸 나는 차츰 알아차렸다. 기억한 내용을 더 잘 잊었으며, 단순한 기억 실수를 더 많이 저질렀다. 가령, 한 학생과 10분 동안이나 엉뚱한 프로젝트를 놓고서 대화를 나누기도 했다. 또는 한 회의를 다른 회의와 혼동하곤 했다. 이런 실수 중 다수는 기억의 출처에 관한 오류였다. 나는 틀린 출처나 틀린 사건을 기억했다. 이 책의 5장에서 나는 이런 종류의 귀인 오류에 관해 썼다. 이런 실수는 여러분이 무언가를 읽거나 본 것을 기억하긴 하지만, 어디에서였는지 확실하지 않아 기억의 출처를 혼동할 때 생긴다. 이전보다 기억 출처에 관한 오류가 더 많아진 듯했다. 이전보다 나는 '얼빠진 교수'의 고정관념에 더 가까워졌다.

문득 나는 문제의 원인으로 볼 수 있는 한 가지를 알아차렸다. 모든 것이 똑같아 보였다. 모든 일을 할 때 똑같은 방에서 똑같은 컴퓨터로 똑같은 화면을 보고 있었다. 전형적인 상태가 아니었다. 학자로서 살아오는 내

내 나는 활동별로 일하는 장소가 늘 달랐다. 강의는 강의실이나 교실에서 했고, 세미나는 작은 세미나실에서 했다. 학생들과의 만남은 내 연구실에서, 동료들과의 만남은 캠퍼스 내의 카페에서 가졌다. 위원회 회의는 보통 회의실과 위원회실에서 했으며, 데이터 분석은 내 연구실에서 했다. 글쓰기는 보통 집에서 하거나 카페에서 했다. 일마다 장소가 달랐다. 하지만 지금은 모든 일을 한 장소에서 한다. 강의, 연구, 저술 및 학생 상담이 전부 온라인으로 이루어졌다. 설상가상으로 죄다 똑같아 보였다. 모조리 집에서 줌으로 똑같은 화면에서 일했다. 나는 더 이상 공간과 시간, 장소의 다양성을 누리지 못했고, 다양한 기억 단서를 만들어낼 여건이 조성되지 못했다.

이런 이야기를 내가 왜 하는 것일까? 그 문제를 알아차렸을 때 나는 또한 인지심리학에서 배운 내용을 생각했고 내가 왜 그런 단순한 실수들을 저지르는지 생각해보았기 때문이다. 5장에서 썼듯이 기억은 유연하며, 미래를 예측하게 하는 단서들로부터 유사한 기억들을 활성화 확산을 통해 활성화시킨다. 어떤 경우에는 국소적 맥락이 강하고 유용한 기억 단서일 수 있다. 만약 여러분이 한 맥락에서 어떤 정보를 부호화하면, 똑같은 맥락에서 그 정보를 종종 더 잘 기억할 것이다. 기억 인출은 부호화 때 존재했던 단서들과 인출할 때 존재하는 단서들 사이의 관련성에 의존한다. 그렇기에 우리는 상이한 맥락별로 행동을 조정하는 법을 안다.

우리는 항상 장소에 반응한다. 식당이나 간이식당에 갈 때 여러분은 아마도 태도가 달라질 것이다. 몇 해 전에 갔던 식당에 다시 갈 때는 이전에 거기 갔던 경험을 기억할 것이다. 학생들은 교실 안과 밖에서 행동이 다르다. 교실 안에 있으면 이전에 교실 안에 있을 때의 기억들이 활성화되어 그에 따라 행동을 조정한다. 학생들은 교실에 들어서자마자 그 교실에서 지난주에 토론했던 내용이 기억날지 모른다. 아마 여러분도 비록 더 이상 학생이 아니더라도 엇비슷하게 행동할 것이다. 사무실에 있을 땐 집에서의 일을 많이 생각하지 않을 테고, 집에 있을 땐 사무실에서의 일을 많이 생각하지 않을 것이다. 7장에서 설명한 사례에서 보았듯이, 내 딸은 정비소에 다시 갔을 때 리프트 위의 자동차를 기억해냈다. 딸은 한 사건을 경험했는데, 이 경험은 종일 딸의 마음속에 있다가 딸이 그곳을 다시 보았을 때 재경험되었다. 상황적 단서가 도움을 준 셈이다. 특정한 장소에 있으면 그 장소와 연관된 기억을 떠올리는 데 도움이 된다. 이렇듯 우리는 가장 중요한 장소와 시기의 정보를 기억해내는 선천적인 경향이 있다.

하지만 이 선천적 경향이 나와 어긋나게 작동하는 듯했다. 매일이 내 집의 재택근무용 사무실의 책상에서 시작되었다. 매일 똑같은 장소에서 나는 가르치고 저술하고 사람들을 만나고 분석을 실시했다. 하지만 똑같은 장소에서 저녁에는 뉴스를 읽고 트위터를 따라잡고 온라인으로 식료품을 주문했다. 건망증이 생긴 까닭은 알고 보니 어떤 방해를 겪고 있기 때문이었다. 모든 것이 갈수록 똑같아 보였다. 보통 때에는 내가 예전에 한 일을 떠올리게 해주었던 맥락 단서들이 더 이상 기억 단서로 작동하지 않았다. 모든 것과 모든 이에 대해 똑같은 단서였기 때문이다. 실제로 그것들은 방해 효과를 내고 있었다. 장소나 맥락 정보(내 재택근무 사무실, 책상, 컴퓨터 스크린 및 줌)가 상이한 많은 회의에 대해 동일한지라, 내가 출처 오류 혼동을 겪을 가능성이 높아졌기 때문이다. 모든 게 똑같아 보일 때 맥락은 더 이상 유용한 기억 단서가 되지 못한다. 똑같은 장소에서 일하고, 회의하고, 읽고, 쓰고, 쇼핑하고 신문을 읽는다면, 혼동의 오류를 저지를 가능성이 높아진다.

물론 이것은 해결하기 쉬운 문제가 아니다. 코로나 사태가 기승을 부리는 한 나는 집에서 계속 일해야만 하기 때문이다. 하지만 기억과 인지심리학에 대한 지식이 있기 때문에, 적어도 나는 무슨 일이 왜 벌어지고 있는지 어느 정도 안다. 게다가 그 정보를 이용해 도움이 되는 쪽으로 근무 환경을 바꿀 수 있다. 가령, 간단한 개선 방안으로서 화상회의 방식을 달리할 수 있다. 일관된 방식으로 화상회의 플랫폼을 변경할 수 있는데, 예를 들어 한 업무 집단은 마이크로소프트 팀스에서 만나고 다른 집단은 줌에서 만나는 식이다. 다른 사무실에서 만나는 것만큼 큰 차이는 없지만 그래도 공간을 바꾸는 효과는 엄연히 있다. 동일한 목표를 달성할 또 다른 방법은 그냥 여러분이 어떤 사람을 온라인으로 만날 때마다 사람별로 배경을 다르게 설정해 컴퓨터의 모습을 바꾸는 것이다. 아주 사소한 일이라서 이 문제를 완전히 해소하지는 못할지 모르지만, 그래도 도움이 될 수 있다. 더 중요하게도 이런 권고 사항은 마음의 작동 방식에 대한 우리의 이해에서 직접 나온다. 만약 여러분이 이런 권고 사항 중 하나라도 시도했다면, 가령 상이한 화상회의마다 플랫폼을 다르게 사용해보았다면, 여러분은 예측하기 위한 심리학 이론을 사용해, 그 예상을 (여러분 자신의 행동에 관한) 실험으로 검증한 셈이다. 바로 이런 아이디어를 여러분이 이 책에서 얻었으면 좋겠다.

| 일상의 상황에서 사고하기와 인지심리학 |

이제 여러분은 인지심리학이 무엇이고 어떻게 작동하는지 어느 정도 이해했으니, 자신의 일상 경험에서 그 사례를 보게 될 것이다. 가령, 두 과제 사이에서 여러분의 주의가 전환되는 방식을 알아차리고 아울러 전환 시에 처리 과정에 늘 짧은 지연이 있다는 점도 알아차릴 수 있다. 여러분이 무슨 일이 생기고 그게 왜 생기는지 이해하면, 문제를 알아차릴지 모르고 인지심리학에서 얻은 통찰력을 적용해 그 문제를 피하는 데 도움을 얻을지 모른다. 그렇게 할 때 여러분은 애초에 전환을 피하는 법을 배움으로써 그런 지연을 줄이도록 자신의 행동을 조정할 것이다. 책상 위의 스마트폰을 쳐다보는 행동이 여러분의 주의를 끄는 시각적 자극으로 작용하는가? 시각적 주의에 관해 앞에서 우리가 나눈 논의대로, 그럴 가능성이 크다. 한 가지 해법은 스마트폰을 눈에 보이지 않게 두는 것이다. 거기서 시각적 단서로 작용하도록 하지 않으면 여러분은 다른 일에 조금이라도 더 오래 집중할 수 있을지 모른다.

또 다른 사례를 살펴보자. 아마 여러분은 자신이 기억을 다듬고 세부 사항을 채우는 경향이 있음을 알아차렸을 것이다. 즐겁게 이야기를 하다 보면, 그 이야기가 더 재미있도록 조금 과장된 내용을 추가하고 있음을 알아채게 된다. 또는 그 이야기를 다듬어서 듣는 이에게 더 기억에 남도록 만들려고 할 수 있다. 그런데, 기억에 관한 그리고 기억을 다듬는 경향에 관한 여러분의 지식으로 볼 때, 장기적으로 어떤 결과가 나올 것 같은가? 아마 여러분은 다듬은 이야기를 그렇지 않은 이야기보다 더 잘 기억하겠지만, 또한 원래 기억과 함께 기억할 것이다. 둘 다 동일한 사건의 일부기 때문이다. 그러면 실제 사건과 다듬은 사건을 구별하기가 더 어려워진다.

이런 사례는 무수히 많다. 아래 나오는 질문 각각에 대해 생각해보자. 이 질문들이 여러분에게 해당되는지 여부를 생각해보고, 아울러 어떻게 이런 사례들을 설명할지 그리고 이 책에서 얻은 통찰을 이용해 피할지 생각해보자.

- 추론하거나 결정을 내릴 때 고정관념에 의존하는가?

- 비슷한 문제를 해결하려고 할 때마다 똑같은 실수를 저지르는가?

- 어떤 사람의 모습을 볼 때 다른 누군가가 떠올라 그냥 지나치기 어려운가?

- 매일 똑같은 단순한 것을 기억하는 데 애를 먹는가?

- 오래된 광고용 멜로디 같은 쓸데없는 것을 기억하면서 왜 아직도 떠오르는지 궁금한가?

위의 질문 및 다른 여러 질문 각각에 대해 여러분은 인지심리학에서 관련 설명을 찾을 수 있다. 이 책의 여러 장에서도 해답을 찾을 수 있다. 사고 과정을 더 잘 이해하면 직접적으로는 아니라 해도 간접적으로라도 이런 문제에 도움이 된다. 내가 보기에, 더 낫게 그리고 더 효과적으로 생각하는 법을 배울 최상의 방안은 때때로 어떻게 실수가 생기는지 알아내는 것이다. 사고와 판단에서의 실수와 오류를 알아차리는 최상의 방법은 사고 일반에 대해 더 많이 아는 것이다. 내 생각에 인지, 인지심리학 그리고 뇌를 이해하면 우리 모두에게 유용하고 유익하다.

| 자신의 생각에 관해 생각하는 법 |

이 책의 원제인 '생각하는 법How to Think'은 여러분이 어떻게 생각해야 하는지를 내가 알려주겠거니 넌지시 드러낸다. 합리적인 언어적 추론이다. 그렇더라도 나는 무엇에 관해 생각할지는 밝히지 않는다. 또한 생각할 방법이 딱 한 가지라고도 밝히지 않는다. 다만 인지심리학이 여러분이 사고를 이해하는 데 도움이 될 수 있다고 이야기할 뿐이다. 그런 이해로부터 생각하는 법을 알 해법이 나온다.

여러분이 무엇을 생각해야 하는지는 정말이지 내가 알려줄 수가 없다. 과거의 어떤 경험에 여러분이 의존할 수 있는지도 알려줄 수 없다. 다만 현재와 비슷한 과거의 경험에 여러분이 의존할 것이라고 귀띔할 수 있을 뿐이다. 우리는 저마다 경험이 다르고, 배경도 다르다. 우리는 다른 언어를 사용하며, 어떤 이들은 여러 가지 언어를 사용하기도 한다. 우리의 기억, 경험, 언어 및 개념은 우리가 세계를 이해하고 파악하는 방식에 영향을 미치고, 아울러 우리가 결정을 내리고 문제를 해결하는 방식에도 영향을 미친다. 배경과 경험이 사람마다 이렇게 다르다는 것은 우리가 무언가에 대해 다르게 생각한다는 뜻이지만, 인지심리학에 따르면 사고 과정 및 사고의 메커니즘은 우리 모두에게 동일하다. 우리 모두는 세계에 대한 한 표상을 구축한다. 우리 모두는 어떤 특징들에는 선택적으로 주의를 기울이고 다른 특징들은 희생시킨다. 우리 모두는 기억에 의존해 세부 사항을 채우고 미래를 예측한다.

이렇듯 생각하는 **하나의** 방법은 존재하지 않는다. 생각하는 법은 여러 가지다. 인지심리학은 우리가 정보를 처리하는 다양한 방법에 관한, 그리고 어떻게 우리가 세계를 이해하는지에 관한 통찰과 이해를 제공한다.

이 책에서 나는 심리학과 인지과학의 배경을 소개했다. 인지과학의 역사에 관한 장들을 읽었다면, 여러분은 각종 이론이 어디에서 나왔는지와 더불어 그런 이론들이 우리 종의 특별하고 아마도 고유한 자기성찰 능력에 대해 뭐라고 말하는지 분명히 알 것이다. 주의와 지각에 관한 장들을 읽었다면, 어떻게 우리의 생리 기능이 진화를 통해서 상시로 변하는 감각 입력의 세계에 빠르고 매끄럽게 구조를 부여했는지 알 것이다. 기억에 관한 장들을 읽었다면, 어떻게 기억이 현재에 대한 이해를 안정화시키고 미래에 관해 예측하는 데 도움이 되는지 알 것이다. 추론과 의사결정에 관한 장들을 읽었다면, 어떻게 그런 기억과 경험이 대체로 우리로 하여금 상황에 맞는 결정을 내리게 하고 때로는 실수를 저지르게 만드는지도 알 것이다. 지각에서 주의까지, 기억에서 개념까지 그리고 언어에서 복잡한 행동에 이르기까지 우리의 뇌와 마음은 우리를 위해 경험을 창조하고 재창조해낸다. 우리는 자신의 감각, 지각, 판단 및 결정을 신뢰한다. 우리는 신뢰하도록 설계된 듯 보인다. 사실, 우리 자신의 생각에 대한 신뢰의 의도적 결여는 문젯거리일 테다. 자신의 생각에 대한 지속적인 불신은 병적인 상태라고 할 수 있다.

그렇기에 우리가 생각하고 보고 기억하고 믿는 것의 많은 부분은 (있는 그대로가 아니라) 재창조다. 이를 우리는 어떻게 받아들일 수 있을까?

이런 불확실성을 인정하고 우리의 기억이 정확하지 않음을 이해하는 법을 배우라고 말씀드리고 싶다. 기억은 여러분한테 일어난 일이나 겪었던 일의 정확한 기록을 반영하지 않을 수 있다. 세부 내용이 빠져 있을 수도 있다. 띄엄띄엄 존재할지 모른다. 왜곡이 존재할지도 모른다. 대신에 기억은 우리가 생존하고 배우고 번영하기 위해 알아야 할 것을 대체로 반영한다. 우리의 마음은 우리가 상황에 맞게 반응하고 올바르게 미래를 예측할 수 있도록 패턴을 완성한다. 가끔씩 방해와 과장이 존재할 수는 있다. 여러분의 기억과 생각은 정확하지 않을지 모르지만, 생각은 새로운 상황에 잘 적응한다. 진리의 확장을 통해 우리는 기존의 진리를 새로운 상황에까지 일반화할 수 있다. 기억 비틀기를 통해 우리는 새로운 특징과 새로운 대상을 예측할 수 있다. 이렇듯 적응하고 행동하기를 배우기, 그리고 결정하고 문제 해결하기를 배우기야말로 사고의 핵심이다. 사고는 우리가 하는 일이다. 따라서 사고와 행동을 이해하는 일은 우리 자신을 이해하는 일이기도 하다.

참고 문헌

1) Anderson, R. C. & Pichert, J. W., Recall of previously unrecallable information following a shift in perspective, *Journal of Verbal Learning and Verbal Behavior*, 17(1), 1978, pp. 1~12.

2) Arcaro, M. J., Thaler, L., Quinlan, D. J., Monaco, S., Khan, S., Valyear, K. F., ···Culham, J. C., Psychophysical and neuroimaging responses to moving stimuli in a patient with the Riddoch phenomenon due to bilateral visual cortex lesions, *Neuropsychologia*, 128, 2019, pp. 150~165.

3) Arnott, S. R., Thaler, L., Milne, J. L., Kish, D. & Goodale, M. A. Shape-specific activation of occipital cortex in an early blind echolocation expert, *Neuropsychologia*, 51(5), 2013, pp. 938~949.

4) Baddeley, A. D. & Hitch, G., Working Memory, In G. H. Bower(Ed.), *Psychology of Learning and Motivation*(Vol. 8), Academic Press, 1974, pp. 47~89.

5) Baron, J., *Thinking and Deciding*(4th ed), New York: Cambridge University Press, 2008.

6) Bartlett, F. C., *Remembering: A Study in Experimental and Social Psychology*, New York, NY, US: Cambridge University Press, 1932.

7) Baumeister, R. F., Self-regulation, ego depletion, and inhibition, *Neuropsychologia*, 65, 2014, pp. 313~319.

8) Baumeister, R. F., Bratslavsky, E., Muraven, M. & Tice, D. M., Ego depletion: is the active self a limited resource?, *Journal of Personality and Social Psychology*, 74(5), 1998, pp. 1252~1265.

9) Bever, G. T., The cognitive basis for linguistic structures, In R. Hayes (Ed.), *Cognition and language development*, Wiley, 1970, pp. 227~360.

10) Boroditsky, L., Fuhrman, O. & McCormick, K., Do English and Mandarin

speakers think about time differently?, *Cognition*, 118(1), 2011, pp. 123~129.

11) Collins, A. M. & Quillian, M. R., Retrieval time from semantic memory, *Journal of Verbal Learning and Verbal Behavior*, 8(2), 1969, pp. 240~247.

12) Craik, F. I. M. & Tulving, E., Depth of processing and the retention of words in episodic memory, *Journal of Experimental Psychology*, General, 104(3), 1975, pp. 268~294.

13) Dekker, S., Lee, N. C., Howard-Jones, P. & Jolles, J., Neuromyths in Education: Prevalence and Predictors of Misconceptions among Teachers, *Frontiers in Psychology*, 3, 2012, p. 429.

14) Evans, J. S. B. T., In two minds: dual-process accounts of reasoning, *Trends in Cognitive Sciences*, 7(10), 2003. pp. 454~459.

15) Gable, P. & Harmon-Jones, E., The motivational dimensional model of affect: Implications for breadth of attention, memory, and cognitive categorization, *Cognition and Emotion*, 24(2), 2010, pp. 322~337.

16) Garrison, K. E., Finley, A. J. & Schmeichel, B. J., Ego Depletion Reduces Attention Control: Evidence From Two High-Powered Preregistered Experiments, *Personality & Social Psychology Bulletin*, 45(5), 2018, pp. 728~739.

17) Gasper, K. & Clore, G. L., Attending to the big picture: mood and global versus local processing of visual information, *Psychological Science*, 13(1), 2002, pp. 34~40.

18) Gigerenzer, G., Gaissmaier, W., Kurz-Milcke, E., Schwartz, L. M. & Woloshin, S., Helping Doctors and Patients Make Sense of Health Statistics, *Psychological Science in the Public Interest*, Vol. 8, 2007, pp. 53~96.

19) Goldszmidt, M., Minda, J. P. & Bordage, G., Developing a unified list of physicians' reasoning tasks during clinical encounters, *Academic Medicine: Journal of the Association of American Medical Colleges*, 88(3), 2013, pp. 390~397.

20) Goodman, N., *Fact, Fiction, and Forecast*, Harvard University Press, 1983.

21) Hagger, M. S., Chatzisarantis, N. L. D., Alberts, H., Anggono, C. O., Batailler, C., Birt, A. R., Howe, M. L., A Multilab Preregistered Replication of the Ego-Depletion Effect, *Perspectives on Psychological Science: A Journal of the Association for Psychological Science*, 11(4), 2016, pp. 546~573.

22) Hebb, D. O., *The Organization of Behavior: A Neuropsychological Theory*, J. Wiley; Chapman & Hall, 1949.

23) Heider, E. R., Universals in color naming and memory, *Journal of Experimental Psychology*, 93(1), 1972, pp. 10~20.

24) Hirstein, W., & Ramachandran, V. S., Capgras syndrome: a novel probe for understanding the neural representation of the identity and familiarity of persons, *Proceedings, Biological Sciences / The Royal Society*, 264(1380), 1997, pp. 437~444.

25) Hockett, C. F., The origin of speech, *Scientific American*, 203, 1960, pp. 89~96.

26) Holmes, E. A., O'Connor, R. C., Perry, V. H., Tracey, I., Wessely, S., Arseneault, L., …Bullmore, E. Multidisciplinary research priorities for the COVID-19 pandemic: a call for action for mental health science, *The Lancet, Psychiatry*, 7(6), 2020, pp. 547~560.

27) Hornsby, A. N., Evans, T., Riefer, P. S., Prior, R. & Love, B. C., Conceptual organization is revealed by consumer activity patterns, *Computational Brain & Behavior*, 2019, pp. 1~12.

28) James, W., *The Principles of Psychology*, New York, NY: Henry Holt and Company, 1890. (정양은 옮김, 『심리학의 원리 1~3』, 아카넷, 2005)

29) Kahneman, D., *Thinking, Fast and Slow*, Macmillan, 2011.(이창신 옮김, 『생각에 관한 생각』, 김영사, 2018)

30) Kahneman, D., Knetsch, J. L. & Thaler, R. H., Anomalies: The Endowment Effect, Loss Aversion, and Status Quo Bias, *The Journal of Economic Perspectives: A Journal of the American Economic Association*, 5(1), 1991, pp. 193~206.

31) Kahneman, D. & Tversky, A. Prospect Theory: An Analysis of Decisions under Risk, *Econometrica: Journal of the Econometric Society*, 1979, p. 47, p. 278.

32) Lakoff, G. & Johnson, M., *Metaphors We Live By*, University of Chicago Press, 2008.(노양진, 나익주 옮김,『삶으로서의 은유』, 박이정, 2006)

33) Lopez, G., *New Zealand's gun laws, explained, Vox*, 2019.

34) Malt, B. C., Sloman, S. A., Gennari, S., Shi, M. & Wang, Y., Knowing versus Naming: Similarity and the Linguistic Categorization of Artifacts, *Journal of Memory and Language*, Vol. 40, 1999, pp. 230~262.

35) Marr, D., *Vision: A Computational Investigation into the Human Representation and Processing of Visual Information*, San Fransisco: WH Freeman, 1982.

36) Merriam, E. P., Thase, M. E., Haas, G. L., Keshavan, M. S. & Sweeney, J. A., Prefrontal cortical dysfunction in depression determined by Wisconsin Card Sorting Test performance, *The American Journal of Psychiatry*, 156(5), 1999, pp. 780~782.

37) Mischel, W., Ebbesen, E. B. & Zeiss, A. R., Cognitive and attentional mechanisms in delay of gratification, *Journal of Personality and Social Psychology*, 21(2), 1972, pp. 204~218.

38) Nadler, R. T., Rabi, R. & Minda, J. P., Better mood and better performance learning rule-described categories is enhanced by positive mood, *Psychological Science*, 21(12), 2010, pp. 1770~1776.

39) Newell, A., Simon, H. A. & Others., *Human Problem Solving*(Vol. 104), Prentice-Hall Englewood Cliffs, NJ, 1972.

40) Núñez, R., Allen, M., Gao, R., Miller Rigoli, C., Relaford-Doyle, J. & Semenuks, A., What happened to cognitive science?, *Nature Human Behaviour*, 3(8), 2019, pp. 782~791.

41) Oberauer, K., *Design for a working memory*, In B. H. Ross(Ed.), *The psychology of learning and motivation*(Vol. 51), The psychology of learning and motivation, Elsevier Academic Press, 2009, pp. 45~100.

42) Ogawa, S., Lee, T. M., Kay, A. R. & Tank, D. W., Brain magnetic resonance imaging, with contrast dependent on blood oxygenation, *Proceedings of the National Academy of Sciences of the United States of America*, 87(24), 1990, pp. 9868~9872.

43) Osherson, D. N., Smith, E. E., Wilkie, O., López, A. & Shafir, E., *Category-based induction. Psychological Review*, 97(2), 1990, pp. 185~200.

44) Owen, A. M. & Coleman, M. R., Detecting awareness in the vegetative state, *Annals of the New York Academy of Sciences*, 1129, 2008, pp. 130~138.

45) Quine, W. V., Natural Kinds, In N. Rescher (Ed.), *Essays in Honor of Carl G. Hempel: A Tribute on the Occasion of his Sixty-Fifth Birthday*, Dordrecht: Springer Netherlands, 1969, pp. 5~23.

46) Rips, L. J. Similarity, typicality, and categorization, *Similarity and Analogical Reasoning*, 1989, p. 2159.

47) Ritchie, S. J., Cox, S. R., Shen, X., Lombardo, M. V., Reus, L. M., Alloza, C., ···Deary, I. J., Sex Differences in the Adult Human Brain: Evidence from 5216 UK Biobank Participants, *Cerebral Cortex*, 28(8), 2018, pp. 2959~2975.

48) Roediger, H. L. & McDermott, K. B., Creating false memories: Remembering words not presented in lists, *Journal of Experimental Psychology. Learning, Memory, and Cognition*, 21(4), 1995, pp. 803~814.

49) Rosch, E. & Mervis, C. B., Family resemblances: Studies in the internal structure of categories, *Cognitive Psychology*, 7(4), 1975, pp. 573~605.

50) Schacter, D. L., The seven sins of memory. Insights from psychology and cognitive neuroscience, *The American Psychologist*, 54(3), 1999, pp. 182~203.

51) Schwartz, B., *The paradox of choice: Why more is less*, HarperCollins Publishers, 2004.(김고명 옮김, 『점심 메뉴 고르기도 어려운 사람들』, 예담, 2015)

52) Shafir, E. B., Smith, E. E. & Osherson, D. N., Typicality and reasoning fallacies, *Memory & Cognition*, Vol. 18, 1990, pp. 229~239.

53) Shepard, R. N., Toward a universal law of generalization for psychological science, *Science, 237*(4820), 1987, pp. 1317~1323.

54) Skinner, B. F., *Verbal Behavior*, Acton, MA: Copley Publishing Group, 1957.

55) Sloman, S. A., The empirical case for two systems of reasoning, *Psychological Bulletin*, 119(1), 1996, p. 3.

56) Sloman, S. A. & Lagnado, D., The problem of induction, *The Cambridge*

Handbook of Thinking and Reasoning, 2005, pp. 95~116.

57) Sripada, C., Kessler, D. & Jonides, J., Methylphenidate blocks effort-induced depletion of regulatory control in healthy volunteers, *Psychological Science*, 25(6), 2014, pp. 1227~1234.

58) Stothart, C., Mitchum, A. & Yehnert, C., The attentional cost of receiving a cell phone notification, *Journal of Experimental Psychology. Human Perception and Performance*, 41(4), 2015, pp. 893~897.

59) Thaler, R., Mental Accounting and Consumer Choice, *Marketing Science*, 4(3), 1985, pp. 199~214.

60) Thaler, R. H. & Sunstein, C. R., *Nudge: Improving decisions about health, wealth, and happiness*, Penguin, 2009.(안진환 옮김, 『넛지』, 리더스북, 2009)

61) Tulving, E., *Episodic and semantic memory*, In E. Tulving & W. Donaldson, *Organization of memory*, Academic Press, 1972.

62) Tulving, E., Episodic memory: from mind to brain, *Annual Review of Psychology*, 53, 2002, pp. 1~25.

63) Tversky, A. & Kahneman, D., Judgment under Uncertainty: Heuristics and Biases, *Science, 185*(4157), 1974, pp. 1124~1131.

64) Tversky, A. & Kahneman, D., The framing of decisions and the psychology of choice, *Science, 211*(4481), 1981, pp. 453~458.

65) Tversky, A. & Kahneman, D., Extensional versus intuitive reasoning: The conjunction fallacy in probability judgment, *Psychological Review*, 1983. Retrieved from http://psycnet.apa.org/record/1984-03110-001

66) Vohs, K. D., Glass, B. D., Maddox, W. T. & Markman, A. B., Ego Depletion Is Not Just Fatigue: Evidence From a Total Sleep Deprivation Experiment, *Social Psychological and Personality Science*, 2(2), 2011, pp. 166~173.

67) Voss, J. L., Bridge, D. J., Cohen, N. J. & Walker, J. A., A Closer Look at the Hippocampus and Memory, *Trends in Cognitive Sciences*, 21(8), 2017, pp. 577~588.

68) Ward, A. F., Duke, K., Gneezy, A. & Bos, M. W., Brain Drain: The Mere Presence of One's Own Smartphone Reduces Available Cognitive Capacity, *Journal of the Association for Consumer Research* 2(2), 2017,

pp. 140~154.

69) Wason, P. C., On the Failure to Eliminate Hypotheses in a Conceptual Task, *The Quarterly Journal of Experimental Psychology*, 12(3), 1960, pp. 129~140.

70) Whorf, B. L., *Language, thought, and reality: selected writings*, Technology Press of Massachusetts Institute of Technology: Cambridge, Mass, 1956.

찾아보기

발화 84, 87, 115, 121~123

'방법을 알기' 275, 276

방추형얼굴영역 80

배들리, 앨런^{Baddeley, Alan} 247~249, 252, 254, 255

배런, 조너선^{Baron, Jonathan} 485~487

배움 196

배쪽 흐름 127

배쪽줄무늬체 389

백색 물질 61, 62

'범주들' 278

범주 응집성 435

범주 조건 285, 286

범주 추상화 326

범주적 귀납 427, 429, 436, 445

범주적 삼단논법 465

범주적 추론 450, 457, 461

범주화 24, 48, 301, 307, 309~311, 319, 321, 328, 450

베르거, 한스^{Berger, Hans} 84

변연계 70, 381

병목 모형 154, 155, 157, 159, 160

보노보 345, 348

보로디츠키, 리라^{Boroditsky, Lera} 367~369

보스, 조엘^{Voss, Joel} 235~237

본보기 이론 329, 332

'본성 대 양육' 28, 29

부류적 추론 450

부분 보고 242

부정적 기분 395~399

부호화 119, 214, 217, 227~229, 232, 234~ 236, 253, 270, 284, 285, 292, 296, 332, 334, 336, 370, 485, 514

분류 301, 302, 305, 307, 309, 311, 312, 315, 317, 319, 321, 324, 325, 327~330, 332, 337, 367, 397, 399

분트, 빌헬름^{Wundt, Wihelm} 29~32, 34

불확실성 98, 196, 197, 200, 417, 437, 476, 478~481, 483, 485, 501, 502, 508, 520

브랜스포드, 존^{Bransford, John} 333

브로드벤트, 도널드^{Broadbent, Donald} 149, 153, 159, 161, 163, 174

브룩스, 리^{Brooks, Lee} 166, 168, 169, 174, 247

블라시오, 빌 드^{Blasio, Bill de} 197, 198, 201

비서술기억 275~277, 293, 294, 296

비언어적 시스템 276

비틀스 398

빈도 추적 485

빼기 기법 88

ㅅ

사건관련전위 85

사고 341~349, 352, 354, 356, 357, 359, 360, 362, 367, 369~371

『사고의 심리학^{The Psychology of Thinking}』 14

사고 전달 체계 349

사고력 257, 376, 379

사고의 기차들 146

사례연구 56, 57, 71~73, 78, 82, 83

사이먼, 허버트^{Simon, Herbert} 47, 483

사피어 워프 가설 360

534